一场千年中国社会大变革
一代陕北知识分子大觉醒

大陕北

姬晓东　著 **Northern Shaanxi**

陕西新华出版
陕西人民出版社

图书在版编目（CIP）数据

大陕北／姬晓东著. —西安:陕西人民出版社，
2023.10（2023.11 重印）

ISBN 978-7-224-14988-3

Ⅰ.①大… Ⅱ.①姬… Ⅲ.①长篇小说—中国—当代
Ⅳ.①I247.5

中国国家版本馆 CIP 数据核字（2023）第 130438 号

出 品 人：赵小峰
策划编辑：张孔明
责任编辑：姜一慧
整体设计：杨亚强

大 陕 北
DA SHANBEI

作　　者　姬晓东
出版发行　陕西人民出版社
　　　　　（西安市北大街 147 号　邮编:710003）
印　　刷　西安市建明工贸有限责任公司
开　　本　787 毫米×1092 毫米　1/16
印　　张　30.5
插　　页　2
字　　数　500 千字
版　　次　2023 年 10 月第 1 版
印　　次　2023 年 11 月第 2 次印刷
书　　号　ISBN 978-7-224-14988-3
定　　价　69.00 元

如有印装质量问题,请与本社联系调换。电话:029-87205094

民国十七年（公元1928年），陕北大旱。自春至秋，滴雨未下，井泉干涸，树木枯萎，秋田颗粒无收，麦每石60银圆无处可买。

民国十八年持续春旱，酿成大饥荒，饿殍载道，卖妻、儿女及逃亡者甚多。

——据榆林地方志

01

　　太阳绕着北上的马车就要划完当天的弧线时，暗淡下来的天色把山峁田野搅在了一搭。　此时，走出九里山，又过田庄镇，这三年常在梦里的无定河出现了，马伯雄记忆中浩浩汤汤的河道，窄成了一条羊肠小道，显得更为宽阔的河床上，成片松软裸露的泥土，被晒成数不清的鱼鳞片。　水少，流速慢，不浑浊，夕阳斜照静如处子的水面，波光粼粼地泛出金黄色。　偶尔，流水被暗藏的柴草绊个小跟头，翻出几朵浪花，搅得几颗金星镶嵌在水面上，煞是好看。　仅两三秒金星不见了，水面又变得一本正经。

　　无定河是北方驰名的大河，唐代一首"可怜无定河边骨，犹是春闺梦里人"是她的千古绝唱。　干旱年馑里，小河小川多日断流，无定河水量减少，气派却依旧不倒，一刻不停歇地从白于山启程，走三边，转蒙地，过横山、榆林、米脂到绥德，奔涌千里到清涧县河口进黄河，奔流到海不复回了。

　　无定河激荡起马伯雄的依恋情怀。　马儿的身子未放松，他一卜敛跳下车子，三两步来到河边，捧起一汪清流，滋润干裂的嘴唇，扑打焦黄的脸面。　激动的心使得脚一滑，屁股直戳张牙舞爪的土疙瘩上，几只受惊的蚂蚱在裤裆底下连滚带爬，缩进土缝里张望。

　　哦，无定河，陕北人的母亲河！　在大洋彼岸的三年里，马伯雄无数次梦到畅饮浓浓黄土味的河水。　这两月来，他坐轮船、乘火车、换汽车，一路向西；再骑骡子、坐驴车、搭马车，一路向北，舟车劳顿。

　　马车碾过一座千年石拱桥，穿过"天下名州"的石牌楼后，沿路流淌的是无定河的支流——大理河。　支流是小字辈，河道窄，水更少，岸边却车水马龙热闹得很。　穿对襟衫、扎羊肚手巾的人很多；光膀子光脚、穿半截裤的人不少；戴礼帽、挂文明棍的也不算鹤立鸡群。 千年古城绥德，闻名天下的"旱码头"，到处人欢马叫、驴踢狗咬，烟火气浓浓的。

"天下名州"客栈里，一匹枣红马儿的长嘴，伸到一头褐色佳米草驴的屁股，起劲地摩擦爱情的火花。 一旁的骡子歪头思忖，不臭吗？ 四五个穿半截裤的车夫，洗涝黑油油疙瘩肉的身子，眼睛都投向老板娘那边。 老板娘三十出头，巴掌大的脸上，恰到好处地点缀了十几粒调皮的雀斑，显得活泼风骚。 她揉搓着花花绿绿的衣服，抖动的手带动胸前的"兔子"狂奔乱跳，车夫们看得涎水淌下一河滩。

老板娘，替爷们搓把身子，放、放放水？ 一个五大三粗的车夫放肆地嬉笑道。 老板娘将衣服拧成麻花，说成嘛。 车夫问得多少？ 多少要问你妈，老板娘的话与一盆水一起泼过来，不偏不倚浇到车夫的裤裆，打起的"伞"一滑，从破洞里跑出大半截来。哈哈，兄弟是耍拳弄棍的？ 还是先买条裤子，尿泡尿照照！ 老板娘笑道。

阵阵浪笑掀翻大院里的空气，使得淫荡气息弥漫开来。

直挺挺躺在炕上的马伯雄，不为外面的喧闹所动，他两眼无神地盯着房梁想心事，晚饭的一碗黑粉和两个油旋催生的饱嗝打上来，身子一颤，瞅见悬在房梁上的马灯开始摇曳，他还是一动不动。

回忆是一条河，清水是幸福与甜蜜，浑水是痛苦与忧伤。 三年前，马伯雄从陕北二十三个县唯一的中学——榆林中学毕业。 同学们中有一个上北大，两个上南开，五六个上了国立西北大学，《共产党宣言》背诵得滚瓜烂熟的六人，考上黄埔军校。 马伯雄是两耳不闻窗外事的理工男，数学和美术尤为出色，同学们嘴里的"德先生""赛先生"，他觉得是夸夸其谈，啥救国都不如科学救国实在。 他的信仰是义无反顾做喜欢的事。 他喜欢建筑设计，目标是到世界著名的早稻田大学学习。 杨家沟村在这所大学里就有三人，"光义堂"的马儒生攻读微生物专业的博士学位；"和善堂"的马利生攻读心理学硕士学位；"光亮堂"的他本来要本科、硕士和博士一直读下去，但应允了父亲出国只能三年的要求，哎，谁叫他是独子呢！

"大哥，昂……先生，你叫我？"怯生生的声音与推门声一同进来。

见面前站着瘦小的女子，马伯雄问："你是谁，咋进来的？"

"我是，兰……兰花花，是专来伺候你的。"声音低而弱。

"你——出去。"他咆哮道，兰花花是一十三省最美的女子，哼，你也配。

"先生，行行好，要了我。"女子的祈求里带着固执。

"滚，给我滚。"他动粗了。

"不，我就不。"女子继续固执，却跪地了。

"你——起来。"

"要了，我才起来。"

"好吧，起来，说说你的事，就算是，要了。"马伯雄的心软了。 在日本的公共浴室里，他冷脸拒绝过低声细语的"汤女"，人家点头哈腰说不好意思，用连连的碎步退出，哪像这女子，简直是强买强卖。

"你是好人，我妈说好人有好报。"女子站到炕沿，说。 她十二三岁的模样，鼻梁挺直，嘴唇棱角分明，一对毛眼眼扑闪出烂漫童真，细看真有点兰花花的意思，只是身子瘦骨嶙峋。

马伯雄问她是不是米脂人，果真是，还是马氏庄园邻村的。 女子说村里人把野菜和树皮吃光了，都出门逃荒。 爹娘带着她和弟弟出门。 第三天娘饿死在路上，用弟弟换了片席子，把娘埋了。 她呢，被客栈老板娘收了。

知道陕北大旱，但干旱到这种程度，让马伯雄大为震惊。 他将所剩无几的票子拿出。 女子问做甚，先生要买我？ 他默默地拍到小手里，出门，留下一张梨花带雨吃惊的脸。

大理河岸空寂幽深，山峁和山梁托起的星空，与日本无异，暗蓝色与黑色交融的天幕，不尽的星星或明或暗闪烁着。 霍地，一颗拖拽长尾巴的流星划过暗夜，把最亮的北斗星也比得暗淡了，马伯雄的心被流星拽了一下。

02

北斗星不见了，最后眨眼的几颗星也谢了幕。

黄土山坳处的马氏庄园醒了。"光亮堂"的三岁大公鸡，抖擞着旗帜一样通红的鸡冠，"咕咕咕——"扯开嗓门领唱，引得"敬慈堂""信义堂""光明堂""育人堂"以及近处的沟、远处的坡，十里八乡的同类们，大呼小叫跟随，瘦弱的公鸡也不敢怠慢，不叫几嗓子尽义务，天一亮会被主人炖汤喝，尽管没几两肉。

公鸡们一闹腾，狗们也不敢贪睡，黑狗、黄狗、白狗争先恐后地发出犬吠，既给主人交差，也警告鸡们别目中无狗。犬吠几声继续躺平，没精力啊，快两年了，别说荤腥了，连顿正经饱饭也没吃过。两只从太原买来的小狗儿，没来得及受宠就陷入饥寒交迫中，想想委屈得要死。德国大洋狗还算自在，凭着高大的身躯，吃自个儿碗里的，抢别的狗盆里的，弄到半饱就寻母狗混游。哎，饱暖思淫欲，人畜都一样。

鸡鸣狗叫撕咬天幕的时候，米脂县杨家沟村家境最殷实的马瑞琪老爷，扛着铁锨爬上黄土高坡。他面朝东方，蹲着马步，气运丹田到脸红脖子粗，黑豆酿出的"胖"屁，横冲直撞地翻滚出来，吹得一撮黄土腾起卷卷沙尘。马老爷喜欢这种接地气、有生气的拉粑粑方式，能腾空肠道，吐故纳新，更重要的是肥水不流外人田，还能排出满腹心事。两个多月前，儿子来信说即将回国。然后，再无然后了。从日本回陕北，可走山东和天津两条道。按中日两国签订的《济案协定》，日军要从山东撤兵，济南、青岛、烟台自然不会安生；走天津呢，报纸上说日军刚刚策划了便衣队暴乱，天津卫被弄得乌烟瘴气，连租界也不太平。兵荒马乱的世道，甚时老百姓能过上正经安逸的光景啊。

马瑞琪系好裤带，天边散射出了微白天光，马氏庄园的轮廓清晰可见。杨家沟有九座大山，每座大山又有九座小山依附，中心地带的山叫龙虎山，构成山连山、沟间沟，起伏连绵的格局。全村有二三百户、一千多人，分为老户杨家和新户马家两大姓。经过十几代人的奋斗，七八十家姓马的依次在山坡上修建宅院，或上或下、或左或右分布，自成一体，通过磴路相连，形成庄园群。马瑞琪家庄园最大、最气派，是外人眼里马氏庄园的代名词。

明末那会儿，马瑞琪家还是几眼土窑，后来不断扩展，到清代发展为二十几眼土窑和十来眼石窑，现在三进大院套六个小院，是在马瑞琪手上建的。熟稔《易经》的他，用"八卦"理念设计了庄园。修建进入扫尾工程后，又咬牙花几千大洋，高筑两丈余的院墙，修了通往后山祖坟的暗道。

高筑墙引起"光明堂"堂主马拥护的不满。他联合近邻闹事，质问马瑞琪，说村有老寨墙，"光亮堂"为甚还要修高墙，挡别家的太阳。马瑞琪说我的墙高两丈，距离你家有七八丈，咋能挡住？马拥护说，这挡呢，分无形的和有形的两种，有形的挡是看得见的墙，无形的挡是看不见的阳气和风水。马瑞琪说陕北家家打墙，难不成都挡了阳气和风水？再说，当年要不是我爷爷主导修起寨墙，挡了回军，这会儿有没有大家，还两说呢。

同治年间宁夏发生的"回民起义"，波及陕北各县。马瑞琪的爷爷召集各堂议事，十万火急地提出修寨子、防匪患，并独自承担一半费用，自然得到响应。寨子火速建起后，老爷子又出钱买回火枪、来复枪，亲自出马游说陕甘总督左宗棠大人，得到馈赠火炮数门。说来也巧，前脚修好寨子买来枪炮，后脚回军攻到了米脂，打听到杨家沟的地主密集，就直奔而来，等吃了一通枪炮抵抗，傻眼的回军自作鸟兽散。为传世彰表老爷子的丰功伟绩，族人在马氏祠堂旁立起了"功德碑"。

马氏祠堂，敬奉的是始祖马林槐。明万历年间，始祖拖儿带女从山西逃荒到陕北，先落脚绥德，至孙辈儿，移到杨家沟村。马林槐认准的天理是，土里能刨"金娃娃"。几辈人一个铜板掰两半，节衣缩食地积攒，钱财够买九分地，要再凑一分地的钱，买一亩。百年后，坐地户杨家走了下坡路，外来户马家像棵枝繁叶茂的老柳树，深深扎下了根。村里的阳坡坡、避风湾，大凡风水好的地方，都让马家占据，修了庄园和寨子。分门立户的多了，家庭雅称的堂号衍生出来，鼎盛时大小有七十二家之多。堂号是允许长子长孙继承，让后人永续使用的，"光亮堂"号是马瑞琪继承来的。每个堂号均有独立的土地和佃户，各自经营着自家生意，掌控各自的地盘。

马氏祠堂建在最高的龙虎山上，主持议事的是马家辈分最大、年逾九旬的马老二叔。鹤发童颜的马老二叔，领马瑞琪和马拥护焚香三根，敬天、敬地、敬祖之后，他要二人各自陈述。参与议事的众堂主心里明镜一般，知道马拥护妒忌马瑞琪，是在找事。他俩是亲叔伯兄弟，往往最亲的人最容易较劲攀比，较劲的结果就会演变成敌人。本来两家的家境不相上下，是马拥护吃喝嫖赌的大儿子和抽大烟的二儿子败了家，他本人嘛，也传出和二儿媳妇不清不白的闲话，他的心理扭曲着了。

各位堂主，都说说嘛。老二叔要大家发表意见，回应的是此起彼伏的咳嗽声。谁都不憨，光脚的不怕穿鞋的道理都懂，为马瑞琪而惹马拥护，划不来。

"二爷爷，我说。"童稚的声音打破静默的空气。那时才上中学的马伯雄怀抱几卷纸，人小却气势威武地站到祠堂中央。

"去去，娃娃家来懂乱子。"马拥护说着，挥手赶他走。

"我不是娃娃家，是高墙的设计人。祖宗在上，我发誓。"马伯雄对灵位行了三鞠躬，说。

"哼，口气不小。真是你设计的，我免你家无过。"马拥护气恼地说，话音未落就后悔了，顿时心头泛出无名的酸楚。

族人们都知道马伯雄喜欢画画，上榆林中学后更甚，每次放假回来，对着沟峁、窑洞和庄园，画呀画一整天。真弄不明白，大名鼎鼎的榆中，咋光教学生画画了。

"说话算数？"马伯雄气宇轩昂道。

"算，当然算。我堂堂的一堂之主，能跟你猴娃娃戏言。不过，你要拿出扛硬证据才是。"

"这扛硬不？"马伯雄一个箭步跨上来，"哗啦"打开图纸，画的是蜿蜒的城墙、角楼、城垛和威武的大门，远处是杨家沟的轮廓。"瞧，这还写着我'马伯雄设计'呢。"

"马瑞琪，这么大的工程让个娃娃设计，不是胡求弄？"马拥护说。

"各位长辈、族人，居安思危，未雨绸缪，就需要广积粮、高筑墙。我爷爷当年这样做了，今天我和儿子也这样做，向大家保证，一旦再遇匪事，马家老寨子抵不住时，请大家撤进我家庄园，这是马氏家族的庇护所。"马瑞琪郑重承诺，转移了话题，是不愿再刺激马拥护。

马瑞琪大度的表态，得到大家的赞许。马老二叔卷起图纸，说："二爷爷不懂这个，可是懂得建高墙保性命。娃娃，好好干。"他拿起图纸在马伯雄的头上亲昵地拨拉一下，宣布结束议事。

"不能结束！"马拥护吼起来，问："我家的风水咋办？"

"整个家族都'双保险'了，还不算大家的好风水？"马老二叔胡子颤巍巍抖动着，反问。

"家族保险，能算数？谁家还不是各过各的日子。"

"你还是堂主呢，咋说话不算数。"马伯雄质问道。

"伯雄，你不要再掺和了，赶紧回家。"马瑞琪厉声道。

"知道我们马家的前世今生不？"马拥护发问，喋喋不休地翻腾前三十年，预料后五十年的事。

等马拥护的唾沫星子再也喷不出来了，马瑞琪轻叹一口气提出了修改方案，就是把经马拥护家的那段墙体降低，让两家的一般高。其实，打马拥护闹腾开始，他就有了在那段留个缺口的打算。他问另几户是不是也要降低，回答说不用。他们本来是在马拥护的怂恿下才闹的，刚听马瑞琪的一番话改了主意，说为族人高筑墙，是没反对的道理。

"爸，不能这样，墙要合不拢那成了啥，比四不像还不像。"马伯雄急眼了，说。

"弄成甚，就算甚。"马瑞琪果断地说，老二叔也连忙宣布议事结束。

马伯雄对建筑的兴趣是父亲刻意培养的。刚刚懂事，父亲领着他几进米脂城，走街串巷，挨门串户，遍踏这座全国独一无二的窑洞古城。潜移默化中，他对窑洞和庄园发生了浓厚的兴趣。马瑞琪找在寺庙塑像的万画匠给儿子当老师。像达·芬奇画鸡蛋一样，马伯雄跟着师傅画过无数神像，杨家沟及周边的山岔沟峁，村里的座座庄园，他闭眼都能完整画出。他家的庄园由三进院落组成，"明五暗四六厢窑"的后院是核心，青瓦硬山顶大门，两旁对称放置圆抱鼓石，坐北向南一溜排开的，是高门亮窗的五孔石窑，一般住主人及子孙们；东西两侧门头较低的双窑暗院里住小妾；边角的三孔厢窑，是贴身丫鬟等住。

马瑞琪因为家里人丁不旺不开心，就天天诵读马氏家族祖训：

万里长城秦国强，人心散了即遭殃。

记安危，心筑墙，马家千秋代代长。

祖训常常念着，结果还是不尽如人意。马伯雄的母亲，生女儿马苗时难产走了，马瑞琪后娶的填房面若桃花，却不生养。偌大的院落，如今住着老两口和马苗，能不孤单？

太阳跃出地平线的同时，马瑞琪踩着点回到庄园。"唰唰沙沙"的扫地声，"噼噼啪啪"的劈柴声，"窸窸窣窣"的脚步声以及"呲呲噗噗"茅房里的放屁声，交织在一起，听得十分受用。与越来越不安生的世道相比，庄园里的人烟气，令人踏实。

常管家将铜盆端到马老爷身边。马瑞琪在盆里洗了手，熟稔地从几个婆姨端的瓷盆里抓出一大把小米、高粱、玉米面等，放进常管家端的几个盒里，又盯着他倒进分门别类的大缸中。日省一勺米，千日一石粮，这是太爷爷定下的规矩；农忙时吃稠些，农闲时吃稀些，是他立的规矩。马家的万贯家财，靠的是一粒米一分钱，长年累月积攒下来的。"车夫房的，等等。"记起艾土地今天要到榆林城送贡米，那该给他们加米了。

"敬灶马爷——生火，做饭啦！"常管家洪亮如钟的声音，在庄园里久久回荡起来。马家先人留下了规矩，伙房点火前，管家要带各伙房人敬过灶马爷。

炊烟盘旋着快速升起，米香飘了起来。当翻滚的小米粥和热气腾腾的窝窝头、酸菜、野菜出锅时，趾高气扬的阳光，穿过杨树、柳树、槐树和枣树的枝条，无处不在地投下斑驳疏影。

满载粮袋的几辆马车在庄园门口等待。 马瑞琪扯了艾土地的汗褂，说此次送米非同寻常，千万要小心再小心呐！ 艾土地说您放宽心，保证不出岔子。 他一扬手吼喊，伙计们，走起——

03

"叭叭"的甩鞭声与马蹄"嘀嗒"声，搅动了山沟的宁静。 艾土地率车队已走了几个时辰，再拐两个弯便能看见米脂城了。 对面传来几声清脆的甩鞭声，三匹高头大马拉着一辆雕龙刻凤的车子驶来，闪过的一瞬间，艾土地见对面车里一张胖乎乎的油光老脸似曾相识，他"叭"地甩了一鞭，扯开嗓子：

　　　　走头头的那个骡子哟

　　　　三盏盏的那个灯

　　　　哎呀带上的那个铃子哟

　　　　哇哇的那个声……

　　　　"嗷嗷，嗷嗷。"

其他的赶车人，异口同声地跟唱：

　　　　你若是我的妹妹儿哟

　　　　招一招你的那个手

　　　　你不是我那妹妹哟

　　　　走你的那个路……

粗犷嘹亮的歌声，吸引了万向明，他问赶车的胡管家："穷山沟里的人还真会穷乐呵。 你说，这年头这么多马车还有拉的东西，不会是马家给我们送米吧？"

油光老脸是榆林"通天苑"的胡管家，他道："真要那样敢情好了，省得我们顶着大太阳遭罪。 看，又来了一辆。"

迎面走来的这辆马车由一匹溜光锃亮的枣红马拉着，车上的五六个人，清一色戴着破草帽。 胡子拉碴的赶车人，投过个眼神，令胡管家的心咯噔下，眼神太阴冷。

"不瞒你说，快吃了二十年的小米，我至今没弄明白，米脂这地儿长出的，为啥油汪汪的香？"万向明问。

"米脂地方志载，'米脂，以地有米脂水，沃壤宜粟，米汁渐之如脂而故名'，是宫里的御用贡米。 以米命名的县，据说全国仅此一家。"说起米脂小米，胡管家如数家珍，这些都是与马家多年打交道学来的。

"一方水土养一方人，真是大自然的大道理。"

三天前的大清早，榆林城的万府门口，一辆马车和一匹马儿整装待发。"通天苑"的掌柜万友善，忐忑地为两儿子送行。 大儿子万星明去蒙地，找合作伙伴巴特尔收取分红，另想预收一两万大洋；二儿子万向明到米脂，催马氏庄园欠的贡米，另要收回租地。 米脂百十里远，又有胡管家陪同，不用担心。 万星明独自去的是蒙地，万掌柜忧心忡忡地叮咛，说路途遥远，充满险恶，要小心为妙。 万星明不以为然，说不就是包头，走海拉尔也不在话下，还怕遇不到麻烦呢，凭我的功夫，怕谁。 说着，他蹲下马步拉开架势。 万掌柜连说就担心你的这点猫脚功夫惹事。 万星明打小喜武习武，打拳弄棍练了点本事，也练出暴脾气，这些年没少惹事。 万星明不服父亲的说法，说甚猫脚功夫，我是跟大师学来的一招一式。 万掌柜说山外有山楼外有楼，再说拳脚用不到正经处，会招灾祸的。 万星明说，到这会儿您还不放心，那我不去行了吧。 万友善不再说话，身子背过偷偷操心。 大儿子骑马儿向北，小儿子坐马车向南，他的左、右心房，被南辕北辙的两儿子，撕扯中带走了。

派儿子们催粮要款，是不得已而为之。"通天苑"是榆林城数一数二的商号，经营种类大到金银首饰、粮食皮毛、牛马牲口，小到日用百货、锅碗瓢盆、针头线脑。 主要以边客商贸为主，把蒙地的皮毛运到榆林深加工，再运到山西、河北，有些还运到天津出口。 和洋人打交道久了，万友善悟出一个道理，天下最赚钱的生意其实是钱生钱，他与天津的郭老板合开了一家银行，一时在榆林名声大噪，《上郡日报》和省城的《西京日报》都做了报道。 号称榆林城最有钱的前街陈万山，后街张有贵，再也不敢小看中街的万友善了。 福兮祸所伏，"通天苑"的危机恰恰出在了银行。 天津银行的主要业务是给洋人放贷，做进出口贸易。 去年不知从哪刮起一阵风，各地到处建毛纺织厂，引发棉花紧俏，租界里的国际买家不惜贷款囤积棉花。 谁料今年棉价暴跌，国内需求也莫名其妙减少，前后市场成了冰火两重天。 买家们的贷款还不上，银行陷入危机。 郭老板三天两头来电，要万掌柜增资十万大洋救急。 十万块现大洋，白花花能堆起一座小山，他哪有这么多。

榆林城是座有六百多年历史的古城，城池依山傍河典雅精致，两条南北平行的街道和数百条宽窄、长短不一的巷子，组成阡陌交通的"棋盘"，几百座四方四正的院落，如棋子般散落。 最热闹的大街，六座楼台和十几个牌楼逶迤骑街，东西两侧各种店铺林立，人们熙来攘往，烟火气袅袅。

"通天苑"商号在大街最繁华的地段，或向南，或向北，金银店、皮草店、百货店……大小十几个一溜排开。 前些年的生意那叫一个好！ 这头年遭了灾，其他生意也半死不活，只有粮店的人气最高，粮食一天一个价还没多少可卖。 市民骂，万掌柜冤，乱得一塌糊涂。"通天苑"和"光亮堂"的生意做了几代人，黄澄澄的贡米在北平、天津是抢手货，黄米更受蒙古王爷喜爱。 黄米加工成颜色鲜艳、颗粒饱满的炒米，巴嘎酥脆，嚼着满嘴留香，泡进熬制的通红砖茶里，再加几勺酥油，更是别有风味。

一座连一座的窑洞，就是马氏庄园，胡管家指着半山坡道。 万向明长吁一口气，说妈呀，总算到了。 马车沿着盘山道绕来绕去，进寨门后走过一座座院落，便有朗朗的童音传来，在大山里萦绕：

吾乡多山，青翠如画，天晴山现，天雨山隐……

胡管家指着宏大的门楼，说这是马氏庄园的代表，"光亮堂"的马瑞琪家。 万向明却问谁在朗读。 答曰大概是学堂上课。 万向明诧异庄园里还有学堂？ 胡管家说整个村子里有三所。 万向明更加诧异，一个乡山圪塄的村寨里，竟有三所学堂。

豆芽菜身子的常管家，带着罐罐身材的胡管家和万向明一进庄园，读书声越来越响亮。 循声而去，见一位闪动长睫毛的女子手捧课本，用小巧的嘴巴领读。"俊，真俊！穷乡僻壤的山圪塄里，竟有如此天生丽质的美女？ 金凤凰，惊叹，惊叹！"万向明感叹道，神情迷离起来。

"你是谁？ 胡说甚。 快走开，不要打扰小先生上课。"一个怀揣铃铛的后生，警惕地看着万向明问。

万向明并不理睬后生，问常管家小先生来自何方？ 知是刚从米脂女校毕业的马家小姐，他说着书香门第的大家闺秀，就要推开教室门。 后生忙阻拦，说你有意思没，学校重地，村里人也不能随便进入。 你谁啊，我们是"光亮堂"的贵客，胡管家挺起胸膛冤。"李四，少说几句，先退下。"常管家对后生说着，领着一步三回头的万向明去找马老爷。

"二位请喝杯清茶，拂去一路风尘。"马老爷儒雅地请他们喝茶。

"好茶，谢谢马老爷上等龙井。"万向明讨好般地笑着，说。

胡管家的心思不在茶上，直截了当问："您老人家还记得，这是我第几次来贵庄园了？ 今年就第三次了吧。"

"贡米的事放心好了，契约里写下的，我们就是不吃不喝，也一粒不少送到通天苑的。 只是大灾之年，得留点筹措的时间。"马老爷慢条斯理地说。

"打住。 上次来就这么说。 可是这次不同了，万家公子亲自上门，总不能让他空手回吧？"

万向明扭头不安地看着马老爷，心有愧疚一般。 胡管家继续加码，说："我家万掌柜说了，这次不仅要贡米，还要收回地，我们不租了。"

收地？ 马瑞琪一愣，说："马万两家的交情咋来的？ 是先人遵守两个字——诚信。 还请万公子放心，马家绝不会失信。"

"对对，父亲也说拖欠贡米的事，马家的责任不大，是天太旱了，怨就怨老天爷。"万向明说。

这小子咋把商量好的对策撇到脑后？ 胡管家忙打岔说："天是天，事归事。 马老爷是儒雅之人，贡米要送，万家的租地也要退回，两家再就井水不犯河水了。"

"不不，马家遇上大麻烦，我们该互相通融，共渡难关。"万向明说。

"不能通融啊，北平和蒙地的客户等米下锅，有老板还放出狠话，要是再见不到米，就送我们吃官司。 吃上官司，你们马家也安然不了。"胡管家气咻咻说。

下人端着碗里能照见人影的高粱小米稀饭和一碟咸菜，送到马老爷面前。 马老爷问一块用？ 万向明忙摇头。 马老爷闷头喝了几口稀饭，问除贡米和租地的事，还有其他吗？ 胡管家迫不及待掏出了合约，说签了退地合约，欠的米也能商量。

马老爷把合约推开，道："告诉你们，给通天苑送米的车队，这会儿该过了米脂城。 常管家，送客。"

胡管家与万向明面面相觑，说："太阳明晃晃照在当空，马老爷说话不敢闪了舌头。"

"放肆，咋跟老爷说话的？ 我家艾把式，一大早带车队去了榆林。"常管家满脸愠怒，说。

"可是，我们一路走来并没遇到甚车队。"胡管家说着，突然想起那几辆马车，一时语塞。

他们走出客厅，读书声又传来：

我问母曰："山何以能隐现？"

母曰："天晴无云故山现；天阴有云故山隐；云能蔽山，山不能动也……"

万向明心生一个主意，他扭头对胡管家说我们不能这样走。 胡管家说是啊，一粒米不见，一个字不签，就打发我们回去，哄三岁的娃娃啊。 万向明说你赶紧回榆林打探消息，我就守在这儿，等着他们签退地合约。

"要留我留，你这人生地不熟。"胡管家说。

"我说留，就我留，你走。"万向明不容胡管家分说，道。

好听的读书声又起，胡管家看着万向明，笑了，心想谁都年轻过，只是，乡下的土财主家庭，万掌柜会同意吗？

04

心情是一阵风，一会儿大一会儿小，一会儿舒服一会儿难受。 越来越多的逃荒者，令马伯雄的心头像压了铅块。 他沉重地走着，忽然望见米脂城的捍卫门，心情轻松起来。 想起了城里几百个四合院，和照壁、抱鼓石、月亮门等等，触发了他愉快的回忆。

城门洞里两边墙壁，是工整毛笔字书写的标语：国民齐心共革命，国民政府爱人民。 走到街道上，大块的墙壁基本都画上了五彩缤纷的墙报，粉笔写的，毛笔写的，有各种消息，简短评论，一面大墙上的《十可叹》让马伯雄吃了一惊：

一可叹，家家瓷瓮刮了底，户户烟囱不冒烟；

二可叹，坐着轿子抬上山，地里庄稼不见苗；

三可叹，拨拉算盘收税款，农人穷人惨不惨；

四可叹，有人把牛吹上天，欺上瞒下乱作为；

……

真敢写，看来米脂的民主气氛很浓，马伯雄感叹着，为署名"三民二中的师生"捏把汗。 五四运动十来年，民主这玩意是放了收，收了放，一起一落，把多少热血青年闪进了牢房。 想着走着，他看见前面出现了荷枪实弹的警察，出事了？ 盘龙山脚下，更多的警察，在与黑压压的师生对峙。

一个胖胖的中年警察，手执喇叭筒，煞有介事地宣读道：

长期以来，三民二中不以传播文化科学知识为己任，大肆宣传赤化，进行共党活动，砸了几十尊盘龙山真武祖师庙塑像，非法将李仙周、马佩英等优秀教师驱赶。特别是去年"中秋节乱匪"事件，给社会带来恶劣影响，造成米脂形象严重损坏。现在宣布，从今天开始，三民二中将无限期关闭。

"凭什么关闭学校？"

"我们要自由，我们要上学！"

百余名师生挥舞拳头大喊。

要关闭三民二中？马伯雄心里咯噔一下。三民二中才创办不久，是全县第一所、陕北第二所中学，省立榆林中学为"三民一中"，米脂乃"三民二中"。他刚要挤前面看个究竟，学生们突然向警察扔起石头，警察抡起警棍冲过来，几个学生被扑倒，更多的师生四处逃散，看热闹的市民慌忙躲避，现场一片狼藉。"嘟嘟——"胖子吹响了警笛，大喊：统统抓起来，不要放跑一个共党分子！

"哎哟——"一个妙龄女子与马伯雄撞个满怀，他眼疾手快拉她一把免得摔倒。仅在这一瞬间，楚楚动人的女子影像，深深地刻入他的脑海里。他忙捡起女子掉落的书，却不见她的踪影。书的封面是一个大十字架，他有些懵懂，一个基督徒，咋会被警察撵呢。

等警察押走一串捉住的学生，慌乱的人们又恢复了安静。"奶奶，饿，我饿……"一个满脸鼻涕的三四岁娃娃，用小手扯着满头白发的老人呻吟。娃娃的背后插了一只草标。

"好人，收下我的孙子，一文不要，只求讨条活路。"老人对着路人哀求，道。

马伯雄掏出最后的一张票子，老奶奶接过要磕头。他一把拉住，老奶奶对孙子说跟好人活命去。"不，我不是买孩子的。"马伯雄连忙摆手，出国三年回家，带回个娃娃，哪门子的事。

"毛蛋，毛蛋醒醒，啊——该杀的老天爷，为甚叫他来人世，做饿死鬼？！"老人猛地哭天喊地。娃娃已歪头倒在老人的怀里。

马伯雄吓得连连后退，在感叹生命脆弱的同时，对生命的尊重之情，也油然而生。

"借光，借光，让下，让下。"车轱辘的吱扭声和熟悉的说话声传来。"艾把式，你……"马伯雄激动得一时语塞。

"公子咋在这？"艾土地也很激动，嘴唇哆嗦着问。

"刚走到这……"马伯雄说着，不由得朝紧抱孙子不松手的老人那边看去。

"唉，这两年的大旱，让死人的事情变得稀松平常了，刚遇到一个壮年，走着走着，摇晃着歪头倒地。 公子，我们不说这个了。"

"车上装的是啥？"马伯雄问。

"给榆林通天苑送的米。"

"米脂都栖惶死了，还给他们送？"

"是按约行事的，我们已违了约。"

两家生意上的事，马伯雄不愿想太多，他仰望当空的大太阳，猛地说："艾把式，给我借点东西？"

"借？ 公子客气，甚都是你家的。"

"借米，赈灾。"

"借米？ 这万万要不得！ 老爷千安万顿，要一粒不少地送到万家。"艾把式摇着手，讲开违约的利害关系。

马伯雄哪能听得进去，对伙计们扬手，说卸在宽展的地儿，再帮忙垒锅台熬稀饭。咋，你们还不卸，要我亲自动手？ 他说着真要拉车上的袋子。 艾土地只得领着大家卸车。 作为一个下苦人，眼瞅着乡亲们一个个饿死，又何尝不想救命呢，但作为光亮堂的车把式，首先要维护东家的利益，马老爷把信誉看得大于性命，自己岂能出岔子！但公子执意要卸米，他也毫无办法。

聚集起来的饥民们捡来树枝柴棍，庙里的和尚抬出做斋饭用的大铁锅。 伙计们卸车、铲土、搬石头、垒锅台、点火、烧水、下米，整个动作一气呵成，简直是行云流水。

离锅台大约三四丈开外，一棵树皮斑驳、树叶稀疏的老榆树上拴着匹枣红马，马儿探起身子啃高处的树皮，扯得马车一摇一晃的。 盘腿坐车上的人二十三四岁的年纪，络腮胡子，浑身疙瘩肉，破草帽下那双炯炯有神的眼睛，一眼不眨地盯住稀饭锅。 络腮胡子是与杨家沟村一山之隔的李家峁村人，按排行叫李三，长出浓密胡子后叫李胡子。 他是庄稼地里的一把务农好手，也是十里八乡红白事的领事，更是捕猎高手，野兔、野鸡甚至罕见的黄羊，只要入了他的眼，多半能入他家的锅。 他套山鸡更有一绝。 秋天,山峦蒿草飞舞,铅灰的颜色涂抹整个黄土高原。 劳作流汗的农人们,收割了糜子、谷子、玉米、高粱,各种豆科,以及洋芋、红薯蛋、大白菜。 此时成群结队的山鸡出来觅食,时而空中飞翔,时而地上扑腾。 李胡子身披茅草衣,将亲自"熬"出的山鸡油子投放,随着一声声高低不同的鸣叫,唤来一只、十几只和几十只同类相聚,他瞅准时机腾空而起,将大网抛向天空,网落鸡擒。 这两年天旱人怨,水干地干,山鸡成为稀罕物,为了讨生活,他开始寻新的营生。

柴火烧得噼里啪啦作响,铁锅的热气直冲云天。 瞅着饥民越来越多,担心出事的马伯雄要伙计们维持秩序。 农人对农人,谁听谁的,这边刚排好队,那边又挤成一堆,在顾头不顾尾的慌乱中,不知谁喊了声稀饭熬好了,饥民们哗啦一下拥上来,差点掀翻了锅。 马伯雄扬起长勺的喊声,被饥民们将碗戳进滚烫的锅里烫得嗷嗷乱叫的声音淹没了。

"起开,都给老子起开,排好队,一个个来。"李胡子按捺不住了,他把草帽一摔,冲到饥民堆里。 另几个戴草帽的也连推带拉,在铁锅周围腾出片空地。 马伯雄对李胡子说谢谢。 对方回说谢球甚,我们也想讨碗喝。 马伯雄捡起长勺亲自去舀,对方却说先给灾民吧!

艾土地见赈灾有条不紊地进行,悄悄问马伯雄赈灾何时完结。 想啥了,还没正式开始就想着完,马伯雄回敬说。 艾土地问难道要把所有的米都熬成稀饭? 见马伯雄点头,他带着哭腔,说我咋给老爷交代呀,通天苑的米送不到,麻烦大天上了。 马伯雄说你现在回去禀告老爷,自然就脱身了。 艾土地觉得也是个办法,便要回去禀告,就喊一嗓子:"老乡们,好好喝稀饭吧。"

喊声恰被路过的胡管家听到,大灾之年还有免费的稀饭喝? 他往这边一瞧打了个激灵,看见了"光亮堂"的麻袋,气咻咻说:"你们这些光亮堂的假善人!"

马伯雄抢回被夺的饭勺,问:"你是谁? 咋这么无礼。"

"我无礼? 我是榆林'通天苑'的胡管家。 倒要问你,和'光亮堂'甚关系?"

"胡管家,难怪胡管来了,这里是米脂,不是在你们榆林城。"

"说啥了,你再说句试试!"胡管家把胖身子一横,说。

"胡管家,他是我们光亮堂的马公子。"艾把式忙解释道。

听说是马公子,胡管家少了些底气,口气温和了一些,问:"是马公子,那请问,你可否知道,这米是谁的?"

"袋子上写明是光亮堂的，还能不是马家的？"马伯雄大大咧咧说道。

"光亮堂，哼，你知'通天苑'不？ 知万马两家生意上的子丑寅卯不？"

"抱歉，等有时间了，我再洗耳恭听，现在还请你个人儿忙去，恕不奉陪。"

"不行，我就要告诉你，马家送到万家的贡米，是缴的租子。"

"生意上的事我不懂，眼前饿死人的场面，凡是有良心的人不会无动于衷吧。"

"米送到榆林也不是拿来喂猪的，全城的黎民百姓，也在等米下锅。"

听他这样一说，马伯雄略带歉意，说："那您担待了，赈灾用去的米，我相信，父亲定有办法补上的。"

"说得轻松，要能补上，就不用我们三番五次来催，让万家二公子留在马氏庄园等消息了。 我告诉他去。"

05

太阳一躲进西山，大地清风习习。 刚还热得汗水淌进沟壑子，这会儿凉快了。 李四把铃铛摇得叮叮当当。 马苗亭亭玉立地站在学堂门口，和学生们挥手告别。

"嗨，你好！"万向明从老榆树后闪出，招手道。

马苗腾地脸颊红满天，赶紧低头要返回教室，万向明紧撵几步挡在前面，说："小先生的课讲得真好。 内容好，讲得透，声音更是好听，像是，毛乌素沙漠里汩汩流淌的甜丝丝的泉水。"

赤裸裸的表白，吓得马苗不知所措，脸红得像燃烧的炭一样，羞答答中把头抵到胸前。

"喂，你又做甚？"李四拿把笤帚过来，气冲冲问道。

"拉话呀，通天苑的万公子与光亮堂的马小姐拉拉话，咋了？"万向明挑战般地说道，摇铃铛的山汉，真是狗拿耗子多管闲事。

"你们不能拉。"李四挺起胸膛堵在万向明前面，说。

"呵，我就奇了怪，你一个摇铃铛、打扫卫生的工友，咸吃萝卜淡操心，管大小姐的事。"

"咋了，工友也知子曰：'男女授受不亲。'"李四更加理直气壮，他是光亮堂的雇农，也是远近闻名的能工巧匠，特别精通石活，在坚硬的石头上能雕刻出花鸟鱼虫。这两年人都快要饿死了，无闲钱大兴土木，仰慕万小姐的他，来到学堂服务，也借机跟娃娃们一起上课，学习文化。

"啧啧，下人也知道授受不亲，还子曰呢。我咋闻到股酸臭味。"万向明嘲讽地说着，发现马苗不见了人影。

马苗的心早似小鹿乱撞，她气喘吁吁跑回闺房，心潮起伏地一咕噜上了绣床，别人都睡炕，父亲特意为她买了床。半年前，她从女校毕业，女校没男生但不妨碍心房里走进男生，十八岁正是怀春的年纪，林黛玉和贾宝玉，张生和崔莺莺，梁山伯和祝英台，才子佳人的故事，听来是既害羞又艳羡。万公子风流倜傥的轻浮，她不愤怒而在新奇中，春心荡漾。

万向明打探到马小姐厢窑，但不敢前去造次，马老爷就住在附近。焦渴难耐中，他在黑黢黢的庄园里踱步，忽闻和风细雨声："天接云涛连晓雾，星河欲转千帆舞。仿佛梦魂归帝所，闻天语，殷勤问我归何处。我报路长嗟日暮，学诗谩有惊人句。九万，九万……"

"九万里风鹏正举。风休住，蓬舟吹取三山去。"大喜的万向明接住，迎着马苗走过去，说："这是李清照的《渔家傲·天接云涛连晓雾》，她还有《渔家傲·雪里已知春信至》：雪里已知春信至，寒梅点缀琼枝腻。香脸半开娇旖旎，当庭际，玉人浴出新妆洗。"

"造化可能偏有意，故教明月玲珑地。共赏金尊沉绿蚁，莫辞醉，此花，花……"马苗吟诵着，突然意识到自己的失态，戛然而止。

受到鼓舞的万向明伸出手，说："马小姐果然超凡脱俗。来，我们正式认识一下，榆林中学的万向明。"见马苗垂下头，把书捏得更紧，万向明继续道："小姐是米脂女校的高才生。"

"万公子见笑了。"马苗低垂柳叶眉，轻声道。

"马小姐。"万向明唤道，马苗的开口，令他惊喜万分。

"榆中，是一座陕北人仰慕的好学校。"马苗低声说。

"我们两家，渊源全是生意上的事。如果撇开生意，再发生点其他，比如联姻之类的，那一定会在陕北，不，陕西所向披靡的。"受到鼓舞的万向明脱口而出道。

"你乱说甚哩。"马苗嗔怪道。

"万公子，老爷找你。"黑暗里，传来李四的声音。

马苗紧跑几步消失在茫茫夜色中。过了一会儿，李四站在她的闺房门口，说小姐要当心，万公子不是好人。马苗皱起了眉头，说你走吧，我要睡觉了。和她青梅竹马的李四，人品好，长得也精神，对自己好得没的说，但毕竟，他是长工。

一盏汽灯将马老爷的窑洞照得亮如白昼。胡管家和万向明期待马老爷给个说法。马老爷却让下人拿来两个印花瓷碗，说请二位用餐。万向明真是饿了，后晌是洋芋擦擦，还放了香气扑鼻的油炸泽蒙，可他一门心思在马小姐身上，哪有丁点胃口。这会儿面对卧着鸡蛋的清汤面片，便狼吞虎咽起来。胡管家吃着面仍不忘使命，问马老爷事咋弄？

马瑞琪把拐杖使劲一戳，说："明大早进城，我当场给说法。"

无定河畔升起的炊烟，比太阳升起还要早。饥饿的日子里，无米下锅的穷人们，烧火烧出了恓惶，富人家，也不敢高调冒烟，唯恐招来灾祸。赈灾现场却是热火朝天。马伯雄指挥大家把火烧旺，守候的饥民似汹涌奔腾的潮水，碾压细水长流的无定河。他们有的坐，有的站，有的卧，现场秩序井然，这是李胡子的功劳。"你，给我出去，穿戴得像个相公，咋有眉眼吃舍饭？"他吼喊着，将穿对襟衬衣的中年人扯出了人群。

"等等。"马伯雄舀出一勺稀饭，倒进中年人的洋瓷碗里。他知道这个外号叫常魔鬼的是城里的名人，范进式的人物。唉，连大门大户的常家也吃不饱了，一般百姓的光景就可想而知。

干枯的河滩腾起黄尘，是一队警察踢起的，他们的到来打破了原本的井然秩序。"谁让在这摆摊设点，扰乱社会治安的？"说话的是警察局的张局长，模样算周正，但口气与模样极不协调。

"长官好，你们这是干吗？"马伯雄淡定地问。

"看来是你弄起的了。自个儿收拾，还是帮你清理？"张局长问马伯雄。

马伯雄将饭勺搂在怀里，说："回长官，摊子是我弄起的，大家鼓掌，欢迎警察帮我们维持秩序。"

"我们来维持秩序？还真把警察当你家的护院队。现在撤，还能免你无罪。"

"赈灾救命，何罪之有？"马伯雄问。

"阻拦百姓逃命，非法聚集灾民。明面上吃舍饭，暗地里让国民政府难堪，这算不算罪？"

"哈哈，这天下的罪有无数，把赈灾救人当犯罪，古今中外，历朝历代，闻所未闻。佛家说救人一命胜造七级浮屠，现在是国民党政府……"

"政府咋了，你们就能为所欲为？赶紧撤，不然本局长不高兴了。"

"不高兴是你的事，我们做的就是熬好每锅稀饭，救更多的饥民。"马伯雄针锋相对地说。

"后生花麻得撩嘴，是想知马王爷长几只眼？给我动手！"张局长说着一扬手，众警察齐扑上来，扯开四周的百姓，抡枪托要砸锅碗瓢勺。

"张局长，老夫请你手下留情。"马老爷闪现出来，道。他的身后站着常管家和万向明、胡管家。

难怪这小子硬气，原来娃娃后面站着大人，张局长想着，说这不是甚庄园的老爷吗，你咋来这个乱哄哄的地儿。马瑞琪是米脂乃至陕北著名的乡绅，张局长很是熟悉，但此时有意装作不熟悉，求人的人就是根葱。

"我要不来，保不住你会弄出多大的动静。真纳闷了，警察不去保百姓平安，跑这儿兴师动众。"

张局长凑过去对马瑞琪耳语，道："这是执行王县长的命令。灾民聚集在县城吃舍饭，让政府的面子无处可搁。"

"多大的面子，比饿死人的事还大？"马瑞琪的拐棍在地下使劲戳着，问。

"死人事是大，但看死在哪里。出了米脂地界没事。聚在这儿，死了，责任啊。"张局长说。

"服了你们！哎，马伯雄，我问你，拦路劫米，成何体统？"马老爷不再搭理张局长，开始斥责起儿子。

"父亲，您不是常教导我说，人活着要学好向善。百姓随时要饿死在自己跟前，我无动于衷的话，还算人吗？"

"学好向善，要拿你家的学。这些米，早已姓了万。"胡管家气急败坏地跳着，说。

"伯雄，救人重要，诚信也重要。万公子，请把剩余的米清点一下。至于用去的，给点时间，我会补齐的。"马老爷对万向明说道。

"用去的算我家的，马老爷您就不用操心了。"万向明连忙表态。

"二公子，可不能这样，哪有名利都让马家得了的好事。还有，马公子要跟我们一道送米。"胡管家说。

"万公子的心意老夫领了，但赈灾是马家的事，我们会补齐的。胡管家，就是你不说，我也会让伯雄跟去的。"

"行，相信马老爷说到做到。"胡管家拱手，说。

"艾把式，还愣着干甚，清点贡米，上路。"马老爷大声说道。

大家忙着清点贡米装车，被晾半天的张局长对马老爷说告辞。马瑞琪说老夫拜托张局长转告王县长，灾情当下，人命关天，政府该拿出实际行动，尽快开仓放粮。县长做不了主，就逐级禀告上面。张局长悻悻说着一定转告，心说开仓放粮，那是痴心妄想。

06

太阳金黄色的余晖跨过无定河，斜射进河东的米脂城。这座城宋元初建，明清扩建，民国再建，有了"两山围三水、四街串古韵"的构架，形成"凤凰单展翅"的城套城，并且套了三回的巧妙布局。其两山是指俯瞰全城的文屏山和凤凰岭，三水是指环绕全城的西边无定河和东边流金河、饮马河，城里有几百个窑洞院落，更是这世界上独一无二的窑洞城。

古城东街，有一个石狮子把门、狮子旁又站挎枪警察的大院，大院套了五进院，这是国民党米脂县政府。推开朱漆大门，是高丈余、宽六尺的影壁，壁顶为挑檐翘出的房脊式，用砖脊筒、片瓦、间瓦组合，壁正面是"寿星图"，有行书对联：春归花不落，风静月长明。花鸟鱼虫装饰四周，石刻刀法实在了得。大院也是明五暗四的窑洞院落，里院正窑里，留三七分头、身着中山装的王县长，不停地在踱步，说："混账话，开仓放粮岂那么容易？"

"县长，我早看出那老东西是在刁难政府，为自己收买人心。您下令，我把他抓了。"张局长道。

"糊涂！米脂是何方圣地？久负盛名的文化县，千年古县。这些乡绅，既能和上面打得火热，又是百姓的主心骨，在他们背后，有理不清道不明的关系，可能会通天。"

张局长为难地问："那该咋办？"

"对愚民来说，三句好话不如揍他一马棒，对乡绅要用这个。"王县长指着张局长的脑袋。 说实在的，愚民好糊弄，可在文化底蕴厚重的米脂，百姓都长着脑子，这官真他妈的难当。"张局长，你说马家给榆林城送米？"王县长问着，想着灾年里马氏庄园还有那么多粮食，说明财主家是有余粮的，米脂有那么多地主，顿时心生一个主意……

"嗒嗒嗒嗒"的马蹄声在回响，向北急行的车队，在尘土飞扬的路上，煽起不离不弃的"土龙"。 穿梭在"土龙"中的麻雀，撵得气喘吁吁，捡拾车上撒落的米粒，它们时而收起双翼飞扑下来，啄了米后又扑腾起翅膀追赶。 车队过了无定河的下盐湾湿地，又行几袋烟的工夫，进入了黄澄澄起伏的沙丘中。 越往北走，沙丘越大而连绵，路也难走，车轮时不时陷进风抡起的一堆堆沙子中。

毛乌素沙漠四至分明，这里是沙漠的南缘。 沙子用摧枯拉朽的洪荒之力，从蒙古一路南下，在榆林城附近展开殊死较量后元气大伤，苟延残喘地继续南下，终于躺平在鱼河堡一带，再无驰骋千里的斗志。

"马公子，你看那边！"万向明指着光秃秃的无定河西岸，说。

逆着西斜的太阳，刚还湛蓝的天空，这会儿被映出五彩斑斓的晚霞和河岸的大剪影。

"那是北宋与西夏的古战场，当年双方投入五六十万兵力，直杀得鲜血染红了无定河，就有了'可怜无定河边骨'的诗句。"万向明兴致勃勃说道，指手画脚的架势，仿佛自己是指挥千军万马的将军。

马伯雄虽然对地理历史不感兴趣，也知"可怜无定河边骨"是唐人所写，比北宋要早几百年。 他不想驳万向明的面子。 短短半天的旅途，从天文到地理，从政治到经济，万向明一直在侃侃而谈。"他们要去哪儿？"马伯雄打住无定河的话题，指着前面衣衫褴褛的人流，问。

"这——胡管家知道不？"万向明问胡管家。

"都是逃往蒙地的。 从这往西，过无定河不远，就是蒙人的地界。"

逃荒又成万向明的新话题，他说："马公子赈灾时，我想起一句古语，先天下之忧而忧，后天下之乐而乐。 你赈灾的义举，真是令我感动。"

"万公子过奖了，我是尽点绵薄之力，还半途而废了。"

"别一口一个的万公子，估计你比我小，我属鸡，我叫你弟弟。"

"我属猴。"

"那你是兄，以后叫你马兄。"

马伯雄不喜欢称兄道弟，拒绝又没礼貌，便选择不置可否。

"马兄，你小小年纪漂洋过海，令我佩服！ 学甚专业？"

"建筑。"

"建筑？ 这个专业，估计陕北人学得不多。"万向明说。

马伯雄微笑着，问："我对陕北窑洞有着特别的好奇和亲近。 取之不尽用之不竭，具有强直立性的黄土，是大自然对陕北人最大的恩赐。"

"一方水土养育一方人。"万向明感叹道，想起了米脂小米。

对于建筑和黄土高原，马伯雄再不吝啬语言，说："你们城里人不知土窑洞的好处吧。 挖掘简便、成本低廉、省工省力、冬暖夏凉，是百姓祖祖辈辈最佳的安居之地。真想学以致用，把藏着陕北人大智慧的窑洞建筑，完善得更适用，更大气，更漂亮。"

"马兄，敬佩你。"

马伯雄摆手，问："听说你是榆中的高才生？"

"高才生自己说了不算，门门功课五分倒是真的。"对学习成绩，万向明从不谦虚。

"榆中是所好学校啊，在陕北、陕西乃至北方地区赫赫有名，日本也有好多人知道。"

"在日本也有名气？"

"当然，日本同学还问起过榆中的情况呢。"马伯雄说着，满是自豪。

"榆中，是陕北人的骄傲，是一张响亮的名片。 这还要感谢校长杜斌丞先生开明办学。 他从北平、西安请来多位名师任教，校风淳朴，崇尚自由，学校办得有声有色。不过，时下的中国，外国列强虎视眈眈，国内又是军阀割据，人民处在水深火热的动荡之中。 杜先生科学救国的一腔热血，似乎又是水中望月。 马兄，你走南闯北的，听说过'德先生'和'赛先生'吧？"

"莫谈国事。"马伯雄说，心想万公子一定不知道，自己也是榆中毕业的，同学中有几个进了黄埔军校，参加了北伐。

"也好，不谈了。 那马兄，令妹？"

"舍妹？"

"你家马苗啊，一位知书达理的大家闺秀，一只山沟里的金凤凰。 说实在的……"万向明瞥见马伯雄皱起了眉头，忙刹住转了话题，指着前面说今晚歇息的地儿，鱼河客栈，这是沿路最好的客栈。

"伙计们加把劲，歇息地儿就到了。 驾——"胡管家吆喝道，清脆地甩了一鞭子。从榆林下去时，他们住过客栈，姓柳的老板娘，眉是柳叶眉，身子也像柳枝，想起来胡管家就无比舒服。

客栈三面环着沙梁，几只大红灯笼在高耸的木杆上迎风飘荡，长方形大院的门坐东朝西，北房有六间，东房一溜排开二十多间，南边用作厨房和牲口棚，一天能接待几十个客商和三五十头骡马。 离客栈老远，胡管家便看见一女子朝这边眺望，他猴急地喊："柳老板，死门口干甚？ 快来迎客。"

老板娘柳叶屁颠颠地跑来，道："盼星星盼月亮，总算盼来你老人家返回。 好酒好肉备好啦！"

客栈随着人气忙了起来，"滋溜滋溜"的响声起伏，炸油酱的香味弥漫，豆面酸汤抿节稀是稀，也算扛硬饭。 马伯雄风卷残云吃了两碗，说这是几天里最可口的饭，接下来大家歇息吧。 艾土地说公子先睡，我们要喂骡马照看贡米。 原打算继续谈天说地的万向明，听马伯雄这样说了也就泄气，回房睡了。 胡管家剔着牙缝里的葱丝，摸出兜里的半瓶烧酒，边喝边与嗑瓜子的柳叶山高沟长地拉话。 暗淡的角落里，一个瘦弱的跛脚男人，麻利地洗刷着锅盆碗筷，对婆姨与胡管家的打情骂俏司空见惯。 无可奈何其实是一种包容，毕竟没婆姨的骚情，客栈就难以存活。

万籁俱寂的暗夜，无定河岸不时响起癞蛤蟆"呱呱"的鸣叫。 黑黢黢的客栈里，两只灯笼略有活力地轻摆，孤寂凄凉中带点生机。 突然，几个黑影飘到门口，拨开柳橼栅栏，走向马棚，见几堆半干不湿的青草上，艾土地和几个车夫正在梦乡里，便齐刷刷出手，哼也没哼一声就把人打昏，再逐一扛到食槽里。 一个人蹑手蹑脚摸到北房、东房，摸出身上细长的管子往房里吹，一股股白色的气体弥漫开来。 他们正是一路尾随而来的李胡子的人马，一切处理妥当，李胡子来到马车前，小个子轻拍车上的米袋，低声问这么多米，都弄走吗？ 李胡子说废话，不弄走还等菜，快点动手。 他又一指在食槽里昏昏沉睡的艾土地，说把他也弄走。 李胡子指挥着一辆辆马车，驶出客栈，消逝在更深的夜幕中。

东方露出的鱼肚白，得到了山川、田野和无定河水的遥相呼应，大地开始亮堂。

往常这时候，柳叶男人第一个起来，烧开水，扫院落，收拾头天的乱七八糟。这会儿了，柳叶见男人还睡得昏三葫芦，使劲推了还是不醒，察觉不对。踉踉跄跄跑出屋子，见食槽里睡满了人，马棚里却是空荡荡的，她撕心裂肺地喊："出事了！来人啊！"

"咋，这是咋了？啊——"胡管家跌跌撞撞光着上身，号叫着跑进万向明房里，见二公子面如土色。

贡米，马车，赶车的艾把式，全没了。柳叶歇斯底里地喊叫，喊醒了万向明和马伯雄。大家耷拉着脑袋，弄不明白，一觉未醒竟出如此大事。

"这事一定跟他们马家脱不了干系。"胡管家突然狠狠说。

"说话，要讲真凭实据，绝不能信口雌黄。"马伯雄说。

"真凭实据，还用吗？多年来，贡米的押运和我们通天苑没丁点关系。这次，却成心要把我们绕进来，给马家当冤死鬼。"胡管家唾沫星乱飞，说。

"胡管家，你这样说不符合实际情况，我问你，是谁说要我们一起押运？又是谁，安排我们住这个客栈？"马伯雄说。

"二公子，你看，他把好心当作驴肝肺了。他必须跟我们回榆林见老爷。"

"少说几句，要紧的是找米和马车，不是找责任。"万向明说，又转身安慰马伯雄，说："马兄不要担心，区区几百石米的事，我会给家父说清楚，妥当解决的。"

"二公子，你不能大包大揽。"胡管家吵嚷说。

万向明见柳叶拿来几根管子，问啥东西？胡管家看看，说是"蒙汗药"用的器物，榆林城王掌柜的金店被抢，盗匪就用的这个。

柳叶说："你们每个客房门口都有一根。"

"显然，我们遭坏人暗算了。"马伯雄说。

"暗算，我看是你们演的苦肉计吧。"胡管家坚持己见，道。

"别乱挑事。胡管家，你还是先回榆林禀告父亲，早做应对。我们，在这儿处理一下回来。"万向明说。

"我们一起走，一定把他带上。"胡管家说。

"你先走吧，这儿的事，我会处理的。"万向明坚定地说。

胡管家努努嘴，他奇怪从没啥主意的二公子，咋在一夜间变得果敢了。

望着胡管家离去的背影，万向明劝马伯雄，道："赶紧回家。你从日本回来至今，还没踏进庄园半步。"

"谢万公子美意，不过，我要跟你到榆林，把这事调查个水落石出。"

"我打发胡管家走，就是为你脱身。"

"我知道你的好意，但出了这么大的事，我岂能一走了之。"

万向明见马伯雄如此坚决，只得同意继续前行，大家收拾着行李，都是满腹心事。马伯雄知道前面的路一定艰难，但再艰难的路也要走，任何艰难险阻没人替自己来挡。人常说退一步海阔天空，或左或右或前或后，有多条路能选择，而现在是别无他路。

李胡子的马车风驰电掣。几个小兄弟是捉山鸡聚集起来的，平时大家忙于地里农活，农闲时才走到一起，套山鸡、打兔子、捉猎物。在一次撵野兔中，小个子的一个前空翻震惊大家，原来幼年时他经常有病，家人送他到庙里强身健体，跟住持练了武功。后来功夫了得，大家都跟着他操练。他们在远山找到隐蔽的山洞，放置习武的棍棒和长矛。大前年，前山一户有钱人的傻儿子娶后山的俊女子，女子找李胡子帮忙解救，他们就在路上劫了娶亲的队伍，有钱人家没报官，给李胡子他们鼓起了勇气。大灾之年，乡亲们饿死不少，他们的家人也死了几个，得知马家到榆林城送米，大家一合计：劫！

"弟兄们，再加把劲，就到我们的地盘了。"李胡子朝大家吼喊，接连地甩鞭后，马车转进一条小沟岔。他吹了一个响哨，山坳里又跑出来个人，兴高采烈的大家手忙脚乱，搬的搬、扛的扛，很快将米袋子转移进山洞里，车上只剩艾土地。李胡子戳了几下，听到他哼哼的回应，说麻烦你回去给马老爷说声对不起，匪也罢盗也罢，我们只是为活命。

李胡子将几辆马车串起掉了头，抽了头马一鞭，车子跑起。艾土地昨晚被搬上马车时已醒，劫匪满口乡音的对话，他听得清楚，还听出口音似曾相识。米脂自古出圣人，却没出过土匪。官府说的李自成不算，他是被迫造反的。走了几袋烟的工夫，艾土地觉得安全了，就动手把绳子抖落，摘下头套，一卜敛跳下马车，很快在道上找到小米粒。原来他是装着昏睡，偷偷在袋子上抠出洞，一路走一路撒留了标记。是找马公子，回马氏庄园，还是报官？他揉着隐隐作痛的脑袋，想。

07

"各位族人，我们马家自打明万历年间来到杨家沟，就以农为本，农商并举，诚信做人，耕读传家，经过代代族人的辛劳，成为方圆千里的名门望族！现在马家人丁兴旺，英才辈出，前途光明。然，居安要思危，未雨要绸缪，如今内忧外患，国之不国，家之不家，我陕北大地，连年干旱，饿殍遍野，匪患猖獗，民不聊生。"马氏祠堂里，马瑞琪对着各位堂主，慷慨激昂。这次议事，不仅是兑现给儿子的承诺，更重要的是要加强族人的团结。去年冬天，镇川申、艾和罗姓三个大户，被成百近千的农人们抢光了粮食，就因他们家里有存粮。前几天，绥德县的农人们喊着开仓放粮，用现大洋救灾，竟把县政府围了。镇川、绥德与杨家沟不远，安顿不好四周的饥民，保不住哪天镇川、绥德发生的事，就会在杨家沟重演，毕竟人要活是硬道理。

马老二叔说："这年头，国事、家事都是头痛的事。瑞琪，你直截了当说，咋弄？"

"我去了趟米脂城，一路上卖儿卖女的人排着串串，活生生的人就地倒下，说饿死真就死了。人连命都保不住了，还怕甚？这样的话，社会离乱就不远了，所以救他们就是救我们，是不是这个道理？"

"救人一命胜造七级浮屠。各位堂主，大家有钱出钱，有力出力，救饥民的命，保庄园安康。"

"老二叔说得对。拜托各位堂主想想办法，省吃俭用，凑一些粮食。"马瑞琪拱手，道。

"哼哼，真是站着说话不腰疼，饱汉子不知饿汉子饥。救饥民？我家也是饥民，坐等你们光亮堂来救。"马拥护用鼻子冷笑，说。

"天灾人祸的当下，家家是不宽裕，光亮堂前几天好不容易打闹起给通天苑的米后，园子里各厨房都见了缸底。"

"我家存粮也没几斗，稠得也不敢吃了。唉，老了老了，还要饿肚子。"马老二叔感叹道。

"连你们光亮堂都吃不开了，那让大家捐个屁。"马拥护愤愤然，道。

"光亮堂在延安、蒙地和山西的分号里，多少有点积累，各家也大同小异吧，我们想办法调剂一下，多少都能拿点，是不是？"

"就是，各家回去合计合计，最后给瑞琪报个数，当然要量力而行，拿不出或不想拿的，也不勉强。"老二叔最后定了调。

马瑞琪说："我先拿，明天光亮堂就在村口架大锅，熬稀饭。希望大家陆续拿的能续上，不让火熄了。"见大家纷纷点头再无异议，马瑞琪又换了话题，说："还有一事，是关于学校的。眼下，杨氏人家和不少佃户纷纷带着全家老小，远走他乡投亲，在我们马氏族人里，也有叫喊着要领婆姨娃娃下延安、上包头、到太原、银川谋出路的。这人心一散，再要拢一搭，难呐！"

马老二叔叹口气，说："甚都能散，就马氏家族和学校不能散。来，各位堂主一起重温祖训。"

读书为重，次及农商，取之有道，工贾何妨？克俭克勤，毋怠毋荒，孝友睦姻，六行皆臧；礼义廉耻，四维毕张；处于家也，可表可坊；仕于朝也，为忠为良；神则佑汝，汝福绵长。

大家或高或低，缓缓诵着，却是面色凝重，各怀心事。

马瑞琪道："诸位堂主，见富贵功名，皆有命定，半由人力，半由天事；唯学做圣贤，全由自己做主，不与天命相干涉。"

"虽说子弟之资分各有不同，总是书生气不可少。好读书之人自有书气，外面一切嗜好不能诱之。世之所贵读书寒士者，以期用心苦读书，境遇苦寒士，可望成材也。若读书不耐苦，则无所用心之人；境遇不耐苦，则无所成就之人。"老二叔道。

"不能让学校在我们手上停办。"马瑞琪加重语气道，彰显出决心。

"那有甚好办法？总不能强把娃娃们拉进学校，强拉住大人不让逃荒？"一位堂主皱着眉头，问。

"这正是今天要议的事。谁家的粮食和钱财也不宽裕，但我们总比长工佃户强，大家挤点救济长工佃户，他们不去背井离乡了，学堂的娃娃们也就留住了，可谓一举两得。这样，我拿一千块大洋。"马瑞琪说出的钱款，让大家吃了一惊，顿时现场安静得能听见香灰掉落的声音。

"哈哈，光亮堂既然这么有钱，那先救救我家。毕竟，一笔写不出两马字。"马拥护突然歇斯底里道。

"老爷，老爷。"常管家迈着碎步走进祠堂，对马瑞琪耳语。 马瑞琪的眉头紧皱起来，对老二叔点了头出去。

"公子去了榆林城，说是要负、负荆请罪。"艾土地说。

"这个伯雄，这不是把责任往自己身上揽吗。 也好，毕竟出了这么大的乱子，给万掌柜当面说清楚为好。"

艾土地贴近马老爷说话，让祠堂里的耳朵和眼珠子，掉了一地。

两道梨形的黄土峁，从峁中间远远望去，越往峁顶越窄越深，直至被一根黄土柱拦住。 黄土柱侧面，有一仅半人高、一人宽，口小肚子大的洞口，进去里面豁然开阔，几十人躺着睡觉也不成问题。 这会儿，洞里被如山的麻袋占据。 小个子拍打着"光亮堂"字样的麻袋，笑盈盈地问李胡子，这么多粮食，够我们吃多少年啊。"光自个儿吃，还不撑死你，唉，要不是这该死的大旱，打家劫舍的事，说甚我们也做不下。"李胡子在自我解嘲。 小个子不以为然，说老人说一日为师就为父，一日为匪就是匪。 管他娘匪不匪，弄来这么多粮，能救命呀。

"谁是匪，你妈才是。 老子这会想的和马公子一样，也拿米熬稀饭救人。"李胡子拍得胸膛砰砰作响，吼道。

"啊——"众人异口同声，小个子哭丧着脸，击打米袋子说："三哥，我们是把脑袋插在裤腰带上，拿命换的这些。"

"不说屁话了，凭各自的力气，放开了背，一人只能背一次。 剩下的，再去救人。"李胡子坚定地说。

多数人纷纷点头称赞，说这办法公平。 小个子不服气，说你们个个人高马大，我背两次也背不过你们一次，让我背两次吧。 李胡子说不行，背两次就坏了规矩。 小个子没好气了，说你要熬稀饭，我不同意。 李胡子说管你同意不同意，熬稀饭救人，是实打实的好事，比吃斋念佛好。 小个子说没疯吧，把米送城里，我们是不打自招。 李胡子说当然不能亲自去，要让马公子来弄这事，他为人实诚，是救万民的主，等他从榆林回来，我们神不知鬼不觉地把米送回他手上，不就成了。

山洞里吵成一锅粥，巨大的危险却在一步步逼近。 起先，张局长接到报案不想管的，当下兵荒马乱，出现几个土匪、蟊贼，是再正常不过的了，何况刚受了马家的气，正窝他家的火呢。 转念一想，又觉得这是好事，人马一动，案子破不破得了，马瑞琪都得领情。 真走了狗屎运，破了，那在井大人和王县长那儿，邀功领赏是一定的，再要是能缴获黄灿灿的小米，更不得了。他像打了强心针，立即带人马按艾土地说的，顺散落的米粒急行，走到被麻袋压过的痕迹和许多凌乱脚印的地方，下令大家仔细搜，抓到劫匪，找到贡米，统统有赏。

警察的出现引起一阵骚乱。小个子扛起一袋米要跑，李胡子踹他一脚，袋子应声落地，他问要米还是要命？小个子哭丧着脸说没米吃，命也没了。李胡子和众人赤手空拳跑出了洞，自作鸟兽散。

李胡子们仓皇逃窜，尽收在张局长的望远镜里。他嘿嘿狞笑，喊着弟兄们，土匪就在山上，给我抓活的。警察很快冲到洞前，土匪的踪影全无。张局长惦记着米，命令往里冲，得知里面有米袋子后亲自钻进山洞，笑着感叹粮食是勾命的鬼，是心肝宝贝。有警察试探性地问，要不要给马家送信来认领？他眼睛一瞪，说愚蠢至极。当即传令下去，在这一带警戒的同时，找马车偷偷运走。

警察的一举一动，被匍匐在山坳的李胡子们看得一清二楚。见一袋袋米从洞里搬走，大家的眼睛快淌出了血。小个子哭喊跟狗日的拼了！李胡子双手插进黄土里，咬牙说拿甚拼，用命吗？老人说留得青山在，就不愁没柴烧，只有命在，才能翻盘。

山上两帮人闹腾着，艾土地赶着马车来到山脚下。马老爷的手搭在额头眺望，发现山上有许多人，定睛一看全是警察。不祥预感像一片黑云浮在他的眼前。

张局长也看到山下的人，望远镜一望，乖乖，是马氏庄园的马老爷。他咋这么快来了？又连忙发令，把袋子搬回洞里，一级警戒，任何人不得靠近。

"张局长，老夫谢过你了。"

先入为主啊，老奸巨猾的家伙。张局长盘算马老爷厉害，问："马老爷，咋在这儿碰到了。说谢，是甚意思？"

"你们大队人马到这儿，不就是为我家的米？"马老爷装作吃惊的样子，问。

"局长大人，我是马氏庄园的车把式，就是我亲自给你报案的。"

"你报案后，局长我立马抽调警力追捕到这儿。可惜，狡猾的劫匪跑了。不过请马老爷放心，他们跑了和尚跑不了庙。"

"那，我家的米呢？"

"米，米呢？"张局长给身边的警察递过眼色，问。

"报告局长，米粒一路至此，再无踪迹。"

"一群废物，废物一群。传我的令下去，抓劫匪和找贡米要同时进行。"

"是。弟兄们，给我继续搜！"

这戏演得太拙劣，鬼也哄不了。马瑞琪想着，冷眼看，不做任何评判。

张局长带着些许得意，说："马老爷，您就在庄园里静听佳音吧。"

马老爷回应了几声冷笑，跟着艾土地驾车离去。

08

榆溪河上最大的桥是归德堡的十孔拱桥。过了拱桥，榆林城越来越近，马伯雄不禁心潮起伏。他对古城有种不可名状的情感，十分惊叹榆林厚重的文化与鬼斧神工的建筑。

榆林城是一座具有丰富内涵的古城，深邃厚实又幽幽悲怆。出东门百里，是时而轰隆隆咆哮，时而慢悠悠流淌的九曲黄河；向北折十几里，又是头尾不见、静卧黄沙的万里长城。黄河与长城在这儿交汇，该城又有"经天纬地之城"之说。

城里人自诩是贵族后裔，花鸟鱼虫、蛐蛐蝈蝈是许多市民的把玩之物，甚至斗鸡赛狗也是街井司空见惯的场面。一旦面对城池的生死存亡，面对张狂无道的入侵者，他们能舍生取义，用蘸着滚烫鲜血的刀剑，厮杀抗争，彰显铮铮铁骨和勇烈气节。崇祯十六年（1643），李自成钻沙城守军不足两千的空子，命侄子李过率数万大军围城，全城老少操家伙上街砍杀，在巷道肉搏，直至惨遭屠城也无一降服。《明史》有载：其忠烈为天下最。清康熙年间，有数万叛军围城，又是城里老少，奋起抵抗守城三月。康熙帝闻讯欣然命笔：两守孤城，千秋忠勇。

"宝塔擎天薄雾消，高悬文笔势凌霄。移来半面拱斜影，倒挂榆阳一座桥。"

看到高耸入云的凌霄塔，马伯雄不禁吟诵道。

万向明吃惊地问："马兄还知凌霄塔和榆阳桥？"

马伯雄并未接话，他在榆中念了几年书，岂能不熟悉这座城市。走到南门口，穿过高大的镇远门，满眼是青砖石瓦、古色古香的街道，缓缓流淌的清澈小河，豆腐坊、铁匠铺、皮匠屋、金银首饰店、当铺等等，如数家珍。"寒泉冬蒸、西河漱月、芹涧春香、柳河秋色、红山夕照、南塔凌霄、驼峰拥翠、龙穴藏珍"的八景，开始在脑海里闪现。

万向明喋喋不休，说："建于明代的榆林城，是一座有故事的古城。 南台北塔，六楼骑街，这座星明楼，三层楼四面飞檐外翘，楼阁之间相互叠接，对了，全部为木料铆接而成，四个台子用二十八根擎天柱支撑，全楼没用一砖一瓦。 看前面，那是我们'通天苑'。 今晚，我用拼三鲜和羊头肉，招待马公子。"说话间，一座高大的牌楼和一个雕花戏凤的古铜色大门，出现在他们面前。

马伯雄驻足察看，门楣上贼黑霸气地写有"通天苑"大字，忽然，有人喊他的名字，是胡管家带几名荷枪实弹的警察撵来，"咔嚓"给他先戴了手铐。

"警察先生们，搞错了吧。 他是我们万家的客人，米脂马氏庄园的马公子。"万向明急忙解释，说。

警察并不理睬万向明，正色对马伯雄道："马伯雄，'通天苑'万家指控你有私通匪徒、盗走贡米的嫌疑。 现在拘捕你。"

万向明一把拉住胡管家，问："这是咋回事？"

胡管家说："老爷的意思嘛，'通天苑'那么多米，不明不白不见了，租地也没收回，你想他马家能好活不？"

万向明愤怒地推开胡管家，冲到警察跟前，说："一定搞错了，这几天我一直和马公子在一起，他是无辜的。"

"请你不要干扰公务。"警察对万向明正色道，朝马伯雄后背猛推了一把，带走了。

"万公子，放心好了，我相信社会的公道和法律，还等着吃你的拼三鲜呢。"马伯雄扭头大声说。

万府占地足有两三亩，由五道院落组成，北院和南院连通两巷子，院落之间由廊桥相连，穿廊虎抱头，豪华气派。 掌柜万友善住在中院，前面有个影壁，安放财神爷的神龛。 虔诚燃香敬神，认真跪地叩头，是万掌柜每天要履行的程序。 这会儿，长跪不起的他焦急着呢，米脂贡米不翼而飞，包头那边没有丁点消息，天津银行随时可能破产，万家的命运如何？ 他失去了方向！

"贡米明明是土匪劫的，我是当事人，可以证明与马公子没关系。"万向明怒气冲冲地闯进来，说。 见父亲依旧跪拜，并不理睬，他继续质问："为何要这样做？ 要是传到社会上，我们万家就是不仁不义的小人，以后，还有何脸面在生意场上抛头露面，在榆林混？"

"没规矩的东西，咋和老子说话。"万掌柜做了揖，转身怼儿子道。

"你不是口口声声说，做人、做生意讲的是诚信吗？ 人家马公子主动来榆林，我也担保他在榆林不会有半点闪失。 现在却弄成这样，以后我还咋做人！"

"我现在就难做人！ 天津银行的兑付危机日益加剧，要是银行倒闭了，我们万家几辈子的积累，会彻底完蛋！ 完蛋！"万掌柜说得痛心疾首。

"生意上的事不懂，我只知道做生意要讲诚信，商人说话要掷地有声！"

"我呸！ 是谁不讲诚信了？ 是他们马家！ 我们一而再，再而三，催贡米，他们除了拖，还是拖。 我们让了步，叫他们退租地免贡米，他们不退不说，还演劫贡米的苦肉计。"

"谁演谁知道，哼！ 马家的事我管定了，谁叫派我到马氏庄园了，要是不去，我才不会管这破事呢。"

"眼下的烂摊子，你管得了吗？ 温习功课去，就要开学了。"

"马公子一天不出来，我就一天不看书，说到做到。"

"你小子讲不讲道理，那马公子是我抓的？ 他出不来，和你读书挨得上吗？"

"是你落井下石，他才被抓的。 还有胡管家，要不是胡管乱管，能有这事？"

"二公子，你可不能乱说。 我只是给万掌柜告了实情。"胡管家急急申辩道。

"放肆！ 你口出狂言，诬陷老子，还污蔑管家，你这么多年的书，真是念到狗肚子里了。"

"错。 正因我念了书，才能看清事实。 哈哈，真是有钱能使鬼推磨，能让法院强奸事实，践踏法律。"

"气死我了！ 滚，给老子滚出去——"万掌柜抖动着几缕山羊胡子，怒喊道。 望着儿子消失的背影，对胡管家说这小子一闹倒是提醒了我，赶紧备份厚礼，我要拜见井大人，免得夜长梦多。"咋，仙如回来了？"万掌柜看见女儿笑吟吟地站到门口。

"回来了。"万仙如放下行李，说着走过来，与父亲来了个拥抱。

"不是说放假不回来吗，现在快开学了，你咋——是不是那事同意了？"

"想啥呢，真是的。"万仙如收回微笑的脸，顿时冷若冰霜。

天津银行危机发生后，合伙人郭老板明确告诉万友善，他可以转让一个毛纺厂，用来抵垫万友善该拿的资金，条件是万仙如嫁给自己的儿子。 万友善曾带万仙如去天津玩过，郭老板见她的第一眼便发出贼亮的光芒，小城里竟能出落这样既小家碧玉又大方耐看的女子？ 便半开玩笑说做我的儿媳，两家成了一家，生意上强强联手，定会所向披靡。 万友善当作玩笑打了个哈哈。 郭老板的儿子是个半傻子，智力和五六岁娃娃差不多。 然，随着银行危机的加剧又无解，被逼无奈的万友善动起歪心思，试探性地写信给女儿，想嫁女儿进郭家。 万仙如斩钉截铁表态，说嫁给傻子还不如让自己去死。 也许他的问话伤害了女儿，放假也不回家。 可在最紧要的关头又突然现身，是要舍身救急？

万友善想得再多，做梦不会想到，女儿压根就不在西安上学，是在米脂三民二中教书。 和家里往来的信件，是通过西安党组织转的。 两年前，万仙如在女中加入共产党，从此她的一切行动由党组织安排。 米脂三民二中筹建时，中共陕西省委和陕北特委审时度势，决定尽快在文化大县燃起星火，派万仙如等三名同志北上米脂。 那段时间，陕北各地党组织屡遭破坏，许多共产党人入狱，党的工作被迫转入地下。 三民二中被强行关闭后，白色恐怖中，党组织指示万仙如暂回榆林，伺机展开兵运工作。

夜幕降临，紧邻西城墙的莲花池张灯结彩，白色、粉色、红色的莲花，有的含苞待放，有的在羞涩中半收半放，个别几朵大胆怒放。 漂在清澈水面的荷叶，圆圆叶片上滚动一两颗或几颗晶莹的水珠，彩灯一照，炫目璀璨。 这是陕北镇守使、陕北国民军总司令，有"陕北王"之称的井岳秀，在为八姨太举办小曲堂会。

祖籍蒲城的井岳秀是陕西名人，陕北家喻户晓的人物。 他幼年习武，早年入"同盟会"，是辛亥革命的志士。 1913 年，俄国沙皇策动蒙古独立，蛊惑煽动蒙古叛国，井岳秀通过交友、赛马、拜把子等手段，说服蒙地各旗王爷，将沙皇的阴谋流产。 1917 年，他就任陕北镇守使以来，冒险收容撤至陕北的靖国军杨虎城部。 他积极倡兴教育，起用民主人士杜斌丞任榆林中学校长，创办榆林女师、榆林职业学校；办起《上郡日报》；建立陕北地方实业银行；鼓励民众合股办工厂，引进机器、技术，引进火力发电，创出榆林近代工业的天地。 但他对蒋介石唯命是从，死心塌地投身"清共"，是共产党的死对头。

莲花池本是城中央公园，与井公馆一墙之隔，有小门相通，唱堂会时，四周隔离警戒，便成为私人花园。 最中央的八角亭里，坐着大腹便便的井岳秀和几位姨太太。 围亭子而坐的，是达官贵人和社会名流。 在用碗口粗的木头搭起的半人高台上，几个戴瓜皮帽、穿长袍短褂的艺人，用扬琴、胡琴、阮等乐器，为两个长相俊美的演员伴奏。两演员手敲小碟，"咿咿呀呀"唱得软绵绵、意切切，满是浓郁江南味的榆林小曲，和陕北粗犷豪放的信天游，产生强烈的反差。

登上陕北高原，但见万里长天，群山连云，黄沙漫漫，楼台亭阁，铁马丁零，巷陌纵横，鸡犬相闻，万家屋脊……

"小朱唱得好，好！"顾盼流离的八姨太冲着台上莞尔一笑，带头叫好，两只小巴掌欢实地拍得响。

井大人漫不经心跟着鼓掌，引发掌声雷动。在这个地方，井大人就是放个屁，大家听来也是春雷一样动听悦耳。

唱曲的是身材匀称、浓眉大眼的后生，叫朱腾达。他男扮女装用假嗓子唱女声，对唱的叫小翠，是个情窦未开的黄花大闺女。朱腾达含情脉脉望着小翠唱：

正月那个里来是新年，纸糊的灯笼挂在门前，风吹那个灯笼，呼噜噜噜转，我和我的三哥过上新年。曾巴一巴曾巴曾，红花一花一花红，绿个茵茵，张生哟你是妹妹小情人。

羞涩写满巴掌脸的小翠，进到小曲班子，就对长相俊美的朱哥哥生出异样的感觉，随着同台演唱多了，这种感觉越来越强烈，一唱情呀爱呀，就浑身燥热发胀。台上的调情，感染到台下的观众。八姨太手拿纱巾，含情脉脉盯着朱腾达，不时做出羞答答的少女状。

出身行伍的井岳秀是关中人，秦腔撕心裂肺的吼叫，才痛快过瘾，软绵绵的榆林小曲算啥？八姨太喜欢咿咿呀呀，他只好时不时唱堂会，谁叫自己喜欢八姨太呢。万友善独坐不远处候着他。象征性地听了两段，井岳秀果然坐不住了，去了后园。后园，是榆林人对厕所的雅称。万友善候在后园门口，等井大人提着裤出来，迎上去道："姑爷，听说今儿个是姑奶奶的生日，孙儿奉上小礼，请笑纳。"

井岳秀认识万友善是在娶八姨太时。八姨太是老榆林城人，年龄不大辈分大，像万友善这样的远房孙子辈亲戚，很多，但之所以对他印象深，是因每次见面奉送的那些银票。起先他还半推半就，多了就直截了当。今拿的啥礼？井岳秀问着接过来掂掂，足有五十两，笑说那我就代表八姨太谢孙儿了，你还有事？

"姑爷，我想问问，米脂马家的案子多会儿能结？"送了礼，万掌柜问得有了些底气。

"马家？是前几天你说的马氏庄园的马啥财主，用苦肉计盗贡米的那案子？定罪，总要把案子彻查的。"井岳秀表情严肃地说，盘算这种烂事，我堂堂的陕北王管得过来吗。

"案子很清楚，是马家为赖账，勾结土匪劫了贡米！"

"这么简单？"井岳秀意味深长地问。

"是简单，本打算放他家一马，前提是退回我的地。可他家既不给贡米，又赖着不退地，说句粗话，这不是吃屎的把拉屎的制住了？"

"糙，万掌柜这话糙。哈哈，好好听曲，榆林小曲，细声慢语的，那叫一个，雅。"井岳秀哈哈大笑，又说："你找何副官，让他解决。"

"谢司令。"得令的万友善拱手说。

与此同时，万向明在监狱里见到了马伯雄。他是通过同学找到监狱长父亲，给狱警了一块大洋，带进去了酒菜。"马兄我先干为敬，算给你赔罪了。"他端起酒杯仰头干了，辣得用手扇嘴，显然是生手。

"你何罪之有？"马伯雄说着端起酒杯闻闻，"不好意思，我酒精过敏。"

万向明撕条油光光的鸡腿，说："真喝不成，就吃。"

马伯雄并未接鸡腿，说："坐等水落石出，也挺好。"

"马兄你不了解陕北的情况，官场黑暗，司法腐败，社会黑暗着呢。"

马伯雄依旧自信满满，说："现在是民国十八年，不是腐朽黑暗的大清国。"

万向明苦笑了一下，说："你在日本不知国内的情况，更不知陕北的情形，黑着呢。"

马伯雄皱起眉头，联想到米脂的张局长和王县长，心有些凉了。榆林是府，兴许比小县米脂好点，他希冀着。

"万公子，外面榆中学生闹事，这就不敢留你了。"狱警匆匆走来催促道。

几天没与同学们联系，竟有这等大事？万向明心里埋怨着他的同学金秀，说："我先走了。"

马伯雄说："忙你的去，不过，想办法给我送笔墨纸张来。"

榆林街头华灯初放，长蛇般的灯笼被学生们提着，像条活蹦乱跳的巨龙游走跳跃。成千上万的市民站在街道两边看稀罕。万向明跑进队伍里，跟同学们一起振臂高呼：打倒帝国主义！打倒土豪劣绅！打倒军阀！他悄悄问为何游行？同学说这都不知，你来游行？万分尴尬中，金秀不知从哪过来，递给他一个灯笼，严肃地问他，这几天跑哪了，还想进步不？他做个鬼脸，正要进一步解释，"嘟嘟——"警哨紧促地吹响，荷枪实弹的军警从东西两边，将游行队伍挤压成首尾不见的一条线，等于把他们变相押回了榆中。

威武的钟楼上，井岳秀威风凛凛地站着，盯着学生们逐渐消失在视野里。何副官问要不要抓几个领头的杀杀威风。他训斥说愚蠢至极，学生们反对日本帝国主义，要打倒军阀，有错吗？

队伍在校园里解散后，万向明要给金秀解释。金秀说我才不管马氏、牛氏庄园呢。万向明悄悄问自己入党组织的事。金秀说这不是说话的地方。两人走到臭烘烘的猪圈旁，金秀嗔怪万向明沉不住气，万向明说那是自己一腔热血想尽早汇入革命洪流中。金秀板起面孔，说革命不是喊喊口号就行，要流汗流血，甚至付出生命。万向明说知道，清涧起义死了好多的革命者，但也打击了井岳秀的嚣张气焰。金秀捂住他的嘴，说你咋咋呼呼的就不像革命者，还是继续接受组织考验吧。万向明不服气地说还要考验，我都交了五次申请书了，是不是你们组织压根没把我当人看？金秀拉下脸，说你这话就说明思想上不过关。万向明争辩说你们考验我，就要给我机会，上街发传单不叫我，组织声援游行也不通知我。金秀说万同学，你的满腹牢骚是消极的表现。万向明说乱扣帽子。金秀嘴上说这是事实，心里又何尝不希望万向明早日加入组织，在她的心里，已为万向明腾出了位置，是那种的位置。

09

万向明在榆林营救马伯雄，他万万想不到，胞兄万星明也在遭牢狱之灾，被关进了包头的牢房里。

万星明是一走进包头城就被抓的。

那是一个蓝蓝的天上飘白云的后晌，万星明进到包头城，眼前繁华的景象，一洗十来天的舟车劳顿。平展展的城郭，数不清的房屋，熙熙攘攘的街头，人多车多店铺多，饭馆更多。"河套面大王"饭馆飘出的肉香，唤醒了他的味蕾。相比一路的凉水拌炒面，他太期望热乎的羊肉面了。

天下的饭馆都一样，出入的人衣着光鲜，围着的人衣衫褴褛，门口的那些讨吃者，让万星明心生怜悯，他从兜里摸出铜板放到只有一条腿的娃娃手里，招惹得讨吃者蜂拥过来。他闪身进了饭馆，要了碗羊肉和白皮面。店小二端来脑袋大小的老碗，喊着客官羊肉面来了，香醋，葱花，辣椒，芫荽，您请慢用。 万星明胡乱调了一下，嘴巴吧唧作响，吸溜下肚，浑身冒汗。

"掌柜的，行行好，讨碗面汤。"一个骨瘦嶙峋、脏兮兮的老汉，拉一条细长的打狗棍，捧只破瓷碗，身子探进饭馆哀求道。

"出去出去，讨吃得要翻天了，你见过哪家的面馆给喝面汤？"伙计呵责着，往外推老汉。

"我快要死了，行行好，喝上一碗。"老汉的哀求，低弱无力。

伙计偷眼看柜台打算盘的掌柜，低声道："不是我，是掌柜不让给喝。"

老汉像一株草软软地倚在门上，固执地摇着破碗。 听得出，是绥德米脂一带口音。 万星明寻思该为老汉做点甚，突见掌柜闪过来，大骂着敢在老子的地盘上撒野，使劲一戳将老汉推倒在门外。 借光，借光。 厨房里出来一个胖厨师，两只肉乎乎的手端着热腾腾的面汤锅，摔倒的老汉忙爬起，和众乞丐一起高举破碗，流淌出期待的眼神。

"请师傅手下留情，留下面汤。"万星明眼见面汤要泼出去，快步捧上去，道。

说时迟那时快，胖手一扬，白花花的面汤在地上腾起巨大的热气。

"驴日的货！"怒火中烧的万星明再也忍不住了，飞起一脚踢翻胖厨师，飞身骑上就是几拳。

"外路人是不想活了，敢在太岁头上动土。"掌柜带众伙计冲了出来，对着万星明挥舞着擀面杖和烧火棍。

来呀，老子憋屈着呢。 打架，万星明是毫不胆怯。 一道黑影闪过，"咣当"一声，擀面杖重重砸到万星明的头上，殷红的鲜血淌在面颊。 万星明把血用手一甩，夺过擀面杖抢起，掌柜号叫着倒地，众伙计连连后退，乞丐们拍手称快，整齐划一地敲打起碗筷，为好汉加油。

"嘟嘟"的警笛声响起。 好汉快跑，黑狗子来了，乞丐们喊叫着。 才不跑呢，我好汉做事好汉当！ 万星明索性席地而坐。 掌柜一骨碌爬起，对警察说快抓这坏小子，他吃霸王餐还打我。 警察蜂拥而上将万星明铐住。

"是他们欺负讨吃要饭的。"万星明挣扎着，争辩道。

一警察三角眼一瞪，对他的后背就是一棒，说不懂规矩的东西，敢在包头地儿要横，马勺饭伺候。 又吼叫着乞丐们让滚一边去。 眼睁睁见好汉被带走，乞丐们也无人敢吭声。

天下的牢房都是铁门无窗，万星明暗无天日待了两天，似一只困兽不停地闹腾，警告无效后，狱警给他断了顿。 浑身乏力的他只能蜷缩在角落，任凭肚子咕咕叫个不停。

铁门打开，走进身着蒙古服的汉子。 他身材魁梧，黝黑的脸上泛着油光，手里提一条羊腿和一壶烧酒。 狱警对汉子说可要小心，这小子就是只狼。 汉子向狱警道了谢，坐到万星明身旁，咬开酒壶嘴子倒银碗里，说喝点自酿的"草原春"。 万星明也不问汉子是谁，咕嘟喝个底朝天。 汉子笑了，喜欢他的不客气，说你也不问我是谁，为何给你送酒肉？

"还用问吗，你一定是好人呗！"万星明大大咧咧说。

"这么自信啊，就不怕坏人给你下毒？"

"下毒？ 包头我初来乍到，与包头人无冤无仇。 至于面汤官司，也不至于下毒吧。"

汉子心头滚烫了，思忖万家儿子和老子不一样，他自报家门道："我叫巴特尔。"

手撕羊腿要送嘴里的万星明一愣，惊喜道："原来父亲让我找的就是你！ 不好意思，我没找你，你却找到我了，还是在这种地方，哈哈。 你是咋找的？"

"万公子为碗面汤怒打'面大王'，英名在包头和草原上传开了，登了报纸。 你练过武功吧！ 好身手，'面大王'伙计两人骨折，掌柜伤了胳膊，他们要求法院重判你，要多赔银子。"

"哼，赔泡屎。 他们那是没人性。 稠稠的面汤宁可倒掉也不给穷人喝。"提起"面大王"，万星明气就不打一处来。

"老弟做得没错，包头的舆论也在支持你。"

"打官司我不怕，就怕官司不知猴年马月了结，耽误了父亲安顿的事。"万星明想到家里等着用钱，心事重重了。

"官司估计很快的，政府受不了报纸整天讨论，任丢包头城和包头人脸的事不断发酵。 你家苏鲁克的账算好了，就等你出来拿钱。"

"苏鲁克，苏鲁克是甚？"

"你不懂？ 苏鲁克蒙语里是代人放牧的意思。 陕北老板赊买了牛羊和牧场，在草原建苏鲁克。 我就是代你们家放牧的。 你呢，收的是苏鲁克赚的银子。"

万星明斟满酒递给巴特尔，说："辛苦了，我敬你一杯。"

"我们互惠互利嘛，不要客气。"巴特尔一饮而尽，又说："案子我也找好了人，放心，你为穷人仗义执言，正义在你这边。"

能进牢房里探视，足以说明巴特尔的能力和为人，在人生地不熟的包头有他的帮助，万星明心里暖暖的，发自内心地说："谢谢，巴特尔大哥。"

10

夜半时分，马氏庄园里传出几声犬吠。丫鬟提马灯掀开账房的门帘，后面跟着眉头紧锁的马老爷。这些天账房没白没黑在算账，常管家简直是埋在算盘里，拨拉珠子的手不知抽搐过多少次。见老爷进来，常管家瞥一眼座钟，已是十一点多，问老爷这么晚咋还没睡？马老爷并未回答，一指账簿问算得咋样？常管家摇头，说算了几遍，圪里圪坊的全算上，庄园里上下老小，半年不吃不喝，也难凑足这一百八十石米。

"派去绥德、延安买粮的，有没消息？"话一出口，马老爷知道是废话，任何消息，哪条自己不是第一个得知。

"回话了，每石米加三十块，也没卖家。唉，谁叫都遭了灾。"

"早料到就是这结果。"

"还不上米，万家会给公子作梗的。老爷，说句不该说的话，实在不行，把地，就退给他们。"

"地，是万万不能退的。退了，就永无再回马家的可能。"马老爷果断地挥手，说。这块宝地本姓马，马家在地上辛苦劳作，播种收割，情深着呢。

"可公子还在——"常管家担忧地说，自己给那小子当马骑了多少回，膝盖磨出过多少血，他们的感情是特殊的。

嘀嗒、嘀嗒的座钟有节奏地摆响，马老爷的身子在马灯的照耀下，投出一条细长的影子。"有了，华山一条路。"他一拍大腿，激动地说。

华山的路，在哪？常管家问。马老爷反问还记得我爷爷不？马老爷子，咋能不记得，老爷子省吃俭用一辈子，造就了马家的腾达，常管家说着，脑海里闪现出心慈面善的老人，袍子从来都有补丁。爷爷是马家的庇护神，过去是，现在是，将来还是。

马老爷说着神情激动，要大家早点睡，明天见分晓。

想着"华山一条路"，马老爷激动得一夜翻来覆去假寐。 天刚亮，不再去"吐故纳新"，常管家准备妥当了，大家一齐出发，穿过两条干沟，进入有长流水的石峁沟。 沟口是宽展的 U 形，走着走着成了扁窄的 V 形，七拐八拐快到沟掌，突兀现出一堵二三十丈高的石壁。

一块大石头上，摆放了香炉与祭品。 看着太阳升起，常管家声音洪亮，道："吉时已到，祭祖开始。"

马老爷手擎三炷高香，道："列祖列宗在上，不肖子孙马瑞琪率家人祭拜先祖。 年复一年，四季更迭，承先祖开创的农业精神，在这片皇天后土上辛勤耕耘，繁衍生息。 然，天有不测风云，人有旦夕祸福。 连续三年，陕北大旱，土地干裂，颗粒无收，人间悲剧，屡屡上演。 无奈之下，不肖子孙今日开启储粮，还望列祖列宗赎罪。"言毕，他拜三拜，将香烛插进香炉里，跪地叩头。

"噼里啪啦""噼里啪啦"，柳棍挑起的两挂鞭炮炸响，无数纸屑漫天飞舞。 艾土地手抓麻绳攀爬石壁，滑溜到一幅八卦图前，掏出锤子轻轻敲打，传出空洞的声响。"咕咚"一声巨响后，现出黑黝黝的洞口，兴奋的他忙指挥伙计们鱼贯而入。

望着石壁上荡来荡去的伙计们，马老爷陷入回忆中。 六岁那年，爷爷在这儿挥起龙头拐杖，一指石壁说，那藏着救命的宝贝！ 宝贝就是石头，石头还能救命？ 他问道。 爷爷说真是傻小子，是石头里藏的宝贝能救命。 甚宝贝？ 他问。 爷爷说希望你和你的儿孙们永远不要打开，因为那就是太平盛世了。

艾土地举着火把，按马老爷说的程序动作着。 洞里有洞有风道。 他寻准着位置，用大锤猛地一砸，一个黑乎乎的洞口显出了。 风很大，竟把火把吹灭了。 顺着爬进洞中洞，看到里面有几排天然石柜，上面放了瓦当，一块上写"光绪六年封"，另一块写"光绪五年封"。 艾土地小心翼翼地撬开柜子，是满眼金色的谷子。 他跑到洞口向下面挥手，激动得嗷嗷直叫。

马老爷捧起投下来的谷子轻轻揉搓，捻起几粒放进嘴里哂了一会，说还有米香。 望着欢呼的人们，马瑞琪心有忐忑，毕竟不同年份的谷子是有区别的。

再次去榆林送米，马老爷要常管家跟艾土地一同前往，嘱咐说这次责任更大，万不能再有半点闪失。 常管家说人在米在，我还要把公子带回来。 马老爷说但愿如此。

山道上腾起的黄尘窜到庄园门口，是警察局张局长驾到。 他见堆满马车的粮袋，心里酸酸的，说马家果然是名副其实的大户，土匪刚劫走贡米又变出这么多来，实力可不是吹的。 马老爷不接话，问局长大驾光临，来送好消息？ 张局长说今早园子里的喜鹊叫喳喳了。 的确是个好消息，贡米案子有眉目了。 马老爷说破案了？ 那可恭喜。张局长说恭喜还早点，劫匪没抓住。 马老爷说米脂、绥德方圆几百里，多年就没听说过闹匪。 张局长嘿嘿笑着，说他们可是地里种出来的土匪。 马老爷不和他再扯淡，问既然案子破了，我家的贡米？ 张局长说贡米藏在山洞里。 马老爷浮出笑容，又问山洞在哪？ 张局长搔了头皮，说找的过程中遇到点情况，迟了一步，被转移了。 不过，我们已布下天罗地网，劫匪是插翅难飞。 常管家忍不住了，说贡米没找回一粒，劫匪也没捉住一个，这破案从何谈起？ 马老爷说不能这样看，认定土匪干的，不就洗了伯雄的冤？ 张局长说还是马老爷高明，抓住问题的要害。 马老爷对常管家说，张局长的话听见了吧，到了榆林，要一字不落告诉万掌柜。

常管家对马老爷作揖，艾土地把鞭子"叭叭"一甩，喊声"走起"，车队出发。

黄尘渐落，张局长并无要走的意思，马老爷问还有事？ 张局长张望左右悻悻地说，实不相瞒，为办你家的案子，我们警察局是倾巢出动，花费了不少银子。 马老爷明白了他的意思，说办案花银子是一定的。 不过，你们是用税供养的，拿百姓的钱，保大家的平安，天经地义。 张局长嘿嘿一笑，说话说回来，我们把贡米如数追回，你们总要给些奖励吧。 马老爷佯装不懂，问奖励，甚奖励？ 张局长说你们走延安，过黄河，满世界地回购粮食。 可如今我们找回贡米，岂不省了你们满世界跑？ 马老爷装作恍然大悟，说你倒是说清楚呀，你们找回贡米，我们来回购，行。

"哈哈，喜欢马老爷的痛快！ 不过，这不叫回购，是马家给警察局的奖励，警民一家嘛。"张局长终于长出一口气，满意地走了。

次日，张局长带着找到贡米的消息，再次来到马氏庄园。 马老爷也不多话，拿出几张银票，说现如今市场的最高价。 张局长的嘴像盛开的荷花，说马老爷记住，这是良民发给警局的奖金。 马老爷说，是我们主动给的，不过，老夫有一事相求。 心情大好的张局长说别说一事，多几件事也无妨。 马老爷说兵荒马乱的，要将贡米送榆林，还劳烦局长派警力护送。 张局长问万家的米不是送了？ 马老爷说那米有些年头了，用来履约，老夫有些寝食不安。 乡绅毕竟有文化，诚信起来有模有样，张局长说敬佩马老爷的为人为商之道，这忙我帮了。 马老爷拿起一张银票递过去，说这是保护费。 张局长笑纳了，说我现在就安排警力。

马老爷的担心是对的，这批贡米始终没逃离李胡子他们的眼睛。马车上路后，李胡子发现除了马老爷亲自随行，还有一队陌生人。尾随着打算伺机下手，在转九道湾时，车上竟掉下一只长枪。顿时，他冒出一身冷汗。乖乖，原来警察在押运。他紧急取消了行动，小个子急急巴巴说弟兄们提着脑袋却好活了混蛋王八蛋。多数人说拼命也要再抢回来。李胡子心痛得要滴血，就凭我们的脑水，能从警察手里抢回米？说着，他将拳头往石头上使劲一砸，殷红的鲜血溅了一地。

11

榆林城北不到十里地，有一流淌着汩汩榆溪河水的峡谷，东西对峙的峻峭红石壁上，大小不一的几十块摩崖石刻，行草隶篆一应俱有，还有蒙文题刻，内容五花八门，可与西安碑林遥相呼应，又名"塞上碑林"，这就是红石峡。

正午太阳当头照，峡内游人稀少，石刻前两三人指指画画，河边的沙滩上倒是热闹，学生们在温习功课。金秀大声朗读：

> 至若春和景明，波澜不惊，上下天光，一碧万顷，沙鸥翔集，锦鳞游泳，岸芷汀兰，郁郁青青。而或长烟一空，皓月千里，浮光跃金，静影沉璧，渔歌互答，此乐何极！

宽阔的榆溪河面，突然飞溅起亮闪闪的水花，是万向明逆水而上溅起的。等的是他？同学们大跌眼镜。王同学气鼓鼓问金秀，等他，浪费我们的时间！李同学更是说金秀偏袒万向明，他对革命时冷时热，又是榆林城大资本家的儿子，是不会成为革命者的。金秀说看问题不能绝对，家庭不能自选，但信仰完全可以。

"你咋才来？"金秀埋怨万向明道。

四年前杜斌丞校长和丁级全体学生在这儿春游时，鼓励同学们树雄心，立壮志，破黑暗，求光明。如今杜先生被逼辞职远走他乡，但他提议刻的石刻"力挽狂澜"，激励着革命者的斗志。石刻的全文是，"力挽狂澜走天涯，封建家庭抛开它，苦乐乐苦闹革命，立志创立新中华。"万向明顺口背诵出来，大家无人理睬。万向明激动得手舞足蹈演说，说眼下陕北灾荒连年，官场腐败，匪患不断，民不聊生。越是天下大乱，就越能出人头地。金秀白他一眼，他转了话题继续说，前几天去米脂的所见所闻，卖儿卖女，妻离子散，有一个七八岁的娃娃，东倒西歪走着走着，倒在米脂的街头，被活活饿死。

大家沉默不语，对万向明的观点有些认可。 金秀说当下的榆中人，要牢记"怀天下，求真知，报国家"的校训，先天下之忧而忧，后天下之乐而乐，为民主和自由奋斗。 万向明问该咋做？ 金秀见不远处有两人一直往这边张望，就让王同学过去盯着。她说，全国学生代表大会发来参加校务会的决议案，大家看，如何向校方提出我们参加会议、参与管理的要求，保障我们的权益。 万向明说这还不简单，直接找校长，不同意我们就罢课，反正课听得头都大了。 金秀瞪他一眼，说不上课正合你意吧。 同学们，革命斗争必须讲究方式。

王同学疾步过来，两个神秘人在后面紧撵着。 金秀清清嗓子，朗诵：

先天下之忧而忧，后天下之乐而乐。……

"停，你们是哪的？"问话的人操着关中口音。

"我们是榆中学生，在复习功课。 同学们继续念，先天下之忧而忧，后天下之乐而乐。"金秀说。

关中口音围着同学们转悠，观察大家的表情。 万向明见金秀紧张地背过手，便缓缓移步过去，发现她身后拿着一本书，便一把拿过去，塞在裤裆里。

"听好了，双手抱头上。 呵呵，《共产党宣言》，外国老赤匪的书。"关中口音从万向明处扯出书，说着，高兴得像捡了大元宝。

"书是我的，跟同学没关系。"金秀说着，冲过去要夺回书。

"咋，你也想享受铐子的滋味？"

"金秀，你想干吗？ 先生，书是我在西安买的，和任何人没有关系。"万向明挺身而出说。 他被带走了，心里却充满了逞能后的得意。 显然，金秀的心里是有自己的。

万向明的大义，让六神无主的金秀深受感动。 王同学说万向明有父亲做靠山，不会有事的。 她说那我们赶紧去找万掌柜。

万家是榆林城最大的富豪，但他们的发家史有些蹊跷。 万家在五六辈前，是走村串乡的小货郎，活动范围在榆林方圆几十里，卖些日用百货，针头线脑。 到了万向明爷爷手上，经营范围扩大到一二百里外的蒙地，就有了传奇的发家史。 传说，他夜宿蒙古包时，见做饭的女人用金光闪闪的铲子炒米，他好奇地拿过一看，可是不得了，原来是把金铲子。 他马上用一块砖茶换了铲子，女人嗅着沉甸甸的砖茶，说走南闯北的货郎，这回你可是吃亏了，这铲子后沙窝里多的是。 说者无意听者有心。 第二天一大早，他佯装离开，却转个圈扎进沙窝里，不费吹灰之力找到了刀剑长矛遍地，还有不少盔甲鳞片的古战场。 他捡拾了许多脏兮兮的鳞片，用沙子一擦，闪出黄灿灿的金光。 刨了两天两夜，装满一车回到榆林。 仅用了一两年时间，他办起金银首饰店，卖金戒指、金镯子、金链子和银娃娃、银壶、银酒具等，成为陕北最大的金银店主，在蒙地也是名噪一时。 榆林的豪商巨贾都是靠做蒙汉生意起家，三十六家巨商成立有榆阳商会，他们集中资本"设庄"，把汉人的金银铜器、烟、酒、茶和粮食、布匹、针头线脑等杂货贩卖到蒙地，又把皮毛绒肉贩回。 发达起来的万家，很快被吸收进商会参与设庄，几年后"通天苑"的生意越做越大，万家自然成了商会会长。 同治年间，朝廷"准食蒙盐，并无额课"，他们又抓住千载难逢的机会，淘了第一桶盐金。 钱像雪球越滚越大，万家在天津卫开了银行，一个昔日的杂货商，变成榆林城最大的富豪。

金秀和王同学被胡管家领着，无暇参观豪华气派的万府，直接来到客厅禀告。 听说儿子被抓，正闭目养神的万掌柜，从太师椅上一跃而起，问为甚？ 问清来龙去脉，他拉下脸，问你们复习不在教室，跑红石峡干甚？

"万掌柜，时下中国军阀割据，民不聊生……"金秀打开了话匣子。

"胡管家，送客！"万掌柜果断打住金秀的喋喋不休。

万仙如见金秀和王同学风风火火地进来，又要风风火火离开，便喊住问出了啥事？ 父亲从屋里喊，仙如你不要搭理他们。

金秀头也不回离开了万府，但记住了仙如这个名字。 端庄，典雅，精致，温文尔雅，魅力四射，金秀穷尽赞美之词形容那个女子，临出门时的那个身影，再也忘不了。

榆林监狱里，席地而坐的马伯雄专心致志地画图。 拿到万向明送来的纸笔，他一头扎进图纸堆里，数据计算了十几页，还画了几十张榆林城的草图。 他喜欢这座古色古香的城市，四方四正的城郭，两条平行的街道，六座骑街的楼宇，巷子里林立的牌楼，沿街的各式铺面和城外潺潺流淌、冒出灵气的护城河，无不彰显塞上古城的繁华与浓浓的烟火气。

大铁门"哗啦"一响，马伯雄知道又关进人来，也懒得看。 这年头，心是操不过来的。 马公子，马公子，我也进来陪你了，哈哈。 戴手铐的万公子笑呵呵说。 你也进来了，出了啥事？ 马伯雄惊诧地问。 万向明笑说专门陪你来的，欢迎不？ 马伯雄说别开玩笑了，究竟为啥？ 为了一本书，万向明轻描淡写地说，有一个好消息，你的案子就要开庭了。 马伯雄想要问个仔细，狱警厉声说不许交谈，押着万向明进了一间关押政治犯的狱室。

井大人起了作用，贡米盗窃案提前开庭。 庭开得很是荒唐，盗贼和赃物在哪不知，却把配合调查的马伯雄捉为被告。 法官表情漠然，马伯雄略显慌乱，走南闯北跨洋过江的马伯雄，是第一次见识这种场合。 法官问贡米被盗和你们马家有甚关系？ 马伯雄说没有关系。 法官问是谁把送米的车队拦在米脂城？ 马伯雄说是我，不光拦了车还卸下了米，用来熬粥赈灾。 法官问夜宿鱼河客栈是你的主意？ 马伯雄说是胡管家的。 旁听席的胡管家站起来，说住鱼河客栈就是被告的主意，还有更蹊跷的，第一个发现贡米被盗的，也正是被告，他就是贼喊捉贼。

"胡管家是一派胡言，我要请万向明做证。"马伯雄激动地说，明白了胡管家编造谎言，就是要置自己于死地。

"我来了。"万向明突然出现在法庭上。 得知儿子涉共被抓，万友善急得像热锅上的蚂蚁，再去求了井大人。 金秀带来父亲当监狱长的同学，促使万友善与监狱长秘密相见。 几经运作，上面人说句"家长领回教育"的话，万向明便被释放了。

走出监狱的万向明，直接来到法庭，以证人身份简述了与马伯雄交往的过程，并且赌天发咒，说马伯雄和盗窃案绝无关系。

立案本就荒唐，现在原告儿子为被告证明无罪，让本案更为荒唐。 法官心里骂万友善的这个憨儿，胳膊肘往外拐，让自己难堪，便不得不让万向明闭嘴，正色道："证人语焉不详，不予采纳。 本案调查结束，现宣判如下——"法官拿出早已经拟好的判决书。

这哪是审理案件，私下早已黑白颠倒了，这就是走个程序。 马伯雄知道，自己完了。

法官道："被告限三天内将所欠贡米如数送到原告家里，如送不到，加倍处罚，并无限期关押，直至履行本判决后方可释放。 同时，万家与马家租地合约废除。"

"法官大人，米脂马家贡米送到，请大人和通天苑万掌柜一同查验。"常管家声如洪钟道，走进了法庭。

法官扬起法槌的手，停在空中不知咋办。 他瞥眼胡管家，问来人是谁？ 贡米在哪？ 答曰来人是马氏庄园的管家，米已在"通天苑"的库房。 法官轻叹着气，说那好，原、被告一同前往库房验收。

马伯雄惊叹在判决的节骨眼上，常管家从天而降。 常管家说路上听说有饥民拦路抢劫，他们绕道耽误了两天，不然也不会有开庭这出。　马伯雄说挺好的，开庭让我看清他们是咋样强奸法律的。　几日不见，马伯雄又黑又瘦，常管家心疼地说公子受苦了。　马伯雄问哪来的米？　常管家悄悄说了，马伯雄有些担心，旧谷子品质一定不咋样。　说话间大家来到库房，见万友善解开粮袋，抓出米先是嗅，后放嘴里咬，突然扔手里的剩米一扬，咆哮道："陈米，绝对的陈米，马家拿陈米充贡米，骗人！"

常管家小跑几步到万友善面前深深弯腰，说米的颜色是暗些，品相不如上次的好，不过再不好也是米，这跌了年成又遇土匪，能拿出这么多，实属不易了。　万向明也抓把米，学父亲的动作嗅着咬了，说没问题呀，还是小米。　万掌柜使劲瞪他一眼，要胡管家把陈米送得远远的，免得一粒老鼠屎坏了一锅羊杂汤。

"这会签退地合约吧，马公子。"万掌柜说。

胡管家及时递来支毛笔。　法官添油加醋，说万掌柜是多么的仁慈啊。　陈米的事让马伯雄自觉理亏，他一目三行看完合约，提笔工工整整地签上名字，将食指重重地按在胡管家手里的印泥上。

"等等。"马老爷从天而降，说着，气宇轩昂走来，对万友善拱手道："万掌柜，别来无恙啊。"

万掌柜惊得嘴巴圈成 O 形，急急巴巴说："马、马老爷咋来了？　不过你来得正是时候，合约，由你亲自签，更有效力。"

"万掌柜，你们通天苑缺银两，说出来大家想办法，众人拾柴火焰高嘛，何必一而再、再而三地打废合约的主意。"

"马老爷，不是我要废弃合约，我是一直等你们继续履约。　可是，你们不是贡米被劫，就是拿陈米糊弄。　不说废话了，签。"

"万掌柜不急，请随我来。"马瑞琪说着，头也不回带着大家走到街头。

几个荷枪实弹的警察，守护着一队马车。　佩盒子枪的警察上前，问哪位是法官大人，哪位是万掌柜，说有好消息告诉。　万掌柜翻翻死鱼眼，问甚好消息？　警察说盗米案破了，说着一拍车上的麻袋，继续说一粒不少送还马家。　这可是米脂警界的荣光。国民县政府已报请井司令，颁发奖励，重奖呢。

马老爷笑道："万掌柜，先验货，再入库？"

万掌柜沮丧着脸，对胡管家说："卸米，入库。"

眼见所有的米袋搬完了，没拿到好处的几个警察嘟囔着，说还榆林的大老板，我呸，就是个大菁皮。

金秀也在法庭，目睹了马伯雄的大度睿智和万向明的大义凛然，等万、马两家的事停当，金秀笑眯眯看着万向明却是一言不发。万向明丈二和尚摸不着头脑，忐忑地说我又哪做错了？金秀说告诉你一个好消息，根据你最近的表现，党组织正式把你列入培养对象，由我具体培养。听到党组织认可自己，一股暖流涌上万向明的心头，忙表态说绝不辜负组织的希望，要多拿"投名状"。金秀皱着眉头，说共产党不搞这套，革命工作要稳扎稳打，步步为营，否则会带来不可估量的损失，甚至牺牲宝贵的生命。万向明说干革命就要不怕死。金秀说死了还咋革命？话是这样说，金秀在心里却赞扬他，连死都不怕的人，一定会成长为坚强的革命者和真正的男子汉的。

12

鞭炮炸出的红色纸屑在街头欢快地舞蹈，更欢快的是马伯雄。"马氏庄园米店"在榆林开张了，祖上的"陈米"以低价出售，引得饱受粮价暴涨之苦的市民们疯抢。陈米是不好吃，可灾年里能吃到就能活，这是硬道理。

米店一打烊，常管家拨拉算盘喜上眉梢，说卖了二十二石，这还是每家限购五升的前提下。马老爷说米是祖上存的，铺产也是，伯雄要牢记祖上的恩德。他提出米店生意要儿子打理，哪怕是暂时。知道儿子不喜欢做生意，眼下的情形是不得已而为之。

"我来打理！父亲，这些天发生的事，让我懂了很多。这次，我们一定要借万家用钱之急，把祖上的地收回来。"马伯雄望着窗外，说。

"恐怕难度很大。依我对万友善的了解，这个只买不卖的守财奴，不逼他到黄河是绝不会卖的。即使卖，也不会卖给我们马家。"

万家只买不卖，马家又何尝不是呢？马伯雄思索买地难，但初生牛犊不怕虎的他，明知山有虎，偏向虎山行。

高门大户、威武气派的万府，其宏大在榆林城里数一数二。马伯雄打量着万府大宅思忖该如何通报，"噔噔噔"高跟鞋声响起，从朱红大门里走出身姿曼妙、五官精致的一位美女。"先生您找谁？"美女闪着毛茸茸的大眼睛，声音似和煦春风吹过，问。

"找，我找万掌柜。哎，我们见过，对了，我还拿着你的《圣经》。"米脂的那一瞥，深深刻进马伯雄的脑海中，心里像跑进一只乱窜的小鹿，说话急急巴巴。

是你！万仙如也记得，搀扶自己的年轻人，文质彬彬，温文尔雅。"你好，那天的事真要谢谢你。"

"姐，和谁在拉话？"万向明在远处见姐姐和一男子聊得热火朝天，便问。"你们认识？不会吧！"万向明见男子是马伯雄，又好奇地问。

"爸在家，你带他去找吧。"见弟弟过来，万仙如慌里慌张地说，脸上的红云，暴露了内心的不安。

马家廉价米上市，遏制了"通天苑"米价疯涨，让万友善没了面子，让本来心烦的他更加烦乱。马瑞琪这个乡巴佬，跑榆林来唱对台戏。再看天津来的电报，觉得是催命符啊。

"有人找。"万向明走进来，说。

万掌柜见马伯雄进来，想遮住桌上的电报纸，手一抖，"两天关张"几个字反倒让马伯雄看清楚了。听说是来买那块租地的，万掌柜鼻子哼哼两下，冷笑道："谁说我家要卖地？"

"您就不要瞒了，天津银行等着增资的消息，满世界的人都知。"

"我家的事，不需要外人澡心。年轻人记好了，是你们欠万家的米还有银子，万家可是从来没欠过你们一个铜板。"万掌柜有些气愤地说。

"万掌柜说得是，也不是。我们马家从来遵守商道，诚实守信，并没欠过万家的一分钱和一粒米，比如……"

"打住，老夫懒得和你娃娃争论，送你一句话，这地不卖，请回。"

"我也说一句话，万掌柜是银行救急要紧，还是拿土地置气要紧？请三思。"

望着马伯雄大步流星出门，万向明要去相送，被父亲厉声喊住。

"没觉得过分吗？人家好心好意地来帮我们解围。"万向明愤然说道。

"解围？傻小子，那叫趁火打劫！哼哼，土财主，仗着存下几个臭钱，捡便宜捡到万家门上来了。"

"你咋这么狭隘！"

"放肆！哪有这么说老子的。真是胳膊肘往外拐，马氏庄园给你灌甚迷魂汤了，回来就变了个人？"

万友善的感觉是对的。这些天，马氏庄园占据了万向明的整个脑海，像条金鱼儿的马苗，一刻不停地在他的脑海里游弋。 听到父亲提及马氏庄园，万向明的呼吸急促起来，大喊："狭隘，你就是狭隘，你是老顽固。"

"万掌柜，我回来了。"胡管家垂头丧气地进来说。 这几天，他拿着地契满城跑，卖地的结果不尽如人意。

"咋样，没找到？"

"唉，别说买家，当也当不出，当铺老板说跌下年成，地没粮金贵。"

"一派胡言，粮能打下粮？ 地才能打！"

"知道了吧，现在地是宝蛋蛋吗？ 不是！ 马家买地，我们卖地，两全其美的事搞成这样，服了，我算是服了。"万向明说着，带着幸灾乐祸。

"滚，滚得远远的。"

马伯雄穿过万家曲径通幽的长廊，"马公子，请留步。"在果实累累的葡萄架后面，万小姐闪了出来，说，"我都听见了，谢谢你家的好意。"

"谢谈不上，毕竟，我家也、也是乘机为之，想给祖上一个慰藉。"马伯雄说着，简要讲了那块地的来龙去脉。

"我爸真是不可理喻。 马公子，容我去做他的工作，相信会有转机的。 毕竟，天津那边快顶不住了。"

"谢了。"马伯雄鞠躬致谢，见万小姐回眸顾盼，心想，若能请万小姐到马氏庄园做客，该是多么美好的事情。

望着马伯雄的背影，万仙如问自己，咋了，为一面之交的马公子做这做那，难道，这就是传说中的爱情？ 含着金钥匙长大的万仙如，与那些娇滴滴的小姐们不同，她个性鲜明，敢说敢做，在教会学校和女中学习多年，并未如父所愿中规中矩，反而活泼自由，天性放飞。 她体恤民情，爱憎分明，富有正义感和责任心，刚上西安女中就成为党组织的培养对象，不到两年就加入了共产党。

"你突然回家，我还以为是答应去天津成亲，救我们万家。 谁知，是为马家！ 你们两个，要活活气死我吗？"万掌柜说着，捂住胸口。 女儿回家后，也和他无话，今天主动找来却是当马家的说客。 活见鬼，马家有甚魔力，让一双儿女的胳膊肘都往他家拐？

"您消消气，我们心平气和地谈谈。 您认为，我是在帮马家？ 错了，我是在帮万家。 您想想，是我们急着用钱，人家又不急着用地。"

"你为万家？"

"看您愁眉苦脸，我也着急。银行是我们最大、最重要的产业，而卖地筹钱又是救银行的唯一选择。地卖给谁，不需纠结。我们与马家置气，损人不利己。"

"和你弟弟一个鼻孔出气，净帮外人。"万友善气呼呼说，但心里有些认可女儿的说法。只是地是祖上买的，在自己手里让马家后人买回去，他过不了这坎，哪天一命归西，在那个世界见到老先人，这可咋交代呀？

"爸，这世界就是一个大海，每个人就是一条小溪，小溪有大有小，溪水有多有少，但不管咋，小溪都奔向了大海，您和我，都是小溪……"

"甚大海小溪的，莫名其妙，我看书把你念憨了。"

"我要说的是，人和人互相帮助，修路架桥，就能山通水通，互惠互利；如果互相拆台，定会损人不利己。商人更是如此。我说完了，您爱听不听。"

"自古无商不奸，都互相帮助了，就赚不到钱了。"

最懂万掌柜心思的胡管家，竭力反对给马家卖地。他跑了几天找别的买家却是无果，现在听小姐一说觉得有道理，银行如果倒闭了，万家几辈子的家业就全完了。于是小心翼翼问老爷，要不考虑一下马家的建议，看看他们的葫芦里卖的是甚药？万掌柜的喉咙动了下没说话，他知道掌柜动心了，又说何不来个缓兵之计，先拿地契抵押借钱，等银行平稳了，再退钱收地。

"这倒是个办法，可以琢磨琢磨。"万掌柜终于说了话。

马伯雄给父亲讲碰一鼻子灰的过程中，突然闪出一道灵光，说与其收购不如借钱给他们。马老爷说儿子太善良了。马伯雄问是不是担心给万家借钱不安全？马老爷说榆林城数一数二的富豪，有那么多铺面，还有土地，安全不是问题。那问题是啥？他问。父亲说借钱是又要回到老路上，万友善不会干。马伯雄说人与人不同，路与路不一样，当年爷爷是为还赌债卖地，眼下万友善是借钱救银行，两件事有本质区别，自己在万家看到"两天关张"的电报，说明银行正火烧眉毛。若是这样的话，马老爷想了想，不再否定儿子的办法。

马伯雄再次来到万家。"借钱，给我们借钱，没听错吧？"喜出望外的万掌柜问。见万向明点头，他死马当作活马医，对马伯雄说："既这样，就请你父亲来。"

马伯雄和万向明有生以来签的字，都是在学校里，今天签如此有分量的字，且是在榆林首富家里，青春年少的他们有些诚惶诚恐。本来合约该当家的来签，但万友善心里迈不过借土财主钱的坎，提出让儿子签。为对等，马老爷让马伯雄签。马伯雄与万向明签完字拥抱在一起，马老爷对万掌柜拱手，万掌柜叫胡管家把地契给马老爷过目，自己接过常管家递来的银票。

"用地抵押？万掌柜误会了，我们借钱是吃利息的，没要抵押物。"马老爷说道。

"借这么大笔款子，没抵押物，咋行？"万掌柜用鼻子哼哼，说。

"不要抵押物，是怕你说我惦记这个。"马老爷摇晃着地契，说。

"拿着吧，你免抵押，我可不免。"

"那，就恭敬不如从命了。伯雄，收好地契，我们走。"

"请留步。马老爷，这上好的茯茶，不喝一碗，不遗憾吗？"万掌柜做了请喝茶的手势，说。

马老爷端起茶碗，不知他的葫芦里卖的是甚药。

"茶的味道纯正吧，正宗的泾阳茯苓金边茶，蒙地的王爷们享受的极品。呵呵，马老爷的粮店生意真好，好得让我嫉妒。"

"别这样说，马家粮店也是被你逼得，不得已才开。一面是那么多被你退回的米，一面是那么多饿肚子的市民，除非是铁石心肠，是人不会再把米运回米脂的。"

"粮店开得对。说来，上次的事有些误会。米的品质差了点，但米是米，跌了年成，差点正常。不说这个了，我们以茶代酒，为继续合作，化干戈为玉帛。"万掌柜说。

两只茶杯"咣当"一响，马老爷优雅地饮了一小口，说："茶喝好了，话说开了，我也该走了。"

"还请留步。拿上来。"

胡管家变戏法般地拿出一张纸，念道："榆林'通天苑'抵押给米脂'光亮堂'之契约条款补充。第一条，马瑞琪及后人任何时候出卖该地，必须先给'通天苑'告知；第二条，'通天苑'有优先赎地权。请马老爷签字画押。"

马老爷哈哈笑得灿烂，说："好一个精明的万掌柜，这是给我们留条尾巴。好，伯雄来签。"

面无表情的万掌柜，自言自语道："这世事，风水轮流转，轮流转啊。"

13

李家峁村口孤零零的老柳树，今年树芽一露头，就被人揪得下了肚。 大太阳下，柳树没一丝阴凉，洒下斑驳的阳光。 几张横七竖八卷起的破席子放在树下，几个婆姨无力地喊着，一个二十出头的俊婆姨，摸着席子下面露出的两只乌黑脚丫子，呆若木鸡。

老柳树不远的半坡上，李胡子几个人忙着挖坑，扬起的一股股黄尘呛人肺腑。 这些天村里死了好几十号人，大多是他们掩埋的。

"哥，狗日的们真把米卖给了马家？"小个子擦把汗，问。

"是马家回购的，就是警察护送到榆林的那些。"李胡子平静地说，一起一落的反转，让他冷静了许多。

"我们再劫一把吧。 反正，脑袋早别到了裤腰上。"小个子说。

"劫，劫谁？ 大多的地主家也没余粮。 像马家这样的富户，人家请警察保护，谁的刀子能拼过枪？"

"拼不过也要拼，一天这样挖呀挖，说不定哪天就是给自己挖的。 横顺是死，不如反了。"小个子说。

"反，三哥带大家反吧。"丢下铁锨的大家，摩拳擦掌，说。

"自古有官逼民反的说法。 不过反要动脑子反，不能硬碰硬，刀碰枪，需要从长计议。 这大热天的，赶紧挖吧，人要臭了！"李胡子说着，继续挖起。

国民党米脂县政府大院的北窑里，张局长将几张银票放到王县长的桌上。 王县长拉开抽屉，迅速用扇子拨拉进去，摸出张纸抖抖，说："这次马家的案子办得漂亮，张局长你更是功不可没，井大人的嘉奖令已经下来，好好干，前程似锦呐！"

"谢井大人，谢王县长。 卑职定再接再厉。"张局长接过嘉奖令说，激动溢于言表。

"马家的米是找到了，不过劫匪还在逍遥法外。 井大人说了，等捉拿住劫匪，定发奖金。 他们一日不捉拿归案，百姓一日不得安宁啊。"

"请县长放心，我将抽调更多警力，定将劫匪尽快捉拿。"张局长说着，两脚一并。

"动用那么多警力捉几个蟊贼，县政府不保护了？ 再说了，走村串乡的，得花多少银子？"

"那，县长的意思是——"

"找替死鬼，早结案，早领赏。"

顿觉醍醐灌顶的张局长，竖起拇指说："县长高明。"

"得得，少拍马屁。 问你，马瑞琪出钱后的反应大不？"

"卑职以为，帮他找回贡米，他高兴还来不及呢。"

"可千万不敢小看乡绅，他们手眼通天，还是小心为妙。"王县长说着，高深莫测的样子看得张局长直冒凉气。

县政府门外传来人繁马闹的声音，李胡子、小个子们将十几具尸体直挺挺捆绑成根棍，立在门柱上。 四周黑压压的，人山人海，分不清是他们一伙的，还是看热闹的。

"要见县长，开仓放粮。"李胡子振臂领喊，众人也跟着喊。

"造反呀，堂堂的县长，是你们这等人想见就见的？"张局长怒斥道。

李胡子说："古时百姓还能击鼓告状，鸣冤叫屈。 都民国了，这些快要饿死的百姓，见见父母官，难道不成？"

"快饿死？ 瞧你他妈活得有精神的，像是要死的人吗？"

李胡子抱起一具娃娃尸体，说："睁眼看看，这要是你的儿女，你还会无动于衷？"

"晦气，快抬走，赶紧埋了。 不然，不客气了。"张局长的话音未落，立在旁边的警察纷纷举起长枪。

人群恐惧地往后退去，引发了踩踏，还有哭声。 李胡子一个箭步跨前，喊："要见县长，开仓放粮。"

人群停止了后退，胆子大些的，又跟着喊起："要见县长，开仓放粮。"

张局长后退两步，喊："疯了，全他妈疯了。 站住，谁要是再往前走，格杀勿论。"

警察拉响了枪栓，李胡子、小个子，毫无惧色，稳步向前，张局长往后退缩，步履跟跄。

"谁，谁要见王某人？"王县长闪出，问。

"你，你就是王县长？"李胡子问着，有点惧怕，竟退了几步。

王县长和蔼可亲地说："鄙人正是。"

王县长的温和态度给了李胡子信心，他猛地下跪，道："求求县长大人，救救米脂的黎民百姓。"

王县长忙上前搀起李胡子，问："后生你是哪的？"

"我是李家峁的。我们村不到二百的老小，两个月就活活饿死二十六人。百姓的命也是命，求王县长行行好，开仓放粮救人呀。"李胡子说着，再次下跪。他的身后，黑压压跪倒一片。

王县长再次搀起李胡子，痛心疾首地说："乡亲们都起来吧。米脂百姓遭受饥荒，饿殍遍野，作为一县之长，王某看在眼里，痛在心上，这里滴血呀。"他拍打胸膛，继续道："但国有国法，家有家规。自古以来，开仓放粮是皇上才能定的事。现在虽说是民国了，可我王某人也决定不了这等大事。不过，我保证将灾情上报榆林和省上，一旦批准，立马开仓放粮。"

小个子结巴问："县、县长，批准，要多长时间？"

"这一来一往，快则一个月，慢则，差不多半年。"

"啊——王县长看看，眼前哪个人能撑过半年？不行，今天就要开仓放粮，乡亲们说是不是？"李胡子愤怒了，再次喊起。

更多的百姓齐喊：开仓放粮，开仓放粮。

王县长的脸黑了，说："李家峁的，看来是想当县长了。问你敢不敢，下令开仓放粮？"

"让我下令？这可是你说的。"李胡子神采奕奕地跨前一步，问王县长。

"嘿嘿。"王县长笑了，说，"后生有种，那就跟我来，去当县长，有请。"

"三哥，不要跟他走，操心花招。"小个子拉住李胡子的衣襟，说。更多的人也在吼喊，好汉不能进去。

李胡子笑着拿开小个子的手，向大家招招手，走进大门。张局长狞笑着问，还有谁想当县长，来开仓放粮？如果说，李胡子走进大门时，小个子还在犹豫的话，张局长的话刺激了他，小个子想也不想大步流星走了进去，另几个弟兄紧跟在后。

粮仓在县长办公室后面的一座四合院里，东西南北拢共十几孔大窑，被铁丝网围着，有五六个警察和两条大狼狗把守。

"李家峁的后生，给，这是粮仓的钥匙。"王县长表情温和说道，将手里的一串钥匙摇晃，"那就是粮库，里边有黄灿灿的小米，红彤彤的高粱，有玉米、黑豆、绿豆和豇豆，还有蒸白馍的麦子，蒸白米饭的稻谷。"

李胡子和弟兄们咽了口水，眼里露出饿狗一样的光，羡慕，贪婪，饥渴难忍。 李胡子伸出手，王县长却把钥匙丢到地上，他只好弯腰捡起，对着黄灿灿的锁孔却是捅不开。 三哥，用这个。 小个子随手捡起地上的一把斧头，抡起一砸，锁子落地，弟兄们屏住呼吸推开厚重的仓门，跟进来的一缕光芒，照得仓库里空空如也。 他们转身要讨说法，面对的是一排黑洞洞的枪口。

门外的百姓越聚越多，少数人手拿瓷碗，更多的拿着米袋子，他们等待开仓分得粮食。 大门缓缓打开，"咣当"送出了铜锣声，"劫匪游街开始啰！""咣当"李胡子、小个子几人被五花大绑着，每个人遍体鳞伤，李胡子额头的血像几条蚯蚓生长，在阳光下鲜红发亮。 他们拖着戴着脚链的腿，艰难行走。 一些躲闪避让的百姓，眼里充满了恐惧，盘算着大门里面发生的事，有人庆幸没有贸然跟随。

差不多游了两个时辰，来到龙王庙戏台。 先到一步的王县长精神抖擞站台上，温和地说："各位父老乡亲，米脂是赫赫有名的千年古城，文化之邦，这里民风淳朴，耕读传家，是大陕北乃至陕西久负盛名的文明之乡，礼仪之乡。 土匪、响马，打家劫舍的恶人，大家只是在书里戏里听过。 然，书里戏里的，今天来了，就在我们跟前。 看看这几个人模狗样的东西，前不久劫了马氏庄园的贡米，今日又对县里粮库动手。 他们是有辱米脂名声的败类，死有余辜。"

百姓们表情惊慌失措，又默默无语。 张局长拎起手枪，喊："全体注意，拉枪栓，毙他们，灭人渣。"顿时，拉枪栓的咔嚓声响成一片。

"不要冲动嘛，张局长。 这几个人罪大恶极，但政府是讲法律的，要经过审判才能处决他们。"王县长制止说。

张局长收回枪，说："将人犯带回牢房，听候审判。"

"三哥他们是被冤枉的。"李四跌跌撞撞跑到前，拦住王县长，说。

受到惊吓的王县长喊着拉开这个疯子，就躲到一边。 被扭起的李四挣扎着继续喊冤枉，喊着喊着，猛地挣脱了警察，"扑通"跪倒，抱住了王县长的粗腿，说："县长大人，你们弄错了，一定是弄错了，他们是老实巴交的种地人，抢粮的事借胆子也不敢呀。"

"我看你他妈的是活得不耐烦了。"张局长说着，抡起枪托猛砸李四的额头。 走在前面的李胡子，突然用迅雷不及掩耳之势扑过来，一把夺过张局长的手枪，对准王县长的太阳穴。

　　"兄弟，别冲动，有话好好说。"王县长怂了，哆嗦着说。

　　"后退，给我后退。"李胡子大声喊着，对王县长又说："放我们走。"

　　张局长端起一警察的长枪，举起来缓缓靠近。

　　"退不？不退我开枪了。"李胡子说着，用枪管使劲戳王县长的太阳穴。

　　"听他的话，张局长让警察们通通退后，快退后。"王县长急急说。

　　张局长大笑着继续走来，说："放下枪，老子还能饶你条狗命，不然——"

　　"我可真开枪了。"看见别无选择，李胡子说着"啪咔"扣动了扳机，但并未有子弹射出，在低头查看手枪的当儿，被众警察乘机拿下。

　　"姓张的，你这是借机要谋害本县长吗？"惊魂未定的王县长顾不得温文尔雅，怒问着，心想子弹要不卡壳，这会儿的他，就是一堆肉了。

　　张局长凑到王县长耳朵，两指搓着说："县长压压惊，警局不是'这个'紧张嘛，枪里压根就没子弹。"王县长不再吱声，庆幸真是坏事里有好事。张局长提高嗓门，道："打劫国家粮仓，还敢劫持县长。小子，你罪上加罪，够死几回了，来，先打入死牢。"

　　"三哥——"李四发出绝望的一声惨叫。

　　张局长问心有余悸的王县长，是不是快刀斩乱麻。王县长说你犯糊涂不是，咔嚓小菜一碟，可我们要的是杀鸡给猴看的效果。张局长问谁是鸡，谁是猴？王县长说饥民是快要饿死的猴子，闹事的是待宰的鸡，鸡悄悄咔嚓了，可能有更多的猴子跳出闹腾，说不定会燃起熊熊大火，再有乡绅乘机火上浇油，那米脂还不是翻天覆地。张局长说县长的意思是，把鸡杀得狠狠的，猴子们饿死也不敢闹腾？王县长眼里泛出阴沉沉的冷光，说杀鸡给猴看，还要放长线钓大鱼。

14

　　"俏妇人"戏园子是榆林城最火的娱乐场所，坐落在连通大街和二街的天神庙巷子里。巷子两头小中间大，曲径通幽处的巷里，每每入夜人头攒动，戏园明灯高悬，小曲经典，永唱不衰。

万向明拉姐姐作陪，请马伯雄进戏园子听小曲。榆中上学那会儿，听同学们哼过小曲，马伯雄觉得没民歌好听，这会儿在戏园子里听，感觉不一样了，他纳闷委婉悠扬、靡靡缠绵的榆林小曲，为啥失去了陕北人粗犷的豪气？万向明没想过这个问题，马伯雄又问榆林城的文化，为啥与陕北其他的民间艺术，如秧歌、道情、信天游、二人台都不搭调？万向明还是翻白眼。

"榆林小曲本就不属本土文化。"万小姐开腔道。小曲是明末清初那些被贬官员引入，自娱自乐的。官员多是江南人，带的是江南艺人。久了，就走进了榆林商人和百姓生活里，成为大众茶余饭后消遣物。小曲走不出榆林城，造成与陕北其他艺术相隔。

万小姐娓娓道来，马伯雄竖起拇指夸赞。

听谯楼更鼓催忙，对菱花懒卸残妆，泪流两行，青丝缭绕遮在眉梢上。

"这百般抒情、清新婉约的曲调，配上雅致的文辞，流淌出缠绵的情感，与精致典雅的榆林城十分匹配。"马伯雄说着，换来了万小姐的莞尔一笑，大受鼓舞的他，继续道："我的眼前已出现了一幅小桥流水人家、鸟语花香的图画。"

"嘻嘻，看不出，马公子还有浪漫的情怀。"万向明说着，意味深长地看着姐姐。

"停，给我停下来，等一会儿再唱。"喊声中，几个带枪的士兵前面开道，后面走来一位珠光宝气的女子，身旁还有年轻帅气的何副官护着。

"咋咋呼呼的，令人讨厌。"万向明悄悄对马伯雄说，万仙如却闭目养神。

敲扬琴的戏班王班主见一行人坐定，说从头开始演出。琴槌一落，扬琴奏响，咿咿呀呀又唱：

听谯楼更鼓催忙，对菱花懒卸残妆，泪流两行，青丝缭绕遮在眉梢上。

"她是谁，这么威风？"马伯雄问。万向明说是井大人的八姨太，奔着男扮女装的演员来的。男扮女装？看着台上两个身材婀娜多姿的演员，他分不出哪个是男人。

台上男扮女装的演员叫朱腾达，正扭动柔软的身子，唱《害娃娃》：

女孩十七八，一心要婆家，身子不大妙条条，刚刚四尺八。

与朱腾达配戏的是小翠，扮演的丫鬟动作夸张，引得何副官目不转睛点头赞许。

"何副官，给朱小姐看赏。"一曲未完，八姨太要何副官打赏，她从来把后生朱腾达唤作朱小姐。

八姨太与何副官，和曲艺人特别熟悉，晚上戏园子听曲，白天小曲班子看排练。

当天上午，还去过小曲班子。 没施粉黛的朱腾达男儿本色，小翠圪蹴在一旁提词，不时用小手绢为他擦汗。

方才红日附落西山，眼看了明月又照纱窗，贪杯在谁家，想他我又恨他，全不念奴家青春十七八。

王班主放下琴槌，说这是二八少女在思春，要抓住"思"做文章，既有女子的含羞，又有内心的大胆火辣。 小翠给朱腾达擦汗，他就说应该有小翠对你这样的感觉。小翠大窘，朱腾达也红了脸。 八姨太扭着屁股款款进来，用眼神要班主继续，她含情脉脉盯着朱腾达，何副官盯着小翠。

等得奴家心思乱如麻，和衣靠枕咬碎银牙，既然贪婪花，不把奴牵挂，手托上香腮低声骂。

"好听，好听。"八姨太鼓掌，说。

"八姨太，您来了。"朱腾达低垂眉眼，打招呼。

"你小曲唱得呀，让我这眼睛都红了。"八姨太拉过他的手，说，"腾达，咋天生一副金嗓子呢，情呀爱呀，唱得人心痒痒的，一会儿舒服，一会儿难受，坏死了你。"

何副官撵着小翠到水房，掏出纱巾说这是上等的杭州货。 小翠不接，他塞进小翠手里，她却扔到地下。 何副官心疼地捡起，塞回口袋。 八姨太见王班主喜笑颜开地接过赏的十块大洋，说王班主，我想收腾达做干儿子。 王班主忙拱手说给八姨太道喜，不过您收义子，井大人他老人家会同意？ 八姨太愣了下，又说你放心好了，大人对我疼爱有加，别说收个干儿子，就是收个老子也会由着我。 王班主说那就好，腾达快给你干妈磕头。 朱腾达无动于衷，班主就要一把拉倒，八姨太抬手制止，问腾达你不愿意？ 要是认我做干妈，我会让你穿金戴银，享不尽的荣华富贵。 王班主对朱腾达的屁股踢了一脚，朱腾达眉眼低垂喃喃说那我愿意。 八姨太笑说这不就对了，干妈还要给你娶一房，不，娶几房俊婆姨。 王班主说找婆姨的事不麻烦您了，他和小翠早定了娃娃亲，就等成人后迎娶。 何副官急了，说小翠真定了亲？ 王班主说他们是娃娃亲。何副官脱口说娃娃亲不算。 八姨太笑说算，也给我省了心，小翠过来，我要给儿媳礼物。 她让两人跪地叫干妈。 朱腾达和小翠木头般站着，王班主从后面推他们一把，说快给干妈磕头，两个瓷人。 八姨太也不恼，说娃娃们见我这个年轻的妈，一时半刻接受不了。 来，给你们礼物。 她从手腕上捋下玉镯，给小翠戴到手腕，又摸出玉观音给朱腾达戴脖子上，还说男戴观音女戴佛，腾达戴玉观音，小翠戴玉手镯。 忙活停当，朱腾达仰望天花板，小翠偷看八姨太。"来，叫干妈亲一个。 乖，还不好意思呢，哈。"八姨太对着朱腾达的脑门亲了一口，惹得小翠满脸愠怒，小拳头紧紧握住，头却羞得垂下。

15

在包头各界的关注下，面汤案终于开庭。 大清早，包头法庭被商人、乞丐和各种看热闹的人，围得水泄不通。 几名法警带万星明进法庭时，引发了现场混乱，曾挨打的老乞丐被众人拥到前面，泪水涟涟对万星明说，好汉是我连累了你。 还没看清老汉的长相，万星明就被挟持进了法庭。 旁听者早把法庭塞得满满当当了。 几个上蹿下跳拍照的，不用问，就知是记者。

万星明和"面大王"老板分列两旁，万星明拿起面前的被告牌，觉得字写得很一般，一抬头，他看见下面坐着的巴特尔，用眼神高兴地打招呼，盘算这个家伙真有办法。

"请肃静。'面大王'掌柜状告被食客无端殴打案，现在开庭。 原告，报上你的姓名、籍贯、职业。"法官是一位干瘦的小老头，底气十足的声音，与年龄相貌不符。

"小的王富贵，包头人，是甜水井巷'面大王'店的掌柜。"

"被告，你呢？"

"本人姓万名星明，来自号称小北平的陕西榆林城，职业，生……生意人。"说到生意人，万星明结巴了，他并不想当生意人。

"榆林城就榆林城，扯北平干吗。 被告，你知道今天为甚站在这里？"法官不满万星明拉大旗作虎皮的介绍，问。

"就是一碗面汤的事。"

"呸，一碗面汤的事。 打倒了我们一窝子，到这儿来，说得轻巧了。"王掌柜跳天缩地地说，引得下面嬉笑一片。

"安静，请保持秩序，现在开始法庭调查。"法官板起脸，道。

法庭调查时，马伯雄走进了包头城。 对于这座城市，他处处感到新奇。 马老爷回马氏庄园前，特意带他逛了榆林城北的易马城，蒙汉交易市场，红火热闹出乎意料。

父亲问"通天苑"及榆林的一千多巨贾为何能富甲一方？ 他摇头不知，父亲说都是做边客生意发起来的，如解振祥、盛振堂、李天恩，无一不是发蒙人的财。 马伯雄问马家做过吗？ 父亲说想做，但没人手，总不能让我三月出门九月回家，丢下庄园不闻不问吧？ 马伯雄说不是有儿子嘛。 父亲高兴了，问你对生意有兴趣？ 马伯雄说做建筑师是伟大的梦想，当下需要活在现实，想去蒙地看看。 这简单啊，父亲大喜。 于是，有了这趟包头之行。

"啥情况，聚那么多人，我们过去看看。"马伯雄说着，和艾土地来到法院门口。

"原告，法庭宣判前，你还有啥陈述的？"法官问。

"有。 法官大人，这个外地小子，敢在我的地盘，不，包头的地盘上撒野，明面上打我的脸，其实是打包头人的脸。 我请求法庭重判他，叫这小子牢底坐穿。"王老板跺着脚，狠狠说。

"被告，需要陈述吗？"法官淡定地问，显然几个小时的庭审，耗费了精力。

"尊敬的法官，尊敬的各位朋友，这场官司的确是我惹起的，站到这儿当被告，我认了。 前面调查时说过，我来自古城榆林，包头好多人知道，和你们做生意最多的就是榆林人，我们亲着呢，是不存在谁欺负谁的。"

"被告，请注意说话语气，法庭不容许煽情。"

"好的。 就说我和王掌柜的官司，说穿了，我是见义勇为，为穷人两肋插刀。"

"说得比唱得还好听。"王掌柜又开始跳天缩地。

"大家评评理，讨吃要饭的穷人，他们一不偷二不抢，无非是想喝口你要倒掉的面汤，难道就有罪？ 该遭到你们无端的羞辱与拳打脚踢？ 问苍天，天理何在？"

"你们陕北乞丐有手有脚，却成群结队聚集，过不劳而获的光景。 简直是一群蝗虫，飞舞在包头的垃圾。"

"你……侮辱人，侮辱陕北人。"万星明气愤地说。

"难道不是事实？"

"不是事实。"一个声音炸雷般传来，所有人的目光循声而去，见说话的是一个气宇轩昂的后生。

"你是何人？"法官问。

"尊敬的法官，我是第一次踏上包头大地的生……生意人。 原告刚刚说，陕北人是蝗虫，是垃圾，令我十分难受。 诸位有所不知，这两年陕北发生了什么。 历史上十年九旱的陕北，这两年遭到百年不遇的大旱，吃糠咽菜，吃光树皮，卖儿卖女，比比皆是，在一个村庄里，十几个、几十个父老乡亲，活活被饿死的事，屡见不鲜，甚至还有……还有人吃人的可怕事情。榆林危急，陕北危急啊！"

法官的嘴蠕动了几下，并没制止马伯雄。旁听席里，有不少人擦拭眼泪，几个记者听得忘了拍照。

"在法庭门口，我听到乞丐们的口音是陕北的。他们拖儿带女、背井离乡、低三下四、寄人篱下，到包头，到河套地区，图啥啊，不就是图活命吗。"

"凶手的同伙吧，你跑这儿蛊惑人心。法官大人，赶他滚蛋。"面掌柜说道。

"咋，心虚了？宁愿倒掉白花花的面汤，也不施舍给饥民救命，足证明，你没人性。"万星明质问面大王道。

法官皱起眉头，问马伯雄："你说完没？"

"尊敬的法官，我们陕北人口口相传，包头人和河套人的心胸，像草原般宽广仁厚，做事豪爽义气，遇到邪恶手下无情。但我听到王老板的丑行，自然而然对他和包头产生不好的感觉。王老板泼出的不是面汤，那是包头人的名誉啊。我的话说完了。"

法官表情更加冷峻，道："结合证人证言证词和这位陕北人的介绍，根据本案当事双方的陈述，本庭认为，被告出于让穷人喝上面汤的缘由，仗义执言，出手相助，其精神可嘉，但动手打人有错、伤人更错；原告宁愿倒掉面汤也不施舍与人，有理做成无理，于法于理难以服众。"

"法官大人，这是我们包头的法庭，你可不能这样认为。"面大王着急地说道。

法官猛敲法槌，说，现在宣判：王富贵告万星明伤人一案判决如下，一、即日起，包头街上的所有饭馆，在面汤倒掉前，须先高喊三声"有无喝面汤的人？"若无人应答方可倒掉。二、所有的面汤，一律不得以任何名义收取费用。三、本案被告赔付原告大洋五元，用于给"面大王"店的伤者疗伤；被告羁押期间伙食费大洋五元，由原告支付；原、被告的费用不得抵扣。四、被告当庭释放。宣判完毕，休庭。

"啪——"，法官重敲法槌，台下欢呼声起。刚刚领教过榆林法庭黑暗的马伯雄，重新燃起对政府和法律正义的信任。他微笑着鼓掌，退出了法庭。万星明给法官鞠躬致敬完，再寻仗义执言的老乡却不见了踪影，便与巴特尔拥抱在一起，说谢谢巴特尔。巴特尔说我们之间不言谢。两人走出法庭，被乞丐们紧紧围住，几个把烂瓷碗敲得

"叮咣"作响的乞丐,扭起陕北大秧歌。 老乞丐又被拥到万星明跟前:"恩人,你是穷人的恩人,陕北讨吃人的恩人。"说着,"扑通"下了跪。

"您老折煞我了,快起。"万星明搀扶起老乞丐,抬眼见要上马车的后生,忙三步并作两步撵去,拦住说:"公子留步,请受万星明一拜。"

"不敢,万公子一巴掌打出了喝不完的面汤,能救多少穷人,功德无量。 要说谢,你才是要谢的人。"马伯雄说。

"哈哈,兄弟,你是哪旦人,做甚的?"

"一样,走西口的陕北人。"

"公子能留下尊姓大名吗?"

"是朋友,定后会有期的。"马伯雄说着上了马车,逐渐远去。

"后会有期",万星明念叨着,问巴特尔,他是可做一辈子的朋友吗? 巴特尔点头称是。

16

包头街头,报童们穿梭在熙攘的人群中,挥舞着报纸,大喊:"看报,看报,榆林万公子打赢面汤官司。 看报,看报,包头面汤再不能随意倒了……"

包头市民津津乐道谈论面汤官司的时候,万星明与巴特尔正并肩策马,驰骋在辽阔的希拉穆仁草原。 夏秋之交,草原上白云朵朵,香花遍野,芳草依依,一群群的牛马和驼羊。 美丽的大自然与活泼可爱的动物,像彩霞在天际飘动,如仙女撒的珍珠,落在希拉穆仁河两岸。

"嗬儿,吁——"巴特尔两腿一夹收了缰绳,溜光的枣红马稳当停住。 他对做同样动作的万星明投去赞许的目光,说:"看,我们希拉穆仁草原有多美。"

"是啊,心旷神怡的大草原,天美,水美,草美,人更美。 巴特尔,请收留我,跟着你放牧。"万星明真诚地说。

"呵呵,草原是雄鹰飞翔的地,可你不是雄鹰。"

"咋才能成为雄鹰?"

"雄鹰,是遭受磨难和痛苦练就的。 你,一个富家公子受不了那苦。"

"受得了，我甚磨难和苦都受得了。 早年我习武，起五更睡半夜，经历过很多的磨难，骑马，就是那时练的。"万星明说着，不禁摸摸后脑勺的伤疤，那是从马背上摔下来碰的。

"你看，天上飞的。"巴特尔扬鞭指向飞翔的雄鹰，问道："知道咋飞起的？ 小鹰一出生，母鹰就要进行残酷的生存训练，培养高贵与勇敢。"说话间，两只雄鹰飞在他们的头顶上，时而冲上云霄，时而俯冲草原。

"等小鹰会飞后，母鹰更加残忍，把它们的翅膀折断，再推向悬崖，能挣扎着飞起的，翅膀就会变得坚硬如铁，飞不起来的，只好坠地而亡了。"

"太残酷了！"万星明感叹道。 想起当年跟师傅走梅花桩，一次掉下来，差点捅破命根子。

"还有更残酷的呢。 鹰要是活七十年，就要在四十岁双爪老化前，高速撞向悬崖，把结茧的喙磕在岩石上，连皮带肉磕掉，等长出新喙后，拔掉双爪上的老趾甲，用新甲扯掉旧羽毛，才能多活三十年。"

"了不得，任何生命都是伟大的。"万星明说，为勇猛的鹰和世界上的生命。

"磨难是历练，寂寞也是。 草原天空蓝蓝的，一望无际的大地绿绿的，心胸宽广的草原人，有时也是寂寞的。 与我们日复一日做伴的是牛羊驼马，太阳、月亮和星星。比起你们榆林城，那些变着花样的好吃喝，那些桃花水喝大的俊姑娘……哈哈，你还能住多久？"

巴特尔的一番话，说得万星明笑了，不置可否。

"再说你想来草原，万掌柜也绝不会应允的。 他还等着大公子继承'通天苑'的银行、商号，和前院房子后院地，打造万家的千秋伟业。"

万星明朝巴特尔宽厚的胸膛击了一拳，说："真是服了你，咋甚都知道。"

"你们汉人不是说，近朱者、近墨者……那个？"

"近朱者赤，近墨者黑。"

"对对，赤与黑是你们城里人的事。 在草原上，我们平时连人也看不到，别说赤了黑了的，吃饱穿暖就是我们的一生。"

万星明伸个懒腰从高处望下去，成群的牛羊悠闲地吃草，艳羡道："牛羊们活得好自在啊。"

"那是你家的苏鲁克。"

"嗷嗷，苏鲁克。"万星明叫喊着，挥鞭策马，横冲直撞，撵得牛羊四处乱窜。

"塔肯贝，塔肯贝。"一个姑娘快马加鞭喊着过来，意识到面前是汉人，改用汉语问："你是谁？ 出去，快出去。"

万星明不知所措，手脚忙乱地在原地转圈，使得牛羊群更乱。 踌躇中，见空中一条弧线划过，他被拉下马在地上翻滚。

巴特尔喊："萨仁花，你别胡来，他是我们的朋友。"

萨仁花解开万星明身上的套马索，说："一看就是公子哥，这么细的绳，能把狗熊一样壮实的身子拉下来，嘿嘿。"

万星明摸着后脑勺，说："你出手也太那个了。 我年轻轻的，要是摔坏该咋办？"

萨仁花大大咧咧笑了，说："草原比地毯还绵软，摔不坏你的小姐身子。 摔你，是让你长记性，大草原是个大兵营，牛羊驼马是忠诚的士兵。"

"萨仁花别逗万公子了。 没事吧，她是我妹妹。"巴特尔介绍道。

"我叫萨仁花，你是……"

"万星明，一万两万的万，日月星辰的星，明嘛，是明晃晃的明。"

"万、星、明！ 原来打面汤官司的是你？ 你是这个！"萨仁花竖起大拇指，敬佩地说。

"面汤官司你也知道？"万星明问，简直不可思议。

"面汤官司，像一阵春风，吹拂在草原上，吹到了四面八方。"

"哈哈哈哈"，他们一起大笑起来，干净的笑声，跟随草原悠长的劲风，朗朗的，向远方飘去。

月色朦胧，草原恬静。 蒙古包里升起的袅袅炊烟，让恬静的画面动了起来；低沉的马头琴和女中音的草原牧歌，让草原活了起来。

巴特尔投入地拉着马头琴，萨仁花用银碗端酒，流淌起悠扬的民歌：

　　斟满了马奶酒轻轻地举过头

　　你那爱死人的丰满的腰

　　你百灵鸟似的歌声甜透我的心

　　骑上白鬃马跟着风儿走

　　你身边的羊群像白云飘到天尽头

　　送给你一束花

拉起你的手

　　你微微地一笑

　　我像喝醉了酒

　　万星明跟着节奏打节拍，萨仁花问知道意思吗？ 他摇头。 萨仁花说那我唱你们的陕北民歌：

　　酒瓶抱在怀

　　曲儿唱出来

　　大碗酒大盘菜

　　咱们喝他个乐开怀

　　万星明接过银碗，惊奇地问她在哪儿学的？ 萨仁花笑说歌是天上的云，草原上的风，飘到哪儿，吹到哪儿，就落在哪儿。 巴特尔端起酒碗，说我的朋友，大草原欢迎你，干了。 萨仁花也端起酒碗，当仁不让说敬你一杯，算拉你下马的赔罪酒。 客气啦，拉下马何罪之有？ 萨仁花我敬你，为蒙古女人的豪爽，为美丽的姑娘。

　　"我美丽吗？ 我要是皇后，那你就是我的皇帝。"萨仁花羞涩了，说。

　　皇帝一说，让万星明十分窘迫。 他端起茶碗遮掩，说喝茶解酒。 萨仁花给他倒着酒，说你才喝了多少。 巴特尔撕扯下一条羊腿，说吃点肉压压酒。 啃羊腿，喝烧酒，喝砖茶，迷迷糊糊的万星明再看萨仁花，真俊，满月的脸全是妩媚，感觉自己真成皇帝了。

　　巴特尔让萨仁花搬来钱箱，抓出大把的银圆，丢得满地都是。"我从不把真金白银换成票子，因为纸不是钱，这个才是。"他对万星明说，看看，都是你家的，明天对着账本清点清点。 万星明合住箱子，说不用点。 巴特尔说回榆林路途遥远，带箱子不安全，还是让萨仁花帮你换成银票，保险。

　　晨曦初现，轻纱般的薄雾在草原上弥漫漂浮，美轮美奂如入梦境。 巴特尔要接待王爷，让萨仁花代为相送，万星明说不用送，自己可以的。 巴特尔说没她你走不出草原，况且她还要帮你兑银票。

　　萨仁花和万星明出发了，两人相处几天，彼此的好感从升温到升华。 萨仁花喜欢粗犷直率的男人，万星明喜欢果敢泼辣的女人，短暂的神交少了暧昧的过渡，直截了当奔去主题。 昨晚天色暗淡时，他们未住客栈，在沙窝子搭了顶帐篷，火烧火燎地滚起沙梁，无师自通地做了男人和女人的事。 万星明横冲直撞，萨仁花狂野中现出羞涩。

包头尘土飞扬的街道，弥漫着商品和各色人等的味道，喷香的，恶臭的，又香又臭混杂的。 他们来到城中心的财神街，钱铺、当铺一个挨一个。 萨仁花找到熟悉的钱铺正要进门，万星明阻止了她。 他和巴特尔一样，反感纸票票，说一进一出的，要吃多大的亏！ 一进一出的说法，让萨仁花联想到昨晚，便发出暧昧的笑，却又燃起万星明的欲火，他火烧火燎说我们去住客栈吧。 萨仁花红脸说你答应哥哥兑钱的。 万星明说榆林城的"通元号"和"义盛源"，以前手续费还说得过去，这两年官钱局取代了它们，心黑了。 萨仁花问你路上出事咋办？ 万星明说出不了事，也不看看我是谁？ 看武功了得不，他的胳膊一收，秀起了肌肉。 萨仁花被说得心痒痒的，随了他。 两人见前面有家叫"花前月下"的客栈，会心地一笑，随即开了客房，颠鸾倒凤，巫山云雨。

包头的街名与蒙人的性格一样，直截了当。 当万星明和萨仁花心满意足离开财神街，穿过马号巷、瓦窑沟巷、王大人巷和口袋房巷时，遇到了马伯雄。

这几天，马伯雄跟艾土地跑遍包头的大街小巷，考察钱铺、皮毛、百货、杂货店铺，这会儿他们走进富盛明巷的粮油市场里。 艾土地问粮价，马伯雄在本上偷记。 最上等的七五面粉五块一大袋，马伯雄简直不敢相信自己的耳朵。 咱那儿多少？ 他悄悄问艾土地。 榆林没七五粉，"通天苑"最好的是八五粉，还要三四十块。 差价太大了，马伯雄忙问还有多少盘缠？ 艾土地说够买十来袋。 马伯雄遗憾地嘀咕，要是能买上百八十袋，在榆林低价卖了，也算是变相赈灾，多好。

"朋友，没想到还能见到你。"万星明激动地握住马伯雄的手，并介绍给萨仁花。得知是万星明念叨的人，萨仁花嗷嗷直叫朋友，朋友。

"我叫马伯雄。"马伯雄这次主动自我介绍，道。

"马公子，刚说你们要买啥？ 钱不够，我这有，随便用。"万星明拍了拍马背驮着的箱子，说。

想买些面粉赚一把。 艾土地说。 马伯雄瞪了艾土地一眼，说想弄些面粉回去，赈灾救命。 万星明说资金的事有我，三千够不，要不拿五千？ 艾土地说够了，再多也不好运。 马伯雄说别，我们萍水相逢，你就是敢借，我还怕找不到还钱的地儿。 万星明笑说冲这话，你绝对就是好人。 来，正式认识一下，榆林"通天苑"的万星明。 马伯雄一惊，说原来是万公子呀，前阵子，我和你弟、你家，有过交结。

"认识我弟，知道我家？"万星明大感意外，问。

"他是米脂马氏庄园的马公子，马家在榆林城刚开了粮店，就在你们对面。"艾土地说。

"我们是世交。萨仁花，赶紧拿钱给他们。"

萨仁花把万星明拉到一边，说你真借呀，这是五千块大洋呢。万星明身子一抖，说大丈夫一言即口，驷马难追。萨仁花敬佩地看着他，说你是真男人。

万星明如此真诚，马伯雄只得借了，他说："那就恭敬不如从命了，艾把式拿纸笔来，我写借条。"

"借条大可不必，你家和我家对门，想赖也跑不掉，哈哈。"

"这个不行，一码归一码，亲兄弟也要明算账。"马伯雄说。

"那……写吧，我也恭敬不如从命了。"

完善过手续，马伯雄约万星明等两天一同返榆。万星明说出门多天了，家里在等。马伯雄想起自家给万家借款的事，想说又觉不妥，看他有萨仁花相伴，就道保重，两人痛快告别。

17

出包头城便见黄沙，过了黄河，沙丘连沙梁，绵延起伏，无边无际，向远方蔓延。万星明与萨仁花分别后，策马漫漫黄沙路。此时太阳开始西斜，晚霞血红，红得耀眼，红得诡秘。美丽景色感染了万星明，豪情满怀的他，像发情的公马嗷嗷乱叫。屁股下的马儿也连打几个响嚏。包头之行，开启了灿烂的人生，让他知道女人为何物，会如此美妙，美不胜收。难怪，只有男人和女人，才能演绎出千古传唱。

相见时难别亦难。出了包头，万星明和萨仁花徜徉黄河北岸，你来我往，送来送去，还在原地踏步。万星明说过多少遍到此为止；萨仁花回了多少遍，你一人上路我不放心。太阳才不管他们的卿卿我我，自顾自地升到当空。再不走，晚上赶不到客栈了，万星明才下了决心，说汉人有句话，叫……萨仁花捂住他的嘴，说送君千里终有一别。万星明惊叹萨仁花神奇的领悟力。萨仁花说这更神奇，主动送了吻，不知第几次滚起细软的沙梁……终了，还是女人理智，萨仁花指点了马背上的吃食，马奶子，牛肉干，奶酪奶皮，最后一指心脏，说我的爱人，你要把这个吃进肚里。万星明憨笑说够我吃一辈子，又抱紧肥而不腻的健壮身子，说这辈子从没这么愉快过。萨仁花伴问你在骗人？他急急赌咒说骗你不得好死。萨仁花"呸呸呸"吐口水但脸上写满了高兴，问还来大草原吗？他说处理完事就长对翅膀飞来，对天发誓。萨仁花掏出匕首割绺黑发，说留好这个，不要发誓。他从脖子上揪下玉观音，说给你。"男戴观音女戴佛，观音你戴着，下次给我佛。"他说给你戴大玉佛。萨仁花搂住他的脑袋端详，暴风骤雨般吻上去，戛然而止，翻身上马，扬鞭而去。

又是一个夕阳西下。面对血红的西天，万星明吼喊起来：

> 太阳出来一点点红呀
>
> 出门的人儿谁心疼
>
> 月牙出来一点点明呀
>
> 出门的人儿谁照应
>
> 羊肚肚手巾三道道蓝
>
> 出门的人儿回家难

万星明扬鞭催马紧慢赶路。此时的天空，闪现出黑色的乌云与血红的晚霞，黑红相间恐怖狰狞。万星明正惊叹奇异的天象时，晚霞被"黑墙"压住，天地笼统，大地无声无息，静得没一丝风吹草动。他不知的是，几十公里外，狂风裹挟着沙子遮天蔽日，沙尘暴浩浩荡荡，大举南下了。借着浑浊的天光，万星明看到北边出现了一堵快速移动的墙，有"黑云压城城欲摧"之势。他忙拉马躲藏，刚找到沙丘脚下的窝，怒号的狂风就压住了马儿的嘶鸣，呛人的尘土吞噬了天空大地。是天黑了，还是被风搅的，已不重要。万星明用鸵鸟生存法，长衫裹住头，钻到马肚子下，过一阵挪动一下身子，抖掉掩埋的沙子，他几次试探性地爬起，要不是与马儿间拴了缰绳，说不准，早成为断线的风筝。

天似乎亮了好久，但还是灰麻麻的。马儿挣扎着艰难地站起来，拉出了被沙子掩埋的万星明。万星明紧抱马儿极目远眺，好一个千山鸟飞绝，万径人踪灭，一切被沙子磨平，吃食也七零八落。没了太阳就没方向，人困马乏的他，不知走了多久却又转回原处。摇动皮囊喝完最后几滴马奶子时，太阳现出了轮廓，他察勘地形选择好方向，但愿，这次不要再转回来。

沙尘暴也碾过了包头。尘土还在空中弥漫，马伯雄担心前面走的万星明，就催促连夜装车，天不亮上路。艾把式把马车赶得飞快，到傍晚时分足走了一百里。一路未见万公子的踪迹，马伯雄更为担心，估摸着昨天的沙尘暴，万星明不会走远，但人究竟在哪儿呢？

夕阳平和，太阳不红但大而亮，剪影中，一个黑点跟跟跄跄朝这边移动。 艾土地指着问，看那是甚？ 雇来的几个赶车人说是狼，这一带狼吃过人。 马伯雄对狼不很害怕，在日本动物园里见过狼，远没传说中的凶残，甚至有些和善。 他说大家不要慌，我们这么多人，狼不敢咋样的。 艾土地说狼白天不会出来的。 众人屏住呼吸盯着，发现黑点成了一高一矮，还直立行走。 不好，倒下了，马伯雄大喊。

倒下的是万星明。 几口清凌凌的水送进他的嘴里，咳了几声睁开眼睛，见到是马伯雄，顿时闪出光芒，笑说还是走在你的后面了。

"这是我们的缘分。"马伯雄说。

"是缘分，你，是我的保护神。"万星明说。

再次见面，结伴而行，他们说说笑笑走了三天，又见斜阳时，面前出现了一块"陕西"界碑。 万星明下马抚摸，高兴地说要回家啰。 此时脑海里浮出萨仁花的影子，心里默念，我的爱人，你在想我吗？ 我们何时能再见？

"再走十来里，有家塞上客栈，我们来时住过，很不错的。"马伯雄对万星明说。

"嗷嗷，嗷嗷——"万星明高兴地吼喊，他实在太累了。

"嗷——嗷——"是吼喊引来的低沉回应。

"狼嚎，绝对是狼嚎。"艾土地用颤音，说。

"是狼，看那边！"万星明指着西北方向说道，夜色里，几个移动的绿点若隐若现。

狼有独居、成双和群居三种组织模式。 沙漠里的狼需团队配合，便采用群居方式。 借着夜幕，狼们肆意大胆，朝着马叫的方向过来。 马伯雄说大家集中在一起，狼就不敢下手。 再看万星明，他却扬鞭跃马冲向了狼群。 群狼哪见过这种架势，顿时乱了阵脚，开始四处乱窜。 嗷嗷——头狼恐怖吼叫了两声，群狼们才稳住阵脚，调转身子围住万星明。 嗷——头狼低沉的声音似冲锋号角，两只公狼像急先锋扑来，万星明把身子伏在马背上，拔出两把匕首左右挥舞，对准一只扑来的狼使劲刺去，身子失去了重心，他摔下马来。

坏了，大家去救万公子。 目睹人狼大战的马伯雄说着，拉过马车的缰绳，艾土地一挥鞭子，马车发疯一样奔去，阻击其他野狼，防止扑向万星明。

倒地的万星明，瞪着血红的眼睛，举着匕首与狼僵持。 余光瞥见马车过来，大喊危险，马伯雄不要过来。 他的喊声让对视的狼们失去了耐心，有两只龇牙咧嘴扑了上来，万星明对着右边的狼用匕首虚晃一下，把心思放到左边的狼上，突然，他猛虎下山般朝狼刺去，随着鲜红的血喷泉般在空中画了一条抛物线，一只大尾巴应声落地。 受伤的狼疯了，将两只爪子钳制过来，万星明使出平生气力，将匕首不偏不倚地挑中狼脖子，由于用劲过大，竟使匕首卡在骨头里，狼痛得飞天一跃，倒地毙命。

目睹同伴毙命的另外一只狼，略微迟疑了一下，非但没有退缩，反而更加疯狂了，对准万星明的脑袋一跃而起，眼看两只锋利的爪子就要落到万星明的脸上，"叭叭"两声清脆的枪响，飞狼在空中又画出条红色的弧线，重重落地。

"叭叭"，更密集的枪声响起，狼群接二连三倒下，狼们大声呜咽，在炒豆子般的枪声中，消失在渐沉的黑夜里。

马伯雄搀起万星明。 万星明踢开脚下的野狼尸体，发现走过来几个黑影，忙拱手，说："谢壮士救命之恩。"

满脸横肉的大汉，冲着枪管吹几下，打量万星明和马伯雄，笑说："救命，乃小事一桩。 敢问几位老板，这是要去哪？"

"回壮士话，回榆林老家。"

"哈哈，我说得不错吧，他们真是榆林城的大老板。"大汉把枪插进腰间，对身旁的人说道。

万星明提起钱袋，说："大恩要谢，请壮士笑纳。"

大汉狞笑着拿过袋子掂掂，笑着扬手抛给他人。

"请壮士留下尊姓大名，星明日后定当再报。 今日天色已晚，我们还要往前赶一赶，找客栈歇息。"

"先慢，报报曼曼（黑话报上姓名）。"见万星明摇头，提袋子的人嘿嘿一笑，说大哥问你姓甚名谁，在榆林开的是哪家商号？

万星明皱起眉头，说："你们，要干吗？"

"不仗义了吧，刚还说要报答救命之恩，现在连你家商号都不说，还咋报答。"

"你不甚也没说。"万星明反驳道。

提袋子的人顺手给万星明一个嘴巴，说你敢顶嘴，他妈的是不想活了。 大汉下巴一扬，得令的其他人一哄而上要将马拉走，万星明拼死保护，施展拳脚打倒几个。 冷眼相看的大汉拔枪对准万星明，说小子的功夫比这个厉害？ 想活命就老实点，不然就是这个下场。 说着，"叭"地对死狼补了一枪。

"拿小钱换大命，对你们老板们来说，是赚大了。"大汉说着，见马背驮着的箱子，问里面是甚东西？ 万星明不答，他伸手又要钥匙，见万星明依旧不动，他拔枪对准万星明的脑门使劲一击，殷红的血，顿时在脸上流淌起来。

"你咋打人！"马伯雄厉声谴责道，用手帕捂住万星明伤口。

大汉见万星明依旧挺直腰杆，也不再理他，举枪对箱锁开了一枪。"发财了，我们发财了。"大汉摸出一把大洋，"哐当"扔在地下，对万星明说，你的路费盘缠。

见他们要得胜回营，万星明眼露凶悍扑了过去，骂道："我操你妈的，老子是'通天苑'的万星明，你们要是有种，也给老子报上大名。"

"好，我们是行不改名、坐不改姓的杨猴小人马。 老子叫杨志，水浒里青面兽听说过吧，我和他同名同姓。"

"杨志，记住你了，那杨猴小是谁？"万星明狠狠地问道。

"连在包头驻扎、绥远活动、威震十几省的杨猴小都不知，还跑蒙地做生意。 不过也怨我们，这些年跟榆林的'亲戚们'走动得太少了。"杨志说着，打个口哨，带手下扬长而去。

"杨志，杨猴小，都给老子等着。"万星明的牙帮子咬得紧紧的，在他们后面说。

"对不起，万公子。"马伯雄说。

"说甚呢，感谢你还来不及呢。 马公子可要记得，你还借我了五千现大洋。"万星明说着，笑了。 马伯雄和艾土地也笑了，气氛又轻松起来。

18

见儿子胡子拉碴、活生生地站在万友善的面前，那颗昼夜悬着的心，"咚"地落了地。 他亲自给儿子沏了一杯汉中毛尖，掰着手指点了菠菜焖肉丝、炸格丸子、清蒸羊肉，还有徽州丸子汤等几个榆林名菜，先让厨房准备。"星明，这一走多天，沟沟坎坎的，辛苦了。"万友善本不想说这话，看儿子疲惫不堪的样子，心一软就出了口。

万仙如见到大哥的第一句话，就是哥太牛了，快讲讲面汤官司。"啊，你知道我在包头打官司？"后脚进来的万向明说，面汤官司早传遍了陕北。 万仙如说岂止是陕北，省城的报纸也登了，西安同学写信问是不是我亲哥。 万向明说我同学早等着要大哥的签名，校刊主编也预约要采访。 万星明说我成了叫花子，遭了土匪抢劫，还是甚大英雄。 万向明问难道你遇到了杨猴小的土匪？ 万星明惊讶弟弟知道杨猴小，万向明说同学们经常议论，这伙为非作歹的土匪坏得流脓害水，奇怪了，他们不是在三边，咋流窜到了榆林？ 万仙如说遇到土匪还活着回来，又是一个奇迹。

"你们不要添乱了。 星明问你，进门半天了，收的账呢？"万友善早想问收款的事， 听到遇到土匪，就再也忍不住了。

万星明端起茶杯，连茶带水一口喝干，讲述起遭匪抢劫的过程。 万友善听着，慢慢地气喘吁吁起来，当万星明轻描淡写地说土匪搬走了银箱，他的眼前一黑，捂住胸口，栽倒在地。 兄妹仨手忙脚乱地围住父亲，又是掐人中，又是摸胸口，几分钟后万友善气息匀了一些，抖颤着花白的胡子，问："你到底拿回多少？"见万星明不再说话，他就用哭腔说逆子啊，包头惹了官司，终了还鸡飞蛋打。 哎哟，给马瑞琪抵押的地契咋收回呀。 胡管家，不加菜了，让他吃个屁。

万星明想说还有五千给别人借了，又唯恐再激怒父亲，便咬牙保证说，这笔钱一定让土匪加倍偿还。

"让土匪偿还？ 做梦吧，你去哪找土匪？ 土匪就是被官府绑来，他们拿球还？"震怒的万友善，在儿女面前第一次动了粗口。

"我，我找井大人当兵，带部队干死土匪。"万星明说着，摩拳擦掌。

"又气我，好男不当兵，好铁不打钉，我堂堂的万家大公子，要去当兵，哎哟，丢人啊。"万友善痛心疾首，说。

"星明快说不当兵了。 老爷您松口气，大公子还不是您说几壶就几壶。"站到一旁的胡管家安慰，说。

"滚，都给我滚得远远的。"万掌柜一挥手，让儿女们滚了蛋。

当兵不是万星明随便说的，自打遇到土匪，他就动了当兵的心思。 挨了父亲的骂，更坚定了信念。 他去找马伯雄絮叨，见马家粮店买面粉的人来人往，便打消了念头。 胡乱走进县官巷，见井大人的马园子里，士兵们有模有样地操练，有的走队列，有的拿木头枪练习刺杀，那些练习赤手空拳格斗的十分刺激，有个人高马大的军人拳脚实在了得，万星明三下五除二击倒了三个对手，打得实在过瘾。

次日一大早，万星明再来马家粮店找马伯雄，店员说马公子天不亮回了米脂。 他问包头拉回的面粉呢？ 店员说已经卖光。 难怪头天晚上，马伯雄还了五千块，还要另给五百块利息，遭到他的拒绝。 马公子低价卖面做慈善，他咋能挣利息呢。 他不敢把钱给父亲，便藏了起来，安稳地睡了一大觉。 听到父亲在院子里大骂马瑞琪坏了规矩，知是低价卖白面的事。 心想马伯雄回去了，那就再去马园子看操练。

职业军人真是敬业。 太阳还未完全升起，他们已练得汗水淋漓，人人像洗了澡。人高马大的军人如鹤立鸡群，格斗撂倒五六个，还能面不改色蹲马步。 突然间，士兵们像是钉子一样钉住，对着走来的胖子敬礼。 这不是井大人又是谁？ 陕北总司令井岳秀，常在街上行走，平易近人的样子，城里娃娃大人差不多都认识他。

"井司令，您好。"万星明一个箭步跨过半截铁丝网，跑到井司令跟前，敬了蹩脚的礼。

井司令吓了一大跳，身旁的何副官也是反应不及，倒是那人高马大的军人出手敏捷，一把扯住了万星明胳膊，还试图把他按倒在地。

"你是谁？ 抓起来。"何副官拔出了手枪，尖叫道。

"我叫万星明，榆林本城人。 有事求司令，只好用此下策，还望原谅。"

"万星明，这名有点熟。 谁听说过？"井司令嘴里念叨，问。

"包头打赢面汤官司的，好像就叫万星明，是你吗？"何副官问道。

"是。"万星明大喜过望，答到。 没想到，一场官司真让自己家喻户晓了。

"哈哈，果然气宇轩昂，有股子豪气。 万星明，你为老百姓喊了天，为榆林人争了面子，本大人要嘉奖你，要树你为榆林人学习的榜样。"

"谢司令，嘉奖和榜样就不必了。"

"敢拒绝司令，你是给脸不要脸。"何副官板起脸，道。

"要知道，这样的荣誉一般人可求不可得。"井司令说着，觉得有趣。

"星明不才，愧对这份荣誉。"

"愧对？ 年轻人还会客气。 那你找本司令是……"

"当兵，我想当兵，请司令恩准。"

"等等，你是不是'通天苑'万家的大公子？"何副官依稀记得万友善说过大公子的情况，问。

得知万星明是万家公子，井岳秀更有兴趣，问："有点意思了，万家的公子来当兵，说说道理。"

"当兵纯属我个人的事，与'通天苑'和万家没丁点关系。"

"有个性！万星明，当兵不是好玩的，要吃苦耐劳流血流汗，说不定还要掉脑袋的。"

"脑袋掉了不就碗大的疤，过二十年又是条好汉。"

"这么说，你铁定要当兵？不对，一定有事，你是受了刺激。"井司令道，认定万星明有文章。

"回司令，当下中华大地军阀割据，匪患横行，国之不国，民不聊生，但跟、跟着国民革命军和司令您，才能救中国出水火之深，保榆林大地与百姓之平安幸福。"万星明背诵的这段话是和万向明学的，只不过万向明跟的是共产党，他改为跟国民革命军和井司令。虽说万星明不懂政治，但也知共产党是井大人的死对头。

"没想到，后生说起头头是道。好，就冲你的热情，本司令准你当兵了。有甚本领吗？"井司令笑眯眯问道。

"本人自幼习武，会点猫脚功夫。"

井司令眼前一亮，说："你还会功夫？那就与警卫排长比试比试。"

人高马大的军人是警卫排长。万星明冲排长抱拳说承让了，敏捷地挥拳打去，却被排长闪身躲过。两人双臂展开了较劲，很快陷入胶着中。万星明瞅准机会猛地发力，将排长摔倒，正要飞身压上去时，排长一个鲤鱼打挺起来，飞起双腿将他踢倒，腿反压他身上，两人躺在地下打转。看着天空在旋转，万星明再次发力撑起身子摆脱了对方，两人同时鲤鱼打挺起来。排长用螳螂拳扣手折臂的锁法治住万星明，又猛地将他踢出两三米远，猛虎扑食般冲来欲置他于死地。万星明单手撑地闪身躲过，迅速转身连出虎爪，打得排长连连后退。两人你来我往几十回合，不分伯仲。

"停！万星明，从现在开始，到警卫排做我的贴身警卫。"井司令果断地说。

"是，谢井司令抬爱。"

"要立正，敬军礼。"何副官做示范。

"井司令，我还有一事相求。"万星明连敬三个蹩脚礼，说出剿匪的心事。

井司令连连点头，赞许应允。

见万星明一身戎装，万友善气得差点吐出了血，他雷霆大发，捶胸顿足，吼喊："你是要活活气死老子啊，万家的千秋家业，等你继承掌舵；万姓家族的兴旺发达，等你发扬光大，你却……赶紧给我脱了黄皮。"

"我就喜习武，吃武行这碗饭。"

"一派胡言！ 打小我让你习武，那是看你体弱多病，习武能强身健体。 掰起指头数数，榆林城的四大家族，往上数多少辈出过当兵的？ 连前街的李炉炉、杨麻绳，后街的岳白狗、朱毡匠、赵画匠这些手工匠人家，后人有当兵的吗？"

"您咋不说驼峰山的戴杂货家还出过总兵呢！ 再说，人家是人家，我是我。"

"你要气死我呀！ 再执迷不悟，做下三滥……"

"谁说当兵是下三滥了？"井司令站到万友善身后，厉声道。

"井司令，不，姑爷，我说的不是那个意思。"万友善连忙解释，不晓得井岳秀甚时来到家里。

"万掌柜，如今国家需要栋梁之材，你儿子为穷人打官司，敢单打独斗战土匪，是美名远扬的大英雄。 他当了国军，定会宏图大展，前程无量。"

暗自叫苦的万友善，不得不违心说姑爷说得有道理。 井岳秀哈哈大笑，向万星明投去得意。

19

连续大旱下的陕北，从连绵起伏的群山，到纵横交错的沟壑，树叶焦黄，大地荒凉，万物毫无生机。 走在回家路上的马伯雄，望着满眼苍凉思忖，同在一片阳光下，为何陕北会十年九旱？ 当马氏庄园依稀可辨，他的无限惆怅更为强烈，这种情感是从未有过的。 哎，龙王庙那里在干吗？ 望着黑压压的人群，他问。 艾土地说是在祈雨。 年年祈雨，龙王爷显灵的却是少。

马拥护是杨家沟的"吼雨人"。 主祭祈雨的人，头戴柳圈，手执柳条，站在龙王爷楼子旁与神灵进行神交的感觉，他很喜欢也很得意。 近年来，他家道破落，地卖了不少，也开始对所有事物怀疑。 祈雨不顶事，即使祈来雨，最大的受益人是马瑞琪，自己又何必呢？ 于是，今年他拒绝担任主祭。

马拥护甩手不干，马瑞琪只得自己穿戴行头，此时见儿子回来，他看到了希望。 忙领马伯雄进到龙王庙里，在慈祥的神像下，父子俩对视着，他让儿子担任主祭。 马伯雄摇头说，这是封建迷信，我一个学工科的当主祭，会让人笑掉大牙的。

"工科生、留学生咋？ 睁眼看看，这是黄土高原，能做主祭，那是得到族人认可的最好机会。"

"我只想做建筑师，而不是山窝窝里的庄主。"

"理想归理想，现实须面对。 住在马氏庄园，你就身不由己。"

"您不是一直教导我，好男儿志在四方。 您曾经开明地送我到海外，现咋就变得如此世俗？"

"不是我变了，是干旱让这世道变了，这次和万家的事，让我想了好多，粮食是农人的命，在生意场上也是命。"

"那您还让我去包头。"

"去包头是让你见识做生意的艰辛，祈雨是见识农人的辛劳，只有农业才是立国之本。"

马伯雄犹豫了，喃喃说："我还是觉得，祈雨这事不好。 您也知道，刮风下雨是大自然的规律，和祭拜神灵没丁点的关系。"

马瑞琪慌忙看着龙王爷，似乎唯恐惹了他老人家，对儿子说："祭祀了还不下雨，那是老人家顾不上我们这儿，可是一旦下了雨，就是龙王老人家的恩赐，也是我们祭祀带来的，这可是树立威信的最好机会。"

"原来您把祭拜当作了把戏，难怪……"

马老爷忙捂住马伯雄的嘴巴，一把拉他走了出去。

马伯雄头戴柳帽、手执柳条，站到龙王神龛旁边；善雨人是马瑞琪的未婚侄子，怀抱祈雨瓶站神龛前面；八个戴柳条帽、光膀子、穿红短裤的后生们跟着后面，他们的身边是一只插满柳梢的楼子。 远近闻名的唢呐王，率众唢呐手和锣鼓队员，候在祈雨队伍旁；在队伍外围，十几个后生举着五彩旗；而旗子后面，跟着黑压压的祈雨农人。

"请龙王老人家，起、起驾。"马伯雄手拿说单，怯生生道。 后生们将楼子高高抬起，彩旗在阳光下发出七彩光芒。

唢呐王的喇叭筒冲着天空，吹响了《龙王曲》。 祈雨队伍按部就班走到戏台前，龙王爷楼子落地，所有人跪地匍匐。 马伯雄皱着眉，对父亲悄悄说这些"之乎者也"自己念不上口。 马老爷面无表情地跨前一步，闭眼诵道：

政不节与，使民疾与。何以不雨至斯极也。宫室崇与，妇谒盛与。何以不雨至斯极也。苞苴行与，谗夫兴与。何以不雨至斯极也。

民国十八年，米脂民众，马家族人，万请龙王老人家救万民。

朗朗的声音吸来一股凉风，吹得马瑞琪的白胡子抖动。 裹着风，一个脸色苍白的人跌跌撞撞跪倒在楼子前，他是十里八乡最有名的巫神，叽里呱啦说着谁也听不懂的话，逐渐地，他的身子无序地扭动，双手向天空狂抓乱挖，突然倒地。

"龙王老人家出山巡游啦。"马老爷喊道。

天荒了，地干了，求您龙王老人家下雨了。

祈雨的民众齐声高唱，龙王楼子再次抬起，马伯雄照本宣科，领喊：

上山采云，沿河取水。上山采云，沿河取水。

众人簇拥着"龙王爷"，一边踢着梁峁沟岔间的黄土，一边有序齐唱：

龙王老人家就下吆，早下清风饱雨（那）救万民。南无阿弥陀佛，救万民。

一个空旷的山坡上，龙王楼子原地打起转转，楼子下面一股细沙漏出，歪歪扭扭写字，楼子一停，马老爷和几个人一起辨认：三日有雨。

有雨了，龙王万岁，龙王救万民。 山呼海啸的农人们逐个上前跪拜，持续到第二天东方破晓。

"轰隆隆"，沉闷的雷声从远处滚来，一疙瘩一疙瘩的黑云，在人们的头顶上飞快聚集，上下翻滚。 很快，夹带着黄沙的狂风，似一堵厚重的城墙，铺天盖地压来。 山峁上孤独的老榆树，在风中摇曳、挣扎着。"咔嚓"的炸雷此起彼伏，跪拜的人们抬起充满希望的头颅，噙着激动的泪花。 山峁、沟道、村庄、院落和窑洞里，无数双虔诚的眼睛，也在遥望天际，祈祷雨神。

"咔嚓"，一个惊天动地的滚地雷，崩塌了一面黄土崖。 铜钱大的雨点稀稀落落滴下，再由淅淅沥沥变成大雨倾盆，黄土高原的人们一跃而起，在雨中沐浴，山呼海啸。

紧闭双眼的马瑞琪，对着天空双手合十。 沐浴着雨水的马伯雄挥舞双臂，让雨水和泪水在脸上冲刷流淌。 简直太神奇了，他由不得惊叹大自然的神秘。

时而大时而小的雨，从大早下到夜里。 黄土高坡被雨水冲刷得沟壑纵横，沟道里灌满浑浊黏稠的黄汤。 雨过天晴，阳光灿烂。 洗刷过一样的天空，洁净透亮，蓝天白云。 有水一片绿，无水一片黄，昨天还是黄漫漫的大地，现在浮现出一缕毛茸茸的青绿色，焕发出勃勃生机。 山坡上，农人们抢墒补苗，竭力挽回半死不活的枯苗。 更多的农人，赶牛犁地撒种子，抢种荞麦、白菜等生长期短的农作物。

马老爷微笑地欣赏着这幅"耕作图"，他抓把泥土谢苍天，说老天爷总算开了眼，下了救万民的及时雨，让晚播作物赶上了趟。 马伯雄笑逐颜开地说，看您捏着湿漉漉的土，像捏住了金子。 马老爷说比金子还要金贵，人离了金子能活，离了土地万物难活，说着，用拐杖指向远处，说这一座座白面馍馍样的山，是马家的大粮仓。 看那两座小山包，那是你出世那年置办的，我们过去瞅瞅。

大山远望很近，真正走起来，下坡过沟远着呢。 父子俩差不多走了一个多时辰，才到了山包间的盆地，这里的庄稼绿格茵茵。"这是块神地，能在任何年馑里旱涝保收，你知道为甚？"马伯雄摇头，马老爷讲述起这块土地的传奇故事。 万历年间，前面的那座山滑坡了，堵死在这儿，成了天然淤地坝，从此沟里再没淌出一滴水。 小水就地入渗，可是大水积几个时辰也会不见。 有一次，我专门在大暴雨里圪蹴着看，雨水先是聚在一起，眼看水满要决堤，水面上却打起了漩涡，听着大地"呜呜"发出像老牛喝水的响声，猜咋着？ 水咕嘟嘟地泄完了。

"大自然的神奇，有时候科学也解释不了。"马伯雄感叹道。 从祈雨和下雨的神秘关系，他联想到浩瀚繁杂的宇宙。

"大山深处的杨家沟，是我们马家兴旺发达的福佑宝地。 在这里，马家由小树苗长到枝繁叶茂。 哎？ 看那块地多平呀，咋还没补种？"马伯雄问。

"是李四租的，奇怪了，他是个务庄稼的好手，咋能……这后生几天没见？"马瑞琪问道。"光亮堂"有成千上万亩土地，但每一块地都深耕在他的心里。 李四，咋了，莫非……想起前几天李四着急上火来找过，是为李三开仓放粮进县大狱的事。 马老爷说笑话，自己心善不假，但施善也分情况，像李三这样的人，绕着走还嫌近，咋会去说情？ 他没给李四好脸，甚至说该准备甚，就早做准备吧。

在马老爷跟前碰了一鼻子灰，不死心的李四找了平时相好的几个后生，他们绕着县大狱转圈，自然弄不清里面的布局。 平时怕进去，这会儿后悔谁也没进过。 有人说要不我们故意犯点事，进一回。 李四说现在迟了，恐怕消息没送出来，我哥就被……李四要大家分头去乡里组织集体请愿。 对为民呼吁"开仓放粮"的李胡子的遭遇，乡亲们很是同情，但要他们豁出身子请愿，却没几人愿意，毕竟多一事不如少一事，十里八乡勉强答应参加请愿的就十来个人。

想上天就等来了龙抓。 县里猛然征收的"烟囱税"，带来了拯救李胡子千载难逢的机遇。

一场好雨后的抢种，让大地充满了活力。 三伏天阳光的照耀下，幼苗噌噌露了头。 王县长的心情，也好似漫山遍野的绿茵茵，格外地好。 这天晌午，他带张局长来杨家沟，见寨子里家家的烟囱烟雾缭绕，生气勃勃，遂冒出"烟囱税"的念头。 张局长拍手赞同，每根烟囱收缴三块税的荒唐政策，就这样出了台。 告示下发后，警察局、村公所派人蹲在村庄。 老百姓的怨声载道，给了李四可乘之机。 平时旁听马小姐讲课，让他懂得了许多，知道本县人士李自成举李闯王大旗，在西安称帝，建大顺国。而李四自诩李自成后人，号召大家跟政府抗"烟囱税"，得到千家万户的积极响应。

马伯雄问妹妹李四的事，却见马苗在写着大字：

"烟囱税"亘古未有，米脂创天下奇闻。

李胡子为民开仓放粮合天理，政府滥抓无辜遭天谴。

"你为李胡子？"马伯雄问。

马苗不知该如何解释。 尴尬时，李四兴冲冲进来，说小姐又写下多少？ 那一百多张我都发完了。 见马公子也在，李四顿时手足无措。

"人人都忙着下地抢种，你却让租地在'睡大觉'，原来是忙这个呀。"

"马公子，我哥为老百姓喊冤，要政府开仓放粮，被关进了死牢。"

"有这事？"马伯雄满腹狐疑地看着李四，自己出了趟远门，眼皮底下竟出了这天大的事。

"哥，你帮帮他们吧。"

"马公子，你是好人，你能救我哥。"

"李四放心好了，我哥是大好人，小时候还偷家里的月饼给小伙伴们吃呢。"马苗的话刚说出口，见哥哥扭头走了，"哥，你咋这样！"

"靠天靠地不如靠自己。 小姐，我走了大半个米脂，反'烟囱税'的人，比开仓放粮的人，多得多了。 只是，没你哥这样有头有脸的。"李四颇为遗憾地说。

20

米脂县政府门前平时空空荡荡，今天却不一样，懒懒散散的人越来越多。 事出反常必有妖。 张局长命令加强警务，自己在窗口盯着外面。 眨眼的工夫，忽见街头展开一条横幅：

李胡子为民开仓放粮合天理，政府滥抓无辜遭天谴。

人们变戏法般展开纸条、布条挥舞，李四带头喊：

　　　烟囱上税，闻所未闻。

　　　开仓放粮，开门放人。

众人群情激昂，举起拳头跟着呐喊，步步为营，逼近大门。

张局长走到李四跟前，说："本局长饶过了你，你却蹬鼻子上脸。退不退？不退，给我抓起来！"

"不能随便抓人，中华民国是讲法制的。"马伯雄不知从哪儿冒出来，说。

听到熟悉的声音，马苗得意地对李四挤眼。

"马公子，咋哪都有你，还来宣讲法制！知道劫你家贡米的是谁？人犯就关里面，想看看不？"

"那事已翻篇了。据我所知，你们关押的是为民请命开仓放粮的勇士。"

"勇士？请问马公子，光天化日闯国民政府，还抢粮库，是歹徒还是勇士？"

"几个手无寸铁的灾民，要不是为了快饿死的米脂百姓，他们难道吃了豹子胆，私闯政府，来抢粮库？"马伯雄已经搞清了来龙去脉，这会儿话说起来有了底气。

"年轻人，你要好好给他们上法制课。本局长另有公务，不陪。"张局长说着，转身走回大门。

"烟囱上税，闻所未闻；开仓放粮，开门放人。"李四挥舞拳头高呼，更多的人跟着喊。喊着喊着，李四带头扑向警察，试图闯进大门里。

"理智，要理智！你们不能把有理的事做成了无理，让人家抓住把柄。"马伯雄大喊劝阻，但他的声音被人群的愤怒声吞噬，整个人也被挤到一边干瞪眼。

潮水般的人群冲开了警察队伍，争先恐后去撞紧闭的县政府大门。

外面一浪高过一浪的呼喊声，并未影响王县长的心情。他淡定地挥笔书写对联：先天下之忧而忧，后天下之乐而乐。问神情紧张的张局长，你看这几个字如何？张局长急急巴巴不知该说啥是好。一个歪戴帽的警察跑进来报告，说外面刁民太多，我们快挡不住了。张局长大喊老子忍不住了，要把刁民统统毙了。王县长慢条斯理地问姓马的动手没？警察说他还在喊法制，挡着刁民呢。王县长说只有他动了手，这"法制"就好讲了。

张局长似乎理解了王县长的意思，狞笑着再次出来。见到张局长，冲击大门的人自觉后退几步。李四和马苗却朝前跨了一步，马苗说你们究竟开不开仓？放不放人？

取不取消税？张局长带着调戏意味，问这是谁家的女子，乱说话不怕嫁不出去？马苗说嫁不嫁是我的事，还是管好你的人，警察不要当成地痞、流氓和无赖。一警察笑嘻嘻说，女子说我们是地痞无赖，那就见识见识。说着把手伸向马苗白皙的脸。李四冲到马苗前面保护。"叭——"马伯雄给警察甩出一记响亮的耳光。张局长嘿嘿一笑，对空放了两枪，把马伯雄和李四抓住。听到枪声，老百姓乱糟糟缩成一团，马苗被裹挟其中，眼睁睁看着哥哥和李四被抓进了大门。

马伯雄被抓的消息传到万友善的耳朵里，他高兴得手舞足蹈，又怀疑事情的真假。马家的马车都是警察护送，公子还能被抓？胡管家说这娃娃不是省油的灯，他组织灾民请愿，要政府取消税收，开仓放粮，被抓是迟早的事。万掌柜精神大振，说马瑞琪啊马瑞琪，儿子是留洋生能咋？还不是一样被抓，我，呸！

万仙如不相信马伯雄被抓。万向明说消息确凿无疑，学校都传遍了。万仙如问有没办法救他？万向明说马家公子，用不着我们操心。万仙如问你要是他朋友的话，就不能袖手旁观。万向明说当然想着办法，就看大哥帮不帮忙。

万星明在井司令手下干得得心应手，但并不是很开心。服侍井司令有丫鬟就行，他是要跟土匪真刀真枪算账。井岳秀知道他的心思，说部队有部队的规矩，绝不能公报私仇。万星明大胆问打土匪咋是公报私仇？井司令说堂堂的陕北国民革命军，追随北伐，帮助十七路军，制止蒙地独立，为国家和民族建功立业，几个蟊贼，岂能入了法眼。万星明说那些和自己没关系，他就知道杨猴小杀人越货，我们躲城里享福。说着，给井岳秀敬礼，说报告司令，您就派我找这帮匪徒报仇吧。

井司令拍着万星明的肩膀，严肃地说："杨猴小可不是一般匪徒，他的经历很不简单。当年孙殿英部开赴青海屯垦暂住包头时，杨猴小带部投奔四十一军，很快壮大到两三千人马，从此开始为非作歹。这两年更是猖狂，把活动范围扩大到陕甘宁青。前年，在五原打了一场大胜仗，更是名声大噪。"

"这么说，司令您也怕他？"

"放肆，咋和司令说话的！"何副官训斥不懂事的万星明，道。

井岳秀也被弄得哭笑不得，问他是在哪遇到的土匪。答曰蒙陕交界。这就是说，绥远那边连年围剿，把他们逼向陕西了。井司令说着，要何副官传令，沿线驻军加强警戒，密切注视杨匪的动向，发现后格杀勿论，保百姓安康和蒙汉通道通畅。"这样行了吗？"

万星明说："找到他们，我要亲自去剿。"

井司令说："好吧，准了。 万星明你要明白君子报仇十年不晚的道理，其实等待是最磨炼意志的，特别是军队旦的等待。"

"是。"万星明似懂非懂，道。

21

夜幕下的榆林街头，灯光昏暗，小曲靡靡。 坐落在驼峰山脚下的榆中校园里，学生们静悄悄在上自习。 阅览室门口，两个同学来回走动放哨，金秀在里面召集学生党支部开会，传达上级党组织的指示，要以米脂滥抓留学生和呼吁开仓放粮的百姓为契机，同反动派展开坚决斗争。 咋样的方式斗争？ 上级并未有明确指示。

"那位留学生我认识，毕业于早稻田大学，也是我们榆中校友，他和刘志丹是同班。"万向明介绍起马伯雄的情况如数家珍。

米脂不愧是文化县，斗争都走到开仓放粮的这一步。 对米脂人民的斗争精神，同学们给予高度评价。

金秀说："米脂事件联系到我们学校，杜校长辞职，王森然、魏野畴、李子洲离职，'努力读书，救国救民，树立振兴中华舍我其谁！'的报国之志丧失，'博学，审问，慎思，明辨，笃行'的校训流于形式。"

"我们要重振榆中精神，就要闹出惊天地泣鬼神的大事。"万向明摩拳擦掌，说。

"要斗争但也不能盲动、犯急躁冒险错误。"金秀提醒万向明说，又继续道："全国学代会要求参加校务会的决议案，我们几次向校方提出参加会议，参与管理校务，汪校长就是置之不理。 大家有没有办法，用米脂事件促进这项工作？"

万向明说敲山震虎，所谓敲山震虎，就是游行示威，发动社会各界声援。 大家说老一套，金秀却给予认同，说以米脂事件为由头，既声援米脂，又扬榆中神威，足以引起井岳秀和汪校长的重视，可谓一箭双雕。 见她说了，大家也不再发表意见。 王同学是支部成员，他悄悄问是不是汇报上级支部？ 金秀说时间来不及了，有事我负责。

金色的朝阳笼罩下的榆中校园，显得更为古香古色。 第一节课间休息时间，校门口一些同学拿着请假条出门。 工友师傅边开门边嘀咕，今咋这么多请假的。 当成群结队的同学们出现时，他已关不住门了，只有在背后吼叫，猴小子们，你们跑出去，我的饭碗可要砸了。

坐落在大街最中央的钟楼，是一座仿西洋建筑，三层楼二十四米高，在一层开四个通街洞道。"铛铛……"沉闷的大铜钟敲过十声，集结起来的同学出发了。他们打开"释放米脂无辜民众，政府开仓放粮救命"的横幅。金秀和万向明走在队伍的最前面，学生们边走边散发传单，解说米脂事件。队伍走进县官巷，金秀领喊：

一二三四，见井司令，一二三四，放粮放人。

威风凛凛的万星明，一眼看见万向明，就忙使眼色，却讨来弟弟的白眼。金秀也认识万星明，跨前一步，说这是我们要求"释放无辜，停止暴行，开仓放粮，拯救灾民"的请愿书。万星明说这个由我转交井司令，但你们立马回学校上课。万向明冲到金秀旁，说我们要面呈井司令，要立即答复。

"笑话，井司令会亲自给你们学生娃答复？"万星明板着脸道，低声叫弟弟别丢人现眼。

"同学们，面呈井司令，当面听答复。"金秀挥舞请愿书说着，高喊："释放无辜，停止暴行！开仓放粮，拯救灾民！"

无数的拳头举起，口号喊声震天。万向明领头朝官邸大门走去，金秀和同学们紧跟。

"站住！再往前走，就要开枪了。"万星明大喊这些简直不可理喻的学生娃，"真的，再往前走就要开枪了。"他的喊叫，令其他警卫们"哗啦"拉响枪栓。

万向明和金秀依然毫不退缩，弄得万星明不知所措，盘算是单独把弟弟拉开，还是一起抓起来。

"退一边去。"井岳秀威风凛凛走出来，对万星明瞪眼说，又笑眯眯看着大家道："同学们好，听说你们要找我，答复啥？"

"井司令，我们是榆林中学学生会，为饥饿中的陕北灾民请愿，请您开仓放粮；为米脂为民请命而遭入狱的百姓请愿，请您释放他们。"金秀跨前一步说着，将请愿书递去。

"关心百姓疾苦，为民出声呐喊，好，好得很！榆中莘莘学子的爱国之心，井某敬佩，敬佩。然，学生要以学习为己任，国家百废待兴，需要你们用科学文化知识来实现崛起。动不动上街游行，不妥，很不妥！"

"井司令，我们游行是无奈之举，因为告状无门。"万向明站金秀身旁，说。

井岳秀挺起大肚子，道："这位同学，请把你的手放胸脯上，想想，花钱供你们上学的娘老子，看见你们现在的样子，他们会咋想？"

现场鸦雀无声，很多同学面面相觑，金秀说："您说的我们当然知道，学生的己任是学习，但关注国家民族命运，救命悬一线的陕北民众，更是十万火急的大事。如果我们无动于衷，受苦受饿的娘老子和老乡们，会不会骂我们？那才是把书念到狗肚子里了！"

金秀的反唇相讥，赢得了一片掌声。井岳秀不由得看她两眼，这个女子似乎不简单。不简单的人，就离共党不远了，这是他一贯的看法。

"请井司令答复，不然我们就通电全国学生代表大会。"万向明趁热打铁，说。

"井司令给你们答复个屁。散了，回去上课，再胡闹真就不客气了。"万星明的火又冒上来，冲弟弟喊。

"蠢，跟秀才们，要讲智慧，不能鲁莽。"井岳秀悄声对万星明说。"同学们不要激动嘛，我这样答复大家吧。你们有所不知，两年的灾情，折磨得我夜不能寐，食不知味，而关于开仓放粮的事，卢某早已报呈省政府。就在刚才，西安传来消息，米脂开仓放粮的事，省政府主席说马上开会研究。"

游行队伍短暂的沉默后，爆发出欢呼的热浪，为米脂农民，也为他们自己。这就是热血学生，把井司令的话当了真。他们不知道，即使省政府真开了会，结果也可能是空欢喜一场。

井岳秀暗笑涉世不深的学生们，清清嗓子，继续说："安静，至于米脂县政府抓人一事，容井某派人调查后再做处理。如是他们的问题，本司令绝不姑息养奸，一定严惩不贷。"

"井司令，按全国学生代表大会的要求，学生要参加校务管理，但汪校长就是置之不理，也请井司令一并过问。"金秀又说道。

"参与校务管理，充分发扬民主，很好的事嘛，我明天就让汪校长与你们直接对话，大家满意吗？"

井司令的爽快答复，是谁也没料到的。大家掌声送他回了官邸，就纷纷开始散去。万星明走到万向明跟前，咬牙切齿地说快滚。

杜斌丞校长离开榆中后，又更换了几任"短命"的校长。现任校长姓汪，是凭关系上位的，他不学无术，是溜须拍马的主。 为游行和学校管理的事，遭到井大人的训斥后，他想了一夜，弄出个模棱两可的校长令：

> 凡各年级学生三分之二以上联名向学校呈请建议，学校以其性质之差别，在各种会议讨论之；凡学校各种会议认为学生有出席之必要时，临时令学生出席；凡鼓动学生串联签名者，一律勒令退学甚至开除。

要联名必须串联，而串联又违反校规，这不是变着法子打压学生吗？ 此令一出，学生们更加不满。 课堂议论，课间讨论，社会上也传得沸沸扬扬。 共产党学生组织拟出反对校长令的十一条理由，提出与校长面对面质询，否则将再次上街。

对于十一条，汪校长让全体同学讨论。 在礼堂兼食堂里，全校同学乌泱泱地坐满。"同学们递来的理由，学校认真进行了研究，总体来说不错，但里面也有一些问题，甚至是致命的问题。"汪校长的开场白，明显带着火药味，"美国教育家杜威先生创造了一个开全球教育先河的理论，'教育即生活，教育即生长，教育即经验的改造'。而你们提出的，是与先进教育思想背道而驰的，是自由主义炮制的，有着大问题。"

哪跟哪啊，金秀噌地站起，说："尊敬的汪校长和校委会各位，据我所知，杜威先生的理论，是希望教育和生活、社会紧密结合。 学生会要求参加会议、参与管理，正是为学校走向民主、教学更加合理的积极努力，是正确健康的，出于良心和建设性的。"

"肤浅，你的观点太肤浅了，简直不可理喻。"汪校长说道。

"恕我直言，自杜斌丞先生离开后，榆中的教学理念、课程设置倒退了，由陕西乃至全国的一流中学退到三流甚至末流。 其原因就是，学校的管理者粗暴，管理无序，毫无责任意识和管理能力，今天一定要给同学们说个明白。"

金秀的话再次刺激了汪校长，他用咳嗽掩饰慌乱，说："置学习于不顾，处处与学校、老师作对，辜负了父母的期望，你们还是不是学生？"

"我们拥护的是正确的决议，对任性随意、杀气腾腾的决议，坚决不能同意。"万向明说。

"妄议学校，吃豹子胆了。 万向明，赶紧检讨，悬崖勒马，还来得及，不然告诉万掌柜，他会严管你的。"

"我已成人，汪校长还用封建礼教的一套，找家长告状，真是贻笑大方。"万向明的话，引来哄堂大笑。

汪校长出了洋相，早有耳目报告给井岳秀。 汪校长能力人品均不行，是凭靠省政府大员的堂兄上位的，井岳秀早有撤换的想法，只是找不到合适的借口。 游行学生提到要对话校长，正是好机会，乘机把球踢给他处理，惹了乱子更是一箭双雕。 井岳秀叫来汪校长，一边将请愿书、传单和告状材料递给他，一边说这些都是从你的榆中炮制出来的，在陕北二十三县里已铺天盖地，整个社会被捅成了马蜂窝，汪校长你该承担何种责任？ 无力招架的汪校长，乖乖交出了辞呈。

又空出一个好位子，能任命一位大校长。 调换官员，自古是个好生意。 不过在陕北，榆中是共产党活动频繁的地方，培养出的刘志丹，参加北伐，领导渭华起义，现在是西北工农革命军主席。 新校长的使命，首要的是遏制共产党继续发展的势头。 井岳秀对着一份秘密名单思考，在更换校长前必须清除学校的刺头。

22

马伯雄再次入狱，着实打了马瑞琪的老脸。 马瑞琪是谁啊，陕北响当当的乡绅，儿子二撞牢门，多么丢人啊。 他是瞧不起王县长，但为了儿子又不得不厚着老脸求王县长。 求人是没空手的道理，他将银票放在王县长桌上，自己羞得恨不得钻进地缝里。 王县长得了便宜还卖乖，说马老先生，要是我没记错，这才几天，令公子是二进宫了吧。 哎，你们大门大户的马家，堂堂的留洋生，与目不识丁的刁民厮混在一起，对社会和民众是危害，对马家也有辱名声。 马瑞琪的脸写满了尴尬，低眉下眼说实在惭愧，是瑞琪教子无方。 王县长将银票拨拉进抽屉，恻隐之心随之动了，说看在名门望族的分上，放人。

马伯雄被张局长带进门，见父亲在这儿很是吃惊。 马瑞琪也不理他，对王县长拱手告辞。

"李四他们呢？"马伯雄问道。

"走！"马瑞琪咆哮道，书真把儿子给念憨了，咋不长眼头见识？

"我不能不仁不义自个儿走。 请问王县长，他们何罪之有？"马伯雄一根筋乍起，问。

"你是想把牢底坐穿？ 这个简单，来人——"张局长一声吶喊，进来两个警察。

对于王县长要释放马伯雄，他是耿耿于怀的。

"且慢——"王县长制止道，他走过去拍马伯雄的肩膀，说："马公子侠义豪胆，王某佩服。你是见过大世面的人，该晓得凡事要走程序的。你先回，他们随后出来，如何？"

"县长说话可要算话。"马伯雄说着，见王县长脸上浮出不置可否的笑容，忙一鞠躬，跟着父亲走了。

悻悻的张局长，问王县长就这样放了他，还要放那几个农人？王县长说是我愿意放吗？榆中学生的请愿惹翻了井司令，一怒之下他在榆中抓了几个骨干分子，却又引来全国性的声援。省政府主席很是恼火，要派员下来调查。我分析，为解除危机，榆林那边很快要释放学生了，与其被动放人，不如主动放了他。看这情形，开仓放粮也说不准。

"开仓放粮，不是打了我们的脸？"一股憋屈涌上张局长的心头，他妈的，公安局成了甚？他的认知当然不会懂得，公安局就是个甚——国民政府的暴力机器嘛。

"这是两码事，开仓放粮是安抚百姓，'咔嚓'农人是维护社会治安。"王县长说着，用手做出刀起头落的动作。

马瑞琪和马伯雄父子一路无语，回到了马氏庄园。马瑞琪泡了一壶花茶，"滋滋"喝着，还是一言不发。沉默的氛围让马伯雄倍感压抑，他主动说话，对父亲说抱歉，给您丢脸了。道歉过后，马瑞琪舒缓过一口气，说儿子，错不在你，是可恶的社会。其实，我理解你们年轻人，因为我也年轻过。年轻就意味着，朝气勃勃，干劲十足，就要有理想和抱负。人来这个世上不容易，活着不光为自己，还要对国家和社会担责，正所谓"位卑未敢忘忧国"。马伯雄轻松了，说自踏上家乡的土地，所见所闻让他心安不了，民国了还有人饿死，这是这个社会的悲哀。马老爷叹气说人间悲剧我们焉能制止，还是考虑眼前吧，你既回来，就该考虑马氏庄园的未来。马伯雄望着父亲，说自己就想把救灾、救命与实现理想完美结合。父亲说世上哪有鱼和熊掌兼得的好事。马伯雄说有，是我蹲在大牢里想出来的。

"别弯弯绕，你到底想做甚？"马瑞琪饶有兴趣地问。

"搞毕业设计时，满脑子是黄土高原和马氏庄园，所以做了中西合璧的庄园设计，顺利通过毕业，还拿到设计大奖。但是，设计再好也是纸上谈兵，要成为有生命的实体建筑，需要的是钱和时间。"

"你是打算……"

"把设计落地，在庄园里修书苑。"

"修书苑？眼下的时机不对。"马老爷摇头，就差说出反对了。

"不，也许是最好的时机。可以用以工代赈的办法，慢工细活，保证质量，延长工期，变相救灾。再通过示范作用，让更多的有钱人都做以工代赈。"

"以工代赈不是新提法，我记得《晏子春秋》里记载过，齐饥，晏子因路寝之役以赈民，就恐怕是最早的以工代赈。"

"这么说，您同意了？"

"我问你，书苑要修多大？用多少银子？大灾之年大兴土木，是大忌。即使修，也不能兴师动众，更不能贪大求洋。这两年只出不进，家里的那点底气，耗得差不多了。"

"占地一垧多，工期三五年，也可能是十来年。可是一旦修成，一定是陕北，不，是中国乃至世界上最好的窑洞庄园。"马伯雄兴冲冲说着，似乎一座书苑在他的眼前拔地而起。

"那就再议。"

"谢父亲。还有……"

"是那几个人的事吧！"马瑞琪替儿子说出来。

"对，他们是不畏权贵为民喊冤、敢作敢当顶天立地的陕北汉子。他们出来，就是书苑第一批以工代赈的人。"

"打住，先不说他们了。"马老爷戛然而止，抢官府粮仓，自古有过几起，抓住了又有谁能活着出来。

开仓放粮的消息没等来，马伯雄等来的是要枪毙李胡子的噩耗。几条活蹦乱跳的年轻性命，就要消失在人世间，化为几撮黄土，听起来就很可怕。"骗子王县长，不是说他们随后就能出来？"马伯雄怒骂，道。

"幼稚，人家是说过随后出来，但没说是活着出来，还是死了出来。"马瑞琪嘲笑说，这个结果早就料到，只是看透没说透罢了。

马伯雄的头嗡地大了，咋那么轻信了王县长？不过，不信又能咋？努力一把，死马当作活马医，上榆林找井大人，政府不至于烂到芯了。他心急火燎地去了榆林，街头竟然遇到了万向明。

“马公子，你来榆林也不打招呼？”万向明见到马伯雄有点小激动，埋怨道，发现马伯雄的包里有几根玉米棒子，毫不客气地全掏出来，说我好有口福。

这是庄园小菜园里种的，还没完全熟，玉米粒一掐都是水。马伯雄说：“煮熟给你哥送两个，你妹也在榆林？”马伯雄貌似不经意地提及万仙如。

“在啊，她忙呢，三两天也难见影子。不说了，我要去上课，回见。”

怔怔地望着万向明远去的背影，马伯雄想不来大家闺秀万仙如，能忙啥？难道——想起米脂两人相撞的那一刻，他倒吸口冷气。

在天神庙巷口的烩菜馆里，金秀喝着羊汤，望着窗外发呆。上次组织同学游行的次日晚上，八十六师宪兵队闯进学校，将她和十几名同学抓走，罪名是聚众闹事，扰乱社会治安。万向明和宪兵打闹起来要救她走，被一枪托打得嗷嗷直叫。狱中，她被多次提审，罪名往共产党嫌疑分子上靠，但她一口咬住不承认，对方没丁点证据也就无法定性。一周前，她和同学们被无罪释放。昨天有消息说，之所以释放他们，是陕北特委和榆林支部找到南京政府教育部大官说了话，责令井岳秀放人的。今天组织安排她与联络员见面。到底是谁？暂时不知。

“你好，金同学。”

一位淑女款款过来打招呼，金秀一个激灵站起，说：“我认识你，万府大小姐，万向明的姐姐。”

“你是……”万仙如淡淡泛出吃惊，打量着她，问：“在等朋友？”

“对对，等朋友，不过他没来，我们先聊聊。请坐，万小姐。”金秀热情地说。

瞥见女子手里一幅“镇北台”剪纸，万仙如心里咯噔一下，此人看来很不成熟。她四下打量周围并无异常，缓缓坐下问：“你是横山人？你家院子里有棵葡萄树？”

金秀吃惊地噘起小嘴，忙看左右，说：“对，是棵葡萄王，有一百年了。”

对上接头暗号，金秀默默握住万仙如的手凝视着，来自心灵深处的力量油然而生，万家的大小姐也是组织里的人，足以证明共产党组织的广泛性和平等性。想着想着，她的信心倍增。

“你好，我们的谈话本该在你校，井部近来加强防范，只得换到这里。”万仙如解释道，警惕地观察着四周，又说：“金秀同志，为营救你们出来，组织动用了多少关系，花了多大的精力，知道吗？”

“知道一些，谢谢同志们。”金秀说，顿感组织的伟大和厚爱。

万仙如传达了组织的意见，说榆中支部虽然没有暴露，但已被井岳秀盯上，目前只好暂停所有行动，等组织的通知。"你们的擅自行动，打破了上级的整体计划。 组织决定给你口头警告处分。"万仙如严肃地说，掏出了一片纸给金秀。

金秀满脸通红，说："好的，我坚决服从。"

一盆飘香的烩菜端上桌，白色的是白菜，黑色的是木耳，晶亮的是片粉，金黄的是炸豆腐和炸洋芋，绿色点缀的是香菜，大块的是烩菜的主角——带骨炖羊肉。 万仙如拿过纸，在金秀目瞪口呆中塞进嘴里，下咽了，说好饭，我们开吃。 两人正风卷残云，万仙如的眼前一亮，问："哎，咋是你？"

"和万家真是有缘，进了城第一个见的是你弟，现在又遇到你，而等的人又是你大哥。"马伯雄说，惊奇与这家人的缘分。

金秀打量着两人，似组织关系又好像不是，似情侣关系也好像不像，反正关系就是不寻常。 她放下碗说你们聊，我要上自习呢。 万仙如说去忙吧，男子投来一个微笑，算是迟来的招呼。 金秀悻悻地走到门口，竟差点与万星明撞在一起，她的心里又写上大问号，他们到底是干吗的？

"你俩好像有事，那我先走了。"万仙如嘴上这样说，屁股并未动。

"先去吧，我和马公子拉话，喝点小酒。"万星明顺着妹妹的话，说。 社会是个大染缸，他不愿意让单纯的妹妹介入其中。"马公子，既然你们吃过了，那我们就说事。"他指着残汤剩羹说。

"这是你妹妹和她朋友吃的，和我没关系。"

"她的朋友？ 男的还是女的？ 这我要搞清楚。"万星明半开玩笑说道。

"是女的。 还是说找你的事吧，十万火急，只有你能帮我。"马伯雄急迫地说，万星明端起捞饭米汤让他喝点，平和气息。 马伯雄喝了，将李胡子兄弟的事娓娓道来。

"恕我直言，我帮不了，帮不了。"万星明连说道，"我跟井司令虽说时间不长，但我知道他是一言九鼎、杀人从不手软的人，劫粮车，抢粮仓，还抗税，哪一条都是死罪，死有余辜。"

"别激动万兄，我和盘端出是显得诚意，其实部分事出有因，查无实据。"

"不是我激动，是真不行，我开不了口。"万星明淡定了一些，说。

"不需要开口，让我见井司令就行。"

"这……我考虑考虑，谁让我们是过命之交。"

"相信你。"马伯雄伸出手，说。

万星明犹豫了，握了，说："刚才仙如告诉你了吗？ 她在给工兵营官兵上课，上文化课。"说完，他也为自己吃惊，为何给马伯雄说这个。 这段时间，他给妹妹找过教堂、钱庄和电报局的工作，妹妹却是一个看不上，说她喜欢到队伍里做文员，刚好工兵营要文化教员，就一拍即合。

"堂堂的万家大小姐，去工兵营当教员，哪跟哪呀。"马伯雄说，深感迷惑。

23

万仙如到八十六师工兵营担任文化教员，是党组织的安排。

近两年来，井岳秀"围剿"红军、逮捕共产党人甚嚣尘上，特别是镇压清涧起义将士，到处浇灭革命烈火，引起了陕北共产党和进步人士的极大愤慨。 为打击他的嚣张气焰，陕北特委在红石峡召开第二次扩大会议，改选刘志丹为特委书记。 刚经历北伐战争的刘志丹，意气风发，斗志昂扬，从陕北的实际出发，适时提出"三色"革命理论：白色的，即武装斗争，做国民党工作；灰色的，即做"土匪"工作；红色的，即组建革命队伍。 万仙如遵照特委指示，明面做工兵营文化教员，暗里配合地下党，伺机进行兵运。

榆林城东高西低，东边的山势起伏形似骆驼，称为驼峰山，工兵营驻扎在最高的骆峰上。

"我爱中国，我是中国人。"万仙如在黑板上一笔一画写，一字一句教。 几十个士兵正襟危坐，照猫画虎。 工兵营整天忙着三班倒，修筑那些永远也修不完的工事。 扫盲班只得按士兵休息的钟点，早晚各开两班，万仙如累得够呛。

怀着好奇心，马伯雄穿梭过几条曲里拐弯的小巷，登到驼峰山的最高处，在工兵营门口被哨兵阻拦。 听他说是找万仙如的，哨兵口气放缓，再问明他是万老师的朋友，哨兵嘻嘻笑问是男朋友？ 马伯雄微笑不语，哨兵指引门口旁的教室，一间堆放杂物的仓库。 他从唯一的窗子望进去，万仙如心如止水，举止端庄教学。 这场景让马伯雄想起在马氏庄园的学堂里上课的妹妹。 如果说两人都是美玉的话，马苗是尚未雕琢的璞玉，万仙如呢，是被打磨出来闪现光彩的玉石。

好不容易等到下课，马伯雄想给万仙如一个惊喜，但他想多了，万仙如与一名英俊的军官谈笑风生，向兵营深处走去。亲昵的场景令他好生难受。他们是何种关系，是同学？是同志？是情侣？胡思乱想中，他闷闷不乐离去。走回大街上，被朦朦胧胧的街灯一照，一头雾水拨开，他顿时感到释然。万仙如与军官再咋交往，又与自己有何相干。

与万仙如一起的是中共地下党员、工兵营的何营长。营里有十几名党员，大多是中层军官，全营要是能兵变，所产生的震动可想而知。陕北特委在期待，地下党在努力。

万仙如与何营长围绕二班长曹玉昆发生激烈的争执。何营长觉得曹班长为人正派，军事过硬，甚至敢妄议井岳秀，是条汉子。万仙如学过心理学，能根据士兵的言谈举止，进行评估分析，她说自己亲眼所见，曹在瓜摊拿走半颗西瓜扬长而去，明显有戾气痞子气，说明内心不善良，至于貌似正派，敢妄议井岳秀，有演戏嫌疑，很可能是阴阳人。

万星明是个有情有义的人，过命之交的马伯雄的事，折腾了他一宿。一大早就盯着井岳秀习武，再跟着视察、开会，傍晚的时候，井让他摇留声机要听秦腔，他知道司令的心情好了，便找借口出去，带了马伯雄来拜见。井岳秀在躺椅上摇着，问明仪表堂堂的马伯雄是米脂人士，说文化县出圣人，不错。再听说是建筑专业的留日学生，顿时停了摇动，探起身子打量，说汝等人才难得，后生可否考虑来榆林发展？马伯雄说能在榆林实现做建筑师的理想，是自己修来的福分。只是近来心情不好，恐难以胜任。井皱起眉头，说年纪轻轻的，要有烦心事，一定是失恋。马伯雄说是为朋友之不幸。井说看不出来你还是性情中人和义气之人，说说你朋友的事，看我井某人能不能帮忙。大喜的马伯雄说您一定能帮，就说了李胡子为民请愿锒铛入狱、面临枪毙的事。听着听着，井司令的脸拉长了，说打住，抢粮，抗税，哪一件不是歹人所为，你替他们说情，真怀疑你是不是文化人。问你，在日本上的是哪所大学？

"早稻田大学。"

"早稻田。这么说，陈独秀、李大钊都是你的校友啰！看来你留学是假，躲在日本，闹中国的革命，才是真。"井岳秀问着，手下意识地摸到腰间。

井岳秀的警惕性是在生与死的较量中练就的。他是辛亥革命著名领导人井勿幕的兄长，曾帮弟弟赴日留学，投奔孙中山先生。1905 年，孙中山、黄兴在东京创建中国同盟会，井勿幕成为第一批会员。受弟弟的影响，他也参加了同盟会，一同进行反清运动，成为早期的革命先驱。只是，他忘了初心，后来走上相反的道路。

"井司令想多了，我从来对政治不感兴趣，这一点，您尽可到榆中，找我的老师和同学们了解。"马伯雄十分淡定，说。

"你在榆中上过学？"

"对，还与刘志丹是同班。"

"刘志丹的同学。万星明，带他来，到底想做啥？"井岳秀又下意识地摸着枪，问。

"井司令，我是科学救国派，多年来一直不变。但这次回来，所见所闻触目惊心，才不由得关注起社会民生。李胡子他们，是为让父老乡亲们活下去，才呼吁开仓放粮的，何罪之有？政府不考虑如何拯救饥民，却变本加厉私加'烟囱税'，令饥民雪上加霜。反抗荒唐至极的税收，何罪之有？"马伯雄慷慨激昂地说着，瞅见井岳秀的脸色平静了一些，继续道，"尊敬的井司令，当年我在榆中上学时，耳闻目睹了您兴教尊教，发展教育，重视工业，提升经济，为榆林和陕北人做的好事。正因如此，我才斗胆找您救人。您却冷漠无情，还这么，不讲道理。"

"马伯雄，过分了。井司令，不好意思，我也不知他是这种人。"万星明连忙制止马伯雄，又对井岳秀鞠躬道歉。

"赢弱书生一个，还有股子硬气，不错，哈哈。"井岳秀突然笑着说，拍了马伯雄的肩膀赞许，"年轻人，看在你侠胆义肝，为陌生人救命的分上，我可以刀下留人，但有一个条件。"

"别说一条，十条也答应。"马伯雄兴奋地说。救人一命胜造七级浮屠，如果牺牲自己的利益，能换取几条人命，多么值得！

"你来榆林，为我工作。"井司令轻描淡写地说。

来榆林工作，也算条件？马伯雄感到了释然。万星明扭头看井司令，发现他比任何时候都仁慈和善良，连矮胖的身躯也变得高大威猛。

享受着年轻人的顶礼膜拜，井岳秀得意了，痛快地签了终止执行令。

万星明为马伯雄借了快马，他连夜启程急返米脂。人命关天之事，抢得一分就多了一分活的希望。

翌日上午，人山人海的米脂无定河滩，把河水挤得缩在了一起，河水更加汹涌，拼命向南逃离。 在离河中央两三丈处，用河沙堆起的一个台子上，杀气腾腾的张局长主持，语调硬气的王县长讲话，面对台下一溜站着后背插着"亡命牌"被五花大绑的李胡子、李四和小个子。 一大早，他们三人沿着米脂东街、西街被"游街示众"了三圈，此时头顶午时二刻的大太阳，他们的脑子空空如也，耳朵里嗡嗡乱叫。 从最初对吃饱饭的渴望，展开斗争的激情，到刚入狱时的冷静，面对生不如死的酷刑，再到听到枪毙的消息，生活、生命与未来，已然与他们没了关系。

对饿死病死倒下的人，人们早已经麻木。 但对枪毙人，则给予极大的热情。 刑场热闹得简直像是在过节。 警察清出的足球场大小的场子被人团团围住，西面背靠的无定河，也似乎害怕即将发生的惨剧，水流越来越湍急。 人群里，有几个挤在最前面的人，手里捏着黑色或黄色的窝头，眼里还留着对生命的渴望，他们一边死盯着跪地的死囚，一边嘀咕是蘸高个的血，还是矮个的血。

"行刑队准备，枪上膛，瞄准——"张局长威风凛凛地喊着，警察们把几个动作一气呵成。

"一、二、三——"

"刀下留人！"犹如晴天里的一个炸雷，闪爆在凝固的空气里。 只见一骑着枣红马的人，手举一张纸，没命地呐喊着，挥舞着马鞭。

"拿下，给我拿下。 私闯法场，等同劫场。"张局长挥枪下令，道。

马伯雄被警察拉下马，他挣扎着大喊："王县长，请您看看这个，是井大人、井司令的手谕。"

提到井大人，所有的人把目光投到王县长身上。 王县长半信半疑接过，飞快地扫视了，白纸黑字还真是井司令的手谕。 他的脸色由白变黑，刀下留人是戏文里的，咋活生生在米脂上演了。

"王县长，弟兄们还举着枪呢，咋弄？"张局长早已失去耐心，问。

"暂缓执行，带人犯回牢。"王县长的声音有气无力。

"请等等，王县长请再看仔细，手谕上写得清楚，是就地释放。"马伯雄铿锵有力地说。

"你……"懵了的王县长心想，他妈的乡绅果然厉害，马家更是手眼通天。

李胡子愣住了，直到有人来松绑，他两手互掐发现不是做梦。 啊，从地狱回到了人间！ 两手一拉李四和小个子，三人"扑通"跪地，齐刷刷给马伯雄磕头，李胡子说："马公子，你就是我们的再生父母。今生今世，我们为你肝脑涂地，两肋插刀；来生也做牛做马，报答恩情。"

"使不得，使不得。"马伯雄说着拉起他们。

"马公子，我们对不起你们马家，那个米，是我……"李胡子带着哭腔说。

马伯雄一把捂住他的嘴，张皇失措地看着带队伍远去的王县长，说："回家，带我到你家看看。"

看热闹的人慢慢散去，手捏窝窝头的几个人，瘫坐在无定河滩，此起彼伏号丧："张局长，你不能就这么走了。还我的五十块现大洋。"

"呜——"

"呜——"

看着眼前的一幕，马伯雄的心里翻江倒海，想到在榆中时，国文老师李鼎铭先生让大家阅读的白话文小说《药》：一只手却撮着一个鲜红的馒头，那红的还是一点一点的往下滴……马伯雄泛起一股酸水，当场呕吐起来。

李家峁在杨家沟的后山，两村直线距离不过五里，但沿着起伏的山道，爬高过低走，足有十五里。整个村里鸦默雀静，饥荒两年，家家哀鸿，百人村死去的就有几十口。

两孔塌了门面的土窑就是李胡子的家。看成色，是他爷爷的爷爷那会挖的。窑里黑咕隆咚，窑掌睡着个婆姨，呻吟道当家的回来了。李胡子介绍了马公子，婆姨呆滞的眼神瞥了一眼却不吭声。李胡子问虎子的病咋样？婆姨说还那样。十岁的虎子是李胡子的大儿子，两岁时突然站不起来。遭了饥荒，全家人最可怜的是虎子，小女儿已经饿死，宁肯二儿子送人，也要保住虎子的命。

马伯雄心疼地捏着虎子的两腿，一粗一细看起来再无异常。他一使劲掐了，见虎子疼得发出了声，他的心里是一阵窃喜，说城里有个中医，人好医术好，找他看看或许还有救。感激涕零的李胡子，又要主动交代劫米的事。马伯雄说我给你讲个故事，便讲了万星明被杨猴小部劫道的事，完毕，说以后哪怕生活再难，也绝不能劫道做土匪，欺负善良的人。李胡子当即答应，悔悟自己的所作所为。

24

马伯雄说的中医，是米脂有名的乡绅李鼎铭先生，四十岁左右，个头矮小，身单体薄，但阅历丰富，智慧过人。 李先生十几岁考取廪生，在家乡学堂任教，后办起两所国民小学并担任校长。 他极力拥护孙中山的主张，领着老乡们放足、剪辫子，破迷信、讲科学。 杜斌丞任榆中校长后，聘他出任国文、数学教员。 几年后，他担任榆林道尹公署顾问和科长。 后因病返回故里，遂一心钻研中医，在县城开办"国医馆"。年初，南京政府召开中央卫生委员会，会上提出"废黜中医"的议案，引发全国性的抗争浪潮。 上海举办的全国中医抗争大会邀请他出席，苦于身体原因未能成行，但他亲力亲为，又是撰文，又是捐款。 抗争最后取得了胜利，也有先生的一份功劳。

"伯雄，是你吗？"李先生叫着马伯雄的名字，疲惫的身心现出轻松。 看到旁边瘫痪的娃娃，他满腹狐疑地问："娃娃，是个甚情况？"

"先生，您看他的腿还有得治吗？"马伯雄小心翼翼地问，简单介绍了李胡子和他家的情况。

先生拿个木槌，在娃娃腿上敲打一番，拔出一根闪亮的银针，逐个刺激穴位，面色逐渐凝重起来。 良久，说娃娃的腿耽搁的时间过长，恐怕……马伯雄说要治，哪怕活马当死马医，也要治。 李胡子说我的命是马公子给的，不然前天就做刀下鬼了，我儿子的命就交给李先生您了。 李鼎铭一怔，问你是河滩上的那个？ 好吧，娃娃留我家，尽力治。

安顿好了娃娃，李先生问马伯雄，你父亲可好？ 说对不住马老爷，他想接济我，几次要我出任马氏庄园的总管，可我这个人，不吃嗟来之食。 马伯雄知道这事，李先生以身体不好为由拒绝。 父亲不懂，心有大格局的李先生，岂会寄人篱下来做管家。马伯雄想着，就讨教去榆林给井岳秀工作的事。

"你有鸿鹄之志，就要天高任鸟飞。 在我们陕北，榆林就是大城市，是各种思潮最活跃、最领先的地方，是最能创造价值、实现价值的热土。 虽说陕北连遭几年旱灾，出现了许多困难，但凤凰涅槃，绝处逢生，越是这种时候就越有新的机遇。 至于那个陕北王，不管是井大人，还是'湖'大人、'海'大人，人家要的是'常使民无知无欲，使夫知者不敢为也'，而你和他们不是一路人，对他们要敬而远之，好自为之。"

"无为之治吗？"马伯雄问，尽管他的国文学得不好，但《道德经》也能背得滚瓜烂熟，这与李先生做国文老师的严苛分不开。

"统治者喜欢民愚，愚而好治，你看那些毛驴，吃点草料能活着，就蒙着眼转圈推磨，过一辈子也心甘情愿。 然，老子的无为而治，绝不是不为，是要顺应自然法则和客观规律，甚也能做但甚也不能违背天道。 正所谓，人在做天在看。"李鼎铭平静地说。

望着身子略微佝偻的李先生，马伯雄想，不知是社会摧残人，还是岁月折磨人，前几年在讲台上神采飞扬的李先生，如今多了忧郁，少了激情。

怀着满腹心事，马伯雄离开了马氏庄园。 本以为父亲得知自己去榆林工作，会阻拦，谁知，父亲说了句"天高任鸟飞"，马氏庄园是"鸟"永远的窝，再别无他话。 对唯一的儿子，马老爷纠结过未来，最近发生的事，让他越来越释然了。 人生在世，做喜欢的事，哪怕不成功，也不枉活一生。 这点觉悟，马瑞琪还是有的，不然也不会送儿子东渡日本。

让马伯雄继承庄园主是守望，放儿子勇闯天下是开明。 马氏七十二堂里，几乎家家都是在这样的撕裂中辈辈前行，就有了法国的教授、德国的工程师、美国的艺术家和北平的古玩商，在西安和榆林的各界精英更多。 父亲不易啊，一个固守庄园的著名乡绅，那种对黄土地和家乡的情结，是与生俱来、根深蒂固的，但能将耕读传家的情结升华，让后辈放飞梦想不负韶华，是多么的伟大和善良。 马伯雄暗自思忖，觉得父亲很伟大。

马伯雄再见井岳秀，看到的是一张毫无表情的脸，说话慢条斯理冷冰冰的。 井说你到修缮所报到去吧，就挥手让他退下。 想着这几天脑海里构建起的宏大目标，他急迫地说请井司令听听他对榆林古城保护与发展的构想。 井再次摆手送客。 两见井岳秀判若两人，令马伯雄百思不得其解，是万星明解开了疑团迷雾。

原来，在他们找井司令前两天，身兼陕北法院院长的井岳秀，已签署了米脂抢粮仓案的死刑令，等米脂信使拿走生效。 当时之所以痛快地给马伯雄写了终止执行令，是井岳秀断定，米脂三人犯已在头天午时三刻上了西天。 没预料到的是，因信使的一场烧酒，意外地让李胡子活了下来。

信差姓焦，常年奔走于米脂、榆林间传递公文。 他拿到井大人令后立即出发，晌午时到了鱼河客栈，遇到了镇川的几个边客。 常在这条路上跑，大家早已成为熟人。人家热情邀请喝酒，他以自己有紧要公务而拒绝。 风骚的老板娘柳叶和边客们喝得上劲，噘嘴说你不就是"性交（姓焦）"，能不给大家面子？ 边客们哈哈大笑。 焦信使沉不住气了，大喝一声赤膊上阵，一顿烧酒喝下来昏天黑地，等醒来已是鸡叫三更。

米脂这边万事俱备，就等判决一到，午时三刻执行人犯。 眼看时辰要到，仍不见信使踪影，忧心忡忡的王县长不停地踱步。 他倒不怕信使迟归，一百几十里路程，天阴雨湿，寒风暴雪，迟到也是稀松平常的事，怕就怕案子有变。 快到午时，王县长只得宣布择日再决。 半个时辰后，焦信使大汗淋漓地赶到，揉着喝酒作痛的脑袋，谎说公函拿到得太迟，黑夜里又不出路，紧走慢走到这会儿。 王县长急吼吼拆开信封，看到"立即执行"几个字，悬的心"咚"地落地，细嗓门拖着长音，说就明儿吧。

井岳秀等于吃了马伯雄的哑巴亏，心里自然不高兴。 井岳秀不是文盲军阀，他是有城府的官僚。 再见马伯雄不点破，更不会破口大骂，但脸色是心情的晴雨表，万星明看得清楚，私下一了解，方知了缘由。

马伯雄来到县政府报到。 民国十五年入陕推行新政的冯玉祥，将榆林知事公署改为国民党榆林县政府，下设三个科和警局、商税局。 马伯雄原以为修缮所是政府二科管理，报到后才知要去司令部上班，头就"嗡"地大了。 司令部设立的修械所，修枪修炮无可厚非，修哪门子榆林城？

修缮所连马伯雄拢共三人，所长是秃子，看不出年纪。 分配马伯雄的第一项工作，是改造马园子。 园子原是有泉水的水池子，连续干旱使泉水干枯，池子变为臭水坑。 几年前，司令部扩建，用挖出的弃土填了池子，形成占地七八亩的园子，骑兵营和几十匹马儿在此安家。 剩余的一小半空地，马匹拉着碾轱辘将黄土轧实，供司令部官兵操练。 井岳秀是习武之人，时不时来此操练，多数时候还闻鸡起舞。

马园子改造，对马伯雄来说是高射炮打蚊子——大材小用。 虽然他哭笑不得，还是想一心一意干好。 找来了仪器测了两天，画出平面图，又到市场调查了价格做预算，精心设计画出图纸。 场地用三合灰碾轧，修排水沟解决雨后泥泞，为体现美感，增加具有曲线美的人行块石道路。 他把设计交给秃所长，问要不要面呈井司令？ 所长用秃顶望他一会儿，说放桌上等审查吧，又布置了新工作，对三排马棚做改造设计。马棚现在是茅草搭的柳庵子，改造是用木板铺油毡，还是搭柳椽用大黏泥？ 经费再足，盖成牢固的房子？ 马伯雄问。 所长的秃顶摇着，说看着办。 马伯雄加班加点设计，还特意用彩色蜡笔涂出效果图，拿给翻来覆去蹂躏《上郡日报》的所长，所长依旧用亮光光的秃顶瞟他，却不说话。 马伯雄问马园子操练场的设计进展如何？ 所长从桌上翻出来又丢一旁，说来了新任务，井公馆要改造设计。 两份设计在桌上睡了大觉，又要弄新的，这不是要人？

心情郁闷的马伯雄找万星明倾诉，万说我正要找你，传我妹妹的话，她说要请你吃饭，是你们单独。 马伯雄一阵轻快，满肚子鬼火气烟消云散，问你告诉她我在榆林？万星明说没啊，我也纳闷，不是我们约好保密，她是咋知道的。

知道就知道吧，马伯雄匆忙回宿舍擦把脸。 脸本没灰，是被所长造灰了。 在朝着烩菜馆奔去的路上，他觉得自己言行不一，不是与万仙如没关系？ 咋听到她的邀请，就兴奋不已。 难道，这是传说中释放出的荷尔蒙作怪？

"万小姐，不好意思。"推开饭馆门，马伯雄见万仙如翻看着报纸，歉意地说。

"马——伯雄，我大哥也是，你来榆林工作了，他也不给我说一声。 你更是，我们还是不是朋友？"万仙如放下报纸，就是数落。

万仙如的数落，马伯雄听起来是嗔怪，连姓和名，也分开叫的，姓是引子，名才是发自内心的声音。 自我陶醉，幸福无比的马伯雄问："你是咋知道的？"

"我有耳目。"万仙如扬起报纸，得意地说。

马伯雄拿过一叠报纸翻阅，《国民政府引进人才马伯雄为古城建设发力》《留日建筑师施"拳脚"》《军马要住"别墅"》，醒目的标题映入眼帘。"这，是咋回事？"马伯雄瞠目结舌地问。

"你成了名人，不好吗？ 前阵子我大哥是'面汤'英雄，现在轮到你是政府高级人才。 双喜临门，好。"万仙如说着，脸色绯红，估计是为说了双喜。

"荒唐，荒唐至极！ 区区小儿科项目，再说至今还在桌子上躺着，就敢吹牛皮？"马伯雄气愤不已。

"一贯做法，收拢人心，彰显仁义。 在他们的内部，独裁、专制、贪污、腐败，腐烂发臭，恶心至极。"万仙如情绪激动起来，开始滔滔不绝，从政府、军队讲到当下榆林社会各个阶层，"像鲁迅先生说的，满口的仁义道德，字里行间却在'吃人'，救救孩子，救救我们的榆林、陕北和国家"。

"给，你的书，完璧归赵。"马伯雄拿出《圣经》说，阻拦了万仙如的滔滔不绝。上次也是在这儿，万仙如问他看书没？ 他当时觉得奇怪，回去一页一页翻书，果然发现了秘密，书中有一张貌似普通纸的空白页，却是能写药水字的特殊纸，在日本见过。"没耽误你们……耽误你的事？ 我早想还你，就是几次来榆林都急，这次从容。"

"不过是一本书，能耽误个啥？"万仙如假装漫不经心地翻着，在空白页停顿了一下，说。"咋样，对工作有何感想？"

马伯雄一声叹息，嘀咕能有啥。 接着调转话题，问："我们不谈其他的，就问你，为啥要请我吃饭？"

"为，为你也来到榆林，这个理由可以吧。"万仙如的话语，柔情似水，眼神顾盼流离。

"谢谢你。"马伯雄凝视着她，涌现出潮湿的感动。 她心是善良的，从事的工作是神秘的，有点令人捉摸不透。"你，书教得还好？ 那个……"马伯雄想到工兵营的军官，又不知该咋开口。

"你说了，我们不谈工作，今天就吃饭，完了请你听小曲。"

25

走出烩菜馆，已是华灯初上。 街头行人不少，不少饭后闲来无事的人，三五成群，蹴在铺檐下拉散散话。 人群里，有几个人为闲话争得脸比灯笼还红。 万仙如和马伯雄穿过人群，来到戏园子旦，当日却没演出。 难得今儿有时间还有心情，万仙如说我们去小曲班子里听。 他们绕进巷子里的戏园侧门，咿咿呀呀的唱腔传出：

　　门外边铁环连响几声

　　想必是情人转回家来

　　开开门来瞧

　　原来就是他

　　却是笑接喜迎恼不下

两人走进大门，简直要惊掉下巴，原来唱曲的竟是八姨太。

敲扬琴的王班主将竹制小槌，冲万仙如一扬算打招呼，显然他们熟悉。 这会儿，马伯雄不自在了，他不敢目视八姨太的眉目传情。 他不知道的是，八姨太是这儿的常客，每当气氛烘托起，就要上来与朱腾达对唱。 马伯雄环顾左右，却发现本该唱曲的小翠，正被何副官缠着。

八姨太唱毕，掏出香喷喷的手帕给朱腾达擦汗。何副官发现了马伯雄，叫他马设计，问你也对小曲有兴趣？第一次来，马伯雄实话实说。他讨厌被别人叫马设计，可是司令部的人都这么叫。

八姨太和万仙如论起还是亲戚，两人眼神一碰，算是打了招呼。万仙如对八姨太是充满鄙夷的，八姨太有井大人做靠山后，再也看不起万家人了。而万家人对井公馆里的"花瓶"，在骨子里也是瞧不起的。

"何副官，为甚是他设计？"八姨太对文质彬彬的马伯雄发生了浓厚的兴趣，问。

"八姨太您不认识他？他是井司令请来的日本留洋生。"

"留洋生，这了不得。"八姨太兴趣大增，问道。虽说她浑身珠光宝气，出门颐指气使，但嫁给井大人两年来，连榆林城都没出过。"听说日本女人出门都背个包包？日本男人女人还在一个澡堂子里泡澡？"八姨太发出一连串问题。

"对不起，我是学生，不晓得这些。"

"你在日本学得甚？对，设计，哪天来我院里设计设计。"八姨太道。

万仙如掉头就走，马伯雄紧跟前后，两人一言不发。一下午培养起的好心情，烟消云散了。

"万教员，要回军营吗？我们一起走。"突然，有人对万仙如说。

说话的就是军营里的那位军官，简直像是幽灵。大为扫兴的马伯雄，像贼一般独自逃了。一天下来，郁闷，明天呢，或许更是郁闷。

井公馆由五座精巧的四合院落组成，南北两个门，一个开在曲径通幽处的巷子里，另一个直通莲花池。据说这儿曾是清总兵的官邸，井大人来榆林后甚是喜欢，携妻带妾举家入住。交给马伯雄的公馆改造工程，无具体要求和一般预算，他还是非常认真地设计，因为这是宏大的百年老宅，精巧的布局和雅致的格局，让他十分喜欢。他从测面积、绘平面图等基础性工作入手，拿出以旧做旧的方案，参照日本修老宅做法，一丝不苟展开工作。

"这不是叫设计的谁吗？来我小院里设计。"八姨太倚在门口，发话说。

活见鬼，马伯雄第一次走进井公馆，遇到的第一个人竟是八姨太。"不好意思，我是按顺序工作的，您的院子要等几天。"

"不行，按八姨太说的办。"瓮声瓮气的声音响起，井岳秀披衣走出，两只眼睑明显有些浮肿。

"井司令，您咋在这儿？"话一出口，马伯雄都想抽自己的嘴巴了。

"哈哈，这是我的家。 哎，说说对公馆改造的想法。"井岳秀显然被逗乐了，八姨太更是笑得和鸭子一样，呱呱乱叫。

井岳秀要听自己的想法，马伯雄顿时来了劲，一口气说出几套方案，总原则就是：以旧修旧，保护老宅。

"停，你说是以旧修旧？ 老子花这么多银子，却修得比原来还要旧，是我有病，还是你有病？"

"请您听我解释，现如今，世界上越是发达的地方，越重视文物保护，保护的原则，就是以旧修旧。"

"闭嘴，我的钱我做主，我花钱就是要修新。"井岳秀有些动怒，道。

"弄不了了，不弄行了吧，我可不想成为千古罪人。"马伯雄的脾气上来了，说。

"罪人，当罪人你还不够资格。 现在立即工作，要修新的。 我去司令部了。"井岳秀说着，大肚子一鼓一鼓的，走了。

八姨太得意地撇着嘴，屁股一扭，进到小院里。 这所四方四正的院子在五进院的最中间，穿廊虎抱头，还有假山流水，豪华的架势，恐怕堪称陕北第一院。 井岳秀先后有八位姨太太，走的走，死的死，现留四位，她们每人占据一个院子。 八姨太嫁来前，大太太去世不足一年，她就顺势入住了中间最大的院子。

令马伯雄痛感惋惜的是，公馆里最大的院落，早已被改造得面目全非。 看得出改造翻新是两三年前的事，原有的古香古色被破坏殆尽，八个挑檐换成绿色琉璃瓦，院墙涂抹成粉红色。 更荒唐的是巨大的影壁，原有内影壁中央是盛开的莲花砖雕，四角挂着福禄寿砖匾，现在用洋灰抹平，弄成一幅花花绿绿的山水画。 明清风格的四合院，硬生生改成怡红院的模样。

"歇歇，喝点茶，一等的茉莉花，香着呢。"八姨太端茶过来，送到闷头绘图纸的马伯雄面前，说。

"谢谢。"马伯雄嘴上道谢，却不接茶。

"唉——"

八姨太的一声叹息，让马伯雄顿生惜怜。 他停下活计，接过茶杯，大胆端详起八姨太，洋气又俊，就是薄点，是知识和修养的薄。

"咋这样看？ 看得人家不好意思了。"八姨太忸怩着，故作二八少女状。"昨晚厮跟的那位小姐，是你的……年轻，真好。"

"八姨太，别、别误会。 她……我一朋友。"马伯雄结巴道。

"我没误会，你的红脸说了，你们不是一般的朋友。 你们好了，我们也就成了亲戚。 哈，看你羞成了甚。 说说这院子，其实我住着很舒心，不想再弄得乱七八糟。"马伯雄说自己也是这样认为，以不变应万变，是最好的改造，所以要修就以旧修旧。 八姨太赞同他的观点，说有些旧衣服补修好，比新衣服还别有风味呢。 两人找到共同点，便越聊越投机，马伯雄想起领他进来的何副官，说有一个院子不参与改造，也不能越雷池一步，他就想探个究竟。 八姨太听到这个院子是一阵慌乱，说那院不改你还打问做甚？ 马伯雄说公馆是个整体，不改也要画张图，使改造部分与之协调。 八姨太见四周无人，低声说那里晦气，公馆里走夜路的人都不敢靠近。 咋晦气了？ 马伯雄一副打破砂锅问到底的态度。 八姨太只得说，她嫁过来不久，国军有一个旅长暗中通共，司令过寿那天把旅长请来，酒没喝一杯，就秘密关押进院子，过了些天，就地"咔嚓"——吓死人了，她的手做完砍头动作，放到胸口，说快不要问了，司令又快过寿了。

原来石谦旅长是在此遇害的！ 马伯雄吃惊不小。 以前不关注时事政治的他，去了日本，由不得两三天就到图书馆看报纸，从中国特别是陕北新闻里，能嗅到家乡的味道。 石旅长遇害的新闻，日本没有，但之后一个多月爆发的清涧起义，《读卖新闻》《朝日新闻》等几大报纸不啬版面，用赫然的标题《中国北方共产党打响国民党的第一枪》《清涧起义为石谦旅长报仇》进行过报道。

"后生你也胆小，看吓成甚了。 不说晦气的事，我们说说其他。 问你，腾达，就是小朱，唱得咋那么好听，简直勾人魂魄。"

这会儿的马伯雄哪还有继续拉话的心思。 从井岳秀签署"刀下留人"令，到来无所事事的司令部，再利用自己大肆宣传说教，他竟暗杀过国军旅长，现实简直太可怕了。 这一刻，马伯雄想立马辞职，万仙如却在脑海里冒了出来，自己和她有啥关系呢？ 马伯雄哭笑不得。

井岳秀今年五十一岁，不逢五不逢十的，加之他下令镇压清涧起义，围剿红二十四军，杀了一大批共产党人，庆生活动有所收敛。 庆生那天，除家人至亲，就是身边的人。 规模虽小，堂会可不能少。 小曲班子悉数而至，唱完《寿比南山不老松》，接着便是经典的《害娃娃》：

　　　　小女子忙上轿，两班吹手招

　　　　吹的吹来捣的捣，多么好热闹

　　　　腊月娶过家，女婿看起咱

　　　　不觉得三五月，肚子里有娃

　　　　怀胎正月正，雪花飘上身

　　　　河湾地水丛丛，妙妙扎下条根

　　　　妻儿我的人，你听丈夫明

　　　　十八上娶过了你，单因为扎下条根

　　　　……

　　八姨太合着朱腾达唱词，脑子却是异想天开。嫁入井公馆两年多，井大人像是钉子钉在她的院里，可不争气的肚子是老和尚戴帽子——平塌塌。看着别房里儿女如云，孙儿满堂，身边的井大人一天天老去，连房事也靠吃这鞭抹那油的，自己的未来如何？八姨太难免生出几分惆怅出来。

　　井岳秀也有惆怅。人的生日有定数，过一次少一次。喝着恭喜的敬酒，他想一晃知天命了，前半生打打杀杀，吃尽苦头后也吃香喝辣，享尽荣华富贵，如今国之内忧外患，自己四面楚歌，人生如梦，还是及时行乐吧。喝了不少酒，他也是醉意朦胧，第一次稳坐着一口气听了五段小曲，坐着坐着，陷入对台上小翠的思恋里。这小女子咋一夜间出落成大姑娘了？论模样、看身段和略显青涩的仪态，是真够味。井大人一旦动了心思，小翠就必定遭殃。堂会唱毕，小曲班子拿了赏钱要走，迈着踉跄步履的井岳秀拦住小翠，说你留下给我教唱小曲。八姨太见事态不对，一边好言相劝，学唱改日，一边暗示他们离开，井岳秀不依不饶。王班主低声下气求饶，朱腾达如丧考妣伫立，何副官怒火中烧，敢怒不敢言，其他的姨太太们淡眉失笑，各色嘴脸暴露无遗，井府里面好不热闹。

　　"你——给我把人带进房里。"井岳秀一指万星明，下令道。"其他人，叫他们统统给我滚蛋，越远越好。"

　　马伯雄悄悄拉住万星明的衣襟，暗示置之不理。谁料，万星明一甩手脱开，将蹴在地下哭啼啼的小翠拦腰抱起，大步流星走进八姨太的院子。片刻，他走出来，推了站着不动的马伯雄。

"血在盆中不粘连，不粘连。"心情大好的井大人哼着秦腔唱段。 前年，他邀请西安易俗社来榆林演出《三滴血》，最喜欢这句唱词。 这晚，他在家里也弄出"三滴血"：一个耳光，他打出八姨太一滴血；小翠咬破他的唇，使他流出了一滴血；欲火中烧的他，又发兽性弄出小翠的第一滴血。 这是天知地知，他们三人所知的秘密。 天亮之后，就仅有两人知了。

马伯雄一夜未睡，为小翠担忧，为井岳秀气愤，也为万星明遗憾。 窗户蒙蒙亮时，他一卜敛坐起，呆呆地坐等太阳露头。 秋高气爽，天气晴朗，可心情与好天气极不协调。 要不是设计需要，查勘夜幕下的井公馆，昨晚他是不会参加寿宴的。 也就看不到井的丑恶嘴脸，不知万星明的助纣为虐。 万星明啊万星明，你哪像个打狼英雄，斗匪勇士，就是井的工具，扳手、改锥、架子车和马儿。 哼，跟这种人做朋友，恶心。

心事憋了一夜，迷迷糊糊的马伯雄，鬼使神差地又来到井公馆，见到记忆中再也抹不去的惨烈场面。 石谦遇害的那座神秘小院，此时院门半遮半掩，他好奇地看去，里面有几个人，正手忙脚乱地从老杏树上，解下黑乎乎的东西，"扑通"放在地下。 他蹑手蹑脚走过去，啊——是昨晚天真烂漫又惊慌失措的小翠，此时她的一对毛眼眼惊恐地瞪着，更为恐怖的是，猩红的长舌头耷拉在下巴处。 马伯雄一屁股瘫坐地下。 造孽呀造孽，小翠还不到十四岁呀。 一年四季紧锁的深宅大院，她是咋进来的？ 又是哪里找的挂脖子绳？

"小翠，睁开眼，看我，看看我。 呜——"像晴天霹雳般的喊叫声，在死寂幽深的院子里炸响。

26

发出炸雷般呐喊的是朱腾达，紧接着一声呜咽，他就地倒下，不省人事了。"完了，冰把凉，冰把凉了。"随同王班主来的郎中，给朱腾达把了一会儿脉，摇头宣布道。

"不能啊，行行好，多少钱都行，救他，一定要救他，我不能一下子失去两个好娃娃。"泪如雨下的王班主求告。 家里的猫狗养得时间长了也有感情，别说他们还是活生生的人，是名角儿。

"咋睡到这儿，旁边是谁？"朱腾达突然翻身坐起，问，吓得一旁的郎中跌倒。 双手合十祈祷的王班主，说神神显灵了，显灵了，我娃回来一个。"咣当当"，他就地磕了三个响头，额头沁出了血也不知疼。

> 大麻子开花沙颗颗呀，那个沙颗颗
>
> 我是妹子的亲哥哥，亲呀么亲哥哥
>
> 羊羔羔吃奶双圪膝跪呀，那个跪
>
> 哥哥和妹妹你呀，连心挂着肉
>
> 阳世上跟你，睡不在一搭里
>
> 阴曹地府咱二人配夫妻呀，那个配夫妻

朱腾达如醉如痴地唱起，惊天地泣鬼神的歌词，是从没唱过的。 三天里，他不停地唱着，直到小翠入土才戛然而止。 接着，他连睡了三天三夜，等一觉醒来，变得疯疯癫癫了。 小曲班子再也拴不住他。 他开始游荡街头，信口开唱，指桑骂槐，谁也不怕。 他得病的来龙去脉很快传遍了榆林城，有人叫他"冰把凉"。 渐渐地，"冰把凉"成了艺名，取代了真名朱腾达。

小翠的事，让马伯雄看清了两个人，何副官和八姨太，貌似冷酷的心，在这个事上还闪现出善良人性的光芒。

无论穷富人家，榆林城的规矩，人死后停灵三天。 小翠在阳间的最后三天里，何副官为她忙了三天。 小翠是离城十里路的王家洼人，家有九个姊妹和一个弟弟。 当初送她唱戏是为讨活路，现在死了家里也无所谓的。 何副官前去报丧，小翠父亲说知道了，甚至不问是咋死的，冷漠得犹如死了一条猫狗。 何副官问打算咋办事？ 父亲说办甚事了，我们这地的乡俗，活不够十二岁，直接撂荒郊野岭。 何副官说她过了。 父亲说那也撂出去，自生自灭吧。 何副官愤怒了，提高嗓门问，难道你们不看最后一眼？ 父亲摇头说忙，收庄稼要人手。 何副官拿一袋子大洋"哗啦啦"一摇，这个要不要？ 父亲态度大变，说人能拉回来，不过女子进不了祖坟，就葬在后沙窝吧。

三十块大洋是井家拿的，何副官自己掏钱买了棺椁，三寸厚的松木。 死人一般穿的深蓝、黑灰等冷色衣服，何副官却为小翠缝制了大红的衣服，是妖艳的那种红。 舌头塞进嘴里了，但与煞白的脸一比照，还是瘆人。 三天里，何副官一声不吭，直到棺材吊进沙坑，人们挥起铁锨填埋时，"哇——"的一声，何副官撕心裂肺号起。

"嘤嘤，嘤嘤。"现场的人无不动容，小曲班子小伙伴的哭声此起彼伏，受到感染的父亲，这个死硬汉子的眼眶，也被打湿了。

> 光明满目天人相道宝
>
> 道宝命无量
>
> 称赞扬
>
> 一句能消万劫殃
>
> 天尊度亡灵
>
> 亡灵脱（哎）化在人（哎）天上

自打棺材落地，滚在黄沙里的冰把凉像是睡着一样，此刻他扯着沙哑的嗓子，缓缓凄惨的歌声，伴随一颗安详的灵魂，冉冉直上云间。

愕然的人们仰望天空，默默祝福，为小翠，也为可怜的自己。

何副官与朱腾达深情地对视，马伯雄感受到他们彼此间释放出的浓浓爱意，那是小翠传递出来的。

小城人顺其自然的生老病死，邻居们都要拉上三五天，意外死个人，足够热闹一阵子，何况小翠是名角，又与井大人关联呢。有关她的话题，在小翠肉体入了土后，长长短短的仍在继续。官方在管控市民的言论，让古城看起来平静。然而，平静的后面总有暗流涌动，直到随后榆林发生更大的事件，话题才算入土为安。

兴许八姨太心怀愧疚，飞扬跋扈的气势也变得和风细雨了，色彩张扬的衣服也素淡低调了一些。小翠之死与神秘的小院，是马伯雄的心结，解开的突破口便是八姨太。他几次进八姨太的院子"测量"，刻意问及小翠，八姨太遮掩着，王顾左右而言他，却打问朱腾达的病情。马伯雄说他叫"冰把凉"了。梨花带雨的八姨太，拿出五十块大洋，让转交给王班主，给朱腾达看病。冰把凉完全活在自我的世界里，也许挺好的。马伯雄说着拒收。八姨太在坚持。马伯雄又想想，收了。钱并没有罪，冰把凉如果看好了病，清醒地活在喜怒哀乐、酸甜苦辣里，就是正常人，当然正常人会痛苦，但谁也不愿意活在疯疯癫癫里。

小翠出事后，马伯雄再没见过万星明，他也没有去找，因为生着闷气。过了几天，万星明没有一点消息，他有些沉不住气了，偷偷向八姨太打问，方知跟井司令去了蒙地。想着他们交往的点滴，马伯雄换位思考后有些理解，"女为悦己者容，士为知己者死"。井司令如此器重万星明，听说要提拔担任警卫排长，万星明岂有不忠不义、不替井司令卖命的道理。

井岳秀带着万星明来蒙地，是与伊旗的王爷们商量，应对暗潮涌动的内蒙古独立势力。前年蒙古国宣布独立后，内蒙古要独立的声音甚嚣尘上。作为陕北总司令，他素来维护蒙汉团结，不能也不敢让近邻在自己眼皮底下独立。如果得逞，自己定是中华民族的千古罪人。他与王爷们几次商谈，难以拿出应对办法，绞尽脑汁中猛地灵光一闪，想到了釜底抽薪，就是把成吉思汗陵迁往榆林或陕北任何地方保护起来。王爷们摇头，说这是绝了独立势力念想的最好办法，只是事情太大，需斟酌再斟酌。

万向明要请金秀吃饭，令金秀激动不已。久存的朦胧情感似乎快要走向清晰，万向明说不定会喜欢自己。平时风风火火的金秀，为赴约特意打扮一番，涂了雪花膏，浑身香喷喷的，兴高采烈地夹到烩菜馆。

万向明给她舀了一碗烩菜，说早想请金同学吃饭，感谢对自己的栽培和帮助，也真心希望早日加入组织，拜托了。加入组织的事不是秘密，这会儿的金秀，期待的是他的表白。她问，仅此而已？万向明说，这还不够？金秀说，今天不谈组织，说说其他，比如喜欢的事和喜欢的……万向明脸红了，金秀窃喜，催促说呀。万向明吞吞吐吐，低声说金同学你听过，米脂婆姨绥德汉的吧。金秀歪头不解。万向明说自己心里有了一人，她是米脂婆姨，大户人家出身，那可是真真的俊，像桃花水一样的纯和甜，说着，竟独自陷入陶醉里。金秀的脸由阳光灿烂瞬间变为乌云密布，默默放下碗筷，腾地站起，走了。

炸豆腐、炸洋芋、粉皮、大白菜，对，最重要的是羊肉，万向明自言自语念叨，挨个夹到碗里却不吃。早感觉到金秀的火辣辣，可是对马苗的爱，让他下了拒绝金秀的决心。马苗，这会儿你在干吗？要是坐在这儿，我们该是多么幸福啊！他的两眼无神，憧憬起来美好的生活。

"伙计，问个事，知道司令部在哪儿？"邻桌人见万向明百无聊赖，凑过来问。

"司令部，榆林城里三岁的娃娃都知道，你们是外地来的？"

"是。兄弟不忙的话，过来坐坐，喝一杯。"

邻桌坐着五个操关中口音的彪形大汉，足有两米高的大汉端起酒，万向明声明自己不会喝。大汉问你难道是念书娃娃？万向明说我不是娃娃，是榆中学生。榆中？他们交换眼神，显然对榆中颇感兴趣。大汉环顾左右，悄悄问知道石谦旅长和清涧起义的事不？万向明警惕地看着左右，悄悄说莫谈国事。嘿嘿，这算上国事了，挺好挺好，是我们的骄傲。万向明觉得他们得意了，问来榆林做甚？做点小买卖，贩你们陕北的五谷杂粮。 万向明冷笑一声，说陕北旱得快着火了，哪有杂粮留给你们倒贩，说，你们究竟是干啥的？ 几个人眼神慌乱了，一副不知所措的样子。 万向明笑说幸亏遇到的是我，要是遇到宪兵队，这会儿，你们还坐这儿吃饭？ 说不定呀，脑袋早被人家当饭吃了。 大汉们颇为尴尬，两米大汉干咳几声，说谢谢小兄弟指点，看你是个正当人，也就不瞒你了，说个秘密，敢不敢听？ 敢啊，我有啥不敢的。 万向明痛快地回答，神经被刺激得兴奋无比。 听完他们的故事，他被惊到。 原来，他们是石谦旅长的旧部，专来榆林找井岳秀报仇的。

中共中央政治局在汉口举行的"八七会议"，会上毛泽东提出"枪杆子里出政权"，得到全国响应。 陕西省委和陕北的党组织，审时度势分析了新六旅秘密党组织的构成，认为条件具备，遂成功举行了清涧起义，成为继南昌起义、秋收起义之后，北方地区的第一次武装起义，震惊国内外。 短短几天里，起义大军势如破竹，一路南下攻占宜川等县城。 井岳秀惊恐万分，调兵遣将分兵几路剿杀，起义部队被迫离开陕北，惨烈撤退中，先是南下，后来北上，退到陕甘宁交界处时，近千余名官兵仅剩二十多人。 被打散的官兵们绝不死心，以大汉李连长为首的五人，秘密潜入榆林，准备伺机刺杀井岳秀，以告慰石旅长冤魂。 欠缺的是，他们第一次来人生地不熟的榆林城，刺杀行动对他们而言，就是老虎吃天，无从下口。

万向明告诉大汉，自己就是组织的人。 组织一词出口，他们心领神会。 像是见到失散多年的亲人，李连长一把拉住万向明的手，说老天爷在冥冥之中帮忙，让我们在芸芸众生里，不费吹灰之力地相识。 万向明飘飘然了，说你们在客栈等消息，听我的具体指示后再行动，记住，万不能轻举妄动，更不能告诉第二个人。

自诩皇族的榆林城人，礼数繁杂，节日如麻，就说上坟敬先人，有清明、六月六、七月十五、十月一、冬至和过年六次。 节日月月有，有点名堂的，是四大节，四小节，二十四个渣渣节。 独特的小城贵族文化，让人们无时不沉浸在节日的海洋里。

今天便是一个渣渣节。 驼峰山上的老爷庙起会了。 万世共仰的关公，彪炳日月，大气浩然，集忠、义、信、智、仁、勇为一身，渗透着儒学的春秋精义，传递出道教趋同的三观。 每年起会，这儿比别的庙会更热闹红火。 前天，庙会的管事们放出消息，说井司令在起会时，要亲自拜谒关公。

那次祈雨成功，马伯雄对神鬼与玄学，有些认同了。 人常说"不可不信，不可全信"是有道理的。 在逛过无量殿、东岳庙、青云山的几个庙会后，他悟出庙宇建筑构建起的宏大美感。 就说眼前的关老爷庙，外观是红墙绿瓦，高垣围峙，楼阁耸立，古木参天，进入里面，殿堂肃穆，楼亭嵯峨，寂静幽邃，其布局更是奇巧，利用自然地势依山而建，又加了基台，凸显帝王宫阙的庄严。 在最高处构筑二层三檐九级式楼阁，规模气势很是威武，无论是建筑结构学和美学，运用得完美无瑕，令人肃然起敬。

大殿里，丈余高的是长髯飘飘、威风凛凛的关羽塑像，殿上方悬挂了"乾坤正气"匾额，两条楹联是：

有半点生死交情方许入庙谒帝

无一样光明心境何须稽首焚香

生死交情一说，让朝山的马伯雄想到了万星明。 那天，八姨太找他了解冰把凉的病情，他问井司令回来没？ 八姨太说人是回来了，早出晚归的，有时还夜不归宿，说是在忙要紧公务。 司令忙，万星明一定也忙，他却更想见到万星明，要告诉他，自己打算辞职。

"卖了卖了，刚烤出来的糖棋子。""碗饦，猪肝碗饦吃了。""凉粉一碗，一碗一毛。""清炖羊肉白皮面，好吃不贵。"

买卖吃食和人挤人、人看人，是庙会最重要的内容。 越来越多的人踢着尘土，挤在小吃摊前，吃得嘴角流油，津津有味。

"井司令来了！""井司令果真朝山了。"

随着一队军服笔挺的军人走来，人们边闪出道，边在议论。 混杂在人群里的马伯雄，既不想让井岳秀看到自己，又想与万星明打招呼。 纠结中，他侧过身，没见到万星明？ 奇怪了，再看井岳秀也有异样，从侧面看去，肥头大耳的司令，咋变成有棱有角呢？ 马伯雄揉眼再看，只有背影好像是井岳秀，但拖拉迟缓的步履，不确定是不是井岳秀。 想看井岳秀如何给关老爷磕头，却又不能靠前，马伯雄只得继续混在越来越多的人流中，嗅着肉香、果香与狐臭、屁臭、脚汗臭的混合味。

打倒列强，除军阀。努力国民革命，齐奋斗。

打倒列强，除军阀。国民革命成功，齐欢唱。

庙会上唱响了《国民革命歌》。 马伯雄听着声音熟悉，一看果然是朱腾达，冰把凉。 也就是疯疯癫癫的他，要是别人唱这歌，早抓起了。

"冰把凉，唱一个《害娃娃》。"

"冰把凉，唱一个《打酸枣》。"

闲来无事的人们纷纷起哄，在寻开心。

马伯雄扒开人群，拉住冰把凉，说跟我回去，王班主找不到你，要急坏的。 上次，冰把凉三天两夜不见踪影，急坏了王班主和小曲班子，当然不完全是为了他，更多的惧怕八姨太，要是他出了事，八姨太会让他们吃不了兜着走的。

"我不回，就不回。"冰把凉使劲地挣脱着马伯雄的手，嘴里嘟嘟囔囔，好像是在骂人。

"叭叭"，大殿方向传出几声枪响，接着枪声炒豆子般密集起来。 刚还喜气洋洋的人们，顿时成了无头苍蝇。 马伯雄从人缝中看到，有人应声倒地。

"嘟嘟"，急促的警哨声吹响，催命的声音，远比人们跑得快。

27

那天，万向明与几位大汉分手后，立刻沉浸在无比的兴奋中。 如果在自己的领导下，刺杀了军阀井岳秀，不仅好玩刺激，还能一举成名，改写陕北历史。 共产党至今不接受自己，如果拿着这份投名状，他们至少要给个名分，当一个副书记。 想到党组织，想起了金秀曾经的提醒，刺杀井岳秀是天大的事，仅凭一己之力，行吗？ 会不会人家的屁股没摸到，把自己搭了进去。

"谁要刺杀井岳秀？"听到万向明的汇报，金秀惊得眼珠子差点掉出来。

"是几个井的关中乡党。"万向明淡定地说着，心却在慌张乱跳。 他简要说了石谦旅的这几个官兵情况，说石旅长是那位李连长的救命恩人。

"你们是咋认识的？"

"通过一个秘密渠道。"万向明说道，他不愿意说是在烩菜馆认识，那样显得没有神秘感。

"这是一件大到天的事。 容我理理。"

"他们在客栈等着消息。 多住一天就多一分危险。"

"可是，总要给你姐……"金秀刚要说给你姐汇报，突然意识到失口，戛然而止。

"给我姐，是啥意思？"万向明歪头问，不解金秀的话。

"没甚。 记住，在得到我通知前，一定不能贸然行事。 明白吗，打击敌人的前提，是要保护好自己。"

　　客栈闭门两天，把几位大汉憋坏了。 第三天还没有得到年轻人的消息，李连长让大家分批出去活动，舒缓心情，打探消息。 也是奇怪，出去的人得到同样的消息，井岳秀后天要去老爷庙赶庙会。 李连长逐个质疑消息来源，都说是街头传说的。 等万向明送来了消息，竟和他们打问的吻合在一起。 得来全不费功夫呀，也太巧合了，让李连长产生了怀疑，他问万向明的消息来源。 万向明也是在街头道听途说的，但那样说多没面子，就谎说从哥哥处得到，因为哥哥是井司令的贴身警卫。 说完，他心慌了，一心想要刺杀井岳秀，却疏忽了井岳秀身边的哥哥，真要是行动起来，子弹是不长眼的。

　　"你哥哥，是亲哥哥？ 说说他的体貌特征，小老弟你尽管放心，子弹在我们手里，也会长眼的，保证伤不到他。"李连长笑说，对消息来源放心了。

　　住在客栈也能得到情报？ 且与自己的一样，这让准备抢头功的万向明尴尬至极。他问再有甚任务没有，李连长说其他的就不管了，谢谢你和你的组织。

　　万向明走出客栈，刚还满天繁星的天空，突然下起瓢泼大雨，把他瞬间浇成落汤鸡。 李连长见他出门后，立即研究行动方案。 雨停后，带弟兄们到了驼峰山，勘察老爷庙的地形。

　　然而，他们的一举一动，没有逃出宪兵队的眼睛。 井岳秀赶庙会，就是人家做的一个局。

　　五个操关中口音的彪形大汉，说是做买卖的，却一连几天窝在客栈闭门不出，让客栈老板好生怀疑。 担心出事受到牵连，老板悄悄到宪兵队举报，便衣暗中观察后吓出了冷汗。 因为李连长被认了出来，两米的身高别说在八十六师，就是在榆林城也只有一人，是教房子专抬死人的尚大汉。 起义部队不是在陕甘边界全部被剿灭了？ 咋又潜入榆林城来，究竟想干吗？ 宪兵队调出李连长的档案，先是找到一份立功记录，再顺藤摸瓜得知，石谦还是他的救命恩人。 很明显，是找井司令报仇来的。 宪兵队将计就计，放出井司令赶庙会的消息。

　　夜的大幕拉开，许多只看不见的眼，却大睁着。 万仙如走进课堂，习惯性地抽查了几份作业。 学员们交头接耳，有人说要找井司令反映，一天挖十几个小时工事，快要累死了；又有人说井司令明天去老爷庙赶会，我们敢不敢到庙上告状，那地儿有神神，井司令就是不高兴也不敢咋地。 奇怪，万仙如刚在大街买糖棋子时，就听有人说井岳秀赶会的事。 榆林人都知道，井岳秀的出行比较随意，无须提前大张旗鼓发布消息。 事出反常必有妖。 昨天金秀来请示，说石谦部下潜入榆林要暗杀井岳秀。 她一口拒绝，分析说哪有这样的刺客，恐怕是敌人设的局，听说是弟弟接触的刺客，她问金秀你们信任他？ 金秀说万向明是我们支部重点培养对象。 万仙如说慎重一点，万向明加入组织的事，需要延长考察期。 她特意嘱咐金秀，任何人都不要接触刺客。

"锄禾日当午，汗滴土下土，对不起，是汗滴禾下土。 禾，禾苗的禾。"万仙如慌张纠正着错误。 上课的心猿意马，完全是暗杀的事闹的。 不行，要阻止他们的行动。 起义部队太惨烈了，为革命做出那么大的贡献，好不容易活下来几个，绝不能掉入敌人的陷阱里。 万仙如匆匆下课，走到榆中门口，又觉找金秀不是良策。 金秀不是当事人，不如亲自找李连长。

榆林城说大不大，说小不小。 万仙如分析李连长从南边来，住南街的可能性最大，就先圈定南门口到钟楼间的客栈，寻找目标是两米大汉。 转了两个多小时，地毯式搜索找过三十多家，哪有大汉的踪影。 腰酸腿疼的她，心灰意冷地走进钟楼巷最后一家客栈里。

"小姐，你要住店吗？"矮胖的中年老板问，瞥眼偷看旁边擦桌子的伙计。

"我……不好意思，肚子疼，借用后园，哎哟哟。"万仙如抱住肚子，说。 老板的眼神，已传递出这儿的不寻常。

说上厕所就不是榆林城人，说后园就不会引起怀疑。 万仙如顺着老板的指引小跑起来，两个贼眉溜眼的人追随着她，进了后园的门。

"吱——"隔壁男厕所的门响了，"哗——"是淋漓尽致的声音，躁得慌的万仙如刚想站起，听到隔壁两个男人对话。

"头，你说这么晚了，他们咋还不回来，会不会跑了？"

"嘘，别他妈的废话，好好守着，他们不回来，就是被我们其他人逮了。"

确认无疑，要找的人就住这儿。 万仙如连做三个深呼吸，将双手抱在胸前，护着怦怦乱跳的心脏走出客栈。 在灯光昏暗的大街上，她做出了决定，就守在附近，阻止他们今晚回来。

万仙如果然守候了一夜，但并未见到他们的影子。

晨曦初现，驼峰山雾气腾腾。 绕着老爷庙前后，陆续来了挑担子的，赶驴车的和拉架子车的小商小贩。 来得早的将炉子点燃，烟火气与肉香味纠缠着，一起弥漫。

比摊贩们起得更早的，是庙里的道士。《早晚功课经》诵读完，几个小道士爬高下低，将一条条彩带在庙前庙后挂起。前几天，城里一居士送来丈余长的巨大匾额，上书"有求必应，报答神恩"烫金大字，住持欢喜得不得了，悬挂地儿已换了几处，依旧是不满意。昨晚，道士们又连夜砌起高台，这会儿开始挪换。"来，这位香客搭把手。"小道士喊着，叫两米大汉帮忙。昨天下午，李连长带大家悄悄来老爷庙勘察地形，等安排部署停当天已擦黑，李连长似乎发现了尾巴，七转八转的，甩了尾巴，遂决定在庙里的破柴房里过夜。告诉大家，哪怕我们暴露了，也坚决完成刺杀行动。这会儿，他溜出来上厕所，被抓了劳力。

万向明、万仙如、金秀，都满山转悠着，在寻找他们。

礼拜天爱睡懒觉的万向明今起了个早，见眼圈发黑的姐姐要出门，问，这么早干吗去？他不知姐姐其实刚回家。万仙如说，正想问你呢，今个咋不睡懒觉了？至于我，你见过我多会儿睡过懒觉？的确，姐姐打小到西安读书，独立性很强。他俩斗着嘴，分手时间不长却在庙会上又见。万向明不得不干预她的自由了，用命令的口吻说，万仙如，你咋来这儿，赶紧回去。

"这么红火的庙会，为啥你能逛，却要我回去？"万仙如说，心里却埋怨金秀，不是不让他们继续参与，弟弟却也来了？

"要你回去就有回去的道理，以后再告诉你，现在必须回。"万向明不由分说道。

"要回去，我们都回。"万仙如看时间还早，准备来个调虎离山。

姐弟俩厮跟着走在一起，心里都在盘算该咋样脱身。到了半山腰的分岔口，"还有点事，你先回去吧。"两人几乎是异口同声，接着都笑出了声。

万仙如说去工兵营有事，万向明说去榆中学习。姐弟俩分了手。

万仙如很快二返庙会，遇到金秀在庙门东张西望。她拉金秀到松树下，质问为何不执行指示。金秀满是委屈地说，执行了呀，我来这儿是不放心万向明。万仙如说，弟弟还真的来了。金秀四下张望问，人在哪儿？万仙如说，被我劝走了。她又问，你认识那几人不？金秀说，不认识。万仙如搓手说，麻烦了，挖好的陷阱就在眼前，我们却无法挡住他们跳进去。陷阱，哪有？金秀开始张望。万仙如顾不上细说，说，我们分头找两米大汉。两人绕着庙宇转圈，每二十分钟碰头无果，再继续转。

与姐姐分手的万向明拐了弯，从另一条巷子也二返庙会，远远看见，姐姐与金秀交头接耳，他好生奇怪，她俩咋这么亲密？见她们不停地围住庙宇转圈，躲在一旁的他更是一头雾水。

万仙如发现有几人也加入了转圈的队伍里，她用眼神提醒金秀这里的不寻常。 两人蹲在豆腐脑摊前吃了起来。 转圈的是宪兵队的便衣，这会儿他们也在找寻大汉。

马伯雄到来时，赶庙会的人已有成千上万，你来我往，川流不息，遇到万仙如她们就难了。

躲在柴房的李连长，昨晚模拟了几次刺杀行动，设定等目标出现后，在第一时间冲出柴房，作为第一射手的他，从后背对井岳秀开枪，小贾是副射手同时进行补射，其余三人收拾井身边的副官、警卫等，要避开那位的哥哥，然后掩护大家向东城墙撤退，跃过城豁子，向东再向北，进入茫茫的毛乌素沙漠里。

"目标出现了，一二三，冲。"李连长一喊，大家发疯般冲出去的同时，枪声四起，惊得焚香敬神的老百姓乱作一团。 身穿将军服的井岳秀倒地，李连长大喊"撤——"，"退"还未发出声，两米高的目标成了人家的靶子，"叭叭叭"招来一通枪击，瞬间被打成筛子。 副射手小贾混在人群里慌不择路，与便衣撞了满怀，宪兵对着他的肚子就是几枪。

"抓活的，抓活的。"何副官大声喊叫，此时的院子里，除倒下的，其他人早作了鸟兽散。

"说，说出你的同伙，饶你一命。"何副官拔出手枪，对准倒地的小贾太阳穴，厉声道。

"我要死了，救我，快救我。"小贾痛苦地呻吟道。

"说了，立马救。 我保证。"何副官说。

"有李连长、三蛋、二命、耗子和我。 快救我。"捂着汩汩流淌鲜血的肚子，看着面前弟兄们的横尸，年轻的小贾心生恐惧，升腾起强烈的求生愿望。

"榆林，谁和你们接应？"

"没有……有，是个后生，不……不认识。"

"老实说，是谁？"何副官用枪管狠戳。

"真的不认识，不过见了，能认出来。"

"逐个找，他就在人群里。"何副官抬眼看着山上的人群，兴奋地说。

庙里枪声一响，外面立即封山，这是事先的方案。 上山的两条道上，早已部署了足够的便衣，这会儿，被封控在一起成千上万的人，眼睁睁看着一具具尸首抬下山。

大家最关注井司令到底如何？所有人的尸首都盖着白色单子。

如马伯雄怀疑的，那不是井岳秀，被击毙的其实是马园子喂马的老黄头。他与井司令的体型差不多，穿上将军服有多半的相似度。老黄头以前多次替司令挨子弹，却一次没挨着，这次成了最后。当然，他的一命，换来了够全家老小过小半辈子的钱。

山上成千上万的人，除过女人和老小，剩余的人并不多。被赶出去的万仙如和金秀，站在警戒线外，看见马伯雄和万向明。马伯雄沮丧地说，逛个庙会咋遇这等倒霉事。万向明说，好事啊，井岳秀一死，榆林革命运动就成功了一半。马伯雄说，好端端的社会为啥要闹革命？革命是暴力，要死人的。万向明对他嗤之以鼻，说，书呆子，真是啥也不懂。

担架上的小贾，是全场的"宝贝"，几个军医精心守护着他，又是喂水，又打强心针，竭力维系他的精气神。

"睁眼看看，是不是他？"何副官不住地问小贾。冷眼猛然看去，是马伯雄和万家姐弟走了过来。这大热的天，他们同时来赶庙会，是有些匪夷所思。"看清楚了，是不是他。"何副官一指马伯雄，问。

小贾果断摇头，令他顿感无趣。他多么希望是马伯雄啊，他讨厌这个自恃清高，甚至连井司令也不放在眼里的家伙。马伯雄看起来文质彬彬，其实道貌岸然，跑小曲班子听小曲，估计也是喜欢小翠的，要不然，他为啥要替小翠张罗？小翠死了，何副官的心理变得阴暗起来，仇视任何人，希望每天都出大事，多想弄死几个人，让他们去那边服侍小翠。

"是不是他？"

"是不是他？"

小贾不住地摇头。军医给他打了几次强心针，还替他擦拭着眼睛，让他大睁开，仔细看。

"好好看，是——不——是——他！"何副官越来越气急败坏，大喊大叫。

"何副官，你们大家辛苦了。"万星明简直是从天而降，走过来说。

"向明，父亲让你到'通天苑'帮忙，你咋跑这添乱了，快滚回去。"

"慢，万排长，你弟弟暂时还不能走。这里的人都有重大的嫌疑，请先退后一步。"何副官阻拦住，说道。

"嫌疑，甚嫌疑？万向明你个混账东西，还当了嫌疑了，你们好好认，是他的话，看我咋收拾。""叭"，万星明抬手就给万向明一个响亮的耳光，说道。

小贾惊恐地望着万星明恶狠狠的笑脸，头缓缓摇向右边，接着拨浪鼓般地摇起来。

28

"啊，啊——"，何副官的枪管，戳得小贾撕心裂肺地喊叫连连。

"说，是不是他？"何副官歇斯底里地问，见小贾仍旧摇头，又拉过马伯雄，问："是不是，他是不是？"

小贾再摇头，何副官再戳。万星明握住何副官的手，心平气和地说："何副官，冷静点，冷静。刺客四死一伤，战果已经很辉煌了。"

何副官长吁一口气，想了想，留得青山在不愁没柴烧，心态平和了许多。看着所剩无几的香客，对手下说先收了，送他进医院，一级保卫。又对万星明说："万排长，你说的也是，我们一起撤。"说着，扭头便走。说实在的，打死他也不会相信，马伯雄与刺客能联系起来，但万向明就很不保险了，这小子上次因私藏共党书籍入狱，留下了前科。哼，是狐狸总有露出尾巴的时候，何况，刺客还在自己手里。

"哥，你当官了。要请客呀。"万向明嬉皮笑脸说。

"请你的头，还不快滚。"万星明怒目以对，说。

万向明带着姐姐和金秀"滚"了。马伯雄望着万星明，笑说："我们有八天没见面了吧。"

"是八天零四个小时，还有多少分钟，算不了了。"万星明说着，握住马伯雄的手。"还为那天的事生气？我是你们文人说的'士为知己者死'的人，军人，忠诚为大，服从命令为天职。"

"忠诚，要看啥事，对国家、对民族，就需要无比忠诚；对政党、对军阀，就要大打折扣。至于为抢民女之事所谓忠诚，那是助纣为……"

"别说了，那事出了，井司令也不好受，一直想为那女子和她家里做些甚。但是，第二天有紧急公务去了内蒙古见王爷，便让八姨太代办。听说你是具体操办人，还去老家做工作。小翠入土为安，我代司令谢了。"万星明真诚地说。

"谢就没必要了，再说，现在说这事，有意思吗？"马伯雄说，他不想再提及伤心之事，换了话题，说："有一事请教万兄，我想辞职，离开榆林。"

"辞职？干得挺好的为甚要辞？任何事，要有个适应的过程。"万星明说道，觉得有些唐突。

整天就做无用功，算是干得好？马伯雄想着却没说出来。"要是你不忙的话，今天我请你吃烩菜？"

"好，把仙如也叫上。"万星明痛快地说。

"你弟弟呢？"

"他——还是算了，我可不想招惹他，给他净擦屁股。"万星明口气，显然十分不满。

万星明之所以匆忙来庙会，和万向明有很大的关系。刺客潜入榆林的消息早已得到，但宪兵队的具体行动方案他一点不知，更不知用老黄头做了替身。前几天的蒙地之行，他与井司令有了更多的接触，司令许诺回去让他接警卫排长一职。在这个敏感时期，他还是小心做事，夹着尾巴做人，不该管的事听也不听。可是，刚才无意中听司令部许参谋讲，刺客在榆林有内奸。前晚下大雨那会儿，内奸与刺客在客栈接头，是盯梢的宪兵拉肚子去了厕所，仅仅前后三分钟，让内奸溜了。

大下雨那会儿？万星明想起前天晚上去司令部前，遇到浇成"落汤鸡"的弟弟，像打了鸡血回家，神秘带得意地说，自己快成名人了。他问是甚名人？弟弟说等爆炸性新闻出了，你就知道了。弟弟常这样咋呼，当时他也没往心里去。现在一联系，情形是不对的。他赶紧找了理由去老爷庙，正遇受伤刺客辨认到弟弟跟前。弟弟飘忽不定的眼神告诉他，八九不离十与此有关。

"究竟是咋回事嘛，哥，榆林有那么多好吃的，拼三鲜、生子粉、炸豆奶、羊肉蒸饺，咋每次都在烩菜馆请人，还让马公子以为我们榆林美食是浪得虚名。"万仙如一落座，就掰手指点菜，奚落万星明说。

"误会了，万小姐。今天是我请客。主要是烩菜馆离大家近嘛。你说的榆林美食，我在榆中上学那些年，都吃了个遍。留在记忆最深处的是粉浆饭，酸的粉浆，绿的韭菜，白的炒豆腐，红的老咸菜，再放点酸菜和辣椒，混在一起，简直太足劲了。"马伯雄说着，直咽唾沫。

"粉浆饭，憨灰汉。"万仙如说着，笑靥如花。

三人吃喝了一阵子，万星明问马伯雄："想不想听仙如的意见？"

"哪方面的意见？"马伯雄装作不知反问，心里想万星明请妹妹讨论自己的去留，难道是看出了啥？

万仙如听说马伯雄要辞职离开榆林，痛快地说："早该走了，服务军阀，沦为工具，既实现不了自己的理想，也不能实现人生价值。"

她的这番话，让万星明和马伯雄都感到意外。

"听你的，我立马辞职。"马伯雄悻悻地说。

"别听她的，还是按我们说好的做。仙如也是，原想着你会挽留，却毫不念及，念及……"万星明说着，卡壳了。

"感谢理解，谢谢。"马伯雄嘴上这样说，心里五味杂陈，越盘算越沮丧。"无可奈何花落去"，他不禁吟道。

"感叹个甚，听不懂。反正，伯雄你记着，千万不能辞职，就是辞也不会批准的。好了，吃饱了，今晚我还要值班，先走一步。"

"走吧，再不走，排长就当不上了。"万仙如说着，自己笑了起来。

"哥活得简单。"望着万星明的背影，万仙如感叹。

"简单挺好，复杂了，活着心累，还疼。"马伯雄盯着万仙如，说道。

"简单，是那种轻松舒服，具有智慧的简单，而不是无脑的简单，愚蠢的简单。看时下的中国，内忧外患，军阀割据，官员腐败，民不聊生。在这样的社会里，有谁能独善其身，活得简单。人人都累，躺倒了更累，不被累死，就是不幸中的万幸了。"

"万小姐，我的一句话，竟能引出你这么多的感叹。"

"哈哈，那说点轻松的。知道不，听说我哥在包头有一女的？"

"你咋知道？"

"前几天，榆林的边客捎来几大袋子牛肉干、酥油、奶皮和奶酪这些吃食，说是蒙古族年轻女人捎的，长得可俊了。我就这么想了。快说说，女的是谁？"

"我也是见过一次，叫萨仁花，他们是好朋友。"马伯雄说着，大概讲述了所见情形。

"刚才还说哥简单，都搞上民族大团结了。嘻嘻，看来是我简单。"

"万小姐，你是真的，真的希望我辞职，离开榆林吗？"马伯雄心情复杂地问。

"是的，还要早点辞，赶紧走，晚了，恐怕走不了。"

"你是那么迫不及待，让我走。"马伯雄问着，神情沮丧。

"想多了，我对你还是……从你入职井岳秀麾下开始，事实上的你已失去自由，成为他们的工具了。"万仙如说着，将手伸到桌上，和风细雨地说："兴许，过些日子，我也会离开榆林，说不定还会找你。"

暗示？ 马伯雄也不再多想，一把握住万仙如柔软烫热的手。 万仙如将另一只手摞上。 她的心里有自己，马伯雄这样一想，一股热血涌到头上，整个脑袋嗡嗡的。

马伯雄的辞职果真遭到井岳秀的拒绝。"不准许，你以为司令部是想来就来，想走就走的客栈吗？"井司令大手一挥，说。 他近来烦着呢，为党国的事业和国民政府的辉煌，自己呕心沥血，殚精竭虑，一鼓作气歼灭了几十个陕北共产党组织，镇压了清涧起义部队，这次又和王爷们合作，果断制止内蒙古可能出现的分裂。 总体上看，陕北政通人和，老百姓安居乐业，省里和上面是满意的。 可是这次在榆林城，弄出暗杀自己的行动，让他有些狼狈不堪，这让上面和社会上咋看待嘛。

"不准，我也要辞职。"马伯雄执拗起来，说。 他才不管井岳秀是啥心思，也不想去揣测。 万仙如说了，她也可能离开榆林，更加速他下定离开的决心。

"我倒要看看，我不准，你咋辞？"

"算我白干几个月，不要一分钱工资，总可以吧。"

"你以为是钱的事？ 告诉你，这里只有我开除的，没自己给我辞职的。 快快快，去干活，我还等着井公馆的改造呢。"井岳秀不耐烦了，说。

吃屎的能把拉屎的治住？ 马伯雄想起农人们常说的一句粗话，心里打定主意。 收拾好东西后，想是光明正大离开，还是偷偷摸摸离开。 光明磊落的事，为啥要偷偷摸摸？ 他让自家店里的职员拉了架子车，从司令部宿舍搬回自己的全部东西，包括井公馆的初步改造设图。 来榆林几个月了，打过交道的人屈指可数。 那天与万仙如算是告了别；万向明还是算了；万星明是想见的人，但又不能见，免得给他带来麻烦；八姨太，还是算了。 对，他，是一定要见的。

镜对菱花，佳人抱梳妆

采一枝鲜花，鬓角压

方才红日附落西山

眼看了明月又照窗纱

贪杯在谁家，想他我又恨他

全不念奴家青春十七八

走进巷里，名曲《日落黄昏》不绝于耳，只是缺了昔日朱腾达唱的那种情爱缠绵，如今听到的，是几多忧伤与悲情。感叹中，马伯雄觉得背后凉飕飕的，回头看小巷却是空寂无人。头皮发紧的他，忙进到院子，映入眼帘的是那架百年葡萄树，叶子稀拉泛着金黄，院落人烟稀少，更是无声述说小曲班子的恓惶。

王班主依旧用琴槌一指，算打招呼。马伯雄轻车熟路地走进堆放杂物的偏房里，冰把凉在冰凉的地上躺着，流着长长的口水，从嘴角缓缓流进脖子。马伯雄拿出手帕擦拭，打量着满脸憨相，呼呼酣睡的冰把凉。是井岳秀毁了他，是这个万恶的时代毁了他。马伯雄痛心地想着，摸遍衣兜，将整的、零的、软的、硬的，所有的钱，塞到湿漉漉的枕头下面。

"对不起，马先生，请打开你的行李，接受检查。"守城士兵客气地说。

"你们检查我，凭啥？为啥不检查他们？"马伯雄说着，看着身旁一个个老百姓自如出入城门，感到受到莫大的侮辱。

"执行公务，请你配合。"两个黑衣人亮出证件，是司令部宪兵队的。

自从那天见过井岳秀，隐隐约约中，马伯雄觉得身后有影子跟随，此时影子终现原身。

"马伯雄，你盗窃军用图纸，涉嫌严重泄密，现在逮捕你。"一黑衣人用粗重低沉的声音宣布道，"咔嚓"，另一人麻利地给他戴上手铐，拿件衣服遮住手腕。

"哈哈哈哈——"马伯雄仰天大笑，耀眼的太阳下，镇远门依旧高大威武，这社会咋是如此黑暗。

"伯雄，受苦了。"万星明再见马伯雄，是在司令部的禁闭室。看到憔悴的马伯雄，心疼地说。

"星明你说扯淡不？我的罪名竟是盗窃图纸，还是秘密图纸。试问，我画的破房子，何来盗窃，秘密又何在？"

"你的不辞而别，让井司令难堪了，他会让你有好果子吃？"

"在我没走前，他就用便衣监视我，手段真是卑鄙，无耻至极。"

"现在说这些都无济于事，还是拉拉解决的办法。井司令说了，只要承认盗窃图纸是受共产党的唆使，就地释放你。"万星明说道。

"这不是无稽之谈吗？共产党在哪儿，长得啥样？谁能告诉我，你，你能告诉我吗？"马伯雄气愤地问道。

"管他这党那党的，不就是写几个字的事，有那么复杂。 依我看……" 万星明嘴上劝道，心里知道没用，面前这个羸弱的书生，有着一颗坚强的心。

"哎，你是不长脑子，还是根本就没脑子？ 白纸黑字的东西，是一种承诺和责任。 要是登在报纸上，后果，是想象不到的可怕。"马伯雄瞪大眼睛，对万星明说。

"啊——那么严重。 还是你们文化人想得多，如是这样，我也就不劝你了。"

"我们谈点轻松的。 听你妹妹说，萨仁花给你捎东西来了。 蒙族女子真是有情有义。"

"这你也听说了，嘿嘿。 说实在的，萨仁花那种火辣辣，其他女人是没有的。"万星明笑着，不好意思又神秘地说。

"你爱她？"

"爱是甚，我不懂，但我就是喜欢她，想她，几乎是天天想和她在一起。 上次和井司令去蒙地，离希拉穆仁草原近了，可惜公务缠身，没能去看她，但心早飞了过去，飞进那温暖如春的蒙古包里。"万星明说着，全身散发出无限温情。

"啊！ 马伯雄被宪兵队抓了。"万仙如得知消息，大为震惊，问道。

看着妹妹心疼的表情，万星明立马联想到萨仁花，兴许这就是马伯雄说的爱。 他详细说了马伯雄的情况，并说事情可能凶多吉少。

"拿所谓的井公馆图纸，就是秘密图纸了，这是专门找事。"万仙如一针见血地说。

"图纸是炮捻子，根本问题是，只有井司令开除人，没自己辞职走的，他是唯一。"

"让我想想，有了，既然是图纸惹事，我们就从图纸入手，哥，麻烦让他再画一张送出来，能办得到吧。"

"还要画图？ 不行，不能再叫你拿图做炮捻子了。"万星明当即拒绝，说。

"事情没你想得复杂，画张草图就行。 有了，说不定不用画。 根据常识，画图先要画草图，你赶紧问问他，有没有草图，放在哪儿？"

果真有草图。 马伯雄不肯定地对万星明说，好像收拾行李时，把草图留在了马家粮店里。 万星明前去寻找，好悬啊，图纸粘在店员放碗筷的盘子上，已是油渍斑斑。

《大公报》以《私宅图纸成为秘密，留日学生身陷囹圄》为题，有图有真相，率先报道了马伯雄的事情，并配发了评论员文章，称之是"地方军阀官僚的任性，平民百姓的悲哀"。 一时全国报刊转载，社会舆论哗然。

"是谁，谁泄露了消息。"井岳秀气得嘴唇哆嗦，胖身子摇晃着问道，他一拍桌子，震得大手麻疼。

29

陕北第一个党组织是在绥德创立的。 1924 年春，新任陕西省立第四师范学校（简称"四师"）李子洲校长进京，明着是为学校招聘进步教师，暗着的是请示中共北京区委，请求在陕北建立党组织。 他的入党介绍人、北京区委负责人李大钊表态全力支持，并调陕西华县咸林中学教师王懋廷，到四师协助李子洲在陕北建党。

当年 11 月，陕北大地冰雪皑皑，四师的土窑洞炉火燃烧，李子洲、王懋廷和田伯英的六只大手紧紧握在一起的时候，陕北第一个党组织——中共绥德小组成立。 这粒火星，从万物皆有的缝隙中，划破黑暗的世界，在陕北高原普洒明媚温暖的阳光。

中共绥德小组次年升级为中共绥德支部，继续由中共北京区委直接管辖，到陕北特委成立后，方与北京区委脱离了隶属关系，但两地党组织一直密切往来。 马伯雄被井岳秀逮捕的消息，就是通过北京区委转到《大公报》的。 巧的是，该报总编辑、第一主笔张季鸾正是榆林城人。 他曾发表过"不党、不卖、不私、不盲"的"四不"办报方针，声明言论独立，经济独立，不接受一切带政治性质的补助和投资等，成为新闻界的旗帜。"四一二"后，张季鸾亲笔写了数篇社评，呼吁认识到无产阶级运动兴起，是因"政治不良，经济困难"带来的，"轻加杀戮，无异残害民族之精锐，将成为国家之罪人！"在蒋介石的办公室、卧室和餐厅，各放有一份《大公报》，足见其影响力。 如今发生在家乡的迫害事件，让张季鸾大发雷霆，发出消息的同时，他亲笔写了社评。

马伯雄事件在国内沸沸扬扬，国际上也飞溅出几朵浪花。 对华虎视眈眈，偷偷做侵略准备的日本，见机制造事端，日本国公使以马伯雄曾是留日学生为由，提出保护他的生命权，紧急拜会了南京政府，要求尽快放人。 颇为恼火的南京政府大怒，让陕西省主席亲自处理。 多重压力下，井岳秀哑巴吃黄连，只得将马伯雄释放。

"井司令要我转告你，后生保重。"打开禁闭门，何副官铁青着脸立在门口，一本正经地说。

"也请你转告井司令，年轻，是我最大的财富，这是有多少钱，多大的势，买不来，夺不去的。"马伯雄回敬道。

望着马伯雄的背影，何副官神情沮丧，心情坏到极点。 何副官的父亲与井岳秀的弟弟，人称"井十"的辛亥革命著名领导人井勿幕，既是同乡，又是拜把子弟兄。 井岳秀在陕北发达后，老何将家里偷鸡摸狗的小何送到榆林。 念及弟弟的这层关系，井司令把小何安排在司令部做勤务兵。 老家不学好的小何，到井岳秀身边十分勤快，一年后做了井岳秀的副官，最近又准备提拔到基层部队。 这次获得刺杀情报后，井岳秀要何副官亲自指挥，宪兵队配合，为的是树立他的威信，为提拔铺路。 击毙四人擒获一人的战绩，井岳秀还算满意的，当然要是再能深挖背后的力量，抓出几个隐形的共产党，就赢得了满堂彩。 但是人算不如天算，在医院治疗的"刺客"小贾，所中三枪虽没伤到重要器官，但由于现场辨认疑犯耗时太长，等到送进了医院，因失血过多完全昏迷，好不容易救了过来，又因伤口严重感染，连发高烧，一个礼拜时间成了半死不活的植物人。 何副官像期待亲老子那样，希望小贾转危为安，却始终不见好转。 那天，酒后的他失去了耐心，望着死人一般的小贾，气急败坏地卡住脖子使劲一拧，小贾的脖子断了。 他的这一举动，冥冥中让万向明躲过一劫。 酒醒过后的何副官要将功补过，寻找新的机会。 马伯雄辞职未批，他的眼前现出了曙光。 暗中派人盯住马伯雄，等马伯雄收拾好行李要走，就导演了秘密图纸事件。 井岳秀同意了他的处理办法。 结果呢，又是偷鸡不成蚀把米，提拔算是黄了，要不是与井司令是乡党，副官也会被撤的。

"我不送你了，仙如在等着你。"万星明对马伯雄说道，握手告别。

"谢谢。 我们是一辈子的兄弟。"马伯雄说着扑上去，紧紧地拥抱万星明。 刚才天空还是乌云一片，此刻，太阳从乌黑的云层里猛地跃出，温暖明媚的阳光，普洒大地。

"马、马公子，你受苦了。"万仙如在马家粮店里焦急地等待着，见到胡子拉碴、面容清癯的马伯雄，她的眼泪夺眶而出。

"万、万小姐，别这样，我不是好好的。"马伯雄说着，故作轻松地笑了。

已是中午时分，马伯雄一分钟也不想在榆林停留，他拿了行李要走。 万仙如提出相送。 马伯雄略微犹豫，拒绝了。 万星明告诉了他被释放的前三后事。 这会儿的他，无疑是全国"名人"，如果万仙如与自己走在街头，一定是轰动的新闻，绝不能让万仙如受到影响。 然而他越是拒绝，万仙如就越要坚持。 僵持中，万向明赶来，说马公子咋这么急着回去，我请你先吃拼三鲜。

"这会儿，我还有吃拼三鲜、拼四鲜的心情吗？"马伯雄问。

"不吃就不吃了，拜托你，替我捎点东西。"万向明说。

"捎东西，马公子能捎到？"万仙如问。

"肯定捎到。"万向明边说，边对马伯雄挤眼，拿出一块牛皮纸包着的东西。

万仙如抢过去撕开，是块粉红色的丝巾，"好你个万向明，这么好的丝巾，咋不给姐姐一块。"她佯装发怒，问，再偷看马伯雄平淡无奇的表情，顿时明白了，弟弟看上了马家小姐，还曾要她去说服马伯雄。 她揣测不了马伯雄的心思，但他不喜欢弟弟是事实。 就说谈恋爱的事，弟弟小学里喜欢过余掌柜家的毛毛；榆中时喜欢向团长家的楠楠；楠楠跟着换防的父亲一走，他又喜欢方老师家的千金，死缠烂打的，受到方老师的警告才作罢。 不过，有一点可喜的变化是，自打喜欢上马家小姐后，似乎再未传出有替补的消息。

万向明提出要送马伯雄。 马伯雄说，迟了，有你姐送。 万向明说，我们都去。万仙如说，只能去一个，马公子你定，二选一。 马公子还是回去上课，马伯雄说。 不够意思，你重色轻友，万向明不满地说，心想才不当你们的镜子呢，你们要好了，自己与马苗就有盼头了。

出店门，上大街，熙熙攘攘的人流，更让马伯雄心有余悸。 他拉着马，尽量迈开步伐，想甩开万仙如几步。 知道他心思的万仙如，心里甜丝丝的。 两人一前一后出了榆林城，八景之一的"南塔凌霄"映入眼帘。

凌霄塔原叫文笔塔，因形似一支巨笔而得名。 榆阳河上的三孔小桥，因像巨型方砚，便得名玉砚桥。 每当日出，塔影照桥头，似笔蘸墨，大气磅礴，乃人间仙境。

"知道凌霄塔和玉砚桥的传说吗？"万仙如问。

"成对的物件，一定与爱情有关。"马伯雄望着万仙如，道。

聪明。 万仙如竖起拇指点赞，讲述起传说。 很久以前，榆林城有一对相爱的青年男女，男的叫文碧，女的叫玉燕。 城里最大的官张总督，却要活活拆散他们，让美丽善良的玉燕嫁给自己的傻儿子。 玉燕自然不从。 张总督便将文碧关在南门外的山上，以断念想。 玉燕每天来到榆阳河边，与文碧隔河相望，两人以泪洗面，互道相思之苦。 有一日，文碧突发灵感，要写状子告御状，手头却有笔没砚，他对玉燕喊："砚，砚！"此时玉燕也是心有灵犀一点通，也要告御状，却有砚没笔，对文碧喊："笔，笔！"两人哭喊了三天三夜，晴朗的天空突然一声霹雳，奇迹发生了。 文碧变成似笔的塔，直上云霄；玉燕变成宽大的砚，横跨榆阳河。 榆林从此就有佳句：玉砚桥清水长久流，凌霄塔离天一丈八。

"传说故事的结局都是美好的，现实生活里的结局却是相反。这就是人的宿命。"马伯雄听完后的感慨，有些忧伤。

"不完全是，美好的生活是人们永恒的追求，只要不折不挠，不轻言放弃，就一定会有美好的结局。"万仙如坚定地说。

"仙如。"马伯雄第一次情不自禁地叫出她的名字。

"伯雄。"万仙如也是第一次给予积极的回应。

此时无声胜有声。他们对视着，有伸手去握的冲动，同时又想到这儿人来人往，不约而同收手。对视了良久，马伯雄说："该走了。"

"好的，保重。"万仙如说。

"后会有期。"马伯雄大声说道，飞身上马，觉得浑身暖洋洋的，有一双美丽的眼睛，在深情地盯着，为自己送行。

"伯雄，没想到吧，就这么轻而易举，你成了名人，还传到海外。"见儿子回家，马瑞琪语气平和地说了一句话。

原以为会面对一场狂风暴雨，没想到连一丝风雨也没有，一路上忐忑不安的马伯雄心情更加复杂，未得到释然。如果父亲暴跳如雷，臭骂自己一通，他是完全可以接受且会熨帖的，现在这样，堵心。

"伯雄，沿路看到没，连旱两年，老天爷大概也不好意思了，今年还算帮忙，春旱厉害，但伏天的几场及时雨，补回了雨水，看来今年秋天的收成不错。"马老爷说着，推开贴着两幅"犍牛犁地"剪纸的窗户，满眼一片翠绿，生机勃勃的山峦，扑面而来，入眼进心。

"这是日本回来后，我第一次看到的，满目郁郁葱葱赏心悦目的景象。"马伯雄说着，欣赏着家乡之美，黄土高原之美。

"天涯何处无芳草。是不是芳草，就要看欣赏的人，心静不静，眼亮不亮。前两年满目疮痍，大地是一片焦土，但村口的老槐树，不也照样枝繁叶茂，活得有滋有味。"

马伯雄有点懵懂，不知父亲想要说啥？

"大旱之后，百废待兴。书苑的图纸不是完了，可不能一直摆在桌上。"

"您是说要修书苑？"

"井岳秀没让你实现鸿鹄之志，我让你来实现。"马瑞琪满面春风说道。他是睿智之人，看得出外面的世界很精彩，但在兵荒马乱的时代，其实也更无奈。要留住儿子，让他搞设计，修房子，是唯一的办法。

"这可太好了，谢谢父亲。"马伯雄激动地站起来，说。

"我和常管家盘点了家底，余粮不是很足。这两年跌下的亏空太大，各种花费成倍地增加，去年学堂为留住学生，一次性给学生家里的资助，比往年多了几倍。所以书苑修建要分步，以工代赈，百年大计。"

马伯雄手舞足蹈起来，说："有个事，还请父亲同意。"

"是说李家弟兄的事？"

"您简直是神机妙算。"

"还真是他们的事，还是趁早打住。上次你救他们，那是神神老人家显灵，让他们福大命大造化大。既饶一命，该皈依佛祖，吃斋念佛，面壁思过，幡然醒悟。"

"父亲，李四出狱，您再没让他回庄园，马苗为他求过情，但我没说一个字。这次修书苑不同，是真需要他们。您知道，李三是个猎人，也是十里八乡有名的领事，乡亲们大凡小事都请他当总管，因为他很有号召力、组织力。李四呢，在米脂、绥德包括延安一带，是数一数二的好石匠，雕龙刻凤的能工巧匠，朱雀玄武的墓门石，造型各异的炕头石狮子，他是样样精通。我设计的书苑，只有他们参与，才能建成精雕细刻的精品，成为不朽的作品。"

"人谁无过，过而能改，善莫大焉。但他们犯的是过吗？他们属于歹人，是土匪啊。"

"父亲，我上学堂那会儿，记得庄园里捉住一个从黄河对面过来的小偷。祠堂里商议说先痛打，后送官府。您却说，躬自厚而薄责于人，则远怨矣。光明堂主嘲笑您，激您，说你要不是假善人，就把小偷带回光亮堂。您果然带了回来，罚小偷种地干活，重新做人。那人'躬自厚'，将功赎罪，脏活累活抢着干，最后是您给盘缠让他回了山西。他改邪归正后，成为阎锡山的营长，还专门过河来谢过您的大恩。"

"两次牢房蹲得，让你越来越仁慈善良，却不懂世事了，这样下去是要吃大亏的。"

"谢谢父亲提醒。"马伯雄再次道谢，知道快说动父亲了，"话说回来，李四在庄园的学堂里，对马苗的帮助还是很大的，我们把他请回来，书苑开工活不忙的时候，可以过去帮马苗，继续管理学堂。"

"不提马苗不气人。'通天苑'的万公子，前一阵又来了两次，巧了，都是你不在的时候。 我警告过马苗，让她少与那个万公子往来。 她说我想多了，万公子是来乡下采甚风的，完成学校布置的作业。 真不知道甚作业要做到乡下来？ 我担心他们发生了事，会丢人现眼的。 唉，魏家少爷要不是出事，马苗的娃娃这会儿也该会跑了。"

"事过了几年，就再不要提魏家了。"

魏家是米脂城的大户人家，马苗在十四五岁时就跟门当户对的魏家儿子订了婚。几年前的伏天里，小魏在无定河里洗澡冲凉，耍得不亦乐乎。 谁料，城这边晴空万里，西边的横山沟岔山洪暴发，凶猛的洪水堪比脱缰的野马，涌入无定河里的瞬间，浩浩汤汤涌到了米脂。 看见事态不对，小魏慌忙爬往岸边，却被一个漩涡裹挟，三天后才在清涧河口发现。 从此，魏家成了马氏庄园的忌讳，马老爷脱口而出说，足见他是多么着急。

听说万向明偷偷来马氏庄园，马伯雄费起了思量。 明面上，万向明对自己尊重，但在内心是有所忌惮的，不然为何自己在榆林时他才敢来。 万向明连他的哥哥、姐姐都认为有问题，咋能让马苗与他接触呢？ 是该告诉马苗的时候了，趁早灭了她心里燃起的火苗吧。

30

黄土高原最美的季节，是送走满眼重叠的翠绿，从秋风起兮白云飞，草木落兮雁南归开始的。 绿色诚然美丽，却是不能当饭吃的风景，收获才是踏实的生活与沉甸甸的希望。 秋天里，绵绵起伏的山峦，竖着看，躺着看，平面看，立体看，满目皆是缤纷的色彩，满世界里飘着果实的芬芳。 白色、粉色的荞麦花刚刚收拢，一蓬蓬红高粱仰天歌唱；沉甸甸的谷穗弯腰，对着厚重的土地深情地亲吻；粗壮的玉米抖动随风飘逸的红缨子，似乎要得意地掰开自己的身子，炫耀最美的金黄色。 最得意的还是站在山头招手的野向日葵，跟着太阳扭动大脑袋，可以笑话裹住金色的玉米是夜郎自大……

这是连续大旱之后，陕北迎来的第一个丰收年。 一颗颗沉甸甸的果实，在城里人的眼中是制作美食的食材，在从饥饿里死里逃生的陕北人眼中，是果腹救命的宝贝。他们把未到手的喜悦暂时怀揣，起五更睡半夜，连走路能累得睡着，但即使是变驴做马，也要将金贵的粮食，一粒不少的全部归仓。

马氏庄园的地又好又多,老雇农、佃农们又会营务,今年的收秋量很大,割谷穗、剪高粱穗、掰玉米棒、收拾豆科、刨洋芋红薯、背庄稼进场晾晒、打连枷脱粒,干不完的农活,家家都是忙得跌倒延起,有时通宵达旦。李胡子兄弟俩租种马家的地多年,人被马老爷逐出了庄园,地是按契约仍在租种,收获还在继续。

马伯雄拿着书苑的设计图,在地头找到李胡子。别家还在掰玉米棒,手脚麻利的他已砍了高粱、玉米秆,一车车拉回家去喂牲灵。

"马公子,咋来这儿了?"李胡子见马伯雄皮鞋沾了星星点点的泥土,诚惶诚恐地问。

"咋不能来?"马伯雄反问道。

"对对,你家的地,哪儿你也能去。"

"你儿子的病,李先生看得咋样?"马伯雄问道,心里有些歉疚,这七事连着八事,见到李胡子才想起他的儿子。

"神医啊,李先生就是神医,儿子现在好得不得了,能下地走路,先生说慢慢坚持就能恢复。这也要感谢恩人你啊。"

"以后少说客气话。看你的秋,收得差不多了,多会能结束?"

"我家地少,活又干得快,这不,已扫上了尾。"

"那就好,请你给我家做领事,找些瓦工、木匠、石匠,修我家的书苑。当然李四一定要来,我的书苑,少不了能工巧匠。"

"是的,李四绝不能少。"说到弟弟,李胡子是非常自信。

"除了手艺好的,也要找家里穷的,娃娃们上不起学的。我的工程,叫'以工代赈',明白不?"

"明白点,就是你修房子,让穷人赚粮食。公子真是菩萨心肠。"李胡子说着,表情是顶礼膜拜的。

劳作一年的农人们,忙完繁重的收秋,拾掇地里的零碎活计,储备柴草燃料,逐渐开始猫冬了。李胡子放弃了捕捉山鸡的最好时机,帮马伯雄找好了工匠,左等右等却等不到开工的通知,想问又觉不妥。马公子这么靠谱的人,不开工定有原因。过了霜降,天气早晚已是冷飕飕的了,立冬后地就不再消了,还是没有消息,李胡子担心起来,是不是马公子遇到甚麻烦?他不敢直接去马氏庄园,怕遇到马老爷或常管家显得尴尬,就独自在村口转悠,却见庄园外的一座山头上,有两人不停走动着忙活。定睛一看，是马公子和一位白发飘逸的人。白发者可不得了，是一般很难见其真身的阴阳大师马先生。

马先生年龄无人知晓，传说他多年前隐身于终南山，在秦岭南五台修道。马先生也是杨家沟村的马家，别人问他是哪个堂的，他嘿嘿一笑，说天机不可泄露。据说他自幼好古文、奇字，精天文、历算、卜筮，擅诗赋，精通《古八宅》《金锁玉关》《古法三合》《九星玄空》等风水绝学。走出终南山后游历陕北，著了《皇天后土泄天机》一书，写尽陕北山水风水，占卜昊天圣地乾坤，成为陕北乃至周边山西、内蒙古、宁夏和甘肃地区，阴阳先生们看风水的宝典。

马伯雄见李胡子来了，十分高兴地要他搭手帮忙，并解释最近无法开工的原因。秋收那会儿，"劳心者"马伯雄不比"劳力者"轻松，他昼夜忙活设计，重新画平面、侧面、立体图纸，做石灰、沙子、土方、石方等各种预算，进行应力计算，十几摞材料合订成册，仅麻绳用去了几十丈。等到一切准备停当，马老爷请来刚游历回米脂的马先生，来到选好的庄园东南角，两亩三分的空地上。马先生的罗盘还未摆正，马拥护气咻咻闯来，大呼小叫说这地动弹不得。问为何？他说地是圈进了"光亮堂"的庄园，但地根子上与"光明堂"是一个整体，这边盖了书苑，就压住"光明堂"永不得翻身。马瑞琪说你又开始胡搅蛮缠了，这次我们隔着院墙，还离那么远，谁压谁，能咋压？马拥护又拿出那套有形无形的歪理邪说，还让马先生评理。马先生似笑非笑地看着他，一言不发收了罗盘。

马伯雄见马先生收了罗盘，就杵一旁不再吭声。等马拥护走了，问马先生咋办？马先生说那人就一枚无赖，但我之所以不发声，除了不屑于和他说话，怕脏了嘴巴，还另有缘故，看来这块地真是不能修了，按你设计的图纸放线，坐向就有大问题，再拆除现有的一个马棚和两个柴房，冲煞，公子要是不懂这些，马老爷懂。马瑞琪沉吟了一会儿，说这属于青龙高大甲卯乙辰水、来流归申方去，在此修建，为大败之宅也。

马先生为马老爷竖起了大拇指，问："你们'光亮堂'那么多的地，何不另择块风水宝地。"

其实，马先生的建议正合马伯雄之意。之所以新宅取名书苑，是在浓浓的书香气里，有一新皆万新之意。新的建筑，新的风貌，新的起点，建成中西合璧的唯一建筑体式，这是陕北唯一，中国唯一，世界唯一，是真正的大"新"。用旧地修建院，岂能算是大新？

"马公子，那么说这块地算是新地了？"李胡子问。

"是的，找了多天，有两块还可以，就是离庄园太远，互相照应不方便。 这块是近，却是烂叉叉的，我觉得还是不理想，就看马先生的。"马伯雄有点沮丧地说着，盘算如此厉害的马先生，在自家那么多地里，不会找不出块宝地吧？

"这块地的前面有多道土梁梁，相互间还有深沟，再好的风水也会被沟沟给破了。"李胡子也随着说。

"了不起，你也懂得风水。"马伯雄说道，为李胡子竖起大拇指。

"马公子过来！ 那谁，你就不要来了。"不远处的马先生突然吼喊，激动之情与年龄极不相配。

马先生手持罗盘再次定位，还摘下老花镜看了又看，一指面前的土梁说："数数，是九条梁吧，再仔细看，像不像九条龙脊？ 马公子，书苑修在这里，势如被九龙托起，马家后辈定会飞黄腾达。 哈哈，老夫开眼了，看了一辈子风水，却未见一块如此宝地。"

"啊？ 这破沟岔，能聚起好风水？"马伯雄想起李胡子说的，怀疑地问。

"破沟岔？ 你是把黄河看成一条线了。 老马我看了一辈子风水，今天老天显灵，才叫我在有生之年见到如此宝地，也不枉我服务他人一辈子。"马先生说着，眼里激动地沁出亮晶晶的泪花。

"真是风水宝地？"马伯雄问道，还是半信半疑。

"你知道，九是数字里最大的，是至阳的极数，表示最多、无数的意思，如九天、九盘、九幽。 大凡带九的，一般人遇不到，也不敢用，前面这九条龙也是太硬，只有真龙天子，才能降服得住。"

"咋办？"马伯雄问，他刚为自己的建筑锦上添花而陶醉，马先生又出新难题。

"就看你有没有当九五之尊的鸿鹄之志，是登天之志。 如果不敢，那就做些处理。处理起来也不复杂，跨上八个龙脊，剩下的那条，藏了。 当年咱米脂人李自成，家里要有这么好的风水宝地，就不会只做四十二天的皇帝了！"马先生摆弄罗盘，边感叹，边画出红线，意味着线的那边，不能越雷池一步。

"真如先生所愿，从我的书苑里走出一位真龙天子，那我的建筑和我这辈子，值了。"

听说书苑九条龙的事，马瑞琪暗自吃惊。 这些年，马先生给"光亮堂"看过多次，回回应验。 这次马先生找到的是真龙天子宝地，却令他担心起来，风水太好反觉得不好。 马家是耕读传家的普通人家，凭靠勤俭节约，与人为善，积攒了财富，在陕北有点名气。 但是过河到山西，比起富可敌国的王家、乔家，马家又算个甚。 还有南下关中，人家泾阳安吴堡的吴家掌门人周莹，一个女流之辈，凭靠做食盐、棉花、药材、蚕丝、茶叶等商贸，建起一个商业帝国，连落难到陕西的"老佛爷"，也接受她资助的十万两白花花银子，周莹得了慈禧亲笔题写的"护国夫人"牌匾，最后的结果呢？几年前，马瑞琪慕名去了安吴堡，看到的却是周莹的一座孤坟。 就因没生养一男半女，打拼下的那么大家业，死后连祖坟也没进去。 人这辈子啊，甚攀龙附凤、皇亲国戚的，不长的一生里，只要衣食无忧，平平安安，儿孙满堂，其乐融融，那就是最大的福气，就没白来人世间走上一遭。

马先生懂得马瑞琪的担心，说压住，真龙天子就轮不到你们了。 马瑞琪又问，万一压住的那条哪天再飞出来，会咋样呢？ 马先生望着他，眼睛眨巴着没说话，闪出一道异样的光，让马瑞琪有些晕眩。

书苑简单的开工仪式，有了马先生的主持，显得不同寻常。 穿戴一新的马瑞琪、马伯雄父子和李胡子、李四及工匠们，毕恭毕敬按照马先生的安排，履行设计好的程序。 马先生在念"天书"时，父子俩烧表奠酒，敬土地爷，又焚香磕头，敬了祖宗。马瑞琪用锄头刨下第一块土疙瘩，马伯雄扬起扫把清扫场地，意在除旧迎新。 李四作为匠人代表，在做牌匾的青石上，开凿第一錾。 仪式完成，李胡子带小个子几个人，开挖地基。 如果到了冬天，地说冻就冻，挖不动只得停工。

木活和石活都是在搭起的棚子里做，不受天气的影响。 李四除了工地这边，又肩负起学堂的使命，破例住到庄园里，干活之余帮着打扫收拾，干些零碎。 离开学堂大半年，再见的马苗和以前判若两人，对他的态度爱理不理，说话都是眼皮不抬。 李四不解，自己入了回监狱，她变了个人。

万向明又来庄园找马苗了，提着大包小包的东西。 李四像以前一样，将他拒之门外。

"给我滚开。"万向明横眉竖眼，来了脾气，说。

"小先生正在上课，拒绝会客，这是规定。"李四说着，但看万向明的眼神却胆怯起来。

"滚开。"万向明一把推开他，理直气壮地叫喊："苗苗，我来了。"

叫上苗苗了，也不怕娃娃们笑话。 李四想着，赶紧找马伯雄报告。

马伯雄觉得问题严重。 他从榆林回来后，纠结该不该给妹妹拿出万向明送的丝巾，拖了几天后还是送了，顺便观察妹妹的态度。 马苗接过丝巾，表现出来的是理所当然，还问道再没其他东西？ 马伯雄摇摇头，说万向明老来找你吗？ 马苗说腿在他身上长着，爱跑哪儿就跑哪儿，和我无关系。 马伯雄说咋无关呢，他跑山沟里不找你，还能做啥？ 马苗说人家来了住在"光明堂"，还给他们的学堂上课呢。 马伯雄更感蹊跷，万向明够有心机的，难道不知"光亮堂"和"光明堂"向来不和？ 他和"光明堂"勾结在一起，到底想干吗？ 就警告马苗，说万家二公子的人品不咋地，他哥哥姐姐也说不靠谱，你对他还是敬而远之吧。 马苗说他不是你们说得那样，人家思想进步，做事果敢，在榆林城里也敢与反动派斗争，不像李四他们，尽是蛮干，才招致了牢狱之灾。 对李四也开始说长道短，看来万向明洗脑的本事不小。 马伯雄说，那些事是他自吹自擂的。 也不仅是这些，反正我就觉得，他聪明浪漫，富有激情，对人也体贴……马苗说着，眼神缥缈不定起来，满脸羞涩通红。 坏了，这女子是爱上那家伙了。 马伯雄心里暗说不好，却不知该咋劝。 万向明又来了，这次必须断了他对妹妹的念想。

31

万仙如连续失眠几天了，这是因为精神紧张带来的。 随着工兵营地下党组织的建立，运筹一年多的兵运工作进入尾声，在这最后的时刻，绝不能有半点闪失。

三天前，万仙如与工兵营党组织制订的兵变计划，获得陕北特委的批准。 该计划暴动时间为 9 月 15 日凌晨，总指挥是何营长，具体安排是，以工兵营的两个连为主力，一连和三连突袭八十六师部，一举拿下井公馆，收缴手枪队、机枪连的枪支；四连突袭警察局，占领军械库。 暴动成功后，立即沿咸（阳）榆（林）公路南下，到延安的原始森林黄龙山，建立革命根据地。

榆林市民的日子过得风平浪静，他们徜徉街头漫步，享受秋日高原的阳光。 而对焦虑激动中的万仙如来说，却是人生最漫长的三天，简直是在读秒中度过。 表面上按部就班，心里却波涛汹涌，任何时刻都会发生的各种可能让她紧张不安，稍有不慎，兵变计划前功尽弃，人头落地，血流成河。

和往常一样，万仙如布置完作业宣布下课。 见两天未见的何营长，在教室门口等着。 在士兵们虎视眈眈的艳羡中，他俩肩并肩走向营长宿舍。 外人眼里，俨然是一对情侣，暗地里却是上下级关系，何营长接受万仙如的领导。 按规定，他们这几天要少接触，免得露出马脚。 何营长等在门口，说明情况危急。

　　"非紧急情况，我们不见面，难道有情况？"万仙如走进宿舍，问。

　　"算不算紧急，我拿不准，这心里慌慌的，特向组织请示。"何营长说道，情绪真有些着急。

　　"稳住，慢慢说。"万仙如靠近窗户，边查看外面的动静，边说道。

　　"你还记得二班长曹玉昆不？"何营长问。

　　"记得，我还说过，他是阴阳人。"

　　"刚才他来我办公室了，东聊西聊几句，突然问我今晚干吗，有没有时间和他们打牌？"

　　"打牌，你们经常打吗？"

　　"以前打过，像他这样的级别，要打牌，也是我们三缺一的时候叫他。 奇怪，啥时轮到他叫我了，有些反常。"

　　"你怎说？"

　　"放平时，我一定会骂人了。 毕竟非常时期，我想稳住他，就说可以。 他呢，让我在办公室等通知。 堂堂的营长，等班长约会通知，你说反了不是。"

　　"是太反常了。 我们今晚行动，他却叫你不要出去。 我觉得，要么是试探，说明我们露出了破绽；要么是我们多虑了。 不管咋样，你继续按兵不动，静等到我们行动开始前，我赶紧给上级汇报，做相应的对策。"

　　何营长的感觉是准确的，兵变果然出了问题。

　　曹玉昆的真实身份是宪兵队的便衣。 为防止共产党和进步分子潜入八十六师，老谋深算的井岳秀，在连以上单位安插了一批便衣，曹玉昆就是其中之一。 这几天，副班长十分兴奋，话言话语里流露出要变天的意思，曹玉昆着了心，琢磨了几天弄不清，便在昨晚请副班长喝酒，他假装醉了，大骂井岳秀，说军阀是兔子的尾巴长不了。 等给副班长灌进去七八两酒，副班长两眼放出散懒的光，拍着他说就要发生大事，井的好日子到了头。 他诱导问此话怎讲？ 副班长大着舌头，说后天鸡叫三更，由何营长指挥，我们都司、司令部玩玩。

在工兵营的四个营长里，何营长是副营长，是从其他部队调换来的，身份不很清晰。他平时和蔼可亲，爱找士兵拉家常，也乐于助人。班里有个兵的父母被烟闷死，家里穷得买不起棺材，何营长听说此事，掏出两块大洋给了他。这样的做派，自然很受官兵的喜欢。

凭醉汉的几句话，曹玉昆并没及时报告，他上次立功心急闹过乌龙，受了上峰的处分。这次要稳扎稳打，反正还有时间。次日上午，曹玉昆暗中观察何营长并未看出异常，熬到中午时分就"引蛇出洞"了。他请何营长打牌，是做好挨骂的准备。何营长问也没问还有谁，竟然满口答应。那一刻，从何营长飘过的慌乱眼神中，他看到了答案。

在何营长给万仙如汇报的同时，曹玉昆也在给宪兵队长汇报。十分钟后，他们单独面见了井岳秀。吸取上次老爷庙的教训，井岳秀让宪兵队秘密行动，立即逮捕何营长和副班长，秘密封锁工兵营。

钟楼书店，静谧安宁。三三两两的顾客，挑拣着图书，一位胡子拉碴的披发人，索性一屁股坐地上，津津有味地翻看《狂人日记》。

"李老板呢？"万仙如问忙着摆书的伙计。

"万小姐，你要的《南国相思谱》到了，跟我来。"文质彬彬的书店老板李先生，拖条瘸腿，领她进到经理室。

李先生是榆林支部的主要负责人，他出身于书香门第，祖上曾连中两元，御试为榜眼，就任前清翰林学士，皇上御笔亲题的"李学士"牌匾拿回家乡，他家所在的巷子便改名为"李学士巷"。李先生毕业于国立西北大学后，弃笔从戎参加北伐，战场上腿被打残后，被组织委派回家乡，主持党组织工作。

"你们分析得很对，情况的确反常。现在是七点三十五，提前暴动根本办不到。你赶回工兵营，密切注视何营长和副班长的动态，如没异常，说明我们多虑了，继续按原计划行动，否则停止。我呢，通知同志们进入静默状态，在没得到命令前，任何人今晚不能贸然行动。"李先生严肃地做着指示，说。

万仙如走出书店天已擦黑，街头一如往常，让她悬着的心稍微放下些。拐上驼峰山的路，天完全黑了。走着走着，她察觉出异样，路上贼眉鼠眼的人越走越多。看见工兵营大门时，万仙如踌躇起来，进还是不进？"叭叭"，两声清脆的枪声从军营里传出，万仙如的心头一紧，赶紧贴墙而站，那些贼眉鼠眼的人，突然像中了邪，都朝着军营奔跑。

枪是何营长开的，当曹玉昆带着一队宪兵走进宿舍，他知道泄密了，没等对方上来缴械，他一甩手里的毛笔，以迅雷不及掩耳之势拔出手枪，朝着宪兵开了两枪。宪兵们一拥而上，枪被夺了过去，他被紧紧铐住。

万仙如离开后，何营长的脑子里打起了架，逐一排查参与暴动的骨干成员，他们都是有信仰的共产党员，不会出问题。那么问题在哪？他绞尽脑汁也找不出来。找不出更有问题，没结果就是最大的结果。何营长越想越不安，为了掩饰自己，铺开四开宣纸，缓缓地研着墨，脑子里还是想事。曹玉昆的副班长是行动骨干，他俩接触不少，会不会是副班长不小心透露的？何营长气用丹田，连做几个深呼吸，又想如果是副班长泄密，该如何应对？还没想好对策，宪兵队上门了，甩笔，开枪，戴铐子，被带离，只用了不到三分钟。何营长被带到军营门口，看到同样戴铐子的副班长，验证了从他那儿泄密的判断。究竟如何泄密？以他对副班长的了解，绝不会是敌人的卧底。

他们分别押进刑讯室，何营长还在侥幸，想着如何糊弄出去。他不知道的是，此时的工兵营，已被铁桶般围住了，敌人要快刀斩乱麻，找到工兵营里隐藏的共产党。宪兵们没多大耐心，直接烧红烙铁，放在何营长和副班长的肉体上，"滋滋"冒出白烟。"烧烤"让他们昏迷，凉水一浇又醒了。两三个回合后，副班长筛糠般抖着身子，吐出所知道的工兵营共产党员名单。还未到原定的暴动时间，工兵营里所有共产党员和参与暴动的官兵，被一网打尽。

"在我的八十六师，谁还是共产党？你、是你们，有种的，给老子统统站出来！"井岳秀指着部下挨个讯问，咆哮道。

副师长、参谋长和团、营长们大气不敢出，他们也不相信，工兵营里有这么多共产党，还胆敢要发生暴动，准备上黄龙山建立根据地打游击。

"警告你们，谁要是把暴动的消息传出去，格杀勿论！"又气又恨的井岳秀说。在陕北盘踞多年，成为万人仰慕的"陕北王"，却在眼皮底下暴动，传出去岂不是让世人笑掉大牙。"你们说，这些共党分子该咋处理？"

"公开逮捕，进行公审。"

"让他们碎尸万段，杀鸡给猴看。"

"株连九族，斩草除根。"

听着部下的建议，井岳秀的脸色越来越阴沉了，他当即指示尽快审理，全力挖出更多的共产党，包括嫌疑分子。然后不论功过，秘密处决，还不能用枪。

受尽了酷刑，这些共产党人大部分宁死不屈。何营长的双腿打断，牙齿被打脱落，但一口咬住，就是他和副班长两人。几天后，他们被宪兵队秘密处决，是用刀砍死的。不知何故，独独何营长一人被砍死在东门里的水桥畔，其他人砍死在玉砚桥底下的河滩上。尸体就地草草掩埋，没有留下痕迹。

"李先生，兵变失败，主要责任在我，请求组织处分。"万仙如心情沉重地说，红红的眼睛有些浮肿。

"仙如同志，我理解你的心情，这么多优秀的战友，一夜间全没了，我和你的心情一样，很难受。但是，兵运的失败和你无必然关系，主要是我们搞兵运没经验，敌人又是这么狡猾。"李先生说。

"要是当时我对何营长发现的异样立即调查，说不定就清除了曹玉昆，就不会出现这个结果。"

"清除了曹玉昆，保不住又出其他的玉昆。反思我们的兵运计划，看来的确有些欠考虑的地方。这个留在以后总结。万仙如同志，何营长已经牺牲，敌人的清理工作一定很快展开。你与何营长的接触较多，敌人问过你一次了吧，那是常规询问，一定会深度审查你。所以为安全起见，组织要你立即离开榆林。"

"离开，去哪儿？"

"问你一个私人问题，是关于马伯雄的，请你如实回答。"

"马伯雄咋了？"万仙如觉得这个问题有点奇怪，反问。

"你们俩是啥关系？"

"朋友，普通的朋友。"

"普通朋友，就这么简单？"

"顶多……顶多算是互有好感吧。"万仙如说着，不知咋，脸红了。

"万仙如同志，别不好意思，国民党反动派说共产党人是不讲感情的冷血动物，那是污蔑。我们革命者有信仰，也有儿女情长。革命，不就是为了这个世界上没有剥削压迫，让老百姓过上好日子。在好日子里，可是有儿女情长的。"

"李先生，你，想说啥？"万仙如的脸更加红扑扑的，不解地问。

"组织上考虑你的具体情况，决定派你去米脂工作。这两年，井岳秀对陕北共产党接二连三围剿、清除，致使地方党组织破坏很大，陕北特委指示要尽快恢复。 米脂是离榆林最近的县，位置十分特殊，县域重要。 你虽年轻，但对敌经验比较丰富，又在米脂工作过，情况熟悉。 再加上，利用马伯雄家族的关系，对开展工作会十分有利。"

"李先生，去米脂可以，但是我和马伯雄没关系。"万仙如在撇清，说。

"没就没吧，但马氏庄园是你工作的重点，那里有那么多乡绅，他们的言行举止，影响着陕北众多乡贤和民众。 马伯雄呢，是个正直有为的知识分子，他要是投身革命，影响力会很大的。"

"好。 另有一事请示。 我离开前，是不是要跟金秀打个招呼，我们是联系人。"

"榆中那边新的联系人已安排好了。 你可以和她打个招呼，但不能告诉她你的去向。 金秀同志，经过上次的考验，成熟多了。"

万仙如还没来得及找金秀，金秀却找来了，依旧在接头地点，天神庙巷口的烩菜馆。

"见到你弟弟了吗，他不来学校三天了。 今儿我去万府，管家说几天没回家，真是急死人了。"金秀开门见山地说，急得憋红着脸。

"为这事？"万仙如问道，她有些生气，李先生刚表扬她成熟了，看来还需磨砺。

"这事不大吗？ 驼峰山事件之后，井岳秀是疯了，最近榆林莫名其妙失踪的人不少。"

"你最后一次见万向明是哪天？"

"大前天晚上。"

万仙如心里也是"咯噔"一下，那不是何营长遇害的那天晚上吗？ 当晚午夜时分，她睡得迷迷糊糊中，好像听到万向明的房门有响动。 早晨起来，听胡管家说他天不亮就出去了，到现在也再没看见。"金秀，你快说说具体情况。"

"有一同学的父亲去世，我们几个人在那天晚自习时间，去他家里点纸祭奠。 回来的时候，万向明说抄近路走水桥畔，让我们几个直接回学校。 他就不见了。 你说，他能去哪儿？"

水桥畔。 万仙如又吃了一惊。 那天晚上，何营长就是在水桥畔遇难的。"你们是几点分手的？"

"几点忘记了，反正迟了，我们在同学家待得太久。"

"你不要急，那么大的后生，能出啥事？"万仙如故作轻松地说，不愿意把情绪传给稳不住的金秀。"金秀，还要跟你说个事，我可能要离开一段时间。"

"去哪儿？"

"没定，主要是身体不好，需要长期治疗。"

"姐，你没事吧？"

"没事。你们就要毕业走向社会了，面对任何艰难险阻，首先要稳住再稳住，多分析多判断。"

"好的，姐，真舍不得你离开。"金秀眼红红地说，和万仙如拥抱在一起。

32

万向明这次来马氏庄园，心情和以往不一样。以前的目的是唯一的，就是来追求马苗，这次还有喜欢上这儿的一切。这，都是那天晚上的事带来的。

那晚与金秀他们分手后，万向明独自回家。一路上后悔听金秀的话，去脏兮兮的同学家，跪地对死人磕了三个头，虽没别人磕得响。那位同学也是进步青年，金秀通知万向明去祭奠时，他先是谎说有事。金秀一眼看穿他不想去，就批评他说这是考验你对无产阶级兄弟有没有感情的问题，连穷同学都看不起，你咋能成为坚强的革命者，为普天下劳苦大众的翻身得解放做贡献？金秀的考验没完没了，他有些烦了，又担心前功尽弃，只得硬着头皮去。革命者啊，有时候真不好玩，他好不容易组织一场声势浩大的运动，井岳秀的几声枪响就弄得偃旗息鼓。甚时候，革命者才能出人头地，吃香喝辣呀！万向明边盘算边走着，巷道越来越黑黢黢的，几分钟里没见一个行人，他有些害怕起来，噘起嘴吹响口哨，是《挂红灯》的调调，朱腾达和小翠最拿手的榆林小曲。想起了小翠，他立马住嘴，变得更加紧张。查看四周小翠并没出来，倒是发现水桥畔水壕那边有一群人。半夜三更，鬼鬼祟祟的。他蹑手蹑脚靠近一看究竟，妈呀，不得了了，一把高举的砍刀"咔嚓"落下，听到闷声的惨叫，接着"扑通，扑通"的声音，像过年厨房里的砍肉声。魂飞魄散的他连滚带爬，一口气跑回了家。从头到脚蒙着被子，浑身无处不冒虚汗。监狱里的死因，工兵营里的枪声，水桥畔的砍刀……他分不清哪是噩梦，哪是现实。在极度恐惧中熬到天麻麻亮，他就偷偷溜出万府，在南门口雇辆马车，一路奔来马氏庄园。

"万公子,您咋来了? 要知你来,我就不替你捎东西了。"马伯雄见万向明与妹妹聊得热烈,走过去说。

"是'光明堂'请我给他家学堂上课的。 上次来就上过。"万向明说着,瞅了马苗一眼。

就这一眼,马伯雄捕捉到有内容,看来真要坏事了。 马伯雄问:"'光明堂'请你上啥课? 讲得好的话,我们也请你来上。"

"我给他们讲白话文运动,从胡适的《文学改良刍议》讲起。"

"给高小学生讲这些,是不是早了些?"

"不早,鲁迅先生说,白话文应该是'四万万中国人嘴里发出的声音'。 1920 年,北洋政府教育部要小学教科书改为白话文已十来年了,开明乡绅办的学堂,能把古文和白话文结合,而在广大的乡村,四书五经依然占着主导。 所以,要让白话文成为大众的声音,就该从娃娃抓起,不然,又要耽误一代人。"

万公子的口才真是了得,马伯雄想着,问:"你住哪儿? 要不要我安排。"

"住'光明堂'了,不麻烦你了。"

"好,我们有时间再聊,马苗,我和你有话说。"马伯雄微笑着说,等于下了逐客令。

万向明看着马苗,似乎问你哥啥意思,你们早不拉晚不拉,偏在这时候拉,还不让我听。 但他不能问,只得悻悻地走开。

"哥,甚事还非要支开他,简直没点绅士风度。"马苗带着愠怒,说。

"父亲让我给你讲个故事,关于咱姑的。"马伯雄淡定地说。

带"光亮堂"走向辉煌的,是马伯雄的爷爷。 那时马家的土地已经横跨几省,生意通江达海。 但一丑遮百俊,女儿的事,让老太爷至死还耿耿于怀。

马家有一个叫姜东的长工,一表人才,人高马大,头脑灵活,会来事还有文化,他由最底层做起,在"光亮堂"干了没几年,一步一个脚印升到马氏庄园副管家的位子。地位变了,心思也随着变化,竟打起主人家小姐的主意。"光亮堂"里,管家管理全盘,重点主内,副管家姜东跑外,做买卖、讨账多了,认识了许多商人,也见识过大世面。 他时不时送小姐稀罕的东西,讲外面有趣的事情,想方设法讨小姐开心。 一来二往地,两人就有了私情。 听到风言风语的马老太爷,盘问女儿时,小姐已显怀。 木已成舟,著名乡绅马老太爷只得打碎牙往肚里咽,把女儿嫁给了姜东,并将待收账的一万多大洋欠单作为嫁妆。 姜东也不负老丈人的期望，风风光光把马家小姐娶走，很快要回了全部欠账。 他用这些钱做资本，利用多年积攒的人际关系做生意。 做着做着，有些生意和"光亮堂"顶牛了。 马老太爷的忍气吞声，让姜东的胆子越来越肥，钱自然越赚越多。 见他有了钱，马老太爷提出让他在姜家庄里办所私塾，造福桑梓。 膨胀的他把老丈人的话当作耳旁风不算，还倒行逆施，在米脂城办了赌场和大烟馆。 钱来得更多了，家道却越来越坏。 老子是英雄，儿子并不是好汉。 姜东刚进花甲之年，酒后跌了一跤，一声不吭，走了，留下的家业被两个儿子分了，大儿子继承了赌场，很快输光了全部资产，沦落到米脂城摆起了小摊。 继承烟馆的小儿子更惨，他和烟鬼们比着抽，妻离子散，心灰意冷，后吸毒而死。

"你讲这个甚意思？"马苗听出了弦外之音，不满地问。

"还用明说？"

"我问你，万向明是长工出身？ 他吃喝嫖赌抽？"马苗说着，胸部剧烈地起伏起来，"你也知道，万向明家是榆林数一数二的富豪，他从小接受良好的教育，对人又是体贴入微，善解人意，他是谦谦君子，善良好人。"

"我也就是劝告你，好自为之吧。"马伯雄无奈地说，恋爱中的女人没有智商。 他想，当务之急，是如何把他们分开。 孤男寡女耳鬓厮磨的，迟早会出事。 咋分？ 万向明鬼着呢，住在光明堂，自己也是鞭长莫及。

悠闲的万向明躲在马氏庄园温馨的港湾里，开足马力展开了对马小姐的追求行动。 此时万友善十分忙碌。 逐利，是商人的本能。 好不容易走出银行危机的阴影，万掌柜要放开拳脚一搏，壮大通天苑的产业。 他从天津买了四十台二手织布机，办起"榆林万利毛纺织厂"。

街头彩带飘飘，声声唢呐飞扬。 陕北最大的毛纺织厂——榆林万利毛纺织厂隆重开业。 厂子开在四合院里，仪式放在宽展的钟楼下，在搭起的台子左边，是一班扭着屁股的陕北秧歌队，擂得锣鼓震天响；右边是榆林小曲班子，王班主带着乐班，咿咿呀呀唱得不亦乐乎。 军服笔挺的井岳秀亲自参加仪式，着实让大家惊喜不小。 自从上次刺杀事件后，井岳秀很少参加公开活动，今天四周那么多贼眉鼠眼的人，便知安保的强大。

"各位国民政府、军界、商界、媒体界，以及方方面面的朋友们，万利毛纺织厂今天的开业，是榆林乃至陕北之大事，标志着我们榆林，从手工业家庭作坊，跃上纺织工业机械化的新高度。"井岳秀热情洋溢的讲话，让众多嘉宾频频点头。 万友善更是洋洋得意，他的神情告诉大家，井大人站台，是多大的脸面。

"大家知之，榆林乃半农半牧，畜牧业资源之丰富，举世罕见。 在我们北部，靠着蒙古大草原，羊毛更是取之不尽用之不竭。 加之，中华民国处在大变革、大发展时期，国家需稳定，人民要安居乐业。 谓之，榆林和陕北的纺织工业，前途似锦，光明无限。 希望榆林商界的有识之士，投身纺织行业，多做利国、利己、利社会的好事。"

"鸣炮，请井司令剪彩。"司仪喊声一起，几万响鞭炮炸响，腾起的烟尘遮掩了大家的眼睛。

烟雾还未散去，一行人转场进到四合院，"唰唰"的机器声震着大家的耳膜。 南北房里，织布机梭子飞转，把一条条线串在一起。 万掌柜拿一块织好的布给井岳秀展示，井司令抚摸着对比身上的衣服，说："不错，手感和我的将军服一样。 看来，我们的军服以后定你家的了。 大家好好参观学习，以后都当老板，给军方和市民们提供布料，发展榆林经济。"

万掌柜连连道谢，众人更加艳羡。 有人悄悄议论，猜测井岳秀之所以能出席并讲话，是与万家大公子有关。

"今天这么大的事，你们万家一定是倾巢出动吧，咋不见你家其他的人？"井岳秀问万掌柜。

"二公子最近出门在外。"万掌柜小心翼翼说道，看来井大人记着向明入狱的事，才问。

"你家小姐呢？"井岳秀眨动狡黠的眼睛，又问。 那天他到工兵营视察，正见埋头上课的万仙如，瞬间，被冰清玉洁的万小姐打动。 工兵营出事后，他问过办案人员在工兵营上课的老师下落，都说不见了，这事咋想起来都很可疑。

"她也，也不在。 小女自幼在西安上学，熟悉那边的生活，现在西安工作。"万掌柜头皮发麻，勉为其难说道。

"是有点遗憾，上次我去包头，王爷还委托我说媒，要蒙汉联姻，共对内蒙独立势力。 你家小姐貌美如花，又知书达理，一定是最合适的王妃。"井岳秀说着，死盯着万掌柜。

"小女是没这福分了。"万掌柜小心翼翼答道，轻擦沁出的细汗粒。 这双儿女，是眼不见心不烦，双双不见时，他又由不得担心。 井岳秀问仙如的去向，他在担心的同时，又庆幸女儿离开了榆林。 让他井司令盯上的女人，保准没好果子吃。

万向明学会了喝酒，是马拥护教的。 马拥护的日子过得不如意，但看与谁比。 俗话说船烂了也有三千钉子，他家仅陈年的玉米酒足足放满一孔土窑洞。 无论严寒酷暑，他会雷打不动地每天来上二两。 儿子是不屑与他喝酒的，万向明来了，就不得不陪他。

马拥护第一次见万向明，是万向明跟胡管家讨债的那次。 作为庄园的事灵官，谁家有甚事，来了陌生人，没一个逃过他的眼睛。 城里大老板的公子，眉清目秀，穿戴整齐，这是万向明留给他的第一印象。 后来又见万公子来，只在光亮学堂停留，有时候待半天，又坐上马车随返，他好生纳闷：榆林来回几百里，难道就为说几句话？

腊月里的一场雪后，黄土高原白茫茫一片。 几天了，山道还有积雪，走起来非常湿滑。 万公子穿一身皮衣皮鞋，戴着皮帽，又来杨家沟了。 进到学堂一会儿，被马小姐撵出来。 他围住马氏庄园瞎转悠，马拥护守着他看稀罕，守着守着，两人搭了话。好事的马拥护把万公子领回了家，做了洋芋丁拌疙瘩汤，万公子饭还没吃完，他就了解到全部真相。 正如事先猜测的那样，万公子对马小姐的一见钟情，是剃头挑子一头热，死缠烂打，人家对他不理不睬。 马拥护说万公子啊，要是你信任我，老叔帮你这个忙。 大冷的天听这样暖心的话，万公子浑身比疙瘩汤还要热，说老叔要是帮我说成这门亲事，你就是我的再生父母。 马拥护说父母不敢当，只要你不出卖就成。 万公子自然答应。 马拥护暗中祈祷，这些年光亮堂和马瑞琪太顺了，现在请老天开眼，让他家出点事吧。 马拥护对万公子说，从现在起，你的身份是我们学堂临聘的先生，以掩人耳目。 万公子说我榆中高才生，教你们的小学生，水平也是绰绰有余。 两人当下达成协议。 杨家沟村有三个学堂，马拥护的学堂学生最少，质量最差，大旱之年能维持下来，还是那次祠堂议事后，马瑞琪给光明学堂的学生，每家发了五斗粮食才留下了的。 这些，马拥护当然不会说给万公子。

马苗对万公子并未有恶感，只是不接受他赤裸裸的追求方式。 见他饥寒受冻地住下来，就是为追求自己，心里涌出温暖的感动，渐渐地，也不再反对万公子来学堂里了。

各个学堂考试完，学生们放了假。 万公子帮马苗改卷子，马苗也不拒绝。 她将炉火捅得通红，窑洞里很快热了起来，微微出汗的她，索性脱掉棉衣，绿毛衣衬托得胸前鼓鼓的，万公子傻傻看着，热血一股股往头上涌，猛然间，他失控了，一把搂住马苗，滚烫的嘴唇在她的脸上滚动。 又羞又气的马苗不停地挣扎，腾出一只手，"啪"地甩过一个耳光，挣脱后一摔门跑了出去。

马拥护批评万公子，说心急吃不了热豆腐，这下你把煮熟的鸭子弄飞了。 万向明哭丧着脸，说那能淌出鼻血的场面，是个男人都忍不住。 马拥护说忍不住也要忍，这找婆姨和选西瓜一样，要一弹（谈），二摸，三开瓢。 万向明说谈啊摸啊的要多久，太浪费时间了，再说他也要回去参加考试。 马拥护安慰他，说先放一两天，我会给你们加热的。

万公子在光明学堂教书的事，马瑞琪早有耳闻，他想找万公子谈谈，又觉得毫无道理，再说涉及马拥护。 他两次突袭自家光亮学堂，并未看出任何异样。 在狐疑中，暂时放下。

33

立冬已过，小雪将来。 马伯雄书苑开挖地基的活全部停了，青石又买不回来，凿石头的活所剩不多，李胡子按马公子的意思，将年前最后的一批石活换其他匠人来干。工地上的人不多了，再留下领事，纯属白吃饭，还不如领兄弟们上山打兔子、抓山鸡去，他便把领事交给李四捎带去做。 问题来了，李四做了领事，等于又被留下，其他的石匠不干，质问李胡子咋厎亲兄弟？ 马公子的工程是以工代赈，变相救济穷人，李胡子给大家解释道。 石匠们说现在冰天雪地的，要留就留大家干到年底，大门大户的马家又不在乎这点粮食！ 李胡子坚持原则，要他们拿粮走人。 石匠们坚决不干，后山冯家岔的冯石匠，气咻咻质问，说要换全部换，李四也不能留。 李胡子解释说李四是替自己干领事。 冯石匠嗤之以鼻，说三五个人的领事我也能当，你那套根本就是任人唯亲。 李胡子惊讶，说还知道任人唯亲了，那我认了，你能咋？ 咋，我们找马公子去评理。 这么点小事要麻烦人家马公子，我看你是长能耐了。 冯石匠还要继续争辩，说我就能耐，不服？ 震怒的李胡子猛地拿起錾子，对着冯石匠的腰打了一下，对方就地倒下，他抡起来想再要打。

"住手。"闻讯赶来的马伯雄，一把夺过錾子，怒斥李胡子道。

"他们不遵守以工代赈。"李胡子委屈地说。

"再不遵守，也不能打人，真是匪气十足，还用凶器。"马伯雄说着，扶起冯石匠，问要不要找大夫看看。

冯石匠揉揉屁股，说没大碍。敢情，李胡子瞄准的是他的腰，錾子落下时他把身子一侧，屁股倒了霉。

马伯雄看李胡子比较尴尬，盘算该咋处理这事。

"马公子，不好了，马小姐出了事，马拥护要你赶紧过去瞧瞧。"

马苗出事，马拥护叫过去看看？马伯雄实在摸不清这里面的逻辑关系，也顾不得多想，匆匆往学堂跑去。几个匠人面面相觑，都跟着跑起。

天哪，光亮学堂的院子里，马拥护抱着一堆衣服站着，窑门的栓子被一根柳棍子别住。马伯雄一脚踹开，只见万向明和马苗拥着被子……马伯雄如雷击一般，转身从马拥护怀里抢过衣服，边往里面扔，边对着闻讯赶来的人们喊，都给我走开，快走开。

"伯雄，不要动气，好好给他们翻翻道理。年轻人嘛，该包容的要包容，唉，谁都年轻过。"马拥护往外走着，不住地给看热闹的人叙说。

惊心动魄的这一幕，是马拥护一手导演的。头天晚上，万公子向马拥护诉苦，说都几天了，与马小姐的事毫无进展。马拥护和他连碰三杯酒，说，谁说没进展，现在你们的关系，就剩一张纸，等着来捅破。万公子说，啥一张纸，简直比一堵墙都厚。马拥护摇头，问学堂不是放假了，马小姐每天还在学堂？在呀。马拥护又问，她在里面关不关大门？不关。关不关窑门？不关。那你进去，她和你拉话不？基本不拉。马拥护两手一拍，说，这不就行了，她就等你给西瓜开瓢了。万公子说。老叔说笑了，我们拉几句话，也是按她的规定，远离五尺，连手都探不到。马拥护说，你是真憨还是假憨，难不成让人家把你拉到炕上？万公子说，上次挨了耳光，把我的胆打输了。你是一朝被蛇咬，十年怕井绳，但她是女人不是毒蛇，马拥护说。那你说我该咋弄？万公子讨教法子问。五个字，霸王硬上弓。马拥护的眼里闪过一道寒光，阴阴地说。使不得，使不得，如果再次惹恼她，我们就彻底完了。万公子说着连连摆手。火候已到，再不下手这事真就塌火了，听我的就这样弄，完了要感谢我这个大媒。马拥护面授机宜，万公子将半碗酒一口饮了，"咔嚓"摔了碗，说，我豁出去了，他妈的，弄。

学堂大门开着，马小姐一定在了。万向明心里窃喜，转身将大门拴上。窑门掩着，马小姐手捧《西厢记》在遐想。

"咋又来了，昨天不是说了，请你不要再来？"

"你说了，可我答应了吗？ 嘻嘻。"

"真像狗皮膏药，讨厌。"

"比狗皮膏药还要黏。"万向明靠近说道。

"说好的距离呢。"马小姐推开预备靠近的万公子。

"好，这距离更远。"万公子说着，索性走到窑掌，一卜敛睡到炕上。

"干甚？ 赶紧下来，小女子的闺房，你竟是蹬鼻子上脸，上了炕，让人看见成何体统。"马苗急了，三步并作两步过来，伸手要拉万向明下炕。

万向明看着走近的马苗，心怦怦乱跳起来，猛地整个人跃起，双手敏捷地箍住那细软的腰身，往后一使劲，将马苗的身子拉倒在自己的身上。 一盘大土炕，两人翻滚的战场。

"你要作死呀，快放开，放开，开，我喊了，喊了，喊……"。

回应的是"呼哧，呼哧"的喘气声。 一根面条宽的裤袋，在空中划了条弧线落下，厚厚的棉裤扔到炕沿，还有火红的裤衩……

"你，你是咋进来的？ 出去，给老子滚出去。"大汗淋漓、做俯卧撑的万向明，察觉到身后有动静，猛一扭头，见到了马拥护面无表情的一张驴脸。

站炕沿边的马拥护，怀里搂的棉衣棉裤已有半胸高了，上面还搭着一团火红的裤衩，说，你们忙，好好忙，嘿嘿。 他转身走出窑洞，用柳棍子别住了门闩。 他是从厕所的门进来的，此时打开学堂的大门，吼喊："快叫马瑞琪，快叫马伯雄，他家学堂出事了，马小姐出事了。"

马拥护带着万分"惋惜"，被马伯雄骂走，看热闹的人们也被马伯雄劝开，都躲在附近继续看热闹。 好事不出门，歹事传千里，一会儿工夫，马苗的事好像长了翅膀，在杨家沟疯传，无人不知，无人不晓。

"这是咋回事嘛，你们到底做了甚？"马瑞琪看着衣冠不整的万向明，和头埋进胸脯的女儿，尽管满脸的愠怒，但口气较为平和，发问。

"马老爷，求求你，您就同意我娶马小姐吧。"万公子突然哀求道。

"娶，你要娶马苗？"马瑞琪吃惊不小，"你以为婚姻是买洋芋那么简单。 再说，父母之命媒妁之言，你说了能算数？"马瑞琪质问万向明道，心里说我还看不起你们奸商万家。

"我是真心喜欢马小姐的，她也喜欢我，你们问她，马苗，你说呀。"

马苗的头埋得更深。她的浑身在剧烈地颤抖。万向明要拉她说话，见马老爷狠狠瞪着他，手就停在空中。

"马苗，跟我回去。"马瑞琪说道，头也不回走了。

"马公子，帮帮我，我们是真心相爱的。这次我来，就不准备回榆林了，我倒插门，倒插门，你们马家要我不？"

"丢人！"马伯雄咬着牙说，扬长而去。

万向明呆坐窑里，不知如何是好。想了好一阵子，突然冲出学堂。

"马拥护，你干的好事，害我前功尽弃，还，身败名裂。"万向明手拿板砖闯进马拥护的家，指着他的鼻子质问。

马拥护从容地将万向明手里的板砖拿开，轻拍他的肩膀，质问道："万公子，你咋长着狼心狗肺？真是狗咬吕洞宾，不识好人心。我们捋捋，我帮你将马家小姐从女子变成婆姨，不感谢我不说，你还恩将仇报，来，使劲拍呀，有种把我拍死。"他说着伸出脑袋，将板砖往万向明的手里递。

万向明甩开马拥护的手，说："谁叫你闯进窑里，看我们的丑事，还抱走衣服？"

"嘿嘿，你就不懂了，你以为我愿意撞那事啊，会给我带霉运的。抱走衣服，我就是让马瑞琪知道，你们已是生米做成熟饭，他不同意也不成了。当年，马家大小姐的戏，让你们给重演了，妙。"

"这，这么说，你还真是为我好。"

"当然了，我今晚要沐浴更衣，烧香敬佛，破破撞见你们的霉运。"

"不好意思，马叔，你说我下一步该咋办？"万向明口气软了下来，讨问。

"三十六计，走为上计。"

繁星隐去，稀稀落落的星星还忙着眨眼，迎接将要到来的黎明。山道上，两个人吐出一口口白气，吃力地行走着。他们是万向明和马苗。

马拥护让万向明带马苗走的建议，万向明起先并不认可，马苗却半夜三更逃了出来，提出立即离开马氏庄园，到榆林要万掌柜亲口应允，把她明媒正娶到通天苑，做万家太太。

这样的丑事对马苗的压力简直太大了。她期待一场暴风骤雨的来临，干出丢人现眼、辱没祖先的丑事，挨打，受骂，关禁闭，再重的处罚，她都能承受，可受不了的是，回到小院，他们各进各窑，再无交集。

哀莫大于心死。今天发生的事，远比当年的老姑恶劣，让一辈子无瑕疵的父亲蒙羞。想起马拥护站在炕沿的场景，她顿生死的心，一骨碌爬起，解开裤带，在满窑里找拴的地方。窑顶是光秃秃的，墙上只有几颗钉子，绣床的横杆倒是好地方。她不敢多想，怕想多了后悔，赶紧拴上裤带，将脖子伸进带圈，念叨着妈，我来寻你了。"咔嚓"一声巨响，横杆一断两截，她的屁股重重落地，生疼的感觉让她瞬间灵醒，活着是多好。想到和万向明美好的交往，一骨碌翻身起来，简单收拾了行李，蹑手蹑脚出了庄园。

他们千辛万苦到了榆林城，万向明却变了卦，说不能直接带她回家，要等给父亲做通工作再说。万向明还要马苗住进马家粮店。马苗不乐意了，自己是离家出走，离开了马氏庄园又住进马家粮店，这弄得是甚事。万向明说兵荒马乱的，住自家里多安全呀，再说也等于变相给家里报了平安。万向明真是花麻得撩嘴，咋说咋有理。她知道还有一个理没好意思说，是住客栈要花钱的，他并没多少钱。

见到父亲，万向明被劈头盖脸地臭骂一通，说他无缘无故逃学，要不是花钱托了关系，连毕业证都拿不到。又说家里新厂开业，全家上下忙得猫踏老鼠，你小子倒好，鬼影子不见一个，还有万仙如，都是气老人货。

万向明承诺马苗做父亲的工作，事实上压根不敢提。一方面自己还是学生，另一方面，父亲素来与马瑞琪不和，不会同意娶马家女儿的，马瑞琪也一样。这些问题在追求马苗时，他从未考虑，带马苗来榆林真要面对时，又无法面对了。

金秀见到万向明，也是劈头盖脸一通批评。"你是不是不想加入组织了？"

毕业考试后，同学们再不来学校，但组织活动还在继续。中共中央提出，要以革命的战争，粉碎国民党、井岳秀对苏区和革命根据地的进攻。榆中党组织的任务是负责抄写，制作散发传单。这时候，万向明不见了，金秀十分恼火也特别惦记。

"我，我不过离开榆林了几天。"

"给组织请过假吗？"

金秀咄咄逼人的口气，万向明听来不仅是领导，还有婆姨的意思，前者就那样，后者绝对受不了。他不满地嘀咕："我还不是组织的人，请的哪门子假？真是吹毛求疵。"

"再说一遍。你自由散漫，屡教不改，这两年，组织和我算白培养你了。"

"说了，你能咋？"万向明说着摔门走了，留下金秀跺着脚，干着急。

二十来天前的一场大雪，还厚厚地盖在榆溪河上，两岸的塞上柳光秃秃的，树枝间残留的一些枯叶，不时被风吹落，舞蹈着回归大地。马苗捏着一片黄叶，面无表情问万向明，我多会儿能去你家？万向明悻悻地说，还没说通。马苗说我家里来了话，要艾把式送米过来时，接我回去呢。万向明看着马苗良久，突然兴奋起来，说我们走西口，去内蒙古大草原，咋样？嫁鸡随鸡嫁狗随狗，哪怕是闯天涯海角，我们永远不分开。马苗也是兴奋，顿时浑身充满了力量。万向明乘机搂过马苗，一把压倒在榆溪河畔的雪地里。屁股是冰凉的，浑身却一阵一阵燥热。

这是一个普通的早晨，明媚的阳光懒散地缓缓爬升，从东城墙露出脸，普照大地。看起来的暖洋洋是一种假象，看不见的微弱热量被地下同样升腾的寒气，逼得节节败退，人的体感是凉飕飕的。

榆林城高大的北门威武霸气，两个年轻人蹦蹦跳跳，携手走过阴沉沉的门洞。城外更加明亮的太阳，映照着前方一望无垠的起伏沙丘，人迹稀少，大地寂静，等在他们面前的，将是一个崭新的未知世界。

34

大年三十，同一个时刻的不同地方，马瑞琪、万友善和巴特尔三个家庭和无数的家庭一样，在做同一件事：祭祖，喝酒，吃肉，放鞭炮，过大年。

黑漆漆的暗夜，一阵阵风没了夏日牧草的阻挡缓冲，横冲直撞地肆无忌惮了。风，滚到巴特尔的蒙古包外，将几堆篝火吹得热烈火红。香味四溢、奶茶飘香的蒙古包里，巴特尔兄妹俩将一盆手抓羊肉端到桌上，巴特尔烫好一壶草原春酒，咕咚咚倒出两碗，说："我们和汉族人打交道多年，也习惯了他们的年。萨仁花也多喝点，我们祈福草原，来年风调雨顺，牛马羊只膘肥体壮。"

萨仁花一饮而尽，又端起一碗酒，说："长兄为父，这碗酒，敬哥哥多年的恩情，祝福明年我们家里有个好嫂子。"

"你又来了，哥不是说了，等你风风光光出嫁，才给你找嫂子嘛。两三年了，这个万公子，真不知是咋想的。"

"今过年，不提他。"萨仁花说着，又喝干了一碗酒。

"我还是相信没看错他。"巴特尔仰起脖子，说着咕噜干了。

"这是巴特尔的蒙古包吗？"外面传进来微弱的声音。

"哥，外面好像有人。"

"是风声吧，这冷飕飕的天气，咋会有人来。"

"是人，真是人。"萨仁花说着，拿起猎枪去开门。

风裹着雪花飘了进来，站在风里的是分不清男女的两人，他们身披绵羊毛在外的大衣。

"你是萨仁花，你是巴特尔？"

"你们……"

"我们是榆林通天苑的，我姓万。"

"万公子，你是万公子。 不对呀。"萨仁花说着，揉着眼睛，这男人单薄的身板与高大威猛的万星明简直无法相比，长相也太文气了。

"你们认识的是我哥，我是万向明，万星明的亲弟弟。 这是我妹，马苗。"

"刚还说明年给哥哥娶亲，这嫂嫂就来了。"萨仁花大喜，说道。

"萨仁花搞错了，这是我妹妹，不是，是情妹妹，这样说吧，是我的婆姨，婆姨懂不？"万向明着急地连说带比画。

万向明和马苗脱下了羊皮袄，吃着手抓肉喝烧酒，选择性讲起他们的故事。

一个月前，万向明从榆中毕业，父亲为了锻炼他，让来找巴特尔管理苏鲁克。 他们一路兼程，风餐露宿，来到希拉穆仁草原，才知道这里叫巴特尔和萨仁花的，实在是太多了。 还是用"巴特尔，兄妹俩，榆林苏鲁克"这三个关键细节，才找到这儿，赶上了过年。

风雪夜里的不速之客，让巴特尔十分高兴又有些怀疑。 喝着酒，聊着通天苑的种种细节，万向明对答如流。 确认万二公子的身份后，他又对万向明的目的产生怀疑。稳住他们，待联系到万掌柜，一切就真相大白。

榆林城别称小北京，民俗与北平城大同小异。 腊月二十三开始，街道挂起几百个通红的大灯笼，年茶饭的香味跟着弥漫全城，年，要过到正月二十三。

万府，大红灯笼比街头的高大又红亮，为了准备年茶饭，前几天厨房就忙碌起，可是到了吃饭，气氛却冷清清的。 大小姐和二公子不在榆林，大公子又在司令部值班，府里的人气低，让万掌柜情绪低落。胡管家从一个大坛子里舀出两壶烧酒，这是万掌柜最爱喝的茅台镇成裕烧坊的华茅酒。年前，从天津银行拿回几坛，平时是主仆，喝酒时是酒友，这也是万友善的悲哀。酒席宴上觥筹交错受人抬举，小酌几杯却无知己把酒言欢，找下人陪酌。钱，是能带来无比的快乐，但钱，也带来无比的失落。

"这过得是个甚年，看我老汉恓惶不？"

"老爷，不能这么说，儿女们有出息，忠孝不能两全。"胡管家安慰道。

"姓胡，你就敢胡说。他们那算出息？大儿子跟井岳秀比跟老子还亲；小儿子信儿也没一个，说不准在哪个女人家过年；女儿倒是还有良心，来封信说句'新春快乐'了事。访访，榆林城谁家是这个怂样子。我们喝。"万友善越想越气，咕噜喝下一大口，呛得直咳嗽。

新年钟声从钟楼响起，万友善早已倒头进入梦乡里。万星明、万向明和万仙如恭恭敬敬站在面前，齐喊：爸爸，新年好！接着齐刷刷跪地磕头，说祝爸爸新年快乐，寿比南山，给我们压岁钱。他哈哈大笑着，嘴角淌出一股清流，那是幸福的涎水。

"噼里啪啦""噼里啪啦"……天刚刚擦黑，马氏庄园迎新春的鞭炮欢快地炸响了。山里放鞭炮很有意思，这边响了，这条沟，那道梁，土包前，树林后，一声声此起彼伏跟着炸响，有一响带多响的奇特效果。

天完全黑了，从低处往上看，马氏庄园像银河里的繁星，到处被点亮了。最亮的自然是马瑞琪的庄园，别家最多点三四盏汽灯和一些油灯，马瑞琪家仅清一色的汽灯就点了十几盏，照得庄园白昼一般。今年马瑞琪家的年夜饭，是这两年里最丰富的，"硬五魁"和"满八碗"，摆得满满当当，烧酒、香烟、瓜子、花生和洋糖，摆得满桌一片红火。美食和美景，并未给马瑞琪带来喜悦，儿子今年回来，女儿却第一次离开，又是一个难团圆的年。马苗的离开是令他猝不及防的，本还考虑既然木已成舟，为了女儿是不是在万友善面前低一次头。没等想好，马苗私奔了。马家祖祖辈辈也没出过这等丑事。那女子的书算是念进狗肚子里了。马苗作为一块心病，一直堵在他的心头，过年了还如鲠在喉。"伯雄，我们都不胜酒力，但今儿过年喝点意思，也不枉这满桌的'五魁八碗'。"

"喝清酒，度数低，不太烈，也不易醉。"马伯雄说着，拿起从日本带回的清酒，倒出三杯。"父亲，我不敬您如何赚钱，就敬您身体健康，万事顺意。"

"这个我爱听，到这年纪，说一千道一万，身体好了才是本钱，我喝了。"

"第二杯酒，敬您，谢谢姨，照顾父亲多年。 也祝您身体健康，与我父亲过美好生活。"马伯雄想说晚年生活，姨的年龄尚小，父亲也不喜欢晚年一词，便这样说。

"公子，谢、谢了，照顾老爷，是我应该的。"平时不爱说话的姨，激动地站起，手一抖，烧酒洒出些。 姨的年龄比马伯雄大十七八岁，是贫苦人家出身，嫁到马家后，一直因为没生下一儿半女，十分自卑。

喝了一圈，姨说你们父子拉话，我去收拾了。 马瑞琪望着她，对儿子说："我不管咋，还有你姨陪我拉话。 你呢，该考虑自己的事了。 你们是新派，父母之命、媒妁之言那套不中用，可总要有结果吧。 人呐，这一晃可就老了。"

"个人问题，我会认真考虑的。"

"不仅是个人问题，还关系到我们马氏庄园的未来。 这么繁乱复杂的社会，这么大的摊子，是需要一个好主人的。"马瑞琪语重心长地说，涌起了无限的惆怅。

马伯雄也很惆怅，怀着鸿鹄之志留学归来，两年多里净干荒唐事，却没干一件漂亮事。 走包头，到榆林，转了一圈回到马氏庄园，又归到了原点。 工作、婚姻、未来，有拳拳之心，却到哪施展拳脚？ 连书苑工程也是自娱自乐的项目。

窗外烟花四起，鞭炮再次炸响。 马家客厅的挂钟也敲响十二下。 马老爷感叹着，说又一个年过了，小时候真心喜欢过年，现在……睡了。 伯雄，你去守岁吧。

过年前，马伯雄去米脂城置办年货时，买了比往年多几倍的烟花爆竹，这会儿一股脑拿出，他要放个痛快。 烟花不断地腾空而起，他想，她能看见吗？

在厚重的中华农耕文化里，二月二是出正月的第一个节日，是漫长的过年仪式后，新的一年真正意义上的开始。 这天，摆祭品，祭奠龙王，吃韭饼，家家户户搞仪式。"二月二，龙抬头，大地睡醒开春播。"过了这天，农人们消受完过年的悠闲，用蛰伏积攒的精气神走进大地，送粪、翻地、播种、浇灌、锄草、收获……开始了春耕、夏耘、秋收、冬藏的轮回。 年复一年，一辈又一辈，无穷无尽地忙碌扑腾。

晌午后，鞭炮的硝烟与韭饼的香味一同散去，留下几声犬吠与猜拳声。 山脚下，那条曲曲弯弯的山道上，一辆马车奔跑着。 车上一位眉清目秀的女子，身穿羊毛在外的老羊皮大衣，非但遮不住她的书卷气息，反倒衬托出她的雍容大方。

万仙如是来应聘光亮学堂老师的。 马苗一走，学堂没了老师，眼看要开学，几十个学生无人教，这对重视教育的光亮堂来说是大事。 年前，发出招聘消息，陆续来过几个应聘的，最高学历是高小毕业，自然未果。 马老爷找县政府教育科，请他们推荐老师，他们推荐了万仙如。

"万……"见到万仙如犹如从天而降，马伯雄惊讶得合不拢嘴。

马瑞琪狐疑地看着儿子，又看着女子。 女子穿戴不咋讲究，但仪表雍容大方，耐看。 翻看她的学历证书，真心不错，说："小学就上西安教会学校，很厉害呀，基督教也是传播大爱，与人为善的。 中学毕业于西安女中，这所学校更厉害，据老夫所知，米脂县女子高等小学堂的老师，有几位是这所学校毕业的。"

"万老师来得正好，不然开学没人，就要我顶呢。 有个问题，凭你的学历，在城里学校当老师也绰绰有余，为啥来大山深处里？"马伯雄故作正经地问道。

"为了信仰。 刚马老先生说了，传播大爱，让人们有信仰。 人有信仰必定善良，善良了必有力量。"

"万小姐说得很对，传播大爱，让世界变好。 不过，你对薪酬有甚想法？"马老爷问。

"传播大爱，不谈薪酬。"

"谈还是要谈的，教徒也是饮食男女，也要生活。 如果不好意思说，我参考后沟桃镇小学的是月薪两块大洋，光亮学堂呢，学生多，给你三块，如何？"

"谢马老先生，还有马先生。"万仙如笑说。

"听你口音像是榆林城的，又是万家。 知道万友善和通天苑吗？"马老爷问，心里开始嘀咕，姓万，不会和万友善家有拉扯吧，别走了一个万家儿子，又来一个万家女子。

"不知开银行的万家，就不算榆林人。 不过，马老爷可能不知，榆林万家多了，前街有万画，后街有万铁，中间还有万灯笼。 我呢，就一小市民出身，和榆林城大户万家没一点瓜葛。"

"伯雄小时候，还找榆林城的万画匠教过画画。 伯雄你给万小姐交代学堂的事。"马老爷说着离开，他边走边恩忖，能上得起西安的学校，绝不会是一般人家。

"万仙、万小姐，你咋来了。"看着父亲离开的背影，马伯雄叫出万仙如半截名字又收回，分开了一阵子，有了陌生感。

"我弟的事，对不起。"

"不说他们了。 你来了，很好。"马伯雄说着，满眼流淌出温情与暖意。

工兵营暴动失败后不久，万仙如来到米脂，在东街小学做老师。 米脂三民二中被强行关闭后，东街小学成为米脂共产党组织的重要活动地，共产党员和进步人士，经常聚集在这里，秘密同反动派开展斗争。年后，党中央的几份文件，由陕北特委几经辗转发来，指示基层党组织进行学习讨论，积极展开斗争。文件内容是总结井冈山根据地的经验，其中有毛泽东的《中国的红色政权为什么能够存在？》《井冈山的斗争》等，总结的经验主要是，将党的工作重点从城市转入农村，在农村开展游击战争，深入进行土地革命，推翻当地的白色政权，建立红色政权，把落后的农村变为先进的革命根据地；进而以农村包围城市，发展革命力量，逐步削弱敌人的力量。

大家学习文件后，醍醐灌顶，茅塞顿开。党组织抽出熟悉农村工作的老师，到乡村学堂和私塾任教，借机传播马克思主义和共产党的主张。万仙如主动申请到杨家沟，这里不仅有光亮学堂，还有马伯雄。

春来了。和煦的风在黄土高坡滚过，小草开始露头，小树发芽长大，经过一场春雨，一夜间大地抹过新绿，生机盎然。

万仙如讲课寓教于乐，让大家在学习的同时，放飞自我。那天下了一夜雨，早晨起来霞光万道，她临时将课程调整，先讲课本后面的"春眠不觉晓，处处闻啼鸟。夜来风雨声，花落知多少"。她带着同学们走出课堂，到大自然里聆听鸟儿的声音，采撷美丽的野花，全身心融入自然里，体味诗词之美，感受诗人丰富的心境。

"仙如，你太了不起了，天生就是教育家。"马伯雄由衷地称赞万仙如。起先，他不敢与万仙如交往过密，这不是在榆林城，乡下男女授受不亲，人言可畏。万仙如的教书和做人逐渐得到大家认可，他们落落大方的交往显得顺理成章。马伯雄喜欢黄土高原雄厚的地貌及大自然美好的一切；万仙如却喜欢走村串户，张家长李家短地拉话，在本本上写写画画，连不爱说话的姨，也在万仙如面前竹筒倒豆子，倒出前世今生。马伯雄想不通，精致的万仙如，在马氏庄园就变成了小女人、小婆姨。

"伯雄，这些天我遍访全村，你们马氏家族太了不起了，乖乖呀，地主就有七十二家。我要是社会学者，就写一篇《马氏庄园调查》，一定能轰动中国，甚至世界的。"万仙如说着，手舞足蹈，动作夸张。"我还掌握了一个秘密，也能轰动榆林，不，轰动陕北和陕西。"

"你是当老师来的，还是做卧底的？"马伯雄惊叹地说，只是不知她还调查出啥秘密。

35

闻着鸡鸣狗叫，迎着朝阳，感受太阳每天的新鲜，是马伯雄和万仙如相约每日的必修课。

万仙如授课之余遍访杨家沟，得出一个数据，全村二百多户人家里，杨姓与马姓差不多各占一半，但前者多是佃户，后者多是地主。 杨姓中十分之九是文盲，马姓文盲不到十分之一。 外来租地户和佃农，基本上全是文盲。 关于七十二堂，农人们总结得活灵活现。 万仙如拿出本子，给马伯雄说：

> 能打能算衍福堂，瘸子宝贝衍庆堂；
>
> 说理说法育仁堂，死牛顶墙义和堂；
>
> 有钱不过三多堂，跳天缩地复元堂；
>
> 平平和和中正堂，人口兴旺依仁堂；
>
> 倒躺不过胜德堂，太阳闪山峻德堂；
>
> 骑骡压马裕仁堂，恩德不过育和堂；
>
> 瘦人出在余庆堂，冒冒张张育德堂；
>
> 大斗小秤宝善堂，眼小不过万镒堂；
>
> 婆姨当家承烈堂，球毛鬼胎庆和堂；
>
> ……

"咋说光亮堂的？ 还有光明堂。"马伯雄问。

"想听，可是不好的话，所以我是特意跳过了。 真笨。"

一句蓦然而来的真笨，说得马伯雄心花怒放，他有些醉了，"仙如，继续说。"

"仁义道德光亮堂，你高兴了吧。 光明堂，是吃喝嫖赌光明堂，原来是半明半暗光明堂，现在大家给改了。"

"哈哈，走东家串西家，搜集我们马家的短欠。"

"短欠？ 我不这样认为，就像给人起外号，堂号和外号都是文化，代表着他们的本色，或知书达理，或吝啬抠门，从中能看到格局。 令我震撼的是庞大的七十二家地主，竟能抱团住在偏僻的山村里，估计在全国也是罕见的。"

朝阳在他们身后冉冉升起，朦朦胧胧又色彩斑斓。杨家沟真是风景如画。万仙如神魂迷离，说："'采菊东篱下，悠然见南山'，杨家沟又何尝不是，如果陶大诗人住在这里，一定也会乐不思蜀。"

"仙如，你，真好。"马伯雄盯住万仙如，红了脸，说。

"哪好？"万仙如喃喃道，头低垂，情似水，面如花。

马伯雄呼吸急促起来，憋了许久的感情爆发了，他猛然搂住万仙如，将滚烫的嘴唇贴了上去。万仙如剧烈地扭动身子，不知是反抗还是配合，似躲着他的吻，又像在迎合。朝阳不时从两人中间透过，又被身子阻挡。很快，明媚的太阳在他们的头顶上升起，普洒大地。

"仙如，我们结婚吧。"马伯雄换气的当儿，认真地说。

"结婚，没想过，对不起，伯雄。"

"你不喜欢我？"

"这和喜欢不喜欢没关系。"

"可是我们都这样了。"

"伯雄听我说。眼下国家和个人都处在危急中，我哪能有心思结婚？"

"这些，和结婚有关系吗？"

"有啊，我们是有信仰的人，有着光荣的革命使命，就不能因为儿女情长，将所追求的崇高事业半途而废。"

"难道为了崇高的事业，就可以不结婚、不生子？"

"唉……一时半会我说不清。你还是回头好好看看书，知道人活着的真正意义。"

马伯雄有点垂头丧气，想书里真有颜如玉，会代替婆姨吗？

万仙如拨拉他的头发，说："你挺起腰杆，修好书苑。我呢，杨家沟有那么多文盲，就先办一个夜校，让全体人能识文断字。"

"夜校，提高全体人的文化素养，这是好事。不过，需要你额外付出太多，身体会受不了。"马伯雄心疼地说。

"我没事。"万仙如说着，投去温暖地一瞥，对眼前的男人，她的心里是歉疚的。

"在学堂办夜校？不行，绝对不行。"马瑞琪听到儿子的提议，一口拒绝。

"让更多的人有知识、有文化，难道不是一件好事？"

"孟子说，人之有道也，饱食、暖衣、逸居而无教，则近于禽兽。没文化堪比禽兽。 可文化是从娃娃抓起的，夜校办给成年人，岂不荒唐。 他们每天劳作，累成了牛马，哪有心思去识文断字。 再说夜校里男男女女混在一起，有伤风化，要是弄出事端，岂不辱没了……"想起了不争气的女儿，他话说半截。

"马老爷讲得有道理，但不全是。"万仙如不知何时走进来，接话说，"学习不分老小。 识文断字，从大的方面说，可以懂更多的道理，利于杨家沟的治理，使人与人之间和谐相处；从小的方面说，能为下一代率先垂范，做到言传身教，起榜样的作用。 至于农活，马老爷多虑了，农人们懂得孰轻孰重。"

"万小姐说得不无道理。 再说，不就是晚上占用学堂，成本是耗几个油灯钱，何乐而不为。"马伯雄赶紧补充道。

"万小姐，夜校上课，你要不要报酬？"

"不要。"万仙如斩钉截铁地说。

"那你图个甚？"

"马老爷，老师的责任，是让更多的人掌握文化，明白事理，让这个社会走向和谐。 这，难道不比几个报酬有成就感？"

"哈哈，看不出小女子还有一颗拳拳之心。 那就办吧。 不过有言在先，上不上夜校纯粹个人的事，我是不会替你发号施令的。"

不需要马老爷发号施令，万仙如在杨家沟走村串户调查时，早就宣扬了夜校的好处，名单也在心里确定，有杨姓的农人，马氏庄园的长工、佃户，和李胡子、李四这些工匠。 他们的共同特点是，为人正直，敢于担当，还有铮铮铁骨。

"各位大哥，晚上好。 我叫万仙如，大家叫我小万。 我们上的第一堂课，从学习'中国'两个字开始。"万仙如的开场白简洁明快，讲起中华民族亦是如此。 她从五千年华夏文明讲到鸦片战争，滔滔不绝一气呵成。"这就是我们多灾多难、江山如画的中国。 回到当下，国家还是一盘散沙，国民党政府控制着大部分省份，有一些被军阀割据，在天津、上海等许多城市，有一部分还被外国租借着，这就是说，中国还是一个半殖民地和半封建的社会。"

马伯雄挑着扑闪闪的油灯捻子，打量昏黄的灯光下，万仙如鲜活的脸，思考她说的每一句话，觉得都有道理。 中国人当不了自己的家，还是中国人吗？

"我们的城市，小市民日趋破产，广大农村，经济凋敝，天灾人祸，民众挣扎在生死线上。 有谁知道，原因何在？ 这是我们头上有帝国主义、封建主义和官僚资本主义三座大山压迫所致。"她的话语，入脑入心。

丰沛的雨水，让希拉穆仁草原像块无边无际舒缓起伏的绿毯，赏心悦目，生机盎然。

一群群马儿甩着漂亮的尾巴，时而仰天嘶鸣，时而倒地撒欢；一只只白云般的羊儿散落在绿地上，悠闲地吃着嫩绿的牧草，欢快地叫着。 萨仁花穿梭在马群间，挤了一桶又一桶马奶。 聪明的马苗旱学会挤奶，知道了马有两个乳头，牛却有四个。 她只挤温顺奶牛的奶，却不敢靠近高头大马。

"巴特尔大哥，你去喊喊，他今儿又不起来了。 我也是服了，那么大的人，比小孩还要小孩。"见巴特尔赶着马车过来，马苗道。 万向明的脾气像是秋天的云，说变就变，高兴了干活一个顶俩，不高兴索性躺倒，整天没一句话，吃了睡，睡了吃，和废物没两样。 马苗担心，这样下去，他们还有未来吗？

"兄弟，昨晚又喝了不少吧。"巴特尔推醒万向明，看着歪倒的酒碗，问。 在喝酒的事上，巴特尔非常自责。 本来万向明是不咋喝酒的，蒙古人的热情好客，驱使他教万向明喝酒，谁知这小子长进很快，一下就发展到拎着一罐酒随时随地喝的地步。 上瘾的后果，便是一喝就酩酊大醉。

"巴特尔，我、我没事。"万向明揉着眼，探起身接过巴特尔端来的奶茶，略显歉意地说，"和你商量个事，我有事要回榆林一趟，处理完马上就回来。"

"你来去自由，用不着和我商量。"巴特尔说着，心里轻松起来。 万家二公子要走，这可是大好事，他来这小半年，也让自己和萨仁花熬煎了小半年。

"是这么回事，路途遥远，我打算先一个人回去。"

"啊！ 你的马苗咋办？"

"她继续留着，给你们添麻烦了。 我看萨仁花也喜欢马苗，就当给她做伴。"

"我们倒没啥，可是马苗同意吗？"

"我，我还没跟她说呢。"

"我不同意。"当万向明跟马苗说了想法，马苗斩钉截铁地拒绝，"你不是爱给我唱'荞麦圪托羊腥汤，死死活活厮跟上'，现在准备把我一个人丢在茫茫大草原，你想溜？"

"这是两码事。 我回去是打探你家和我家的口风，再做父亲的工作，早日将你明媒正娶。"

"做这事，跟带着我回去，矛盾吗？"

"我，我考虑你的安全嘛。从榆林过来时，要不是你脸上抹锅底灰，那次遇到土匪，我们就逃不出他们的手心了。"

那次倒是真悬。土匪头子动手了，摸了马苗脸上的灰。想起这，心有余悸的马苗后脑勺发凉，"那，你要多会才能回来？"

"我两手空空走得快，多则两月，少则一月。"

"万向明，我把甚都交给你了，可不能骗我啊。"

"明月看着呢，骗你，我不得好死。"万向明说完，对着一轮明月，双手合十，跪地默默祈祷。

马伯雄的书苑修建速度很慢，到了来年初夏地基才做好。万丈高楼平地起，他是要建百年大计的工程。打出了地面的地基，这头凸，那边凹，雏形凸显出来，但拿前面的八条土梁参照，工地简直毫无章法，与四方四正的窑洞四合院毫不搭调。马拥护左看右看是一头雾水，当时他问过马先生，咋把光亮堂的书苑给看到悬崖边边的烂土梁梁上？马先生笑而不答，表情诡异。当时狐疑的他以为藏着甚玄机，现在看得清楚了，马先生是不想介入光亮堂和光明堂之间的矛盾，糊弄马伯雄才换到这个地方，哈哈，这个好。

见不得别人好，特别是熟悉的、亲近的人好，是人性的本能和隐藏的恶。马拥护得意了，他走在地基上，对工匠们摇头晃脑，连说，服了，我算是彻底服了留洋生。日本教出这样的学生，看来他们的学堂也就那回事。

打地基开始时，马伯雄对李胡子发过一回脾气。那天黄昏，送来了三车山西石灰，等到卸完天已黑了，大家匆忙去吃饭。马伯雄累得没吃，倒头眯一会。轰隆隆，遥远的天边滚来了雷声，马伯雄醒来去看，强劲的南风将石灰扬得漫天飞舞。石灰遇水是要发生反应的，灰完蛋了不算，还可能发生爆炸。马伯雄大喊李胡子等人，无人应答，一想估计是去夜校了。

雷声滚滚，呼啸的南风更加肆无忌惮。马伯雄冲进灰尘中，抄起铁锨干起来。好在，李胡子还算识相，带人及时回来，还带来了艾土地等夜校的人。石灰转移到一大半时，大雨倾盆而下，浇到石灰上发生剧烈反应，噼里啪啦，噼里啪啦，一阵阵爆响，发出一股股刺鼻的白色雾气，腾空而起。

"李胡子，你们是修房子的，还是念书的？"马伯雄第一次发了脾气，怒问。

"对不起，是我们的错。"李胡子低声说，其他人也低着头。

"承认错了，就能挽回损失？"

马伯雄决定和万仙如谈谈。

万仙如说："我也正想为这事找你，替他们道歉。"马伯雄说："你替他们道歉，搞错没？""他们是我的学生，学生错了，老师理应承担责任。"万仙如笑呵呵道。

"说真的，书苑对我来说比生命还重要。如发生闪失，你知道意味着啥？"

"我当然理解，可是夜校对我，与书苑对你一样，也是非常、非常重要的。"

"你的夜校与我的书苑能比？"

"听过这个故事吗？有一只野狼窜进村里觅食，遇到一只被拴的狗。狗指着面前盘子里的食物炫耀说，亲爱的狼啊，你是森林之王，却混得这么可怜，看看我，一日三餐终日无忧，就羡慕吧。野狼昂起高贵的头说，你的无忧，就是被链子拴着，吃嗟来之食；而我所谓的可怜，却能自由自在，驰骋千里。人不是说我们，狼行千里吃肉，狗行千里吃屎嘛。告诉你，我看不起苟且偷生的狗。野狼说完，仰天大笑，扬长而去。"

"这与夜校，与我们有关吗？"马伯雄听得有些摸不着头脑，问道。

"在三座大山的压迫下，辛勤劳作、节衣缩食的国人，备受凌辱，苟且偷生，走进了日复一日、麻木不仁的状态。当务之急是唤醒民众，为自由活着而斗争。"

"你们……"马伯雄想问你们是谁，话到嘴边停住，思考起这番话。

"敢问农民大哥，为何我们辛劳一年，还吃不饱，穿不暖？"万仙如绘声绘色的讲课，吸引了越来越多的农人们，教室里座无虚席，来迟了要站在走道，甚至在教室外面听。

"因为我们没土地。人家大户人家不用干活，光收租子就过成了活神仙。"

"再问大家，土地是咋样成了大户人家的？"

"人家老先人挣下的。""人家自己买的。""也有欠债顶回来的。"众人议论纷纷。

"说对也对，说不对也不对。的确，谁家的地也不是刮风逮的。往远来说，几十亿年前地球诞生，有了海洋和土地，几十万年前出现了人类，这就是说，是先有的地，后有的人。地呢，是通过战争、买卖、转让等手段，到了人类个体的，逐渐演变成剥削的工具。有地的人，租给无地的人来种，种地的给不种地的缴租子，受剥削。"

艾土地在人群里穿梭，分发传单资料。李胡子和几个杨姓的乡亲，已经发展成万仙如的骨干。他们几乎天天聚在一起开会，艾土地已向组织提出了加入申请。

马瑞琪悄悄挤进人群，人们见他进来，忙让出一条道。

36

光亮堂的夜校，成为农人们聚集的场所，他们在这不光认字，更懂得了老辈人没传过，书本上也没有，亘古未听过的道理。

"纵观现实，辛亥革命后，陕北各县的国民党政府县长，明面上由省政府委派，其实是由军阀井岳秀控制，各地所收粮款也由他征用。他一手遮天，任意征粮摊款，收取名目繁多的苛捐杂税。上梁不正下梁歪，各县、乡也是层层加码，对劳苦人民盘剥。上次咱米脂发明的'烟囱税'是天下的笑话，就是被勇敢的你们一举粉碎了。"万仙如的话直戳人心。"李四人呢，上来讲讲。"

"李四在工地那边雕石头着。"有人说。

"这里要表扬李四，还有敢于跟着他斗争的大家，才让反动派有所收敛。我还要提个人，光亮堂的马公子，他不畏权势，大义凛然，挽救了李四他们的生命，为抗税取得最后胜利立了大功。事实证明，人民是英雄，是江山；江山是人民所打，为人民所坐，这是道理。"万仙如慷慨激昂道。大家把目光投向坐着的马伯雄。

表扬从万仙如口里出来，马伯雄十分得意，他又想起找井岳秀时的大义凛然，顿觉自豪。他的内心波澜起伏，激荡千里。

"万老师，再深的道理听不懂，就说下一步该咋弄？"李胡子问道。

"告诉大家一个好消息，远在湖南、江西，近在我们陕西照金，成立起一个叫苏维埃的政权。苏维埃是来自俄国的，十多年前的十月革命，推翻了资产阶级政府，把一切权力交给苏维埃政权，诞生了世界上第一个社会主义国家，国家的一切，属于工农大众。"

"社会主义国家，有甚好？"小个子问，他和大多数人一样基本上是在听天书，只需要听结果。

"社会主义，是一个人人平等的社会。那个社会里，家家有自己的土地，人民安居乐业，人人有饭吃，娃娃有书念。说得直白点，就是两亩地一头牛，老婆娃娃热炕头。"

"美，那光景美。"李胡子咂嘴说。

大家议论纷纷，人人的眼前，幻想出各自美妙的光景。

"你们都在做梦吧，哼，甚东西！"马瑞琪大声说着，从门外径直走进来，"万小姐，你放着中华民族博大精深的文化不讲，实用的算术不教，尽讲这些妖言惑众的邪门歪道，你究竟安得甚心？"

"马老爷，这只是我授课的部分内容。时代在进步，社会在发展，课程也相应地……"万仙如急急地争辩说。

"住嘴！从明天开始，不，就从现在开始，夜校解散。万小姐，你学堂老师的身份也同时解聘。"马瑞琪对万仙如说完，又转身对农人们说，"咋了，你们不赶紧散去，还等着继续做社会主义的黄粱美梦？"

一言不发的马伯雄深切感受到，这是一个撕裂的时代，万仙如代表的新生力量，正与国民党政府、封建资本家和地主阶层等旧势力，进行着殊死的斗争。

"仙如，对不起，我无能为力。"面对收拾行李的万仙如，马伯雄歉疚地说。

"没关系，其实我正准备走，只不过提前了三天。"

"你要去哪，我们还会见面吗？"

"我们很快就能见面的，不是说，还要一起徜徉无定河畔，欣赏每天不一样的日出吗？"万仙如微笑地说着，伸出手。

"对，看无定河畔的日出。"马伯雄说着，伸出了手。两只手紧紧握住，四只眼睛深情凝视。如果说马伯雄最初对万仙如的喜欢，是因为她俊秀的外表和温文尔雅的气质，那现在的喜欢，则是她昂扬向上的生活态度和坚忍不拔的优良品质。

万仙如离开了杨家沟。短短几个月，她在杨家沟传播了马克思主义，培养了进步的革命力量。马伯雄不知，她发展了五名共产党员，建起了杨家沟党小组，组长是车把式艾土地。起先万仙如想培养马伯雄为入党积极分子，当把他的情况报请县委后，组织认为条件并不成熟，马伯雄爱憎分明，为人正直，但有知识分子的矛盾性与软弱性，在"刀下留人"事件中，仅以释放李胡子为革命的终极目的，却不愿意与地下党一道继续斗争，实现打倒反动县长，开仓放粮的目的。还有，从长远来看，作为高级知识分子的马伯雄，以党外人士的身份工作，作用远比在党内大得多。

啊！黄河！万仙如的眼前，出现了波澜壮阔、冲刷着泥沙、日夜不息朝着大海浩荡前行的黄河，她感到无比震撼。离开杨家沟后，她一路向东，去往佳县高起家圪村开会。

"哪来的婆姨？找我们村谁家？"一个半大后生，从路边的石洞里跳出，拦住她，严肃地问。

"我，去高禄孝家，我们是姑舅。"万仙如答道，思忖后生的身份。

后生接着问东问西，等到进一步确认了身份，才放行了万仙如。原来他是村里放哨的儿童团，这里的老乡们警惕性很高。

这个村是黄河西岸边的小村庄，祖祖辈辈靠天吃饭，乡亲们极度贫苦。村里差不多一半的成年人为党团员，除了两三户富农，剩余的也多是革命积极分子。了解到人家的情况，万仙如在杨家沟积聚起的成就感，顿时烟消云散。革命尚未成功，同志仍须努力。她默念孙中山先生的语录，为自己加油打气。

中共陕北特委第四次扩大会议，在高禄孝家的一孔窑洞里举行。窑是两孔，一孔套着更大的一孔。二十多名代表开了两天，拿出一揽子决议，在陕北地区创建革命根据地，建立自己的武装和苏区。作为后补代表，万仙如见到这么多位只听其名未见其人的领导，并亲耳聆听他们的演讲，受益匪浅。

"万仙如同志，给你一项任务。"一位领导对万仙如说。

"请领导下达，我保证完成任务。"

"那你代表与会的全体同志，去高禄孝同志的爷爷家吃饭。"

"啊？这也算任务？"万仙如吐吐舌头问。原来，老人是要请全体人员吃饭，但为保密与安全，大家每天的饭是拿进窑洞里吃的，连上厕所也是等到夜深人静后。为不辜负老人的一片心意，决定派名代表去，选择了万仙如。

老人算是村里的富裕户，住在半山腰有些年头的窑洞里。"女子，馍馍碱大了，不过还好吃，放开尽管吃。"老人端来三个馍和一碗炒洋芋丝，说。

万仙如咬口馍，露出枣泥馅。"是枣包子，真好吃，谢谢爷爷。"万仙如说，觉得老人显然用心了。

"我们村的枣树很多，这听着黄河水声的红枣，又甜又脆，是满天下最好的。"老人自豪地说道。"祖祖辈辈，我们靠枣树过活，可前两年那么干旱，红枣几乎颗粒无收，可恶的东西们还要收税。"

"这么偏僻的地方，他们也来横征暴敛？真是印证了'天下乌鸦一般黑'这句话。

163

反动派的本性，决定了他们走到哪，都是坏人。"

"女子说得对。 你们可要好好跟坏人斗。 我怕看不到胜的那一天，但让后人们过上好光景，我老汉也高兴。"

老人说得对，革命需要漫长的时间，眼下革命力量还很薄弱，还有很长的路要走。路有多长，谁也不知道。 但现在可以肯定的，是正义一定会战胜邪恶，人民一定会迎来翻身得解放的那一天。

老人让万仙如把所有的馍馍带给同志们。 感受到老人的真情实意，万仙如照办了。 拿回去后她却遭到特委领导的批评，说群众生活这么困难，你咋能拿老人的东西。 高禄孝劝说，那老汉不是普通群众，是我的亲爷爷。 领导说，亲爷爷也不该拿，必须给钱。 万仙如为这事挨了批评，她反而十分高兴，成为以后上课的活教材。 有如此纪律严明的政党和军队，面对任何艰难险阻都能战无不胜。

万仙如回到米脂传达会议精神，再回东街小学任教。

"你，你咋坐在这儿？"万仙如惊讶地捂住嘴，犹如见了外星人。

"你是万老师吧。"马伯雄伸出手，站起来一本正经说。 他来学校几天了，知道学校有几位老师在农村支教，其中就有万仙如。

万仙如离开杨家沟时，相约无定河畔看日出，马伯雄当时就产生了想法，知道她一定会重返米脂的。 他来城里联系工作。 三民二中被封几年，全城最好的学校是东街小学，校长看到他的条件，一口答应破格录用，剩下的是如何说服父亲。

"又要出去工作。 书苑修建不管了？"马瑞琪平和地问道，一肚子的不高兴。

"书苑修建，正如您说的，稳扎稳打缓慢进行。 我呢，却是身在曹营心在汉。"

"心在汉？ 我看你的心是在……"马老爷咽下后半截话，不愿提那个名。 平心而论，万小姐温文尔雅，貌似有学识有教养，但在骨子里是激情四溢、充满力量的人，爬延卜地很是危险，绝对不适合儿子和马家。

"这次不远，就在米脂城。"

马瑞琪无语了，放儿子去日本，他的心就野了，要一下子收心很难。 这人啊，谁的意也敢违，就是儿女的不能、也不敢。

马伯雄是高学历人才，学校特意安排他住了单间。 万仙如与另外两位女教师同住一间宿舍，离无定河畔仅有一公里的距离，但他们却没有浪漫地看过日出。

万仙如太忙了，陕北特委四次会议精神需要传达，确定的事更要落实。 要在乡村秘密串联，发展党员，成立支部，建农会、妇会。 她每天接触的人很多，身份跨越很大，经常是头一天下午上课，夜里不知去向，次日上午又出现在课堂。 正常的教学，对她倒是一种最好的休息。 马伯雄习惯了万仙如的忙，把期望值降到看见她的身影，就是一种满足。 对万仙如的身份，他越来越清晰了，只是不想捅破那张纸。 纳闷的是，校长为何屡屡给万仙如开绿灯，她耽误的课程，校长又找自己来顶。 他是乐意顶替的，从校长的眼神里，看得出人家是认可他们的情侣关系。 马伯雄有所不知，东街小学里党团员不少，校长就是县委副书记。

万仙如的忙，衬托出马伯雄的闲。 于是乎，他也做出新的人生规划，踏勘米脂千年窑洞县城。 他对这座城市的每个角落都是熟悉的，当年画遍横七竖八的巷道和知名有特色的四合院。 如今再回眸这座城市，视野里加入了历史、文化、美学和宗教的东西，觉得城市更加神秘而美丽。

先生，请问几点了？ 一位拄文明棍的人，问街头闲逛的马伯雄。 对不起，我的手表停了。 马伯雄说着，摘下表摇动了几下，还拧紧发条，放耳朵旁听了，奇怪，他清楚地记得，早晨起来拧过发条。 看来表坏了，他嘀咕着，想起西街新开了一家"亨得利钟表店"。

"发条断了。"三十多岁的修表人，用关中口音说。

"能修不？"

"能。"

"多少钱？"马伯雄问着，打量起钟表店。"亨得利"这个大牌能开到米脂，的确有趣。

"老板，我的怀表一天慢三个小时，看看是甚毛病？"门外进来一个戴鸭舌帽的中年人问着。 他不看老板，却打量起马伯雄。

"这位先生，你这个表一下子修不好，过两天来取，可以不？"修表人说，显然是要马伯雄走。

见他俩的眼神不住地交流，是鬼鬼祟祟的样子，马伯雄觉得大有文章，便说过两天来取。 一出门，他蹲下假装系鞋带，贴着墙侧耳细听。 关中口音说，今晚，大鱼，打尽……这是啥意思？ 消息估计万仙如需要吧，想到这儿，马伯雄连忙要给万仙如送信。

万仙如不在学校，问校长也说不知。 见马伯雄着急上火的样子，校长问有啥急事，能不能说说。马伯雄不知校长的真实身份，当然不能说偷听来的话，那样不道德也不安全。

天将擦黑，万仙如气喘吁吁找来，说校长让她回来。马伯雄给她倒杯水，说了表店两人的对话。万仙如问还听见啥，比如具体的人名、地名。马伯雄想了想，说好像提到了镇川。万仙如失声说坏了，二话未说，飞奔进暗夜中。

37

镇川堡是榆林长城沿线三十六个堡里较大的一个，也是边客生意最为发达的地方。这儿是陕北通往石家庄、太原、西安、银川、兰州等大城市的商品集散地。夜幕下的镇川街头，华灯初上，店铺里人繁马闹，猜拳喝酒，品茶拉生意的商人云集。悠扬的信天游和娇滴滴的浪笑声，从酒楼和翠花楼里此起彼伏飘出，红火热闹，其乐融融。

镇川北街的一处普通院落，是镇川小学老师、中共镇川区委负责人崔明道的家。这天下午，院子里陆续来了几名商人打扮的人，他们是陕北特委负责人毕维周、王兆卿及米脂县委的几位负责人。特委领导是来检查米脂建立革命武装工作的。会议通宵达旦举行，直到鸡叫头遍结束。此时，大家啃块干饼子喝瓢冷水，准备陆续离开。

"不许动。"冰凉的枪口直戳到正要打开大门的崔明道的太阳穴上。"敌人来了，快跑，跑。"崔明道并未惧怕，大喊起来。两声清脆的枪声响起，一阵短暂的混乱后，开会的四名共产党员被抓。原来在此前两小时，米脂城里有三人被抓，其中有米脂县委交通员小高和"亨得利钟表店"老板，他们在店里被抓的。

表店老板叫袁主意，半年前来米脂开了"亨得利"。袁老板穿戴整齐，戴着金表和一副金丝眼镜。与众不同的打扮，加之一天里有半天时间逛在街头，用照相机这里拍、那里照，没几天就引起小城人的注目。有一天，小高在盘龙山附近给区委宣传员老王送一份传单底稿。无聊的等待中，他拿出传单阅读起来，内容是宣传中共陕北特委，在响水一带领导的交农具运动。这项运动是为抵制国民党横山县政府追加"丁粮"开展的。当地万余农民手持农具将区公所围得水泄不通，最后取得了胜利，迫使县长调离横山，"丁粮"也再无人问津。

"小后生，看啥呀？"袁老板问道。他已在小高身旁站了许久。

"没甚。"小高忙将传单藏起，说。

"哈哈，我看见了，横山斗县长的事吧。那事过了多久了，你们的工作简直是太落后了。"

"你是谁，有资格批评我们？"

"自己人，别害怕。"袁老板说着，拉住小高的手，说出自己的神秘身份。他参加过渭华起义，失败后被捕入狱，越狱后与组织失去联系，一路向北落到了米脂。袁老板撸起袖子，指着斑斑伤痕，说："小同志，这些伤疤是被反动派严刑拷打留下的，这不会作假。"

抚摸着累累伤疤，眼泪汪汪的小高很感动，答应给领导汇报。对袁老板的身份，大部分同志认可，认为这样一位经验丰富的同志加入，对米脂的工作有很大帮助。万仙如提出疑问，说革命经验丰富的同志，会在大街上随意暴露身份？有人说那是他盼望找到组织心切。万仙如说渭华起义在全国很有影响，作为主要起义人员，国民党能让他轻而易举越狱？有人说起义过去了几年，越狱是有可能的。万仙如又问，一个越狱潜逃人员，哪来的钱开得起"亨得利"？书记觉得万仙如提出的问题很好，说，革命不是急功近利的事，先让小高一人接触，在我们考察的同时，通过组织调查渭华起义的情况。

当万仙如把从马伯雄处得到的情报，给校长汇报，校长大吃一惊。作为县委副书记，他知道今晚陕北特委领导去镇川堡，要听取米脂县委的工作汇报。眼下的情形十分危险，交通员小高自身难保，他决定亲自赶往四十里外的镇川，紧走慢走后半夜赶到时，察觉到异样。大半夜的，镇川街上三三两两走着无所事事的人，在崔明道家附近，甚至看到一挺机关枪和几个人躺在草丛里。校长吓出了一身冷汗。明白了，这里已被铁桶般围住，就等着收网。耗尽脑汁，他也想不出解救的办法。最后眼睁睁看着特委领导和崔书记被捕。

东街小学暑假前最后一次活动，是去无定河畔开大会，这是国民党县政府通知的，地点在上次准备枪毙李胡子的地方。那次的土台子早被洪水冲刷，留下了空荡荡的河滩。东街、女小等三所小学的学生们，叽叽喳喳享受着河边的快乐，校长和老师们面无表情，盯着面前的无定河。

正值汛期，无定河上游的榆溪河、芦河等流域降雨不断，河水滔滔不绝，波澜壮阔。 马伯雄和万仙如心情十分沉重，没能如约在无定河畔看到太阳的初升，而是要看正午太阳的刺目刺心。

河滩上来了成群结队的警察，又来了一队国民党兵。 学生娃们安静了，看热闹的人也安静了，有怕事的人想掉头出去，已来不及，现场全部戒严。"唰啦，唰啦"，两行士兵把押着的一行人夹在中间。 走前面的戴着脚镣手铐，他们的头上，身上，胳膊上和腿上，全是血肉模糊的，看不出一块好肉。 但是，他们个个面含微笑，大义凛然。后面跟着的一排人，待遇显然不一样，只戴手铐却无脚镣，个个面色苍白，有人唯唯诺诺，有人掩面遮丑，还有人的裤裆里，竟滴答出了"水"，洇湿了一道河滩。

"共产党万岁！"喊声突然响彻在寂静的无定河畔。 这是具有大无畏精神的，是对信仰的顶礼膜拜。

"叭叭叭"，刽子手扣动了扳机。 陕北的一股革命力量，在枪声中遭到了扼杀。 殷红的鲜血喷射在河滩上，随着无定河水远去，浇灌了更多的、美丽的山丹丹花。

枪毙人的现场发生骚乱，逝者家属要认领尸体却遭到拒绝，于是冲上去抢人，被警察拉扯到一旁，号啕痛哭中，他们眼睁睁看着亲人的遗体被扔进滔滔的无定河里。

"嘤嘤""呜呜"，现场响起的哭声有两种，一种是对革命者的同情中积蓄力量，随时投入战斗；另一种是软弱害怕的哭声，是那些尿裤子的懦夫发出的。

万仙如、马伯雄和几所学校的老师们，尽量多地将同学们颤抖的身子搂在怀里。从万仙如淡定从容的目光里，马伯雄看到一种战无不胜的力量，也给自己平添了一种神秘的力量，那是对生命的意义，在懵懂中又有了全新的理解。

袁老板！ 在一队戴手铐的人中，马伯雄见到遍体鳞伤的袁老板。 他们是刑场上陪桩的，"人犯"被执行完毕，他们又被羁押回监狱。 这些人的眼神是呆滞的，低垂着头惶恐不安，袁老板却是贼眉鼠眼的，他在人群里似乎想找着啥。 马伯雄给万仙如示意，不解他如果是敌人，又为何混在这里？ 校长显然也注意到这个与众不同的人。

袁老板这招是苦肉计。 那天陕北特委领导来米脂开会的消息，就是他从小高嘴里套出的。 他把情报送出后，国民党县政府协调镇川附近的一个国民党连队参与行动，为了能抓更多的共产党，守候到鸡叫头遍才动手。 鉴于袁老板与小高是单线联系，他与小高同时被抓且同样遭受酷刑，跟着来无定河滩陪桩，为的是放长线钓大鱼，等待漏网的共产党员，将其一网打尽。

放暑假前，学校进入紧张的复习阶段。 目睹了血腥的杀人场面后，学生们再也无法集中精力，家长反映娃娃们饭也吃不进去，晚上盗汗做噩梦，半夜三更会大喊大叫。马伯雄想起大二那年，日本发生七级大地震，学校倒塌了几间房，死了两个学生。停课一周后复学的第一天，上的是心理辅导课。亲眼看见了死亡，年龄大的学生心理也会出问题，别说小学生了。他建议校长把复习放一边，当下最需要进行心理干预，并自告奋勇进行辅导，被校长采纳。另两所学校知道后，也请他去讲座。

"同学们，你们思考过人生吗？想想人生的意义，就一定不会害怕意外灾难或死亡。人生只是过程不一样，终点全一样。因不幸而去世的人，只不过是提前到达终点而已。如果我们有了这样的心态，再去面对死亡，或许就不太害怕了，大家说是不？"马伯雄对无精打采的同学们说。

"老师，您说那些人该死不该死？他们不好好活着，享受世界的美好，为什么要与社会对着干？"提问的是一个看不出年龄的女生，从外地转来的。

"你……这位同学的提问，超出我讲课的范围。"

"我问的问题，就在范围里，您讲灾难发生的根源，我问的就是根源问题，不刨根问底，就是纸上谈兵。"

"好吧，据我所知，他们不是放火杀人的罪犯，而是为这个社会的美好，做出与政府相悖的事，至于谁对谁错，历史自有定论。"

"老师，您的说法本身就有问题。"

"你的问题课后单独讨论。同学们，我们继续讨论活着的快乐。无论人世间存在多少灾难，遇到多少痛苦，只要我们有活着的信心，那么人间的幸福与快乐，是能够享受到的。如哪天不幸失去了亲人，或是朋友，如那几个被……我想，他们也是快乐的，为了更多人的快乐而先走了，他们有丰富的情感世界，有自己伟大的信仰。"

"老师，我找您讨论问题来了。"课堂提问的女生，敲开马伯雄宿舍门，说。

"还真来了，好吧。"马伯雄无奈地说，课堂上顺嘴一说，是想换个话题，她还真撵来。

老师，给我讲讲日本吧，为啥那么多人爱去日本留学？女生换了轻松的话题，美目流盼地问。

女生叫王玛丽，是王县长的千金，虽说是姨太太所生，但也是含着金钥匙在西安长大。天有不测风云，人有旦夕祸福。去年，她母亲心脏难受，进医院再没出来。办完姨太太的后事，王县长不放心女儿的生活，做通大太太的工作后，领她来到米脂，打算找个人家出嫁，让姨太太九泉下闭上眼睛。 王玛丽已拿到西安教会小学的毕业证书，不想在家看大太太的脸色，执意还要念书，王县长让她插班进了东街小学高年级。学校老师都知道她的身份，马伯雄初来乍到，并不知情。 王玛丽见到马伯雄的第一眼，少女之心泛滥，课堂上出人意料的提问，是为了引起马伯雄的注意。

"马老师，你把课还上到宿舍里了？"万仙如找马伯雄，见他和王玛丽热烈地交谈，语气有些怪怪地问。

"万老师，你不愿意我向马老师请教，是希望向您请教吗？"王玛丽毫不示弱，挑衅说。

"王大小姐的问题，我回答不了。 不过，校长要我同马老师商量工作的事，请你回避，没问题吧。"

"这，算没问题。 马老师，改天我继续讨教，那个关于日本的宗教信仰，您早点做准备了。 嘻嘻。"王玛丽说着，瞅了万仙如一眼，不高兴地离去。

"知道她是谁家的千金？"万仙如问。

"不知道，再说谁家的和我有关系吗？"马伯雄慢条斯理说着，端起茶杯。

"没觉得那口气，和王县长的一样吗？"

"噗——"马伯雄一口茶喷出来。

"'亨得利'重新开门了。"

马伯雄又是一惊，问："老板放出来了？ 我还以为价值十块大洋的表，拿不回来了。"

"能不能帮我，帮我们。"万仙如突然严肃地问。

"帮呀，我能帮得上？"

"取表时，和老板了解个情况。"万仙如吩咐道。

38

榆林北门里，每天后晌，以老汉居多的市民，一群群聚集在城门楼下，牌坊或铺檐下，起劲地谈古论今，拉三纲五常，说闲言碎语，论家长里短。 这样的议论，不分天红暴晒还是天阴雨湿，雷打不动，成为一道风景线。

这天，身穿蒙古袍的万向明，奔涌着满腔热血走过门洞，街头的人与景，令他激动不已。有生以来第一次离开榆林城这么长时间，涌出来到家的感觉，让他充满了和善与友爱，此刻，他想挨个与老汉们拥抱。当然他是一厢情愿的，穿蒙古袍的人，对蒙汉交界地带的榆林城人来说，司空见惯。

> 大麻子开花沙颗颗
> 我是妹子的干哥哥
> 羊羔羔吃奶双圪膝跪
> 连心挂肉的是干妹妹
> 阳世上跟你为朋友
> 阴曹地府咱二人配夫妻

久违的小曲声飘来，万向明循声寻去，脏兮兮的一个人，倚在牌楼下自我陶醉地唱着，不听那凄婉的歌声，一定认不出他就是冰把凉。万向明感叹着人生之变。走着走着，远远望见万府高大的门脸，心情再次激动不已。他压住怦怦乱跳的心脏，迈开沉稳的步履进门，却被门口的人阻拦。

"滚开，睁眼看看，我是谁？"万向明叹气又硬气地，说道。

是二公子回来了。万掌柜，二公子回来了。门口的人忙跑进去通报喜讯。

见到乞丐一般的儿子，万友善下意识地往后面看去，见空无一人才收回目光。儿子的一身蒙古族打扮，让他联想到巴特尔，悬着的心放下了。跟着巴特尔是不会学坏的。"你游荡回来了？"他冷冷地问。

"我去管理咱家的苏鲁克了。"万向明说。

"那为甚又不管，回来？"

"这儿是家，也要管。嘻嘻。"

万向明的嘻嘻，让万友善的心软了，道："苏鲁克人家巴特尔管得好好的，你跑去掺和甚。该尽力的是家里这一大摊子，哪怕绵薄的，也是一份责任。"

"父亲说得极是，我回来就是想承担些责任。"

"你不在的这些天，万利毛纺织厂接了八十六师的订单，厂里日夜加班加点生产，就去管理吧。"万掌柜说，让儿子忙起来，是让他收心最好的办法。

万利毛纺织厂果真拴住了万向明。织机开动，纱锭唰啦一丝不苟吐出细纱，织出的细布像升起的太阳，一会儿就有一两尺，比家里的织布机好玩多了。好玩的还有织机的女工们，比起花花绿绿的布匹，还是女人更花哨。万向明从未发现，榆林城的女子这么俊！遗憾的是，面对飞转的机器，女工们忙得脚不沾地，没工夫搭理他。

得到万向明回来的消息，金秀很是激动，她找到万向明递过一张纸，愠怒地说："你的毕业证。你太不像话了，连毕业照也不照，就不见影子，简直是，豪横又任性。"

还是过去的金秀，就会训人，真是狗改不了吃屎。万向明想着，问："除了毕业证，你再没事吧。"

"我就这么不招你待见。"金秀噘起嘴，不满地说。万向明这公子哥，咋越来越冷酷无情了，只有让他尽快加入组织，才能拴住他。金秀想着，问："加入组织的事，你咋考虑的？"

"又来了。我不是说过，你们没完没了地考验，我没了耐心，不入了。"

"那么多人为信仰，牺牲了宝贵的生命。你呢，连考验都经不起，还准备当革命者，你就是一个胆小鬼，懦夫，你不是男人。"金秀刺激道。

"谁说我是懦夫，上次我替你都坐过牢。等着，我给你们干件漂亮事，看看我是不是男子汉。"万向明被激怒了，激动地说。

"你……"金秀想阻止他的个人英雄主义，转念一想，投名状就投名状吧，真能搞场大事，就一次性顺利通过组织考察。

"有时间去钟楼书店，我在那儿上班。"金秀微笑着说。

马伯雄到"亨得利钟表店"取表，发现只开着一半的门板。侧身进去，见头上缠着白绷带的袁老板，一边擦洗手表，一边哼唧秦腔。真有心情啊！马伯雄佯问，几天不见，老板咋了？袁老板见是他，说，撞了鬼，耽误你取表了。马伯雄说，我还以为你跑路了。他打量表铺，发现背墙通个小门，便说老板我想喝点水。水在里屋，自己去倒。马伯雄说声谢谢，进到不大的里屋，一盘土炕和一个锅台，放置一些锅碗瓢盆。他用碗从水缸里舀出水时，意外发现水缸旁有一个洞口。

"这位先生，你还需要啥？"袁老板悄没声息地站在身后，问。把蹲下的马伯雄吓了一跳。

"洋芋窖。"老板自言自语说，拎起木板盖了洞口。

马伯雄给万仙如说了表店的情况。万仙如说，谢了，还有上回的，没搭救成功还是要一并感谢。马伯雄忧心忡忡，问，你们不会以牙还牙，弄出那个啥吧。他想说血雨腥风，又觉得太残忍而害怕。 万仙如笑笑，说，你提供了啥，啥也没提供，对不。我就说里面有地道，但这年头，地道家家有，马氏庄园的地道还串联着呢，马伯雄释然地说。 万仙如问，放假了，想不想去榆林？ 他未知可否。 榆林是他的伤心地，但离开久了又有点想，毕竟那里有万星明，还可能见到妹妹。

挨着"亨得利钟表店"一溜铺子有几十家，是沿河而建的。 门前有条繁华的小街，后墙外是几丈高的悬崖，紧贴着由东向西流淌的小河叫银河。 银河水向西流过三五里，直接汇入无定河里。"亨得利"里面有地窖，这让大家颇感意外，这一带均为石头地基，要修地窖工程十分宏大。 经过几天调查，弄了大概。 北宋时期，这儿通江达海，生意红火，有陕北小扬州之美称。 南方客商看中背靠银河的独特优势，买下地皮，修了具有徽派风格的铺子，想要把这儿打造成珠宝城。 修建时悄悄挖了地道，是为保存价值连城的货物。 万仙如他们费尽心思掌握这些情况，是针对袁老板的。 六烈士被枪杀后，党组织调查清楚了袁老板的真实身份，袁主意是西安市人，出身于钟表世家。 渭华起义被捕后变节，成为国民党特务。 八十六师工兵营兵运后，井岳秀成立特务队，从各地招兵买马，袁就是其中之一。 陕北特委指示，要尽快除掉袁主意，为牺牲的同志们报仇，也对敌人产生震慑。 万仙如发现，袁主意在等共产党员上钩时，附近至少有两组特务保护着他。

艺高人胆大，一个冒险方案形成。 黄昏时分，米脂街上的铺面纷纷打烊时，"亨得利"走进两位西装革履的人，对坐在椅子上的袁主意说，叛徒听好了，我们代表人民执行你的死刑，为死去的战友报仇。 话音未落，枪响人倒。 他们随即要跑，迎面过来七八个特务，个个举枪把门面封锁。 立即执行第二套方案，两人转身跑进屋里，发现也有人迎面开枪。 两人集中火力压住了对方。 外面的枪声越来越密集了，两人集中火力再次冲进里面，却发现空无一人。 两人也来不及多想，搬开水缸旁的木板，扑通跳了进去。 黑咕隆咚的，摸黑走了三四分钟，听到外面传进哗哗的水流声，到了银河。 两人跳下去，离河不高，水也不深，乘着夜幕逃之夭夭。

替袁主意死的，也是一个特务。 这天中午，他从榆林下来，找到袁主意，两人聊得热火朝天。 共产党刺客进来的当儿，袁主意刚进里间烧开水，听得外面枪响，见同伙倒地，他下意识地冲着近在咫尺的刺客，连开两枪，只击中一人的胳膊。 刺客在调转火力时，他一拉绳子，山墙上露出窟窿，他便一跃飞蹿出去，加入外面的同伙队伍中。 强大的火力压制，喊着抓活的。 一阵密集的子弹过后，冲进屋里，只见地下一个黑乎乎的洞口，哪还有人的踪影。

差点遇刺的袁主意知道自己暴露了，咋暴露的并不知道。 成为惊弓之鸟的他，逃到榆林，公开穿起国民党少校军服。

万仙如约马伯雄看日出，不是在无定河畔，而是在盘龙山上的李自成行宫。 马伯雄起了大早，出门发现雾气腾腾，腾云驾雾般的。 他来到行宫，从陡峭的阶梯仰望，万仙如伫立在高处，被晨雾笼罩下的她，长发飘逸，宛如仙女。

"不知过一会，雾能不能散去，日出是否如约而来？"马伯雄问。

"雾散不散，太阳定会在那边升起，每天的味道还是新鲜的。"万仙如说。

"久违的看日出约定终于实现，看不见就遗憾了。"马伯雄说着，想起无定河畔惨案殷红的血，不禁打了个寒战。

"雾，暂时遮住眼睛，但不能蒙住真相。 伯雄，我们拥抱太阳吧。"万仙如说着，对着东方伸开双臂。

这就是万仙如，乐观成熟，昂扬向上的女人。 为了别人看来仿佛是梦中楼阁的信仰，她却敢于牺牲一切，甚至于生命。

雾气散去，太阳出来，虽然没看到初升的那一刻，但也是新鲜的。 他俩大口地呼吸，珍惜难得的机会。

离开了行宫，他们路过"亨得利"，见门板紧闭，弹孔累累。 马伯雄移开了视线，不用问他也知道发生过什么，太阳知道真相。

"马公子，你可回来了。"马伯雄走回学校，李四在门口等着，也不看后面跟着的万小姐，急吼吼说。

"出了啥事，慢慢说。"马伯雄给李四端水，要他稳住。

李四一口气喝完水，说，大事不好了，杨家沟来了土匪，是杨猴小的队伍，现在不管马姓还是杨姓，都躲进寨子里，与匪徒对峙了两天两夜。 马老爷让他从地道里逃出来报信。

"伯雄不急，我陪你找王县长报告。"万仙如安慰道。

"王县长，他会管？"提起王县长，马伯雄泄了气。

"老百姓缴纳皇粮国税养着他们，就是让他们保一方平安的，我就不信他不管。"万仙如说着，拉起马伯雄。

"啊！ 来土匪了，打哪哭的？"王县长一脸惊讶，问。 躲过了天灾，又来了人祸，他妈的，这县长真是不好当。

"土匪的鼻子太灵了。 不去东不去西，县城也瞧不上，就直接开到马氏庄园了，真有眼力。"张局长说道，酸酸的口气里，流露出对土匪打马氏庄园的快感。

"县长，那是成百上千条人命，请赶紧出兵救援啊。"万仙如说。

"出兵？ 警察局是给有钱人看家护院的，想出就出啊。 跟土匪打仗，要人马和武器，关键还要钱的，兵马未动粮草先行，知道不。"张局长振振有词地说。

"张局长不能这么说。 老百姓缴着皇粮国税，你们就该保驾护航。 不过，面对职业悍匪，你们警察局的实力不济，如果让土匪打散了，岂不是赔了夫人又折兵，还成天大的笑话。"王县长忧心忡忡说道。

"左不行，右不是，到底该咋办？"马伯雄问。

"马公子不要急，就你们固若金汤的寨子，还有后来的马氏庄园，坚持一两月定会毫发无损。 这样吧，我联系驻军前去增援，只是需要时间。 哎，你们咋走了。"王县长在他们的后面喊。

见王县长打太极，马伯雄决定和李四回马氏庄园，与父亲和族人们，一起面对土匪。

"我……伯雄，你要小心。"万仙如想说跟你们去，话到嘴边，又想起另一个办法。

39

万向明来钟楼书店见金秀，这是金秀第三次相约，前两次，她被万向明放了鸽子。

"万公子好忙啊，约了几次都不给面子。"金秀话是这样说，眼里还是充满了柔情。

"我很忙，井司令的订单，厂里四十台织机通宵达旦干，也赶不及。"万向明说。忙是一个原因，更主要的是他不想见面。 在惊天动地的事没做出来前，可不想光听金秀的说教。

"向明，今天我们不谈其他的，就喝茶拉话，谈生活，好不？"金秀的口气，十分温柔。

"稀罕了，你也谈生活，浪漫，好。"万向明口气怪怪地道。 第一次听金秀叫向明，他有点不舒服。

"浪漫的生活谁都想过，花前月下，卿卿我我，风清月明，静谧安宁，就你和我。"金秀闭眼说，散发出女人味。

看着金秀的娇柔，万向明吓了一跳，这女子今是咋了，忙问："你没事吧，是不哪儿受了刺激？"

"你才受刺激了，讨厌。"

"又来了，我真是受不了。"

"受不了也得受。 向明，我必须给你说件事，我，我喜欢上你了。"金秀胸部剧烈起伏，红着脸说。

"你喜欢我。 别，我可从没这样想过，你知道，我是喜欢马小姐的。"万向明说完，自己也没想到会拉出马苗做挡箭牌。 事实上，他好久没想过马苗了。

"为何不喜欢我？"金秀豁了出去，要问个明白。

"这……我佩服你坚定的信仰，也愿意受你的影响，但影响我的是你们的工作，这与生活完全是两码事。"

"工作与生活是不分的。 广州起义的参与者周文雍和陈铁军的故事听说过吗？ 花前月下，他们是一对相亲相爱的伉俪；面对敌人，就是一对坚定的无产阶级革命者。因叛徒出卖入狱后，他们在走上刑场前举办婚礼。 看看，革命者的爱情，浪不浪漫？"

"那是共产党编出来忽悠人的。"万向明说着，露出一副不以为然的神情。

"是真的，我这儿的书里就有。"金秀急急解释，取来一本书，"看，隐去了英雄事迹，渲染刑场上的婚礼，是害怕国民党的检查。"

"谁是老板？"三个戴黑礼帽的人突然进来，由升任八十六师特务队副队长的袁主意带队，他颐指气使地问。

金秀陪其他人检查书籍，袁主意坐在万向明对面，乜眼问："看啥书了，给我瞧瞧，这书有问题。"

"有问题，我咋没看出？"万向明问，其实书拿手里，他连两行字都没看。

"死刑犯是重罪，是和政府作对的敌人，这文章却歌颂他们，把死刑犯结婚包装成最美的婚礼，这不明显是与政府作对吗？"袁主意言之凿凿地说。

"听口音你不是陕北人。 陕北有给死人配阴婚的习俗，还雇鼓乐队给死人办婚礼。这么说也是反对政府了。"万向明反唇相讥。

"你是雀舌炒菜——嘴多啊。 拿出你的证件，检查。 万向明，你认识万星明吗？"

袁主意看到证件上的名字，联想到警卫排长，问。

"他是我哥，亲哥。"万向明说，到这时候，拿万星明出来，是有用的。

"那好，我们走。"袁主意站起身，对部下们说。

万向明知道不是万星明厉害，是他在井岳秀身边的位置厉害，据说最近井司令想一步到位，要将万星明从排长提拔成营长。

天黑前，马伯雄跟李四潜回杨家沟附近。 远远望去，土匪拉拉溜溜，有不少人在老寨子里溜达。 公子看，情形不好，走时老寨子还好好的，这会儿被土匪占了。 李四说。 老寨子是被攻破了，马伯雄说着仔细观察，发现不远处土匪们燃起篝火，吃饭的吃饭，睡觉的睡觉。 他说，赶紧从坟地那边的地道口进庄园里。

两人猫着腰，路经书苑时，见一群土匪燃起几堆篝火，在吃肉喝酒。 令马伯雄气愤不已的是，他们有人的屁股，坐着雕刻好的龙头。"喂，混账东西，龙头你们也敢坐，快滚下来。"马伯雄的大声喊叫，吸引来几声枪响。

"公子，跑呀，跟他们讲甚了讲。"李四喊着，拉马伯雄要跑。"你回去报信，我和土匪们谈谈。"马伯雄说着挣脱开来，却向书苑跑去，"不要开枪，我来和你们谈谈。"

土匪们傻眼了，目瞪口呆地看着一步步走来的人，是何方神仙？

"我的书苑还没修起，被你们破坏成了啥样。 窗棂子折了几根，这是日出东方的拼图啊。"马伯雄心疼地看着物件，数落着土匪。

"你他妈的谁啊，命也不要了，敢来这儿排侃，也不看老子是谁？"一个眼睛上面带疤的人，恶狠狠说道。

"我管你是谁，你坏了我家的东西，还随地大小便，就要照价赔偿，都起来，打扫卫生。"马伯雄说得理直气壮。

"大小便也算事，还让老子打扫？ 小子，你是来说笑的吧，杨志，过来把他抓起。"疤眼厉声说。

"杨志，你是杨志，咋又黑又小，瘦了。"马伯雄看着走来的人说，真想不到，还能与土匪杨志再次相遇。

"你谁啊，咋认识我？"杨志问，他被弄得摸不着头脑，想不起眼前是谁。

"不记得我了？ 看来坏人干坏事不计其数，就和好人做好事一样多，不过你一定记得，陕蒙交界的野狼群，和白花花的大洋。"

"你，还有那个打狼的壮士！ 你咋在这儿？"杨志问，那次难得的肥活，的确忘不了。

"我还想问，你咋来我们这儿？"

"行了行了，你俩跑这儿叙旧了。 杨志，你认识他，就叫他识点趣。"疤眼气咻咻说。

"我给说说。"杨志给疤眼点头道，对马伯雄讲了事情的经过，说他们是慕马氏庄园地主多的名而来，提出要三十万块大洋。 在昨天拿下老寨子后，价涨到五十万块。

五十万！ 你们狮子大张口，想钱想疯了。 马伯雄说。 杨志说，这个价，来前我们就定的，谁不知道在陕北地区，马氏庄园的地主最多，也最有钱。 马伯雄说，几年受灾，大不如从前了。 疤眼扑到马伯雄跟前，说，你回去带话，看着熟人的面子上，最少拿出三十万，要现金，如果少一块钱，明天午时三刻，我们血洗庄园。

天麻麻亮时，朦胧中，出现了两个人影。 守在墙头的人一声呐喊：土匪来了，惊动了更多人探身来看。 见马伯雄和一个人大摇大摆上来，墙上的人诧异，马公子咋跟土匪勾肩搭背？ 昨晚李四回来说公子被土匪逮走，马瑞琪立即召集各堂主连夜开会，会开到天亮还拿不出个办法，这才刚散会却遇了这出。 马拥护心里咯噔一下，不会是马伯雄勾结土匪，找自己算账来了？

"马公子，看你的了。 如不从，一场血战在所难免。 我们当土匪也难，也不过为活得好点，其实，谁也不想拼命。"杨志说着，似乎暗示着啥。

"放心，谁愿意让自己的庄园血流成河。"马伯雄说完，转身走进打开的大门，马上被蜂拥上来的人围住。 他趴到墙头，见与马拥护家平行的那段豁子，已被块石垒上。

马瑞琪搀扶着老二叔，各堂主紧跟着走来。 马拥护悻悻地说，伯雄，那段墙补起了。 马伯雄白了他一眼，一字一句传了土匪的话。

"又降到三十万了，那就快给呀。"听完马伯雄的话，马拥护第一个表态说。

"光明堂的，你家打算拿多少？"老二叔抖着胡须，沉着脸问马拥护。

"我拿？ 老二叔说笑话了，我连三十块也拿不出。"马拥护说着，退到后边。

"和遭到屠城相比，三十万是不多，因为在一条生命面前，钱算个甚。 但是我们能抵住土匪的话，给他们一块钱也多了。 给贼人钱，岂不是为虎作伥。"马瑞琪铿锵有力地说道，"大家也看到了，我家庄院墙高两丈，一面接着悬崖，易守难攻，抵挡土匪还是有实力的。"

"不过，他们的实力还是蛮强的。 昨晚我偷偷看了，土匪人有八九十，枪支也厉害，还有卡宾枪和机枪。"马伯雄说，真是近墨者黑，他在司令部的几个月，眼一睁就能看见枪炮，现在说起来也就头头是道。

"前几年，我们要是买点武器该有多好。"马瑞琪遗憾地说。

"大家两手准备吧，一手是回去都倒腾倒腾，看能拿出多少？ 另一手呢，做好恶战的准备，把石头、棍子和菜刀、斧头，以及麻油、柴草，门板、木头等统统拿来，准备与土匪死磕到底。 大家听好了，二叔我老了，这场保卫杨家沟和马氏庄园的生死恶战，全权由光亮堂的马瑞琪总领。"老二叔提高嗓门，放了话。

"族长，瑞琪领命了。 杨家沟的父老乡亲，马氏族人们，人在，寨子在。"

"人在，寨子在。"众人齐刷刷回应。

马伯雄被父亲叫进窑里，见到满炕铺着账本和盒子，他问："这是要干啥？"

"光亮堂的家底，今天我给你交代清楚。 这是账务，这是地契，这是金银首饰，还有……"

"打住。 您这又是何必？"

"马上要与土匪血战了，你死我活的战斗，说不准就走了。"

"会没事的，我相信。"马伯雄说着，握住父亲的手，阻止他继续摆弄。

"那暂时收起也行，不过你记住放的地儿。"马瑞琪说着，领儿子走到墙角，三轻两重踩了五下，露出四方四正的地窖口。 他带儿子下去，地窖很大，连穿了几孔窑洞，马伯雄看得眼花缭乱，目瞪口呆。

"马公子，午时三刻要到了，三十万备得咋样？"杨志望着墙头的马伯雄，大喊。

"我们一下子凑不齐这么多现金。"马伯雄答道，神情是威风凛凛的，腰板挺得更直。

"那能凑多少？"

"五千，不，可能最多三千。"

"他妈的，戏要我们啊！ 大哥，咋办，人越有钱越是吝啬。"杨志问疤眼。

"看来他们是不见棺材不掉泪了。 不等了，给我往死里打。 全体准备，开火。"疤眼一声令下，枪声如同爆炒豆子般热烈，攻城拔寨的战斗打响了。

一通机枪扫过，压得院墙上的人头也抬不起。 除悬崖无法攀登的那面，其他三面院墙同时出现了土匪，他们抬着梯子架了起来。 马瑞琪喊往下砸石头，躲在墙墩后的人们，纷纷闪出扔大大小小的石头，顿时下面是一阵鬼哭狼嚎。静默了一会儿，枪声又起，墙上的人再次闪出，对着梯子扔下火把。墙下火光冲天。有一把梯子上的土匪被烧得倒下，压倒下面的一串串土匪。几番博弈，各有伤亡。现场又进入静默时，马瑞琪让大家抓住空隙，备足石头、柴草，等待土匪新一轮攻城。

"让马公子说话。"杨志在墙下面喊，气势汹汹的口气弱了许多。

马伯雄从墙垛后露出头，问："杨志，有啥事，咋不攻了？"

"给不给钱？老子要是早知道你们不给钱，昨儿就该把你灭了，给我打！"杨志举枪就打，马伯雄一缩头，旁边的砖被子弹打得冒起火星。马伯雄从瞭望口看去，发现火力虽猛但爬墙的人很少，莫不是……他想到地道口，万一那边出了事就彻底完了，忙给父亲说了，带李胡子、李四几十个精干的匠人往那边跑去。他们人还没到，听到地道口附近响起枪声，再一看已有人倒下。原来几个土匪在洞里撅起屁股，使劲搬开了堵在洞口的大石头，钻出的几人，举枪就射击。弟兄们，杀啊，李胡子大喊着扑过去，大刀片的寒光闪过，两个土匪倒下，他顺势捡起枪却不知咋射击。剩余的一个土匪见机钻进洞里，喊着调机枪封锁洞口。黑洞洞的洞里，是土匪的枪口。李胡子几个用刀守着口子，说只要土匪露头就立即剁掉。暂时的静谧，估计土匪是在调兵遣将。马伯雄想起了万仙如，难道昨天会是他们的最后一面，就不由得打了个寒噤。

"叭叭叭，叭叭叭"枪声又响起，另一个方向的枪声也响起，是两股队伍，马伯雄纳闷。疤眼也在纳闷，想着不妙，便赶紧撤退。他们一退出，正遇到陕北红军的一支队伍，大多土匪束手就擒，不甘心失败的疤眼，举枪"叭叭"回击，不知击中对方没有，自己招来子弹，瞬间反被打成了筛子。

红军游击支队是万仙如搬来的。马伯雄一走，万分着急的万仙如想到红军游击支队在杨家沟东边的黑疙瘩村，请示校长后立即去接洽。这是一支新组建的红军队伍，听说剿匪，二话不说就开拔，杀得匪徒措手不及，还缴获了一挺机关枪和大量武器。

红军游击支队得胜后要撤走，马瑞琪拿出五百块大洋表示感谢，却被谢绝，这让马瑞琪惴惴不安。天下只有抢人的队伍，帮人却不要好处的，闻所未闻。难道是嫌少？对穿着破烂衣服的他们，不少了。"万小姐，感谢你们拔刀相助，马某代表杨家沟百姓和马氏族人，向你并通过你，向红军队伍表示感谢。"马瑞琪拱手对万仙如说。

"马老先生客气了，共产党的队伍是人民的队伍，你们的事就是自家的事，我们一家人不说两家话。"万小姐落落大方地说。

"万小姐，上次的事抱歉，是我有眼不识泰山，请你海涵。"

"人家万小姐不是那样的人，不然，也不会领着红军救大家。 哪像国民党军队，收着税，贪着钱，不管百姓的死活。"马伯雄说着，想起王县长和张局长，更加生气。

"对对，万小姐不是那样的人。"马瑞琪微笑道，心想万小姐是革命者，但不是居家过日子的人，传宗接代更没希望。 从儿子看她的眼神，两人的关系已经不简单了，要是分不开他们，马家的千秋伟业后继无人，想着就揪心。

包括疤眼在内的二十多名土匪被打死，杨志等几十个被活捉，还有不少土匪丢盔弃甲，自作了鸟兽散。

"马公子，救救我，我上有八十的老母，下有三岁儿子。"

"闭嘴，江湖上的话，老子听得耳朵起了茧子。"马拥护不知从哪儿冒出来，说。他嘴上叼根"大前门"纸烟，是从死人身上翻出的。

杨志翻起了死鱼样的白眼，马伯雄走过来，却递给他几张票子，说："再不要做打家劫舍伤天害理的事了，回家做点小买卖，给老人送终，养儿子长大。"

"好侄子呀，你咋相信他的鬼话，还给他钱。 你鬼迷心窍了。"马拥护盯着票子说着，两眼放出绿光，恨不得抢过。

"马公子，救命之恩定当涌泉相报。"杨志说着，"扑通"下跪。

马伯雄一把拉起他，说："走吧，我们从此两不相欠。"

万仙如默默地看着马伯雄逐一给土匪打发票子，眼前的男人如初升的太阳般温馨，如正午的阳光那样温暖。

40

"看啥？"马伯雄望着笑眯眯侧头看自己的万仙如，问。

"你专注的样子，阳光帅气。"万仙如欣赏地说。

高兴的马伯雄，带万仙如来到书苑工地，看到的却是一片狼藉。"土匪就是土匪，日踏了几天，吃喝拉撒弄得不成样子。"他皱眉说。 万仙如二话不说，拎起扫帚打扫，被他一把拉住，说，不是让你干活的，是想听听你的高见。 看我的设计如何？ 他指点着一字排开的半拉子建筑，介绍说，中间的是西方教堂式风格，体现了对耶稣的崇敬；

左边缩进去的是日式风格，留住对日本的回忆；右边缩进的是典型的陕北窑洞，通体采用"山"字形构架，三关两套，三面突出，两面缩进，寓意家业"稳如泰山"。 门面上均匀分布八根通天柱，接天通地，天地一体，设计是全国独创。 万仙如笑说，咋没把教堂也设计进去，信徒们做礼拜就有地方了。 你要是基督徒，我现在就加一座教堂，修在南边的空地上，然后用长廊连接，马伯雄说。 我就是基督徒，和你家的房子也没啥关系，万仙如说。 没关系吗？ 马伯雄大着胆子问，眼里要喷出火了。

万仙如躲开他的眼神，正色道："这次，我的身份是完全暴露了。"

"其实，我早已知道。"马伯雄说得不以为然，心里还是怦怦乱跳，面前站着一个共产党员，心里是有些慌乱。

"谢谢你，为我们做了不少工作。"万仙如真诚地说。

"我，我没做啥。"

"你做了不少，组织都记着。 上次无定河畔六位同志被敌人杀害后，陕北共产党人强烈愤慨，打土匪的队伍，就是新组建的红军游击支队。"

"国民党和共产党在米脂都有武装，两派之争愈演愈烈，以后马氏庄园的日子，能安稳？"马伯雄担心地问，心想马家的家业，说不准哪天说完就完了。

"你咋会这样想？ 共产党打败国民党，建立的政权，是人民当家做主的。 杨家沟具备了创建红色革命的基础，你放心，用不了多久，红色区域就能染到这儿。"

革命形势发展得这么快呀。 马伯雄想，马氏庄园要是红色革命了，会是个啥样？ 庄园，还有书苑，能不能保住？ 他指着八条土梁，神秘地问了马先生说的真龙天子的事："如果这里红色了，书苑的真龙天子是不是也保不住？"

万仙如哈哈大笑，说："啥真龙天子，那是封建迷信。 至于书苑，继续修吧，人民当家做主，并不是说不让吃喝拉撒，不让发展生产了。"

万仙如与马伯雄分手，说回城里，其实并未走，她在前沟绕了个圈，转到后沟的龙王庙里，与艾土地、李胡子和几个杨姓的党员开会。 艾土地汇报完党小组工作，万仙如说最近的工作重点是，继续发展党团员，壮大自己的力量，领导群众为创建苏维埃政权做准备，并为下一步土改的到来做安排。

听说能分到土地，大家兴奋得摩拳擦掌，李胡子和李四却犹豫不决，问，马公子家的也要分吗？ 万仙如说，当然了，他家是马氏家族土地最多的，拿出来的也会最多。 李胡子说不忍心，他是我们的救命恩人。 艾土地说，自己也纠结这事，马老爷得来土地不容易。 万仙如说，难怪周围桃镇、黑疙瘩、姬岔等几个地方，革命如火如荼，土地最多的杨家沟村却进度缓慢，原来是你们思想有负担啊，这要不得。 在具体处理中，要分清进步乡绅和恶霸地主的界限，不冤枉一个好人，也不能放过一个坏人。 李四吐了吐舌头说，革命真是复杂，有这么多渠渠道道。 艾土地说，工作进展不快，还另有原因，国民党队伍要杀鸡给猴看，从监狱里拉出几个"闹红"的人来我们村游街，他们架起火堆，烧红烙铁烫人的身子，说是"穿火袄"，烧红了铁锅套进人的头上，叫"戴火帽"。"嗞嗞"烧肉的味道，怕死人了，老百姓们胆怯了，闹革命的积极性就差了。

"革命形势越好，敌人报复起来就会越残忍，这也是考验大家的时候。 来，跟着我重温入党誓词。"万仙如领大家低声吟诵：

严守秘密，服从纪律，牺牲个人，阶级斗争，努力革命，永不叛党。

学校一放假，校园里静悄悄的。 马伯雄怀着侥幸心理，看能不能遇到万仙如，准备约她去榆林。 工友师傅说，万老师几天不见了。

马伯雄对榆林，有着挥之不去的阴影，其实并不想去。 之所以要去，是父亲让他去找马苗。 跟土匪打了一仗后，马老爷明显老了，花白的头发掉了不少，清癯的面容少了光泽，连板直的腰也佝偻了十几度。 马苗离家后，他再未提起她，那天姨把黄萝卜羊肉扁食端上桌，他夹起一个，顺嘴说这是马苗最爱吃的。 说完一愣，扁食落到盘子里，他却号啕大哭起来。 哭声一住，对马伯雄说，你抓紧去趟榆林，不管三七二十一，把她找回来。 万家能嫁则嫁，嫁不成，找个老实过光景的农人嫁了，都挺好。

马小姐早就不在榆林了，马家粮店的伙计说。 马伯雄吃惊不小，问去了哪？ 听说跟万公子去了包头，好像是万家的苏鲁克。 马伯雄的心稍微放下来点。 伙计又说，不过，万家公子好像街上又见了。 啊？ 那小姐呢？ 马伯雄问。 两个大活人出走，一个说不见就不见了？ 马伯雄真想抽伙计一个耳光，这等大事为何不捎话回来。 转念又一想，怨不得人家，他都不想多听马苗的消息，能怨人家什么。

不入虎穴焉得虎子。 马伯雄决定亲自找万家谈谈。

"你家小姐不见了，到我家找，你是侮辱人吧。 你们马家把我们万家当甚了？ 拐卖人口？"万友善怒不可遏，拍着桌子喊道。

"万掌柜，别激动，俗话说，有理不在声高，我们心平气和地讲讲道理。"马伯雄说。 他想说人要是找到了，你们该咋迎娶，我们不反对了。 现在看万友善的态度，他就作罢，只是在心里埋怨自己的傻妹妹。

"是要讲道理。"万掌柜的声音降了几度，说。

"先是您家公子上我家了吧；是他带走我妹妹了吧；他现在榆林，我妹妹不见了，也是事实吧！"

"她是撵到榆林，倒追我儿子的。他们的事，我不同意，坚决不同意。"万友善斩钉截铁地说。

"我们不谈同意不同意的事，现在我妹妹到底在哪？"

"腿在她身上，我咋知道。"万友善说着，满脸的委屈。

"你家万向明知道。"

"谁找我？"万向明推开门，见到愤怒的马伯雄，他脸上掠过一丝慌乱，问："马公子，你咋来了？"

"快说，我妹妹在哪？"

"她，她在包头，徜徉在美丽的大草原，跟萨仁花学挤奶，牛的、马的、绵羊的。"万向明嬉皮笑脸地说，但流露出慌乱的眼神。

"你是人不是？把她一个人留下，你却回来了。"

"我这不是回来做家长的工作，让父亲同意我们的事。"

"万向明你不要枉费心机了，你们的事，我是一百个不同意，一万个不同意。"万友善狂暴起来，挥手说。

"万向明，你给我听清楚，立马去包头把我妹妹接回来，否则和你没完。还有，你就是想娶，我们还不嫁。"马伯雄说着，拂袖离去。

等了两天，未等来万向明去包头的消息，马伯雄沉不住气了，想去找万星明但又不愿意去司令部。犹豫中，有人来通知他，说万排长明天下午请马先生在老地方吃饭。马伯雄一阵窃喜。次日下午，他走到街头发现人很多，一问方知万佛楼举办庙会，今天是观音菩萨的成道日，庙会上还给香客吃免费的罗汉菜。说起罗汉菜，是有些讲究的，用素油将豆腐、洋芋、素丸子、西葫芦和南瓜，炸到金黄，另准备片粉、木耳、莲子、银耳、黄花、海带等，先将葱姜蒜炒香，在汤里加姜粉、花椒粉、胡椒粉，烧开后依次放入主料、辅料，出锅时撒翠绿的香菜，一锅能香飘半道街。

在家门口办庙会，又有免费罗汉菜吃，市民们的热情可想而知。马伯雄见约会时间还早，就先去赶庙会，好不容易挤到万佛楼底下，正遇一锅罗汉菜出锅。马伯雄有个原则，不上香不扰庙，只看热闹。 面对五颜六色香喷喷的罗汉菜，心里说不吃，味蕾却抵不住诱惑，刚好有居士递来一碗，索性接过狼吞虎咽起来。

打着饱嗝，马伯雄来到烩菜馆，见万星明安静地坐着抽烟。 万星明微笑着并不开口。 他不好意思地说迟到了，问万排长有好事？ 万星明说见到你难道不是好事。 又问我们多久没见面，今天陪我喝点。 说着倒出一大一小两杯。 我干了，你意思。 马伯雄舔了一下，说辣。

"伯雄对不起，向明的事，还有我父亲，我跟你道歉。"

"你道得哪门子歉，再说事已过去了，我现在最大的诉求，就是赶紧把马苗找回来。"

"我已给弟弟说了，他也答应尽快去接人。 要是我的时间能自由支配的话，就亲自去一趟，顺便也看看……可惜身不由己。"

马伯雄说："该见见萨仁花了。"

万星明摇头，说："真是好想她，就是没时间。 你呢，咋样，听仙如说，你们俩成了同事，当老师，也挺好的。"

"仙如回来了，她在哪儿？"马伯雄问。 万仙如真是来无影去无踪，难怪米脂找不到她。

"她该来了，咋回事，又要迟到。"

万仙如回到榆林有一周了，这会儿正在庙会上跟踪袁主意，继续完成米脂未完成的刺杀行动，为牺牲的同志报仇。

袁主意逃到榆林，是金秀传来的消息，并说袁主意有个爱好，喜欢到书店看书。暗杀小组设计了好几套在书店实施的方案，可惜无法进行。 米脂躲过暗杀后，这家伙警惕性很高，从不单独行动，来书店总带着两个保镖，所占位置是死角的。 今天庙会，袁主意也要出去执行任务，刺杀小组决定，趁人多近距离杀他。 制订方案时，考虑到开枪恐伤及无辜，决定用匕首捅。

陕北的共产党组织如雨后春笋般迅速发展，逼得榆林城的形势愈加紧张。 每当举行大型活动，特务队和宪兵队的人，个个忙得团团转。 今天的庙会更忙，这是唯一在大街上举办的活动，其危险性更大。 这两天，袁主意通宵达旦地忙。 他是特务，更是叛徒，时刻担心共产党组织杀他，所以他的警惕性比任何人都高。 赶庙会的人多，很拥挤，但他与混在人群中的两个手下，一直在三两米的范围内，保持着三角队形。 他们的不远处，有着更多的三角队形。

袁主意今天有种不祥的感觉，昨晚梦见狂风暴雨中，他跟遇上鬼一样不停地奔跑，跑着跑着，一个接一个的雷鸣闪电，在屁股后撵着，等到雨停了，发现来到河水暴涨的无定河畔。孤独中的他十分害怕，大声唱歌给自己壮胆，突然冒出了六个人，组成三角队形向他围过来，异口同声说，袁主意，我们一齐寻你来了。啊！一声大喊，他从梦中惊醒，浑身上下大汗淋漓。今天上街，他比平时多了心眼，贼眉鼠眼地左顾右盼，总觉得有个看不见摸不着的影子，跟着自己。

万向明给自己放了假，也来赶庙会。这段时间的生活太乏味了，从家到厂子，标准的两点一线，耳畔全是机器没完没了的轰鸣声。难道，就这样做一个企业主，无聊中赚点钱，碌碌无为地打发完人生？万向明的心是不甘的。

"闪开点，让着道。"两个当兵的喊着，硬生生地在人群里挤出一条道，只见道中央走着一个年轻人，万向明定睛一看，这不是井岳秀的公子，在榆中上学的那个？这家伙比自己低一级，平时在学校里耀武扬威，别说老师，就是校长见了也弯着腰向他问好。看着被驱离的芸芸众生，万向明生出怜悯，都是活着，人与人的差别咋这样大。哼，老子不信这个邪。想着想着，脚步听着大脑的指挥，向井公子缓缓靠近。

41

"借光，借光，罗汉菜出锅了。"胖厨子喊着，大马勺将滚烫的菜几下舀到瓷盆里。"给井公子舀一碗，尝尝。"厨师赔着笑脸，说。跟着有人舀出了一碗递来。

士兵忙去阻挡。司令部有规定，为安全起见，不容许井家人在外吃饭。但是色香味俱全的菜诱惑太大了，咽着唾沫的井公子伸手要接。突然一只手抢着接过，这是万向明的手，他还用嘲笑的眼神轻蔑地看着井公子。井公子勃然大怒，扬手就是一记响亮的耳光。万向明不顾火辣辣的脸蛋，说时迟那时快，将滚烫的罗汉菜泼过去，被眼疾手快的士兵一碰，碗菜降低了高度，躲开了井公子的脸，泼到身上，红的是辣椒，黄的是黄花，绿的是香菜。万向明愣了下，见士兵举起了枪，赶紧挤进人群里逃跑。"叭叭"，士兵对天放了两枪，大喊"抓住他，有刺客"。顿时，现场乱作一团，做饭的摊子被挤得七零八落了。

枪声一响，紧张中的袁主意立刻镇定，他辨别方向，发现枪声在南边不远处。　他猛地拔出枪移步，跟一个头戴羊肚肚手巾的乡下人撞了满怀。　就这一瞬间，他的肚子被碰了几下，湿漉漉的滚烫温热。"有刺客，这里有刺客。"袁主意喊起，下意识地冲着乡下人扣动了扳机。

再次响起的枪声让人们更是慌乱，袁主意三角队形里的一个特务，听到枪声忙回头，却被穿蓝色外套的女士挡住，他往左移动，女士往左，他往右移动，女士往右。给老子起开，他骂着并动手扒拉开女士，再看乱糟糟的人群里，袁主意不见了，便也掏出手枪，边对天鸣枪，边喊着统统给我趴下。　听见枪响，现场趴下一大片，蓝衣女士却是鹤立鸡群，撒腿跑得很快。　他大喊着，把蓝衣服女人拦住，刚要拔腿追去，脚下却被绊摔个狗吃屎。　身下躺着一个人，便是顶头上司袁主意，身边的血淌出一大摊，整个人在不停地抽搐，旁边还躺着另两人，一个是戴羊肚肚头巾的乡下人，肚子被打得开了花，已没呼吸；另一个是胖女人，被穿透乡下人身体的子弹击中，伤情并不严重。

"封锁现场，绝不能放走一个、一个可疑分子。"袁主意手捂住肚子，还不忘指挥现场。　等军医赶来，他歪头昏迷过去。

万向明朝着星明楼方向一路奔跑，不时回头望着后面乱成的"一锅粥"。　他在惴惴不安中有些害怕，滚烫的菜对准井公子的脸泼去，重则毁容，轻则也脱层皮，可不是一拳一脚的事。　进到星明楼洞时，他毅然做出立即出城的决定，去草原，找巴特尔，还有马苗。　他加快步伐，沿星楼巷一路向西，七八分钟来到西门，正听得守门的士兵互相喊叫，说司令部来了电话，赶紧关闭城门。　这当儿，他撒腿穿过了城门洞。

街上的混乱让临窗的万星明警觉起来，见两个人慌慌张张进来，问外面发生了甚事。　得知有刺客，他对马伯雄说，情况紧急，我得先走，你要死等仙如，有事到司令部找我。　马伯雄望着万星明的背影，还未醒悟过来。　万仙如裹着风进来，一落座问后面没跟着人吧。　见马伯雄点头，她长出一口气，将蓝色外套脱下，换上粉色的外套，神情顿时轻松了许多。

"你咋来榆林了？"万仙如镇定自若地问。

"还不是为马苗的事。"

"马苗的事别急，我们一起想办法。　现在吃饭，我还真是饿了。"万仙如说着，舀了一碗菜端起，似乎是不经意地从窗户向外看，满街都是警察，部队也开始掺和进来，越来越多。

"有时候我理解，为了主义和信仰，在所不辞；有时候又不理解，毕竟人生如此短暂，美丽人生花在这些没名堂，对不起，我用词不当，花费在，在……"马伯雄说着，突然把万仙如的头拉过来，送上冰凉的嘴唇。

"掌柜的，刚有人进来汕嘛，一个穿蓝色衣服的女人。"在现场被万仙如阻挡住的袁主意部下，气势汹汹地问着，环视几十平方米的烩菜馆。昏暗的灯光下，七八桌客人大多是成双成对的。

"客人不都在这儿，您自己看，哪有蓝衣服的女人？"掌柜说着，下意识地看了万仙如一眼。

"没有。"特务说着，走到马伯雄和万仙如跟前，见他俩如醉如痴地吻在一起，有些艳羡地说，真他妈的会找地儿，我们走。

马伯雄放了万仙如后，神情开始迷离，后悔放开了，没认真去亲她。万仙如脸红了，神情还算自若，戏谑说你的嘴唇是冰凉冰凉的，嘿，为我捏把冷汗是吧。

"最近做何打算，回不回米脂？"马伯雄问，在榆林出了这么大的事，该走了。

"要开学了，应该回去。你呢？"万仙如问，脑子里想，今天刺杀是否成功，所有参加的人必须撤离。对袁主意的死，她有十足的信心，毕竟亲眼看着他倒下的，还流了那么多的血。那位乡下人打扮的同志，她也是亲眼看着中了那么多枪倒下的，大概率是凶多吉少。

"我，暂时不回，店里还有点事处理。"马伯雄说。他打定了主意，万家无论去不去草原接马苗，他一定要去的，接到马苗后，和万家了断。

世事一切在变，唯一不变的是马园子里的厮杀声和刀光剑影。马伯雄走包头前起了大早，看能否找到万星明。来到马园子，里面有走队列的，练习刺杀的，匍匐前进的，喊杀声刺破了黎明前最后一块夜幕，迎着初升的太阳。

独占一隅的万星明在大展拳脚，马伯雄看不懂他是在练啥拳，但一招一式时而快如闪电，时而舒缓如水，冷静稳健，让他惊叹不已。在局势撕裂的当下，军阀山头林立，党派之争激烈，作为一个职业军人，万星明也许不懂国家的事，但他忠诚仁义，知恩图报，把服务好井岳秀作为最大的信仰，凭这一点，也该为他骄傲。马伯雄想着，改变了主意，没有去打扰万星明只在心里默默祝福：星明，你好，你会更好。

万佛楼事件过去一段时间，榆林城里依旧是风声鹤唳，草木皆兵。 井公子被打，特务队副队长差点被杀，这哪是治安问题，是严重的政治暗杀事件。 让袁主意庆幸的是，自己人高马大，而刺客个头矮小，近距离用刀，只能捅到肚子上，又用不上力量，让他侥幸逃脱死神之手。 遗憾的是，自己下手太快，一梭子打完所有的子弹，将对方打成筛子，当场毙命，未留成活口。 可以肯定的是，刺杀绝非一人所为，起码蓝衣女子就是策应，只是现场太乱，让他们逃之夭夭。 殴打井公子案子，从迹象上看，二者并无关联，可能纯属偶然。 就是用脚去想问题，共产党也不会傻到用明目张胆打人的伎俩，分散注意力。 因为打人者身份很是清晰，就是通天苑的万公子，万星明的亲弟弟。 天下的暗杀，哪有这么掩护的。 这个世界真有意思，哥哥为井司令服务，弟弟殴打司令的儿子。 万向明目前去向不明，他曾因宣扬共产党的主张而坐过牢，这家伙也不是啥好人。

井公子被打事件，最尴尬的非万星明莫属。 作为井司令身边的人，看着一批批特务队、宪兵队到万府调查取证，他恨不得找条地缝钻进去。 好在此事未产生重大后果，只是井公子的衣服被油污了，但性质极为恶劣，造成的影响十分巨大，对井司令来说是毁灭性的。 多天的忐忑中，他一直等着司令来找，那样可以深刻检讨一番，可司令就是不找，平时说话跟没事人一样。 大人物之所以成为大人物，就是能沉住气，宰相肚里能撑船。

"星明，你等等，来坐。"井岳秀把衣服递给八姨太后，对着送他回家的万星明说。

井司令这样的客气，从未有过，万星明想。 平时护送井司令回到家里，留下值班的卫兵后，他问司令再无事，我们就先撤了。 井司令也是一挥手，默认。 今天，显然不同。

"星明，喝茶。"井司令一指热气腾腾的茶，说道。

"司令，有事请讲，星明是粗人，家里又是那种情况，我……"万星明少半个屁股斜坐在凳子上，诚惶诚恐地说。

"看看，又沉不住气了。 我说过多次，要和你练功一样，遇事不惊，处事不乱，张弛有度。 看来，还需好好磨炼啊。"井岳秀爱怜地看着他，说。

"谢谢司令抬爱。"万星明说，司令部工作时间长了，他也学会文绉绉。

"最近的事嘛，是有些乱，我批评了犬子。 他作为井家人，理当好好学习报国本领，日后成为国之栋梁。 可他却招摇过市，耀武扬威，有辱井家名声。"

"井司令，别这样说，都是我那不成器的弟弟，蓄意滋事的。他，理应受到法律之制裁，可惜逃之夭夭。"

"这个事我们暂且不说，今天想说说你的事。跟我几年，对你的为人和能力，我是了如指掌，除了文化低点，再没毛病。本来我打算提拔你到三营，那是我的大本营，可有了这次的事，再去的话恐怕引起不良反应，我最近考虑来考虑去，提拔还要继续，只是需要换个地方。"

"感谢司令栽培，不过，我还想、想继续在您身边服务。"万星明猛地站起，"啪"一个敬礼，说。

"看那点出息，你那么年轻，我不想耽误你。听令，去陕蒙边界担任副营长。"井司令严肃地说。

陕蒙边界地处茫茫毛乌素沙漠腹地，算是八十六师条件最艰苦的地方，提拔万星明到那儿，不至于遭人妒忌。

"是，星明不怕吃苦。"万星明连忙站起，立正说。

"还有，你们营长同时升任副团长，所以名义上你是副营长，其实主持全营工作，任务是，时刻监视蒙地那边的一举一动，一旦发现独立企图，我们立即粉碎他们的阴谋。任务很是艰巨啊。"

"是。星明一定完成任务。"万星明说着，再次起立敬礼。这是一种感恩，更是一种挑起重担的责任。

秋风乍起，树叶渐黄。马伯雄一路北上，来到希拉穆仁草原，放眼望出去，蓝天白云下，整个草原好似一块无边无际的淡黄色毛毯，羊群塞道，牛马衔尾，好一派北国风光。沿着草原南缘找了三天，见过十几个巴特尔，七八个萨仁花，都不是他要找的人。如此周折还找不到，难道不是有缘人？马伯雄问得有些沮丧，朝着又一个蒙古包走去。

今天上午，他就来过附近，远远看见一个骑马人朝这边过来，勒马停住后又掉头而去，马伯雄问巴特尔在哪？那人身子没转，却用马鞭指了另一个方向。草原上，他还未见过这样冷冰冰的人。按照马鞭的指向而去，走到中午见条小河，却还是未见一人。举目远眺，更无一个蒙古包，只好又掉头返回。

"喂，请问前面是巴特尔的蒙古包吗？"马伯雄终于在太阳落山前，见到骑马扬鞭的放牧人，还有隐约的蒙古包。

"是啊，你是哪来的？找他干吗？"放牧人策马过来，听声音是个姑娘。

"我是从榆林来的。"马伯雄说，虽是大草原，但榆林的地名，连不懂汉语的人都能听懂，因为蒙汉边客生意活跃。

"榆林，你知道通天苑和万星明吗？"放牧女子问道。

"萨仁花？你是萨仁花！"马伯雄激动地问。

"我是萨仁花，你是谁？看起来我们好像见过。"

"马伯雄呀。"

"是你，马伯雄！"萨仁花的叫声，在辽阔的草原上空飘荡。

"万向明，马苗，看给你带谁来了？"萨仁花大声说，蒙古包里毫无反应。纳闷中的她，提高了嗓门喊："你俩在干吗，没听见吗？"说着，一把拉开蒙古包的门。

42

"咋回事，咋回事？"萨仁花满脸写着问号。

像是盗贼刚刚走过，蒙古包里一片狼藉，一个奶茶锅子躺倒，淌下一摊奶茶。

"萨仁花，你带谁来了？"巴特尔进来，他打量着马伯雄，问。

"巴特尔，我们见过，在法庭。"

"哦，想起来了，面汤官司。"巴特尔说着，确认后与马伯雄一个熊抱。"这咋了？"眼前的场景，让他十分惊讶，问萨仁花。

"他们住在这里？"马伯雄问，明白了一切，上午专门指错路的那个人，一定是万向明。

"今早都好好的，咋说走就走，也不打个招呼。"萨仁花十分不满地说。

"是为了躲我。"马伯雄说。

"躲你？你们是甚关系？"

"马苗是我妹妹。"

"啊？"兄妹两个异口同声道。

"那我们赶紧分两路追回他们。"巴特尔说道，心里想万向明太不懂事了。

"不用，我们汉人有句话，天要下雨，娘要嫁人。他们既不想见我，就随他们去吧。"马伯雄话是这样说，但心头涌上无限的伤感，坚信躲避自己是万向明的一厢情愿，马苗压根不知自己的到来。 颠沛流离的生活，他们能过得下去吗？ 未来……马伯雄简直不敢往深了去想。

萨仁花也和马伯雄一样的伤感，她问万星明好吗？ 马伯雄说很好，滔滔不绝讲了万星明的故事，说他最近要被提拔为营长。 萨仁花问营长是多大的官？ 马伯雄说管一两百号人。 巴特尔说不止吧，一营三连，一连三排，一排三班，如果满编，咋也要三四百号人。 马伯雄佩服巴特尔的知识渊博，巴特尔说他给五原的驻军供应过牛羊肉。

万星明当了大官，萨仁花沮丧了，神情恍惚起来，喃喃说，万公子在你跟前提过我吗？ 马伯雄拿出一件玉佛，说万公子对你念念不忘，特意把这个要我交给你。 其实这是他从自家店里拿的。 见到玉佛挂件，萨仁花忙不迭地戴上，两眼重放光彩。

朋友千里路上相见，巴特尔兄妹分外热情，燃起火堆烤了全羊，一扫不愉快。 盛情之下，马伯雄喝了三杯草原春，醉倒了。 次日醒来，心里有事的他，谢绝了巴特尔兄妹挽留的美意，踏上榆林的归程。

马伯雄星夜兼程回到榆林，迫不及待去找万星明，却得知万星明已提拔到陕蒙边界驻防，他心里一喜，也许苍天顾怜万星明与萨仁花这对有情人，祝福他们！

回到米脂东街小学，已是开学两天后。 马伯雄本来等着挨校长的批评，校长却找到他的宿舍，笑眯眯说，你可回来了，赶紧收拾东西。 马伯雄心里"咯噔"一下，又要卷铺盖了。 校长说，快跟我去县政府。 问去县政府干吗？ 校长说是好事。

"马伯雄，你总算回来了。"王县长满脸堆笑地说，热情地握手。

"王县长，校长，你们这究竟演得是哪出？"马伯雄问。

"恭喜马局长了。"王县长说。

"局长？ 弄错了吧。"

"没错，你已是米脂县教育局长，任命书已发到各学校。"校长肯定地说。

陕西省政府下发了《三民主义教育实施方针》，提出实施人才战略，要求站在民族独立，民权普遍，民生发展，以促进世界大同的高度，重视教师队伍建设，在教育基础好，国民素质高的地方，成立教育局，引入人才参与管理。 米脂的文化地位在陕西举足轻重，教育局长人选慎之又慎，王县长推荐了马伯雄。 在县政府给省政府的推荐报告里，有如下表述：

马伯雄少入马氏庄园学堂，后入榆林中学，再东渡日本留学，造就了他的视野广阔，贯通中西，学养深厚，是本县教育局局长的最佳人选。

王县长选中马伯雄，除公开的原因，还有一个只可意会不可言传的原因，就是和他的千金有关。这位跟姨太太自幼生活在大城市的千金小姐，来到穷乡僻壤的米脂小城，哪都不适应，但也就奇怪了，马伯雄当她的老师后，她像变了个人，由一只母老虎变成温顺的小绵羊。理不清变化的原因，王县长偷窥女儿的秘密，发现作业本上竟密密麻麻写着"马伯雄"三个字。王县长有意提及马伯雄，女儿说那是我们马老师，他是留日学生，可有水平了，人长得那个啥、啥米脂婆姨绥德汉，我看是米脂婆姨米脂汉。

女儿思春了，明白一切的王县长，琢磨起马伯雄来。平心而论，他文质彬彬，长相和身板也没得说，出身于耕读传家的乡绅家庭，从小接受良好的教育，还有国际视野，为人嘛，不关心政治但同情弱者，正直善良充满爱心，有肝胆义侠风范，当然也有爱钻牛角、爱冲动的毛病。于公于私，这个局长非马伯雄莫属。

马伯雄糊里糊涂上了任。摆在案头的是1931年国民党"四大"确定的"三民主义"教育宗旨及实施原则与方针，其中的条条框框很多，如确立道德规范，建立教科书编审制度，严令不能放任学生参加政治斗争和社会斗争等，马伯雄对此也是赞同的。

"伯雄，恭喜你荣升局长。"万仙如跑来祝贺，说。

"不觉得庸俗？"马伯雄问。

"教育乃国之根本，育国之栋梁，兴邦乃之安定也。祝贺你走上如此重要岗位，咋说庸俗？"

"你还一套一套的，说，有何事找我？"

"我给马局长三个建议，一个是力争在你的任期内，恢复三民二中，米脂堂堂文化大县，竟连一所中学都没有，岂不是令人笑掉大牙；第二个是加大乡村农民教育力度，传统文化的根在乡村，道德和理性的根也在乡村；第三个是增加各学校的自主选学课程，我们的课外阅读倒退成了啥，"五四"运动以来的新思维和新思想，教材里看不到一点影子，看到的是国民党的老一套，总不能用一套教材一以贯之？"

"你是想继续办杨家沟那样的夜校，在学校里传播那种思想？仙如，歇歇吧，这事弄得我是筋疲力尽了。"

"好吧。对了，光顾祝贺你，倒忘了大事。把马苗找回来了吗？"万仙如问。

"一言难尽。"马伯雄说了大概。万仙如说万向明躲着你，这是他的一贯风格。马伯雄说，躲倒是无所谓，我是担心离开了巴特尔，他们会走投无路。

"以我对弟弟的了解，他的脑子和花花肠子够用，生存不会出问题的。"

"但愿如此。"马伯雄苦笑着说，心里想最担心万向明的花花肠子动了，就没马苗的好果子吃。

"马老师，我要讨教问题。"王玛丽说着，连门也不敲，一步跨进来。

"请你出去，老师们的事还未说完。"万仙如也毫不客气说。 见王玛丽依然原地不动，又说："没听见？ 请你出去等。"

"我不，就不，这是我爸的县政府，要出去，你、你出去。"王玛丽说着，声音有点抽泣。

"万老师先请回，其他事我们改天再说。"马伯雄出面调解道。 他要息事宁人，不愿意两个女人在他办公室里发生争执。

"你咋不去上学？"见万仙如大度地出了门，马伯雄问王玛丽说。

"您不知道，我前年就在西安教会学校毕了业，来了米脂无聊，是为打发时间才去东街小学的。 现在又毕了业，再和下届一起上课，我自己也不好意思。 咯咯。"王玛丽说着，开心地笑出了声。

"那找我干吗？"马伯雄问，看着王家千金，想起唱小曲的小翠，想起绥德客栈里的兰花花。 啥人人生而平等，能平等吗？ 每个人出生的那一天起，握在手里的东西就不一样。 所谓的平等，是在奔向人生的终极路上，追求生命、自由和幸福的权利平等，真正的平等，就是最后的归宿地最平等。

"您不是说过，有问题可以随时找您请教？"

"我不是老师了。"

"东街小学的老师，我才不愿意找他们，我要找有境界、有思想的，咯咯。"王玛丽灿烂的笑，能溅出火花。

"今天是啥问题？"

"是关于、关于爱情的，您说爱情有没有地域、身份的限制。"王玛丽显得天真烂漫，说。

"这、这样的问题，我还没仔细考虑过。"马伯雄嗫嚅地说。

"哈哈，您脸红了。 其实我知道答案，白雪公主与七个小矮人，不，是灰姑娘与王子，也不对，是……"

"玛丽，咋来这儿？ 别影响马局长办公。"王县长笑眯眯进来，对女儿嗔怪道。

"县长，没关系的。"马伯雄说着，心想眼前的王县长，已经一扫以前牛皮哄哄还蛮不讲理的架势，变得慈祥可亲多了。

王县长放下一份榆林发来的文件，是关于在学校开展"三爱"活动，即爱一个政党，国民党；爱一个主义，三民主义；爱一位领袖，蒋介石。"这可是当下教育的一项重要政治任务。 蒋介石为'统筹抗日'，重新成立了'军事委员会'，并亲自担任委员长，需要树立威望，维护党政军的绝对领导。"

"三民主义教育之前实施的'党化教育'的翻版，不是已经废弃了吗？"马伯雄翻着文件说。 上任以来，他找来所有的教育文件认真研读，"四一二"以后一个多月，蒋介石在南京召开"五四"运动纪念大会，首次提出"党化教育"概念，在国民党的指导下，求得教育的革命化、民众化、科学化和社会化。 但是在众多进步人士的抨击下，被三民主义所取代。 现在又卷土重来，显然是一种复辟和倒退。

"马局长，你年纪轻，不懂里面的渠渠道道。 华夏五千年，历朝历代就是个碾盘，碾盘有大有小，上面碾压的谷子、糜子有多有少，种类也是不同，但绕着的轴心是一成不变的，那就叫统治者，掌握核心权力的人物，远如秦始皇、唐明皇，近如袁世凯、蒋介石。 宪制再好，也是为他们服务的，不符合就改呗，那是再正常不过的事。"王县长振振有词地说。 这番话在一般人跟前是不会说的，说给马伯雄，是把他没当外人。

"我明白了一些，尽力照办吧。 我还有一些想法，请示县长。"

心情大悦的王县长让马伯雄讲，他就把万仙如的建议，简明扼要讲了，刻意隐瞒了课改的部分，党化教育政府也要换了"马褂"进课堂，科学、民主、平等和人权这些了，走不到校门，就必死无疑。

"农村办夜校，那很好玩，马老师，你让他们赶紧办，我要去上课，当老师。"一旁默默聆听的王玛丽，突然出了声，把忘了她存在的两人吓了一大跳。

"咋还不回家？"王县长问。

"我还有问题等着跟马老师提呢。"

"回去，你爸布置完工作，我要到学校具体落实，我们改天好不？"马伯雄哭笑不得，只得征询道。

"改天再来，这可是你说的。"王玛丽说着，终于蹦蹦跳跳走了。

"还是你当过她的老师，有办法。我们刚讲到哪了，对，是建议。恢复三民二中是好事，我现在就表态支持，经费上也好说，尽力而为。至于夜校，也表态，不行。要知道，所谓的夜校，都是挂羊头卖狗肉的，背后统统是共产党在操控，拉拢民众，蛊惑人心，跟政府唱对台戏。"

马伯雄无言以对，他考虑该如何告诉万仙如。

> 塞下秋来风景异，衡阳雁去无留意。四面边声连角起，千嶂里，长烟落日孤城闭。浊酒一杯家万里，燕然未勒归无计。羌管悠悠霜满地，人不寐，将军白发征夫泪。

驻扎在陕蒙边界的万星明，像一个小学生，一字一句吟诵琢磨了半天的《渔家傲》，还是弄不明白，便问身旁的士兵小郭："这首词是写我们这一带的人文风景，咋没提榆林、神木一个字，却提到小魏的家乡，遥远的湖南衡阳？"小郭和小魏是警卫排的士兵。

"提衡阳没错，因为大雁是候鸟，冬去春归，这个季节就要飞到衡阳了。"小郭说。

"小郭，这个范仲淹是干甚的，把我们守边人写得也太凄惨了吧。"

见营长的兴趣来了，小郭很高兴，讲起了自己的感受，说文学作品嘛，总要渲染和夸张。这个姓范的可了不得，是一千多年前北宋的大政治家和文学家，"先天下之忧而忧，后天下之乐而乐"，就是他在《岳阳楼记》里的千古名句。小郭是米脂人，念过几年私塾，能背诵许多古典名篇，算个识文断字的秀才。

"后面这句和前面《渔家傲》的凄惨，不可能出自一人之手吧。"万星明问，他已体悟出不同的语境，姓范的是忧国忧民的人，咋能那样写守边将士？这东西要是传开，谁还愿意来边疆？小魏如果寻看到了，是不是不会千里迢迢来咱这儿？

驻扎到陕蒙界，是万星明从军以来最轻松的日子，除每天的操练和对过往行人的检查，再别无他事。他一直寻找杨猴小的残匪，却连个渣渣都没遇见过，几次出去偷袭，准备瞎猫碰个死耗子，却连只死麻雀也没遇到。打不着土匪的毛，与思念的萨仁花距离倒是近了一些，但作为职业军人，他不能为儿女情长私自脱岗。在无穷的熬煎中，学些文化打发时间。学着学着，慢慢从中悟出道理。

万星明接到命令，要他代表八十六师去蒙地的五原县参加蒙边联席会议。提到蒙地，唤醒了他对萨仁花的思念之情。去五原必经包头，公务在身去不了希拉穆仁草原，只有到包头后雇信使给萨仁花送信，约定在包头财神街的那个心醉的"花前月下"

客栈见面。

万星明开了整整三天会议，就围绕一件事，是应对虎视眈眈的日本人。 前不久，张家口成立了察哈尔民众抗日同盟军，得到全国各界人民的拥护和支持，从东北、热河到察哈尔，抗日部队云集于同盟军旗下，迅速发展到十几万人。 审时度势后向日寇进攻，收复了宝昌、沽源、多伦等地，将日寇全部赶出察哈尔省。 取得的胜利是暂时的，未来的形势更加扑朔迷离，既有来自日军的，又有来自南京方面的。 会议商讨绥西军队的对策，形成最终的决议，要求各方势力精诚团结，绝不让日本鬼子的铁蹄踏上这里的半寸土地。

会议结束，万星明折返包头，在财神街转了几圈，他们曾巫山云雨的"花前月下"客栈咋也寻不到，却见一家"鱼河客栈"。 难道是榆林人开的？ 万星明走进，发现就是原来的"花前月下"，只是换成榆林的老板娘，鱼河客栈也是她在榆林开的客栈名字。 意外的是，老板看着眼熟，想着想着，万星明冲着趴在柜台上拨拉算盘的老板，大喊一声："杨志。"

43

"哎……客官认错人了吧。"客栈老板随口一答，接着否认道。

真是众里寻他千百度，蓦然回首，他就在"鱼河客栈"里。 万星明猛地拔出手枪，一个箭步上去，抵住杨志的脑袋，说："好小子，老子找你找得好苦，你却在这儿享清福。"

"好汉手下留情，敢问您是谁？ 我杨志就是死了，也要死个明白。"

"好，明人不做暗事，榆林通天苑还记得不？ 黑地里大战群狼，弄走五千块大洋，总不会忘了。"

"通天苑，万公子。 记得记得。 跟您商量，五千块大洋，等我当牛做马还了您，再弄死我成不？"杨志说道，弄清面前的人，也变得坦然多了。

"良心发现了？ 土匪还会还钱？"万星明说着收了枪，倒想听听，杨志咋还？

"万公子，请这边坐。"方才被吓傻的柳叶，这会儿回过神，把万星明领到包间里，倒了一碗热气腾腾的奶茶。

万星明端起要喝，被小郭拦住，小郭端起先呷了一口。 柳叶说长官放心好了，我们咋敢伤天害理。 万星明哈哈大笑，一口喝了半碗，说，算命先生给我算过，我这人五毒不侵，到九十八岁才有第一难。 万星明的话说得柳叶嘻嘻笑了，端酒菜进来的杨志，也笑得差点把盘子倒扣转。

"万公子，先敬你一杯酒，暖暖肚子。"杨志给万星明斟满酒，说道。

"叫万营长，万长官。"小郭厉声说。

"万长官，万长官，恕我有眼无珠。"杨志忙说，用惊恐的眼神对视同样惊恐的柳叶。 杨志说，万长官，先听我讲完故事，愿打愿杀都由着您。

在杨家沟拿了赏赐的五块大洋，杨志千恩万谢过有不杀之恩的马伯雄，带着几个同伙离开，踏上归程。 所谓归程，就是不知要去哪儿。 陕蒙界盘踞的窝点，是沙窝子里搭起的几间柳庵庵，已被一次意外的火灾烧毁。 失去了所谓的窝点，他们才一路南下，纠集更多的散兵游勇，直奔杨家沟准备一夜致富，却导致全军毁灭。

杨志他们抄近路仓皇奔走，在天黑前到了鱼河客栈。 当晚，客栈就他们几个客人。 连续多天没吃一顿饱饭，杨志拿出一块大洋，让掌柜做一桌酒菜。 老实巴交的老板忙着做菜，老板娘柳叶拿出酒，忙里忙外，还不忘刁空和他们碰几杯，撩拨得几个人心里火烧火燎，喝着喝着，欲望潮水般涌上来。 酒足饭饱，开房歇息。 疲劳和酒的劲气，让杨志倒头就睡。 谁知一觉睡过，发现同房的老郝摸摸索索不睡，问原因，老郝大着舌头说出秘密，隔壁房间的那俩，图谋弄老板娘。 杨志大惊，问咋知道的。 老郝说喝酒那会儿，他们一起去外面尿尿，还问我弄不？ 杨志问为啥不叫上我？ 老郝说大概觉得你被杨家沟马公子说服了，变成了好人，不会参与，还会坏大家的好事。 杨志一咕噜爬起，见隔壁的门大开，蹑手蹑脚挨着楼上的房间看了一圈，没人。 又下一楼逐个查看，黑咕隆咚的，走到一间房门口，脚被绊了一下，摔倒的他感觉身下有人，定睛一看，此人胸口插着一把刀，他一把掀过脸，正是做饭的老板。 杨志拔出刀冲进去，见两个影子围着白花花的身子激烈地动着。"驴日的货，你们畜生不如！"他骂了一句，说时迟那时快，扑哧，扑哧，刀子进出两下，两个"影子"蹬蹬腿，不动了。 他给光身子吓昏的老板娘盖了件衣服，对软瘫在门口的老郝踢了一脚。 两人抬出"影子"，就地在沙梁下面刨了坑，埋了。 天麻麻亮起，老郝的上下牙床子还在打得扑棱棱作响，说要回三边的老家。 杨志咋记得他是山西的，但也不再细究，掏出两块大洋放他手上，说好自为之吧，两人就此分手。 柳叶醒来，边哭边喊帮忙，杨志和她一起埋了老板。柳叶擦干眼泪，收拾起细软。杨志问干吗？柳叶说这里死了这么多人，我还敢继续开店？杨志想着也对，就一把火烧了客栈，然后紧紧抱住女人。那一刻起，两人有了相依为命的感觉，他们日夜兼程来到包头。

"这么说马伯雄饶恕了你？"万星明问。听完故事，他也很有感触，看来土匪也是能教育好的，就看谁来教育。

"是的，他宽恕了我，是我的恩人，不，是再生父母。"

"我问你们，这客栈原来是不是叫'花前月下'？好端端的，为何改名？"万星明问，心里说这是我们约会的地儿，也是通知见面的地方，我差点找不见，萨仁花来了能找得见吗？来时路过包头，他让小郭在街头找了信使，一来一回好几天了，萨仁花也该来了吧。想着想着，他下意识地从门外张望。

"我们改成'鱼河客栈'，既是柳叶对老客栈的一种悼念，也是为商之道，想吸引更多的陕北客商。您，不就是被吸引来的。当然，还有更深的一层意思，毕竟我手上有两条人命，万一哪天官府或死者的家属找来，杨志愿杀愿剐，随他们好了。"杨志说到这儿，一副视死如归的豪气。

"再不要说这样的话，是他们先杀了我家掌柜，还把我……你杀他们那是替天行道。"柳叶白了杨志一眼，嗔怪道。

"对，老板娘说得没错。你是见义勇为。好吧，马公子是大文化人，他放你一马，足以证明你是好人。好人，我再不放过就说不过去了。开好这个夫妻店，你们安安稳稳红红火火过日子吧。"万星明大度地说。

"谢万长官，谢万营长。"两人异口同声说，就要下跪。

万星明拉住杨志，说："身上的匪气呢？做生意，特别是在异乡，该匪还是要匪点。来，说说这儿有过甚情况，主要是榆林人的情况。我要找人。"

"有。半个多月前，客栈来过一男一女两个年轻人，男的说他是榆林城的万家，女的没说，但听口音是米脂一带的。"柳叶说着，端详眼前的万长官，还真与那个男人长得很像，想问又觉冒失。

"仔细说，不能遗漏一点。"万星明激动起来，说道，心里也是"咯噔"了几下，真是踏破铁鞋无觅处，得来全不费功夫，他想起小郭教的诗词。

那天也是黄昏，店里客人很多，我们忙里忙外张罗着，无意看到外面站着一对男女。等我们稍微闲下来，再看他们还站在对面，死死打量客栈招牌。一定是榆林老乡来了。我出去招呼，问他们住店吗？男子问客栈是榆林人开的？我反问他们是榆林人吗？男子说是的，来包头看亲戚，亲戚没找到，盘缠花光了，问能不能先吃住上几天，等联系上亲戚再付。他们满脸疲惫，衣服也脏兮兮的，但从谈吐和气质看，是大户人家出身。于是我说可以，就让他们进来。刚才说了，改客栈名有帮助老乡的意思，现在遇到需要帮助的，付钱不付钱真没关系。

他们住进客栈后，我发现很反常。男的是那种不劳而获的公子哥，每天睡到太阳半竿子高，起来后就说去找亲戚，一走就是大半天，有时候回来满身酒气，显然手头是有钱的。女的手脚麻利勤快，从早到晚帮我干活，倒马桶的活也抢着干，只是一天说不过十句话，还是问她才说。一天半夜，他们房里传出激烈的打斗声和女人嘤嘤的哭声。杨志说小两口打架正常，让我不要管。一个时辰后还在闹腾，实在忍不住了，我就去敲门却不开，用了暗设的机关强行进去。只见女的趴在床上，衣衫被撕扯得一条一条的，酒气熏天的男人，骑她身上使劲抽打。见我进来，男的起身冲了出去，女的抽泣着说，男人要强行和她做那事，她不愿意，因为男人去妓院得了脏病，她就招致打骂和羞辱。心扉是心事的闸门，平时打开很难，一旦打开，犹如洪水猛兽，再也关不上了，女人道出了自己的全部事。她是米脂大户人家出身，被男的没眉倒眼勾引，自己也就鬼迷心窍，跟着离家出走，落到如此下场。

"他们在哪？"万星明屏住呼吸，问。

走了，是悄悄走的。柳叶继续说。那天下午，我们正忙着，男人阴着脸回来，我特意趴门口听了一下，静悄悄的。就和杨志商量，等吃晚饭时，给他俩好好说说，让找个正当的事去做，过好小日子。谁知，一会儿两人双双不见了。唉，女人总是心太软，听不得几句好话，又跟着男子走了。

"再没见过他们？"万星明急迫地问。

我见过男的，是在"满春院"，包头有名的妓院，离我们不远的另一条街上，杨志说。那是几天后的一个早上，我拉着车子去市场买菜，听到"满春院"门口人繁马闹的，老鸨在赶一个欠账不还的嫖客。嫖客还振振有词辩解，吸引了一群人看热闹。嫖客看见我，兔子一样一溜烟跑了。你们也知道是谁了吧。我问老鸨咋回事，老鸨说这家伙穷得一分没有了，还三天两头吃喝嫖赌。我问既然穷，咋还给他赊账，就不怕跑了？老鸨说跑不了，我押着他五千块的银票。不过那天后，就再也没见过他。

"快，带路，我们赶紧找他去。"万星明说。

"满春院"拐个弯就到。 老鸨说，那小子是个厉害的主，我们把他扔出去的隔天，他拿着一袋子大洋来赎银票，继续吃喝嫖赌玩了一夜。 我再咋挽留他，他头也不回走了。 好像他说浪迹天涯，还说要去干啥革命。

万星明不信这个邪，要杨志停业一天，派出客栈所有的人，在包头的客栈、妓院进行地毯式搜查，无果。 万向明不见踪影，萨仁花未按约定前来，公务在身的万星明，只得闷闷不乐离开包头，回了军营。

"谁？ 你们搞错没，真是我弟弟，叫万向明？"万星明着急赶回营地，哨兵敬毕礼，告诉了这个消息，他急急问道，简直不敢相信自己的耳朵。

没错，不仅万向明来了，司令部特务队的袁主意也来了。

44

袁主意带队来陕蒙边界营，是开展官兵身份甄别工作，就是政审。 这几年，陕北地区迅猛发展的共产党组织，令井岳秀十分头疼，先后采取过许多应对措施，毫无效果。 原因是这几年大量招兵买马，士兵一多，鱼龙混杂，共产党打入方便，从工兵营、神府和三边地区的几次兵变，万佛楼、绥德等地的几次暗杀，足以证明问题之严重。 井岳秀指令特务队专司政审工作后，他们兵分三路，袁主意自带一路，他得知万星明去五原开会，就把第一站选到陕蒙边界营。 巧了，万佛楼事件的始作俑者，在逃的万向明，在这儿被瓮中捉了鳖。

"我们是师特务队的，这是证件，要见你们营长。"袁主意亮出证件，对值班参谋说。 明知万星明不在，却专门这样说，他是为避免误会。

"报告长官，我们营长开会去了。 不过，营长的弟弟在，要不要见见？"值班参谋说，特意提营长的弟弟，明显有惹事的意思。 这公子哥来了几天，仗着哥哥是营长，要吃要喝，稍不如意便发脾气，营里官兵受够了他的摆布，都盼望营长早点回来，却来了袁主意。

万向明的事情败露后，他不能继续住"鱼河客栈"了，在外蹅摸了一天，找了一个"统万城客栈"，是靖边人开的。 他对马苗继续玩老伎俩，用三寸不烂之舌，道歉加下跪，并答应治好自己的脏病，对马苗再不越雷池半步，还使劲抽打自己的脸，哄得马苗心又软了。 还算没食言，他再未强行欺负马苗，而是夜夜泡在妓院里。 那天，老鸨把他抬出妓院，他便动起坏心思，哄骗马苗跟他去谈生意，转身把马苗卖进另一家妓院。 拿着二百块大洋，来到了"满春院"，换回自己的银票，又放荡了一晚。

万向明干了这么多坏事，包头是不敢停留了，就漫无目标地走到陕蒙界。 遇士兵排查时，无意听说这片是万营长的辖区，一打探果然万营长就是万星明。 他亦喜亦忧，喜的是自己安全了，忧的是见到哥哥，问起马苗会是啥情况。 听说万营长去五原开会，要几天才回来时，他是一阵窃喜，暗说天助我也，接着露出自己的身份，并拿出五千块银票来证明。

"谁这么无礼，报告也不喊就进来。"万向明躺在铺上，翘起一只脚丫子，对着门晃悠着说。

"万向明。"袁主意厉声喝道。

"扑腾"，万向明翘起的腿重重落下，一骨碌爬起，问："你是谁？"

"现在宣布，宪兵队以谋杀罪逮捕你。 来人，给我抓起来。"袁主意说着，两个荷枪实弹的士兵上来，"咔嚓"给万向明戴上了手铐。

"快说，现在他们人在哪？"万星明问。 听说已坐车走了几个小时，他一屁股坐在凳子上，不知如何是好。

米脂三民二中复学工作有条不紊地进行，县政府的申请报告，得到陕北镇守使井岳秀签字，马伯雄带着全部材料，准备到省政府上报。

"马局长，你说西安古老，还是奈良古老？"王玛丽推门进来问。

"你咋又来了，没看我忙着。"马伯雄反问，忙着准备去西安的资料，哪有时间搭理她。

"听说，你要去西安公干？ 正好呀，我也要去西安看姨妈，我们可以一路同行。"王玛丽娇滴滴地说。

这个王县长，自己的事，啥都给女儿说。 这段时间，王玛丽找自己找得更勤了，闲着找，加班也找，没人找，办公室坐满人也找，他实在烦了她。 听说大院里已有传闻，说王玛丽和自己谈了对象，有同事还跟他暧昧地开玩笑，甚至要他请客。

"去不去西安，还不一定呢。"马伯雄说，想打消王玛丽厮跟的幻想。

"我说你去就能去，反正是爸爸的一句话。"

马伯雄简直要晕了，想起了万仙如，你在哪儿呢，太需要你来解救我了。

"喵——"一只猫蹿来，王玛丽"啊"地大叫，惊慌失措地拉住马伯雄的胳膊，说快赶走它，我最怕的就是猫。 哈哈，总算找到你的软肋了，马伯雄暗笑，对付你的办法，就是养一只猫。

袁主意带走了万向明，本想尽快把井公子一案结了，到井司令那儿邀功领赏。 没料到，从万向明身上，竟刨出个大金娃娃。

一回榆林，万向明直接被带进审讯室。 袁主意先让他参观各种刑具，指着刀、锯、钻、鞭、杖等，说这是历史传承下来的玩意，又指着老虎凳、电椅子和烙铁、辣椒水，说这是现代的创新，"万公子想不想亲自体验一把？ 嘿嘿，我们是老熟人，给你特权，随便挑。"

"我是想体验一把，可惜轮不上。"万向明也笑了说，一点不像嫌疑人，反倒像袁主意的同事。

袁主意审讯过无数人犯，没见过这样的，一时摸不透万向明的所思所想。 他转过身，就看万向明撅起的屁股，会拉出啥样的屎。

"别捉迷藏了，浪费时间。 走，我们到你办公室谈。"万向明淡定地发出邀请。

"啥！ 你知道榆林的共产党组织？"袁主意喊了出来，十分惊讶。

"意外吗？ 惊奇吗？ 如果说我也是共产党，你是不是要吓死。 哈哈。"

袁主意条件反射般拔出了手枪，万向明却把枪口拨拉开。 他不怵袁主意，是手里有金秀这张王牌。 袁主意是一个聪明人，知道对方底气硬，必有硬气的本钱，微微一笑说谈谈，说说你的条件。

钟楼书店，静谧安详。 三三两两的顾客安静地翻阅着图书，金秀用鸡毛掸子掸去浮尘。 万佛楼暗杀事件后，榆林的白色恐怖加剧，特务活动猖獗，党组织工作进入静默状态。 无聊的时候，金秀浮想联翩的人就是万向明，好久没见他了，这小子敢想敢做，竟对井公子下手，是个真男人。 如果说清涧起义，是中国北方地区对国民党反动派打响的第一枪，那么万向明，就是陕北对井岳秀打出的第一个耳光。 最近她向党组织建议，可以吸收万向明为预备党员。

"袁先生，早。"金秀见久违的袁主意来到店里，打着招呼，略微有些惊讶。

"金老板早啊，气色不错，你有好事？"袁主意阴阳怪气地说，围着书架信手翻阅起来，"你们李先生，李老板在吗？"

"李先生在他的办公室，您有事。"

"想买书，神秘的书。 比如《共产主义 ABC》……"袁主意说着，一挥手招进来一群便衣，道，"给我搜。"

"你们这是要干啥？ 这是非法搜查。"李先生从办公室走出来，大声喊道。

"嘘——"袁主意把一根手指竖放到嘴上，轻轻嘘道。

特务们横冲直撞地搜翻了一会儿，很快，地上堆满了《马克思主义浅说》《共产党宣言》《社会净化简史》和油印的《反井宣传大纲》等一堆图书。

"这是正规出版的书籍，看，有平明的、商务的、正中书局和商务书局，都是大出版公司。"李先生指着乱堆的书，据理力争道。

"没给你发过禁书清单？ 看看这本，明目张胆反对井司令的五十条宣传大纲，你也敢说正规？"袁主意狞笑着问。 见李先生不再说话，他手一扬，道："请跟我到地方说吧，你，女的，统统带走。"

躲在钟楼洞里的万向明，看着李先生和金秀戴着手铐的背影，他面无表情，心里平静。

李先生承认了自己共产党员的身份，说在北伐战争时入党，其他则一问三不知。气急败坏的袁主意不信这个邪，用上老虎凳和电击棒，也未从他口中得到有用的东西。恼羞成怒的袁主意赤膊上阵，用烙铁从李先生的四肢到胸部，地毯式熨烫，烫到心脏部位，李先生突然晕了过去，任凭冷水扑面再未醒来，当场牺牲。

金秀的待遇稍好一些，这是万向明的"照顾"。 万向明对袁主意提出要求，说，金秀顶多就是一名普通的共党分子，如能洗心革面，便可为我所用，如继续顽固不化，就让她牢里反思，不必动用酷刑。 抓获李先生这位榆林共产党组织负责人，即使没能再深挖下去，也是对当地共产党组织的强大震慑。 至于金秀，小女子一枚，棋子而已，写一份脱离共产党声明，用不着把牢底坐穿。 万向明将打算全盘托出，袁主意开玩笑说心狠手辣的万公子也怜香惜玉，真是令我刮目相看。

袁主意早看出万向明是蛇蝎心肠之人，这样的人为自己的利益，连亲娘老子都敢出卖。 一娘生九种，万向明与万星明相比，连哥哥的脚指头都顶不上，呸——

钟楼书店存在的意义大于书店本身。 李先生已死，搜到的房契等手续应有尽有，经两倒手便可轻而易举洗白。 袁主意本想把书店作为特务队的活动窝点，发现能洗白后，从万向明眼里看出对书店的渴望，于是他计上心头，问万家是否收购？ 万向明说我是特务队的一员，经营就可，为何要掏钱收购。 袁主意说那不一样，产权不是你的，经营的收益自然也不是。 万向明觉得有道理，问咋个收购？ 袁主意说书店估价两万，你是自己人，出一万就行。 怀揣五千银票的万向明坚持说只有这些。 最后，两人讨价还价成交，也算皆大欢喜。 五千大洋，悄没声息地落入袁主意的个人腰包。

弄了个便宜书店，万友善十分开心，夸儿子成熟长大了，遂放心地将毛纺织厂交给万向明打理。 万向明既是书店经理，又是毛纺织厂老板，还以特务身份秘密领着一份薪水，可谓一箭三雕。 春风得意的他，早把马苗的死活，抛到九霄云外了。

为躲避王玛丽的纠缠，马伯雄真养了只黑猫，说来也怪，这只黑猫大门不出二门不迈，就在马伯雄的办公室里自由散漫，见谁都亲，撵着"喵喵"叫，唯独见王玛丽就狂抓乱挖，张牙舞爪。

"马局长，赶紧把黑猫处理了。"王玛丽从门缝外发话，是发嗲的那种声音。

"猫听不懂人话，王小姐你有事？"

"说了多少次，你走西安。 走西安，到底啥时走，等得人烦死了。"王玛丽不耐烦地说道，她从门缝里，看着近在咫尺的黑猫，就是不敢跨进门来。

"手头的工作还没完，今天你先回去，走时自然通知。"马伯雄说道。 走西安的事，王县长也催促过，强调一定要带着他的女儿。 马伯雄受够了这对父女，要不是为三民二中的早日恢复，他是不去西安的。

鸡叫头遍，马伯雄悄悄骑马，沿着无定河畔一路南下。 他是怀揣着梦想，沿着这条路回来的。 短短几年，在杨家沟、米脂、榆林、包头，大大小小亲历的事，足够写本精彩的小说。 这段时间，理科男马伯雄，接触到很多文件和书籍，读着读着，引发了许多思考。

放眼西安、北平和华夏大地，这几年，无产阶级在政治舞台上崭露头角，跃跃欲试领导资产阶级未完成的民主革命。 国民党、共产党和各种政治力量悉数登场，整个社会在撕裂中前行或后退。"九一八"事变后，日本与中国的矛盾进一步加剧，关东军占领了东三省全境，并在华北、上海等地，不断制造事端，挑起纷争，尽管马伯雄不愿意承认，但也嗅到战争的味道，这味道刺鼻、呛嗓，还有铜臭。

中国，将何去何从？ 马伯雄望着无定河岸的浓厚雾霭，陷入沉思。 马车行到绥德四十里铺镇，东方一轮初升的太阳，将河岸的浓雾逼散，阳光普洒山峦、河川、院落、窑洞，洒到每个人的脸，温暖了大家的心。 马伯雄浑身也热乎起来。

沐浴着明媚的阳光下，天塌下来也不算啥大不了的事。 释然的马伯雄，猛拍马儿的屁股，"驾——"

45

米脂三民二中的恢复办学，王县长是相当支持，此事如果成了，第一政绩必须是县长的，在二中整建中还有好处可捞，岂不是两全其美。打着如意算盘的王县长，相信马伯雄能跑下来，因为他找的是榆中老校长，现任国民第十七路军总指挥、省政府主席杨虎城的高级参议，米脂籍人士杜斌丞先生。

在陕北乃至陕西教育界，杜斌丞先生是响当当的人物。北京高等师范专科学校毕业后，他回到榆林，担任了榆中校长，聘请早期的共产党人魏野畴、李子洲等任教，培养出刘志丹、谢子长等优秀学生。同时，他支持创办起米脂高级小学、米脂三民二中和在绥德的省立第四师范学校、在延安的省立第四中学，为陕北的教育事业呕心沥血。

秘书通报家乡来了人，杜先生立即召见，见到是马伯雄，更是十分高兴，说："早闻你去日本留学深造，师夷长技，是我们米脂人，特别是马氏家族的好传统。"

马伯雄惊叹这些年过去了，杜先生对自己的情况还是了如指掌，激动地说，这要谢谢先生的栽培。他说的是肺腑之言，在榆中时，先生因为他喜好建筑专门找了老师，在数学、物理方面，给他开"小灶"。

"扶持培养你们，让陕北出更多的人才，改变国家的落后面貌，是老夫一生的追求。见到你，我还考虑推荐你来建设厅工作，看到拿来的报告，觉得留在米脂，你更有作为。"

"我听先生的。"马伯雄说着，心里后悔不已。前两年打听过先生的下落，知先生离开了西安，在洛阳、武汉、南京、上海等地游学考察社会，探寻救国救民之良策。之后又寓居北平，潜心读书，研究时局，伺机出山。最近才知先生两三年前已经出山，成为陕西省政府主席杨虎城亦师亦友的高参，先生提出的联共反蒋抗日主张，可谓一言兴邦。自己要不是带着恢复三民二中的使命，他真想留在心仪的省建设厅。

"三民二中是我一手建起的，感情很深啊。学校开办时间不长，但培养了刘澜涛、马文瑞、常黎夫等一批优秀的学生。她就像我的孩子，被无端关闭后，我很是心疼。如何尽快恢复开办，对榆林南部地区各县的人才培养，具有举足轻重的意义。伯雄你放心，我定会游说杨主席和省府相关官员。"杜先生说得语重心长，情真意切。

"再次感谢杜先生造福桑梓的情怀。"马伯雄深深鞠躬，说。

"你还有事吗？ 如果不忙的话，明天跟我去出差。"

"去哪儿？"

"一个令人振奋的地方，还能见到一个人物。"

杜先生说的地方，是泾惠渠建设现场，人物便是著名水利专家、省建设厅厅长李仪祉先生。

关中民谣"九曲泾河弯，冲出龙口入泾渠，灌溉良田难计数，郑国仪祉恩不忘"，夸赞的是两千多年的渠道——郑国渠。 杜先生指着泾河边仲山脚下，渠道引水的瓠口，介绍说："当年秦国国力日益强盛，一统六国的步伐加快，令近邻韩国十分害怕。 走投无路时，韩桓王想出一条'疲秦之计'，即消耗秦国人力财力物力，以此削弱秦国之国力，使其无力出兵东伐。 遂派水工郑国向秦国献计，在仲山开凿水渠，引泾水沿着北山注入洛水。 想着发展壮大、兴修水利的秦国，采纳郑国的这条诱人建议，任命他主持兴建。 韩国'疲秦'阴谋败露，秦王大怒，要杀郑国。 郑国说，我的所作所为，是为韩国延长数年寿命，但为秦国谋的是万世之利。 伯雄，你听说过这个故事吧。"

"听过，那现在动工修建的是？"马伯雄问。

"郑国渠已经两千多年了，年久失修，渠道老化，功能萎缩，让中国最早称为'金城千里，天府之国'的渭河平原，也逐渐饱受干旱的侵扰。 1927年陕北发生百年不遇的特大旱灾，这里也随之发生了干旱。 有一位水利专家，深感人民遭受灾害之痛苦，主持设计了这条渠道，杨主席拨款五十万大洋，泾惠渠顺利开建。 伯雄，站在面前的，就是水利专家李仪祉先生。"

"杜先生谬赞了。"不善言谈的李仪祉先生，谦虚地说道。

马伯雄这才发现，站在身边戴柳条帽，身材矮小的人，是省建设厅厅长、大名鼎鼎的水利专家。"李先生，您太了不起了。 这项工程与郑国渠一样，功在当代，利在千秋。"他由衷地佩服道。

李仪祉先生腼腆地微笑，介绍起泾惠渠工程却是滔滔不绝，说等二期工程建成后，渭河平原的五六十万亩土地，再也不会受到干旱的侵扰。

杜先生说："无定河穿越米脂南北，看着清流白白淌走，令人心疼啊。 十多年前，我和李先生就设想在无定河西岸修条渠道，李先生还亲自踏勘设计，渠道的名字李先生也取了，叫'织女渠'。"

"你们当地有个传说，唐朝大将郭子仪，曾在七夕那夜在米脂遇到织女星。 所以，米脂有罕见的织女庙，我还朝拜过呢。 望着楚楚动人的塑像，想到渠道建成后，一条波光粼粼的渠道由北向南流淌，像银河系里的星星一样熠熠发光，多美。 所以我在设计图上，取名'织女渠'。"

"修好织女渠，就能灌溉万亩土地。 到那时再遇大灾，也不会饿殍遍野。"杜先生说着，眼前出现了美好的未来。

"可惜，这么重要的工程，因钱而搁浅。 杜先生，我们共同努力，早日修起织女渠，造福你乡百姓。"李仪祉先生说着，伸出了手，两个老友紧紧握在一起。

军令如山。 在包头没能如约见到萨仁花，令万星明十分沮丧，有机会亲自去希拉穆仁草原，要当面问个究竟。 谁知，去草原的机会没等到，等来的却是一纸命令，全营换防到三边。

这是井岳秀在继续帮万星明圆梦。 杨猴小匪帮滚雪球般人马超过了两千。 他们本是快马匪帮，被"东陵大盗"孙殿英收编后，杨猴小先后任旅长、师长，赴青海屯垦。 当孙殿英被四马(马鸿逵、马鸿宾、马步芳和马步青)联军击溃，杨猴小果断率部脱离孙殿英，在宁夏重新落草，重操旧业，烧杀抢掠。 仅窜入集宁县，一次就屠杀百姓三百多人。 蒋委员长电令绥远、宁夏和陕西三省，合力剿灭作恶多端的杨匪。

近来，杨匪窜到三边地区，在定边、蒙边一带多次进行抢劫。 井岳秀派万星明所属旅的高双成旅长带队剿匪，并让万星明所在营换防到靖边，严阵以待杨猴小匪帮。

说来也巧，万星明换防没几天，杨猴小窜入九里滩一带的井洼滩、小河畔、庞家湾等村庄。 此前，杨匪走到哪儿都是声势浩大，浩浩荡荡的队伍马蹄声，三十里开外便能听到。 杨猴小骑匹黑色公"走马"，马笼头是用人皮拧成的，马铃铛下挂着一串"项链"，是用人的指甲盖串的。 国军连续的围歼，让他严重受挫，为人也低调了许多。 这次来靖边，他偷偷摸摸半夜进村，自以为神不知鬼不觉，却已经在高双成旅的监控之下。

真是天赐良机。 高旅长连夜部署，不到半天时间便将杨猴小匪部铁桶般合围起来。 久经沙场的杨猴小见势不对，对着地图找到小河畔村作为突破口，几百匹飞马多路狂奔，试图突破包围圈，再涉无定河从北入蒙地。 没料到，高双成旅形成里外两层合围圈。 当残匪狂奔窜到芦河畔附近，再次遭到伏击，一场血雨腥风之后，杨猴小带残部沿芦河向杨桥畔方向逃窜。 正遇万星明的部队在此严阵以待。 等到残匪进入口袋里，万星明一声令下杀声四起，短暂激战后，无心恋战的杨猴小带残部逃窜到小沙湾一带，万星明率部穷追不舍，瞅准杨猴小的黑"走马"，快马加鞭撵着。 杨猴小发现有人追赶，不时回头甩过几枪。 万星明沉稳应对，屏声息气瞄准杨猴小打出一梭子，杨猴小挣扎了几下，捂着肚子落马。 万星明策马过去要看个究竟，突然一女子横空出世飞马上前，将杨猴小拽到她的马上，一手拉缰绳，一手将杨猴小与她的身子捆在一起，在其他土匪掩护下逃离。 万星明岂能放弃千载难逢的机会，死盯住女子追出十几里，驮着两人的"走马"累得"扑通"倒地，马上的杨猴小和女子在沙梁上连滚三圈。 女子看着已死去的杨猴小，默默地拔出腰间的枪，对着自己的太阳穴，"叭——"。

万星明看着杨猴小的女人殉情的场面，感到震惊。 姣好的面容上，不断涌出殷红的鲜血，他顿时想起了心爱的萨仁花。

萨仁花，我们何时能相见。 万星明向着北方，无声地发问。

"鱼河客栈"门前，一位穿着全新蒙古袍的女子，拉匹高头大马，看着客栈招牌走了几个来回，似乎在寻找着什么。 柳叶顿觉奇怪，主动上前问姑娘找人吗，要不要帮忙？ 姑娘说奇怪，这儿明明有个"花前月下"客栈，咋就不见了呢。

"你是萨仁花？"柳叶激动起来，问。

"你咋知道我的名字？"萨仁花眨巴眼睛，不解地问。

"万营长等你等得好苦啊！"柳叶说着拉萨仁花进店，讲了半年前万星明在此等候的事。

萨仁花疑惑地问："我是一接到信就赶来的，咋可能是半年前？"她扬起手里已经皱巴的信，递给了柳叶。 信纸已经发软，日期那块被水洇开，已分辨不清时间。

无人知道，万星明花两块大洋，在"邮政包局"发信后的事。 邮政分为快、慢班两种，万星明发的是"快班"，按规定两天后就能送达。 邮差的确是两天后来到希拉穆仁草原，走到萨仁花的蒙古包，打开邮袋发现信件不翼而飞。 怀揣惴惴不安的心情，邮差闷头回到包头，正遇万星明来邮局询问。 他一口咬住未见到本人，交附近蒙古包的邻居转交，并展示歪歪扭扭的蒙文签字。 万星明半疑半信，他记得萨仁花家附近并没有其他的蒙古包。 此事就这样不了了之。 前一阵子，邮差无意在家里发现了这封信，忙用刀片划开封口，看到是简单的约会信函，不会引起严重后果。 左思右想后，还是觉得送达为好，便在日期上做了手脚，再去草原捎带送出。

听完柳叶的讲述，萨仁花既感动又气恼，感动万星明的有情有义，气恼邮差耽误了大事。她喊着要找邮差算账。柳叶说找邮差无济于事，反给自己添堵，好事多磨，现在万营长驻防在陕蒙边界，很方便前去探视。萨仁花听说万星明近在眼前，立即要策马探视，柳叶喊着要做伴，她也不再理睬。

"站住，这位姑娘，军营重地，闲人免进。"哨兵拦住急匆匆进来的萨仁花。

"我像是闲人吗？让开。"萨仁花说着，马也不下，要强行进入。

"下马。再往前走，我就开枪了。"哨兵说着，真端起了枪。

"我找你们营长。"

"谁找我，你，你认识我？"一个军官走出来，问萨仁花。

"你——我不认识。我找万星明，万星明，你快出来见我。"萨仁花对着陌生军官有些慌乱，冲大门里面大喊。

"找万星明的，姑娘你别喊，万营长换防走了。"

"换防，啥叫换防走了。"

"就是调走了，去了三边。"

"三边在哪，比榆林近，还是远？"萨仁花连连发问。

"比榆林远，就在那个方向，万营长去打杨猴小匪帮了。"军官说着，抬手指向西南边。

太阳钻进了云朵，明媚的大地阴沉沉了。萨仁花望着西方，心里叩问，万星明，你在哪里？难道是我们没缘分，为何见一面，就这么难！

此时，万星明也在向东北方发问。

他们俩的互问，苍天在默默地看着。

46

马伯雄回到米脂，兴致勃勃去找王县长汇报西安之行的成果，转达杜先生对米脂修建织女渠的期望，没等他说话，王县长劈头盖脸训斥了他。

"把三民二中放放，说说你让学校干了啥事？他们把三民主义置之脑后，把马克思主义公然请进课堂，学校里弄得乌烟瘴气。 马伯雄，你还真把米脂教育界当成你们姓马的天下了。"

被训得丈二和尚摸不着头脑的马伯雄，再细听原委，原来是由东街小学发起，波及女子高级小学、国民米脂小学等几所学校，最近开设了自然理论课，讲述马克思、恩格斯的自然辩证法，引申到科学、民主、自由和CP、CY这些"扰乱朝纲"的内容，王县长认为这是明摆着与三民主义的国民教育思想对着干。

"教育界里必有共党分子。 这事已弄到井司令那儿，马局长，你该做何解释？"王县长恼火地问。 这个马伯雄真是成事不足败事有余的东西，派他去西安公干，再三安顿要带上宝贝女儿，谁知他半夜鸡叫偷偷跑了。 女儿又哭又闹，寻死觅活的，弄得家里鸡犬不宁。

"东街小学的课改，是请示过局里，我同意试行的。 现在出了事，我负完全责任。我保证。"马伯雄信誓旦旦地说，他心里急啊，万仙如啊万仙如，不让你搞，你非要搞，搞出事了吧！ 我要是不揽责任，你能躲过这一劫？ 想着想着，又觉得自己了不起，敢替亲爱的人担责，是纯爷们，是陕北男子汉。

"你担责？ 你以为一句担责就能了事了。 这事上面追得很紧，连司令部特务队也要派人调查。 你这后生……"王县长说着，对这位高学历局长、未来的乘龙快婿，颇感失望。

"马伯雄，你啥意思，说话不算数，还算不算男人？"王玛丽怒气冲冲走进来，第一次直呼他的名字。 黑猫在脚下"喵喵"叫着，她气鼓鼓地顺势给了一脚，吓得猫一溜烟跑了。

"王小姐，这……"马伯雄不知说啥好，他估计到王玛丽会闹腾，在回来的路上盘算着对策，却遇到了王玛丽的直截了当，一时不知如何招架。

"玛丽，这是县政府大院，回去，别胡闹。"王县长板起面孔，压低声说。 女儿一闹，周围不知有多少只耳朵竖起，当笑话听。

"我不，就不。 马伯雄，必须给我解释，不然，和你没完！"

"我来解释。 王小姐，马局长之所以不与你同行，是因为我的原因。"万仙如一脚踏进门，就急着说。

"仙如，你别掺和。"马伯雄真急了，说。 两个女人当着王县长，在县政府大院里当面锣对面鼓，成何体统。

"你是谁？和他啥关系？"王玛丽急眼了，质问道。

"告诉你，我是万仙如，马伯雄的未婚妻。"万仙如一字一句，斩钉截铁地说。

"你，你们要气死我，呜——"王玛丽抹着眼泪，说着，号啕大哭摔门跑了。

"你们——哼，给我等着。"王县长咬牙切齿地说着，把门带上出去。

"刚才你说啥，你是我的未婚妻？"

"不愿意？"

"幸福来得太突然，我是一点思想准备也没有。"

"既然这样，那就不要当真。"

"我愿意当真。"

"话题打住。我今天找你，是说课改的事。"

"刚才王县长说了，他十分恼火，连我西安之行的汇报也不听。我呢，说课改是我批准的，有责任我全部承担，我们要统一口径。"

"伯雄，你真好。"万仙如说着，两眼噙满感激的泪花。她说这件事发生后，校长已被撤职，新来的校长是米脂三青团的骨干分子，上任第一天就找警察调查此事，搞出了开除名单，包括万仙如在内的五名老师和十几名学生，赫然在列。还听说师生被开除后，警察局要接手抓人。

"简直是无法无天。走，找你们新校长去。"马伯雄怒不可遏地说道。

姓方的新校长脸却不方，长了一张马脸和虾米腰，他三十岁不到，绥德四师毕业，原为警察局的文书，在政府大院也算识文断字的秀才，马伯雄与他半生不熟。

"马局长大驾光临，有失远迎。"方校长客套地说。

"方校长，我们客套话不要多说，我开门见山了，听说你要开除一批师生，然后送到警察局？"

"马局长有顺风耳啊。给你汇报，案件是这样的。"

"案件？小小的课改，作为校长的你竟当案件办理。试问，他们违反哪条国法了？你咋还以为这儿是警察局？"马伯雄有些愠怒地质问。

"马局长，请注意自己的立场。这些师生，年纪轻轻的，不以学习为己任，却用所谓的新思想、新思维，搞阶级斗争，鼓噪社会动荡，严重违反了蒋委员长的训导，违反了三民主义教育纲领，违反了……"

"行了，他们的事，我担保起。"

"担保？ 马局长，这可不是说说玩的，作为下属，我提醒你，此案已闹到榆林，司令部特务队已经插手，马上要下来彻查，闹不好会掉脑袋的。"

"别说那么多，说了我也不怕，来，给你写担保书。"马伯雄说着，一身凛然正气，龙飞凤舞地写了担保书。

方校长目瞪口呆，心想这家伙要不是傻，就是背后绝对站着大人物。

马伯雄后面果然出现了大人物，特务队调查米脂课改案，带队的竟是新近提拔的副队长万向明。

一人兼三职的万向明风头正旺。 抓获李先生和金秀有功，在袁主意升任队长后，他被袁推荐当了副队长。 春风得意的万向明，无比威武中还有更大的企图，要再交一个投名状，换来更大的价值。 买下钟楼书店，除了赚钱，还有另外的目的，就是在店里守株待兔，他相信一定会有共产党员来接头的。

李先生与金秀的突然失踪，和书店毫无征兆的易主，让榆林党组织高度警惕，大家相信久经考验的李先生，不会在毫无预兆的前提下，把组织的联络点贸然托付他人。一段时间过去了，守株待兔的万向明感到了失望，烦躁不安中，有下去耀武扬威的念头。 正好，米脂报来"课改案"。

司令部的特务队长下来，令米脂方面胆战心惊。 在人们的眼里，神秘的特务是最残酷、最狠毒的，谁要是落到他们的手里，不死也得剥层皮。 方校长材料写得妙笔生花，警察局张局长汇报得有声有色，让这起案子听起来更富有故事性和复杂性，捞几条"大鱼"是势在必得。 当听到案件的核心人物，万向明傻眼了，主谋中的两个人，竟然是姐姐万仙如和马伯雄。

马伯雄当了局长？ 这让万向明大感意外，他眉头一皱计上心头，这不正是给马家还人情的好机会？ 他让下属对当事人逐个调查，煞有介事地走完一圈程序后，亲自接见马伯雄。

"马局长，别来无恙啊。"万向明说着，伸手去握马伯雄的手，被拒。

"你，你咋在这儿？"见到万向明，马伯雄吃了一惊，连连后退说，"好小子，我正要找你，你把马苗弄哪儿了？ 快说。"他说着又扑上前去。

"少安毋躁，马局长。 我们先公事公办，私人事回头慢说。 开始。"万向明尴尬地收回手，闪身走了。 他让下属询问，自己选择回避。

调查结束，万向明拿着厚厚的材料，又走进来，说："马局长，你把这事弄得，麻烦大了。"

"少来这套，我就问你，把马苗弄哪儿了？"马伯雄才不管他说的大麻烦，专注地问马苗的事。

"这个，好吧。那天，我在包头谈生意，与客户一高兴喝多了，回得迟了点，发现在客栈里的马苗不见了。顿时我酒醒了大半，撒开人马满包头城里寻找，整整三天呐，再无踪影。对了，不会跑回你们马氏庄园了吧。"万向明说着，话锋掉转。

"胡说八道，她咋有脸回来。"

"那就是跟老板跑了。客栈里住着一个天津做羊绒生意的大老板，我早发现他对马苗不怀好意。马苗失踪的那天，老板也同时不见了。对，一定和他有关。"万向明喋喋不休说道，本已准备好的说辞，现在随口一编，比准备好的还精彩。

马伯雄不听他的胡扯，说："告诉你，马苗要是一天找不到，你就一天不会有好日子过。我保证。"

"嘿嘿，恐怕你才没好日子呢。看看你弄下的这烂事，投你入狱，判个十年八载，绰绰有余。也是你好命，遇到我来办案。看在我们这么多交情的份上，我打算放你一马，也算是对马苗的补偿。"

"不需要你的怜悯，我相信正义与法制。"

"哈哈，我的哥哥，又犯傻了，你前两次入狱，哪一次是法制救的你？明白不，本案现已查明，东街小学的事，与你和我姐没半点关系，是撤职的那个校长干的。他是资深的共产党人，目前被我们通缉。"万向明说完，撇下目瞪口呆的马伯雄，去给王县长通报案情。

"校长是共产党？马伯雄和万仙如呢，其他的教师呢？"王县长惊讶地问。

"至于他们，一介书生，耳根子软，没主意和立场。我建议给予他们处分，或勒令辞职，甚至撤职。"万向明微笑着，对王县长说出了调查意见。

王县长嘿嘿笑了，躲避着年轻队长的老辣眼神。作为此事的始作俑者，他希望通过这个事，把马伯雄牢牢地攥在自己手心，让他臣服，也把女儿的"情敌"万仙如置于死地。谁知动了这么大响器，会是这样的结果。没把马伯雄捏到手里，他的心情糟透了。马伯雄与万仙如好下去，这咋给女儿交代？王县长盘算着，猛地想起，特务队长姓万，万仙如也是万姓，他们之间有关系吗？毕竟榆林城不是天津城，出门走三步就可能遇到亲朋好友。

万仙如没想到，调查自己的竟是亲弟弟。这世界咋了？不靠谱的弟弟魔术般摇身一变，当上井岳秀的特务队长。当万向明得意地告诉她，榆林钟楼书店已姓了万，他是老板时，万仙如又是一惊，忙问金秀呢？万向明躲闪着，说不知道，他是从李先生手里买的书店。那么李先生呢？回答说李先生卖了书店，远走他乡了。李先生是榆林党组织的负责人，但愿他的离去是组织调动，要不然就是有大麻烦。万向明得意地对姐姐说，万仙如小姐，请你们接受这次的教训吧，以后要好好教书育人，报效党国。万仙如瞧他得意忘形的样子，隐隐担心。兄妹三人生于同一个家庭，接受了不同的教育，出现了不同的结果。不过也是庆幸，这次要是遇到袁主意，马伯雄和自己可能就完了。想着想着，万仙如宽心地长吁一口气。

"伯雄，你咋考虑的？"

"考虑啥？"

"继续当你的局长吗？"

"说实话，想继续当。我在县政府，司职教育局长，对织女渠的修建也有好处，我这次给杜先生表态，要学习建设泾惠渠的精神，动员咱米脂人上下一起努力，促成织女渠早日开工。可是，处在这样的环境，又有王小姐的穷追猛打，我还能当吗？"马伯雄苦笑着，说。

"那咋办？"

"辞职，报告已写好了。"马伯雄拉开抽屉，拿出了辞职报告。

无官一身轻。马伯雄辞职后，对万仙如说带她去见一位高人。高人是开明绅士李鼎铭先生。李先生住在县城西下巷的两孔简陋窑洞里，他们去时，先生正专注地为病人针灸。李先生问马伯雄，辞了？马伯雄大为震惊，急问先生是咋知道的。李先生用干瘦的指头，边捻着银针，边淡定地说，算的。

马伯雄上任伊始，就拜见过李先生，这次见先生气色不好，问及，李先生戏谑，主任当的。井岳秀对陕北根据地进行了几次"围剿"。为赢得百姓的支持，便扯虎皮拉大旗，强行给各地名人绅士任职。李先生被任命为米脂东区"肃反"委员会主任，这成为压在他头上的一座大山，他忙从东区搬家进城。马伯雄对李先生说，在西安见了杜先生，杜先生转达对您的问候，还说大家一起努力，力争让三民二中恢复，织女渠早日开建。李先生眼睛一亮，精气神顿时十足，说这都是功在当代、利在千秋的好事，需要我时，将不遗余力。

47

巍峨九里山，陡峭挺拔，雄浑壮美。万仙如和马伯雄登到山顶极目远眺，一座座大山连绵起伏，既独立又相连，无不散发出大自然神秘的魅力。

"伯雄，登高望远，心旷神怡吧？"万仙如问。

"会当凌绝顶，一览众山小。但愿如你说的，我们这次不虚此行。"无官一身轻的马伯雄，应万仙如之约，前往米脂南边考察。万向明以特务身份出现，令马伯雄深感震惊，一个口口声声"德先生""赛先生"的激进分子，敢打井岳秀公子的勇士，摇身一变投靠了国民党井岳秀，这也太不可思议了吧。这是万向明的问题，还是共产党和国民党的问题，让他的观念在短时间里发生根本性逆转。万仙如说弟弟的事是个案，眼下说不清楚。陕北根据地的苏维埃政权如火如荼建立，不妨我们身临其境感受一番。

千里无定河奔流进入清涧大峡谷，在听得见黄河涛声的这一带，如雨后春笋般，建立起十个区级苏维埃政府。

"选举村苏维埃主席大会开始。我先宣布候选人名单和选举规则。"一个头扎羊肚肚手巾的中年汉子，喜气洋洋地对成百近千的农人说。

也许是要当官，三个候选人兴奋中带着紧张，他们在板凳上正襟危坐，每人身后放一个大瓷碗。同样紧张与兴奋的还有农人们，人人手里捏颗黑豆，脸上洋溢着微笑，在考虑黑豆该放进哪个碗里。

"当"，豆子丢进碗里的清脆响声，揪住所有人的心。万仙如双手保持一尺距离，放在胸前等待在第一时间合住。马伯雄对"豆选"感到新奇有趣，真是大智慧在民间，如果蒋委员长也是"豆选"的，四万万同胞选举用的豆子，能堆起多大的一座山啊。

当选村苏维埃主席的是个干瘦的老农人，他还没开口脸已憋得通红，说，大家相信我，我就按共产党给我们指定的路，稳稳地走，往前走，遇到甚麻烦了，哪怕命没了，也绝不回头。老农人提名，确定了党、团、农协、红军游击支队等村上组织领导的人选，大家举手通过。

这些组织各司其职，统计出有五垧以上地的农户，从多到少定为地主、富农和中农。定为地主、富农的，勒令立即交出地契。地契，可是地主的命根子，咋可能喊上几句，吓唬一下就交出。于是，红军游击支队出动了，将顽固地主分子绑起，戴上纸糊的高帽，敲着铜锣满村游行。农协的人也不闲着，成群结队地去搜地主的家，翻箱倒柜搜到还好，搜不到就挖地三尺，找遍圪里圪崂，找不出地契不罢休。这一找了不得，搂草打兔子，和地契放一起的，还有金银财宝和细软。

在地主全家的哭天喊地中，他们眼睁睁看着地契冒出蓝色的火苗，随即金银财宝、家具、粮食，统统分到农户。

"老天爷，你终于开了眼，列祖列宗啊，咱家也有自己的土地了。看啊，这是地契，新的地契。"一位七八十的老人，拿着苏维埃政府发的土地证直漾打，告慰先祖。尽管他不知地契上写着什么。老泪纵横的老人说着，扑通一声跪地，冲着火红的大太阳，猛磕响头。

苏维埃主席搀扶起老人，说："四叔，磕头磕错了地方，看好上面的大印没，这地是共产党分的，该感谢的是共产党。"

"对对，共产党是恩人，我要给共产党磕头。"老人说着又要下跪，被主席一把拉住，笑说共产党不兴这套。

"百闻不如一见，看人家的革命干劲多大，米脂的工作需要加倍努力。"万仙如艳羡地对马伯雄说，她朝气蓬勃的样子似乎又年轻了几岁。马伯雄却是心不在焉，从这些地主、富农身上，他联想到杨家沟和马氏庄园。那天，父亲拿出的地契和一本书差不多厚，还语重心长地说，这是我们光亮堂多少辈子挣的家业，无论遇到任何艰难，也要保住，赓续相传啊。难道，这些土地就要毁在自己手里？

"仙如，他们这么做对吗？地主的地，不是刮风得来的，是祖祖辈辈一分一分地积攒，才买来的。"马伯雄问。

"你有这样的认识就有问题。地主的钱从哪来？是靠剥削和压迫穷人得来的。分配土地，就是没收地主的土地，拿来分给穷苦大众，使他们成为土地的真正主人。这样能释放生产力，让全体人民过上好日子。"万仙如说得简单明了。

马伯雄不再说话，心里还是懵懵懂懂。苏维埃政府咋能把属于个人的私有财产，说拿走就拿走，这不就是抢人？不过，万仙如的说法也许有一定道理，土地到了每家每户，农人们必然像爱护眼睛一样去爱护土地，精耕细作，创造出更多的社会财富。

纠结与矛盾中，他们走了一个又一个村，所到之处，看到的情形大同小异，都是热火朝天闹革命。

　　悲怆的锣鼓，凄厉的唢呐，呜咽的哭声，从无定河畔的一个村庄里弥漫出来。 万仙如与马伯雄对视了一下，加快脚步来到村口，满目尽是白茫茫一片，令人震撼的场景。 几百或上千人，无论是怀里抱的孩童，还是拄着拐杖的耄耋老人，统统穿着白色或接近白色的衣服，捶胸顿足，哭天喊地，悲痛能让人疼进骨髓里。

　　死人的事是经常发生的，这个叫鱼儿峁的村庄死的人，却是那么不寻常。 两个亲兄弟，为救乡亲们，被国民党部队逼得，相拥着跳了崖。

　　鱼儿峁是无定河与黄河间的村庄，属于陕北最早"闹红"的村庄，所以，他们是国民党反动派的眼中钉肉中刺。 前两次井岳秀的"围剿"行动，没打到这里就被陕北红军击溃，灰头土脸地撤离。 这次反动派下了血本，派出一支精锐部队，准备屠村，"杀鸡给猴看"，让追随者们不敢革命。"围剿"部队离鱼儿峁五六里，鸡毛信传到村里，党团员紧急行动起来，扶老携幼，带大家向村外的山洞转移。 等敌人进到村里，已看不见一人。 他们用望远镜探视，看到一队人往山上拼命奔跑。 敌团长一声令下追击起来。 突然，在村里不远处的东南方向，冒出两个后生。

　　他们是共产党员惠军和惠民，两人是亲兄弟，他们在挨家逐户查找可能留下的乡亲。 没承想，敌人这么快逬了村。 见敌人朝半山腰那边的乡亲们追去，那可是百八十条人命啊。 弟弟怕死吗？惠军问。 不怕！惠民说。 好，我们一起喊，喊来敌人，"来呀，国民党反动派，你们是兔子的尾巴长不了。"

　　这喊声让敌团长愣了，在选择追他俩还是去追更多的那群人？ 喊声越来越大，仔细听是在骂人，骂得还难听。 胆子这么大，一定是共产党，那捉住一个远比抓一群老百姓有价值。 团长判断后，下令抓活的，他想看看，这两个后生为何胆子这么大？

　　兄弟俩跑着跑着，尽头是百米悬崖，跑时就意味着选择了死亡之路。 因为其他方向的路上，都有疏散的群众，敌人爬到半山腰，就能一览无余，只有绝路这边，看不到其他的人群。

　　"你们跑不了了，赶紧投降吧。"撵得气喘吁吁的敌团长，面对已无路可走的后生大喊。 他们之间的距离越来越近，能清楚地看到对方的面孔。 二三十岁年纪轻轻的模样，一定是吃了共党的迷魂药，不好好过光景，闹哪门子革命。 抓住他们好好审讯，杀鸡给猴看，才能起到震慑作用。

"让我们投降，狗日的们做梦去吧。 共产党万岁，万万岁。"兄弟俩大声呐喊，相拥着一跃而起，消失在蓝天白云中。

空气凝固了，"围剿"的国民党士兵，个个目瞪口呆。 良久，敌团长低声说，打道回府吧。

被救的全村人哭着喊着，给他们厚葬。 棺材，是从几十个老人备给自己的棺材里面挑选的；寿衣也是妇女们赶制出来，都是全新的。 追悼会由区苏维埃政府举行，念悼词的主席念到一半就泣不成声，与现场的一片呜咽声，裹在一起。

"如果不是亲眼见到，你会相信这个世界上，有这样的老百姓，有这样的亲兄弟吗？"万仙如眼含泪水，问。

马伯雄有些感触，说："直到现在，我还像在读格林童话，没走回现实当中。"

"在陕北和全国各个革命根据地，每天有无数可歌可泣的感人事件在发生，从中能强烈地感受到共产党的凝聚力量，和在老百姓心目中树立起来的崇高威信。"

马伯雄点头认可，思忖共产党给穷人分地，分财产，是他们的大救星，自然有号召力。 但是，对地主家庭而言，如马氏家族，未来该何去何从，是他们要面对的严重问题。 马伯雄对家族的土地和财产是惦记的，哪天杨家沟村和鱼儿崾村一样，一夜之间被农人们瓜分，他心疼是正常反应，但绝不会去拼命。 可是，放在把土地看作比生命都重要的父亲身上，后果不敢想，回去要给父亲提前打预防针。

清涧之行让万仙如大受鼓舞。 她恨不得长上一对翅膀，飞回米脂大干一场。 带着这种心情，他们踏上返程。 为节省时间，沿着无定河东岸，翻山越岭抄近路走。 这天晚上，歇息在一个小村庄。 村庄叫白家庙，三十来户一百来口人。 为了安全，这一路走来，他俩用婆姨汉相称了，对外人说是去米脂看亲戚。 每天走到哪个村就住哪个村，住在人家吃随茶便饭，晚上同一大家子睡一盘大炕上，离开时给点食宿费。

陕北有个不成文的规矩，谁家来了陌生人，睡觉时男人挨着男人睡一边，女人挨着女人睡一边，最中间睡的是主人婆姨汉，为防半夜里弄出事。 像马伯雄他们这样的年轻婆姨汉，要是半夜失控弄事，天明屁股一拍走了，会把晦气留给主家的。

马伯雄找人家的先决条件是干净整洁。 一进白家庙村，万仙如见家家院落整洁，门前收拾得一根杂草不长，便知全村都是栓正人家。 随便走进一家，说了吃住的事，四十来岁的女主人说没问题，我们晚上吃杂面叶，你们看行不？ 万仙如说是好饭，太行了。 女主人再不说话，闷头做起饭。 过了一会儿，矮胖的男主人回来，看见他俩，眼珠子转几圈，热络地问东问西。 有答也有问，一时其乐融融。 饭没做好，万仙如完全掌握了该村的情况。 全村有两三家富人，但都在城里有四合院，其他的家户，光景过得都差不多。 这儿离绥德城不远，南边是红区，北边是白区，万仙如问这儿属于哪个区？ 男人说不白不红的区。

　　吃饭前，女人端来个盘子，里面有油、醋、酱，还有葱花、香菜、韭菜、芝麻盐，男主人拿出一瓶高粱酒，说招待客人，见马伯雄不喝也就作罢，独自倒了一杯抿起。万仙如给男人倒杯酒，说，一看大哥就是实在人，我敬你一杯。 男人说谢谢妹子，一仰脖子喝了。 万仙如见他如此痛快，问知不知道苏联和苏维埃。 男人用眼睛死盯住万仙如，又看了看马伯雄，说当然知道。 万仙如兴奋了，索性竹筒倒豆子，把清涧县的所见所闻讲了一遍，问男人听后有啥想法？ 男人说当然想过好日子，就是不知该咋弄。 万仙如说这个好办，只要乡亲们愿意，我来帮大家。 男人说你女子家的，能帮得上？ 能，我认识共产党，哪天让他们来帮你们建立苏维埃政权，把有钱人的土地和财产分了。 马伯雄看了一眼万仙如，觉得她这几天像是打了鸡血，也太冒失了，给一个陌生人说这些，会不会带来麻烦。 男人说很好，我们早就盼分房分地了。 女人说，他大，咱家的煤油快用完了，哪天进城倒一壶回来。 马伯雄听话中有话，赶紧说大家早点睡吧。

　　走了一天山路，他们倒头睡着了。 人家婆姨汉睡在中间，马伯雄挨着男人，万仙如睡在靠墙，和女人中间睡厂个娃娃。 迷迷糊糊中，马伯雄觉得有人扯被子，他用手拽紧裹在身下，一只胖乎乎的手却从上面伸进来，半个身子也压了过来。 被惊醒的他，借着微弱的月光，看到的是婆姨的一张脸。"咳咳"，马伯雄大声咳嗽起来，惊得女人"嗖"地伏下身子，溜进自己的被子里。

　　他们都发现，睡中间的男人不见了。

48

　　女人点亮了油灯，脸红扑扑的，还处在刚才的尴尬中，自言自语问，男人呢？ 万仙如揉着惺忪的睡眼，问，他是不是常半夜出去？ 女人说从没有的事。 马伯雄问，你男人除了种地，平时还做着啥？ 马伯雄的问话，让女人的神态更加羞涩，她头也不敢抬，低声说当保长，为政府催粮纳税。

"走，仙如，赶紧起来，我们去找保长。"马伯雄果断地说。

"他不会有事的，咱们继续睡。"女人说着，意识到自己紧挨的已是马伯雄了，忙挪开身子，羞得把头藏进被子里。

马伯雄拉起万仙如便走。出了门，鸡叫头遍。万仙如问你是不是在梦游，黑咕隆咚的，路也看不清，要走哪儿。马伯雄说，你还没醒吧，没看出男人有问题，昨晚你说认识共产党，他的眼睛闪了两下，是冰凉的那种，我就感觉不太对劲。女人说油灯费油的事，把我的思路打断了。他这会儿，可能在带人抓我们的路上。不好了，你听。

马蹄声由远而近，不是一匹马，而是一群，往男人家的方向去了。骑马的是国民党驻绥德的一个排。保长是他们的眼线，每抓一名共产党，就能拿到赏金五十块大洋，抓到两人就是一百块大洋，这待遇对平时好吃懒做，村里最没威信的保长，该是多大的诱惑！从万仙如的说话里，他确信无疑这两个人就是共产党。睡下后，脑海里波澜起伏，为抓与不抓，是自己抓还是请人抓，激烈地斗争着。午夜之后，他终于做出决定，他进城报告部队，打算先偷偷回家继续睡觉，然后让队伍破门而入。这样抓人既可得大洋，共产党也不会知道。谁知一回家，两人早跑得不见影了。保长不敢明目张胆出面找人，给排长指了通往外面的三条路，排长让各班为一组，分头去追。

天已渐亮，大地起雾，白气腾腾，四处弥漫。

"伯雄，到哪儿？"万仙如问道，心里在检讨自己轻易相信了大山里的人。

"我也不知，看地形，离山顶不远了，我们继续走，敌人随时可能撵来。"马伯雄说着，环顾隐隐约约的群山，见不到太阳，也分不清方向。

"往上继续爬，万一上面是悬崖呢。"万仙如问道。

"陕北的山，哪有那么多悬崖峭壁。不好，他们好像追来了。"马伯雄说着，拉万仙如往上爬去。

"真还被你说着了，是悬崖。"马伯雄望着黑黝黝的深沟，紧张地说。

"这么大的雾，他们兴许看不到我们。再找找，看有没其他的路？"万仙如淡定了一些，说。突然，她看到一处庙宇。

这是一座娘娘庙，供奉的是三圣母娘娘，粉面金身，光彩照人。两人顾不得欣赏娘娘的风姿，四下寻找藏身之处。

"施主，大清早前来，可谓心诚则灵。敢问一句，你们是求子吗？"身后传来一个尖细的声音，回头一看，是一位面容慈善的仙姑。

"仙姑你好。后面，后面有坏人在追我们。"万仙如说。

仙姑看了万仙如，又打量马伯雄，然后说跟我来，领他们到娘娘泥塑后面，吃力地搬了一下，露出一个洞口。瘦小的万仙如侧身麻溜进去，马伯雄屏气缩身勉强也进去了。仙姑拿起鸡毛掸子掸去痕迹，拎起一把扫帚开始扫院子。

"见一男一女进来吗？"几个穿黄制服的国民党兵，问着进入庙宇，挨个搜查。兴许是他们也忌惮神神的原因，围着神像转了一圈，没进一步行动。

见仙姑继续抡着扫把，对他们的存在视而不见，一个士兵夺下扫把，用枪戳了下仙姑，说，问你话了，耳聋了，见，还是没见？仙姑抬起头，眼光温和平静，嘴里支支吾吾着，给他们朝一条山道指去。

报告班长，也许共党分子就没从这边上来，士兵说。你懂个屁，来没来都要追，这是任务。一群人骂骂咧咧朝着仙姑指的方向追去。

见他们彻底走远，仙姑把万仙如和马伯雄叫出。仙姑眉清目秀，长相俊美。他俩弯腰致谢救命之恩。仙姑说救人一命胜造七级浮屠，你们是好人。马伯雄问，咋知我们是好人？仙姑说，这年头，坏人到处耀武扬威，好人才东躲西藏。一大早被逼得无处躲藏，更是落难之人。您是村里人？万仙如问。仙姑说她是绥德城里的，来这时间不长，香客们说山下有两个村，一个是红的，另一个是白的，出家人不管青红皂白，一心一意学好向善，为善男信女们求子、送平安。咋样，要不要给你们抽一签？

"抽，仙如你抽一签。"马伯雄怂恿着，掏出几张纸币塞进布施箱里。轻车熟路拿过三炷香，恭敬地朝娘娘塑像拜了三拜。马氏庄园祈雨成功，他对神灵由完全不信变为半疑半信，有时候信的成分更多了一些。"跪下抽签啊。"马伯雄说。

万仙如十分纠结，跟马伯雄在一起，也想抽一签，但跪地是绝对不行的，信神是违反自己信仰的。

"我替你磕头，你来抽签。"马伯雄似乎理解万仙如的信仰，替她跪倒，磕了三个响头。

"日出扶桑。"万仙如从香案上的签筒里抽出一签，是上上的大吉签。

"上吉，好签。"仙姑拿过签，面露喜色道，"日出扶桑万里明，贵人喜气自亨通，求财谋望称心意，若问求官定有名。"

"此签怎讲？"马伯雄问。

"这是官事有理，求官得位，婚姻可成，六甲生男，田蚕大熟，六畜兴旺。"仙姑一口气说出一长串。

"您刚才说婚姻可成，请具体说说我们，我的婚姻。"马伯雄说着，余光瞥见万仙如翻来的白眼。

仙姑打量着两人，似乎明白了一些，示意马伯雄再抽一签，是"洪武看牛"。仙姑盘算了一下，说："洪武乃朱元璋，这签是借用朱元璋小时放牛的故事，说'凡事待时至可也'。不要在意现状，也不要低估自己，等待机会并把握好，就会有幸福的那天。至于是哪一天，时下好像，先生你还没有动婚。"她用狡黠的眼睛，扫了他俩又说："看二位的面相，都是天庭饱满，地阁方圆，先前的日出扶桑，是说所干的大事，如东方初升的太阳，在世界上，是无人、无任何事物，能阻挡的。"

"谢仙姑。"万仙如高兴地说。这会儿，她信签是算对了，共产党的宗旨就是让天下劳苦大众过上好光景，这样的愿望，正如东方的太阳，是顺应自然规律，谁也无法阻挡的。

走出娘娘庙，天空云雾稀薄，新鲜的太阳，从东方群山后面喷薄而出，刹那间，拨开云雾，普照大地。马伯雄看着被朝霞映红脸庞的万仙如，想着她的一切属于共产党，为信仰的主义奋斗终生，献出宝贵的生命，也会无怨无悔，在所不辞的。在她心里，我又算啥呢，就是一个朋友，一个进步人士而已。想着，有些悲凉，有些动摇，甚至产生退缩的想法。

对陕北根据地两次"围剿"后，共产党的地盘却越来越大，几片根据地连接起陕甘边，形成六万平方公里的整体。面对极为不利的形势，蒋介石亲自部署陕北的第三次"围剿"，调来东北军的两个军七个师，和宁夏马鸿逵的三个骑兵团，加上此前参加"围剿"的军队，总人数达十五万之多。但这是蒋介石的一厢情愿。战斗一打响，他们就出师不利，在横山、吴堡、子洲、清涧、绥德等地，遭遇到刘志丹领导的西北红军反击，还被人家多点开花，打得稀里哗啦。

失败中，井岳秀总司令急调回八十六师将领到榆林开会，为减少损失而重新布局，他才不愿意为所谓的"围剿"，贴上自己的老本呢。

这是一次规模较大的会议，参会者为营级以上主官。因为亲手击毙杨猴小匪首有功，万星明已被提拔为团长。他星夜从靖边赶来，身心疲惫地走进会场，见到万向明穿着便衣，在会场里晃悠。"你，咋在这儿，快出去。"

"长官，请您出示证件。"万向明一本正经伸出手，道。

"这是干甚，玩到司令部了？"

一个小特务过来，介绍说，长官，这是我们特务队的万副队长。

"这没你的事。"万向明让小特务闭嘴，笑嘻嘻掏出证件说，"请万团长检查，看我够不够资格。"

"特务队副队长，就你——"万星明惊讶得不知说啥是好。 万向明抓捕李先生和金秀，办理米脂教育局的案子，他是一概不知。

会议在一片死寂中开始。 井岳秀拿根讲棍，比画着分析当前颓废的战局，说："为什么我们每'围剿'一次，共产党的根据地就扩大一片？ 为啥我们十五万装备优良的部队，对付不了吃不饱、穿不暖，每支仅有区区几十、几百人的红军支队？"见无人应答，井岳秀一拍桌子，怒说："是我们的党内、队伍内出了问题。 有不少人拿着俸禄，喊着主义，却对党国没信仰，不忠诚，有人还拉山头存实力，各自为政，把好端端的战略布局，弄成一盘散沙。 再有，私欲泛滥，贪腐严重，把老百姓当成刀俎鱼肉，逼他们走向我们的对立面。 这种现象长期下去，搞三次、五次'围剿'，能有屁用。"

开了两天会，挨了两天训，最后制定出新的战略方案，让军官们会后立即赶往战场。 万星明收拾停当要走，井岳秀找他谈话，直截了当说，你是我一手栽培起的，把你放三边驻防，知道我的良苦用心不？ 万星明敬礼说，谢谢井司令，让我亲手宰了杨猴小。 井司令说杀杨猴小报仇是一方面，更重要的是你留在三边，可以牵制他们。 万星明不解他们是谁？ 井司令笑了说，你除了忠诚我，还要动脑子呀。 便面授机宜。

"哥，你要走了，我请你喝杯茶，拉上几句话。"万向明在司令部门口等着万星明，说。

"我也有话说给你。"知道了弟弟的真实身份，他开始忧心忡忡，为弟弟，也为万家。 会议期间，他抽空回家，看了明显衰老的父亲，对万家的未来更加担心。 自己步入军营，打乱了父亲设计的从商之路，他希冀脑瓜聪明、会来事的弟弟，能继承家业，将"通天苑"发扬光大。 看到弟弟跟共产党激进分子不清不白，他假做袖手旁观，希望监狱给弟弟深刻教训。 当弟弟变本加厉后，他曾直接摊牌，警告不要介入任何政治，脚踏实地接管生意。 再后来，弟弟拐跑了马家女子，打了井司令公子，他对无可救药的弟弟彻底心灰意冷了。 一段时间，还动了辞职回家的念头。 想到恩重如山的井司令，又不得不放弃。 这次回榆林，见到新身份的弟弟，他的心情五味杂陈，想让弟弟辞职，专做"通天苑"的新掌门人。

在钟楼书店经理室里，榆林城最富有的万家公子，喝着上好的龙井，促膝交谈。

"哥，为何你不辞职，却要我辞？"万向明问万星明。

"我是为职业军人而生，你呢，念书是好学生，做生意是好商人。 所以，你最合适。"

"错，在任何行业，需要的是一副好脑子。 这一点，已在我身上体现得淋漓尽致了。"

万星明承认弟弟有一副好脑子，但还是不死心地劝说："你人这行，考虑过父亲的感受，考虑过万家的生生不息吗？"

"我要是没考虑的话，就不会收购书店，还有一些你不知的产业。"万向明带几分得意地说，"你说在当今乱世之下，是朝中有人好做生意，还是单纯做生意好。"

"别说是乱世，太平盛世里，做生意也是需要有人帮衬的。"

"这不就得了，你是一位人所皆知的军官，我呢，是身兼数职的生意人，我们万家在榆林，有井司令做靠山，干啥还不是所向无敌。"

万星明觉得万向明说得也对，又觉得哪儿不对，有些事是不能说的，如井司令刚才和自己的谈话。 他拍了弟弟的肩膀说，好自为之，有时间多回去看看父亲。

返回三边的路上，万星明一直在思索险恶的江湖。 井司令向他秘密下令，要独立面对在三边一道"剿共"的高桂滋部。 井司令说此人原是他的部下，后来出卖了他，给蒋介石送去投名状，官就升到了师长。 老蒋派高重回陕北，是对井司令居心叵测。 这次联合"剿共"，高桂滋阴险狡诈，手段毒辣，对井司令心存芥蒂，目的就是取而代之。 井司令还说，高是定边人，"剿共"必舍身子，要万星明明里积极配合，暗中隔岸观火，保存实力，坐收渔利，才是上策。

在会上口口声声精诚团结，共同对敌的井司令，暗地里却要坐山观虎斗？ 这让万星明怀疑高级将领们，对三民主义的信仰，和对蒋委员长的忠诚。 当兵以来，他除了枪杀过土匪，手上未沾一个共产党人的鲜血。 想到这里，他如释重负。

49

马伯雄回到马氏庄园，见到父亲想解释什么，又不知该说啥。到米脂工作了小半年，做事与做官都不顺，听父亲的一通训斥是必要的。父亲黑着脸，说了两个字：睡觉。次日大早，他去给父亲请安，父亲黑着脸又说两个字：上坟。

通往祖坟有两条路，一条是大道，另一条就是地道。父亲不知为何不走明亮的大道，却选择走了地道。黑幽幽的洞里，两人猫着腰，脚步声伴着喘粗气的声音。似乎走了一个世纪，出现了亮堂堂的洞口，马伯雄浑身已出微汗，再看父亲是大汗淋漓。

光亮堂是马氏家族举旗的，马家最老的祖坟挨着光亮堂的新坟。按陕北的风俗，每块坟地最多能埋五辈人，满了另择。挨祖坟的坟地，到马瑞琪这辈已是第五辈，星罗棋布埋了一百多人。

马瑞琪先跪在土地爷的牌位前，烧黄表，上香，点酒，再带儿子烧纸祭祖。坟茔太多，他们每排选一座烧纸，口里念叨让分给大家。轮到第五排的母亲了，马伯雄燃了一大堆纸钱，还有折叠的金银"元宝"，口里念念有词，长跪不起。

"杏儿，这几天我老是做噩梦，昨晚也做了。庄园里的长工、雇工，还有很多租地的农人，半夜翻墙进了窑，二话不说翻箱倒柜，还挖地三尺，找出地契，和你留给儿媳妇的金银首饰。我扑上去抢回，却被他们推倒，眼睁睁看着地契被烧，金银首饰被分。更多的人在院里燃起火堆，敲锣打鼓扭起大秧歌。我撕心裂肺的哭喊声，压不住他们的闹腾声。冷不丁，来了几个拿枪的人，对准我的脑袋，听得晴空响了个炸雷，我醒了过来。"马瑞琪像是自言自语，又像说给马伯雄。

看来，父亲已知外面的事了。关于苏维埃政权问题，他很纠结该咋给父亲说。现在父亲已知道，就不用自己为难了，早做准备未必是件坏事。

"伯雄，当着你妈，我们认真谈谈。"马瑞琪终于开了口，本来就是一副严肃的面孔，在坟茔前显得更加庄严肃穆。

"这块坟地如何？"马瑞琪的话题从风水说起。坟地真心不错，前面是一马平川的沟道，背靠厚重的龙虎山，左右分别是文山和武山，"前朱雀后玄武，左青龙右白虎"。再看沟道里，一股流水终年不间歇，流过几座山，进入无定河。这块坟地，来龙气势如屏风，文山武山对峙中，是封王封侯的葬地，也是阖家欢乐的葬地。

"父亲一说，这真是块风水宝地。"马伯雄附和道。 作为学建筑的人，他对风水学这门选修课并不陌生，如果要他来分析，从理论上就能讲几个小时。

"风水宝地，对住在下面的你妈，和土上半脖子的我来说，也没甚关系。 风水庇护的是你和后人们。 可是，后人又在哪？"马瑞琪说着，剧烈地咳嗽起来。

如果说在娘娘庙抽签问神时，马伯雄对万仙如还有虚幻期待的话，这会儿清晰多了，说："当着我妈，我隆重宣布，尽快娶妻生子。"

"这可是给你妈说的，要当真。 杏儿，听见了吧，你儿子说了，他要娶婆姨了。"马瑞琪连连说着，仰天大笑。

马伯雄找婆姨的消息传出，马氏庄园里热闹起来，一些外乡的媒婆，带着穿戴艳丽精心打扮的女子上门，接受挑选。 这种方式违背了马伯雄的初衷，本想着他四处奔走上女子门见面，无奈候选人太多，只好"守株待兔"。 不到一个月，他被动见过二十几个女子，有高有低、有胖有瘦，都是清一色居家过日子的女子，也有几个口吐莲花，不时冒几句洋文的时髦女郎。 马伯雄的感受是，她们所有的举止言谈，几乎千篇一律，无新亮点，再见面，保准分不清谁是谁。 只有两个给他留下的印象较为深刻。

媒婆带着镇川大边客刘家十八岁的女儿及侍女，坐辆高头大马的马车前来。 此女个子高挑，浓妆艳抹，一进马氏庄园，就在车上惊呼：大山里还有如此人间天堂。 马伯雄客气地让座，女子直勾勾看他，良久，猛拍大腿说，马公子，我简直太、太喜欢你了。 马伯雄一头雾水问，喜欢我的哪样？ 刘女子妩媚一笑说，喜欢所有。 吓得马伯雄一口茶水喷出。 刘女子问，马公子你喜欢听榆林小曲吗，我给你唱一段。 也不等回应，便扯开嗓子，哥呀，妹呀咿咿呀呀起来。 她演唱的动作，很容易联想到日本艺伎；嗲声嗲气的又联想到青楼女子。 他轻叹，这是民国的奇葩。

站"奇葩"刘女子旁边的，是一位年纪与她不差上下的女子。 她个子不高，五官周正，举止端庄，是那种看着像清风流水，自然舒服的女人。

"马公子，我的歌喉圆润吗？"刘女子问。

"这位女子，你叫啥？"马伯雄并不理睬刘女子，问站立的女子。

女子羞得赶紧低头，马伯雄捕捉到她吐舌头和抿嘴一笑的动作，更觉心花怒放。

"问你呢，叫啥？"马伯雄追问。

"我也在问你，我唱得咋样？"刘女子气呼呼地也追问。

"挺好的。刘小姐，能告诉我，你带来的这位女子，为啥不回我的问话？"

"奇了怪了，马公子你是和我相亲，咋老问她。这样做，是不是无礼了。哼，还是留学生，樱花，我们走。"刘女子气鼓鼓地放下茶杯，恨恨地说。

樱花，多好的名字。马伯雄心里一阵狂喜，目送她们离开马氏庄园。

媒婆出于职业习惯，问马伯雄刘小姐咋样？马伯雄摇着头，指了前面小跑的樱花说，能不能把她给我介绍。说着，偷偷塞给媒婆一块大洋。找了一个月的婆姨，他是筋疲力尽了，看来要在偏僻的山区，找一个新式女性，简直比登天还难。既如此，找一个小家碧玉，多好。

媒婆再来庄园，带来樱花的消息。刘女子回家后把侍女臭骂一通，就打发樱花回了家。马伯雄问，你说我的意思没？媒婆说，我要是没说咋敢再来找你？接着，媒婆将自己了解的情况，竹筒倒豆子般说了起来。

樱花是杨家沟后山桃镇人，她家也曾是大户人家，十几年前家道中落，父亲害了场大病，钱花了，人没了，光景更是恓惶了。前年大旱，樱花为活命到刘家当丫鬟。樱花说，早些年就知道马公子，媒婆特意说。

樱花知道自己？马伯雄大喜。桃镇离杨家沟不远，到日本留学的事，传遍十里八乡是正常的。"你说了我喜欢她吗？"马伯雄急问。

"当然说了，樱花却说你拿她寻开心，人家娃娃想得也对，你们马家是全米脂数一数二的家庭，你人又这么好，咋会看中她。"媒婆盯着马伯雄的表情，说。

"我是真心实意的。要不，现在我们就去找她，见她的家人。"

"你还真不是戏耍？"媒婆面露惊喜，问着。又说："樱花，你出来。"

原来媒婆带来了樱花，只不过藏在后面。听得召唤，犹抱琵琶半遮面的樱花，猛不丁站在马伯雄面前，羞答答说："马公子，你好！"她的头简直要埋到起伏的胸脯上。

"樱花好，你为啥叫樱花？"马伯雄问，脸也是憋得通红。

"我爸说过，这世上最好吃的东西就是樱桃，因为樱桃好吃树难栽，吃不上的一定是最好的。所以就给我取了这名，说是金贵。"

樱花不接樱桃。马伯雄想解释又觉无趣，把吃不到的东西就当作金贵，观点很有意思。

"挑三拣四的，到头来，找了那样的人家。"马瑞琪问，反应也不是太强烈。

"樱花是个好女子。她知书达理，善解人意，再说她家从前也是读书人。"

"我实在不想让唯一的儿子，娶那样家庭的女子。"

"哪样？ 父亲根本不懂我。 当年您不也是娶了平民出身的我妈吗？ 她去世这么多年，您对她的感情，至死不渝。"

"你先下去。"马瑞琪虚弱地说，听儿子提起故去的婆姨，触及了他痛苦的回忆。当年为了和青梅竹马的杏儿结婚，他与家里进行过激烈的抗争，最后争取到爱情的胜利，红红火火娶杏儿进了马氏庄园，只可惜没能走到最后。

娶樱花总比万仙如好。 这样一想，马瑞琪释然了。 他要来樱花的生辰八字，找了几次马先生却没找到。 无奈又找了邻村的另一个阴阳先生，选好迎娶儿媳妇的日子。

结婚日子的临近，令马伯雄心绪不宁，愈来愈慌，以至于整夜睡不着觉。 他对樱花是一种直觉上的好感，是在见过几十个相亲对象后，迫不得已的选择。 心灵深处对万仙如有的是一日不见如隔三秋的焦虑，和樱花的结婚，就意味着对万仙如的背叛。是啊，与万仙如交往这些年，他俩并无任何承诺，但有心有灵犀的默契。 该不该把结婚的事告诉她？ 马伯雄还在左思右想时，万仙如从天而降，她是从米西来到米东的。

米脂以无定河为界，分米东和米西两大区域。 米西区委在刘志丹的直接领导下，开辟成革命根据地。 他们打土豪，斗地主，组织贫农会、赤卫队、妇女会等一切活动，都在光明正大地进行。 万仙如从清涧回来后，来到米西的李家崖村，见到村口人山人海，古老的戏台底下，站着一排被批斗的人，一个白胖老汉十分醒目，他挂了"恶霸地主"的大牌子，显然就要被枪毙了。

"我宣布，恶毒地主李飞黄判处死刑，全部财产归人民。"米西区委李书记大声宣布，白胖的老汉就地软成一摊稀泥。

数千群众山呼海啸地欢呼着。 万仙如心潮澎湃，米西迅猛发展的革命形势，直追清涧。 她到米西苏维埃政府筹备处报到，将外出学来的经验进行推广。

黄土高原，蓝天白云。 这是一个好日子，被大山包围的牛肋肢湾村，一个柳棍做围墙的院落里，两孔破旧的土窑洞，贴满了花花绿绿的标语，"共产党万岁""一切权力归农会""庆祝米西苏维埃政府诞生""打土豪、分田地"。 数不清的农人，站在路边、硷畔、山坡和山顶上，人人脸上洋溢着笑容，大家齐刷刷把眼睛投向这里。

当十二把唢呐对天吹响，十二串鞭炮齐鸣时，米西区苏维埃政府和米脂县十一个区级政府同时宣告成立，农人们欢呼雀跃，庆祝自己成为土地的主人。

成立起米西区苏维埃政府后，万仙如又接到任务，去米东恢复党组织，重新开辟根据地，建立苏维埃政府。其实，中共米东区委成立早于米西区委，在发展党团组织，建立秘密联系点，成立贫农会、赤卫军等工作中，一马当先，就是因为一次叛徒的出卖，区委五名负责人被敌人包围，致一人牺牲，两人叛变，两人逃离，党组织立即陷入半瘫痪状态。

米西区委杨书记握住万仙如的手说，仙如同志，我们真想留下你，亲历米西的革命，分享人民胜利的成果。万仙如说，谢谢李书记，过段时间，我要请你们来米东，分享我新工作的喜悦。

马伯雄以为万仙如是得知自己结婚的消息赶来的，并不知人家带着使命已来了好几天，与艾土地他们秘密开会，商量工作。

一个黎明到来前，万仙如与马伯雄相约，在杨家沟最高的山头见面，看新鲜的太阳，嗅太阳的香甜味道。昨晚，艾土地给他带话说，万小姐约明天早上看日出。惊喜又忐忑的马伯雄觉得怪怪的，让自家的车把式带话，万仙如不知又藏着多少秘密。

"恭喜你，新郎官，不，现在还是准新郎官。"万仙如满面春风，说。

"看起来，你要比我高兴多了。"马伯雄说着，浮出一丝的苦笑。他想过万仙如得知自己结婚的消息后，会出现的各种表情，就是没想过是如此淡定从容。

"对不起，仙如。"马伯雄真诚地说着，伸出手。

"有啥对不起。伯雄你想多了。还记得我说过的话吗，我是有信仰的人，有着光荣的革命使命，不会为了儿女情长，致所追求的崇高事业半途而废。"这会儿的万仙如，这样说着，其实心里的激荡是巨大的，甚至不敢对视马伯雄直勾勾的眼睛，生怕自己失控后，如同练功之人一念俱损。"我以妹妹的身份，为你的婚礼尽力。"

50

"看好高低，贴得正不正？"万仙如找来窗花，贴到新房窗棂上，要一旁的马伯雄纠正。

世事真变了，马瑞琪摇着头苦笑。这女子不知住在哪儿，反正她这段时间三天两后晌来帮忙，实在不解咋这样没眉倒眼呢，为八竿子打不着的男人张罗结婚，羞不羞？作为一位老秀才，马瑞琪理解男人剪辫子，妇女放脚，是时代的变革与进步，但想不明白打着女性自由解放的幌子，就能如此不守妇道？ 好在，新媳妇是贫寒人家出身，要是大门大户的人家，保不住会闹出多少事端。

"马老爷，您是有文化的知名乡绅，我有啥做错的，还要您给予关照，不周不到的地方，还望得到您的原谅。"万仙如对马瑞琪说，显得落落大方。

"没，没有。"马瑞琪嘴上这样说，心里说，有也不能说，不敢说。 赶走办夜校的她后，马瑞琪常把时势与万仙如联系起来，揣测着她的身份，越想越感到恐惧。 闹红的穷人越来越多，陕北的天闹得通红一片。 前几天，听说无定河西许多村子建起了政府，农人们就是政府的主人，他们分了财主的地和房子，还把几个守财不要命的地主直接毙了。 万家女子会成为一呼百应的人物，他岂敢惹。

陕北的婚礼是天下最热闹的。 马伯雄拿过司仪开出的单子，挥起日本"百乐"钢笔，一项项"残忍"地画掉。 司仪将可怜的目光投向马老爷，见他闭目养神，就欲言又止。

"伯雄，我们尊重你的意见，取消了订婚前后的仪式、议程，现在结婚，总不能连娶亲也简化了吧。 那样的话，你考虑过樱花和她家人的感受吗？"马老爷终于睁开眼，问儿子道。

商议的结果是，马伯雄同意带一把吹手和九个引人的，到樱花家娶亲。 桃镇说远不远，说近不近，用轿子太慢，用马车路又不行，马伯雄让艾把式精选了十几匹高头大马，驮了礼品。 按乡俗，还带上拴红绳的一对四方宝瓶，上面插两双筷子，瓶里装贡米、香和艾，意为相亲相爱。

马公子到桃镇娶樱花前，"灰姑娘与王子"的故事，早已传遍十里八乡。 娶亲这天，附近的人们来到樱花家门口，人山人海的盛况，比过年还热闹。 樱花家也备了一把吹手和一班秧歌队，当然钱是马伯给的聘礼中支的，他们响吹细打，闹得比马家还热闹。 女儿嫁豪门，樱花妈既高兴又忐忑，不住地擦拭泪水，等秧歌表演完了，鞭炮声中送女儿骑上大马时，老人不忘问马夫，马还温顺吧。 马夫说放一百个宽心好了。 带着无比幸福的樱花，离开家的一瞬间，眼泪再也抑制不住了，她意识到，娘家再也不是自己的家了。

黄土高坡很陡很漫长，迎亲队伍走得很寂寞。 樱花侧目骑在另一匹马上的马伯雄，撇开富甲一方的马家，仅仅他高大威猛，年轻英俊，就令她的心狂跳不已，想着晚上的洞房，更是莫名地慌乱。 天上掉馅饼的事，轮到自己身上，陪刘小姐相亲，却给自己相来，戏文里也没这样朒。 她仰头祈祷，老天爷保佑我们相亲相爱，樱花一生幸福安康。

耀眼的阳光映照在樱花的身上，通红一片煞是好看。

"哇呜哇""噔噔嚓"。 站在离太阳最近的山顶，吹手扬起唢呐，对天吹响了"迎亲曲"，鼓镲锣列队两行，随着唢呐声越来越激烈，他们鼓点跟进，一通猛敲，嗖的，一只大铜镲飞了出去，正中樱花骑的那匹马的眼睛。"咴——"被刺痛的马前蹄离地，身子抖动中腾空而起，被甩出去的樱花，在天空中划出一条美丽的弧线，"扑通"一声滚落到沟里，"啊——"是一声惨叫。

马伯雄一怔，立即飞身下马，就地打了几个滚，仅用十来秒，第一个来到樱花身边。 好在樱花被拦在堰窝里，要是掉下深沟，后果就不堪设想。 樱花，樱花，马伯雄喊着昏迷的樱花，和艾把式几人一起将樱花抬起。

"这里离桃镇近，赶紧掉头，快找李先生。"马伯雄果断地说。 刚才，他还见到回老家办事的李鼎铭先生，人家还送了红包。

送到李先生家，樱花已经苏醒，整个人摔得怕是傻了，两眼发直，一言不发。 李先生检查后长吁一口气说，有两处骨折，需要静养。 用绷带扎住大腿和胳膊，开了跌打损伤的药。 马伯雄要艾土地找辆马车回庄园，樱花说啥也要回家，马伯雄依了。 樱花妈见刚响吹细打娶走的女儿被抬了回来，"哇"的一声号啕大哭。

万仙如原本打算跟去桃镇迎亲的，临出发时又盘算不合适。 马家这边好说，到樱花家那边难说，要有多嘴人说出自己与马伯雄的关系，不给樱花和她娘家带麻烦都难。 她耐心等待在庄园里，瞅着良辰吉时快到，让伙房添了几次柴火。 书苑里等待的几百宾客，逐渐焦躁不安起来。 马瑞琪老爷也再不淡定喝茶聊天，走到碥畔上，手搭凉棚朝后山眺望。 在人们无言的慌乱中，几个吹手腋下夹着器乐，个个灰头土脸地出现在大家的视野里。

"常管家，通知厨房开饭，所有宾客，一个不能走。"马老爷声音洪亮地果断发号施令。 得知发生的事，马老爷心里涌上无限的悲情，但表情淡定，"五魁八碗"做了这么多，让族人和亲朋好友们吃好喝好，也算冲冲晦气。

过了几天，风水大师马先生来马氏庄园，他是马瑞琪捎话请来的。 马伯雄成亲前，没找到马先生，只好找另一个风水先生看日子，谁知弄出大事。 马先生拿着两人的生辰八字，掐指算了一阵，又在古书上查询，缓了缓，想了想，说，令公子和樱花女子的大相是合，五行则不合。 男土女木，土衰逢木，木能克土，土重木折。 恕我直言，夫妻相克不妥当，金宅不安儿要少，财来财去不安康。

马先生的一席话，听得马瑞琪心惊肉跳，他庆幸坏事里有好事，樱花一摔是老天爷阻止两人拜堂成亲。 无端打发樱花，与天与地与人都说不过去。 马老爷考虑咋与儿子说时，马伯雄主动来说，与樱花的事结束了。 原来，樱花摔伤后，她妈也找了风水先生，人家说樱花的福分太浅，服不住马家的荣华富贵，只能嫁给普通人家。 樱花本来把嫁入马家当是做梦，一摔把梦摔醒摔碎了，嫁不嫁也就无所谓了。 何况，马家事前事后拿来的财物，早该知足。

马伯雄未做成新郎，最高兴的是马拥护，他到处说光亮堂命犯桃花，所以人丁不旺。 马伯雄的热度开始降温，又一件大事，让马拥护欣喜无比。

为重建米东根据地，党组织决定在桃镇、姬岔、临水寺、杨家沟等几十个村庄展开革命行动，用最快的时间扩大面积，与佳县、吴堡的苏区连成一片，使之成为陕北革命根据的重要组成部分。 这些村里，杨家沟的任务最重。 万仙如要面对这么多地主，责任显而易见。 她与党员们充分发动群众，拿出苏维埃政权建立方案，和提前建起的农协会、妇女会一道，有组织地展开行动。 杨家沟农人们早是蠢蠢欲动，就等政权成立，来打土豪分田地。 此时的万仙如却有点私心，她为马伯雄的婚事特意推迟了计划执行，只是让艾土地、李胡子和杨姓的几个党员，暗中联系群众先散发消息。 艾土地是乡亲们眼里见多识广的人，他说的张家沟或王家岔分地的事，得到大家的认同，乡亲们的热情像是干透的庄稼秆，随时就能点燃。 杨姓的人更是心里痒痒，大有拿回土地，一洗前人羞耻之快。

世上就没有不透风的墙。 农人们涌动的暗潮，早拍打到马氏庄园堂主们的身上。他们要在祠堂议事，马瑞琪却摇头说，家里出了事，自己没心情。 堂主们说那点碎事与家族存亡相比，就不算事。 他说去找老二叔吧。 堂主们说，老二叔卧床不起，你已是事实上的族长，这个头必须你出。 他还是摆手拒绝，明示暗示，胳膊拗不过大腿，顺应潮流，该缴就缴，该藏就藏，该埋就埋，各自早做打算。 他也与常管家忙了几个通宵，甚至做了地契的赝品。 还不怒自威地有意走家串户，佃农们老爷长老爷短，都是客客气气，起码看起来，暂时还没人胆敢造次。

杨家沟苏维埃政府成立大会在马氏庄园举行。 短短小半年，这一片革命形势发展很快，大部分已成为红色根据地，共产党的活动也基本处于公开。 为展示根据地的累累硕果，陕北红支队派来一个排部署在村里，陕北特委派两名委员和米东区委、米西区委的领导一起参加大会，彰显党组织对杨家沟的重视。

开会前两天，万仙如找马伯雄说了此事，马伯雄紧皱眉头却一言未发。 万仙如问是啥态度？ 他还是不说话。 万仙如说，这是时代发展的要求，你念过那么多书，走过那么多路，跟我考察过轰轰烈烈的革命运动，一定理解我们的做法。 马伯雄开腔了，问。 我们能不能商量？

"商量，这事能商量吗？"万仙如吃惊地反问。

"尽量推迟一些时间，先给你们组织钱，保我家的地。 你也看得出，土地对我父亲来说，比命都重要。 等以后土地到了我的手上，随便你们处置，如何？"

"这根本不可能，请你理解。"万仙如说着，拿出一本小册子，放到马伯雄冰冷的手上，"有时间好好看看，这是共产党的创始人之一毛泽东写的考察报告，读了，定会给你带来全新的思考。"

"强行夺取土地，夺取私人财产，这就是我的思考。 我问你，咋不把你们万家的财产分给榆林城的那些市民们？"马伯雄动怒了，说道。

"目前共产党进行的是农村包围城市，以后一旦城市掌握在手里，别说我们万家，就是大上海的资本家，财产也会收归人民的，因为共产党追求的是共同致富，人民当家做主。"

"真就只能用暴力砸碎旧世界，再造新世界？"马伯雄问道，但口吻带了妥协与祈求。

"别无他法。 这是从'四一二'血的教训里，寻找到的真理。"

"好吧，那就让暴风雨来得更猛烈。"马伯雄提高了嗓门，生气地说。

马伯雄没想到的是，父亲不请自到，竟主动去参加苏维埃政府成立大会，还高调坐在前排。 神情自若的父亲，似乎身上有根"定海神针"，马伯雄由不得佩服他的修炼功夫。

万仙如也没想到马瑞琪会来。 七十二个堂主里，另来了马拥护。 惊讶中，万仙如有点小得意，给各位领导介绍马瑞琪，当大家齐刷刷把目光投到他的身上时，带着微微笑容的马瑞琪，淡定地站起来，和大家点头打招呼。

万仙如说明了没收土地和分配办法，是严格按照中央的土改政策进行的，具体是先根据实情划分成分，对地主不搞扫地出门，对富农的土地基本不动，分剩余部分。 她请领导们讲话，领导说直接进入选举程序吧。

让马瑞琪没想到的是，在几位苏维埃主席的候选人里，竟然有艾土地。马瑞琪苦笑着，摇头站起，和农人们一样，拿颗黑豆绕在艾土地身后，当瓷碗里"当"的发出一声响，艾土地的身子打了个寒噤。

艾土地毫无悬念地当选苏维埃主席，他举起"杨家沟苏维埃政府"的牌子，端正地挂在一棵老柳树上，有些腼腆地说："乡亲们，大家选我当主席，我一定不让你们失望。会一开完，我们先去马拥护家里，挖。"

"凭甚去我家，要去也要先去他家。"马拥护一指身边的马瑞琪，说。

"不用去了，你们要的我带来了，是一小部分。"马瑞琪说着，从容地从兜里掏出一叠地契，交给艾土地。

现场先是死一般的寂静，接着是狂风暴雨般的掌声。

"老爷，这……"艾土地结巴着说，突如其来发生的事，弄得他不知所措。

"万家女子，你来点火，给我烧了，我也算参加了革命。"马瑞琪大笑着，笑得那么自然与流畅。

"谢谢你，深明大义的马老先生。"特委和县委、区委领导都走下台，与马瑞琪握手。

看着地契被付之一炬，马伯雄觉得父亲的举止太奇怪了。

"马瑞琪，你这个老混蛋。苍天啊，大地啊，睁眼看看吧，千秋万代的马氏家族，就要毁在不肖子孙马瑞琪的手上了。"马拥护跳天缩地，仰天呐喊。

51

马拥护叫嚣得最厉害，李胡子带人第一个搜他家。他撵在李胡子屁股后面哭穷，说你不知我家破落了，还要搜我的恓惶。看我今早上吃得甚？是照见人影影的稀米汤。李胡子板着脸说，别演戏了，对你们这些财主来说，船烂了也有三千钉子，还是老实交出来免你浑身无罪，不交，就挖烂你家，还要治罪。马拥护拖着长长的哭腔，说，我的嫩老子们，再没了，川道那块水地替大儿子顶了账，后沟八垧多缓坡地，卖给桃镇的王宝，这都有字据。

235

李胡子才没时间听他的喋喋不休，用鹰一样的眼睛扫射每个角落，发现大花盆有移位的痕迹，指挥着在那儿挖，必须深挖。　挖到差不多五尺有了情况，再挖便露出了罐子，起出十八张地契和一大罐金银元宝，一小罐子金银首饰，又在洋芋窖里找到条暗道，里面放了百八十石谷子和糜子。　马拥护一屁股坐在地下，两腿使劲蹬着，哭天喊地也无济于事。

　　除学着马瑞琪主动交了地契的几个堂主，未对他们进行搜查之外，其他堂程度不等地被动了手。　破罐子破摔的马拥护，索性主动带人去挖别家，一副"我好不了了，也不能让你们好"的心态。　在族人们的痛骂中，马拥护帮忙挖出了许多粮食和金银财宝，都是风声不对后新近埋的。　挖出的粮食，大家就地分了，金银财宝和细软，万仙如觉得慌慌乱乱不好分，就要集中在一起保管，让村里识文断字的人，和土地一起登记造册。　说到分地，农人们的积极性更是高涨，艾土地带着一帮人爬坡下沟，按地契上的四至，现场丈量面积，留乍以后划分的依据。

　　马瑞琪主动缴出地契，马伯雄对父亲的担心化为淡定从容，彻底释然。　他该吃就吃，该睡就睡，有时间拿起万仙如给的小册子，阅读起来。《湖南农民运动考察报告》吸引他一口气读下去。

　　农民运动是否"过分"，是"糟得很"还是"好得很"？　文章里做了全面分析。中层以上社会认为革命"糟得很"；中派认为农会"为所欲为，一切反常，竟在乡村造成一种恐怖现象"，是"矫枉过正"。　作者通过深入调查，认为农民革命好得很，孙中山致力国民革命凡四十年，所要做而没做到的事，农民在几个月内做到了。　这是四十年乃至几千年未曾成就过的奇勋。　作者的依据有两条：一是认为"过分"的都是土豪劣绅、不法地主自己逼出来的；二是革命不是请客吃饭，不是做文章，不是绘画绣花，不能那样雅致，不能那样温良恭俭让。　革命就是暴动，是一个阶级推翻一个阶级的暴烈的行动。

　　难怪万仙如口口声声要砸烂旧世界，原来鼻祖是这篇文章和写文章的毛泽东。

　　马伯雄读着文章反思，有些理解了打土豪、分田地的意义。　是不是把这篇文章推荐给父亲？　他还拿不定主意。

　　与马氏族人垂头丧气，如丧考妣相比，杨家沟的杨姓人家喜气洋洋，如同过年。两种气氛像是天空中出现的冷暖气流，不断上升下降，交替更迭。　变换中，家里被挖走一大缸银圆和起走十几张地契的当天晚上，老二叔在子时走了。　据他孙子说，爷爷咽最后一口气前，使劲地掏着硬邦邦的土炕，喊了"我跟你们没完"，"呜咽"一声，死不瞑目。 接到报丧，马瑞琪最早赶到，他轻轻合上老二叔眼眶深陷的睁大的眼睛，开始为其操办这场喜丧。 老二叔年近百岁，属于白事红办。 马瑞琪心里说，不仅送的是老二叔，也可能就是在送一个时代。

马瑞琪与老二叔的儿子们商量了操办的程序和规模，请来一班超度的和尚，两班做饭厨师，三班鼓乐吹手，一日四餐，停灵五天。 饭菜的香味笼罩了方圆十来里地，通宵达旦震天的唢呐鼓乐，吹得千山鸟飞绝，人人心乱颤。

出殡那天，天气出奇地好。 晨曦微露，在一只硕大的白色引魂幡引导下，十六个后生抬着厚重的柏木棺材上山，后面跟着长龙般身着白色孝服的马氏族人，人人挂根白色丧棒。 庞大的队伍里，哭泣是女人队伍里传出的，男人也有一人在哭泣，就是马拥护，大概他也想到一个时代终结了。 杨姓人来了十几个，是与老二叔家有联姻关系的。 杨家人没戴孝，白茫茫里显得鹤立鸡群。 马瑞琪请来的马先生，神情淡定地转动罗盘，从起灵到棺木落地，下葬，烧纸，送灵，马先生一言不发但一丝不苟。 在太阳即将升起的那一刻，先生将一只引魂鸡的鸡头放在墓葬里，把两块厚重的墓门石紧紧关闭。 咒语念起：

精精灵灵，头截甲兵，左居南斗，右居七星，逆吾者死，顺吾者生，九天玄女急急如律令……

"孝子磕头——"马先生嘀嘀咕咕念叨了十来分钟，突然提高嗓门，吼喊道。

孝子贤孙们齐刷刷跪地，"一叩首，再叩首，三叩首"，戴孝的人们，把头磕得尘土飞扬。 白茫茫的孝服，被阳光映照得更是煞白。

办丧事的五天里，马瑞琪几乎未眠。 丧事办完，马伯雄要搀扶父亲回家，被他一把甩开，众目睽睽之下，父亲顺着山道时而一路小跑，时而大步流星。 马先生在后面称赞，说马老爷还厉害着！

老二叔家操办喜丧的时候，挂了"杨家沟苏维埃政府"牌匾的一孔土窑洞里，人们忙碌着。 算账的算账，谈事的谈事，不亦乐乎，但没有头绪。

红色革命忙

分地、分粮、分牛羊

烧约账、分衣裳

豪绅、地主一扫光

苏维埃政权工作忙

人民群众喜洋洋

万仙如哼着新学的一首歌谣，轻松地走进窑里。艾土地问，事办好了？万仙如从挎包里掏出一沓《土地证》，问能闻到啥味道？有人说黄土味，有人说高粱味。李胡子说是山鸡、野兔的味道。艾土地认真地说，是浓浓的，家的味道。

"对，拿到这些证，就是土地真正的主人。"万仙如说着，吩咐通知下午开会，按花名册分发，把现场气氛弄得热热闹闹。

开会时间已到，院里却稀稀拉拉坐了二十几个人，都是村干部的亲戚。万仙如感到奇怪，难道领土地证也不积极，便问都通知到了吗？大家说通知到了。万仙如只好先把会议推迟两个小时，让大家再挨家挨户催促。两小时后，仅催来七八个人。万仙如叹口气，取消了计划好的仪式，给来人发了《土地证》，其余的将分头送到家里。这些拿到证的人，也未看出想象中的惊喜。

"杨大爷，给您送来了好东西，看，《土地证》，上面写着您的名字，这是一坰二的坡地。"万仙如走进半截土窑洞里，对杨大爷老两口说。

杨老汉七十多岁，身体还算硬朗。他接过证摸摸索索看着，问："有这个，真的就有了地？"

"那是当然，这相当于地契，是你家的。还盖着章子呢。"万仙如说。

"咋才有一个章和一个人名，那老'约'起码盖三个章子，还有保人呢。"老汉认真地看着证件，发问。

"共产党就是保人。这红章就是保人的签名，画押。"

"女子，地我没出一分钱，证就不敢拿。那天分的两袋黑豆还杵在地下，我的心，这会儿还跳得咚咚着。"

万仙如尴尬地笑笑，既然不要，只得收回。

其他人挨着全村跑了一圈，发出去的证不到三分之一，多数人和杨大爷差不多。

"真是顽固不化的榆木疙瘩，祖祖辈辈穷，活该。"李胡子排侃道。

"这事不这么简单。"万仙如说。

正如万仙如所说，这个事情并不简单。苏维埃的人忙着工作，一个不好的消息，在农人们之间悄悄传播。国民党的大批队伍，又要对陕北共产党和根据地进行"清剿"，邻近的绥德、佳县，共产党的县委都被打散了。米脂河西也传来消息，说国民党

238

部队打败了红军游击支队，拿到土地证没几天的农人们，又乖乖把地交回，带头烧地契、收土地、分粮食的农人，被吊起来拷打，都打死了几个。

的确，国民党对陕北革命根据地的第三次"围剿"在不断加码，井岳秀几次增兵，要把革命的胜利成果夺去。但是不管咋的，历史潮流向前奔涌不息，革命在曲曲折折中前进。万仙如到米东区委盖章时，书记还不断鼓励她，要把杨家沟的土地分配作为试点，为全区乃至陕北的土地革命闯出一条路子。

"同志们，国民党反动派对陕北根据地的第三次'围剿'愈演愈烈，但困难是暂时的，前途是光明的。现在农人们这么抵触土地分配，一定有人暗中使坏，与新生政权作对？"万仙如分析说。

"我注意到一个情况，在调查的几户人里，都说马拥护在后面煽风点火。"艾土地说。

"我的户也说是他。"李胡子说。

"显然，马拥护拿国民党反动派吓唬老百姓，就是对我们的工作心怀不满。"万仙如说。

"把他抓回来审问，看他到底安的甚心。"李胡子说干就干，带几个人去抓马拥护却扑了空，家人说他去了井家沟女儿家。

夜，黑黢黢的。偌大的杨家沟村里，除偶尔传出的几声犬吠，大地死一般的宁静。

在半拉子工程的"书苑"里，万仙如和大家商量，如何打破土改工作的僵局。察觉到事态不对，他们把开会地点移到村边。忽然，听得全村的狗齐吠起来，艾土地爬到硷畔上，看见无数的黑影向寨子里开进去。

马拥护带着国民党部队杀进了杨家沟。走在队伍里，马拥护又怕又喜。怕的是万一万仙如这些共产党没抓到，以后自己一定会遭报复；喜的是自己央求来了国军，为马氏家族站台，收回自己的金银财宝。左思右想，进村后他还是溜回到家里等消息。

国民党部队折腾了半夜，闻讯赶到书苑，也未抓到一个共产党。不过，也为财主们出了一口气，拿回全部土地，前阵子拿走的粮食，谁拿的让谁也给背了回来，吃进肚里的也打了欠条。农人们磕着头保证，收下庄稼的第一粒就归还。国军党连长问马拥护该如何处理带头的农人。马拥护说带头的跑了，至于农人们，让他们害怕就行。连长说那我们就要撤了。本来他们是出来"干私活"的，也不想弄得张扬，更不想弄得血流成河。 马拥护说想让队伍再驻几天，就不住地挽留。 连长想了想，送了个顺水人情，说那就派一个班驻一礼拜，费用需要你支付。 马拥护说没麻达。 有当兵的撑腰，马拥护胆大妄为，对农人们阴阳怪气，说早说过好吃难消化，吃了拉不下。 看看，现在连吃的屎也要吐出来了吧。 既有今日，又何必当初呢。

看着闹剧，马瑞琪面无表情。 马拥护找到他，要以马氏家族的名义犒劳国军，他无动于衷。 马拥护骂他是老狐狸，退地退财照单全收，犒劳国军就装聋作哑。 见马瑞琪还是一副"死猪不怕开水烫"的样子，马拥护只得自己掏钱杀了口猪，给国军炖了，还做了猪肉大烩菜，又悄悄拿出一千块大洋，犒劳他们。

花了钱，马拥护的心里严重不平衡，本来他打算做"秘密英雄"，现在掏钱了，吃了亏，就不管不顾了，强烈要求族人议事。

马氏祠堂里，各堂主祭拜完先祖，各就各位。 马瑞琪说："各堂主，今天召集大家议事，是'光明堂'堂主强烈要求的，具体的事，还是请他讲。"

马拥护捋起袖子，说："堂主们，这些天大家受惊了，但你们大概有所不知，是我找来的国军，一举夺回了我们的土地，拿回了我们的粮食。 看啊，蓝蓝的天上飘白云，杨家沟的天还是我们的天，地还是我们的地。"

享受着赞许的目光，马拥护继续道："各位也许不知，为大家的财产和人身安全，我们'光明堂'破费了不少，杀猪、款待官兵的吃喝，还有犒劳费，等等。 这是清单，大家看咋处理？"他说着，将单子递给马瑞琪。

马瑞琪闭目养神，心里明镜一般，说马拥护你鼠目寸光，根本看不清这是一场不知会持续多少年的"拉锯战"。

各堂主议论纷纷，多数打心眼里感谢马拥护，对他提出的费用，表示集资解决。 其他堂主也不好反对，反正钱不多，最后每堂出五十块大洋了事。

马拥护又提出第二件事，说要严惩没良心的租户。 他振振有词说，他们种着我们的地，吃我们的，喝我们的，最后变成了土匪，抢我们的。 简直是岂有此理，我们要联合起来，把他们通通赶走。

有人问，把他们赶走了，我们那么多的地，谁种？

"那就提高地租，变相赔偿我们的损失，对他们，也是个教训。"马拥护换了思路，说。

"这次的教训是深刻的，但我们还是，得饶人处且饶人吧。 老古人说后事是黑的，乱糟糟的社会里，谁也不知道，谁能用得上谁。"马瑞琪说道。

大家同意马瑞琪的说法，马拥护只得抛出议事的核心，说："那我们再议一件大事。老二叔患病期间，临时指定光亮堂的为代理族长。如今老二叔入土为安了，族长的事，是不也正式议议，定夺。"

"光明堂说得对，当时我就是老二叔临时指定的代理人。老二叔走了，代理人的使命也该结束。国不可一日无君，家不能一日无主，我们马氏家族的确需要选一位德高望重的人，当这个难当的家。"马瑞琪接过话，说。

堂主们议论纷纷，说，"还选个甚，就瑞琪你当最为合适。"

"那些穷鬼们还用黑豆选呢，我们咋还像山大王指定？"马拥护不同意拉话选定的方法，反驳说。

"用黑豆选，我看这个办法好，也很公平。就'豆选'！"马瑞琪表态赞成。

大家提名推荐，马拥护、马瑞琪和马赫朝被列为候选人。几十颗黑豆一通"叮叮当当"响过，不用数，马瑞琪后面的大碗里，黑乎乎一片。

马拥护悻悻地，没想到，这次自己为家族做了这么大的贡献，竟得到一颗黑豆，估计是堂弟怕他尴尬投出的。

和父亲一样，马伯雄面对形势过山车般戏剧性的反转，也是哭笑不得。用毛泽东的小册子"对号入座"，理解了"暴力革命"和"枪杆子里出政权"的论述。

又是一个黎明，马伯雄伫立在山头，面对东方思忖，一夜消失的万仙如，这会儿也在看新鲜的太阳吗？此刻，他是多么想见她，让她再带几本书来。

马伯雄极目远眺时，在杨家沟西南二百多公里的地方，一支部队陆续开进，他们将彻底改变中国未来之命运。

52

万星明沿着土龙一般、蜿蜒曲折的古长城，策马向西驰骋。一片片白茫茫的盐碱滩和望不见边的浩瀚荒漠，在他身边掠过。荒漠里长着高矮不一的荒草，与不打眼的白色、黄色、粉色的碎花攀附在一起，在刺眼的阳光和强劲的西北风下，肆意长、任意开，生生死死，繁衍不息。

走着走着，马儿的步履放慢，地势越来越高。 这里是具有"陕北屋脊"之称的三边高原，延绵的白于山脉，从陕西到甘肃横贯东西几百里，是无定河、延河、北洛河的发源地。

万星明下了马，登上长城烽火台，用望远镜向西瞭望。 昨天司令部发来电报，说有一支人数众多的红军，从甘肃方向进入了三边地区。 国军第三十一军第八师陶峙岳师长亲自带兵追击，双方一路展开激烈的交战，国军出动飞机侦察轰炸，红军似乎一点儿不恋战，不住地朝东南方向撤退。 昨天进入定边牛圈圪坨一带，突然摆开阵势，反倒令第八师的骑兵团不敢贸然前进。 井司令命令万星明立即查明情况。 一般的侦察，侦察排就能摸清，万星明觉得此事重大，换了便装亲自带排长几个人前往。 走着走着，他们发现国军在往回撤，一打探，得知陶师长向"剿总"请示了撤军，理由是部队连续作战多日，人困马乏，面对红军越来越多，追击显得力不从心。

越来越多的红军从哪来的呢？ 万星明看着地图上的木瓜城、牛圈圪坨、铁角城几个村庄，决定化装成羊贩子，进村打探。 排长说是不是太冒险，让共军发现就全完了。 万星明说我带小郭去，你们在外围策应。 任何时候，没有我的命令不能开枪。

三边地广人稀，每家每户居住十分分散，平时见个人都不是件容易的事，没想到在村口，竟聚集起这么多老乡在拉话。 万星明走过去，听他们在说今古传奇。

奇不奇，人老八辈子谁听过这样的事？ 前天黑里，我家院子涌进来二三十号队伍，把我和老婆吓得瘫软，趴在炕角抖糠。 半夜里，看外面没了动静，我们就偷偷从门缝看，可了不得了，队伍们打开背包铺在当院睡觉。 天亮时，听到"刷刷"的声音，我的那个天呀，队伍们拿扫帚扫院子。 一个缺了上门牙的老汉，张风漏气说。 你们家的那不算事，我家的更神，一个脸色黝黑的中年汉子说。 前天晌午，我在地里刨洋芋，从地埂上走过来队伍，叫我一声大爷，吓得我半死。 让当兵的叫大爷，那不还折阳寿。 我问官爷有甚事？ 一个像当官的说我们不是官爷，是咱穷人的队伍。 又问我刨在地埂上的洋芋准备干甚？ 我说那是砍烂的和一些碎蛋蛋，完了收拾回家喂猪。人家说能不能送他们，我问能送，就是不知你们要作甚？ 人家说你不管。 当官的转过身，叽里呱啦对队伍说了一阵子话，当兵的捡起碎蛋蛋在衣服上擦擦，就放进嘴里，咬得"噌噌"的，年轻人的牙真好。 我赶紧提筐大洋芋送，人家说没钱买。 我说不要钱，人家还是不要。 像这样的队伍，亘古未闻，他们还能打不胜个仗？

"那当然。 他们打仗也一定不会是怂包。"一个戴瓜皮帽的附和说，大家瞅见过来了两个人，问"老板你们是哪来的？"

"东路来的，收羊毛。"万星明回答说。人常说门里出身自会三分，通天苑做边客生意，潜移默化中，万星明对羊子、羊绒、羊毛这个行当，门清。

瓜皮帽说别收了，哪来哪去吧。这几天红军、白军走马灯一样，哪天打起来，连个埋你的人都寻不下。

万星明笑笑，谢绝了好意，继续往南而去。赵崾崄村在与吴起的交界地，刚看见村子，就听得"叭叭"的枪声从半山腰传来。他快马加鞭过去，看见聚集着五六百人，他们灰色的衣服新旧不一，人人戴着的八角帽上，绣着红五角星。这就是传说中的红军！万星明打问看热闹的老乡，方知是在给前几天被飞机炸死的士兵开会。问是甚会？老乡说甚追会，和阴阳先生念咒语一个道理。

红军队伍还带着医院？万星明见一座庙宇门口，挂一面白底红十字旗，他大为震惊。"我们装作病人进去看看咋相？"他问小郭。

"不能进，人家一看我们的打扮，就知道不是当地人，这不是自投罗网？"机灵的小郭，建议说。

"与红军擦肩而过，却不能和他们拉拉话，遗憾。"万星明说着，想到还是把情报面呈井司令。"驾——"他扬鞭策马，掉头返回。

延安吴起镇，满街走的都是戴八角帽、穿灰军装的人。中共中央和毛泽东率领中国工农红军第一方面军（在哈达铺改编为中国工农红军北上抗日陕甘支队）历时一年，经过二万五千里长征，在翻过六盘山后，从甘肃花池县一带，陆续通过定边县的木瓜城、铁角城，进入陕北大地，而主要机关和部队已汇集到吴起镇。

万仙如、艾土地带几个人也来到吴起镇。听着南腔北调，看着身体瘦弱但特有精气神的军人，他们感到这里的一切，十分新奇。

那晚他们从杨家沟的马伯雄"书苑"半夜里跑出，费了很大周折找到中共米东区委，书记说国民党反动派第三次"围剿"十分疯狂，蒋介石在西安成立西北"剿共"总司令部，并亲自担任总司令。井岳秀调集部队，协同三边和绥德、米脂的行动。书记建议万仙如，不如趁这个机会，带大家到清涧、延安一带再考察，再学习，为未来的工作积累经验。万仙如欣然接受领导的安排，来到最早建立苏维埃政权的赤源县。所到之处，男人们忙着参加红军，或是参加游击支队、赤卫队的训练班；婆姨们破除迷信，组织做军鞋，支援前线。这里的土地早已分配到户，种地全是为自己和苏维埃政府。

惊奇的是，县里还发行了票子，由财政银行监管，买卖交易都能使用。

"这就是苏维埃。"万仙如带着艳羡的神情，对兴奋中的大家说。

离开赤源县，他们继续南下，遇到了不少红军。 走着走着，红军越来越多，操着南腔北调的红军，是从江西、湖南、湖北、四川等老远处来的。 精神倍增的他们，一路跟着红军，来到了吴起镇。

小小吴起镇，是红色的海洋。 街头的征兵点上，艾土地说我们报名吧。 提议得到大家的热烈响应，每人领取了一张表，虽然上过几天夜校，大字还不识一箩筐，他们只得求救万仙如。

姓名、籍贯、年龄、家庭成员、革命经历，前面几栏填写得都很顺利，最后的"个人重大事项，不得对组织隐瞒"一栏，在李胡子这儿卡了壳。 李胡子的经历最为丰富，组织过开仓放粮，劫过运粮车队。 万仙如考虑再三，建议如实填写。 李胡子坚决不让写劫粮车那段。 万仙如说革命队伍里，不能有丁点儿隐瞒，都要经得起历史的考验。 李胡子噘着嘴，看着如白纸黑字写了。 审查结果，万仙如与李胡子两人没能过关。 万仙如不是因为家庭出身问题，在红军里大小姐出身的多了，她是因为担任地方党组织的干部，人家害怕影响地方工作。 李胡子是他自己担心的原因。

万星明十万火急地赶往榆林，给井司令汇报了亲自侦察的情况，得到井岳秀的赞赏。 井岳秀说："红军到陕北的消息，南京方面早已发现动向。 蒋委员长前阵子亲自来西安，成立西北'剿共'总司令部并担任总司令，张学良任副总司令，指挥陕甘宁青四省拦截他们。 目前进入陕北的红军由毛泽东率领，一年多的时间，横跨了几个省，老蒋下了狠心，不仅要歼灭红一方面军，也就是陕甘支队，也要歼灭前来接应的红二十五和红二十六军，不让他们在陕北会师。"

"这么复杂啊。"万星明听得云来雾去，问。

"不过，难度很大。 老蒋派出的马鸿逵五个骑兵团和国军骑兵七师等主力，被红军甩开了追击，听说这几天在吴起镇与红十五军团会师了。 还有更多的红军往陕北聚集，我们的形势很不妙啊。 唉，老蒋谋划多年，做梦也不会想到，陕北会成为中共的落脚地。"井岳秀指着墙上的军事地图，不无担忧。

"我们咋办？"万星明问。

"以不变应万变。 我准备调你回我身边，不过，再提拔的难度很大，只能平调了，回来担任司令部的副参谋长，军衔还是上校，同时要兼任警卫营长，负责司令部和我一家老小的安全，星明，责任重大啊。"

"愿为司令效犬马之劳。"

"好。星明，早听说你在蒙地有个叫，叫啥花的女友。回榆后，也该迎娶人家了。这么多年，你们不容易。"

"谢司令。"万星明说着，立正给井岳秀敬了礼。这些年，他由一个甚也不懂的愣头青，成为国军的上校团长，每一步都是在井司令的栽培下成长起来的，井司令犹如他的再生父母。

万星明去特务队找万向明，碰到袁主意，袁说你那弟弟，我也隔三岔五才见一次影子，估计这会儿在哪享受人生呢。袁主意的阴阳怪气，他听得心里不安，决定去钟楼书店看看。

榆林城的街道，无论甚时都是车水马龙，人来人往。远远看见钟楼，小曲声咿咿呀呀地传了过来。

镜对菱花，佳人抱梳妆

采一枝鲜花，鬓角压

方才红日附落西山

眼看明月又照窗纱

我那当官的哥哥

又贪杯贪睡在谁家

我想他又恨他

全不念奴家青春十七八

哥哥呀，你有权势

想什么能什么

却让奴家等得

心思乱如麻

还是当官好啊

有吃有喝有女人耍

什么乱七八糟的，万星明听见久违的声音，但内容明显是对社会不满，为甚也没人来管管。走进钟楼洞里，见密密麻麻聚集着三四圈人，围着中间唱小曲者取乐。冰把凉披头散发，鼻涕流过稀疏的几根胡子进到嘴里。虽然手舞足蹈，但他两眼呆滞，听起来唱得起劲，凑近看却是恶心。

万向明不在书店，店员说老板几天没来了。 万星明到毛纺织厂，几十台织机哗啦啦响声震天，他连说带比画，才听清人家说，弟弟依旧是几天没来。

"掌柜的，大公子回来了。"胡掌柜带万星明进门，对万友善兴奋地报告。

摇椅上打盹的万友善，见到儿子并未显出高兴或不高兴，问了句你回来了，就再无他话。 两儿一女都是人物，万友善却是彻底无语，他采取马王爷不管驴的事的办法，好在通天苑的生意，有井司令庇护，在兵荒马乱的年代还说得过去。

"父亲可好。 胡管家，前阵子我捎的荞麦糁子收到了吧，那是新荞麦，做的凉粉可好吃呢。"万星明打破了僵局，问。

"是好糁子，府里做了几次凉粉，好吃得很。 你爸一次就吃一大碗，是不是？"

"胡管家，说这些有甚意思。"万掌柜不屑地说。

"弟弟最近干甚着，找了几个地方都不见人。"万星明问。

"他——哼！"万掌柜重重地说，紧闭双眼。

胡管家用眼神示意万星明跟他走到另一个房间。 胡管家说大公子，你好好劝劝二公子吧。 他成天吃喝嫖赌，你爸爸是提起他就头疼。"他咋变成这样，司令部不管他？"万星明皱着眉头问。 胡管家摇头说，仗着和井司令一起做生意，他就为所欲为。

"谁在说我的坏话。"炸雷般的声音响起，眼圈发黑的万向明站在门口。

53

万向明威风凛凛地站在门口，胡管家不寒而栗，忙赔笑脸问二公子也回来了，侧身要溜。"啪——"万向明扬手给他一个耳光，还骂道叫你老家伙多嘴。

"万向明，太过分了！"万星明大声斥责，再看胡管家捂住脸溜走，显然他挨打不是第一次。

"我最烦背后打小报告，搬弄是非的小人。"万向明气咻咻地说。

"那也不能打人，何况，他还是我们的长辈。"

"屁的长辈，下人一个，哼！"万向明嗤之以鼻，说。

万星明沉默地看着万向明，弟弟果然变了，蛮横霸道，匪气十足。 弟兄俩好久不见，他还想聊许多的事，有关马苗的，仙如的，毛纺织厂和司令部的。现在，没一点拉话的欲望。

“跟我去个地方。”万向明说，口气是不容置疑的那种。

万向明去的地方是通天苑的毛纺织厂。万星明刚来过，他不知弟弟葫芦里卖啥药。穿过轰鸣的机器区域，才发现后面还套着更大的院子，踩缝纫机的声音响成一片。“看看军服厂，我的又一个厂子。万团长订军服吗？”万向明扭头得意地问。

又一个厂子。这话说得多么自负。万星明也不多言，打量起军服厂。一溜西房和南房里，堆满了面料和加工好的军服，一溜北房和东房里，几十个缝工们，低头盯着缝纫机，“咔嗒咔嗒”踩得欢实。万星明拎起一件军服，抚摸很有质感的面料，说：“这么好的军服，不是我们这些成天滚沙梁军人穿的。”

“对，是校官服，你算够格。做官就要往大了做。孙先生说，革命尚未成功，同志还需努力。来，我们看看那边的将军服。”

“不看了，再看到眼里就拔不出来了。奇怪，军服是定点厂家生产，你难道厂子定点了？”

“不懂还是假装。钱这个东西不是一个人赚的，永远赚不完。告诉你个秘密……”万向明看着四周，压低声音，说：“井司令儿子，是我这儿最大的股东。”

瞧着弟弟得意忘形的样子，万星明心里五味杂陈，难怪他不尿队长袁主意。

万向明要请万星明去吃花酒，万星明想看看他如何花天酒地，也没异议。这时已到黄昏，万向明挺着肚子，带哥哥走进榆林城最有名的“春满楼”，大厅里的一群打扮艳丽的姑娘，花蝴蝶一样围了过来，万向明挥手拂去“蝴蝶”，让老板娘安排红牡丹、白玫瑰、黄刺梅和蓝芙蓉“四大花朵”进包厢伺候。显然万向明与她们很熟。喝过几杯花酒，万向明玩起了游戏，竟然是猜姑娘们身上的暗记。万星明受不了这样的放荡，不知咋的，此时想起了马苗，问万向明消息。

“我看三边把你待憨了，还这么老旧。女人是啥，是衣服，是鞋子。好衣服脱下洗了还能再穿几次，不好的，穿一次就扔掉。去了旧的，才有新的。姑娘们，你们说是不是。哈哈哈哈。”

“万老板是个花心大萝卜。”姑娘们噘嘴说着，身子却轮番倒在万向明身上抓挖，乱糟糟滚成一团。

“惨不忍睹”的场景让万星明十分尴尬，他悄悄跑到外面，仰望黑幽幽的天空，没月亮也看不到星星。

　　分地风波和国军半夜偷袭之后，杨家沟村安静了许多。白天里除几声鸡鸣狗叫，听到最多的是人们地里干活的声音。佃农、雇农们走起路也佝偻着腰，见了马家娃娃大人，都要矮上几分。

　　马瑞琪是明显老了，头发掉了不少，胡子也白了一半。平时不爱说话的他，现在更是没话，必须说的也长话短说。庄园里，常管家和艾土地是他最信任的人，艾土地却成了潜伏的共产党，不打一声招呼离去，让他十分伤心，觉得这个社会可怕。害怕中，他不止一次想到爷爷，爷爷就是榜样。他也要在山洞里存满谷子，留给马伯雄的孙子、重孙子防饥荒。他算是看清了，在这个世界上，灾难和历史是不断重演的，当年刘邦预料周勃诛灭诸吕，劲代王刘恒登基，周亚夫助汉景帝定削藩，随后有七国之乱，不是一一应验？出身与刘邦类似的明太祖朱元璋，也"开了历史倒车"，把削藩和集权统一的任务留给后人。

　　马瑞琪希望有儿子的帮助，把谷子放到二三十丈高的悬崖上。马伯雄说那是一个浩大的工程，自己无能为力。无言的马瑞琪，只得把藏粮的事暂且搁置。

　　书苑的主体工程早已封顶，门楼、大门和院墙、院子也逐渐就绪，就等粉饰内部，收拾零碎部分。其实工程很琐碎，一点不比修建主体简单。窑内设置寝室、书房、会客室、厨房、粮仓、卫生间，要处理水磨石板铺地，窑外放置纳凉桌凳，大门里摆影壁，大门外安置进门石，这些烦琐的工程之所以拖到现在，前阵子村里的乱七八糟是一个原因，另一个原因是，设计的材料买不到，如墙壁要用水泥，市场上只有白泥。

　　马伯雄查找资料，发现"大夏国都"统万城，是一座一千六百多年前由匈奴贵族赫连勃勃修筑的都城，城墙通体呈白色，所以当地人又称白城子。这座城均为夯土建筑，是把无定河里的河泥，与石灰、石英砂混合使用，乃"蒸土筑城"之法。马伯雄醍醐灌顶，带人到无定河畔挖沙，鬼使神差地走到那年杀人现场，吓得他忙换地方。挖了七八车细沙粒，与石灰混合使用，果然是上等粉饰材料。墙壁干透后，土呈现出坚硬的黄褐色，别说用指甲抠，用小刀刻也刻不下来。

　　一字排开八十多米长的书苑，三套房子既独立又有联系，如何取暖让马伯雄费了心思。绝不能各自为政，烧炕取暖。于是，他大动干戈，修了长达百余米，曲曲弯弯的通身地暖，窑里看不到一星火苗，却到处暖洋洋的。

　　收拾停当，马伯雄站在书苑大门口端详，书苑地势较高，从上往下看，就是那一面断崖，咋能连接漂亮呢？ 他又动起脑筋，修了一道十来丈长的小坡，坡路由废脚石插成水推云的图案，雨水从大门流出，经过"水推云"，呈现出云朵，产生向上缓缓飘动的视觉效果。

冬日的后响，头一天的雪花还在地上铺着，金色的余晖映照到书苑的墙壁，涂了一层暖暖的古铜色，与白茫茫的大地相互衬托，煞是好看。

马伯雄带着满意的微笑，深情地打量着杰作，转身锁上大门。 这一刻，标志着用时接近五年，以工代赈的书苑全部完工。 该怎样庆祝？ 他想到了万星明兄妹。 对，请他们为自己祝福。 然后，先请父亲和姨入住，享受冬暖夏凉、宽敞大气的幸福。

马伯雄邀请万星明的消息送达时，万星明正经历着一场前所未有的剧痛。

榆林满城飘起年味，是从腊月二十三开始的。 灶王爷忙着升天去见玉皇大帝，凡间也忙碌起来。 扫房子，去除尘埃，祈福降祥；剪窗花，渲染气氛，吉利喜庆；贴春联，辞旧迎新，驱邪避灾。 当然，最重要的是做过年茶饭。 穷家富家，总要必备鸡羊猪三种肉下锅熬汤，用许多食材滚拼三鲜。 色香味俱全的拼三鲜，款待过微服私访的乾隆爷，还得了御赐，成了宫廷名菜。 另有荞面糁子粉，油炸面若桃花的水豆腐，软黄米做的米酒、摊黄、蒸黄、枣糕、油糕、粽子和点了红点点的黄馍馍，都是过年必备的经典茶饭。

井岳秀家平时的吃食极为丰富，过年更是无法想象。 天上飞的，地下走的，水里游的，山珍海味皆有，家里还专门雇个蒲城厨师，葫芦鸡、粉蒸肉、金线油塔、八宝辣子夹橡头蒸馍。 出门在外多年，还就好老家的这口。 井府里，打着麻将，吃吃喝喝，一大家子热热闹闹中，年就过到了正月初八。

那天傍晚时分，榆林城刮起凛冽的西北风，等到天完全黑了，寒风裹挟着沙粒扫过全城的圪里圪垮，坚硬的沙粒打到人们的脸上火辣辣的。 每天巡防，是井岳秀多年养成的习惯，越是这种天气，未雨绸缪，越要提防。 他全副武装，带着万星明和五一四团的罗团长及警卫，从东城沿着南城，再到西城，巡视了大半圈城池。 井岳秀问万星明，调你回来两三个月了，你要请假去马氏庄园，为何不去大草原接新娘？ 万星明说希拉穆仁草原太远，来去一趟太费时间，怕耽误了司令的事。 井司令满意地点头，说过段时间一定命令你去。 大家说笑着走回井公馆，井岳秀让罗团长他们回去，万星明和两警卫伴随在左右，穿过各房院落，听到不时传出麻将声。 走进八姨太院子，井司令进到房间，见八姨太不在，只得自己打开柜子取出睡衣。"叭"的一声脆响，万星明扭头看去，一只手枪飞了出去，井司令的胖身子重重摔在地上。外面的警卫也冲了进来，一起扶住井司令急问伤了吗？井司令冷静地反问，你们几个没伤到吧。

"快，快去司令部找医生。"万星明大喊。

井司令被送进医院，赶来的宪兵见袁主意使了眼色，眼疾手快下了万星明和两个警卫的枪，袁主意宣布他们开始接受调查。到凌晨一点，调查还在进行，医院传来消息，陕北镇守使、国民第八十六师师长、一代枭雄井岳秀，因胸部中弹，伤情严重，不治而亡，时年五十七岁。

万星明和两个警卫被捕。本来，他向井司令请好假，天亮就要起程去马氏庄园。

54

井岳秀意外身亡的消息震惊陕北、陕西全省和北方地区。与此同时，更震惊的大事，在陕北发生着。

去年红军到陕北两个月后，中共中央在瓦窑堡召开政治局会议，确定了红军军事战略的基本原则，把国内战争同民族战争结合起来，准备对日作战，扩大红军力量。具体步骤是把红军行动与苏区发展的主要方向放在东边的山西和北边的绥远等省，"抗日反蒋、渡河东征"。毛泽东、彭德怀率领红军总部机关和东征先遣部队，从延川县进入清涧县，在离黄河仅隔两座大山的袁家沟村驻扎。

1936 年 2 月 7 日，鹅毛大雪从天而降，陕北高原惟余莽莽。新入伍的红军战士艾土地还干老本行，赶着马车，拉着物资，随首长去往黄河边。

在一群红军当中，有一位身材伟岸、烟不离手的中年汉子，高大的身材和独特的气质引人注目，他就是蜚声海内外的毛泽东。一行人踩着积雪，实地勘察完黄河渡口和对岸的敌情后，登临袁家沟附近最高的山峰——高家塬。面对河山如画的黄土高原，毛泽东激情澎湃，诗意盎然。返回袁家沟后，挥毫泼墨抒发感情。他以中华苏维埃政府和红军军委的名义，发表《东征宣言》，签发出红军东征的作战命令。

万仙如没能如愿参加中央红军，请示组织批准后，以地方党组织成员的身份，编外加入刘志丹的红二十八军。东征打响后，按总部部署，红二十八军沿黄河西岸一路北上，打通陕北根据地与神府根据地的通道，确保东征部队安全撤回。

万仙如多次听马伯雄谈论过他的同学，有勇有谋、英勇善战，有非凡组织力和领袖气质的刘志丹。万仙如见到真人，面容清癯，精神矍铄，更觉不同凡响。在群众大会上，刘志丹出口成章的讲话，条理清晰、逻辑性极强，远比马伯雄描绘得更具魅力。

那是中共神府特委在陈家坪召开的欢迎红二十八军暨祝捷大会。听说刘志丹要来，千余名老百姓带着慰问品，他们要一睹领袖的风采。大家知道，红二十八军一路北上帮助神府根据地，粉碎了国民党的军事"围剿"，让老百姓免受欺凌。就在头一天，刘志丹亲自指挥，歼灭了抢夺老百姓粮食的国民党两个连。

刘志丹对神府根据地的老百姓表示感谢，介绍了党的抗日民族统一战线方针政策，他分析形势，鼓舞信心，听得现场的干部群众欢欣鼓舞，掌声雷动。能把会议开得如此山呼海啸，群情激昂，万仙如是第一次遇到。

几天后，按东征总部的命令，红二十八军强渡黄河作战。作为编外人员，万仙如未能跟过黄河，她站在黄河大峡谷边，看着红军将士乘坐各种小船，在惊涛骇浪的黄河里起伏不已，突破了敌人的封锁线进入了山西。

万仙如习惯性地用在教会学校练就的动作，双手合十祈祷：刘志丹和东征的将士们，势如破竹打败反动派，平安回到根据地。

谁知仅在一个多月后，从黄河那边传来晴天霹雳的噩耗。在攻打三焦镇时，刘志丹不幸中弹牺牲。无比悲痛的万仙如，脑子定格在刘志丹讲话的画面里。她想，马伯雄要是听到老同学的消息，一定会痛不欲生。

春暖乍寒时节，遍体鳞伤的万星明走出司令部的禁闭室，久违的太阳明晃晃的，刺痛他的眼睛。望着亮光光的榆林城，他的心更加刺痛。曾几何时，这是井司令一人的天下，但一把手枪落地，就打破了榆林乃至陕北的格局。他对新任第八十六师师长的高双成说，自由真好，眼里已经噙满泪花。

作为井岳秀意外身亡最大的嫌疑人，万星明被立案审查。井司令安葬前，无论万星明如何哀求，专案组长袁主意就是不让他见井司令最后一面。这是袁主意在泄私愤，他对万星明动了对付共产党才用的刑具。万星明是铮铮汉子，烙铁烫到身上，肉被烤焦，直到蹂躏昏迷，他也不吭一声。刺杀阴谋，合伙人，幕后指使人……袁主意欲加之罪何患无辞，就是想借万星明一案，发泄对万向明的私愤。这会儿，万向明又在哪儿呢？

得知井司令之死牵涉到万星明，万向明找袁主意要参与调查。袁主意乜眼看他，说干我们这行的，你不知回避制度？心里却在狞笑，你也有靠山倒的一天。无可奈何的万向明，从袁主意的眼里似乎看到哥哥的结局，只得寄希望于八十六师新来的掌门人。

具有战略要地位置的陕北，不能一日没王。很快，蒋委员长任命高双成将军接替井岳秀的职务，令万向明暗喜。万星明是高双成旅的三个团长之一，直属部下。

"旅长，不，师长，我是特务队的万向明，有紧急情况给您汇报。"万向明逮着一个机会，找到高师长说。

"是说你哥万星明的事吧，这事目前还在继续深挖中，要相信专案组的调查。再说我忙得很。"高双成冷冷地说，万向明还没张嘴他就知道要说啥，这就是长官。

万向明的脸上写满了失望，真是一朝天子一朝臣，落架的凤凰不如鸡。他不由地为自己的未来担心了。当初自己能与井司令儿子合伙做生意，人家看中的是哥哥的好人品，这一点他心知肚明。现在井司令意外身亡，袁主意又视自己为眼中钉肉中刺，共产党那边又回不去了，如果不干几件漂亮事，会死无葬身之地的。想着想着，万向明浑身冒出了冷汗。

井岳秀突然遇难，高双成大为震惊。他与井岳秀是渭南同乡，都是同盟会会员。辛亥革命后，他跟着井岳秀来到榆林，先后在八十六师担任连长、营长和骑兵团长，直至五二六旅旅长，驻扎在三边。杨猴小匪帮窜到三边后，井岳秀调万星明参与剿匪，总指挥就是他。与万星明深入接触后，高双成对这个资本家出身的后生，大有相见恨晚的感觉。井司令蹀跐走火而亡，对现场人员立案审查是必要的，但视井司令如父亲的万星明，咋可能丧心病狂枪击井司令？打死他也不会相信。现在调查正酣，作为新任师长，他不能去打探这个消息，更不可能为案子定性。那就坐等结案，看看司令部里面的那些弯弯绕。

"师长，案子搞清楚了，万星明利用与司令单独在一起的机会，下的狠手。"袁主意平静地讲完整个案情，先入为主定了性，给万星明判了死刑。他知道，不借这次机会打死万家弟兄，自己难有出头之日。

高双成缓缓问道："有几个问题请袁队长，还有你们专案组的人回答。万星明谋杀井司令的动机是啥？众所周知，他们两人情如父子，井司令这次调他回来的原因之一，是督促他尽快完婚，这是一；退一万步讲，即使他想谋杀井司令，那是分分秒秒都有机会，为何要在家里，这是二；弹道检验，司令致命的一枪是从自己的枪里射出，另

252

两个警卫也给予证实，现场万星明手里拿的是司令的睡衣，而不是枪，这是三。另据了解，井司令在中弹后说的唯一的一句话，是问'你们都没事吧'，说明司令当时的脑子非常清楚，是自己的手枪走了火，怕误伤到别人，这是四。"

"这……万星明的妹妹叫万仙如，长期以来与共产党眉来眼去，他是受妹妹的蛊惑而为，还有就是，可能……"袁主意底气不足地辩解，说。

"说不定，可能，你们够了，这是办案的术语？"高双成合住材料夹，指示立即结案，释放万星明等人，并将手枪走火的调查结果，在《上郡日报》公布，让各种传言戛然而止。

袁主意的头"嗡"地大了，暗自叫苦，高师长提出的四个问题，句句敲在钟耳子上，足以说明高师长对此案暗中监视，最后出手，一锤给案子最后定了性。

高师长亲自到监狱释放万星明前，想过监狱之艰苦，见到万星明大吃一惊，仅一个月时间，高大英俊的后生，被折磨成干瘦的老头，浑身上下伤痕累累，无一块好肉，整个人完全脱了形。他自责，早知如此，该第一时间解救。

"高师长，恭喜你。"显然得知旅长荣升的消息，踉踉跄跄的万星明，挣扎着挺起胸膛，给师长敬礼，送上迟来的祝贺。

高双成要万星明好好养病，视病情治疗情况再工作。万星明说自己不过受点皮外伤，住家里更易得病。他提出二上三边高原，高双成说实在要下去，给你换个地方。眼下日本人蠢蠢欲动，带着你的团去黄河驻防。

包头城永远是热闹的。作为黄河几字形里最北边的大城市，包头生意兴隆，车水马龙，晚上更是灯红酒绿，比秀丽典雅的榆林城，多了粗犷和豪情，少了宁静与温馨。如果说榆林城是一个内心激荡但表面含情脉脉的少女，那么包头城就是一个横冲直撞，充满野性与占有欲望的刚烈汉子。呼吸着这样的城市气息，"鱼河客栈"老板杨志，内心的野性被一点点燃烧，逐渐地，他开始蠢蠢欲动，欲火中烧。

"鱼河客栈"的生意越来越好，除了榆林这块金字招牌吸引了更多的陕北边客，柳叶老板娘的经营之道及她的俊俏长相、甜美声音，以及娇滴滴打情骂俏的做派，也具有强大的吸引力。客栈童叟无欺、价格公道合理，又是吸引回头客的优势所在。

柳叶在客栈晃来晃去、打情骂俏，蠢蠢欲动的杨志受不了了，反正他不是柳叶的死鬼老汉，曾为赫赫有名的头子、越货杀人的土匪，花自己的钱去逛妓院、嫖婊子，是他的自由，在灯红酒绿的包头，人生的享受如果白白流走，老的时候想起，也会死不瞑

253

目。 他的放荡，自然引起柳叶的不满，他振振有词说你能红火，我为何不能？ 起先两人打闹得欢实，次数多了再无心劲，柳叶换位思考想通了，自己的轻浮是为生意不得已而为之，作为半路夫妻的杨志，浑身充满着匪气，又何必为难他呢。 既想通就放马归山，还他的自由，换自己的清静。

包头的春情一条街，离"鱼河客栈"不远，"怡红院""春发生""花魁楼""夜来香"，几十家妓院的招牌林立，灯火通明通宵。

"杨老板好。 姑娘们，快来伺候。""快活楼"半老徐娘的老鸨，见熟客杨志来了，热情地招呼道。

"那位姑娘请留步。"醉醺醺的杨志见一群姑娘里，有一个像是见不得人一样躲躲闪闪，要扭头匆匆离去，他喊住。

姑娘跑得更快了，转过屋角不见人影。

"杨老板，那是我家的冰美人，这多久了，她是咋也调教不好。 看看其他姑娘，都水灵灵的，鲜花一样。"老鸨说。

"老子今天浑身发烧，就要那个冰、冰美人来败火。"

"开门，快开门，再不开，妈妈真生气了，后果，后果你是知道的。"老鸨带杨志来后面的一间屋子，使劲拍打门板，喊。

杨志紧握双拳擂门，眼看门要擂烂了，"吱"的一声门打开了，老鸨骂着臭婊子，冲姑娘顺手就是一个耳光。

"果然是你——"杨志酒醒了大半，睁大眼睛说。

"你们认识。"这下轮到老鸨惊讶了，问道。

"冰美人"正是失踪多日的马苗，她表情漠然地说了被万向明五十块大洋，卖到这儿的经过。

"来吧，杨老板。"马苗说着，一件件脱起衣服。

"快穿上。"杨志说着，夺门而逃。

"你找到马苗了，在哪儿？"柳叶听到马苗有信儿了，又惊又喜问道。

杨志略显不好意思，说："是，是在'快活楼'。"

柳叶不闻不问杨志是否快活，转身就要去找。 杨志问你干啥？ 柳叶说接她回来。杨志说就这样接？ 柳叶说不这样还咋样？ 杨志说你是真糊涂还是装糊涂，妓院里赎身从良，要的钱可不少。 柳叶忽略了钱的事，讨教杨志说让马苗偷跑。 杨志说从那个地方偷跑，不要想了，老鸨养那么多的打手和耳目，不是光吃干饭的，那些姑娘们的一举一动时刻受到监视。 柳叶着急问那咋办？ 杨志说唯一的办法就是赎身。 我问过老鸨，花五十块大洋买的马苗，赎身的话翻上一倍估计差不多。 你有这么多钱吗？ 柳叶心里有了底，不再说话。

柳叶见到马苗，两人抱头痛哭，老鸨看出名堂，知道来了生意，就静静地等待着，绝不率先开口。

"这位妈妈，我要为我妹妹赎身！"

"说实在地，她才来多久？ 我可舍不得呀。"老鸨做出舍不得的样子，说。 见柳叶情真意切说着，快哭了出来，她又说："哎，谁叫我们在街上做生意，抬头不见低头见，姐姐我呀，给你这个人情。"老鸨眨着狡黠的眼睛说着，心里打起小算盘，这姑娘自打进来冷若冰霜，常被客人退货，她早有转手的打算，既然有人主动赎身，机会实在难得。

经过讨价还价，以一百一十块大洋成交，柳叶只有七十五块，剩余的答应半年内付完。 老鸨想，都是包头城里的，跑不了，便让柳叶打了欠条。

柳叶问马苗有何打算，是不是回老家？ 马苗说自己这副模样，咋敢回去，如姐姐不嫌弃就收留了我，当牛作马在客栈做工，还赎身的钱。 柳叶说钱不钱的不重要，有你这个知书达理的好妹妹，我知足了。 马苗说千万不提知书达理，我羞得恶心。

55

"日本人就要打过黄河了！""不会吧，黄河那么大的水，不把他们给淹死？""打过来了也不怕，我们这在深山老林里，小日本进来转三圈就迷糊了，哈哈。"

马氏祠堂里，各位堂主议论着北平卢沟桥发生的"七七事变"。 讨论日本人到了山西，会不会打过黄河的问题。 毕竟，杨家沟离黄河才几十里路。

族长马瑞琪正襟危坐在老二叔的位子上，说出今天的议题，如何响应政府号召，为黄河守军募捐粮款。"各位堂主，国家兴亡匹夫有责的道理，大家心里明镜一样，募捐活动大家定会慷慨解囊。 国共两军将士，不仅守着黄河，也守着我们米脂，守着杨家沟和马氏庄园。 我报个数，光亮堂出五千块。"

连续几年的丰收，各堂又开始积蓄了不少钱粮，有了钱，又是国难当头，大家纷纷报出三两千的募捐数，最低的也是一千块起步。

"光明堂。"马瑞琪盯着马拥护问。

"我，我出一百块。按说理应多一些，可我家的情况大家也清楚。爱国不论多少，量力而行就行，要的是众人拾柴火焰高的精神，我说得对不对？"马拥护说。每当商量这种事的时候，他就会暗自高兴，自己不用带头的，拿大头的必定是马瑞琪，谁叫他是族长呢。

马拥护的哭穷，招致大家鄙视的眼光。上次李胡子挖出他家那么多金银财宝，底裤都露了，装穷还有意思吗。

马瑞琪再不搭理马拥护，对大家说："县里还有一个规定，就是募捐款收齐并统一登记后，捐款上万的村和个人，需派代表送到前线，直接交给队伍拿回收条。有两个事需要商量，河防的有国军，也有八路军，究竟送给哪家？再就是，派谁去慰问合适？"

这个问题上，大家的意见出奇的一致，两家部队河防都有功，都要去慰问，谁也不慢待，谁家也不惹。

"我去慰问。"马拥护主动报名说，对这种出风头的事，他一辈子总是最热衷的。

"光明堂的报名了，谁还去？"马瑞琪问。

因为马拥护报了名，再没一人报。

"你们都不报不行，这么多钱款，我一个人是不敢送的。族长，我希望你们光亮堂派个人，让马伯雄去。这侄子见过世面，无论国民党共产党，见谁家的长官也不怵。要是逮住个小日本，还能当翻译呢。"马拥护说。

这家伙，真会钻空子。马瑞琪是不愿让儿子去的，马拥护的话说到这分上，也没反对的道理，只好说："大家意下如何？"见无人反对，说："大家再没其他事，散了。"

"等等，大家聚在一起也不容易，不妨拉拉世事。"一个堂主建议说，"米脂城里住着国军，河西听说又来了一个团的红军。弄不明白了，两家驻在一起，这是国共好了？一个驴圈里，能拴住两头叫驴。"

他的问题引来大家的哈哈大笑。

"不是驻了两家，国共已成为一家了。红军改名国民革命军第八路军，国民党县政府里也坐着共产党的干部。"又一堂主说。

"国军和八路军联合起来，一起打起了日本。 古往今来，合久必分，分久必合，分分合合，忙着折腾。"马拥护一副满腹经纶的样子，说。

"我有个建议，静观其变，不欲其乱，顺其自然，随遇而安。 好，散了。"

坐着马车，马伯雄和马拥护沿着黄河西岸，一路南下先去了吴堡。 县政府提供五六个慰问点，由他们自选，他俩说随便选一南一北两个县。 南边的是八路军警备八团，北边是驻防府谷的国军团。

"轰隆隆""轰隆隆"。

马伯雄和马拥护刚到吴堡与八路军警备八团接洽上，与参谋话没说几句，铺天盖地的炮弹飞过头顶，在附近落地爆炸。 参谋让他们就地卧倒，飞起的一块土疙瘩，不偏不倚砸到马拥护的礼帽上。 马拥护"哎哟——"了一声，吓得立马软瘫。

"同志们，进入工事，准备战斗。"指挥员果断下达命令。 参谋喊来军医，为马拥护检查诊治。

"伯雄老侄子，我不会死吧，我可是不想死啊。"马拥护哭了起来。

"先生，站起走几步。"医生摘下他的礼帽，发现毫发未损，又摇动他的双臂，按压双腿后，让他走几步看看，发现并无大碍。

"伯雄，我们赶紧回吧。"马拥护的胆子输了。

"扑哧"，马伯雄笑出了声。 他看到马拥护的裤裆湿漉漉一大片，说："拥护叔，你先跟医生下去，我想看看部队是咋打日本鬼子的。"

吴堡的黄河对岸是山西军渡，日本鬼子纠结两千多人，在炮火的掩护下，用二三十只橡皮艇强渡黄河。 马伯雄跟着战士们趴在战壕里观察对岸。 浑浊的黄水打着漩涡，涌起丈二八尺的巨浪，飞溅出无数的白色浪花。 巨浪与漩涡中，那些黑色的橡皮艇，如臭虫一般，挣扎着蠕动前行。

"近一点，等再近一点，听我的命令，开枪！"指挥员一声令下，步枪、机枪射出了愤怒的子弹，橡皮艇上不时有人掉进河里，挣扎了一两分钟，再就无影无踪。 很快，橡皮艇掉头返回，又有人落水。

"伯雄，天大大呀，说甚也不去府谷慰问了。"马拥护说，牙齿上下扑棱棱作响，他的晚饭也没吃。

马拥护不继续前行，马伯雄也落个清净。 沿着黄河西岸，在驻防的国军和八路军接力下，一站接一站，被护送到府谷城。

府谷，是一座独特的山城。沿着黄河岸边，一座座房子和院落，从低到高沿着山坡鳞次栉比修建。马伯雄未进府谷城，看到一股股黑烟冒起，像口大锅笼罩在上空，整个城市被烟雾笼罩。他走着走着，心被深深地刺痛。眼前，到处是倒塌的房子，整个城市满目疮痍。

"老乡，发生了啥事？"马伯雄问一个站在残垣断壁前，呆呆看着房子被火烧得仅剩几根柳椽的老汉。

"挨刀子的小日本飞来几架飞机，撂了数不清的炸弹，从河那边的保德县，打来无数的炮弹，我们光顾躲飞机大炮，没想到，几船的鬼子兵从黄河上过来。他们见人就杀，见东西就抢，找不到百姓，就点了这些房子，有几百间。"老汉说。

"我们的军队也不是软蛋，那天天不亮，渡河进了保德城，杀了几十个鬼子。鬼子吃了亏，今天又打炮，看样子又要过来了。"一旁的年轻人说。

"刷刷"，一队又一队军人从马伯雄面前跑过去。一辆吉普车停住，下来几个军人，急匆匆赶往黄河边。

"报告万团长，一个小时前，鬼子的第二次进攻被我们打退了。"一个满脸焦黑的军人敬礼，颇有些自豪地说道。

"昨天鬼子吃了亏，今天疯狂是一定的，估计还有第三次、第四次进攻。鬼子一旦进入有效射程，就给我狠狠打。不过，还要注意节约弹药。"

炮弹的呼啸声裹挟着狂风，擦着树梢飞掠而来。"轰隆隆"猛烈爆炸。"那是谁，还愣着干吗，赶紧卧倒呀。"万团长扭头看有人呆若木鸡站着，着急地大喊。

"万团长，万星明。"马伯雄看见喊话的人，顾不得头上的炸弹，激动地大喊。

"马伯雄，你咋在这？"万星明揉着眼睛，看到马伯雄，他也十分激动。两人还没拉几句话，炮弹声呼啸而来，在他们就地卧倒的瞬间，火光冲天，硝烟弥漫，炸飞的碎石，冰雹一样铺满大地。

"阿嚏——不好，鬼子用毒气弹了。传令下去，赶紧用湿巾防护。"万星明说着，从水壶里倒出水浇在毛巾上，先递给马伯雄，自己也弄了块，捂住嘴巴和鼻子。剧烈咳嗽的将士们，让阵地忙碌了。

"万团长，鬼子又进攻了。"小郭喊。

"小郭，你先带马伯雄下去。弟兄们，准备战斗。"万星明大声说。

黄河起伏的波浪，拍打着几艘大木船，船上的日本兵，张牙舞爪地挥舞太阳旗，不停地扫射。

"机枪手，给我瞄准右边的指挥船。等靠近了，再靠近，给我打。"万星明举着望远镜，测算射击距离，等到有效射程，下达了开火命令。密集的枪声在黄河两岸回荡起来，峡谷里出现的回声，久久不息。

"伯雄，你咋又上来了。小郭，是咋回事？要保证他的安全。"万星明余光瞥见马伯雄，对小郭说。

"万团长，我来是慰问将士的，你们在哪我就在哪。"马伯雄固执地说，突然，他们看见一个熟悉的身影飞奔过来。

"马伯雄！我的天啊，你也在府谷？"万仙如扑进战壕里，眼睛瞪得圆圆的，问马伯雄。

"注意隐蔽。"万星明大喊。

又一轮炮弹呼啸而来，在附近炸起了飞石。

万仙如吐了舌头，对马伯雄说："我要去忙了，一会儿见。"她弯着腰，小跑到一个受伤的士兵跟前，用牙齿撕开止血带，捆扎住士兵的腿，招手叫来担架队。

马伯雄也学着万仙如弯腰的动作，跑过去拿起士兵的枪，一拉枪栓，嘴里念叨"三点一线"，"叭"，射出了平生第一颗子弹。

"顶住，我是督战队长，要你们给我顶住。"又一个熟悉的声音响起，只见万向明手里挥舞着手枪，带几个手下，敏捷地在阵地里窜来窜去。

黄河河防战斗打响后，万向明被司令部任命为督战队长，他从南到北，在千里河防线巡防，刚进府谷城正遇激战，便不失时机地下命令，出风头，对压根不认识他的官兵发号施令。

新一轮炮弹呼啸着，铺天盖地在阵地前后爆炸。一个气浪把挥枪的万向明掀翻在地，导致他的头部血流满面。万仙如猫着腰过来，为弟弟包扎。万向明惊讶地发现姐姐在这儿，激动中带哭腔问，姐我不会死吧，救我！万仙如说没事，弹片擦破点皮。

黄河水奔流到海不复回。日本鬼子没有占到便宜，面对密集的防守，只得在黄河上就地掉头，回了保德。

烟雾缭绕的府谷大地，偶尔几声燃烧的爆裂声外，全城死一般沉寂。万星明、马伯雄、万仙如和头上扎着绷带的万向明，难得在府谷相遇，大家你看着他，他看着你，百感交集，却不知从何说起。

"你这个坏蛋！ 快说，把马苗弄到哪儿了？"马伯雄的情绪突然爆发，一把扯住万向明的衣服，摇晃着，问。

"松手，快松手，你把我的头弄痛了。"万向明说着，身子一扭，摆脱了马伯雄的拉扯，说，"不是早说过了，她把我撂下，自个儿跑了。"

"胡说八道，我找不到她，你绝没好日子过。 我发誓。"马伯雄说着又要拉扯，被万星明挡住。

"我们几个好久不见了，今天我请客，吃府谷小吃。"

半拉矮墙，一扇大门，屋顶上堆放着柳枝残叶。 破烂的四合院是万星明团部所在地。 刚进屋，一股浓浓的酸味扑面而来，是冒着热气的酸饭发出的。 这是他们天天顿顿的吃食。

"这臭烘烘的东西，就是你说的好饭？"万向明捏住鼻子，问。

"酸饭好吃得很，营养丰富又容易消化，还能顶饱。"万星明笑说。

"你们天天吃这个？"马伯雄皱着眉头问。

"这个要能吃饱，我们就烧了高香。"万星明说。

万仙如给每人盛好酸饭，说："其实酸饭是府谷名小吃，黄米放进酸水罐子里，发酵到有了黏度，捞出米倒入滚水锅里熬，吃时配点咸菜，简直是人间美味。"万仙如说着端起一碗，自顾自"吸溜"吃起。

看万仙如的吃相，马伯雄想她在府谷的日子不短了。

东征结束后，万仙如留在中共神府特委工作。 当日军侵占了山西平渡，直逼榆林的绥德、米脂、吴堡、佳县、清涧和神府地区，以八路军后方留守兵团所辖部队为主力，联合国民党部队，组建河防司令部，驻防在千里黄河防线，唯一的目的是不让日本鬼子踏过黄河半步，以确保大西北的安全。 作为河防司令部一员，万仙如的工作是负责府谷这一段河防巡查。

万向明盯着万星明，居高临下拿出几张纸，说："万团长，我们公事公办。"

"逃跑，你说我的部队有逃兵？ 无稽之谈。 刚你也看见了，我们的官兵是多么英勇顽强，不怕牺牲。"万星明一拍桌子，怒道。

"不要激动嘛，我的哥哥。 无风不起浪。 我来府谷短短几天，但为了你和你的部队，花了多少心血，才查清事情的来龙去脉。 谁让我们是亲兄弟。"

"他们是谁？"

"一个排长和两班长。他们散布谣言，动摇军心，说你们的战略物资供不上，官兵们吃不饱穿不暖，这样下去绝对顶不住日本人，所谓打造的黄河固若金汤，就是个屁。"

"他们说的是实情啊，我看这个关键的时候，你来干这事，就是在动摇军心？"

"你、我是你的亲兄弟，咋会给你添乱？"万向明佯装生气，问万星明，"请万团长同意，让我立即逮捕他们。"

"他们说的是事实，就是我见了高师长也会这样说。在缺医少药，战略资源匮乏的困难面前，我们全体河防官兵，坚决履行军人的职责，用生命守护着黄河，保卫着我们的大西北。你却……还是赶紧回去吧。"

"弟弟，哥哥说得对，你不能为了自己不择手段，编造事实。"万仙如对万向明说。

万家兄妹的争论，引起一旁马伯雄的思忖，职业军人万星明是有血性的汉子，为忠孝搭上性命在所不惜；万向明与哥哥恰恰相反，是一个典型的投机主义者，他别说血性，连人性都没有，为一己私利有奶便是娘，可以任意改变自己的信仰，民族优良传统的"温良恭俭让，仁义礼智信"，他的身上找不到一个；万仙如是一个信仰重于生命的人，为实现理想，她能肝脑涂地，粉身碎骨。

"报告团长，我们在河里捞起一个日本兵，人还活着。"一个令人振奋的消息，从门外传了进来。

56

"把日本鬼子给我押进来。"万星明浑身带劲，命令道。

抓到一个日本兵，足以吊起所有人的胃口。浑身湿漉漉的年轻人进来，要不是标识不一样的军服和头发稀疏，他与西北农村的大多数人并无二致。

"万团长，把他交给我们特务队吧。"万向明激动得两眼放光，说。

"一边去。"万星明对万向明说道，走到日本兵跟前，问："你叫甚名字，隶属于哪个部队？"见日本兵一脸茫然，不知所措的样子，他才意识到人家听不懂。

马伯雄走过去叽里呱啦说了一通，日本兵的表情十分夸张，大概想不到，在中国偏僻的陕北小城，也能听到标准的日语。 受到乡音的感染，沉默的日本兵也叽里呱啦说个不停。

你们嘀咕甚了？ 万星明等不住，问。 马伯雄说他是东京郊区的农民，为效忠天皇当的兵，宣传说来中国是为建立"大东亚共荣圈"，使"日满华"三国相互提携，共同发展。 到中国后发现中国人不仅不喜欢他们，还到处打他们，一起来的同伴被打死了几个。 万星明让马伯雄问问，他们是不是一定要打过河来。 日本兵说这是试探性行动，几天的战斗证明遇到了顽强的敌人，不，是你们。 长官们正在商量，可能要往五台山一带后撤。 万星明气宇轩昂地说日本到中国就是侵略者，来多少打多少，定没好下场。 日本兵说他也知道，日本迟早要失败的。 万星明说算他识相，按战俘对待送往师部。 万向明又提出他来接管，遭到再次拒绝。 万星明安排了团预备队的一个行动小组，由小郭带领，将俘虏送往师部。

七七事变以来，陕北的千里河防线上战事不断。 日军多次组织渡河，企图踏上黄河西岸，打开通往大西北的通道。 但是除在府谷强攻过河一次，烧杀抢掠几个小时，目前在河西的日本人，只有这一个，还是八路军的俘虏。 万星明感谢马伯雄送来的四万多块慰问金，提出让他也去榆林，陪送日本兵到师部。 马伯雄自然应允，万仙如也一同回榆林，到河防司令部汇报。

"伯雄，你有白发了。"穿行在群山里的大卡车，尽管颠得翻天覆地，万仙如还是细心地发现了马伯雄的几根白发，满是心疼地说。

"岁月催人老啊。 人是最脆弱的感情动物。 刚才你说了我同学刘志丹的事，让我很难受也感慨万千。 才华横溢的他，是那么年轻，活力四射，叱咤风云。 如此有信仰，有成就的英雄，咋说走就走了。"

"三十三岁，一位陕北、西北红军卓越的领导人，老百姓心目中的人民领袖，英年早逝了。"万仙如说着，眼眶里的泪水在打转。

车子沿着弯曲的山道艰难地爬行，大自然的景象不时掠过。"看那些树木、山川、河流、荒滩，日复一日，年复一年，天荒地老。 可是人呢，眨眼就到而立之年，再眨眼就是耳顺之年。 苦短的人生，在党派之争，内讧，外国侵略中度过，悲啊。"马伯雄感叹地说。

"你伤感了。 好，我们说点愉快的。 听说你的书苑建成了？"万仙如问。

"你知道建成的第一时间，我想到谁了？"马伯雄兴奋起来，问。

"谁？ 不会是我吧，嘻嘻。"

"还真是你，还有你哥。 那些天，不知咋的，我特别地无助，就想着你们。 书苑锁上大门的那一刻，想的心情更切。 我给你哥捎话，邀请他来看看。 昨天他说了，假都请了，要不是井岳秀当晚出事，第二天他就来了米脂。"

"我也想在书苑住上几天。 听山里的鸟鸣，赏满山五颜六色的树叶，闻果实的飘香。 到了晚上，看漫天的星星和高悬在天幕上的圆月，安安静静，享受人生。"万仙如说着，神情是十分向往与憧憬。

"真好，多有诗情画意。"

"是吗？ 伯雄，我有一件事要麻烦你。"

"请讲，你的麻烦我愿意。"马伯雄幽了一默，说。

"见到高师长，能不能利用你的身份，请求他释放我们的同志，金秀。"

"金秀，我认识，万向明的同学，她入狱了？"

"差不多有两年了。 她咋入狱的，组织一直在调查。 唯一的当事人，钟楼书店的李先生，在监狱里被特务折磨死了。 这个事可能与——咋样，帮吗？"

"当然帮，就怕高师长，正眼不瞧我。"

"不会的，高师长是一个正直的人，对共产党一直十分同情，即使两军对垒，他配合得也很默契。 七七事变后，两党合作，他出过不少力。 释放金秀和其他共产党人，是建立民族统一战线的大势所趋，我想，高师长会同意的。"

"好，我一定说。 榆林城除了高双成，还驻扎着国民党二十一军团的邓宝珊，他们到底谁管谁？ 我真是糊涂。"

"高双成是八十六师的师长，邓宝珊是二十一军军团长，也是晋陕绥边区总司令，两家的总部都设在榆林，八十六师隶属二十一军团。 但他们都是共产党的朋友。 邓总司令多次冒着巨大的风险，违命蒋介石，与八路军秘密合作。"

"搞不懂，我听着头都大了。"马伯雄眨巴眼睛，说。

"你们俩是情侣？"一旁的日本兵，见他俩说个不停，问道。 他虽然不知两人说啥，但从眼神里就看出关系不一般。

他说啥？ 万仙如问。 马伯雄翻译过去，她脸倏地红了，说这死鬼子，当了俘虏了，还管人家的闲事。 你问他，怕不怕死？ 日本兵说当然怕，他家里上有老母下有儿子。 万仙如笑了，说这理由似乎天下都一样。 再问他，想加入八路军不？ 日本兵说他想回家。 回家，回个屁，伯雄好好给他开导，让他加入反战联盟，等我们抗战胜利了，他就能回家了。

正如万仙如所料，马佐雄以日语翻译的身份见到高双成师长，在忐忑不安中提出金秀的事，高师长说在民族生死存亡面前，广泛建立民族统一战线，多一个人就多一份力量。 何况，他们是有知识有文化的社会精英。 这事他一定过问，进一步调查了解，如不涉及刑事或重大案件，理当释放，再说就是有点问题，历朝历代不是还有大赦？ 马伯雄高兴地说高师长英明。 高双成说你就不要拍我的马屁了，我要感谢你，押送俘虏走了几天，洗了军国主义侵略者的脑，厉害厉害。 马伯雄被表扬得不好意思。

高师长果真是言必行，行必果，果必信。 一周后，金秀无罪出狱。

这是一个阴雨连绵的早晨，万仙如和马伯雄打着雨伞，在监狱门口久久站着，无数条不断线的雨丝，淅淅沥沥落在地下，飞溅起了水珠，似乎在洗刷着金秀的委屈。 冰冷的大铁门"哗啦"打开，出现了一个瘦弱的身子。

"金秀，你受苦了。"万仙如说着，抱住那个冰凉的身子。

"仙如，我不是在做梦吧。"颧骨凸显、面无血色的金秀说。

"不是梦，你自由了，看看，那边还有谁？"

"马、马伯雄。 他也来了，你们结婚了？"金秀似乎醒悟了，说。

"说啥呀！ 就是他求了高师长，你才被释放。"

"马公子，谢谢你。"金秀走来向马伯雄莞尔一笑，说。

不远处，有一双死鱼般的眼睛，死死盯住这边的一举一动。 看着马伯雄的一颦一笑，万向明心里恶意顿生。 府谷空手而归，日本兵让马伯雄领走，他已经十分沮丧，马伯雄找高师长释放了金秀，他的心情糟糕到极点。 其实，把金秀弄进了监狱，他在花天酒地的生活里，早忘了她的存在。

"当——当——当——"钟楼上的大钟急促地敲响。

"呜——呜——呜——"来自炮厂的汽笛声响得洪亮，响得凄厉恐惧。

经过几次日本飞机空袭的榆林市民，也不再那么紧张了，听到警报后，只是急匆匆跑着，就近寻找防空洞。 马伯雄和金秀一副茫然无措，万仙如稳健地说跟着我走，你们不要慌。 三人跑了起来，看见前面五虎庄那边，有两人不慌不忙干活，大家定睛一看，他们原来是将一面旗子往上拉。 升到一丈高低时，旗子被风吹开，展现出五颜六色的万国旗。 旗杆下，另有几个人忙着，铺开很大的一面白底红十字大旗。 红十字就是生命的希望。 马伯雄说我们往旗帜那边去。 他们刚刚挪步，天上"轰隆隆"的声音越来越响。 六加六编队，呈三角队形的飞机，从北向南呼啸着飞来，一个个巨大的黑影扫过街面，仰头可见驾驶舱里飞行员摇晃的脑袋。 紧接着，天震地骇的爆炸声接二连三响起，一股气浪的巨大推力，把他们一个个推倒在铺檐下。"通通通"，机关枪在地面上扫射起一串串黄尘。 再看万国旗，已被炮弹炸成碎片，在空中飘落而下，那几个摆布旗子的人，躺在白底旗子上，有一个被旗子裹住半个身子。

王八蛋，红十字会是受国际公约保护的，你们也敢炸。 马伯雄大声骂着，"看，那是谁？"他看见一个熟悉的身影，大喊道。

"朱腾达，是冰把凉。"万仙如与金秀异口同声道。

冰把凉哼着小曲，步履跟跄地走在空无一人的街道上。 飞机的声音响起，他就兴奋无比，手里比画着射击动作，对着头顶上的飞机瞄准，把口里的小曲换成"嘟嘟嘟嘟"的枪炮声。"轰隆"，一颗炮弹爆炸，他被腾起的浓尘包围了。"啊——死人了，死人了。"他猛地冲破浓尘的包围，连滚带爬钻进了小巷里。

这是日军对榆林城的第五次轰炸，是轰炸最厉害的一次。 出动军机达三十六架，沿着大街中轴线，炸了钟楼南北一段、南门口的永济桥和城外的飞机场，导致几百间民房和铺面瞬间倒塌，有数十人伤亡。

警报一响，万向明第一时间朝万利毛纺织厂奔跑。 蝗虫般的飞机，在毛纺织厂投下了炸弹，燃起了冲天烈火。

"当当"，钟声响起，防空警报解除。 万向明与父亲，站在冒着青烟的废墟上，默默无言看工人们清理现场，他欲哭无泪。 鬼子飞机来了，工人们跑得快，仅两人受了轻伤，但厂里的织布机几乎全部遭到不同程度损坏，缝纫机也损坏一小半。

"千刀万剐的小日本，老子和你没完。"万友善痛心疾首，踩着地咚咚作响，心疼得流出了眼泪。

"放心好了，破旧立新，咋毁的定要咋建起来，不，要更大的规模。"万向明咬着牙发狠道。

作为合伙人，井岳秀的儿子也赶来了，看着厂子一片废墟，哭丧了脸。 他是三姨太所生，父亲一死，如今全家的日常花销，大部分靠厂子的收入，这是一家老小的寄托。

万向明问井公子咋办？ 他说投资的本是炸飞了。 唉，这些年的分红等于回了本钱。 万向明说话也不能那么说，钱要是不投在厂里，你吃喝嫖赌早花完了。 看在井司令的面子上，我们一次性了结。 给你一百块大洋，厂子从此跟你两清。 你不是要重建厂子，我还愿意继续跟你合作，井公子唯唯诺诺说。 算了吧，你看这个烂摊子，现在退出还能拿一百块，再继续做，恐怕连这个也拿不到了，后事可是黑的。

井岳秀的意外身亡，对养尊处优的井家人而言，真正是塌了天、陷了地，全家人的荣华富贵，跟着父亲已经入土，灰飞烟灭。 按说，退股咋说也值千儿八百，万向明却给一百块打发，明知是坑人，但面对榆林城有名的狠人，井公子又能说啥，敢说啥呢?

万向明做事越来越狠，特别是军服生意由小到大，通过八十六师采购及井岳秀的关系，拿下了周边部队的大多数订单。 井岳秀死后，面对订单流失，万向明利用特务队的身份，拿下保安团、护卫队的业务进行弥补，厂子常常二十四小时加班加点连轴转，也是供不应求。 不能让这棵摇钱树倒，就要引进新设备，扩大再生产。 万向明端详着残垣断壁做起了梦，醉眼蒙眬中，一座窗明几净的新毛纺织厂和被服加工厂，出现在眼前：一排排梭机飞转，一台台缝纫机轧着军服，转眼间变成了花花绿绿的票子。 回到现实，他暗自为自己打气，万向明你行，肯定行，万向明加油!

57

空袭过后的榆林城，到处残垣断壁，房屋倒塌，瓦砾成堆。 在全城最窄的，只容一人行走的巷子，也不偏不倚挨了一颗炮弹，垮塌的房子将半道巷完全堵塞。

榆林城被炸得千疮百孔，掀起了各个组织和市民们一浪高过一浪的抗战热潮。 以榆中、职业学校和女子师范的学生为主，成立中华民族解放先锋队，他们纷纷走上街头，深入周边农村，宣传抗日救亡，唤醒民众抗日。

街头，一群群市民围着说书的，演讲的，演话剧的，一面认真倾听、观看；一面不时拿出钱币，投进了募捐箱。 几支游行队伍喊着口号过来，给市民们分发传单、资料。

星明楼下，几个师生模样的人和穿军服的八路军士兵，为市民宣讲，上方有一条横幅：榆林抗日救亡联合社。

钟楼底的书店门口，是榆林城最热闹的地方。 中共榆林县临时支部把宣传点放在这里，在四周的墙壁、门板和树干上，花花绿绿张贴着标语：

"打倒日本帝国主义"

"不打日本鬼子，将来难过日子"

"收复失地，还我河山"

"有钱出钱，有力出力，同仇敌忾，誓灭日寇"

万仙如、金秀和一大群榆中的女学生，给人们散发材料。桌子上，堆着还散发出油墨清香的杂志《前哨》周刊，供人们翻阅。这是邓宝珊总司令部的秘书、秘密共产党员汤绍武主办的，刊头和发刊词由邓宝珊亲自题写，封二的题词，出自陕甘宁边区区委书记高岗：

为巩固和扩大抗日民族统一战线而斗争。

心情舒畅的马伯雄说："这样浓厚的政治、民主氛围，令人舒心愉悦，动力满满。"

"这是我们党摒弃前嫌，建立民族统一战线，动员全民抗战取得的成果。"万仙如说，"伯雄你知道不？国民政府中央慰问团前段时间来过榆林，团里有作家老舍、画家沈逸千、爱国人士李公朴等人。过一阵子，延安八路军抗战剧团和烽火剧团也要来，与我们的战地服务团合作演出呢。"

"对嘛，这才是两党同仇敌忾，团结一致抵抗外来侵略的样子，中华民族团结万岁，万万岁。"马伯雄说着，激动地当场呼喊起了口号。

万仙如在宣传点布置好工作，带马伯雄和金秀穿过钟楼洞，走到北大街。悦耳的小曲飘来。在郭家大院门口，市民们围得里三层外三层，王班主率全班人马，连邋遢了几年的冰把凉，此时衣冠楚楚还化了妆，在动情地演唱，远比《小寡妇上坟》悲怆多了：

我的家在东北松花江上

那里有森林煤矿

还有那满山遍野的大豆高粱

我的家在东北松花江上

那里有我的同胞

还有那衰老的爹娘

九一八，九一八

"真是坏事里有好事，谁能想到，鬼子飞机的一颗炮弹，竟把冰把凉的疯病，给炸清好了。"

"受刺激的病，就要再受刺激才能治好。 这是以毒攻毒。"

听着市民们的议论，马伯雄、万仙如和金秀互相看着，会心一笑。

"姐，你在这儿，让我好找。 到书店，有事说。"万向明挤进人群，用诡异的眼神看着马伯雄和金秀说，不确定他俩会不会也跟着来。

很好，他们果然来了。"马公子喝茶，还是喝咖啡？"万向明问马伯雄。

"白开水就行。"马伯雄说着，心里有些忐忑不安，在这个不要花招肚子会疼的万向明跟前，要时刻提防。

"请参观我的书店，那边是新文化运动的书籍，这边的书籍里，共产党的也不少，抗日民族统一战线建立了，红军也改成八路军，国军和共军成为一家人了嘛。"万向明说着，顺手从书架上抽出几本书，有蒋介石《全民抗战庐山声明》，还有毛泽东的《湖南农民运动考察报告》《东征宣言》。

"《论持久战》，这是毛主席刚在延安的演讲稿，你是咋得到的？"万仙如惊讶地问。

万向明神秘地笑着，并不搭话。 毛泽东出了新作？ 马伯雄激动地拿起翻阅：

——中日战争既然是持久战，最后胜利又将是属于中国的，那末，就可以合理地设想，这种持久战，将具体地表现于三个阶段之中。

第一个阶段，是敌之战略进攻、我之战略防御的时期。第二个阶段，是敌之战略保守、我之准备反攻的时期。第三个阶段，是我之战略反攻、敌之战略退却的时期。

毛泽东说得太对了，只是持久是多久，大概只有未来才有答案。 马伯雄心里盘算，对毛泽东更加佩服。

"金秀，请你回来继续上班。"万向明对金秀发出了邀请。

"上班？ 那你先告诉我，这个店咋变成你家的了？"金秀问。

"我买的啊，这是手续。"万向明拉开抽屉，拿出房契、买房的新约等，说，"是全套的，其实你有所不知，那位李老板，租了人家的铺子，欠半年房租不给，房东要强行收回，他人却跑了。"

金秀努努嘴，被抓的场景不堪回首。 她清楚地记得，李先生说过铺子是他家的。 想着，她把头朝窗外望去，几个戴着礼帽的黑衣人从这边过来，身子由不得抖了几下。

"谁是马伯雄？"黑衣人粗暴地推开店门，冷冷问。

"你们是谁？ 我就是马伯雄。"马伯雄喝了口水，反问道。

"我们以日本间谍罪，逮捕你。"黑衣人说。

"我是日本间谍，多滑稽呀，哈哈。"马伯雄受了刺激，大笑起来。

"万向明，你可说句公道话呀。 马伯雄筹措几万块捐款，冒着生命危险送前线慰问抗日将士。 他还做日本俘虏的工作，让日本人弃暗投明，成为反战同盟的战士。 他，咋会是日本间谍？"万仙如激动地对弟弟说。

"搞错了吧？ 据我对马伯雄的了解，他也不可能是间谍。"万向明一本正经地问。

"报告副队长，案子搞得一清二楚，我们在他的住所，找到了证据。"

"证据？"马伯雄双眼圆溜溜瞪着问，一脸茫然。

"是一台伪装成收音机的电台。"

"那不过是一台普通的电子管收音机，榆林好多的人家都有。"马伯雄争辩道。

"是不是电台，你自己说了不算。 姐，间谍比特务更善于伪装。"万向明微笑着，说。

"你不是人。"金秀说着，"叭"地甩给万向明一个响亮的耳光。

万向明捂住脸，也不跟金秀计较，闷声对几个黑衣人说，我们走。

"你们不能带走他。"万仙如要拉回马伯雄，却被两个黑衣人夹住，眼睁睁看着马伯雄被带出书店。 这一刻，她明白了，李先生被抓，很可能和弟弟有关。

通天苑商行门口，围着几百名身着长袍短褂的商人和小贩。 榆阳商会正在举行声势浩大的抗日募捐大会。

"榆林的商人们，同胞们。 一年前，日本人侵略整个中国，我们有人可能还存在幻想，认为他们是在东三省建'满洲国'。 一年后的今天，大家该信了吧，日本鬼子五次轰炸榆林城，向世人暴露了妄图吞并全中国的狼子野心。"万友善从未有过这样的激动，以商会会长的身份，代表三十六家商人号召全城为抗日募捐。 在万利毛纺织厂挨炸的同时，发往天津口岸的一车绒毛，被日本鬼子一把火烧得精光，又损失了几万块，每一件事情发生，都是在要他的老命。

"我们通天苑捐三千块，不，五千块。"万友善想着被火烧的一车绒毛，脑子一热，咬紧牙关，做了这辈子最正义的一件事。 义举赢得现场掌声一片。《上郡日报》的记者，举着镁光灯不停拍照。 瞠目结舌的商人们交头接耳，被业界称为"铁公鸡"的万友善，也变得大方了。

"我捐二百块，还有婆姨价值一百多块的首饰。"肩胛高耸，两只臂膀鼓着疙里疙瘩的铁匠刘振德，垫着脚尖从人群里探头说，被炉火染黑的脸和手臂还沾着的铁屑，无言的说他是铁匠。 一个下苦人，能捐这么多，带动作用可想而知，一下子点燃更多商人的捐款热情。

前几天在这儿接到金秀，想不到几天后自己也被抓了进来，还是骇人听闻的日本间谍罪名。 简直太荒唐了。

姓名，年龄，职业，籍贯，学历——坐着审讯凳的马伯雄，将一串常规问题回答完后，等待正戏开始。

"你认识这个吗？"万向明问着，递过手掌大小的东西。

"认识，这是发电报的按键。"

"好得很，但你知道是在哪发现的？ 在你家，收音机的匣子里。"

"胡说八道。"马伯雄愤怒地说。

"你是不见棺材不掉泪啊，搬上来。 看，这是不是你家的，洋气得很嘛，还是电子管的。"万向明说着，让手下搬来一台收音机。

"是我收听新闻和粮食价格的。"

"那我们把这两件东西放在一起，再联系到鬼子的飞机，不偏不倚炸了万利毛纺织厂。 马伯雄，你到底安的啥心？"万向明说着，猛地一拍桌子，震得审讯室里的铁器嗡嗡作响。

"我算明白了，你的厂子被炸了，就丧心病狂地栽赃陷害我。 哈哈，你是不是自以为，你的陷害还有些技术含量？"马伯雄恍然大悟，怒斥道。

"物证在此，你还嘴硬。 还是好好考虑一下，先收监。"

对于监狱，马伯雄早不陌生了，但这次不打不骂，还有吃有喝。 他不知万向明的葫芦里卖的是啥药。 他筋疲力尽回到牢房，准备席地倒头就睡。 后面却跟进来两个特务，把他推来推去，要他继续交代罪行。 他们还拿来汽灯对准他的眼睛。 夹在两个特务中间的他，只要打盹就被他们戳一下。 头昏脑涨，耳朵嗡嗡作响，浑身燥热又发冷，心脏乱跳不安分。 冥冥中，马伯雄记起巴特尔讲过的熬鹰故事。 勇猛的雄鹰一旦落到猎人之手，要么为了尊严绝食而亡，要么被猎人驯服甘作奴隶。

万向明一而再，再而三作恶，让万仙如看清了他的丑恶嘴脸。 马伯雄莫须有的罪，是滑天下之大稽。 万向明拐跑人家妹妹，屡屡给马家制造事端，见利忘义，做信仰的"墙头草"，这样的人还配做人？ 她不禁诘问。 到底该怎么办？ 从亲情来说，万向明与自己是一母同胞的亲弟弟；从感情上来说，马伯雄是信念相近、情投意合的人。 感情和人性的天平，毋庸置疑，她是倒向后者的。

万仙如和金秀找到榆林党组织汇报，一场拯救马伯雄的战斗，悄悄打响。

"在日军第五次轰炸中，那面红十字旗帜，是你拿给红十字会的人，要他们放置在司令部，对不对？ 可惜的是，他们没按照你的要求，所以你才不顾飞机轰炸，跑去抢旗子，目的就是改换地方，对不对？"万向明微笑着，一本正经审问。

"是。"马伯雄神情恍惚了，机械地回答所有的问题。

"前几次日军对榆林城的轰炸，也是你通过电台联系来的，是不是？"

"是。"

"很好。 我们继续，说说联系密码。"

"不知道。"

"不知道？ 那我提醒你，是不是有个一。"

"好像是，就是，是一二三四五六七，七六五四三二一。"马伯雄说着，流利地一问一答，语无伦次的他，早不知所云了。

58

国民党第八十六师司令部特务队办公室里，袁主意盯着面前的一份文件，发了半天呆。 这是由社会各界三四千人签名的一份声明，要求释放爱国民主人士马伯雄。 袁主意问万向明，回答说日本间谍马伯雄的案子正在办理，对社会上的声明不予理睬。 榆林有日本间谍，还给日本飞机引导轰炸？ 听起来就是扯淡，袁主意虽对这个案子嗤之以鼻，但他喜欢看戏，特别是万向明演的戏。 嘿嘿，别看万向明今天跳得欢，迟早会有人拉清单。 这份几千人的声明，难道不算一份"清单"？

袁主意不知的是，声明的起草人正是万向明的亲姐姐万仙如。 拿到十几个进步组织的盖章和几千民众的签名后，万仙如找高双成师长。 高师长欣赏马伯雄。 遗憾的是，高师长外出公干，近期不回榆林。 时间就是生命。 万仙如决定去桃林山庄晋陕绥边区司令部，找邓宝珊总司令。 鉴于她的身份就是河防司令部成员，通过司令部就能与邓总司令联系，约定了见面时间。

桃林山庄在榆林城东，一座金顶红瓦的寺庙，突兀出现在半山腰上。 这是三教合一的金刚寺，三教殿内有老子、释迦和孔子三座塑像，寺内广植牡丹、芍药、丁香等名贵花卉。 山门石阶下，一清泉流泻而过，环抱寺院左右山梁。

金刚寺的侧面是邓将军的住所。 邓宝珊率领总司令部来到这儿，先把部队医院安进寺里，接着修了上下两个院落的十几孔窑洞，在四周栽植了不少桃树，邓将军自诩是桃林山庄。 就在他率领部队赶往榆林的半道上，蒋介石突然来电要将他的一个师划归胡宗南，不难想，当时他的心情是多么沮丧，可能是生出隐退之意，就给新寓所取名桃林山庄，昭示出"采菊东篱下，悠然见南山"的陶渊明那般心境。 只是日本鬼子要打过黄河，让他消受不起陶渊明的那种闲情逸致。

邓将军与蒋介石素来面和心不和，多次对蒋围剿红军的命令采取敷衍、消极应对态度。 西安事变后，应张学良、杨虎城将军邀请，他赴西安相商善后之策，并根据中共中央的团结抗日政策，游说在各派系间，全力做好团结工作。 七七事变后，蒋介石将驻甘肃的新一军第一六五师和高双成的第八十六师合编为第二十一军团，任命邓宝珊担任军团长。 才过几天，蒋介石朝令夕改，让邓改任晋陕绥边区总司令，明显对他心存芥蒂。

听到马伯雄的事，浓眉大眼、身材魁梧的邓将军紧皱眉头，问："万女士，你敢保证上面所写都是事实？"

"我拿党……拿自己的人格与脑袋担保。"万仙如斩钉截铁地说。 本想说拿党性，话到嘴边，意识到是在国民党将军面前，谈共产党的党性担保不妥。 她接着详细讲述了马伯雄的方方面面，评价他是一个有正义感的爱国民主人士。

邓将军说我一定要过问此事。 与共产党的密切合作，就是要建立起广泛的爱国民族统一战线，团结一切可以团结的力量，摒弃前嫌，共同抗日。 马伯雄是民主人士，是两党都争取的对象。 万仙如鞠躬致谢。 邓将军沉吟了，两道浓眉紧缩着，像是两把出鞘的剑，突然哽咽起来，说万女士你不知道，我与日本鬼子有杀妻之仇。 前不久，我的夫人和三个孩子，在日本鬼子对兰州的一次空袭中，全部——万仙如大为震惊，忙起立说将军对不起，我不该来谈此事。 邓将军说没关系，我只是心里难过，看到你想倾诉，现在好了，我要替他们好好活下去。

袁主意再次看到的声明，是万仙如拿来的，上面有晋陕绥边区司令部的章子和邓宝珊总司令的指示：

> 此案比较重大，请办案人员完善证据链，认真查办，办成铁案。坏人不能放过一个，好人不能冤枉一个，更不能制造冤假错案。当前，正值全国建立抗日民族统一战线和榆林千里河防的紧要关头，要团结一切可以团结的人，动员一切可以动员的力量，共同抗击日本侵略。

很明显，邓总司令等于说了，这可能就是一起冤假错案。袁主意黑着脸想，万向明凭溜须拍马，凭靠哥哥的关系，和老井家勾勾搭搭，还捏住自己私吞书店五千块的事，敢与自己作对。现在有了总司令的指示，我让你小子吃不了兜着走。

袁主意和司令部的人组成案件复查组，参与到马伯雄间谍案审理中。面对一个呆头呆脑的白面书生，袁主意眼睛晃了一下，这人好面熟，他一时记不起在哪见过，说："万副队长，审讯开始吧。"

信心十足的万向明，重又开始了询问、演戏。马伯雄自然是有问必答，回答很是流畅，像在背诵标准答案。听着听着，袁主意诧异，从没见过这样的审讯。事出反常必有妖。他歪着脑袋琢磨了一会儿，找出了破绽。

"嫌疑人，你说给日本飞机用电报发的定位，你现场给我们演示一下。把收音机和按键拿给他。"袁主意和宪兵队长交换眼神，说。

马伯雄拿起按键，放在收音机跟前比，面对几根线头并不会连接。

"万队长，你给演示一下。"袁主意声音平和地说。

"这——马伯雄，是不是让你专门弄坏了。"万向明对马伯雄咆哮道。

"接不了？那么万队长，我把你刚才的问题复述一遍，选几个问问。嫌疑人，前四次日本飞机轰炸榆林，你在哪里？既然是你引导飞机要炸钟楼，为何把万国旗标识放在那么远？你没跑到万国旗跟前，飞机已经开始投弹，是他们不按你的定位，还是你准备自杀？"袁主意的问题，环环紧扣，气势逼人。

"这，这，这位长官，我是无辜的啊。好，我现在认真回答问题。"

"马伯雄，你不要胡说八道。"万向明狂怒道。

马伯雄看也不看他，对袁主意说："我家的收音机就是普通的收音机，所谓的发报按键从没见过；前四次飞机炸榆林时，我在老家米脂马氏庄园里；榆林钟楼中西结合，是我最喜欢的建筑，我不知画过多少张画，我会用命来保护的；响起防空警报后，跑在街上后我才看见万国旗，知道那里是受国际公约保护的红十字会，就想着那儿最安全，谁知小鬼子违反国际法，连红十字会都敢炸。"

马伯雄提起米脂，袁主意终于记起了他，是"亨得利"来的那个倒霉的修表人。"万队长，嫌疑人当场翻供，此案你该咋说？"袁主意不动声色地问道。

"马伯雄，你再胡言乱语，我一枪毙了你。"万向明气急败坏地掏出枪，被眼疾手快的宪兵队下了。

"万向明，你好大的胆子，胆敢在审讯现场当面杀人。 来人，先把他押起来，听候处理。"

"我对党国一片忠心，袁主意，你们不能这样。 你这个贪污犯，假公济私，杀人灭口，我要控告你，袁主意。"万向明叫喊着，被拉走。

"马伯雄，姓万的熬你鹰了？"袁主意问。

"亨得利，袁老板，原来是你。"马伯雄也认出一身笔挺军装的袁主意，问着纳闷，当时不是传说，在"亨得利"里共产党和国民党发生了枪战，老板被打死了？ 马伯雄想着头疼起来，熬鹰的后遗症。

鸟语花香的早晨，万仙如带马伯雄去桃林山庄拜谢邓总司令。 邓将军脸色泛红，精神矍铄，显然比万仙如上次见时好得多。 他主动伸手与马伯雄握了，说马先生受委屈了，我代表军方表示歉意。 马伯雄诚惶诚恐，连说不敢不敢，受点委屈不要紧，关键是弄清是非，惩治坏人——他看着身边的万仙如，没提万向明。 邓将军说，好人得到褒奖，坏人得到惩治，这才是一个美好的社会。 鄙人作为晋陕绥边区总司令，将不遗余力治理好军队，也治理好榆林社会。 马伯雄说陕北民众有邓将军您这样的父母官，是修来的福气。

邓将军哈哈大笑，说你这个知识分子也会恭维人，这样不好。 说着再打量马伯雄，颇为欣赏地说，早稻田大学的留学生，建筑专家，等有机会，我一定要到你的书苑开眼。 显然，他对马伯雄做了许多了解。

"马氏庄园书苑欢迎将军的光临。"马伯雄表态邀请，鞠躬致谢。 没想到国军的中将司令，是这样平易近人。 马伯雄心潮澎湃，从熟识的邓宝珊、高双成两位将军，以及万星明、万仙如的身上，他看到民族的希望。 抗日必胜，中国必将崛起。

邓将军问马伯雄对未来的打算，身心得到放松的马伯雄，竹筒倒豆子般说了几年来屡屡碰壁的经历，又说十分憧憬把家乡建成中国最美的窑洞古城，还有尽快恢复三民二中，让更多的娃娃接受良好的教育，还说了要修建织女渠的事情。 万仙如听着也是吃惊，岁月的磨砺，丰富了马伯雄的理想。 邓将军说我本想留你在司令部工作，现在看来，你的家乡更需要你。 不过，再有日本俘虏抓来，还需要你的帮助啰！ 马伯雄说这样的事越多越好，巴不得把日本鬼子全部抓获。

愉快的笑声，响彻在桃林山庄。

海水碧蓝，泛着清波。 一艘艘货轮拉响汽笛，行驶在蓝蓝的水面，在渤海湾里驶进驶出。

狗不理包子店门前，一队队日本兵扛着长枪，迈着机械的步子巡视。

天津街头的男男女女、猫狗宠物，与不时掠过的汽车、马车、自行车，挤在街头，人的步履多是匆匆，流浪的猫狗，也失去了以前的自由散漫。

天津，中国北方数一数二的大城市，在日本人蹂躏下，成为一台设定好程序的机器，在沉闷中有条不紊运转，殊不知，波涛汹涌的暗流一波又一波涌动。

光怪陆离的天津租界，津门大赌场里来自各个国家，各个阶层的，形形色色的红男绿女们，尽情地消费生命、享受人生。 赌场里全天候灯光璀璨、人声鼎沸，纸醉金迷，乌烟瘴气。 赌博机前，一茬又一茬赌徒走马灯一般。 一位二十多岁的年轻人，像是被钉子钉在赌博机前，他已在此坐了整整三天三夜。 他神情阴郁着，不住搓着手里的筹码，似乎在运筹帷幄。 他时而押大，时而押小，不一会儿面前堆成了小山，他就是万向明。

马伯雄间谍丑闻案，让万向明在总司令部和八十六师声名狼藉。 特务队和宪兵队拿出的意见是，建议军事法庭判刑五年以上。 意见拿到高双成师长那里，心慈手软的他，看在万星明团长的面子上，再加之此事件未造成严重后果，决定从轻处理，开除万向明的军籍了事。

被开除的万向明在榆林暂时不好待了，想着重建毛纺织厂，他就拿了工厂和书店赚的所有钱去了天津，一次订了八十台更先进的纺机和几十台缝纫机。 一算账，还差三分之二的钱，于是眉头一皱计上心来，大摇大摆来到租界，找到自家的银行去贷款。郭老板见通天苑的公子来贷款，心里暗喜，十分通融，一次性足额贷够所需款，还拿出五千块作为给侄子的见面礼，在请万向明酒足饭饱后，亲自领他到津门大赌场。 想着教万向明一把，谁料这小子是个老手，进了赌场如鱼得水，举手投足有张有弛，开场就赢得手抽筋。 郭老板目瞪口呆地看着，本想给万向明挖坑，让他赌博上瘾，输光再来银行借钱，陷入越赌越输的循环圈，最终输完通天苑在银行的股份，没承想这小子赢得盆满钵满，令郭老板甘拜下风。他只得看着万向明押着机器，满载而归。

59

"叭"，鞭子响亮地一甩，榆林城南的镇远门、玉砚桥和凌霄塔渐渐被甩在脑后。

南下的马车上，坐着一男两女，他们一言不发，默默想着心事。马伯雄歪头想万仙如和金秀咋是一同前去米脂呢，她们的组织安排的？在与万仙如的交往史上，这样的神秘不是一次两次了。

"伯雄，看今天的太阳，不隐不藏，端直就升起来了，是多么直接。"万仙如望着东方说，打破了保持已久的沉默。此时，马车过了三岔湾，围住榆林城的漫漫黄沙逐渐少了，地面也在起伏显得平坦，宽阔的榆溪河川两岸，远处的山峦时隐时现，从毛乌素沙漠流过的河水，波光粼粼，被早晨的太阳映照出点点金星。

万仙如对马伯雄直呼其名多次，但让金秀听起，觉得二人关系不同寻常。太阳的话题，显然是他们的老话题。金秀由不得想起，那个遭人恨的万向明，也觉得自己很是失败。

"我就直愣愣的温暖率真，太直接，不可爱。"马伯雄开玩笑说。

"真是不自量力，竟敢与太阳比。哈哈。"万仙如也开起玩笑，说，难得有这样宁静的时候和好的心情。

金秀听出了万仙如撒娇的意思，心里一惊一羞。

"不是和太阳比，只是觉得自己傻里傻气，书生意气。第一次见邓总司令，就给人家吹通大话，凭我的能力，要实现那些，其实就是梦中的事。"马伯雄想起在邓宝珊将军面前，谈及的人生规划，不好意思了。

"那倒未必，不做梦的人永远不知美好。"

"你讲《格林童话》，还是《安徒生童话》，幼稚起来，仙如你挺可爱的。"

马伯雄也暧昧起来，金秀听得更是不好意思。她放出了耳朵，把头深深埋在胸前。

"不是童话，不妨听听我的分析。边区政府成立了，下一步要广泛建立抗日民主政权，要大搞经济建设。 伯雄你想，陕甘宁这么大，那么多的根据地和军队，还有成百上千万的民众，吃饭穿衣，是头等大事。 粮食乃国之根本，粮食问题解决不了，再遇自然灾害，好不容易得来的一切，可能皆毁，前功尽弃。"

"听你这样一说，我的设想，说不定在共产党的手里，真能实现了。 你分析，我具体该咋做？"马伯雄兴奋地问道，看着万仙如，他佩服她考虑问题之深刻。

万仙如重返米脂是她自己提出来，经过党组织批准的。 长期以来，她的党组织关系一直在米脂。 鉴于榆林仍是国民党把持的重镇，两党在此虽然取得了抗日方面的合作，但在其他领域共产党却很难单打独斗。 米脂已成为边区政治、经济的重点县域，急需各方人才为边区建设出力。 所以，万仙如提出再回米脂，并且带上金秀一同工作。

七七事变后，陕西各县国民党政府新桃换旧符。 米脂的王县长一直忌惮文化县的乡绅文人，做事竭力低调老辣，所以未被查办，但也被撤了职，返回关中老家。 追随的警察局张局长一同被撤，成了社会闲人。 国民党省政府另派一名姓任的年轻县长任职。

"马先生，辛苦了，这次你走了这么久，一路不很顺利吧。"任县长见到马伯雄十分客气地说。 他个头高，体型瘦，整个人的身体像根电线杆，没几根头发的脑门，更像灯泡一般光滑明亮。 任县长毕业于国立西北大学国文专业，曾在省政府教育科任职。马伯雄为恢复三民二中的事，找杜斌丞先生时见过当时的任科长。 这次慰问河防官兵前，任县长刚走马上任，马伯雄同他一起商量过慰问对象和行进路线。

"马先生，你走了这么多天，好消息传来了，米脂三民二中，已改名省立米脂中学，省政府批准重新开办了。 我来米脂前，顶头上司说全力支持我的工作，现在看来，他是没有失言的。"任县长搓着手，满脸堆笑说，显然是在暗示自己的功绩。

"难怪离开榆林的一路上，有喜鹊撵着我们叫喳喳呢。"万仙如说。

"这两位是——"任县长看着万仙如和金秀，问。

"她叫万仙如，曾是三民二中的老师，这位叫金秀，榆中的高才生，都是想来米脂工作的。"马伯雄介绍道。

"人才，都是人才，名扬天下的文化县米脂，欢迎人才。 你们二位有啥想法随时可以找我，更欢迎到省立米脂中学工作。 马先生呢，你是高级人才，一时我还找不到适合你的位置。"任县长说。

当马伯雄拿着马氏庄园给守河将士捐出的好几万块，令出身关中贫民家庭的任县长浑身一震。像这样的家庭出身，本人又是留学回来，马伯雄长期在米脂存在，对县长的位子压力山大。在上任伊始，任县长参加绥德专署会议，何专员给大家训话时就说道，日本人不可怕，可怕的是共产党，蒋委员长让大家来此地当县长，不是来吃干饭，是要大家与共产党拼个你死我活的。他觉得何专员的话，与建立统一战线有悖。就小心翼翼问，这样的话，统一战线还建不建？何专员当场大动肝火，说那是共产党提出来的玩意，和我们有屁的关系。

万仙如见任县长如此客气，道了谢，心想去不去米中，我要听组织的安排，而不是你说了算。

"任县长，我有几个建议说给你听。"见到如此亲民的县长，马伯雄激动起来，一口气把保护窑洞县城，修建织女渠等一揽子设想说出来，自然又得到县长的褒奖。当他挺着胸膛从县政府大院出来，感觉到处风和景明，神清气爽，街头的景象也是那么温馨与和谐。

"你们先暂住我家？"马伯雄问。

"你家在街上也有房子？这么多年了，你可从没说起过。"万仙如有些嗔怪道。

金秀看他俩有点犯迷糊，说假话吧，关系都那样密切了，万仙如又常年在米脂工作，竟不知马家在县城有房子？事实上，万仙如真不知道，在米脂那会儿，她要么住二中的集体宿舍，要么东躲西藏居无定所，压根不敢暴露自己的行踪。马伯雄也没住自己的马家大院。如今情形好了，政府成为国共两党的民主政府，八路军七一八团整团入驻了米脂，为共产党人和老百姓保驾护航。社会政通人和，两党联合抗日，许多人也再不用隐瞒身份了。

马家大院在盘龙山下，与李自成行宫一墙之隔，一进两开，有三个四合院，占地四五亩。门脸与其他窑洞四合院并无特殊，进了大门便是一个巨大的影壁，后面是坐北向南的主院，北房一排五间，前些年马老爷进城总要住上一些时日。东、西房是商行人居住，南房是客房。影壁东边的院子是光亮堂的商行，西边院子做着库房，也堆放些杂物。万仙如参观完马家大院，眼睛直愣愣了，喜形于色传到脸上，顿时满面桃花。马伯雄惊诧她的变化，可咋，像打了鸡血。万仙如问，能不能把西院出租给我。马伯雄说马家大院从不出租，但你想用就随便用，只要说清楚干吗用。万仙如说很快你就知道。她领着金秀打扫西院，金秀问，也不说。

几天后的一个下午，万仙如说有事出去，一个人来到城北的一个客栈里。过了一个多时辰，带着满载的五辆马车和十来个有老有小的男女，回到马家大院。

"仙如，你这是干啥呀。"马伯雄惊讶地问道。

"给你一个惊喜。看看，我搬来啥？"万仙如指着车上的一些钢铁"家伙"，带着得意说。

"这是啥？"马伯雄问着，不解中明显地不高兴。说是租房子，并没说搬这么多东西来，明显是不尊重人嘛。

"别误会，事情并没你想的复杂。我本来就是想给你一个惊喜，我们还要请你当纺织厂的厂长。"万仙如察觉到马伯雄的不高兴，忙解释道。

"厂长？你看我像个厂长？"马伯雄追问。

"咋不像？伯雄哥，你要是当了厂长，一定是最好的厂长。"金秀插话说，随口叫出的伯雄哥，把她自己也吓了一大跳。

"好了，啥也不说了，大家赶紧卸车吧。"马伯雄手一挥，招呼大家行动起来。

那天在邓总司令面前，马伯雄提出一系列发展构想，让一旁的万仙如心里泛起涟漪。她知道，根据地有的是人才，人民群众更是有革命热情，但缺经济发展的条件。万仙如回家见父亲长吁短气，大骂万向明。原来，毛纺织厂被炸后，心灰意冷的万掌柜看着兵荒马乱的社会，打算借机拾掇了厂子。万向明却与父亲南辕北辙，说要借机破旧立新，重建一个更大的厂子。父子俩争论不出子丑寅卯，万向明突然不知去向。父亲对烂摊子闷闷不乐。万仙如已对万向明彻底放弃，但对被炸的厂子却发生了浓厚兴趣。她背着父亲去厂子查看，又找厂里的技师崔师傅，对机器逐台进行受损评估。直接挨炸的是厂房，机器被厂房垮塌砸坏，但大部分还能维修。崔师傅说出这番话，让万仙如一阵窃喜，她心生一念，对崔师傅说了在米脂新建厂子的想法。孑身一人的崔师傅，对万向明的做派早看不惯，现在受万仙如邀请，自然不成问题。他联系了维修机器的两个技师，加上厂里原来的十来个工人，一股脑连人带机器全弄来米脂。在井岳秀执政的时代，别说这么多机器，就是一台缝纫机恐怕也算是违禁品，难出榆林城。万仙如找到邓总司令，坦诚在米脂办厂子的事，邓将军眯起眼睛，说两个字，放行。拿着通行证，他们一路畅通无阻来到米脂。

马伯雄得知万仙如的良苦用心后，鼓励说除榆林之外，方圆几个县还没这样的厂子，建起来前景一定不错，能为边区建设做出大贡献。马伯雄问资金够不够，建厂除启动资金，最多的是买棉花、羊毛等这些原材料，还有工人工资费用。万仙如说前期准备得差不多，找父亲借的，赚了给他还本，赔了算他的入股一风吹。马伯雄说厂子投产后，用产品进行周转，建立良好的信誉，也可赊原材料。

"我们当下最紧要的是？"金秀更加兴奋，问。

"机器维修的工作由崔师傅把关，眼下最当紧的是招工和买原材料。兵马未动粮草先行。棉花到关中地区收，羊毛要到蒙地收。"万仙如说。

"我们要给厂子起个好名字。"马伯雄说，想起风水大师马先生。

"是要取一个响亮的名字，让我们的产品在陕甘宁边区一炮打响，为抗日和老百姓的生活做贡献。"万仙如赞同地说。

"米脂纺织厂，不行，边塞纺织厂，好像也不咋的。"金秀随口连取两名，都不甚满意。

"'万合纺织厂'，你们看咋样？"马伯雄突发灵感，说。

"万合，万众一心，天作之合。好，这个名字好。"万仙如首肯道。

万合纺织厂进入开业准备之际，万向明也带新买的机器日夜兼程，躲过日本人的多次检查，千辛万苦回到榆林。走到原厂旧址，他立马傻了眼。被日本飞机炸得七零八落的机器不翼而飞，连技师和工人也不见了。一问，是万仙如做的好事。他立刻跳天缩地、咬牙切齿大骂，却是找不到万仙如的影子。

万向明破釜沉舟，决心再干一场。看着残垣断壁，他思忖拆除和新建需要很长时间，不如在城边租个地方。他通过生产机器的厂家，从西安请来几名技师，安装与培训新工人同步进行。不到两个月，产能扩大一倍的新万利毛纺织厂在榆林重现。万友善见儿子又真干起来，觉得要拿个态度，便拿出两万块钱作流动资金。在如何开张问题上，父子俩产生了分歧。万向明说老厂子被炸，这次要搞个隆重开工仪式，冲冲晦气，也想冲冲自己的晦气。万友善说现在是非常时期，还是低调为好，树大易招风，蒙头赚大钱。两人争执不休，开工时还是老子服了软，答应出面请商会的同人们捧场，其他任由万向明跳窜。

雄心勃勃的万向明，带着让新厂子财源滚滚、飞黄腾达的心愿，举行开工仪式。他在厂门口搭了一个硕大的彩门，临时搭起的台子也通身披红挂彩，十六根柱子缠满红色缎带，营造出红火喜庆的气氛。一大早，雇来的一把吹手、一把洋号队，和王老板的小曲班子，你方唱罢我登场，好不热闹。闹腾到正午开业时间，前来的嘉宾拢共有四五个，大小官员更是一个没有，万向明万分失望。 深感世态炎凉，心里诅咒这个看人下菜的社会，却还要打起精神强作欢颜，请本该站台下的嘉宾上了台，还象征性地剪了彩。 台下有十来个碎娃娃和几个敲打饭碗的讨吃人，万友善羞愧得恨不得找条地缝钻了，不住感叹有钱还要有势，当年井大人往这一站，不怒自威，自带威风，各方名流争先恐后，像苍蝇盯住了臭肉。 井大人要在台上放个屁，下面一定会说和春雷一样很好听。

在万响鞭炮和唢呐锣鼓洋号声中，万利毛纺织厂匆匆开场，又在瞬间结束。

万友善拄着拐杖摇着头，孤独地离了会场。 万向明强打起精神，领着所有人，到榆林城最高档的"醉仙楼"酒楼吃席。 平时进出酒楼的，都是挺着肚子的达官贵人。走出来的，不是迈着八字步剔牙，便是喝得跟跟跄跄扶墙的人。 今天奇怪了，走进去的人大多穿着工装，还有衣衫不整、补丁撂着补丁的。 原来，万向明订了十桌酒席准备大宴嘉宾，开业仪式弄个冷碟子，嘉宾没有几个，他一怒之下，把厂里所有人全部召集来，等于集体会餐了。

大家觥筹交错的场景，刺激得万向明把准备好签约的订单撕碎，去他的嘉宾，去他的订单。 他独自端起酒杯，痛饮起来。

"万老板，给您敬酒，祝我们的工厂，开业大吉，日进斗金。"几个技师排队给万向明敬酒。 他不看谁来敬酒，来者不拒，喝了一杯又一杯。

"万老板，恭喜恭喜，祝开业大吉。"一个戴黑色礼帽，穿黑色制服的人，用男低音厚重地说。

万向明缓缓抬起头，眼睛睁得圆溜溜的，一时竟说不出话来。

60

面对神秘黑衣人，万向明腾地站起，道："何副官。"

"是我，我是专程来给通天苑，给万老板的万利毛纺织厂道喜的。 给，这是我的见面礼，不成敬意。"何副官笑着说，递来一沓单子。

"订单。 保安团服，咋有这么多？ 敢问，何副官在哪儿高就？"万向明看了一眼单子，是陕西保安司令部和各县保安团的军服，吓得诚惶诚恐问，实在不知单子的真伪，会不会其中有诈。

何副官神秘地笑了，递来一张名片：

国民党陕西省第二行政督察区专员

何绍南少将

办公地址：陕西省绥德县

"是何专员，何少将，失敬失敬，请恕向明有眼不识泰山。"万向明再次起立，立正敬礼。

"别客气，都是自家兄弟，以后有事尽管说。"何专员大度地说。

"谢谢。走，我们进包厢里谈。"万向明说着，陪何专员走进包厢，好酒好菜伺候。做梦也想不到，自己并不熟络的何副官，摇身一变成了少将专员，这么大的官，还亲自送上门第一笔大订单。去他的嘉宾吧，你们加起来，也不如何专员的一个脚指头。他心里嘿嘿笑着，想起曾与人家打过的交道，就是猫捉老鼠。在八十六师司令部时，何副官与万星明并不友好，在提拔的事上，他被万星明截胡后，井司令安排他去省城另谋高就。三十年河东，三十年河西，这才过去几年，何绍南突然杀了个回马枪，摇身一变成了省里的国民党大员。

"万老板，新厂开业，流动资金一定紧张吧。我不仅支付订金，还要预付全款。"何专员放下酒杯，从口袋里掏出两张银票，说。

万向明激动地简直要哭了，那么大的订单还要预付全款，这生意世界上少有。啊——看了银票，他又要疯了，数额高于全款。万向明紧张起来，看着何专员笑眯眯的表情，思忖这一定是在挖坑，他究竟想干甚？"报告何专员，有一张足够了，这张您收好。"他把一张银票递过去。

"都拿着，你懂的。"何专员淡定地说。

万向明再看挂着神秘微笑的何专员，用眼睛似乎在说话。"懂了，我懂了。股份，给您足额的股份，不，您控股。"万向明说，想到了当年和井公子的合作。两人哈哈大笑，酒杯也"当啷"一声清脆地碰得欢快。

与万利毛纺织厂的门可罗雀相比，米脂万合纺织厂的开业，是门庭若市。

一堆机器经过拆东墙补西墙，组起了十八台纺机，又经多次调试后，终于全部上阵，咿咿呀呀作响，像是久病初愈的人，运行中不停地出现停机。机器能使用，足令大家高兴一番。崔师傅赤膊上阵，这边拆，那边修，拼凑起来很不容易。万仙如更忙，推迟了出外收购棉花的时间，她发动当地妇女会的姐妹们，先收购老百姓家储存的四五十担棉花，足够维持一阵子。

万仙如和金秀一到米脂，去西街窑洞里的县委报到，汇报工作和思想情况。 对她们的到来，县里十分欢迎。 组织决定让金秀先做纺织厂筹备工作，等米脂中学正式复学后去筹建米中党组织。 考虑到万仙如对米脂情况非常熟悉，又是久经考验的年轻老革命，中共米脂县委向上级党组织推荐她担任县委副书记，负责经济工作，并要求以万合纺织厂为突破口，带动全县其他行业的发展，以此总结经验，给边区政府建设提供参考。

万合纺织厂筹备就绪，万仙如与马伯雄的意见一致，请工人们吃顿荤汤饸饹，饭后，工厂正式开工。

"工友们，姐妹们，从今起，我们就成了一大家子，在这儿做工，为抗日战争的胜利，为边区建设的美好，做贡献。"万仙如见大家各就各位，便做了简单明了的开场白。

崔师傅早已无数次演示过操作要领和安全程序，开工前，他再次给大家示范。 主管金秀熬了几个通宵，定出了一套规章制度，逐条给大家宣读和讲解。

轮到马伯雄了，他说："对我们厂来说，今天是个好日子，这就像一个初生的娃娃，脱离了娘胎来到了人间。 从今往后，万合纺织厂就要拜托诸位了。 下面，我宣布，万合纺织厂正式开工。 崔师傅，请拉闸。"

"等一等。 马先生，你们开工这么大的事，也不通知县政府，不够意思吧。 我带各位同人前来祝贺万合纺织厂开工大吉。"任县长人未进门，朗朗的声音传来。 从门外看去，不少政府的人，抬一块烫着"万合纺织，兴业边区"金字的大匾。

"区区小厂，不敢劳烦县长及诸位的大驾。"马伯雄客气道，说着领任县长一行参观厂子。 他不解，悄悄开工，咋这么多人知道？ 其实，消息是工人们说出去的，一传十，十传百，半天就传遍小小的米脂城。

县政府的人多来自农村，大家见电闸一开，飞转的机梭带着织机上的布匹缓缓上升，仅一会儿就织好了半寸，纷纷称奇。 任县长来自省城，去过西安的大纺织厂，但见过更大世面的他满脸堆笑，对小儿科般的设备也赞不绝口，表扬说马先生开创了米脂县现代工业之先河，定能载入米脂地方志。

"马先生，米脂商会前来祝贺。"一群长袍短褂的商人，走在门外就开始嚷嚷。 他们的后面跟着社会各界名流。马伯雄仅有一小部分人认识，商会艾会长给他逐一介绍，场面其乐融融。

万仙如和金秀不认识这些商贾大亨，就在一旁张罗着端茶倒水。大门二三十丈开外，马老爷和常管家微笑着，注视着这边的一举一动。

"老爷，给您道喜，公子做起马氏家族的第一家实业，必定马到成功。"常管家说。

"现在看着红火热闹，就是不知未来能否可期。"马瑞琪笑眯眯说。儿子慰问河防两军将士，一走就是几个月。先前回来的马拥护说，马伯雄独自去了府谷慰问。马拥护讲述前线的战事讲得天花乱坠，说炮弹和下雨一样飞来飞去，渡河的鬼子近距离能看清眉眼，到处都是枪林弹雨，形势如此吃紧。队伍长官认为自己年纪太大，遇到危险跑不过炮弹，就硬逼回来，还留下了记号。他摘下礼帽，吹嘘说要不是身体硬朗，飞起的土疙瘩就会开了自己的瓢。马拥护的话，大家当作笑话听，马瑞琪却是越听越紧张，不知儿子多么危险。后来是榆林马家粮店捎回话，说马公子被高双成师长留下做日语翻译，他的心才得到放松。榆林城毕竟是后方，高将军又不是井岳秀。再后来，米脂店里说马公子回到城里筹备万合纺织厂。马瑞琪踏实了，已竣工的书苑让他亦喜亦忧，喜的是建筑真如儿子所说，是陕北乃至中国第一，忧的是那么大的院，却交给了一把锁子，再不住人的话，一两年院子里就会杂草丛生。天气渐冷后，他听从了常管家的建议，搬进了书苑里。和老宅相比，书苑住着果然舒服惬意，只是没有人气，长期下去，在百年后，这里会成后人的参观地。从准儿媳樱花意外摔伤退婚，他的心境逐渐平和起来，顺其自然就是顺应天道，命中注定的无，就无法强求的。儿子一天天大了，但总归还算年轻人，让他去再折腾吧，也不枉来人世间一遭。他要常管家盘点庄园里储存的棉花，发现还有几担，就拿了一万块钱，一并送纺织厂。马瑞琪倒是希望能入股纺织厂，机械化织布提高了劳动生产率，一定能大赚一笔，但他心知儿子肯定不会同意，提出要求可能被拒，何苦要自找尴尬呢。

"父亲，您也来了，咋不请进来给我们指导指导。"马伯雄见到站在门外的父亲，眼前一亮说。马老爷拒绝了儿子的邀请，说我们站这儿，欣赏人来人往的热闹，更是舒坦，并说你弄起这么个厂子，真心说不错。

马蹄声"嗒嗒"由远而近，从几匹高头大马上下来几个军人。"请问哪位是马伯雄，马先生？"一位气宇轩昂的国字脸军人，客气地问。

"是我，你们是？"马伯雄从容地答着，反问。从军人的帽徽和臂章，他看出是八路军，只是不知为何事而来。

"马先生，这是我们八路军七一八团的丁团长。"旁边的一个军人介绍说。

"丁团长，久仰久仰，我知道贵团是驻扎在河西。"马伯雄说道。

"马先生客气了，今天你们万合纺织厂开工，我是来送礼的。"丁团长微笑着，说。

送礼？马伯雄受了一惊，连刚移步的马瑞琪也是一惊，支棱起耳朵。

"我们要送你一份大礼，一次性订购一千五百套军装。"丁团长认真地说。

"一千五百套。"一旁的万仙如和金秀高兴地相拥着，说。

"太好了，感谢八路军给我们万合纺织厂送来的第一张订单。丁团长，八路军订购军服，我们全部按成本价，绝不赚取一分。以后其他订单，我们赚取的利润里面，除正常开销外，也是一分不留，如数捐给边区政府。这些账务完全公开，有关部门可以随时核查。"马伯雄庄重地说道。

"看来我们是走对了地方。马先生，带我们参观学习一下，看看军民团结一心，共同抗日的成果。"丁团长说着，要马伯雄领进厂里参观。

"老爷，您听清楚了，公子这是图的甚，办厂子不为赚钱，还办个甚？"听到两人的对话，常管家问马瑞琪道。

"天要下雨娘要嫁女，反正不用我的钱，他想干甚就干甚吧。"马瑞琪自言自语道，心里想，儿子不是败家子，想咋弄就去弄吧，说不定儿子是在下盘大棋，因为他的境界比自己要高。

丁团长另有一事找马伯雄请教。部队进驻河西后，驻地处是一个河湾，成片的滩地，要么被太阳暴晒，干旱龟裂；要么被山洪河水漫灌，泛滥成灾。团里决定在河滩地上做文章，解决官兵们的粮食和副食供应问题，减轻政府供给方面的压力。丁团长提出改变"有水是汪洋，无水一片荒"的局面，要旱地变为水地。部队上大多是农家子弟，种庄稼可以，对修水地的技术活是外行，来自旱作地区的士兵，甚至连水渠也没见过。团里还是矮子里选将军，选了十几名种过水地又挖过渠道的"土专家"，大家跑前涉后勘察了几天，合计出整治回水湾的方案。七一八团的主力两个营守望在黄河边，这里仅住团部和一营。开工后，各连均分了任务，轮番开始上劳。一连负责砍树制作柳桩，准备柴草；二连负责平整土地；三连在河边打柳桩，放柴草霸河。团预备队和团部活不多，但技术含量高，是在地块上挖水渠，天旱时使得水放进来，下雨时能把水口封住。官兵们经过两个多月的奋战，开春前完成了全部施工，深翻土地，上了肥料。 老天爷也很给面子，谷雨前的一场春雨下了个饱，近五百亩地全部按农时入种，出苗、拔节，雨水下得恰到好处。 就要孕穗了，炎热的天气，干旱来了，新修的土渠有了用武之地。 闸口打开后，无定河水在渠道里流了一小段，却停下不动了，现在庄稼旱得快着火了，水却纹丝不动，只得组织官兵挑水。 他们到处打听水利专家未果，有人推荐了马伯雄这个建筑专家。

八路军自己动手修了水地，马伯雄顿时感到汗颜。 前几个月，省城传来消息，说织女渠修建的事，杜先生跑得有点眉目，估计很快要落地。 人家八路军是打仗的部队，却主动修渠修地，要自给自足。 这事要不是亲眼所见，马伯雄打死也不会相信。 古往今来，军队的吃喝拉撒是老百姓供给的，八路军却自觉解决，单从这事看就像他们宣称的是人民的军队，老百姓的子弟兵。 马伯雄对丁团长和七一八团的全体官兵，肃然起敬。

这五百亩地是河湾地，宽阔的无定河在这儿转个弯，向东把河水汇聚急了，河道突然变窄，给西岸的河床空出宽展展的一大片。 本该是庄稼绿油油的季节，现在望过去泛出的是冬季才有的枯黄。 土渠大概有一百多米长，渠道入水口在河水转弯处。 马伯雄带着测量仪器，从北向南一段段测量，找到了问题所在。 肉眼看，土渠北高南低，上仪器测量却是南高北低，拨拉开水口，流过二三十米后，便流不动了，出现了内涝还可能会倒灌。 丁团长问有啥办法？ 马伯雄说自己不太懂水利，不过常识告诉他要在渠首建提水工程，这是要算洪水账的，需按当地的水文资料来设计。 见说得丁团长有些沮丧，他安慰说这一段渠道，省里的水利权威李仪祉先生已做过设计，还命名为"织女渠"，说不准就要开工。 我们等待好消息。 丁团长说但愿如此。

61

拿到丁团长的订单，万合纺织厂开足马力生产。 马伯雄、万仙如和金秀做了具体分工，金秀组织万合纺织厂的工人，加班加点织布；马伯雄跑县里几家染坊，联系染布。 万仙如找来两名裁剪师傅，但是缝纫力量不足。 能用的缝纫机仅有两台，大量需要人工缝制。 米脂婆姨是陕北有名的巧媳妇，手工制作精良，万仙如组织婆姨们缝制，也能创收，补贴家用。

这时候，县政府传来好消息，省里织女渠修建工程队来了，跟着他们的还有建设资金。工程总指挥是李仪祉先生的助手李工程师，他与县政府对接时，指名要马伯雄参与建设，说是杜先生和李厅长的指示。

县政府人员找到马伯雄时，他正在潘记染坊的大染缸旁，参考着一套延安大厂制作的新军装调色。精益求精，力求做到完美，这是他对待任何事情的态度。听说织女渠要开工了，他激动地连说好事，连衣服也没有换，穿了沾满星星点点颜色的旧衣服，径直来到县政府。

"马先生咋是这副打扮？"李工程师打量着马伯雄说，有点不敢相认。上次在省城见的马伯雄，一副衣冠楚楚、风流倜傥的样子，回米脂咋变成这般模样。

"李工程师，终于把你们盼来了。"马伯雄一眼认出李工，忙伸手相握，也不做解释。

他们热情地寒暄，被冷落的任县长心存芥蒂，这么大的项目落地米脂，却与县政府和他这个县长关系不大。你既如此，我就那般。他拿定主意，请李工程师独自去漾打吧。李简明扼要提出几件具体事情，需要县长协调解决。一是渠道建设要占用上百亩土地，需另找土地给被占户进行补偿；二是渠首取水工程，石方开凿量很大，还要淹没两户人家的房子，需赔付搬迁的资金，工程预算里没这笔费用，请县政府想法支付；三是工程全面铺开前，需要大量的能工巧匠，特别是最艰巨的一千余米隧道工程，需要的好石匠更多，但给他们的报酬可能少一些；四是要动员受益区群众积极投劳投工，做不到以工代赈，最多一天能管民工一顿饭；第五……

李工程师一口气讲的十来个问题，每一个都具体实际，显然他们早对项目摸过底。摸底时为啥要给县里保密？几十万建设资金为啥不拨付地方支配，而由他们工程队直接支配？麻烦事来了，要推给县政府擦屁股，撂下烂事来捉人，任县长想着，气越来越不打一处来。

"上面所有的问题，归根结底一个字，钱。我给大家透个底，这么宏大的水利工程，省里拿出的仅仅三十八万，这也是尽了最大的努力。这些年，全省水利项目落户陕北的，织女渠是第一个。这与杜先生和李厅长分不开。项目来之不易，大家要倍加珍惜啊。任县长，您说是不是？"李工饱含热情，说了一番话。

"织女渠项目，我在省政府教育科时就接触过，是和马伯雄先生一起。正如李工所讲，项目来之不易。首先我代表米脂的父老乡亲，对省府对米脂的关爱深表感谢。"任县长站起来，对李工程师和工程队的其他人深深鞠躬，坐定后继续道："鄙人到米脂时间不长，有些情况很不熟悉，刚才李工所说的问题，个个具体详细，说明你们把底摸得很透，让我这个县长汗颜呐。 至于那些问题咋样解决？ 还容我调查了解一番，再做决定。 表个态，对这项利在当代，功在千秋的伟大工程，我与政府全体同人，定当全力配合。"

任县长不痛不痒的表态，让李工有些失望，他调转了话题，说："给工程队的同人们，介绍一位建筑专家，马伯雄。 他是织女渠修建的发起人和总顾问之一。"李工程师指身边的马伯雄，介绍道。

"感谢大家，感谢李工。 任何一位经历过民国十八年大旱的陕北人，都深知水对人类生存的重要性。 水利工程就是救命的工程。 今天，省里送这条织女渠给我们，这是米脂人修来的福。 我能参加这项工程修建，也是我本人修来的福。 没说的，豁出命来干，让织女渠早日建成，早日造福米脂。"马伯雄动情地说。

如果说刚才李工的讲话，令任县长不满的话，不知算哪根葱的马伯雄跳出来，还喋喋不休地喧宾夺主，让任县长的情绪低落到极点。 三民二中的恢复和织女渠的修建，是米脂政治生活中的大事，也是新任县长妥妥的政绩工程，却与马伯雄沾了边，反倒弄得堂堂一县之长啥也不是。 哼，让我这个傀儡给你们协调掏钱，我姓任的傻啊。

"李工，你们前期工作做得真是扎实，问题也摸得准，佩服。"会后，马伯雄对李工夸赞道。

"必需的。 马先生，你觉得今天县政府的会，解决了啥问题？ 我发现一个问题也没解决。"李工问。

"是的，问题提出了，县长的讲话热情洋溢了，仔细盘算却没一条落实。"任县长说容他调查一番，就不知这一番是多长时间？

"知道我们的人下来摸底为啥没找县政府配合吗？ 如果找他们配合，一个礼拜能完成的工作，他们介入了，恐怕一个月也完成不好。"

"你们准备开工吧。 我表个态，请李工和工程队大家放心，那些问题，有我马伯雄在，就影响不到工期。"马伯雄胸有成竹地说道。 他之所以敢这么说，是这些年的经历悟出一个真理，能组织发动百姓的事，前些年靠的是乡绅，现在要靠共产党组织和万仙如这样的共产党人，她们，能一呼百应。

"恭喜你，也恭喜米脂人民，渠道修好能旱涝保收，再不会出现妻离子散、卖儿卖女的人间惨剧。"听到织女渠将要开工的消息,万仙如对马伯雄热烈地祝贺。 她知道,马伯雄为之付出了努力,这也是他心中的梦想之一。

马伯雄说别急着恭喜,摆在面前的难事有一河滩呢。 他拿出笔记本,一道道说出来。 万仙如听完,逐个分析了半天,说放心好了,有米脂县委和米西区委,这些问题定能迎刃而解。

中共米脂县委成立了织女渠特别协调小组,由万仙如担任组长,米西区委书记担任副组长,织女渠沿线涉及的各村苏维埃主席为成员。 作为顾问,马伯雄参加了协调会议,让他大开眼界。

"同志们现在开会了。 抽烟的尽管抽,喝水的继续喝,不过都要竖起耳朵,听。 误了事,可要拿你们是问。"区委书记的开场白别开生面,很接地气。"下面请织女渠修建顾问马先生来布置任务。 大家欢迎。"

"先生们,我不是布置任务,是说困难……"马伯雄的开场白,突然卡壳了。 面对吸烟的、抠脚的农人们,他觉得称先生很好笑,又不知准确地该称呼啥。"请大家来,就是看着解决这张图上的问题。"开会前,按照李工提出的问题,他沿着无定河跑了两天,将问题全部落实到图上,这会儿他开始逐个讲解。 只有能工巧匠的事没提,因为工匠大都出在河东,他的心里有了人选。

"大家清楚了吧,我们一个个来解决,先说渠首的。"马伯雄讲解完,区委书记说。

"渠首的事好办,咱就来个凉拌。"一个胡子拉碴的中年人说的话,令大家捧腹大笑。 他是渠首那村的主席,拍着胸膛"咚咚"作响。 他说我们村不就是要搬迁两家人? 这里给大家保证了,会散了就落实,一个礼拜后,拆房。

咋不问主家,就能把人家的产权随意处理了,马伯雄觉得不可思议,瞪大眼睛问:"主席,你不能不问青红皂白,就在这儿大包大揽,拆房子是大事,必须经主人的同意。"

大家哈哈大笑,说他说了就能算,因为一家是他家,另一家是小舅子家。 拆自家的房这么大的难题,就在谈笑风生中迎刃而解。 马伯雄觉得不可思议,问主席,你的房子拆了还有其他房子吗? 主席说没有。 那拆了哪里住? 主席说简单,跟着共产党分了地,有了粮,现在又修渠道,别说拆房,就是挖祖坟,听党的也没错。 马伯雄被深深打动了。

修一道渠,要占用上百亩滩地,可想而知织女渠的渠道有多长,修好会有多少人受益。 这个浅显的道理，农人们都懂得，凡被占用地的村必定就是受益村，他们高兴还来不及呢，所以占地也得到一致同意，且决定渠道修到地里时，不用给任何人打招呼。 未被占地的主席们才沮丧呢，愤愤不平地问马伯雄，为甚渠道不过自己村？ 马伯雄说这次资金不足，等以后有钱了定会延伸下去的。 他安慰着大家，为这些朴素的农人们，对土地的情感，有着大彻大悟的理解。

有了冲天的热情，就没干不成的事情。 刚刚宣传要征用修渠的劳力，沿线的农人们争先恐后，都想让渠道在自己的地盘上多走几丈，能多浇几分地。 吵嚷不休中，区委书记又给大家协调，定了规矩。

一个会议，把那么多的事弄妥，马伯雄觉得不可思议。 他对万仙如说，今天我才知道啥叫众人拾柴火焰高。 万仙如问，你说火焰是从哪儿来？ 见马伯雄摇头，她说有最重要的两条，一条是共产党是人民的政党，做事的出发点，是为普天下劳苦大众；其次是土地分配到户的力量，直接牵动着他们的根本利益。 这儿还是国共共管区，有机会我们去延安看看那里的政治清明和老百姓的安居乐业。

万仙如的话，引发马伯雄的浮想联翩，没收土地涉及的地主毕竟很少，而分配到土地的人是大多数，这样的政策受绝大多数人的欢迎，那是必然的，这也正是共产党为天下老百姓当家做主的宗旨所在。

李工要的能工巧匠和优秀管理者，马伯雄留给李胡子、李四等建过书苑的人，相信织女渠他们保险能漂亮拿下。 回马氏庄园找人前，马伯雄在万合纺织厂买了两块布料，说了父亲和姨的尺寸让缝纫师傅算好。 父亲见到布料很是高兴，说这洋布比土布织得匀称，姨更是高兴地说，布料好颜色好。 老两口齐声谢了儿子，姨又去忙活，做马伯雄最爱吃的扁食了。

马伯雄来马车队找李四，经济不景气，动工修建的家户少了，自打艾土地一走，闲来无事的李四接过马鞭，成为庄园里的李把式。 马伯雄说了织女渠开工的事，渠道虽是土渠，但渠首和几个放水闸等主要部件用石方。 李四十分高兴，说自己没麻达，就看常管家放不放。 马伯雄说这个你不管，他又问李胡子在哪儿？ 想叫过去领料工地。李四面露难色，说试着找找，因为自己好久未见了。

吃过晚饭，马伯雄与父亲坐一起，有一搭没一搭地拉话。 他说了织女渠开工的事，父亲两眼放出贪婪的光芒，说那么多的滩地要变成水浇地，真是羡煞河西的人。也就一下子，眼里的光又变得黯淡起来，说不过也没甚意思，放过去起码赶紧买上三五十垧水地，而今没有这个冲动了，这个世事，土地到头来还不知好活了谁。 马伯雄说："世事的确变化太快，这样发展下去，过不了几年，人人都是土地的主人。""人人是主人，那土地等于没了主人。"父亲说。 马伯雄说，"那个时候，只有国家才是土地的主人。"父亲说，"大半辈子过来了，安居深山不怕变革，就怕自己的坟头没了烟火。"马伯雄知道在暗示自己婚姻的事，安慰说父亲大可不必担心，现在活得身体健康，百年后保险坟头杂草全无，且光溜溜圆。 父亲大笑起来，连姨也听得抿嘴偷笑。

"马老爷好，马公子，你找我？"门口站着个人，浑厚的中音因为发声太低，听起来像从音箱里发出的一样，嗡嗡作响。

马老爷向门外看去，身子抖了一下，差点从太师椅摔下来。

62

让马老爷受到惊吓的，是站门口的李胡子。 他头戴镶嵌着红五星的帽子，身着灰军服，最令人胆战心惊的，斜挎一支长枪。

"你有出息了，吃上队伍的饭。"马老爷意识到刚才的失态，打起精神不咸不淡地说，算是打招呼。 面前这人是个极其危险的人物，他想提醒儿子，少跟这样的人打交道。 当然，这样的人利用好了，会效犬马之劳的。 儿子修书苑时，这人领料工地，倒是有板有眼。

马伯雄给李胡子倒了杯茶，说了修织女渠的事，要推荐他去领料。 听说要修织女渠，李胡子打心眼里高兴，是纯粹发自内心的高兴，是农人对土地那种深厚情感的高兴，他说能亲自参加修渠，功德无量，可就怕自己走不开。 马伯雄说有啥走不开的，说完又后悔，看人家的穿戴，是组织里的人，入了组织，身子就不能自主了。 他望着脑门熠熠发光的李胡子，想连这样的人，进了组织也被教育得服服帖帖，可想而知，共产党组织的厉害和强大。

李胡子的确很忙，在吴起镇提出加入中央红军的申请被拒后，心情非但未沮丧，反倒反思起自己来。 万仙如要他在灵魂深处闹革命，做一个纯粹的革命者，为党的工作干出实绩。 回到米脂后，他参加了陕北红军游击支队，配合中央红军打了几次胜仗，同时在米东地区各乡村，协助苏维埃政权巩固成果。 其他村里被分了土地和财物的地主，喊叫杨家沟那么多地主，你们为甚不敢动他们，却来欺负我们小家小业的人家，是不是共产党也欺软怕硬？ 李胡子也觉自己理亏，但至于为何不再次分马氏家族的土地，他不懂组织的意图，但从内心里他是不想动手的。 马伯雄是他的救命恩人，让他动手是迈不过那坎。 万一哪天组织命令他，带人去分马伯雄家的财产，自己下了下不了手还是两说。 今天见到马公子，就借机劝劝，让他早做准备。 到了那时，你情我愿，和平共处。

"公子最近可好。 听说你在城里开了纺织厂，恭喜恭喜。"李胡子说，心里想着开门见山，说出来还是拐弯抹角。 见马伯雄诧异地看着他，李胡子腼腆地笑了，低头又说："马公子，你说是城里好，还是乡下好？ 我觉得咋说也是城里好。"

"咋问这个？ 是不是下一个问题就是，日本好还是中国好？ 哈哈。"马伯雄说笑道，自己眼里的李胡子，从不是这样。

"是这个，我也不会说，你知道我忙甚着？ 不怕公子笑话，就是在分你们这些有钱人的土地。 四处跑，柳家洼，三道沟，玉家湾，他们的土地分了精光。 党的政策是，先划定七种阶级成分：地主、富农，富裕中农、中农、贫农、佃农和雇农，再没收地主和富农的土地，鼓励富裕中农自动献出，中农的不动。 分地嘛，佃农和雇农分好地，参加革命的地主子女和拥护苏维埃政权的地主也能分地，还有，单身汉可分两份。 政策老多了，我这脑子一下子记不全。"李胡子说着，戛然而止，因为看到马伯雄在奇怪的笑着。

"难怪你忙，干了这么多的大事，革了多少地富的命，请继续说。"

"公子，别误会，我的意思是，我就直说了，看看革命的形势，像万老师用诗歌形容的，野火烧不尽，春风吹又生。 马氏庄园分地上次弄得消停了，不过我估摸迟早又会烧起来的。 还是早做准备，你们马家的七十二堂，妥妥的都是地主，像你们家就是豪绅。 你有文化，学点党的政策，好。"李胡子说着这个，但不能说米东区委早把马氏家族进行了秘密摸底。

"谁是我们的敌人？ 谁是我们的朋友？ 这个问题是革命的首要问题。 听说这话吗？"马伯雄问。

"敌人，朋友，革命。 这是你想的吗，咋这么亮堂，一句话就把革命说全了。"

"我哪有这本事，这是你们共产党的领袖，毛泽东说的。"

"你还看毛主席的书？ 哎呀，我就说，你们文化人有眼头见识，前三后四考虑得周全。 放心了，我彻底放心了。"李胡子说，那茂密的胡子，也舒心地笑了。

织女渠如期开工。 站在渠首拆了房子的地上，李工直夸马伯雄厉害，陕北人民厚道。 马伯雄说这和我没关系，是共产党的号召力强大。 李工眨巴眼睛神秘地看着他，用手比画八字，问你不会是这个吧。 马伯雄哈哈大笑，说你看我无缚鸡之力，人家会看得上我？ 李工说在渠尾驻着一支八路军，最近军人好像增加了不少，他们不会来工地捣乱吧。 马伯雄哈哈大笑，说百闻不如一见，改天带你去见见他们。

"马公子，我来报道。"一身便装的李胡子，精神饱满地扛着铺盖卷，带着几个人走来，说。 和马伯雄谈话后，李胡子向组织提出了参加织女渠建设的请求，获得组织的批准，还要他在建设之余，宣传党的政策方针，积极发展党团员。

"你不是……，好，欢迎欢迎。 李工，这就是给你介绍的工程管理，石匠李四的哥哥。"

"李四的哥哥一定是李三吧，欢迎加入。"李工扶扶眼镜，高兴地说。

"那么忙，你咋能来。"马伯雄走到李四跟前，悄悄问。

"那天回到支队，我把这的事一说，你猜支队长咋说的，修织女渠对米脂百姓来说，是十万火急的大事，部队理应全力支持，最近部队又新接了十几个兵，力量壮大了。 你可以去支援。"

李工说："你们嘀咕啥，李三，你当的是不赚钱的工头，不会不满意吧。"

"满意，满意，为家乡建设水利工程，我一万个满意。"

安顿好李胡子他们，李工和马伯雄巡查工地。 河岸沿线全是黑压压的劳力，他们挥汗如雨，挖渠道，平整地。 李工说这些人的干劲真大，倒逼我们的进度。

"看这架势，你是打算全线开工？"

"是的，我把带来的人马撒开了，分段负责放线，严格把关。 这样能有效缩短工期，早日让米脂百姓受益。 这是我老李四十年水利施工中，前所未有的。"

"谢谢你，李工。"马伯雄真诚地说。

"谢啥，我已成了米脂的一员，织女渠也有我的一分子。"

"对对，欢迎我的米脂老乡。"马伯雄连忙说。

"摊子铺得大了是好，不过也担心，这喜怒无常的无定河，漂移不定，或深或浅。根据有关水文资料和我们实地走访调查，洪水期最大要有好几百个流量。 织女渠工地拉开这么长，万一遇到大洪水，极有可能引发连锁反应，后果不堪设想。"

"有没有应对办法？"

"办法是有，我们该准备的也备好了，一般的洪水可以应对，就怕五十年或百年一遇的大洪水。 但愿，我是杞人忧天。"

夜深人静，"咔嗒咔嗒"，织布机好听地响着。 北院的葡萄架下，马伯雄和万仙如听着悦耳动听的织机声，欣赏着一轮圆月。

"伯雄，厂子开工几个月，你知道织了多少丈布？"万仙如问。

马伯雄实在不知厂里的情况，投产没几天，他全身心地投入织女渠的建设。 这样的花前月下，岁月静好，对他们而言简直是梦中的奢侈。

"没有侵略，没有战争，中华民族其乐融融，一心一意过好日子，是多么美好的期盼啊。"

"对，与心爱的人在一起赏月，葡萄美酒夜光杯，这样的浪漫完美的人生。"万仙如扑闪着长睫毛，陶醉地说。

皎洁的月光朦朦胧胧地，洒到她浓密黑亮的头发上，是那样流畅和顺。 安详与宁静中，马伯雄如醉如痴地看着，自言自语道："真不知谁会有福气，能与你一起赏明月，喝美酒？"

"难道还会另有其人？"

"估计有吧！ 你畅想的场景是到了没有战争，岁月静好的未来。 可是，当下差距太大。"

"马伯雄，让我说你啥好。"

"说实在地，仙如，人生虚空而短暂，真想在有限的生命里，好好地爱人，或好好地被人爱，一起享受生活，挽手走向黄昏。"马伯雄无限感叹，说。

"这一天会来的。"

"就怕这一天遥遥无期，真来了，我们也老了。 听，啥声音，那边还有闪电。"

"遥远的雷声。 西北方向，云层黑压压过来了。"

"二八月的雷，不空回。 一会就是暴风骤雨。 不行，我得去工地上看看。"马伯雄想起了织女渠工地，说。

"我也去。"

平静流淌的无定河，水面镜子般明亮，月光投射到水面上，一会儿星星点点，一会儿又是波光粼粼。 马伯雄和万仙如匆匆来到渡口，河边放着一叶小舟，河面上一条粗壮的麻绳，从河东的柳树拴到河西的大槐树上。 过河的人扯住麻绳，左手倒右手，右手再倒左手，用手的力量，牵着脚下的小舟渡河。

"伯雄，咋扯了半天，小船还是不到岸。"万仙如拉着越来越吃劲的绳子，觉得今晚不对劲，问道。

"还真是，水里的星星也不见了，水流越来越快。 上游发了洪水，一定是。"马伯雄说。

河水越来越湍急起来，"使劲拉，一二三，一二三。"两人喊着号子，齐心协力，好不容易拉到西岸，浑身大汗淋漓。

"洪水来了，按地段沿河撒开巡查。"离工棚老远，听到李工的声音，更多人飞快地传递着命令。

马伯雄知道，就是工棚里所有的人加起来，也就几十个。 义务工都是附近的农人，住在沿河岸老远的半山腰上。

"马先生，你们咋也来了？"李工问道，神情很是着急。

"无定河涨水了，这里工地有问题吗？"马伯雄问。

"渠首那边没大问题，就担心沿河的土渠，柳椽和沙袋没有到位，有些地段未采取任何加固措施，要是冲开口子，洪水冲了进来，前面的工作很可能前功尽弃。"

"李工，不好了，我们那段渠道，河水快漫过堤了。"李胡子老远喊着，脸上挂着水滴，跑跟前还摔了个大跟头。

"轰隆隆""咔嚓"，头上的炸雷一个接着一个，短暂的闪电中，能清晰地看到，河水翻着一个又一个波浪，冲刷着河堤。

"赶紧装沙袋，不要让水翻上来。"李工有条不紊地指挥着大家，说。

"哗啦啦"，倾盆大雨从天而降，渠道里产生出径流，刷拉拉流淌起来。 沙袋投进河里，飞溅起无数的水花，沙袋却被水冲走了。

"李工，这边进水了。"是李胡子的声音。

"把袋子集中投过去。"

"伯雄，这雨越下越大，就我们这些人，投沙袋恐怕不是个办法。"万仙如偷偷问马伯雄说。

"那你说咋办？"马伯雄问。

"七一八团不是驻得不远，我找他们去。"

"行吗？ 人家是驻防的八路军，能管这事？"李工接过话，不以为然说道。

"咔嚓"，又一个炸雷响过，他们看见远处隐约跑来很多的人。

"你们看那边。"马伯雄说。

说话间，那群人跑到了跟前，"马先生，我们把部队全拉来了，分配任务吧。"

说话的是浑身被水浸泡的丁团长。

"丁团长，刚我们还说到了你们。"马伯雄说。

"决口大了，李工，我们咋办？"李胡子大声喊叫。

"同志们，快去堵决口，冲——"丁团长一挥手，带着士兵们冲向前面，把李工和马伯雄晾在身后。

汹涌的洪水打着漩涡，朝着扁窄的土渠里凶猛地涌了进来，渠道被水挤压后发了疯，横冲直撞将土渠冲得七零八落。 更多跃跃欲试的洪水，开始变本加厉。"一营长，让一连跳河堵决口，二连装沙袋。"丁团长下达了命令。

又一个闪电，将大地照得一片煞白。 借着短暂的光亮，丁团长纵身一跃，跳进湍急的河水中。 紧跟着，是无数的"扑腾"飞溅起无数的浪花，李胡子、李四等人也跟着跃入水里，军民们手挽着手，组成两道人墙，阻挡着肆无忌惮的洪水。

"伯雄。"万仙如轻轻碰了看呆的马伯雄，递给他一把铁锹。 万仙如张开沙袋口，马伯雄将沙子铲进去。

铁锹飞快地舞动，沙子不停地投进水里。 官兵们的身后，渐渐出现了一堵用沙袋垒起的高墙。

淅淅沥沥的雨变得滴滴答答了。 等到东方泛出红光，暴雨彻底停了，红光映照在大家的脸上，红扑扑的，灿烂无比。

马伯雄与万仙如对视着，马伯雄突然记起了啥。

63

太阳从东边探了头，顿时霞光万道，无定河上空现出了一道横跨东西的绚丽彩虹。马伯雄与万仙如对视而笑，他们无数次看了不一样的太阳初升，唯有这次堪称百年罕见。

"李工，给你隆重介绍，这位是八路军三五九旅七一八团的丁团长。"马伯雄说道。他曾说过带李工拜见丁团长，一直未能兑现。 昨晚雷鸣电闪、倾盆大雨中，丁团长带着官兵，冒着生命危险在水里堵决口劳累大半夜，这种别开生面的见面方式，令人永生难忘。

　　看着浑身湿透、与工地上民工无异的丁团长，李工心生仰慕，发自内心道："丁团长，从您和您的官兵之壮举，让我看到共产党八路军，是老百姓的大救星，是国家和民族之希望与未来。"

　　"李工客气了，其实，我们只是分工不同而已，目的都是为打败日本帝国主义，让全国各族老百姓过上好日子。 我们也有事请大工程师帮忙。"丁团长客气地说道。

　　"快请讲。"李工说，能为一支子弟兵出力，是他莫大的荣幸。

　　丁团长领李工和马伯雄到他们的滩地，探寻能不能将延伸织女渠，让五百亩旱地得到灌溉的问题。 李工说织女渠最初的设计是能到这里的，甚至要是通过三级提水工程，输水比这里还要远上十几里。 但现在的建设规模是跟着投资走的，特别是再延伸下去，就不是挖渠那么简单了，因为水的比降不够，需要建提水工程。 丁团长说要投资我们没有，但我们就有劳力，你看？ 李工沉吟了一会儿，还是摇头，表示一时很难实现。 丁团长问一点办法也没？ 李工拿出图纸比画了半天，说唯一的办法，就是在这儿建个简易蓄水池，把河水提到池子里，实现自流灌溉。 丁团长高兴了，问咋提水？李工说一般来说是用抽水机提，但这实现不了，提水是需要动力的。 你们不是人工充足，那就用人工，反正是"救命水"，一年浇不了几次的。

　　"没麻达，我们的战士有的是力气。"丁团长说。

　　旁边的马伯雄，听着他们的对话，浮想联翩。 李工是关中人，丁团长是湖南人，两个外地人为造福米脂，殚精竭虑，呕心沥血，这样的事除了发生在共产党和八路军身上，谁还会做？ 想着，他的脑海里冒出一个想法，给丁团长送个礼物，制作一台水车。

　　水车又叫孔明车，是三国时期发明的。 马伯雄在日本的稻田里见过。 他知道水车的工作原理，是将车的下半部置于水中，上半部逆流而转，用人力或畜力驱动。 他对李工说了自己的想法，李工说理论上可行，但他也未见过，你是设计大师，可以一试。马伯雄说水利工程使用的工具，我心里有些发怵。 李工说我们两个一起做。 马伯雄把自己关在家里，凭着对水车的记忆，用几何学、材料力学、建筑力学等知识，并随时请教李工流体力学，进行应力计算，画出几张草图后，调来精于雕刻的李四。 李四研究了半天图纸，问了一些问题，说要找个木匠助手，这活个把月就能干完。 马伯雄大喜，说我给你做后勤保障。 李四和木匠开出材料单子，因为要常年泡水里，最好买水桐木。 马伯雄跑遍米脂城未买到。 万仙如说发动群众就没办不成的事。 果然两天后，有人伐来了足够制两架水车的水桐木，说是送给八路军的，不要钱。

驻府谷的万星明团打退日军的多次进攻，把黄河府谷段，守得固若金汤。 恼羞成怒的日军久攻不下，一把火烧了驻扎的保德县城，沿河南下另寻突破口，就来到驻扎在佳县的八路军七一八团隔河对阵。 二营和三营夜以继日地构筑、加固河防工事，抵住日军以数千兵力和重火炮的强攻，日军无奈地看着对岸，只得攻击河东的国民党河防阵地，相继侵占了碛口、孟门等地，扩大的东岸的阵地。

闻讯的丁团长，率一营官兵离开米脂，紧急驰援河防，来到佳县时，日军又调转回来，在古渡口碛口，集中两千多兵力放船漕渡，向八路军七一八团的河防阵地发起了攻击。 丁团长沉着指挥，运用"半渡而击"和"打人先打艇"等战法，把敌人的渡河部队打得狼狈而退。 不甘心失败的日军，出动飞机向八路军阵地狂轰滥炸，用大炮猛烈轰击，掩护部队渡河。 枪林弹雨中，七一八团官兵不时有人倒下，丁团长指挥集中火力，先打登陆的鬼子。 眼看有鬼子登陆上岸，他的眼里冒着火，下令和鬼子拼刺刀，并带头跃出阵地。

黄河滩上，刀光剑影，厮杀声响成一片。 日军见八路军以命相拼，忙溃退上船，跑得慢的成了八路军的刀下鬼。

鬼子不甘心失败，又从太原等地增援来更多兵力，妄图从这里打开侵占大西北的缺口。 察觉到鬼子的目的，八路军三五九旅抽调各团火炮增援。 日军组织起更大的攻势，在飞机大炮狂轰滥炸的掩护下，黄河上一字排开几十条渡船。 等进入有效射程，"开炮"，丁团长一声令下，数炮齐发，突如其来的火炮，让日军慌了手脚，忙在黄河上掉头，仓皇后退。

"报告团长，日军大部分撤离了碛口，到冯家会一带休整，目前对岸仅留二百多鬼子。"侦察排长给丁团长带来最新的情报。

"鬼子敢渡河，难道我们就不敢？ 渡过去乘胜追击，打他个措手不及。"丁团长说着，命令一营刘营长率两个连，在夜幕的掩护下渡河，对鬼子发起夜袭。

几条大船顶着风浪驶向对岸，在侦察排长的引导下，蹑手蹑脚靠近一所破烂的大院，远处的两个哨兵，被侦察排的几名战士猛虎般扑过去割了喉，门口搂枪睡觉的哨兵，连喊一声都没来得及，就地倒下。"叭叭""轰隆隆"，枪炮声齐鸣，多数鬼子在睡梦中上了西天，一小部分在混乱中逃窜，消失在浓浓的夜幕中。 两天后，在冯家会休整的鬼子也不敢再做停留，向东逃窜，跑得无影无踪。

丁团长带一营重返米脂时，见到一架高大的水车耸立在渠道旁，哗啦啦的流水冲击着水车，带着清流上来，欢快地流进田间地头。

"谢谢你。"丁团长说着，与还在打造另一架水车的李四和木匠握手。

"你们在前方守护着黄河，不让小鬼子打过来，我们做这算个甚。"李四腼腆地说道。 受到丁团长的表扬，他有些不好意思。

"以前做过这个？"丁团长问着，站到水车上蹬起来。

"别说做了，见也没见过，就全凭马先生画的图纸。"李四说着，把图纸一一展示。

"马先生在哪儿？"

"这边的事安顿好后，听说纺织厂原料吃紧，好像去了蒙地。"

这会儿，马伯雄过了榆林城，继续往包头的方向前行。

万合毛纺厂给八路军七一八团的军服还未加工完，来自延安和晋察冀的订单雪片般飞来，马伯雄和万仙如深感责任重大，两人一合计，在棉花里掺了一定比例的羊毛，让军服质量提高一个档次。 眼看库存的原料要用完，他们决定出去采购。 这两年，因为日本鬼子占领了包头，榆林和包头的交易量大幅减少，导致价格虚高。 万仙如到关中采购棉花，说她有关系能赊账。 马伯雄想到了草原上的巴特尔，跟他赊些账，毕竟一次订购这么多原料，需要的流动资金太大。

陕蒙界的界碑还是原来的，只不过又破了一个角，显得更加破烂不堪。 与以前不同的是，边界上多了斜挎着枪，穿黑色制服的人，他们是何绍南的保安队，手已经伸到边界地带。"站住，接受检查。"黑衣队长拦住满载皮货的马车，问老板有手续吗？

"长官要甚手续？ 我们祖祖辈辈都是这样做买卖的，从未要过手续。"一个满口榆林话的老板，赔着笑问。

"准许入境的手续。 万一这些货物带了脏东西，把陕北给染了，谁来负责？"

"哦，明白了，问题是到哪开这样的手续？"老板堆满笑继续问。

"就在我这里开。 一斤收这个数。"黑衣队长说着，伸出黑乎乎的大手。

"错了吧，我买一斤的货也没你那个价。"

"不出，也可以，弟兄们把货都收了。 看哪个多哪个少。"黑衣队长脸色一变，说着让手下抢夺货物。

马伯雄看着，胆战心惊，这哪是边界，简直是鬼门关。 他不知这里的幕后黑手是何绍南和万向明。 拿着省政府的公函，何绍南遍走陕北各县政府，要那些受到共产党制约的国民党县长们，配合成立自己的保安团。 两个来月下来，榆林大部分县成立起保安团，连纯粹由国民党控制的榆林，也成立了保安团别动队，在城里无用武之地，就拉到陕蒙边界上，专门"收割"过往的边客商人，钱财归何绍南及其爪牙们所有，而收缴的羊毛羊绒，进了万利毛纺织厂。

初冬的希拉穆仁大草原，天依旧是那样湛蓝，云朵依旧是雪白。 阳光下的茫茫草原已枯黄一片，天地相连，一望无际，空旷，安静。

沿着车轮碾压枯草的痕迹，裹着羊皮大衣的马伯雄，来到巴特尔的蒙古包前。"喂，有人吗？"他问道。

叽里呱啦，离蒙古包不远，有一位身材高大，看起来有些威猛的蒙古族女子，用一根木棍在木桶里搅动着，对陌生的马伯雄连说带比画。

"你是谁，巴特尔在吗？"马伯雄问道。 回答他的依然是女子的叽里呱啦。

两人说得面红耳赤，却是双方都不知在说啥。

"马公子，啥风把你吹来了。"巴特尔撇开装满干草的马车，高兴地奔过来，问。"过来，阿拉坦高娃，给你认识一位好朋友，从榆林来的马公子。 马公子，她是我的女人。"巴特尔用蒙古语叫来了女人，说。

女子大大方方走过来，又是一通叽里呱啦。

"你结婚了，都有了孩子。"马伯雄惊奇地问着巴特尔，见从蒙古包里跟跟跄跄走出个小男孩，他三步并作两步走过去，把男孩抱在怀里。"巴特尔，孩子都这么大了，时间过得真快啊。"

一个女子赶着一群马，嘶鸣着过来。"马公子，是你吗？"萨仁花手执套马杆，骑在马上威风凛凛地喊着。

"他还好吗？"没拉几句话，萨仁花直截了当，问。

"他很好，万星明打起鬼子来，可勇敢呢。"喝着滚烫的奶茶，马伯雄讲了在府谷遇到万星明的所见所闻。 萨仁花的眼泪花在眼眶里打转。"萨仁花，想不想跟我去见他？"马伯雄问。 他们真不容易啊，何不成人之美，带萨仁花去见万星明？ 这么些年过去了，两人依旧盼星星、盼月亮在等待着对方，这样的情感实属不易，也该到团聚的时候了。 对，回去绕道府谷，让万星明和萨仁花相会。 自己再沿黄河西岸南下米脂，多绕几百里地，也可以避开陕蒙交界的鬼门关。

"真的吗？ 太好了，这次，我一定要见到万。"萨仁花十分干脆地说，高兴得像个孩子。

巴特尔说走那条路，绕道太远了。 马伯雄实话实说了来意，还说拉着羊毛，是难过陕蒙界鬼门关的。 听说是买羊毛，巴特尔说两个多月前，万家二公子来过，把所有的羊毛全拿走了，还定了规矩，以后所有的羊毛不得给别人售卖。 马公子，说心里话，我看不起万家二公子，他为人太不地道了。 我会调一些羊毛供你，还给你赊账，等纺织厂赚了钱，再付我也成。 马伯雄大为感动，说："巴特尔，你是真正的朋友。"

"马公子，你妹妹有下落了吗？"直率的巴特尔问起这个问题，也显得小心翼翼。

马伯雄摇着头，说回去路过包头城时，再去碰碰运气。 巴特尔说还是我跟你们一道去，包头城现在被日本人占领了，鬼子耀武扬威，为非作歹，我们也是好久不敢去了。

他们上路了，走到包头郊外，让萨仁花带几车羊毛留在客栈，马伯雄跟巴特尔赤手空拳进了包头城。 街上的日本兵三五人一组，威风凛凛排着队，把地皮踩得"嘎吱"作响。 市民们忍气吞声，步履匆匆地一路小跑，整个城市充满戾气。

七七事变后不到三个月，日军在归绥成立了"伪蒙古联盟自治政府"，派出日本关东军第二十六军团，与蒙军司令部第二旅团的骑兵集团一道，占领了包头等地。 日军和伪军，对中国人民进行野蛮的屠杀与肆意残害。 包头城以及附近地区，风声鹤唳，草木皆兵。

"马公子，你看这条街萧条多了，以往人来人往，十有五六的人，都说陕北口音。"巴特尔说。

"弹丸之地的日本，竟敢以卵击石，犯我中华。 哎，这客栈名咋这么熟悉。"马伯雄说着，看到"鱼河客栈"的牌匾，思忖这个名字在哪见过。

"马公子，你看那是谁？"巴特尔激动地叫了起来。

64

"马苗。"马伯雄大喊，飞一般向客栈奔跑过去。

听到有人喊自己的名字，马苗下意识地往这边一瞟，手里的簸箕应声落地。她百感交集，手足无措。

"马苗，出啥事了？"外面的响动，把柳叶吸引出来，顺着马苗的目光，见到两男人三步并作两步飞来。仅瞥的一眼，让她愣住了，没想到过去了这么些年，竟还能一眼认出他。

"哥，巴特尔大哥，你们咋在这里？"

马伯雄打量着脸上写满沧桑的妹妹，少了少女的青涩与任性，多了几分成熟与稳重。他深深地叹口气，说："马苗，你让我们找得好苦啊，还好？"

"爸，他好吗？"马苗避开问题，问。

"好，他很好，每天都念叨着你，盼你早日回家。"

"马公子，你还记得我吗？"柳叶抓住兄妹俩拉话停歇的空隙，问马伯雄。

"你是——"马伯雄问，女子看着有点面熟，但真想不起来。

"真是贵人多忘事。鱼河，万公子，蒙汗药。"略显失望的柳叶，启发式提示说。

"'鱼河客栈'的老板娘，柳叶。我说这招牌和你，咋是这么眼熟。"马伯雄恍然大悟，说。"咋把客栈开到日本鬼子的地盘上？"话一出口，他想起有一次准备去鱼河客栈歇息，走到跟前方发现，客栈早是一片焦土。

"唉，一言难尽。来，今天你们兄妹相聚，我们好好喝一场，庆祝庆祝。"

围着一桌酒菜，柳叶给大家斟满酒，说有言在先，谁也不能提过往的事，我们干一杯。说着"咣当"一碰，一饮而尽。马苗也是一样干了，巴特尔看着马伯雄自然喝了。马伯雄犹豫着，仰头喝了进去，呛得浑身颤抖，剧烈地咳嗽起来。酒过三巡，马苗"哇"的一声大哭，不住地抽搐起来。柳叶拍着她的后背，说好不提过往，你咋哭起来。也好，就当着亲人的面，把这些年的苦与委屈，哭个一塌糊涂，以后就是全新的你自己。

"哥，我想回家。"马苗哭了半天，停止了抽搐，说。

"明天我们就回家。 来，我们共同敬柳老板一杯，谢谢对马苗的照顾。"马伯雄端起酒说着，碰了又要喝。

"喝不了，意思到就行了。"柳叶劝说道，端过马伯雄的酒自己一口喝了，她盯住马伯雄红扑扑的脸，说："我在这世上没一个亲人了，也想沾马苗的光，认马公子做哥哥，不知可以不？"

"好啊，我太愿意了。 希望在不久的将来，在榆林能见到柳叶妹妹。"马伯雄十分痛快地说。

柳叶、马苗和巴特尔不住地碰着酒，温暖的客栈里，是一片其乐融融的景象。

回到城外的客栈，马苗见到有萨仁花同行，高兴得跳了起来。 巴特尔说你们别顾着高兴，先打扮一番再说，免得生出意外。 就从客栈的炉灶里挖出一把灰，让她俩涂抹在脸上。 两人你看着她，她看着你，一狠心互抹成了大花脸。 马苗想起上次涂脸还是跟着万向明，心又痛起来。 巴特尔看着马苗的长发，说把这个剪了藏皮帽里。 一切就绪后，马伯雄三人在巴特尔的祝福中起程了。

马公子，等一等。 走了半个时辰，巴特尔突然策马撵来。 大家以为出了啥事，巴特尔说包头的鬼子越来越多，外围的国军和八路军也向这边围来，他的心慌慌的，还是送你们安全过了黄河，才能放心。 巴特尔的话，让马伯雄的心里涌起深深的感动。

巴特尔的担心是对的。 日军越是猖狂，就离灭亡不远了。 傅作义将军率第三十五军的三个整编师和其他部队，正在布局即将打响的包头战役。 不久，奇袭包头的战役打响，将士们爬城巷战，攻城打援，与日伪军鏖战三天四夜，攻进了包头城，击毙日伪军三千多人。 当日本援军从归绥、大同、张家口一带赶来救援，傅作义将军审时度势，在敌强我弱、敌众我寡的不利形势下，做出撤离包头的战略部署。 包头战役成功地吸引住晋北、察南和华北的大部分日军，实现了牵制华北日军不敢南下的战略目的。

"你们，什么的干活。"前面的一队鬼子兵挡住道路，问道。

"怕鬼就遇上了鬼了，真晦气。"巴特尔低声说，硬着头皮第一个迎上去说，"我们是做生意的，羊毛的。"

两个鬼子上前，拿刺刀对着马车上的羊毛包一通猛戳，叽里呱啦说着啥，心疼得马伯雄差点发出声。

"巴特尔，他们在议论我们，说拉这么多的羊毛一定是有钱人。"马伯雄低声说。"准备和我们要大洋了。"

"你们，这个的有没有？"鬼子果然从兜里摸出一块大洋，比画着说。

"有，等等。"巴特尔说着，从袍子里摸出两块大洋递过去。

马伯雄也在摸索，看到巴特尔已拿出，又把手悄悄放进去。 这个细小的动作却没有逃脱鬼子的眼睛。 他们又叽里呱啦，说这人也有大洋。

"你的，统统拿出来，快。"那个懂点汉语的鬼子用刺刀逼住马伯雄，说。

马伯雄无奈地掏出大洋，另一个鬼子一只手接过去，另一只手直接摸进兜里，却摸了个空。 马伯雄把两只口袋全翻出来，空空如也。

"太君，能走了吗？"巴特尔问。

两个鬼子点头，看着他们缓缓走过。"等等。"鬼子又在后面喊，两人叽里呱啦，还发出淫笑。

马伯雄心里咯噔一下，两鬼子嘀咕打赌，后面的小个子是不是女人，并且商量谁去摸。"不好，看护好马苗。"马伯雄低声对巴特尔说。

"你的，男人，女人？"鬼子走到马苗面前，神情淫荡地看着，问。"你们的，统统走开，不然，死拉死拉的。"鬼子对挡在前面的巴特尔和马伯雄，凶狠说道。

"你要干吗？"看到鬼子毛茸茸的手就要碰到胸口，马苗吓得大喊。

"哈哈，花姑娘的干活。"听到女人声音，这个鬼子狂喜，另一个鬼子也冲了过来。

"二位，请手下留情。"马伯雄突然用日语说道，两鬼子一愣，环顾四周发现是书生样的人说，问你咋会说日语？ 马伯雄说我就是日本人，咋能不会说母语。 你是日本人，那她是谁？ 他是我妹妹。 你妹妹？ 鬼子狐疑地打量着马伯雄，冲到马苗跟前，用日语问他是谁？ 马苗一脸茫然，不知所云。"巴嘎！"鬼子说着举起枪。 巴特尔见事态不对，猛扑过去压倒拿枪的鬼子，抽手一刀结束了性命。 另一个鬼子也举起了枪，对准马伯雄要扣动扳机。"叭叭"两声枪响，倒地的却是鬼子。 这边枪一响，不远处的鬼子和伪军四处寻找声音，发现了他们，就发疯一般边跑边开枪。 突然，"哒哒哒哒"的机枪声响起，只见鬼子们纷纷倒地，活着的连忙后撤到沟壕里卧倒。

"马公子，你们从这边走，我来掩护。"来人说着，对鬼子又打出了一梭子。

"杨志，是杨志！ 你咋在这儿？"马伯雄大为震惊，问。

"保护好马苗，快走，我们后会有期。"杨志说着，带着手下与鬼子对打起来。

巴特尔见马伯雄还怔怔地站着不动，说你发啥愣，还要不要命？ 一鞭子甩过，马车飞驰起来。 很快，黄河的涛声取代了枪声，再往前走，是一个从未见过的黄河渡口。 河边的船夫见来了生意，热情地帮忙装卸。 这段黄河看起来宽敞平坦，船进到淡黄的河里，河水波澜起伏，初现的冰凌冲击着船体，打得船帮"咔嚓"作响。 小船来回渡了几趟，才将人车马全部送到对岸。

离开了日本人占领区，马伯雄长出了一口气，软瘫地歇息下来，就地拾取些枯枝烂叶，燃起了一堆柴火，烧水泡熟米，烤被溅湿的衣服。

想起刚才杨志说保护好马苗，马伯雄觉得莫名其妙，便问马苗究竟。 马苗缓缓讲述了万向明如何把她卖进妓院，是柳叶和杨志，花了一百一十块大洋赎出来的经过。貌似平静的讲述中，她的身子不住地抽搐，被萨仁花紧紧搂住平息。

"万向明，操你妈的，我一定要杀了你。"马伯雄第一次动了粗口，骂着，拳头重重地砸在地上，腾起一股黄尘。

巴特尔搂住激动中的马伯雄，又问马苗，杨志不是经营"鱼河客栈"，咋回事，扛上了机枪和小鬼子干上了？ 马苗说日本人进了包头城，到处欺负老百姓，想打就打，想骂就骂，杨大哥很不服气，说他要杀几个鬼子，吓得老板娘捂住他的嘴。 一个月前，鬼子赶着几十个老百姓到财神庙前的水池边，将他们一个个用刺刀刺死，要不就是直接推进池子淹死，还割下一颗颗人头，挂到街上示众。 杨大哥从杀人现场回来，一个人坐着喝闷酒，第二天一早再也不见他的人影。 中午时，鬼子挨家挨户搜查，听说有两个鬼子被杀，有一挺机枪被抢。 谁也想不到，杀鬼子的正是杨大哥。

"真是一条有血性的汉子。 马公子，我要回去了，找到杨大哥，一定敬杯酒，他是响当当的中国人。"巴特尔敬佩地说道。

巴特尔与马伯雄紧紧地握手，深情地告别，互致保重。

"你们看，那就是府谷城。"走了一礼拜，马伯雄指着前方的山头，隐约看到鳞次栉比的房子，颇为激动得说。

"萨仁花姐，你和万团长就要团圆了，真为你高兴。"马苗激动得手舞足蹈。

"马公子，你说，我这次能见到他吗？"萨仁花问马伯雄，说出了一路的担心，脸更加红扑扑的。

"见到的，人在阵地在，这是他的阵地，他不在阵地能去哪儿。"马伯雄胸有成竹地说，喊着车夫们快马加鞭。

还是黄河边的那座军营，门口站着荷枪实弹的士兵。 马伯雄高兴地紧跑几步上前通报，"什么，你们是八路军。 原来的国军换防了？ 请再说一遍。"马伯雄简直不敢相信自己的耳朵，带着萨仁花千辛万苦来到府谷，又扑了空。

真扑空了。三天前，万星明团撤出河防阵地，再次开拔去了三边。

"不好意思，萨仁花。"马伯雄道着歉，在无比的遗憾中，像做了见不得人的事，头也不敢抬起。

"马公子，你们汉人不是说，人算不如天算。这呀，都是命中注定的。"

"好事多磨，好事多磨。"马伯雄安慰道。

"磨，都磨了这些年，再磨，我们就彻底磨老了。"萨仁花说得有些凄惨。

"这可咋办？"马伯雄自言自语。

"好办呀，让萨仁花跟着我们先回米脂。姐姐，跟着我们到米脂看看，那儿离三边很近。"马苗说道。

"行，反正家里有哥嫂。这次呀，说啥我也要见到他，就是天涯海角也把他找到。"萨仁花说得斩钉截铁。

万仙如的关中之行收获颇丰，带着十几车棉花，顺利回到米脂。西安事变后，国共两党的关系发生了微妙的变化，当抗日战争爆发，民族统一战线建立，全面抗战开始，边区的形势大好。从米脂到西安，差不多一半是红区，另一半也是国共统管区，万仙如走下来，一路上绿灯。马伯雄咋样了？万仙如十分惦记。这次到西安才知包头早已沦陷，路途遥远本就令人担心，孤身一人闯入敌占区，后果更是不堪设想。这些天来，白天全部放在工作上还好，夜里惦记着睡不着，她只好到厂里亲自操作纺机，让哗啦啦的机器声，填补骚动不安的心灵。

星辰寥落，东方欲晓。一夜无眠的万仙如，在无定河畔徜徉，她凝望着东方。看了一会儿，一轮红日喷薄而出，又是一个艳阳天。伯雄，你在哪儿，是不是也在看今天的红日？

"哥，赶紧收拾出发呀，你还在看啥？"马苗问望着东方怔怔发呆的马伯雄。

"今天的太阳真新鲜，还散发出淡淡的香甜。好了，我们出发。"马伯雄说着，收回了目光。

米脂东沟里，一队车马朝着县城进发。到了中午时分，他们走进城里。"这就是传说中的米脂城，出了李闯王，还有貂蝉？"萨仁花激动地问道，"这里还有河，是无定河吧。"显然，这几天，她对米脂乃至陕北，向马苗学习了不少。

"仙如，金秀，我们回来了。"走到马家大院门口，马伯雄大喊起来。

万仙如和金秀闻声跑了出来。

"天呐，马苗，你可回来了。"金秀叫着，心里愤愤地，可恶的万向明，你把马苗害苦了。

见到马伯雄囫囵回来，万仙如浑身发软，倚靠在门板上看着，一颗悬了多天的心终于落了地。

65

马家大院门口，里面传出纺织厂"咔嗒"的织机声，在马伯雄听来，和动人的欢歌笑语一样好听。

"仙如，金秀，给你们介绍一位新朋友，好妹妹。"马伯雄将萨仁花介绍给她们。

看着人高马大的女人，万仙如笑说："这是萨仁花。"

"你是谁，咋知道我？"萨仁花望着气质不凡，长相俊俏，举手投足十分干练的女子，问。

"你的名字，在我的脑子里早已如雷贯耳。"万仙如说着，和萨仁花来了热烈地拥抱，"欢迎你，我叫万仙如。"

"我也知道你，万星明的妹妹。 来了米脂，我就归你管。"萨仁花说着，对未来充满了希望。

"啥管不管的，都是革命工作。 何况，你还是我嫂子。"

万仙如的落落大方，瞬间赢得萨仁花的好感与信任。

萨仁花和马苗留在万合纺织厂上班，有文化的马苗被安排到管理岗位，萨仁花主动申请进了车间。 第一次见飞速转动的机器，好奇中她竟要用手去摸，吓得金秀一把拉住，说这样很危险，接着说了一通注意事项，听得萨仁花一筹莫展，直翻白眼。 金秀安慰说在一个全新的环境里，开始谁也不会，不过很快都会适应的。 她也告诉马苗，尽快适应新环境，早点接替自己的工作，米脂中学复学在即，她已到学校报到了。

"马先生，感谢你们万合纺织厂，为米脂地方经济和边区建设做出的突出贡献。"任县长约请马伯雄商谈，见面就是一通猛夸。

"为家乡做事，伯雄理应义不容辞。"马伯雄谦虚地说。

"不一样，马先生造福桑梓的义举，是米脂人的楷模与典范，可敬可敬。"

见任县长不住地给自己戴高帽子，马伯雄不知他葫芦里卖的是啥药。

"马先生，前段时间我找过你，厂里说你去蒙地买羊毛了。啧啧，一个堂堂的建筑专家，跑那么远的地儿，买啥羊毛啊。说小了是你的格局不大，说大了是米脂的格局不大，是我这个县长的格局不大，明显不重视人才嘛。"

"任县长，请千万别这样说，我买羊毛是为了纺织厂，和县里没半点关系。"马伯雄急急说着，把自己和县里联系起来，他心里不安。

"三民二中，省立米脂中学，复学在即，现在万事俱备，就差一位德才兼备的校长。权衡再三，我觉得这位子非你莫属，只要你同意，我就向省里推荐，不知意下如何？"

"谢谢任县长的美意，佃恐怕让你失望了。米中是陕北的第二所中学，其重要意义不言而喻。可我本不是学教育出身，教育局长已经当得一地鸡毛了。再说，眼下我的时间用于万合纺织厂，还有织女渠修建以及建筑方面的工作。我就一肉身凡人，无分身之术，还请县长另选他人。"马伯雄说的是实话，文化大县的米脂，人才济济，何况李鼎铭先生还搁置一旁呢。

"既然马先生话说至此，我也再无他话，祝你一路长虹。"任县长依旧笑着说，伸出手和马伯雄重重一握，心里想，这个空头人情算是送了。望着马伯雄宽展的背影远去，心里又愤愤起来，给脸不要脸的东西，要不是出现了苗头，共产党玩开了把戏，要推举民主人士，甚至共产党做县长，取代现在的国民党县长，老子才不会花心思讨好你呢。

任县长的担心不无道理，共产党所说的边区政权，是民族统一战线的政权，是赞成抗日又赞成民主的政权，是革命阶级联合起来，对汉奸和反动派的民主专政。显然，这个政权不能由国民党一家说了算。随着共产党的势力发展壮大，恐怕国民党最后连话语权都要丢失。也正因如此，省里派来何绍南，为国民党县长们鼓劲站台，专门给共产党制造麻烦，阻止政府旦出现共产党或同情共产党的县长。

重新杀回榆林，陕西第二行政公署督察区专员兼第二行政区保安司令的何绍南，意气风发，雄心勃勃。他用了极短时间，在绥德、米脂、佳县、吴堡、清涧五县成立起保安团，另在榆林成立了一支别动队。保安团下面又设立暗杀队、棒子队、石头队和"美女队"（妓女队），其组成人员多是地痞、流氓、匪徒等。这些社会渣滓们纠结在一起，丧心病狂，手段残忍，不是打砸抢烧搞破坏，就是暗杀和搞特务活动。

天下名州绥德，号称"旱码头"。东过黄河为山西；西接三边，连宁夏和甘肃；南下为延安、西安；北上为米脂、榆林和内蒙古。秦时秦公子扶苏和大将蒙恬在此驻守，是重要的战略要地。何绍南的保安司令部与共产党的警备区司令部共同驻扎在这里。作为专员，何绍南能调动各县县长，警备区司令部却因无政权机关，致许多行动受制于国民政府。即使是这样的布局，何绍南还不满意，认为八路军部队就是他们一党统治的"绊脚石"。于是，采取多种反动措施，与八路军和抗日力量制造各种摩擦，想一举将警备区撵走，达到独霸这些县域，截断中共中央与其他根据地联系的目的。

夜深了，何绍南办公室里的灯光依旧亮着，他不停地踱步，在思考总结，在期待未来。这些天，各地保安团对共产党的全线出击大获成功，有效地打击了他们的"嚣张气焰"，当然也有不如意的地方，简言之就是太直接、太外露，缺乏隐蔽性与技术含量，一不小心几次被共产党抓了把柄，还捅到了南京政府，弄得他十分狼狈，只好用更多的假话谎言圆场，不停地去"擦屁股"。更可气的是，事情传到共产党高层，前不久他在西安面见程潜长官，巧遇国民革命军第十八集团军中将副总司令，竟当面受到训斥还挨了耳光。

那天的西安城，阴风怒号，寒气袭人。程长官办公室里也是凉飕飕的，春风得意的何绍南，认真做着反共工作汇报，不时瞧着程长官的脸色并不好看。突然，有人喊着程潜的名字，进来一个穿八路军制服的人，威风凛凛地说我要告状。他是八路军的一个副总司令。

这位副总司令带一个警卫排，乘坐两辆大卡车，来西安见程潜上将公干。路过三原县时，被胡宗南和戴笠的手下拦住检查。副官下车出示证件并说明了情况，特务们见车上坐着所谓的副总司令，穿一身粗布衣，大家嗤之以鼻，看不起炊事员一样的中将。特务们决定扣押车辆，给共产党一个难堪。

副总司令走下车，平和地介绍了自己的身份，说有紧急军务要去西安，请予以放行。特务们哪里相信，仍在继续纠缠。这下彻底惹怒了副总司令，他大喝一声，问："是谁给你们的胆，竟敢检查十八集团军副总司令的车？蒋委员长，还是程潜主任？"

特务们哪有什么命令，只不过是耀武扬威惯了，见到八路军的卡车就想拦截，他们还骂骂咧咧不当回事。副总司令更加生气，一声令下将两特务小头目给绑了，扔到卡车上带来面见程潜。

"喝杯茶，请副总司令息怒。"程潜说着，忙指示副官将两特务羁押。

戴笠的人，最后是谁也无权处置的，副总司令也深知这一点。见程潜当面拿下了特务，他的怒气消了下来，开始呷着茶，缓缓说："上海的四一二事变，长沙的马日事变，把第一次大革命，变为反人民的十年内战。还送掉了一个东北，把日本人接到武汉。这些顽固分子，是秘密的汪精卫，比汪精卫还坏，今天谁要打八路军，先放第一枪，我们立即放第二枪，这就叫作礼尚往来，还要放第三枪。"

程潜也厌恶顽固派和特务们的胡作非为，尴尬地赔笑说："放第三枪就不对了。"说罢，意味深长地一笑。

副总司令也对程潜回笑，看到后面飘来一双眼睛，阴郁里带着恶毒。

程潜介绍道："这是何绍南，来自陕北绥德的专员。"

谁？何绍南，原来就是这小子！这家伙堪比陕北的汪精卫，甚至比汪精卫还要坏，简直是十恶不赦。副总司令逮着了机会，道："何绍南，你就是又一个汪精卫！在陕北做尽了坏事，破坏八路军的抗日后方。"

"副总司令，听我解释，情况不是别人说的那样。"何绍南不服气，歪着脖子要狡辩。

"啪啪"，副总司令可没听他狡辩的耐心，突然朝着他走过来，用迅雷不及掩耳之势，冲着他光鲜的脸，甩手便是两个响亮的耳光。

何绍南被打蒙了，程潜也是目瞪口呆，半晌说副总司令咋打人了，大家有事好商量，不能打人呀。余怒未息的副总司令，掰起手指历数何的罪行，又说："你要是再去绥德当专员，老百姓不仅会打你，还会抓起你公审。"

见副总司令扬长而去，何绍南捂着被打的脸，要请程潜长官做主。程潜稀泥抹光墙，说老弟啊，当前国共合作，共同对外，以后为人做事，还是低调点为好。

何绍南想到这里，手下意识又捂到被打的脸上。

"报告专员，万公子到。"门外传来警卫的声音。

"万公子，一路辛苦，辛苦。"何绍南说着，亲自走到门口，迎接从榆林来的万向明。

"何专员好，不知您紧急召唤我，有何等好事？"万向明是一位精明的商人，跟何绍南合作久了，又给何分了不少的钱，现在说起话来，也敢油腔滑调。

"万公子，我是求贤若渴，请你帮忙。"

"求贤若渴？啥意思，何专员，咱厂赚得盆满钵满，我也跟着风生水起。"

"知你是个能人，在司令部的特务队，你便是中流砥柱。"

"别哪壶不开提哪壶，戳我的伤心事。"

"别伤心，不是又有机会了，我让你重整旗鼓，东山再起，为党国再次效力。"

万向明的眼里冒出火星星，问："如何效力？我要是走了，咱的毛纺织厂咋办，那可是印票子的机器呐。"

"我相信你有能力让厂子正常运转的。老弟，做人要有格局，要往高处看，往远看，地位上去了，又何愁没大钱赚。"

"好，具体咋干？"

"我委任你做我的特派员，指导、策划、督察县保安团的工作。现在的他们，真让我很失望。"

"我有委任状吗？要干，就要名正言顺。"

"我向省政府请求，一定给你委任状，各县的特派员也要给名分。不过，我要提醒你，共产党有雄厚的群众基础，发动穷鬼们搞斗争，那是如鱼得水。而你的任务，就是给他们找麻烦，知道我的绰号是啥？他们起的'摩擦专家'。希望不久后，你也被称为专家。嘿嘿。"何绍南说着，有些得意地摇晃起脑袋。

"何专员准备安排我去哪儿？"万向明问道。

"米脂。"

"米脂，等等，让我将一下，马伯雄，马氏庄园，还有我姐，不行不行，都是老熟人，人太熟有时候可能手软，换个地方吧。"

"这不是你的风格。明知山有虎，偏向虎山行，这才是你万向明。想想你办过的案子，哪一件对熟人不心狠手辣。"

"嘿，也是。看来知我者，乃何专员也。"

"不过，正像警备区司令部驻在绥德，影响我的行动一样，八路军的七一八团驻在米脂，会威胁着你的行动。好在，米脂的任县长是我党忠诚的同志，他年龄不大，对共产党的斗争经验丰富，保安团的张团长，是被共产党赶下台的警察局局长，他们都对共产党有着刻骨仇恨。你们合作，强强联手，一定能尽快打开新局面。"

沿着无定河岸，领命的万向明骑着高头大马，从绥德直接到米脂上任。一路上，他浮想联翩，这人生的事也许上天早就注定了，从到马氏庄园催贡米，与马苗一见钟情开始，他就摆脱不了与马伯雄和马家打交道的魔咒。这些年的风风雨雨，米脂是咋也摆脱不了的地方。既如此就大干一场，弄他个天翻地覆。

"特派员你来得正好。"任县长见到万向明，会心的一笑，说出一个好消息。

中共绥德县委的崔书记给丁团长写了一封信，被县政府里的特务截获，信件里几次提到，共产党和八路军是如何受到老百姓欢迎，而国民党内部又是存在严重腐败，要保留共产党的军事实力，以对付可能分裂的国民党等内容，这是一个发生摩擦的好道具。

"特派员你看，这不是赤裸裸不遵守国共合作的规矩，破坏抗日民族统一战线吗？"任县长上纲上线说。

万向明把信仔细看了几遍，眼珠子转几下，说："仅凭这些是摩擦不起来的，我们不如来个偷梁换柱，让他弄假成真。"见任县长满腹狐疑，万向明果断地拿起笔墨，划掉信里的"可"，又模仿笔体，在保留军事实力后面增加了"随时应对国民党军队"几个字，他又具体说了一番，说得任县长频频点头。

丁团长被紧急招回县政府，任县长拿出被篡改的信件递给丁团长，说："请看看共产党的书记干得好事。我们国民政府一直在为维护两党团结，建立抗日统一战线努力，可是贵党阳奉阴违，干这种破坏两党团结的龌龊勾当。现在信件交给你，我代表国民政府正式提出，贵军赶紧撤离米脂，这片土地去军事化。"

丁团长思忖着，崔书记是一名资深的革命者，咋可能犯这种低级错误？再看信发现有诈，就邀请崔书记来米脂对质。崔书记指出信件上改动的痕迹，并当场照抄一遍，比对笔迹，一切不攻自破。崔书记质问为何私拆信件，侵犯我的通信自由？任县长悻悻地，灰头土脸。崔书记和丁团长从大局出发，抱着息事宁人的态度，才将此事不再追究。

望着丁团长他们的背影，任县长沮丧地垂下头，心里说何专员啊何专员，咋派来个猛汉。不甘失败的万向明却在发出冷笑，一个阴谋在酝酿中。

66

隆冬时节，寒风刺骨，离开米脂城时已是月黑风高，走到这会儿，所有的星星躲进厚厚的云层里，等快到马氏庄园时，飘飘洒洒的雪花，舞蹈着落下来，很快，山头白茫茫一片。

　　一队身着八路军制服的人，在一个蒙面人的指挥下，包围了马氏庄园的书苑。蒙面人凝视着熟悉的院落，挥手下令行动，两个身手敏捷的士兵，翻墙进去，把大门"吱"地打开。

　　"不许动"，"我们是八路军"。这些鱼贯而入的"八路军"，举枪制止庄园里起来查看情况的人们。直扑到正窑，"砰砰"擂响马老爷的门。

　　"你们是哪来的，要干甚？"房门打开，马瑞琪老爷边扣着棉衣的扣子，边问。

　　"我们是八路军七一八团的，和你儿子是熟人。马老爷，最近我们军饷紧张，找你借点，好过日子。"一位军官说着，不时向身后看过去。

　　马老爷注意到，在墙根黑影处站个蒙面人，似乎在指挥着前面的跳梁小丑。

　　"要多少？"马老爷问。

　　"越多越好。"

　　"知道了，请等等。"马老爷淡定地竟说了请字，转身进到窑里，在他要关门时，黑衣人一挥手，军官带两士兵跟着进去。

　　"这是贱内，你把装钱的盒子拿来。"马瑞琪对军官介绍自己的婆姨，说。

　　"啪——"，一个红漆盒子上的铜锁被打开，里面是白花花的大洋。军官两眼发直，抓了几把放自己的兜里，有一块却漏到地上，骨碌碌滚动起来。我给你写张借条吧，军官说着，龙飞凤舞写道：

　　　　今借到，光亮堂大洋一盒

　　　　八路军三五九旅七一八团

　　落款后面是潦草的签名，无借款日期。

　　"走了，马老爷，你留步，不送。"军官说着走向大门，跟在后面的马老爷打算随手关门时，蒙面人不知从哪个圪崂里走过来，对着他的脑袋狠狠打了一拳，马老爷在倒下的瞬间，听见蒙面人用榆林城口音说，该死的马家，简直太有钱了。马老爷昏了过去。

　　马老爷醒来时已在城里的李鼎铭先生诊所。马蹄踩着薄薄的积雪，在暗夜里急行，黎明时分，马老爷被常管家和婆姨送进城里。在院里舒缓地打陈氏太极的李先生一惊，发现马老爷头上裂开一寸长的口子，忙进行紧急处置，缝了针敷了草药，包好伤口，又扎了几针。马瑞琪醒了过来，李先生说马老爷的身子还算结实，敷了消炎去肿

313

的中草药，又开了几剂调理的中药。

"究竟出了甚事？"李先生让马老爷半躺在自己的铺盖卷上，拉过被子盖上，问。

马老爷不说话，一旁抽泣的婆姨，说："打的，是被八路军打的，还抢走一盒子大洋。"

"多嘴。"马老爷厉声道，"他们是穿着八路军服，口口声声说自己是八路军，拿了大洋还打了借条。"

"冒充的。"李先生一语道破，说。

"对，我也这样认为。抢了钱还口口声声强调身份，到底想要干甚？"马老爷说着，耳畔响起榆林城口音的话。

"据我对共产党、八路军的了解，他们做不下这号事。要说打条子写明是八路军，明显就是栽赃陷害，有此地无银三百两之嫌。不是八路军，也不会是土匪。"李先生认真地分析道。

"你这个'肃反'委员会主任也这样认为？"马老爷打量着李先生，问。

国民党的几次"围剿"中，县政府让李先生担任米东区"肃反"委员会的主任，提起来他就满肚子的鬼火气。"往事如烟，不值一提。那都是王县长看我在榆林道尹公署当过顾问，为给上面交差，弄出虚头巴脑的东西。"李先生摆手解释道。

面对这位物质清贫，但精神富有，有风骨气节和厚重文化的李先生，马老爷请教一番，他问："李先生，记得国共上次合作是十几年前吧，民国十六年，国民党咋像娃娃的脸，一言不合说变就变了，真不知这次合作能持久否？"

"记得《三国演义》的开场吧：话说天下大势，分久必合，合久必分。周末七国纷争，并入于秦。及秦灭之后，楚汉纷争，并入于汉。汉朝自高祖斩白蛇而起义，一统天下，后来光武中兴，传至献帝，遂分为三国。"

"哈哈，有道理，老古人真是把话说尽了。"马老爷赞同道。

"至于国共两家谁能最后胜出，我从前以为是看文化传承，经济强大、攻心政策和智谋策略，现在来看，重中之重的，是攻大多数的心，使得人心所向，得民心者得天下。"

"要说民心，显而易见。喊一声分大户的地，农人们一呼百应，一拥而起。"

"马老爷，钱财乃身外之物，在这方面要顺应时势，能想得开，就吃得香，走得快，睡得好。你说是不是这个理？哈哈。"

"李先生放心，如果说'守住祖业，耕读传家'，是我们马氏家族的根本，也是我以前的座右铭话，'不以物喜，不以己悲'，是我新的座右铭。"马老爷一字一句说道。

"近来我和共产党、八路军打过不少交道，他们建立抗日民族统一战线的主张，我举双手同意。但我不同意老蒋的'攘外必先安内'的政策。国共两党有甚问题，是我们自家的事，放置一边以后说，现在团结一致共同抗日，把侵略者赶出去是当务之急。真要是灭了国，哪还有这党那党。"

"这么说，李先生要跟着共产党闹、干了？"马老爷敏锐地察觉到李先生的思想变化，试探性地问，想说是闹革命，又觉得不妥。

"不瞒你说，我的好多学生都在共产党里干，你认识的如郭洪涛、张汉武、曹力如，他们多次来劝过我，奇不奇怪，我的二儿子力果也是共产党，那年中央红军到陕北的消息就是他最早说的。我还听说，你家公子也跟共产党走得近，常跟他厮跟的万家女子，听说就是共产党，还是个领导。我见过那女子，温文尔雅，标致的人样。"

李先生提到了万仙如，马老爷不知该如何应答。尴尬中，外面传来急促的脚步声。

"爸，您没事吧？"马伯雄、马苗和万仙如走了进来。

"马苗，是你，真的是你吗？"半躺的马老爷像打了强心针，一卜敛坐起，握住马苗的手问，浑身激动地抖动着，眼泪扑簌簌流了出来。

"爸，悔不该当初不听您的话，我对不起您啊！"马苗半跪在父亲的病榻前，发自肺腑说。

"说甚憨话了，来，你们先谢过李先生。走起，回我们马家大院。拐杖，我的拐杖呢。"马老爷推开被子，像后生一样腾地站起，说。

马老爷回马家大院住了三天，万仙如看了他几次，马老爷视而不见，和她没说一句话。马苗给他熬奶茶，陪他看纺机织布，变着法子做了包头的名吃，一顿烧卖，一顿大烩菜和一顿手把羊肉。见父亲吃喝的大快朵颐，非常享受的样子，马苗既高兴又忐忑，假如父亲问起自己这几年的既往，她就打算一五一十全盘托出。三天后，父亲拉着马苗的手，说看到你在纺织厂干得开心，我就放心了，我要回庄园，等你不忙时也回来看看。说完，他扭头就走，姨悄悄给马苗说，你爸连从来不吃的羊肉和羊奶都吃喝了，瞧他的心情该有多好！马苗这才记起，尽做了父亲不喜欢吃的，后悔也已经晚了。

光亮堂的马老爷被"八路军"抢了大洋，这消息像是长了翅膀在米脂、绥德和榆林飞速传播。几天过去了，被害人马老爷和马氏庄园无半点消息，令希望马家主动报案的国共倍感失望。国民党方面，说穿了就是任县长和万向明，希望赶紧报案，能借机大张旗鼓造谣，抹黑共产党和八路军，替马家冠冕堂皇地找共产党讨说法，以此赶走八路军七一八团。共产党方面，丁团长和米脂县委也希望马家报案，澄清事实，还自己清白。但在当事人都不报案的前提下，谁家要是主动报案，就必有此地无银三百两之嫌。

"哐当，哐当"，万向明从盒子里抓出一把大洋，又扔了进去，显得百无聊赖。所有人的失望，都没有他的失望大，这犹如一个猎人，野兔明明中枪却漫山遍野找不到，原来就是躲进了窝里一样。他不住地回忆那天晚上的事情。当马瑞琪打开盒子，面对那么多的大洋镇静自若时，他真想掘地三尺挖出更多的财宝，转念一想又不能因小失大，要是手下被对方抓上一两个，事情败露就彻底完了。羡慕嫉妒恨中，他才在出门前动了拳头还失了声。浓重的榆林城口音，会不会露了马脚？他起先担心，后来暗探说马老爷进城看病，住进了马家大院。他粘了胡子化了装，盯了马家大院一整天，看见步履轻盈的姐姐、意气风发的金秀和身材丰腴的萨仁花，当然还有死对头马伯雄。

天呐，那个容光焕发的女子是谁？万向明揉搓着眼睛，定睛一看，真是马苗。原以为这辈子再也不可能见到，咋会在她的家乡遇到呢。真邪了门，诌书捏戏也不能这样编。不是冤家不聚头，大家就都聚到了米脂。从天津回来后，榆林厂子的一堆废铜烂铁不见了，来到米脂发现竟然搬到这里，一定是万仙如干的好事。也真有能耐，用废品办起厂子，和自己成为陕北纺织产品的竞争对手。他想立即冲进去，将自己的设备夺回，就地砸了。冷静一想，米脂毕竟不是榆林，国共两党明里暗里斗得不亦乐乎，唉——只得暂时忍气吞声。就是便宜了姓马的。他决定去找何绍南。

"旱码头"绥德，从来都是人来人往，热闹非凡。大理河畔的"醉仙楼"，灯火璀璨，女子妖娆。在一个宽大的包厢里，万向明、何专员以及两名陪侍的妖艳女子，觥筹交错，推杯换盏。

"特派员，近来你的'摩擦'战果辉煌，辛苦辛苦，敬你一杯。"何专员端起酒杯，"哐当"碰出了响声。

两女子是保安团"美女队"的成员，美女队老百姓也叫"板子队"，是从妓院和酒楼里招来，经过培训上岗的。她们轮番给万向明敬酒，十几杯进去，他喝得飘飘然了，左一巴掌右一巴掌，拍打两女子的屁股，嬉闹了一会，拿过自己的提包，小心翼翼拿出一个盒子，毕恭毕敬说："何专员，这是我在马家摩擦来的战利品，如数上缴。"

两位女子顿时两眼放光，嘴巴啧啧不停。

"喜欢吗？"何专员看着两位女子，问。

"喜欢，简直太喜欢了。"

"想不想，要？"

"想啊。"两人又是异口同声道。

"一人先拿十块，事成以后，全给你们算是奖励。"何专员说着，发给两女子大洋，并面授机宜，要万向明和另两个特务一起配合，任务是刺杀中共绥德县委崔书记。 万向明策划了行动方案。 两"美女"在巷子里，拦住回家的崔书记勾引，却被痛斥了一顿。 一计不成又施一计，万向明的眼里，闪过蓝色的光，说绝不能让他过了年，决定在大年三十下手，得到何专员的首肯。

何绍南就任专员后，压根不把共产党在绥德的警备区放在眼里，警备区出于抗日大业，司令员主动将担任的"抗敌后援会绥德分会主任"让给他，何专员更是不可一世，以为司令员也怕他，就公开怂恿支持各县保安团，制造一系列卑鄙的反革命活动。 他安排清涧县长勾结哥老会，串通当地土匪公然抢劫，伪造八路军证件和臂章，贩卖大烟土，栽赃陷害，想方设法毁坏八路军的声誉。 吴堡保安团的杀手，秘密潜入八路军营地，暗杀了两名炊事员，并抛尸黄河。 为制造更大的动乱，他所策划暗杀的行动，都在警备区的眼皮底下进行，把处处与自己作对的中共绥德县委书记列入名单，交给万向明执行。

世道虽说很不太平，但年总要过的，熬也要熬。 除夕的鞭炮声，天擦黑就开始零零散散在绥德城里响起。 大理河边的一个小院里，一个中年人和几个娃娃们燃起一堆柴火守岁，等待二十世纪四十年代的第一个春节到来。 突然，三个陌生人提着两包点心进来，说有事要给崔书记汇报工作。 中年人对来人有些陌生，这几天忙得没咋睡觉，竟在迷糊中跟他们出了门。 几个人来到大理河畔，崔书记察觉情况异常，开口问你们是哪的？ 对方一声不吭拿过一个麻袋，将崔书记的头套住，他没来得及喊叫，身上连中数刀，麻袋口被扎紧后，从冰面上拖到河中央，"咚"，被扔进湍急的冰河里，被冰层下面的水流冲走。

大年三十夜，堂堂的中共绥德县委书记被人带走，之后失踪，这事非同小可。 警备区紧急出动，从冰面上发现的长长血迹，推测人已遇害。 一周后，抓获了两名杀人者。 据杀人者供述，他们并不认识同伙，因此侥幸让万向明逃脱。

听说两特务被警备区枪毙了，万向明陷入彻夜难眠中，后脑勺还凉风阵阵，有些后怕。 时间久了，越来越膨胀的他早把后怕抛到脑后。

67

省立米脂中学复学了。 校址依旧在盘龙山下的原三民二中。 省政府任命的营校长是镇川人，奇怪的是，他在苏联留学四年，其观念认知上无布尔什维克的成分，却与任县长的三观一致，甚至有过之而无不及。 营校长是位学霸，早年毕业于榆林中学，后考入北京大学，再后赴苏联莫斯科大学留学，出国前加入共产党。 在苏联学习期间，对社会主义取得的巨大成就不闻不问，却对斯大林的社会主义产生了质疑，他看到的是没收资本，破坏体系，追求速度，违背科学，痴心妄想地试图用十年走完资本主义国家五十、一百年的工业之路。 斯大林和布尔什维克简直就是一群疯子！ 得到这样的认知，回国后，他毅然决然退出了共产党，改入国民党，很快成为三青团的骨干，辗转南京、西安，坚持国民党教育方针，坚定国民党政治思想路线，反对学生接受共产党主张，不容许学生参加抗日活动。 这些"业绩"，被省政府看中，使他成为米中校长的首选。

米中之所以能重新开办，除杜斌丞先生的斡旋努力，还与外部政治形势有极大的关系。 共产党在延安建有抗日军政大学、陕北公学、边区中学等学校，吸引了大批热血青年。 当榆林南部的几个县又划入边区后，各县政府虽由国民党控制，但当地驻防部队又是八路军，使这些县成为两党激烈争夺青年人的斗争热土。 国民党省政府决定在著名的"文化县"成立米脂中学，是憋着一口气，要与延安的学校抗衡。

盘龙山上白云飘，盘龙山下人如潮。 李自成行宫前，有一个多年前修建的戏台，上面悬挂一条横幅：省立米脂中学成立（原三民二中）复学仪式。 围绕着戏台，贴满"复学感谢国民党"，"认真学习，报答领袖"之类的标语。

台上，一边站着身着清一色灰色中山装的营校长、任县长和米脂县政府的相关人员，另一边站着知名人士李鼎铭，边区军方代表八路军丁团长、中共米脂县委书记和万仙如。 马伯雄是助学代表也上了台，他资助制作了课桌、板凳和黑板。

"省立米脂中学成立仪式现在开始，第一项，升中华民国国旗，奏国民党党歌。"营校长庄严地宣布。

"请校长等等。 这是学校成立仪式，为何要奏国民党的党歌？"丁团长阻拦住，问。

"这是国民政府的学校，自然要奏国民党党歌。 你也是国民革命军人，为何不想听党歌呢？"

"我是中国共产党人，不是国民党。"

"如果是这样，我们的仪式也不欢迎你，和你的同人们，请退场吧。"营校长口气强硬，霸气十足道。

丁团长淡定地走下台，中共米脂县委书记和万仙如略微迟疑了，向大家挥手致意，也走下台。 大家面面相觑，教师方阵里的金秀与党员们点头，互相鼓劲。

营校长得意自己的下马威，与任县长对视一笑，两人把目光投向台下的万向明。要让国民党思想占领舆论高地，他们不谋而合。 推出这场轰轰烈烈的开学仪式，敢与共产党硬碰硬，他们是有何绍南和万向明作底气的。 台下不远处，有几个黑衣人混迹在人群中，戴一副墨镜的万向明则坐在凉亭，盯着这边一举一动。

"请尊敬的国民县政府任县长讲话，大家欢迎。"营校长邀请说。

"诸位嘉宾、各位教职员工，今天是个好日子，原米脂三民中学，现省立米脂中学，雪藏十年，历经磨难，又重见天日，米脂三民二中以崭新的面貌，复学了。 在这个喜庆的时刻，我要感谢国民党省政府、国民党陕西第二行政公署，以及米脂社会各界，为之付出的艰辛努力和不懈支持。 我要对学校全体师生说，首先要明白学校是个什么地方，这是'忠孝仁义礼智信'的地方，忠就是忠于党，忠于领袖——"

任县长讲得振振有词，台下的人议论纷纷。 一位老师悄悄对金秀说，这哪是开明学校成立，这是三青团开班。

"你们是朝气勃勃的青年人，青年人就要积极参加三青团，这对于升大学和未来的人生与进步，好处多多。 你们绝不要听共产党的蛊惑，要像躲避瘟疫一样，躲避那些打着抗日救国旗号，宣扬共产党主张的人和事。"

任县长滔滔不绝地讲完，教师与学生代表表态，他俩是学校三青团的骨干分子，跟着任县长的调调，上台宣扬三青团的章程，借机招兵买马。

"再请米脂知名乡绅李鼎铭先生，为省立米脂中学成立剪彩。"营校长大声宣布，见李鼎铭站着不动，悄悄说："请李先生将那个红布扯开就行。"

李鼎铭看着马伯雄，还是没移步的意思。营校长对两个助手使眼色，助手把红布搭在李先生的腰间，算是走完了程序。

"我宣布，省立米脂中学正式复学。"任县长嗓子沙哑着，道。

"奏乐。陕北大秧歌表演开始。"

九把唢呐齐声奏响《大开门》，大秧歌欢快地扭了起来。曲子一转，又是《大摆队》，明快的流板节奏，像千军万马突发，又像潺潺流水，听过县长、校长训导的大部分师生，普遍心有余悸，顾不得对红火热闹感兴趣。

从第二天开始，李自成行宫被晨雾笼罩着，行宫脚下的米中操场上，全校师生伫立着，齐声默诵：

> 余致力国民革命，凡四十年，其目的在求中国之自由平等。积四十年之经验，深知欲达到此目的，必须唤起民众，及联合世界上以平等待我之民族，共同奋斗。
>
> 现在革命尚未成功，凡我同志，务须依照余所著《建国方略》《建国大纲》《三民主义》……

晨诵之后，营校长照例一通洗脑训话。看着毕恭毕敬的师生们，他知道这是表象和假象。开学前后，学校里暗潮涌动，据说已有共产党组织私下活动，不择手段地争夺这块党国寄予希望的阵地。作为当年榆中学生的革命者，营校长深知这些东西对学生的"毒害"，他下定决心，绝不能把米中办成第二个榆中。他向上面打报告，从西安第十战区司令部要来几名教官，白天上军体课，晚上搞特务活动，米中校园里，白色恐怖蔓延开来。

"米中开学以来，以营校长为首的校方，越来越走向反动。我们越是沉默，他们就更加为所欲为。"在无定河畔的一片小树林里，金秀秘密召集米中的进步师生开会。曾是榆中学生领袖的她，在国民党长期盘踞的老窝榆林城里，都能顺利开展工作，却在边区政府所管的米脂县，处处受到国民党的钳制，她就不信这个邪。

"营校长太坏，也太厉害了，盯我们都用的是特务手段。"有人反映说。

"我们要在党组织的领导下，以牙还牙，给予反动势力坚决痛击。"

青年的热情像是柴火，就看谁先来点燃。只要一点燃，便是熊熊大火。共产党加强了组织活动，米中的革命烈火熊熊燃烧开来。党领导的抗日青年救国团与国民党的三青团，在米中展开了博弈。

"同学们，大家说是学习重要，还是抗日重要？"任县长被营校长邀请来，给同学们上堂思想品德课，一上讲台，任县长就提出这样的问题。

有位同学站起来，反问："尊敬的县长，我觉得您的问题和先有国，还是先有家，差不多，对不对？"

"这是风马牛不相及的。学习乃学生的己任，抗日乃军人的己任，你们学习好了，就是最大的支持抗日。这么浅显易懂的事，难道还要争论？"

"如果不是全民抗日，哪一天日本侵略了全中国，我们做了侵略者的奴役，那学习再好，又有何意义？"

"你们这些学生，真是不可理喻。营校长，要加强政治思想教育，让他们懂得尊重领袖，尊重县长。哼！"任县长气呼呼下了讲台，但事并没有完。

一天半夜，任县长带着张团长突袭米中，与营校长一道检查内务，试图发现共产党组织的活动。未果后，又把学生赶到操场，然后逐个检查学生宿舍，搜出了几箩筐进步书籍刊物，以毛泽东的文章居多，书刊被特务当场予以焚烧。有几个书刊多的学生被带到了保安团。

"这是共产党管辖的边区，又不是国民党的黑暗统治区。"万仙如得知消息，倍感愤怒，说。

中共米脂县委紧急商议，一面派人向八路军绥德警备区汇报，一面与七一八团联系，用军方施压进行反摩擦。

米脂街头，一百多名八路军官兵齐刷刷走过。平时，驻扎在河西的官兵们，很少过河进城，即使过来，也是三五人排成队，端出端入来办事。现在一家伙这么多荷枪实弹的官兵，队列整齐地走上街头，惹得行人们驻足观看，不少好事者跟在队伍后面，看着来到县政府。

任县长、营校长和张团长，在保安团的护卫下，威风凛凛地从大门里出来，万向明看到万仙如和金秀站在前面，赶紧闪到门里偷窥。来到米脂有一段时间了，他一直没明面出来，以至于马家兄妹、金秀和万仙如都不知道他在米脂，更不知道他干着无耻的勾当。

"丁团长，啥风把你吹来，还带这多的官兵。"任县长问道，心里还是有些紧张。

"我是无事不登三宝殿。一句话，马上释放无辜学生。"丁团长口气十分强硬，说。

"丁团长，我是一县之长，地方治安出了问题，我有权处置吧？"任县长强撑着，说。

"这是八路军警备区的地盘，我们驻扎在这里，职责是：在黄河岸边抵抗日本鬼子的侵略，守护大西北的东门；在米脂县里，保护民众的各种合法权益。"丁团长义正词严道。

"可，可是那些学生不是合法民众，而是乱匪的胚子。"营校长不甘示弱，跨前一步说。

"他们阅读进步书刊，咋就成乱匪了？"万仙如问。

"这里没你插嘴的资格。"营校长对万仙如说。

"我是中共米脂县委副书记，学生阅读共产党的书刊被抓，我们有责任出面帮助他们。"

营校长无语，任县长也是一愣，虽说米脂是边区政府管辖，但共产党组织的活动历来是半掩蔽的，万仙如在这种场合公开身份，就是公然挑战政府，是在找死。 大门里的万向明更是震惊，他一直以为姐姐就是有政治倾向，没想到还真是共产党，还是副书记，这个世界真是在嘲弄万家。

"丁团长，还有这个啥女书记，国有国法，校有校规，我堂堂的一校之长，难道就不能管理我的学生吗？"

"合法的校务管理，我们是无权干涉的，但动不动以政治为借口，打压进步学生，甚至上纲上线羁押学生，就是侵犯人权，我们必须管到底。"万仙如有理有据说道。

"任县长，最后问你一句话，放不放人？"丁团长杏目圆睁，问。

"这……"任县长看着营校长，又用余光去找后面的万向明，他在犹豫。

"不能放，必须一个个审查，如果触犯法律的，一定要绳之以法，否则我们的学校办不下去了。"营校长的口气显然比任县长强硬很多。 加入国民党后，他的信仰越来越坚定，为实现三民主义，他要鞠躬尽瘁，死而后已。

"不说废话了，一连长，子弹上膛，给我冲进去抢人。"丁团长终于失去了耐心，说。

"咔嚓，咔嚓，咔嚓"，一片子弹上膛的声音响起。

"等等，丁团长，有事我们好商量。"任县长软了，忙说。 他本是个吃硬不吃软的人，心里明镜一般，跟谁斗也不敢跟拿枪的斗，眼前这一百多士兵真要动起刀枪，县政府瞬间就能血流成河。 好汉不吃眼前亏。"好好，我们放人，但要继续保留审查他们的权利，来人，放——"

万仙如笑了，她对丁团长由衷地，说："谢谢丁团长，谢谢八路军。"

"我们是一家人，一家人不需要客气。"

被押的学生们从县政府大门里飞奔出来，他们大喊：

"共产党万岁！ 抗日民族统一战线万岁！"

暗夜里，米脂县政府大院不时传出几声"喵喵"的猫叫声和"刷刷"巡逻队的脚步声。 漆黑的大院里一孔窑洞灯火通明，任县长拿出何绍南的条子，递给了万向明。

"咋，让我暗杀万、万仙如。"万向明揉搓着自己的眼睛，心惊胆战地问。

"这可是在绥德专署开会后，何专员亲手写好，让我带给你的。"任县长盯着万向明，意味深长地说："专员还说，开了春后，绥德崔书记的尸体在河里找到了，警备区到现在还在找漏网的杀手。"

万向明心里一紧，头皮发麻了。 这分明就是何绍南赤裸裸的要挟和警告，"我看，换个人吧，要干就干掉马伯雄。"万向明建议说。

"不行，他就一介书生，杀他没用，对共产党起不到震慑作用。"任县长试探性地说。 他心里最想杀的也是马伯雄，免得未来形势一变，与自己竞争县长的位子。 但他这个心思，绝不能给面前心毒手狠的家伙暴露。

"可是，万仙如，她是，是……"万向明说话，从来不是这样吞吞吐吐。

"是你姐姐，亲姐姐，对吧！"

"啊，你知道？"

"都姓万，榆林城的，都是富家子女，只要她和那个马伯雄一露面，你就龟缩了，这个逻辑关系，我还是懂的。 嘿嘿。"任县长狞笑着。

"姓任的，你就是个无赖。"

68

绥德警备区剧团到米脂进行抗战宣传演出。 首选米中的那座老戏台，前去联系，却被营校长以影响学校的正常教学秩序为由，一口拒绝。 对绥德警备区，他怀恨在心。 上次抓捕学生的事，上了警备区的《抗战报》，还被莫须有登了一份《米中学生的控诉书》，指控学校管理中的种种问题，很明显是要把他搞臭。 这会儿，你们警备区来演出"闹事"，还要占用我的地方，这不是打脸吗？ 去他的。 他索性把学校彻底封闭起来，不准老师和学生去捧场。

金秀被封困在学校里很是着急。 听说剧团要来，她组织师生偷着排了几个抗日小节目，准备到时候与剧团互动。 人家来了，她们连校门也出不去，干着急，没办法。

剧团在米脂的全程，由万仙如具体负责，她忙前忙后，联系场地，安排食宿。 米中演不了，万仙如想到了抗日青年救国团，和他们一道，在北门附近搭了临时戏台，特意制作了红色请柬，还亲自到县政府给任县长和几位科长、股长去送。 任县长表态，宣传抗日是好事，他一定参加，还冠冕堂皇地说，上次的事误会了，我们两党同在屋檐下，还要精诚团结，共同抗日。

这天一大早，马家大院里的纺机声按部就班地响起。 万仙如走进车间，对纺织女工们说，今天十点北门有八路军的演出，厂里除正常上班的，其他人都去观看。 听说有演出，女工们山呼海啸，萨仁花也说再忙都要去看。 马伯雄说你现在就调一下时间，陪仙如去现场帮忙。 自从万仙如那天自爆是县委副书记，知道绥德县委书记被害的马伯雄，对她的安全担忧加剧，他有时间就陪在万仙如左右。 米脂表面上看起来还算风平浪静，暗地里却是波涛汹涌，来自几方面的特务和流氓地痞，蠢蠢欲动，时刻想制造事端，唯恐天下不乱。

万仙如和萨仁花厮跟着走在街头，平时她们都忙，萨仁花来米脂好久，上街却很少，只知道埋头做工，已经是一位熟练的纺织工了，还是负责生产的小组长。 两人此时难得有短暂的拉话机会。"萨仁花，对不起，伯雄带你来了这么久，也没见到万团长。"万仙如带着歉意，说。

"这有啥，有名人写诗说，'两情若是久长时，又当在朝朝暮暮'，哈哈。"

"厉害，这诗你都知道。"

"我还会背'床前明月光'，'锄禾日当午'，和好多的唐诗呢。"

"万团长最近来消息了吗？"万仙如问。 听马伯雄说，前阵子万星明来信说，等最近忙过去了，要么派人，要么亲自来接萨仁花。

"嗯，他说很快会接我的。 你们呢，你们俩整天在一起，甚至在一个屋檐下，却无动于衷。 我真是不理解,你们汉人的感情,躲躲闪闪,深藏不露。"萨仁花脸上荡漾着春风,对万仙如说道。

"萨仁花,我服了你,一套一套的。 到了,看剧团在布置台子了。"万仙如打断了萨仁花的话。

两人只顾热烈地聊着,却没发现,从走出马家大院的那一刻开始,身后就有两个农人打扮的人跟着,他们是万向明手下的特务。

头天晚上,任县长又转来何专员的手谕,是给万向明发出的明确指示,要他趁警备区剧团演出时,对万仙如动手,以制造轰动效果,达到震慑追随民众的目的。

最近,"反共摩擦专家"何绍南如热锅上的蚂蚁,日子很不好过。 上任伊始,他摩擦得起劲,各县保安团和特派员得心应手,搞得共产党十分被动。 他的名声大噪,还挨了八路军副总司令的耳光,上次路经延安时,还被毛泽东当面训斥,要他看清形势,不要搞摩擦,还说什么"人不犯我,我不犯人,人若犯我,我必犯人",再这样下去就要对他动手。 边区政府也专门致电蒋委员长,要求惩办他,提出让警备区司令接替专员职务。 哼,真是岂有此理。 既然共产党给自己整理了罪状,他就要抓早动快,干一票算一票。 鉴于其他县的保安团已被共产党盯死,处于半瘫痪状态,基本动弹不得,他把希望寄托在米脂保安团身上。 张团长是酒囊饭袋,精明的万向明还算靠谱。 于是,他接二连三发令,看好这个心毒手狠的家伙。

万向明陷入纠结中,刺杀的如果是别的任何人,他会当仁不让,冲锋陷阵,现在要刺杀万仙如,那可是他的亲姐姐呀。 尽管他们三观分歧,人生信仰和政治站队不同,但也不至于到了仇杀的地步。 万仙如呀万仙如,谁叫你高调张扬是县委副书记呢。 他想让张团长负责完成,又觉得他是酒囊饭袋,完不成任务不算,很可能会耽误大事。加入国民党特务组织至今,他并未亲手杀过共产党人,但亲自指挥或参与的暗杀不计其数。 佛家说,放下屠刀立地成佛,那只是佛祖不惩罚了,但放下屠刀,共产党绝对不会放过自己。 思前想后,他痛苦地做出了执行命令效忠党国的抉择。

离开演还有一个小时,北门口已是人山人海,米脂城出现万人空巷,周边乡村的农人们一大早也纷纷赶来,连大山深处的杨家沟,有人也跑来看热闹。 为安全起见,万仙如向丁团长求援,七一八团派出一个排的官兵,早早到场维持秩序。

刚过九点,两班唢呐队在台子两边坐场吹打,开始起于慢板,由"过鼓"乐段过渡到流板,再接"过鼓"乐段过渡到跺板,使得音乐充分展开,再接"过鼓"过渡到甲板，等节奏加快旋起音乐高潮，最后急转散板结束。今天这么多观众，唢呐队更要要尽本事，《大开门》《西风赞》《上南坡》，这些经典名曲，两班轮番演奏。现在他们是志愿为剧团热场，而平时在红白事上，两家遇到一起，就要吹个昏天黑地，决一雌雄。甚至唢呐手吹得挣死的事，也不是没出现过。

眼看到了十点，县里诸位名流已来到台下，任县长却不见踪影。万仙如知道被他放了鸽子，不来也罢，她和剧团领导交换了意见，准时开演。

"父老乡亲们，大家中午好，我们是绥德警备区剧团，今天来米脂进行宣传抗日演出。打倒日本帝国主义！"身着八路军服的主持人上了台，手执纸糊的喇叭筒，说了开场白，便振臂高呼，掀起一波喊口号小高潮。

一个眉清目秀的女子，从人群里往前挤着，到了台前，突然开唱：

高粱叶子青又青

九月十八来了日本兵

先占火药库，后占北大营

杀人放火真是凶

杀人放火真是凶

中国的军队，有好几十万

恭恭敬敬让出了沈阳城

女子唱得剧烈咳嗽起来，一个老汉从台子一侧走出来，抱拳向观众哀求："米脂的老乡们行行好，她是我的女子。我们东北的家沦陷后，千辛万苦逃到你们这儿，几天都没吃一口饭，她快要饿死了。"

观众响起了一片唏嘘声，人们凄楚叹息着，纷纷掏出钱往前面掷去。老汉作揖打躬致谢后，操起一把二胡，音乐一响，女子颤巍巍站了起来，走上了台子，跟着音乐唱了几句，又剧烈地咳嗽起来，就地倒下。

老汉放下二胡，不断地呵斥女儿，女儿却是无力爬起。老汉发怒了，拿起长皮鞭对着女儿"叭叭"狠抽，女儿在台上翻滚起来。

"老汉，你住手，放下你的鞭子！"观众群里，几个后生喊叫着挤到台上，将女子围住保护起来。女子却一卜敛起来护住父亲，说：

我们东北叫鬼子占领之后

可叫凄惨哪

无法生活，只有流浪、逃亡

　　无处安身，没有饭吃

　　过着饥寒交迫的日子

　　观众们像炸开了锅，群情振奋，激荡不已。拿纸筒喇叭的主持人又上了台，高呼：

　　我们不当亡国奴！打回老家去！打倒日本帝国主义！

　　口号声、高吼声，震动群山，回荡高空。

　　一群八路军上了台，他们带头鼓掌，观众回到现实，发现刚才是在演戏。大家议论纷纷。

　　一个半小时后，全部演出结束，演职人员齐刷刷站在舞台上和大家一起鼓掌，观众们发现，刚才演老汉的原来是个后生，又是啧啧称奇。

　　万仙如拿面锦旗上台，代表米脂县委给剧团赠送，她将锦旗徐徐展开：

　　赠绥德警备区剧团：

　　鼓舞人民齐上阵，抗日宣传轻骑兵

　　中共米脂县委

　　台上热热闹闹，台下热烈沸腾。戴一顶大礼帽，躲在远处人群中，偷窥台上的万向明，冲着不远处等待命令的枪手点头，心里最后叫声姐，原谅我，你吃亏就吃在高调上。

　　"叭叭"，两声清脆的枪声响起，声音不高，但与嘈杂的声音频率不同，还是让注意力集中的万向明听得清楚。他抬眼再看，又惊又喜，喜的是万仙如安然如恙，惊的是被击中的是马伯雄，十分高兴。枪手是咋回事？明明让他瞄准万仙如，咋——明白了，是马伯雄挡了子弹。替心爱的人挨枪子儿，这还真是真爱呀。马伯雄是从哪儿蹦出来的？万向明顾不上再多想，抽身而退。

　　万仙如打开锦旗的当儿，马伯雄就站在台的一侧，不到一丈距离。处理完厂里的事，他来到北门时，演出已经开始。一口气看完全部演出，他非常激动，特别是与观众互动的《放下你的鞭子》，简直演得出神入化，差点把他也绕进去。这会儿，观察着台下观众的感受，坏了，他看见人群中有人举起枪，连想也来不及想，飞扑过去到了万仙如前面。枪响后，他见旁边有人倒地，再看万仙如安然无恙，这才察觉自己的手臂发麻，渗出鲜红的血迹。

　　观众太多，枪声太小，台下并未出现万向明预想的大乱，开枪的特务跑不出去，被身边几个后生按倒在地，一通拳打脚踢，等八路军过来，已奄奄一息。 现场已经戒严，另一个特务把枪丢在地下，因为形迹可疑，也随着几十个嫌疑人被带回审查，到次日早晨和盘托出。

马家大院里，马伯雄吊着一只胳膊，万仙如、萨仁花等人围着他，嘘寒问暖。

"伯雄，谢谢你为我挡了子弹。"万仙如柔情似水，眼泪汪汪地说。

"这事要是放在你身上，也是一样的。"马伯雄淡然说。

萨仁花左看右看，心想有的人的爱，好似一团火，热烈地燃烧，映照得满世界都知道，比如自己。 可这两个人不简单，他们的爱像是地下的温泉，滚烫得能煮熟鸡蛋，还是深藏着并不喷发。

"凶手是谁？"萨仁花问道。

"一定是特务干的，只是不知，是有确定的目标，还是随意开枪，制造混乱。"

"应该是你吧，我看见枪手有瞄准你的动作，才扑过来。"马伯雄心里发慌，说道。

"特务为什么对你下手，就因为你是县委副书记？"金秀问道。

"等抓住凶手，真相就会大白。"马伯雄说。

丁团长带来的消息，让万仙如的心跌到冰窖里。 被抓特务交代出暗杀的主谋，竟是自己的亲弟弟，万向明。

"万向明，他在米脂？"半躺的马伯雄吃惊地一卜敛坐起，问。 绷带裹着的胳膊，由于用力过猛，扯得生疼。

"他来米脂有些时日了。 万向明是何绍南的特派员，最近发生的一些事，保安团明面上是张团长指挥，其实幕后都是他在实际操作。 也许是忌惮你们在米脂，所以他一直没有公开露面。 他干了许多坏事，上次冒充八路军抢劫马氏庄园，打伤你父亲，还栽赃我们团，是他亲自干的。 他太狡猾，我们没发现他的存在。"丁团长说着，带了遗憾。

"啊——万家造了啥孽，出了这么个畜生。"万仙如痛心疾首，说。

"在希拉穆仁草原，我就看他不是个好东西。"萨仁花气愤地说。

"说谁不是好东西？ 惹萨仁花生气了？"一个爽朗的声音从门口传来。

"万团长。"几个人异口同声，惊叹又高兴地说。

"你，你咋来了。"萨仁花看见一身戎装的万星明，气宇轩昂走进来，愣住了，很快激动地问。 要放在草原上，她一定会不顾一切扑上去。

"这位就是国军八十六师的万星明团长吧？"丁团长伸出手，问。

"您是——"万星明看到身着八路军服装的人，也是一愣，问道。

"万团长，是你把进攻府谷的日本鬼子打得落花流水，逼得他们沿着黄河南下，到了佳县到米脂一带，给我留下了一口肉吃。"

"丁团长，幸会。"万星明想起河防上报的战况里，说日本鬼子南下到佳县，被八路军七一八团打得屁滚尿流，从口气里知道就是丁团长，忙握手道。

马伯雄说："既然你们都认识，就不用我做介绍了。"

"老弟，出了甚事？"见马伯雄吊着绷带，万星明问。

"这个混蛋，简直禽兽不如，他在哪里？"万仙如把万向明的事讲到一半，愤怒至极的万星明，拔出枪问。

丁团长说据掌握的情报，平时他住在县政府，深居简出，但居所也不定，是狡兔三窟。万星明说现在就去县政府，一定不能叫他溜了。丁团长问一起去？万星明说目标不能太大，我和任县长开会时遇过，以国军团长的身份拜见他，再以万向明哥哥的身份提出与万向明见面，估计问题不大。丁团长说那好，我们在外围配合你的行动。

事情紧急，说干就干，万星明带警卫班直奔县政府，却出现了一个意想不到的情况，万向明半夜跑了。

69

灿烂的阳光，暖洋洋地照进县政府里。在坐北向南的一孔大窑洞里，面如土色的任县长紧闭双眼，浑身直冒冷汗。这个姿势与状态，他从半夜保留到现在。

大喜大悲的一天过去了。万向明指挥特务刺杀成功，歪打正着刺了马伯雄，这好消息让他大喜过望。沉浸在兴奋中，又报来马伯雄仅是胳膊受伤，被刺杀身亡的是一名普通演员，他的心情不喜不悲，见到灰头土脸的万向明，他还是表示祝贺。该吃就吃，该睡就睡，心态保持平稳。当后半夜得到了一个消息，他的心情急转直下，彻底走向悲哀，一屁股坐在椅子上，再未动弹。

与任县长一墙之隔的万向明也睡不着，都过了零点，依旧睡意全无。这些年经历的人和事，在他的脑海里走马灯，万仙如、金秀、马伯雄、万星明、巴特尔和井岳秀、高双成以及省里新结识的人们，思来想去，还是觉得何绍南是最牢固的靠山。两人都心狠手辣，办事利落，贪婪钱色，刀下见菜。而且何十分器重自己，到万利毛纺织厂投资，委派自己做特派员，足以证明。

胡思乱想着，窑门被重重擂响，值班的特务说何专员来了。他猛地一激灵，何专员大半夜前来，会不会有诈？他习惯性地从枕头下摸出枪，见到果然是何专员。平日头发梳得光亮、趾高气扬的何专员，这会儿只带两个随从，垂头丧气，死气沉沉，他要万向明赶紧收拾东西，随同自己赶往榆林。

"万团长，你要找谁？是万特派员，啊——他是你的亲弟弟。天哪，请等等，让我捋一下。万向明，万仙如，万星明。"任县长摇晃着脑袋，语无伦次地说着，暗自想，这姓万的一家人，果然厉害。

"万向明人呢？"万星明失去了耐心，急吼吼问。

"实话告诉你，今天凌晨时分，何专员的专车接走了他，到现在，我也不知去向。"任县长说着，满脸的沮丧。凌晨，他是听到了隔壁的响动，因为万向明半夜经常出去，他也没当回事。直到听到汽车的轰鸣声，忙出去问值班人员，听说何专员来了叫走万向明，他一屁股坐下再没有动。

从凌霄塔向西南瞭望，通过玉砚桥，前面清晰可见一条一华里长，四五十米宽的土道。这是西安事变前夕，榆林军方专为张学良和杨虎城将军来榆的飞机，临时修建的跑道。

经过一夜的颠簸，何绍南的吉普车，在黎明时分直接开到这条土道上，远远看见已停了一架飞机，是昨天太阳落山前降下来的。几十名士兵守护了一夜，把早起的市民挡在远处。市民们等着，难得一见的飞机起飞。对他们来说，天上的飞机见过，落下来的是个稀罕物。

见到飞机，何绍南悬了一夜的心方才落了下来。自从暗杀绥德县委崔书记后，警备区以牙还牙开始全面反攻，把各县保安团打得损兵折将，让他焦头烂额。昨天中午，他在院子里散步，盘算着下一步应对警备区的策略。绥德保安团义合大队长慌慌张张跑来，说大事不好了，昨晚大队被警备区的一个连围了，被缴了械。听说另一支八路军去了吴堡，要拿下吴堡县保安团。他是趁上厕所的机会，翻墙跑出来报告的。

这是赤裸裸的公开挑战，不，不是挑战，简直就是毁灭。何绍南想着最近的烦心事，一定是毛泽东、林伯渠给警备区撑了腰，他们才敢肆意妄为。他赶紧向上面汇报。 南京方面很快回电，让他速速赶往榆林，将有飞机接他回南京面呈。 于是他开始了大逃亡，想着南京方面多次说话不算话，他对亲自派专机持怀疑态度，当亲眼见到飞机，才恢复了自信，上峰并没抛弃自己。 他亲自往飞机上搬了这两年多来，在陕北捞的"民脂民膏"。 装完后，冲着舱门敏捷地一跃，轻松上去。 跟在后面的万向明显得笨了些，跃了两下，脚未踏稳，却摔了个大马趴，他皱着眉头，不得不拉他一把。

"轰隆隆"，飞机轰鸣起来，声音震耳欲聋，像是脱缰狂奔的野马跑了一阵子，接着像一只摇摇晃晃的风筝，腾空而起，飘荡着飞向天空。 何绍南紧闭双眼，飞机的摇晃是司空见惯的，当越来越幅度大时，刚才还满满的自信，这会儿紧张得要死，他紧抓扶手不住祈祷。 飞机终于平稳了，螺旋桨的声音也小了很多，万向明恢复了平静的心情，从舱窗看下去，是榆溪河上的那座归德堡十孔拱桥。 当年，日本鬼子的三十六架飞机轰炸榆林时，最先看见的就是这座拱桥，立即进行了狂轰滥炸。 几分钟后飞到榆林城，才找到重点，但炮弹明显不足。 是这座英雄的桥，为榆林古城挨了炮弹，被炸得千疮百孔。 飞机继续爬升，钻进了云层，腾云驾雾中，万向明默默祈祷：我万向明能坐上飞机，一定会飞黄腾达。

何专员拿出一份标明"绝密"字样的文件，递给万向明，说南京方面转来的，是共产党整理的"关于陕西第二行政公署专员何绍南的八大罪状"。 万向明打开一看，主要内容是：何绍南破坏抗战，诬蔑八路军不打日本人，专打国民党部队；暗杀中共人士和八路军官兵；成立土匪别动队，扰乱社会治安；破坏警备区土地政策；借禁赌为名，贪污巨款；借禁烟为名，没收烟土贩卖；破坏公路工程，贪污工人工资；借禁用银洋为名，私吞十几家商号白洋。 把材料合住，万向明心惊肉跳的，不得不承认，共产党整理的材料基本是事实。 共产党也许给自己整了材料，只是级别不够，送达不到南京。这样一想，万向明的心紧绷起来。"简直是岂有此理，共产党在诬蔑您。"万向明愤愤不平，说着谎话。

"也不能这么说，要不是他们总结出我这么多的功绩，蒋委员长也不会派专机，接我回南京的。"

"南京，你说我们现在要飞往南京？"万向明惊喜道。

"高兴不？ 呵呵，我的事震怒了中共高层，他们给程潜主任，甚至给蒋委员长致函，要撤换掉我。"

的确，何绍南在边区捣乱，引发中共的愤怒，为把他驱离陕甘宁，边区政府主席林伯渠和八路军后方留守处主任萧劲光，联名致电蒋介石、孔祥熙、程潜、蒋鼎文等人，要求惩办何绍南，并要委任王震兼任绥德地区专员，电文说：

> 现在组织暗杀之黄若霖，虽经撤职；纵兵为匪之艾善甫，虽被关押；贩卖烟土之高步元等，虽已法办……但发号施令之主谋罪魁何绍南至今逍遥法外，未闻议处。

这份电文发出前，毛泽东仔细审阅并亲自做了修改，在如何处置何绍南的问题上，毛泽东批写：

> 请将该犯官何绍南加以逮捕，并解至陕北，组织巡回法庭，令民众代表参加审判，置之重典，以肃法纪，而快人心。

成了共产党的靶子，"反共摩擦专家"何绍南却沾沾自喜，能坐上专机，就得益于长期反共、制造摩擦的成果。"毛泽东有这样一个论调，敌人反对的我们拥护，我们拥护的敌人反对。既然他们反对我，要置我于死地，蒋委员长必定拥护我，支持我。专机接我，高双成和邓宝珊有过这样的待遇吗？没有！小万啊，跟着我干，保准飞黄腾达，光宗耀祖。"情绪高昂的何绍南，春风得意说道，看窗外大地，陕北高原渐渐远去，一马平川的关中大平原，在下面缓缓移动。

万星明是在榆林参加完师部会议，特意休假几天，专程来米脂接萨仁花的。一到米脂遇了万向明的事情，堵得他难受，折腾了一通却未抓住人。

万星明收到了萨仁花到米脂的消息，简直激动不已，与一位异族女子一见钟情，将这份感情保留十几年，在旁人看来不可理解，有时候连自己也觉得不可思议。由普通一兵，升为上校团长，他饱经沧桑，也见过太多的女人，但是对萨仁花就是难以忘怀。人生苦短，这次他是铁了心不再失去机会，像信天游里唱的：荞面圪坨羊腥汤，死死活活厮跟上。他就要和她厮跟上，让萨仁花跟着随军。

"哥，谢谢你来接我，但是，我喜欢上了米脂，不想这么急着跟你走。"躺在万星明的怀里，萨仁花认真地说。

"甚，我没听错吧，你不是从希拉穆仁草原专门寻我来的，咋又不跟我走呢。"万星明眨巴着眼睛，问。千辛万苦见了面又不能团聚，是她说错了，还是自己听错了。

"我要学习你妹妹和马公子，等打跑了日本鬼子，再说我俩的事。到那时，你也不再到处换防奔波，无论在哪安定下来，我就陪你在那里，过好我们的每一天。"萨仁花又认真地说。这些天，她从马伯雄和万仙如的爱情里，懂得了许多，只有打跑日本鬼子，才能过上真正幸福的生活。万星明是带着千人的主官，自己一个女人，咋能住在军营里影响他呢。

万星明琢磨着萨仁花的话，对她更加尊重与爱了。"萨仁花，不管咋样，我们这次见面，要给你兑现承诺。"

"啥承诺，我们还需要承诺吗？"

"娶你的承诺，兑现的已经晚了。"

听到万星明娶萨仁花的消息，大家伙十分高兴。马伯雄一口否决了万星明吃顿饭就算办婚礼的想法，说一定要按米脂的风俗，热热闹闹办一场，风风光光娶人家，并说是他从蒙地领来了萨仁花，他就当仁不让是萨仁花的娘家人。万仙如反对他大操大办的意见。马伯雄说你多虑了，操办不符合共产党的规矩，但你哥是国军，这方面没有约束，再说咱米脂是大后方，正常的生活该有还是要有的。万星明和萨仁花也反对。马伯雄说从你们的身上，我见识了啥是真正的爱情。这个婚礼一定按照陕北风俗来办，我还要请一位德高望重的先生，给你们证婚。

马伯雄要请的是李鼎铭先生。那天他中弹后，被紧急送到李先生的诊所包扎，后来又换过几次敷药。每次来这里，马伯雄都要与先生深入交谈。李先生用"摩擦专家"逃跑、保安团解散和共产党越来越得人心等具体事例，分析说边区政府取代国民政府是大势所趋，而且形势将发展很快，还说他完全想通了，只要共产党召唤，随时可以出山，为抗日胜利和国家的繁荣，贡献自己的绵薄之力。李先生还殷殷期望马伯雄也投身时代洪流里，迎接新世界的到来。恩师的指点，他自然点头称是。马伯雄说了万星明的情况，请先生做证婚人，先生痛快应允，李夫人还提出可以让萨仁花从他家出嫁。马伯雄大喜，原打算找家客栈出嫁萨仁花，现在从李先生家，真是难得。他替万星明和萨仁花，谢过李先生和夫人。

万星明归队在即，婚礼开始举行。新房是马家大院萨仁花的宿舍，贴了喜庆的窗花和对联，房里装点得喜庆红火，到处拉了彩绸。婚礼头一晚，万仙如、金秀和马苗，陪萨仁花住在李先生家里，几个人拉了半夜的话，直率的萨仁花奉劝几位好姐妹，说女人要抓紧做女人，早点把自己嫁了。各有心事的三人面面相觑，频频转移话题。

次日一大早，李夫人早早起来，给大家熬了一大锅红豆汤，意思是喝了这碗汤，所有的人和新人一样，日子都能过得红红火火。两声长号一吹，八抬大轿起轿，唢呐队打头，秧歌队压后，万星明把吉普车放置一边，换上红色的新衣，骑匹高头大马，浩浩荡荡来到李先生家，给压门的几个年轻女子"行贿"了红包，方进到房间里。 女人出嫁是最漂亮的时光，这会儿的萨仁花安静地坐在床上，一头浓黑的秀发高高绾起，身着右开襟的绿色蒙古袍，腰间扎一条白色带子，脸上化着淡妆，看着比平时妩媚几倍。她曾悄悄问马伯雄，说她带着蒙古族袍子，婚礼上想穿，可以不？ 马伯雄觉得蒙汉服饰别出心裁，自然应允。 萨仁花又提出要骑马出嫁，被当即否决。 马伯雄苦口婆心讲了通坐轿子的好处，萨仁花心花怒放。

万星明与萨仁花端坐床上，李夫人拿来两个面盆大小的蒸馍，让他们双手捧在一起，这叫接碟，意味着很快能生两个大胖小子。 接着在他们身边，又围了十几个小蒸馍，这叫围儿女，意味着儿孙满堂，多子多福。 新娘子蒙了盖头上了轿，唢呐再次响吹细打起来，娶亲的，送亲的，一队人马起程。 轿夫们齐唱"轿夫曲"，把轿子里的萨仁花颠得昏天黑地，以至于喊着要下轿，是万星明眼疾手快，才没让她就地摔倒。 进新房前，李夫人对两位新人说，褥子的四角下面压了东西，谁抢得多，谁就有福气。喊着"一二三，冲"，两人却手挽手走进去，不慌不忙拿出下面的红枣、花生、桂圆、莲子，大家啧啧这是一对恩爱夫妻。 最后的环节是接碟和接缘，接受亲朋送来的吃食，谁吃得多谁就有福，他俩又是平分秋色。

进入证婚的程序，头戴瓜皮帽，身着长袍马褂的李鼎铭先生，先对两位新人表示祝贺，又与大家同喜同贺，然后笑吟吟道：

榆林公子万星明，蒙古族女子萨仁花，喜今日嘉礼初成，良缘遂缔。

蒙汉联姻，一堂缔约，良缘永结，匹配同称。诗咏关雎，雅歌麟趾。瑞叶五世其昌，祥开二南之化。同心同德，宜室宜家。相敬如宾，永谐鱼水之欢。

谨以白头之约，书向鸿笺，互助精诚，共盟鸳鸯之誓。

此证！

亲一个，亲一个，纺织厂的女工们起哄道。 已换上军服的万星明显得十分拘谨，还是萨仁花大方，扳过万星明的脸，就是一通猛亲。 欢呼声与掌声响成一片。

金秀害着地捂住眼睛。 马苗的眼睛投向他处。 马伯雄朝万仙如投过炽热的眼神，正遇她也投过同样的眼神，四目相对，碰触出火花，两人心里涌出了潮湿的、复杂的情愫。

再亲一个，亲一个，女工们喊声依旧，闹腾得不亦乐乎。

70

大白天，米脂县政府大门紧闭，如临大敌，对前来办事人员都要进行严格搜查后，方能入内。呆坐的任县长面如土色，噤若寒蝉，食色无味，夜不能寐。何绍南一跑，树倒猢狲散。绥德飞扬跋扈的保安团，在毫无征兆的情况下，被警备区连锅端了。吴堡县驻防黄河的八路军三五九旅部队，用三天时间捣毁了七百多个用来制造摩擦的碉堡，之后突然包围了县政府，俘获大部分工作人员和保安团全体官兵，县长据说从后门溜走的，才没被抓现行。看这情形，整个一个山雨欲来风满楼啊。

该咋办，是跑还是留？几天来，任县长的脑海里萦绕着这个棘手的难题。在没接到省政府通知前，跑，就意味着三年多米脂任职的功劳和辛劳，被一风吹了，甚至还要负有责任。为什么要跑？自己的手上也没沾过共产党的鲜血，他甚至连一个普通的死刑令也没签发；可是，留，意义何在？何绍南那么大的官，屁股一拍也不敢留了，自己留下算啥。想起马氏庄园栽赃八路军的事，他的后脑勺紧紧的，要是哪天万向明到案，说出自己是同谋，那就彻底完蛋了。

春江水暖鸭先知。营校长也察觉到了异样，这些天，县政府再未来学校发送国民党的"三忠于"宣传材料，学校教师金秀却来申请，要上街演她们排练的抗日剧，说这些节目本来是和警备区剧团一起互动的。很明显，这女子有试探和质问的意思。他沉吟着，既没同意也没不同意，只是说最近要考试了，等考完试再说。县政府民运股的股长，也来学校质问他，米中是米脂人民的学校还是你营家的学校？并上纲上线列举了陈芝麻烂谷子的事，明显是把自己不当回事，来找茬子。这人据说是县政府里的共产党，敢理直气壮找茬，绝对有背后的势力。

更蹊跷的是，绥德警备区王震司令员突然到访米脂。在召集相关人士的座谈会上，意外地没见任县长，难道是被抓了起来？王司令义正词严发表讲话，然后调转话题，直接问米中的事，说营校长，你放着正事不好好干，竟干搜查学生宿舍，撕毁抗日标语，反对师生们抗日爱国的事，如果不悬崖勒马，一定没好下场。听得他如坐针毡。会后到县政府打问任县长的下落，果然人家学了三十六计，早溜走了。

营校长不是傻子，他也学着任县长的样，带了几个心腹，连夜逃往三十里外的镇川堡，等待东山再起。

任县长跑得真是及时。 几天后，国民党西安行营主任程潜致电边区政府：

边区各县之县长，由国民党省政府委派改为由边区政府委派……

边区各县的改组，这不是程潜网开一面，是边区政府斗争的结果。 八路军后方总留守处主任萧劲光，致电程潜和陕西省政府主席蒋鼎文：

> 国共合作已历三年之久，边区行政尚未明确，一县而有两县长，古今中外，无此怪事。 边区已忍让三年……

米脂县政府大院里，这两天乱糟糟的，任县长跑得不知去向，政府工作几乎瘫痪，只有共产党负责的民运股按部就班，不是出去调查民众，就是接待来访人员。 保安团的三十多人在苦苦守候，等待谁来发拖欠的两月工资。 他们的张团长，好久未接到何绍南的指示，又发现身边的任县长也不见了，顿时像热锅上的蚂蚁，当地人的他，跑没去处，留也不知干吗，别看平时咋咋呼呼的，其实他的心最脆弱。 出身小市民家庭的张团长，打小耍拳弄棍，歪打正着加入了警察队伍，溜须拍马当上了局长。 当王县长前脚被赶下台，后脚他又被何绍南拉进保安团，这还没干两三年，世事又生出变故。 等呀等，他等来的却是，被八路军缴械和逮捕。

一个天气晴好的上午，张团长和几名手上沾满共产党人鲜血的特务、保安团，在当年六位共产党人遇害的无定河滩，被执行了枪决，算是祭奠了先烈的亡灵。 只是，正义迟来了一点儿。

边区政府正式接管县里的政权，标志着一个崭新的世界出现，"三三制"的政权模式，成为边区政治历史的经典。

东街小学最大的一间教室里，满满当当坐着各种身份的人。 有穿八路军服的，有穿中山装、戴国民党"党徽"的，有穿西服扎领带的，更多的是穿长袍短褂和扎羊肚肚手巾的。

"各位先生、女士，我代表中共米脂县委欢迎大家的到来。 这里向大家传递来自陕甘宁边区政府的消息，关于米脂县核心领导权问题。 以后我们的政府，不再是由一个党派、一个人说了算的政府，而是由三方面的力量，汇聚起来的'三三制'组成的新政府。"讲台上的万仙如，神情飞扬说道。

坐在前排的李鼎铭先生冲着旁边的马瑞琪竖起大拇指，马瑞琪却面无表情，不远处的马伯雄和马拥护看着他们。

开会的代表是通过各区推荐的，涵盖了米脂各行各业的精英，有李鼎铭这样的陕北知名杰出人士，有马瑞琪这样的乡绅乡贤，有财大气粗的资本家、商人边客，也有贫农、雇农代表，还有旧政府的一些留守人员。米脂并未设一县两县长，在任县长一走了之后，政府里的共产党人主动担当，维持机构的正常运转。

万仙如是县委负责人，负责这次新政府的筹备建立工作。万仙如说："根据抗日民族统一战线政权构成的原则，在新政府组成人员的分配上，实行'三三制'，就是共产党员占三分之一，非党的左派进步分子占三分之一，不左不右的中间派占三分之一。我们认为，只有这样的政权，才是抗日民主政权，才能团结各阶层和党外人士患难与共，最终夺取全国抗战的胜利。"

"万副书记，好不容易赶跑了政府里的国民党，现在又要吸收进来乱七八糟的人，这边区还是不是共产党的天下？"有一个农民代表问。

"我起先也和你想的一样，现在想通了，民主政府是啥？是来自各个方面的精英，能传递各种声音，有利于政府决策和团结，如果不让非党的、工农阶级以外的人参加政府工作，他们会觉得是被统治者。还有，执政党如果因缺乏监督而带来不该带来的问题，就会妨碍工作。大家说，是不这个道理？"

"对。国民党不就是宣称'一个主义、一个党和一个领袖'，最后的结果呢，大家都心知肚明。"李鼎铭先生站起来，说。"当年榆林道尹公署，委任我就任神木县县长，我辞了。在这个官本位盛行的社会里，许多人对此不理解，问我为甚宁肯做'平顶子百姓'，也不去当县长。告诉大家，那是因为我的骨子里，与封建官场的尔虞我诈、官官相护、溜须拍马，格格不入。当官不为民做主，不如回家卖红薯。如果再要溜官害民，我怕天谴啊。好官做不成，坏官百姓骂，这个官不当罢了，罢了。"

"李先生，共产党'三三制'政府要你做官，当不当？"一个边客代表问。

"你的问题本身就有问题。做官，不是谁让做的，更不是自己活动的，那是老百姓选出来的。老百姓让你当，责任重大而光荣。能当选，就该鞠躬尽瘁。"李鼎铭郑重道。

李先生的一番肺腑之言，赢得在场所有人的热烈掌声。马瑞琪也开始有了态度，频频点头，连马拥护也受点小感动，不住瞅着这位个子矮小的同乡。

会议结束后，李鼎铭请马瑞琪到诊所叙谈。李夫人端来一个红漆木盘子，放了七八个小瓷罐，分别装了盐、芝麻、醋、酱，腌韭菜等小料，端上来两碗豇豆钱钱稀饭，和几颗山药蛋。

"随茶便饭，让马老爷见笑了。"李鼎铭说。

"这是咱祖辈吃下来的好东西，顺口又有营养，好吃好吃。"马瑞琪发自肺腑地说。

"马老爷，你说人这一辈子，甚是最重要的？"

"无病无灾，儿孙满堂。"马瑞琪说道，不解李先生到底想问甚？ 见他半晌不说话，又说："所谓一切过往皆为烟云。 家有财产万贯，有时候不如这碗钱钱饭。 豇豆压成铜钱模样，吃进去填饱肚子，养了身体，是最最实惠的。"

"哈哈，马老爷说得极是。"李鼎铭笑道。 他是有些担心社会的巨大变革，会击垮马老爷的，看他如此豁达的态度，暗自感叹，米脂不愧是文化大县，财主们多是识大体、顾大局的开明绅士。

"李先生，是不是准备好重出江湖？"

"马老爷厉害。 最近共产党找我两次，年轻的万副书记，说是边区政府希望我把米脂的民主政权重任担起来。 风风雨雨，这些年我们经历了太多，从袁世凯到蒋介石，他们只是有中华民国的称号，实质是换汤不换药，以新的专制主义代替旧的专制主义。隐退久了，我也麻木了。 这次共产党的'三三制'，像是一声春雷惊醒了我，再看这几年共产党的作为，不得不令人敬佩。"

"祝贺李先生，重出江湖，参政议政。"马瑞琪由衷地说道。

"不足挂齿。 有一事，想与马老爷探讨。 新政府有没有让你也动心，是否有意加入？"

"你知道，我们马家耕读传家，但世世代代从未涉足官场。 还是远离，远离。"

"我还要征求马老爷的意见。 在共产党初步拟定的'三三制'政府组阁人选里，有令公子马伯雄，不知你对此有何看法？"李鼎铭望着马瑞琪，探求道。

"我对伯雄原来的设想是，给他提供最好的教育，让他经风雨见世面后，回归马氏庄园，耕读传家先德远，孝言继世后擅长。 可是，这些年他一直折腾在外，已是身在曹营心在汉了，哪还有回归的心。 我也想开了，兵荒马乱的天下，谁知会变成个甚样子。 既如此，像刚说的，万贯家财不如一碗钱钱饭来得实惠。 马氏庄园和马伯雄，就随他们去吧。"马瑞琪说着，坦荡地大笑起来。

李先生望着马瑞琪，心想有拿得起放得下的心态，遇到任何事都会坦然处之。 财主们要是都像马老爷这样，革命就简单多了。 不过，简单的革命也不叫革命了。

会后的教室，烟头、烟灰与杂物，弄得一片狼藉。万仙如推开窗户，望着安静的校园，问马伯雄："新政府的情况就是这样，你参加吗？"她要马伯雄参加县议员的选举。

马伯雄盯着万仙如不开腔。任县长防范着他，李鼎铭先生暗示过他，万仙如期望着他。可他打算等纺织厂走上正轨后，彻底移交出去，要回到初心当建筑师。万仙如要他以无党派的身份，加入"三三制"的抗日民主政府，他的确十分犹豫。万仙如说往大了是为民族，说小了是为米脂人民，做实实在在的事，你没有理由拒绝。可我同意你的建议，就意味着背离了我的初衷，走向了政治。再说，选议员，要层层选举，万一哪个环节出点问题，实在丢不起那人。

"怕丢人？那是小资产阶级思想在作怪。伯雄，你从日本回到米脂，看到水深火热中的家乡父老，立即投入赈灾当中，挽救了多少无辜的生命。如今，抗日民主政府，需要你的加入，这也是拯救人民。你是不是对自己没信心？"万仙如看穿他的心思，刺激道。

"我对自己没信心？有，我干啥都能干好。我们参议会见。"马伯雄果然受了刺激，答应参选，还胸有成竹地表态说。

"就说，马伯雄是何等自信的人。好，期待你过五关斩六将，走到最后。"万仙如说着，和马伯雄握手。

"三三制"政权组成办法，在杨家沟一公布，贫雇农们就地炸了锅。杨姓的多数人认为，共产党流血流汗打来的政权，让马家的地主豪绅们掺和进来，这不是变天，也是为变天留有余地。马家的贫雇农认为，我们烧过马家大部分地主家的地契，分过他们的土地，还搬过他们家的东西。让马家人当参政议政掌了权，以后能有我们的好果子吃？村里的党团员们，对马氏家族参政也不放心，苏维埃主席李四拍着胸膛，说你们别以小人之心度君子之腹了，别堂的人我不敢保证，光亮堂马公子的人品，怀疑就是你们没良心。人家从日本回来，家门未进就熬稀饭赈灾，人家修建书苑，却是以工代赈为我们不饿死，还有我们犯了事，人家冒着杀头的危险，觐见井岳秀，让刀下留人。

李四是从织女渠工地回来组织选举的。他统一了党团员的思想认识，让大家按照家族构架，分配骨干深入每家每户做选举前的工作，宣传建立抗日民主政权，绝不让一个选民站在选举之外，他就是要确保马伯雄胜出。

选举日这天，龙王庙前的戏台，花花绿绿贴满了宣传"三三制"的标语。"杨家沟村县议员直选大会"的横幅更加醒目。 米脂县一共有二百一十三个议员席位，杨家沟在全县是最大的村，分配到三个县议员席位，候选人是按二比一参选的。 村里中共党员基本上都姓杨，党员候选人这个席位非杨家人莫属；贫雇农席位在农人间产生，候选人是一位贫协主席和妇女会主席；乡绅席位毫无悬念是马氏族人的，族长主动放弃，堂主们一致推荐族长公子马伯雄，另一位是荣光堂的，马拥护扑坎了两次，却无人提名，最后作罢。

杨家沟在全县有举足轻重的地位，县委对这里十分重视，派万仙如带几个区委书记和一些重点乡村几十名党员，前来现场观摩。 警备区剧团小分队在米脂配合选举工作，县里安排他们为杨家沟选举进行演出造势。

选举现场人山人海，堪比赶集过年。 杨家沟村几乎是全部出动，邻村的也来了成百近千看热闹的乡亲们，把戏台围得水泄不通。

锣鼓大镲一响，村里描眉画眼的秧歌队扭搭起来热场。 先以大场秧歌开场，在伞头的带领下，踩着锣鼓的节拍，变换了几次队形。

树有根，水有源

炎黄子孙拜祖先

祈求您老显神灵

庇佑子孙享太平

一粒种子贴心窝

一季庄稼绿满坡

一声春雷一通鼓

一地金秋万面锣

伞头转着五彩大伞，扯开嗓子唱了一段后，锣鼓大镲响起，秧歌队跟着再扭。 又是一通锣鼓大镲和喜庆的秧歌，伞头再唱：

扭着秧歌唱起歌

翻身不忘共产党

今日来选县议员

抗日民主大团圆

秧歌队一撤，主持人上台，宣布候选人名单产生经过、投票规则和今天到场情况，除几个七老八十的人因病无法到场，全村选民投票率达到百分之九十六。 宣读完毕，他大声说："有请六位候选人各就各位。"

锣鼓唢呐激烈地响起，人们的掌声一片。

六位候选人各就各位，他们的身后是六个大瓷碗。选民们排起一眼望不到头的长队。

"好，一切就绪，准备投票。"主持人喊道。

"住了，快停住了，我要毛遂自荐。"

71

杨家沟的选民们，人人捏着一颗黑豆排好了队，正准备开始投票。会场上突然出现了叫停声，把全场镇住了。顺着声音寻过去，发现是光明堂堂主马拥护。

"马拥护，你想干甚，破坏选举吗？"李四走到马拥护跟前，恨不得一拳干倒他。

"谁说我要破坏选举，我要毛遂自荐。懂不懂，战国时期，秦军包围了赵国都城邯郸——"

"在你们马氏庄园选区，你咋不自荐呢，这会儿毛遂自荐，晚了。"主持人拦住马拥护的喋喋不休，说。

"那会儿是我没想好，这会儿我想好了，我也要为民主政权出把力。出力你们不要的话，还讲甚民主？"马拥护拉着驴脸排侃。偷眼打量全场，发现目光都聚焦到自己的身上，得意劲油然而生。

主持人向万仙如等县区领导请示，领导们紧急商量，既然是试点，就批准了出现的新情况。"好吧，这位选民有如此热情，经上级组织批准，破格同意毛遂自荐的他成为候选人。"主持人说着，让下面的工作人员，在马伯雄旁加了一个板凳和一个瓷碗。

选民们排成一串长队，顺序走到七个候选人的身后，"当，当"，每个选民在三组候选人后面，庄严地分别投下一颗黑豆。马拥护紧张地竖起了耳朵，从身后"当"的声响中，辨别黑豆是否进入自己的碗里。他是一个投机主义者，今天的毛遂自荐，并非临时起意，而是蓄谋已久。在马氏族人里选举，他起先还信心满满。前年杨家沟闹红，是他进城搬来国军，吓唬穷鬼们把吃进去的吐出来，侵占的土地也没敢占一寸。族人们说，是马拥护先带李胡子们，挖了自家深埋的财宝和粮食，分田分东西，事情弄大了，才搬来国军，最后却又给国军交了保护费。 再说了，国军整治苏维埃，是蒋介石在根据地统一开展的"围剿"行动，又不是在杨家沟的独立行动。

好几百人的投票，差不多持续了一个小时，主持人请监票人宣布结果，没出意料，三位当选议员的票数是压倒性的，让马拥护大跌眼镜的是，听到身后"当当"的黑豆响得欢，他才得了五票，而投完票用眼神跟他交流过的选民，至少有三四十人。

锣鼓喧天中，马伯雄等三名当选者走上台。 李四代表选民表示祝贺，说今天你们光荣当选，是你们代表杨家沟的荣耀，也是沉甸甸的责任。 他从兜里拿出三件器物，钢球、针线和一面镜子，说这是织女渠工地上使用的钢球，希望你们开会时，把杨家沟和全县的父老乡亲联系起来，团结得像钢球一样牢固；这是针和线，你们要为各阶层穿针引线，把大家的心聚在一起，把抗日民族战线筑牢；最后这件是面镜子，李四拿着反射出一道强光，照着台下的人，说你们要像镜子一样，办事廉洁清正，不丢杨家沟的人。 这番讲话，是万仙如一字一句修改，他背下来的，有水平的讲话，赢得议员和选民们的刮目相看，鼓掌声与鼓乐声响成一片后，警备区剧团的节目开始了，将活动推向新高潮。

万众瞩目的米脂县第一届参议会在东街小学礼堂（大成殿）举行，包括候选、聘任议员在内，有二百一十名议员出席会议。 在人们的印象里，能出席县里议会的人，该是挂着文明棍、身着长袍短褂或亮丽衣服、西装革履、皮鞋明光锃亮的人，哪想出席参议会的大多数人，扎羊肚肚手巾，穿千层布鞋。 议员中，贫雇农和中农有一百七十三名，占了三分之二，你说他们该穿啥？

会议投票选举李鼎铭先生为米脂第一届参议会参议长，一位共产党员和无党派人士马伯雄为副参议长，另有九人为政府委员。 会上，成立了县务委员会，由共产党、国民党和无党派人士组成了"三三制"新政权，马伯雄当选县务委员会主任，也就是此前称的县长。

这世界真是鬼使神差得令人捉摸不透。 任县长担心马伯雄篡权，却在他逃跑后，马伯雄被民选担了此任。 主任叫着拗口，按老习惯大家称马伯雄为马县长。

马伯雄主持的县务委员会第一次会议，是研究落实参议会上提出的"抗战动员""军民关系""经济建设""抗敌负担"四个议案。 前两个议案很快有了结果，后两个涉及的是钱，落实起来较为棘手，讨论了一上午，说不出子丑寅卯，大家把难题推给马伯雄，看这位新官的本事。

谈论时，马伯雄喜欢把头仰起，似乎天花板上写了良策。现在要他说办法，收回目光苦笑，他说钱是这世上最难的事，都知道，边区各级政府的日子不好过，一方面日军加紧对解放区的扫荡，实行野蛮的"三光"政策；另一方面国民党顽固派采取消极抗日，积极反共的政策，乘机对陕甘宁边区进行封锁，切断边区与外面的一切来往。八路军的经费本来不多，老蒋又停发所有的经费，这还不算，使上吃奶的力气，调几十万大军，对陕甘宁边区实行军事包围和经济封锁。

有委员说："马县长，你说这个我们懂，属于大气候，眼下要的是县里的具体应对措施。"

马伯雄说："下面就说具体措施，抗敌负担是眼下亟待解决的，经济建设却是一个长久之策，两者有联系又有区别。联系是都涉及钱，区别是处理起来有轻重缓急。又要筹钱，又要减少抗敌负担，咋弄？我看从富人那儿筹，从没钱的穷人那里减。"

"马县长，抗敌是全体民众的事，你这样做，是不是不讲道理？"一位财主委员，忧心忡忡发问。

"道理是啥？道理有时候就是不讲道理。"马伯雄坚定地说着，成竹在胸。

"马县长，不知是你没说清楚，还是我没听清楚，咋觉得云来雾去。"

"那我就说点具体的，废除按人头收的办法，改按土地收取。地多的多收，地少的少收，无地的不收。在此基础上，鼓励主动捐赠，当然要照单全收。对商人和手工业者，参照执行。我们总的原则是，抗敌费用的征收必须完成，老百姓的生活也必须保障。"

"要是按你这样的办法收，马县长考虑过没有，你家可是最大的征收户。"一位资本家委员善意地提醒道。

马伯雄笑了，但并未接茬，说："请大家讨论具体实施细则吧。"他当然知道，收得最多的是光亮堂，但既做了主任，连这么点姿态都拿不出来，咋能服众，又咋用实际行动，拥护共产党的"三三制"呢？

秘书通报丁团长前来拜访，马伯雄出去迎接。这段时间，建立政权，制定制度，忙得昏天黑地，他许久未见丁团长了。

"马先生，哦，马县长，我是来与你辞行的。"丁团长声音朗朗说。

"你们要走，是换防？"马伯雄想起万星明不住地换防，便这样问。和丁团长打交道时间不长，但早被他的人格魅力所征服。面对凶猛的洪水，丁团长跳入水的画面，永远定格在他的脑海里。 除了八路军，这个世界上恐怕再没其他的部队，为了老百姓，会自觉自愿、奋不顾身，冒着生命危险跳水里堵决口。

"不仅是换防，是暂时换了职业。 毛主席在边区第一届参议会上，发出'自力更生，艰苦奋斗'的号召后，一场轰轰烈烈的大生产运动，在陕甘宁边区全面展开。 接到上级命令，我们旅立即开拔进延安的南泥湾，开荒种地，自给自足。"

"让作战部队去深山老林里开荒种地，这，能行通吗？"

"自古军队都是扛枪吃粮的，没谁见过扛着枪开荒种地的。 可眼下的形势不一样，抗日战争进入相持阶段，国民党顽固派采取消极抗日、积极反共的政策。 蒋介石调动了几十万大军，对陕甘宁边区实行军事包围和经济封锁，想困死饿死我们边区军民。要生存活下来，就必须自力更生，自己解决自己的饭碗问题。"

"八路军能文能武，还能种地，你们这样的部队，一定是战无不胜的。"马伯雄由衷地赞叹说。

"谢谢马县长。 这次我们离开得有些突然，有件事还需要移交给政府，就是河西治河造出来的那块地，还是用你设计的水车，旱地变成了水浇地。 你知道，那地原是块烂水湾，涉及周围三四个村。 我们要走了，不知该移交给哪个村？ 思来想去，还是由你们收回处理。"

"谢谢丁团长，白给我们送来一个饭碗。"马伯雄激动地握手，说。

"饭碗？"丁团长感到纳闷，问。

马伯雄说就是一个好饭碗。 他问部队何时出发。 丁团长说昨天接到命令，明早就要出发。

晨曦初现的无定河畔，漂浮着不高不低、不远不近、不薄不厚的、朦朦胧胧的雾。不时荡过的一阵阵轻风，吹绿了河边柳的嫩芽，却吹不散浓雾，也吹不皱无定河水的一个浪波。

与风相比，"嘀嘀嗒嗒"的军号声是有力量的，齐刷刷的喊声与脚步声，冲着天，动着地。 雄赳赳的丁团长带着官兵走出军营，被眼前的场面震惊。

道路两旁，黑压压的全是老百姓。 放眼眺望，到河那边的大山，也望不到人流断线。

"马县长，作甚，咋把摊场弄得这么大？"湖南人丁团长见到马伯雄、万仙如、金秀、萨仁花、马苗、李工程师和一群参议员们，领着乡亲们分站道路两旁送行，他用陕北话问道。

"乡亲们是自发而来的。这两年，你们与当地的老百姓建立起鱼水之情，现在要离开了，他们不舍啊。"马伯雄动情地说。

"丁团长，织女渠安装好了闸门，通水在即，遗憾的是，你们等不到通水的那一天。我代表工程处向您和全体七一八团官兵，对你们在织女渠修建中，付出的劳动，深表谢意和致敬。"李工程师感激地说着，眼前不断浮现出官兵们帮忙挖渠道、栽柳桩和堵决口的一幕幕，眼睛由不得湿润了。

窄窄的道上，队伍抹出的一道灰色，被五颜六色撺着，搅混在一起。乡亲们从篮子里掏出鸡蛋、红枣、红薯、洋芋蛋和烙饼、蒸馍，撺着塞进官兵手里，官兵们躲着跑，不肯接受。

"马县长，不行呀，这样违反部队纪律。"丁团长说。

"丁团长，下令让他们收了吧，要是不收，会伤老百姓的心。"马伯雄劝道。

太阳就要从无定河东一跃而起，丁团长走到队伍前，大声道："全体注意，请为勤劳善良的米脂人民，敬礼！"他说着，抬起右臂，给米脂人民敬了一个庄严的军礼。此时他的眼前，在米脂日日夜夜的点点滴滴，走马灯般浮现，禁不住泪流满面了。

72

丁团长带着部队一口气四个小时急行军，到绥德四十里铺镇，遇上春耕前的最后一个大集。镇子在无定河东岸，位于绥德与米脂两县城中间，东西隔着无定河，连着两条大沟，每逢遇集，十里八乡、几十个村庄的乡亲们拥到镇上，人流和马车，将道路堵得严严实实。

"嘀嘀"，一辆车门上印着"青天白日"的绿色中吉普车，不停地鸣着喇叭，试图希望人群能让出一条道来。吉普车是个稀罕物，偏僻山村里的老百姓多数没见过会跑的"铁疙瘩"，出现在眼前，都涌上前来看稀罕，一下子把整车堵得水泄不通。车里的长官无奈地摇着头，下车往前走去，他东瞅瞅，西问问，边走边赶集。猛地，看见迎面走来一队望不到头的八路军，赶集的老百姓自觉让出一条道。万星明退到旁边，走过来一个熟人，"丁团长，丁团长。"

"万团长，真是万团长。不可思议，我们在这儿能遇到。"丁团长说着，挤过人群，两人相遇分外激动。

"丁团长这是换防？"看到这么大的阵势，换防多次的万星明，条件反射般问。

"万团长你呢？"丁团长轻描淡写地说，反问万星明。

"我，我是从南边来的。"万星明也说得含糊其词。

他们是朋友，但更是分属不同党派的军人。朋友只拉朋友的话，部队的事即使再平淡无奇，也属于保密的。这也是职业军人的基本素质。

万星明让警卫从车上拿来罐头、饼干等吃食，丁团长连连摆手，开玩笑说我的这么多士兵盯着，一个人可不敢吃独食啊。万星明竖起大拇指，笑是苦笑。两人简单拉了"三三制"政权和马伯雄已被选成了县长。

中吉普终于挤了过来，丁团长看到队伍走远了，两人赶紧分手，相约再遇，一定痛快地喝场酒。

万星明是从延安北上的。前不久，邓宝珊将军秘密下达命令，要万星明等几个部下来延安。国民党将军见部下，放着自己的桃林山庄不见，却要到共产党、毛泽东的大本营延安，命令本身让他们百思不得其解。再三核实命令确认无误后，万星明赶紧起程。

国民党政府军委会西安办公厅主任，电令邓将军派兵给驻扎在三边阎家寨子的陕西保安团"送粮"。邓没有理睬。他知道，这个保安团实则是流氓团，他们经常流窜到解放区的村庄里，强行编制保甲，抢劫老百姓的财物，还贩卖毒品。边区靖边县政府派出一队人马与他们对峙。岂料他们把政府的人马包围，还打死打伤多人。事情弄得太大，两党政府和两军进行谈判。八路军派兵对其进行军事围攻。在这个敏感的时候，上面让邓将军派人送粮，就是倒行逆施。上面的电令接二连三，邓只得复电：

> 阎家寨子乃弹丸之地，深入陕甘宁边区一百五十多里，在我无足轻重，派兵送粮，定要与友军起衅，影响国共团结，不如将部队撤出。

邓将军果断拒绝执行命令的事传出，令驻防的万星明感到人心大快。从黄河西岸回到三边，他和部队驻扎得憋屈，整天处理的是与共产党、老百姓间的纠纷，如再要给这帮王八蛋送粮，他很可能会违抗军令的。不过，他的挡箭牌是上级，有邓将军亲自阻拦，等于救了他们下面人的命。

抗战期间，邓宝珊将军和高双成将军等，与陕甘宁边区政府保持着睦邻友好关系，邓将军曾命令他们黄河驻防部队，要密切与八路军的往来，维护延安、榆林两地人员及物资的顺利出入。万星明知道，延安方面给榆林出售了八千石粮食，而高双成的二十二军向延安出售电匣子和干电池等物资。延安八路军在榆林城设立了办事处。当然，也有万星明不知的，延安高层的人士，如高岗、王震、陈奇涵等多人，多次秘密来过榆林，邓将军也几次到延安，与毛泽东、朱德、贺龙、林伯渠等高级领导人会晤。这次，邓将军参观完延安后感慨万千，特意选手下的几位中校、上校，秘密前来延安，走走看看。

万星明来到延安，接待他们的是边区交际处的工作人员，人家说邓将军已离开延安前往重庆，把他们的行程交给了处里。接下来几天的所见所闻，令他们耳目一新，启发颇多。有一件事更是让大家终生难忘。那天，他们去杨家岭参观，所乘的中吉普车突然抛锚，驾驶员爬到车底下修理，他们几个好奇地看到路边劳动的八路军官兵，大家议论说八路军真是奇怪，自己种地种菜，中外闻所未闻。

万星明问陪同的鱼处长："处长先生，有个问题也许我不能问，担心涉及你们的军事秘密，你可以拒绝回答。"

鱼处长和蔼地说："只要能告诉你的，我都不会保留。"

"他们这些军人在干吗？是挖军事工事吧。"

"他们，就是进行古老的开荒种地，和军事没一点儿关系。"鱼处长被逗乐了，说。

"这是世界上的一大奇迹。当兵就是当兵，哪个国家的部队，是自己种地养活自己？"一位中校问。

"这要问你们的蒋委员长。在你们走进延安的路上，难道没感觉到严密的封锁吗？"鱼处长反问道。

"封锁，对对，到处都是严格的检查站。"万星明说。

大家热议着，一辆拉着大黑板的马车停下来，赶车的战士问是否需要帮忙。

满脸油污的驾驶员从车底探出头，说："老毛病了，收拾一下就好。"

万星明迎着马车走过去，问战士："你好，请问车上拉的东西要送到哪里？"

"我们是抗日军政大学的学员，要把黑板拉到垦荒工地，一边劳动一边上课。不然，分配的垦荒任务完不成。"

大学也是一边劳动一边上课？万星明还想问下去，车子已修好了。大家上了车，直接开到杨家岭。在一排排窑洞前，鱼处长见一位上校拿出照相机，忙劝阻道："来前我告诉过大家，这里不能拍照，请理解并配合。"

"这就是传说中的毛主席、朱总司令住的地方？"万星明问。鱼处长不置可否，他激动起来。

参观间，见几个军人拉着架子车走了过来，说着让一让、让一让。大家看清架子车上拉的是大粪，便纷纷往后退去，有人还下意识捂住鼻子。万星明也往后退了退，发现拉车子的人有点面熟，突然他捂住差点喊叫出来的嘴巴，喃喃道是他，没错，报纸上，还有画像里，都见过他。

鱼处长大概听到万星明的呢喃，赶紧招手叫司机开车过来。吉普车又缓缓前行，渐渐离开拉粪军人的身影。在他们的视野里，三五一群的军人，在公路边的山坡上劳动，简直是漫山遍野。

万星明回忆着延安之行，车子到了米脂。他走进纺织厂，见女工们头不抬眼不睁，照看飞速转动的梭子。萨仁花一人看两台织机，更是忙得团团转。"呀，你咋来了。"她猛一抬头，见到日夜思念的男人，激动得心里花枝乱颤，忙乱得连拥抱都腾不开手，扭头说先在宿舍里等我。

"伯雄，你也在，最近好吗？"万星明在院子里见到马伯雄，忙问候道。

"我还要问你呢，偷偷来看婆姨，也不跟我们打招呼，真是重色轻友。"

两人打趣着，万星明讲了在延安的所见所闻，说真是百闻不如一见，那个地方看起来穷，但人人的脸上都带着信仰的光芒，是亮闪闪的那种，走路挺胸抬头，很有精神，这是人人平等、精神富足带来的。伯雄给你说件事，要不是亲眼看到，打死也不会相信。万星明说了那个大人物和士兵们拉粪的事。马伯雄也感到不可思议，说大人物能做这样的事，咋会不赢得人心呢？

"咋样，干得顺心不顺心？"马伯雄问万星明。

"咋说呢，按说军人是以服从命令为天职。可是，遇到完全不靠谱，甚至带着私利的命令，执行起来会很痛苦。眼下日本鬼子是我们民族最大的敌人，可有些命令针对的却是同胞们。我还算庆幸，上面有邓将军和高将军这样明事理的上级，南京方面的有些命令他们敢直接怼回去，即使无奈下达的，也暗示我们动脑筋执行，实在不行的，两军对垒，就，枪口抬高一寸。好了，不说这个了，说说你，当县长的感觉如何？"

"面对百废待兴的米脂，我最不够用的有两样，时间和钱，恨不得用上分身术，恨不得自己开银行。 听说了吗？ 万合纺织厂要进行股份制改革，边区政府一次性投入二十万，还要吸收私人股金二十六万，创造全新的公私合营办厂模式。 那天萨仁花说了，她也要入股，你们好好商量一番。 我有事要忙。"马伯雄说着，拿了材料回县政府工作了。

"你咋知道我要入股？"面对万星明的问题，萨仁花惊讶道。

"不管哪来的消息，就问你，懂投资吗？"万星明问。

"懂点，我们厂在原来的基础上，新添毛织机、织棉布机和裁绒毯机，工人增加到了二三十名，现在一年产毛料六百多丈，棉布三千来丈，公私合营后产量能增加八倍多。 未来，情形好着呢。"

"好是好，可你就那点工资，还有钱投吗？ 要不要我给你拿？"

"小瞧我了，我来嫁你，可是自带着嫁妆。 这次我想全部投进厂子，等以后稳定了，再拿出来，也办一个自家的工厂，亲自当厂长。 嘻嘻。"

万星明看着得意扬扬的萨仁花，面如桃花，含苞欲放，他的热血禁不住一股劲地往上来冒，猛地一把搂住萨仁花亲吻起来。 萨仁花来了一个反制，急吼吼剥去他的衣服……

万合纺织厂的公私合营说改就改，边区政府的资金迅速到位，还另外拿出一百石小米和五千公斤羊毛，其余的私人股金也筹措起来，萨仁花入了一万块。 万仙如和马伯雄却反其道而行之，两人抽出了本金，也未还给各自的父亲，投到一个新的领域里。

小小的县政府，即使在马伯雄上任后进行了机构改革，把庞大的机构压缩到三科八股，人员减少了三分之一，现在还剩小一百号人，大家所需工资，一方面靠降低政府开支，另一方面要通过自力更生，来弥补财政收入不足。 为此，马伯雄绞尽脑汁，想不出办法来。 万星明讲述的边区"大人物"亲自拉粪车的故事，让他醍醐灌顶受到启发，为何不在丁团长留下的五百亩水地上做文章呢。 他打定了主意。

"让我们县政府的干部去种地？ 马县长是不是搞错了。""物价是越来越高，就现在这点工资，养家糊口都难，再要是降低，还让人活不活了？""马县长的大生产，运动到了我们的头上？"在县政府的讨论会上，不少公务人员质疑，有人振振有词地质问马伯雄。

"在国民党严密经济封锁的当下，我们的收入在降低，税源也在萎缩，物价却在飞涨，的确是面临的难题。 不过，反思过自身存在的问题吗？ 政府机构太多，人员依然庞大，工作人浮于事，现在只好在开源节流，多渠道、多层次，挖掘财力方面下功夫了。目前最容易实现的就是种地，这也要感谢人家七一八团，留下的这笔宝贵的土地财富。"

"说一千道一万，你就是让我们去当农人。"

"在边区当农人，不是我的发明创造。远的说，人家晋绥边区驻神木各机关和神府县干部，每人种地二点五垧，要起码确保一个半月的口粮和蔬菜自给，还要种棉花，保证一年够用；近的说，绥德县政府的人员，开垦种地，农产品除了自用，还要上缴公家一部分。"

"种地可不是简单的事情，还要有籽种，农具，这些谁来解决？我出身农家，干活可以，投钱没有。"商贸科长说。

"所有的投资，均由我来负担。秋收后还回来，再做下一年度的投资，进行滚动发展。"马伯雄说着，拿出一万块放在桌上，这是万合纺织厂退股资金，不够，后面还有。他心里说，万仙如的退股资金也在自己手上了。

见马伯雄拿出了自己的钱，大家也不再说甚，默认了种地的事实。

春来了，春风煦煦，春暖花开。

织女渠终于建成，投入使用了。经过数百个日夜施工建设，在渠首开凿出一千多米的隧道，穿岸边石崖引入无定河水，经山坡明渠再进入土渠，建起长达十八公里的水渠，渠道沿途筑起涵洞五处、暗渠七处、跌水两处、倒虹一处、渡槽七座、排洪桥四座、斗门七座，将有五千多亩土地受益，得到饱灌。

一个曙光微露的早晨，透过淡蓝的天光，又是一个晴空万里的好天气。米脂无定河畔，人来人往，渡口特意多放了两条小舟，人们来回摆渡，忙得不亦乐乎。

"万副书记，马县长，你们来了。"李工程师站在闸门前，笑盈盈地招呼前来的县里领导。

"李工，辛苦了。听说今天开闸放水，我一晚上没睡，就等这个载入米脂历史的庄严时刻。"马伯雄说。

"一切就绪了吧。"万仙如问。

"一切正常，就等正式开动启闭闸门。"李工说。

"李工，问个问题，这么大的事，你为何不让大张旗鼓庆祝，只通知我们几个？"万仙如问道。

"进入春耕，老乡们都是那么忙碌，轰轰烈烈弄张扬了，影响正常的农忙。 不过，得到消息的他们，还是络绎不绝来了不少人。"李工说着，一指沿着渠道的小路，一群群农人们正朝这边走着。

"多会儿开闸？ 我们昨晚通知了沿线的群众，让他们等在田间地头，直接浇灌受益。"万仙如说。

"在太阳升起的那一刻。"

"这个时间好。"马伯雄和万仙如异口同声。

"时间到了，我们一起推这个。"李工指着闸门上的两根铁棍，说道。

东方红了，霞光就要飞满天时，织女渠的启闭闸门在马伯雄、万仙如和李工、李四的共同推动下，缓缓升起，着急的无定河水，由缓到急流进渠道，开启了新的旅程，"哗啦啦"清流，在渠道里欢快地流淌，纵情歌唱。

"还有这么多的水白白流走，真是遗憾，没能让流进你们政府的那块地里。"李工说着，对马伯雄投来歉意的一瞥。

"随着抗战胜利的一步步推进，我相信一切会好起来的。 只是遗憾，丁团长没能亲眼看到织女渠建成的这个场面，还有，李工您，马上又要离开，米脂人民忘不了你们。"

"马县长，万副书记，等织女渠扩建改造的那一天，工程还由我来修建。"

马伯雄和李工紧紧握手，带着信任与期待。

米脂街头三三两两的行人驻足，看着县政府大院里走出一队人马，他们戴着草帽，拿锄头的，扛铁锹的，背袋子的，在大家的注视下，走到无定河边，上渡船过河。

河湾宽展展的土地上，隔不远堆起一个黑色的粪堆，这是前几天用马伯雄的资金买来的大粪。 马伯雄没种过庄稼，但县政府里大多是农家子弟出身，对种庄稼并不陌生。 民运股长是临时指定的种地负责人，他把大家分成几个小组，有的撒粪，有的翻地，有的平地，还有一组在播种。 附近的农人们见"官"们都进到地里劳作，年轻的马县长还光脚踩在地里，大受感动。 有人从家里牵出骡马，有人拿来各种农具帮忙，大家忙得不亦乐乎。 马伯雄见几个农人拿来粪簸箕，便给自己也要了一只，学着他们的样子，弯下腰拿着簸箕对准粪堆使劲一撮，再把满是粪肥的簸箕挂脖子上，跟在播种人的后面，用手捻一把粪，准确投到种子身上。 短短几天，河湾地全部入了种。 民运股长再次把大家分了组，分段来踩水车，把刚刚入种的地，透透地浇了一遍。 很快，

351

庄稼苗苗绿油油冒了出来。

陕北又遇到了大旱，米脂河西的水地有了织女渠的灌溉，庄稼长势良好。 在广大山区里，农人们又愁眉苦脸了，眼看就要立夏，漫山遍野干土飞扬，种子无法入种。他们多么期盼来一场透雨，赶得上春播的农时。

"呜里哇啦，呜里哇啦"，几支唢呐队伍拼上老命吹着，唢呐队后面，是一眼望不见头的抬龙王爷楼子的队伍，他们长蛇般地，蠕动到县政府门口，唢呐声停了。

有人领喊：开西门，迎龙王，

众人齐喊：开西门，迎龙王。

喊声震得政府大门上的铜锁，也在嗡嗡作响。

73

"马县长，外面农人们闹腾起了，喊着要开西城门，出城祈雨。"门卫慌慌张张喊叫，说。

"胡闹，祈雨就祈雨，哪个门不能出，专门要开西门，还闹到政府来，搞封建迷信还有理了。"民运股长说，他对封建迷信这一套十分反对。 有不少人也赞同民运股长的看法。 马伯雄却不这样认为。

米脂人都知道西门有个传说，就像米脂人都会唱几句《闯王歌》一样：

远照米脂两套城

近看米脂没西门

西城角下压九龙

老鼠盗来狐子刨

万历那年发大水

冲出一条，就是那闯王李自成

米脂民间有无定河发大水，冲毁了西城角，放出巨龙李自成，当了大顺皇帝的传说。 据说当年流传甚广，传进清宫，引起皇上的恐惧。 乾隆年间，宫里派风水大师来米脂察看。 大师不知是真看出，还是听说西城角还藏着八条龙的秘密，又用罗盘又用立极尺，祭天，敬地，点纸，念咒语，还使了短法子，折腾好些天后，快虚脱的大师说，自己功力有限，斗不过这群龙，只有在此修一建筑，方能压住他们。乾隆五十年（1785年），朝廷拨付专款，在距西城角不远处修了两层高楼，被米脂人称之为西角楼，说把八条大龙压到角楼下，又怕大龙从西城门溜出去，索性把西城门也封死了。果真以后数百年，米脂再未出大乱。

这年眼看就要立夏，到现在滴雨未下。农人们联想到民国十七年的旱灾，不寒而栗。谷雨一过，城郊的农人们开始谋划祈雨的事。立夏前两天，龙王庙的会长们在庙里抬起楼子，一问神神，说米脂这些年的干旱，是因封了西城门，挡住龙王回城的路所致。要得到破解，只有打开西门，才能一劳永逸摆脱干旱。其实，在西城门被封的百余年里，农人们不知闹过多少次，可是挖开了城门，就等于放出了"李闯王"。皇上也罢，朝廷和政府也罢，谁敢做主，引火烧身、自掘坟墓。农人们的诉求，每次都以失败告终。清末时，有一次闹得太大，还搭上了两条人命。从此，挖西城门的事再无人提及。这次，见年轻的马伯雄当了县长，县政府也归共产党边区管辖，有人便怂恿着开挖，准备试试。

马伯雄听说乡亲们是为祈雨，表情十分淡然，说："他们这么希望挖开西城门，那就挖吧，没啥大不了的。"马伯雄想的是，在共产党受到老百姓欢迎，甚至是爱戴的背后，有一个逻辑在里面，就是老百姓喜欢干的，就要坚决支持，这很重要。

"使不得，马县长，如果满足了他们的封建迷信，敌对势力就会说，共产党的边区政府也违背了无神论。"万仙如急匆匆赶来，说。

"万副书记，我倒不这样认为。当年朝廷修建西角楼，封死西门才是封建迷信。现在打开西门，就是顺应民意，破除封建迷信。真要是祈来一场好雨，那岂不是天大的好事。"马伯雄说着，想起当年自己领着杨家沟人祈雨，果真祈来一场好雨的事，感到十分欣慰。

矛与盾遇到一起了，大家品味着马伯雄的话，觉得有道理。

"马县长，这事还需你三思而行，千万不能为了小事而犯了共产党的纪律。"万仙如还在坚持，劝说道。

"我是一县之长，又是民主人士，犯了纪律，我承担好了。"马伯雄说着，大步流星走出了大门。"乡亲们，我是马伯雄，请听我说。"马伯雄对着黑压压的人群喊叫，把人们的目光吸引过来，现场变得肃静起来。"乡亲们，多日干旱无雨，作为面朝黄土背朝天的农人，我十分理解大家的心情。说实在话，这些天只要是天阴了，我就在心里默默祈祷，赶紧下雨，风调雨顺。 现在，你们既然抬起了楼子，我和你们一起祈祷吧。"

"不光是祷告的事，龙王爷说了，是西城门拦了他的路，闪得进不了城，龙王生气了，就闹干旱。"抬楼子的一个中年人说。

"龙王爷不就是说，进不了西城门，让他很生气。 我们赶紧打开，迎接老人家入城吧。 你们谁是会长？ 去告诉龙王爷，马县长很欢迎他回城，我还想和他交朋友。"

马伯雄的幽默，引来老乡们欢腾的笑声，大家议论说马县长平易近人，没一点架子，话也说得好听，事也做得俊。

"马县长，你们的人不让挖西城门，要不然，我们也不会把楼子抬到这儿来。"中年人又说。

"咋不早说？ 走，我跟着你们一起去挖。"马伯雄说着，走过去亲自抬起龙王爷楼子。

唢呐引路，响吹细打的抬楼子队伍，因为马县长的加入，引起巨大轰动，一路走来一路壮大。 大队人马浩浩荡荡到了西城门，被堵了百年的城门，堆积的弃土垃圾快和墙一般高了。 几个警察守在那儿，见马县长也在抬楼子的队伍里，惊得端着的枪快掉下来。

"请撤到远处，让他们挖开城门。"马伯雄放下楼子，果断地下令。

祈雨的队伍刚才来过这儿一次，被警察赶走后，才围的县政府。 现在听马县长果真下了令，人们纷纷拿出铁锹，在起劲吹响的唢呐伴奏下，分出几组，轮番上阵，挖得尘土飞扬，昏天黑地。 很快，小山般的土堆搬了家，城门洞露了出来，再挖了一会儿，两扇厚重的城门"嘎吱"一声浑然倒下。 一群人蜂拥着上前，搬开已经腐而不朽的城门板子，把龙王爷楼子重新抬起，他们扭头向马伯雄挥手告别致谢。

"伯雄，真服了你，不仅支持他们求神，还亲自抬起楼子。"回到马伯雄的办公室，万仙如嗔怪道。

"这是我当县长的一种积极态度。 还记得给你说过的，我在杨家沟当主祭人祈雨的事吧。 那次，我们刚刚祭祀完，头顶上滚来隆隆的雷声，真下起了雨，是一场透雨。"

"那是巧合。"万仙如不以为然地说着，"轰隆隆，轰隆隆"，窗外滚起了雷声，而且一声高过一声。

窗外狂风大作，不少树枝纷纷弯腰匍匐。 他俩面面相觑，都是觉得不可思议。 惊讶中，豆大的雨滴，打得树叶"沙沙"作响，紧接着，"刷啦啦"的倾盆大雨，让外面的大街小巷，水流如注。

万仙如回望马伯雄，眼里闪现出复杂的神情。

万星明被邓总司令叫走十来天毫无音讯，刘旅长有些抓耳挠腮。他突然回到了驻地，满腹狐疑的刘旅长立即召见，要万星明到旅部汇报。

"报告。"气宇轩昂的万星明喊着报告，走进刘旅长的办公室，见坐着察哈尔第一游击军二支队司令张廷芝和一个模样俊俏的女子，还有旅长夫人与儿子。

"张司令也在。"万星明打了招呼，对这位张司令他没一点好感。此人和堂弟张廷祥是三边一带恶贯满盈的大土匪，这样的人却被省政府招安，张廷芝当了保安司令，弟弟为保安第十三团的团长。

"星明，你可回来了。今天是个好日子，你要给我，给张司令道喜，我们联姻了。"刘旅长高兴地说。张廷芝亲自带着养女小琴来与刘旅长家联姻。小琴姑娘，要嫁刘旅长的儿子。

万星明连忙道喜，祝福一对新人。寒暄过后，也无汇报时间，直接参加了刘旅长举行的订婚家宴。等到张廷芝酒醉饭饱走了，万星明借点酒劲，问旅长为何要与张廷芝联姻？刘旅长一愣，问是我的儿媳不俊，还是张司令不好？万星明说女子长得好看，面相也善良，张廷芝这人嘛，卑职不好评论。刘旅长哈哈大笑，说张廷芝是咋样的人，我能不知？但我考虑的是安定三边局势。长期以来，张家弟兄对我们这些外来的虎视眈眈，蠢蠢欲动。万星明恍然大悟，说还是旅长看得远，秦晋之好之外，还有这么多渠渠道道。刘旅长说，我们不说婚姻之事，说说你的延安之行。万星明一惊，旅长知道自己去了延安。转念又一想，一个团长无端走了十几天，岂有旅长不知的道理，便实话实说，介绍了延安的实情。刘旅长听完并未说话。

秋风起了，三边大地的树叶，是陕北地区最早黄的。

张氏两兄弟，以庆贺联姻为由，在蒙边城里张灯结彩，举行盛大宴会，并邀请蒙边旅连以上军官出席。看到张家的请柬，万星明觉得赴宴不妥，电话请示刘旅长后，对方说如果不来，就是你给我姓刘的难堪。

喜宴是在蒙边城最豪华的亮宝楼饭店举行，一溜排开的十二大桌，把大厅挤得满满当当。张廷芝和刘旅长分别讲了几句话，吃喝开始，很快觥筹交错，喜乐融融。凉菜有十道，热菜是全羊宴，从羊头到羊蹄，包括肝胆脾胰肾和肠子心肝肺，做得是班班样样。万星明和几个副旅长、团长及张家兄弟同坐一桌，大家互敬酒后，张廷芝向刘旅长提出借五百套军服和五百颗手榴弹、两千发子弹的要求，喝在兴头上的刘旅长满口答应，让万星明很不舒服。 他借故上厕所走出大厅，却见四周保安团的人很多且神色慌乱。 忙躲进厕所，从破砖缝看出去，饭店外站满了荷枪实弹的士兵。 情形显然不对，万星明再来不及多想，猫着腰翻墙而过，逃了。

宴会的高潮不停掀起。 张廷芝端着酒杯，一口一声叫着刘旅长，刘亲家，两人咣当一碰，就在刘旅长仰头喝进的一刹那，张廷芝拔出手枪，对刘旅长的胸部"叭叭叭"连开三枪。

"不许动，蒙边旅的军官们放下武器，饶你们一命。"张廷祥双手持枪，厉声道。他的周围，是冲进来的几十名保安团士兵，持了长枪短炮枪对着大家。

蒙边旅的军官被扣押在饭店里。 保安团紧急出动，对驻扎在蒙边的两个营进行偷袭。 接近营地时，被刚埋伏好的官兵迎头痛击。 原来，万星明机智脱险后，立即赶往营地，说明了情况拿到指挥权。 刚部署完毕，张廷祥的保安团赶到。 双方激战一个昼夜，谁也没占到便宜。

"万团长，不要开枪，我们是来调解的。"蒙边街上的两个财主喊叫着，朝着营房走来。

他们是张家兄弟请来调解的。 保安团本来就不是正规军的对手，所以采取奇袭伎俩，谁料跑了万星明，打成了对抗战，久攻不下，便派说客前来，希望蒙边旅撤离蒙边，条件是释放全部扣押的蒙边旅军官。 万星明问明饭店里的情况，同意了对方的要求，他带领部下撤离到七十里外的白泥井，未到自己团的驻地，蒙边那边蒙边旅的军官已经被释放。

74

又到满世界金黄的收获季节。 陕北有句俗话，不看前半年的雨水，就看后半年的收成。

今年的春旱持续到立夏前，祈雨祈来了一场饱雨，才没耽误播种。 捉苗之后，又下了知时节的好雨，伏天里又是两场透雨，雨生百谷万物鲜，奠定了全年的收获。

伏天里的雨后，玉米、高粱这些宽大的庄稼叶子，滚动着晶莹透亮的水滴，充满了旺盛的生命力；谷子、糜子、黑豆细窄的叶子上，沁着细小的水珠，裹着一团水汽，润润的朝气勃勃。 雨后天晴，在大太阳的暴晒下，静谧的大地，能听到玉米拔节，豆子疯长的声响。

繁忙的秋收开始，农人们在心甘情愿的劳累中，收了红的高粱，金黄的玉米，弯弯的谷穗糜子，饱满的豆科，还有紫红的红薯，浅黄的洋芋，乳色的白菜，深绿的菠菜和红色的柿子，浅绿的豆角。 沉甸甸的果实压得农人们喜上眉梢。

收完了秋，等到晾晒的粮食躺在窑顶、硷畔，等待入仓时，上面传来一个好消息，要减租减息了。

万仙如在县里传达来自边区政府的精神，"陕北解放区的大部分县，进行过土地改革，实现了'耕者有其田'。 米脂等周边几个县，绝大多数的村未分过土地，分过的，后来也被反攻倒算收回了。 针对这些问题，中共中央发出了《关于抗日根据地土地政策的决定》文件，明确规定，地主要普遍减租减息，不得抵抗而不执行。 还规定农民有交租的义务，不得抗而不缴。 文件里有具体的缴纳比例和计算标准，请各位看看。马县长，请你谈谈。"

"减租减息不算新鲜事，早前苏维埃政权成立时就提过，抗战开始后也提过，这两年边区政府提了，只是宣传层面上说得多，具体落实得少。"马伯雄简单讲了减租减息的前世今生。

"今年我县收成不错，农人们有了粮，也不在乎缴纳的那些。 再说，交多少是双方早些年约定俗成的，轻易不要动，动了，影响安定团结。 马县长，你说是不是？"一位县务委员说，他家是东沟里的大地主，他把问题抛给更大的地主。 显然有更深的意思。 虽然他知道可能没用，以前不知马伯雄这个人，和马伯雄共事以来，马伯雄拿出的钱，远比领的工资多得多。

"减租减息之所以未全面推开，是有许多原因的，如不利于抗日民族统一战线的形成，不利于各阶层的团结，怕影响'三三制'政府的建立等。 现在时过境迁，情形不一样了，别说减租减息，就是重新分配土地，也是必然的。"马伯雄铿锵有力地说道。

"土地都是地主的，政府又没有，拿私人的土地进行分配，那不是光天化日抢吗？"这位县务委员又在嘀咕。

"这个问题不是我们在这里讨论能解决的，现在研究的是执行文件，要做好以下工作，首先吃清底子，按规定的范围，确定对象、减的数额，这项前期工作最为庞大，也十分有必要；第二，要不图数量保质量，符合条件的一户不漏，减一户就要成一户；第三，是县里要进行立法，有法可依，执行起来，双方都不被动了。"

"马县长，问句不该问的，减租减息，光亮堂的马老爷会同意吗？"那位委员还是不甘心，又问。

"他同意不同意我不知道，但有了政府的条文和法律约束，相信他一定会执行的。我知道，老爷子懂得，活在这个世界，比土地和金钱重要的有好多。 杨家沟作为减租减息的试点，由我亲自去，大家没意见吧？"

马县长要亲自拿自家"开刀"，其他人再无话可说，就等着看笑话。

"马县长难得回家一趟，有事吧？"马老爷见儿子回来，语气有些阴阳怪气，但心里还是乐开了花。

"父亲，您和我姨身体还好？"马伯雄问。

"好着呢，今年又是大丰收，你爸一顿能吃一大碗捞面，拌两个炒鸡蛋。"姨笑眯眯地说。

"忙你的去，不要影响我和伯雄说话。"马老爷让女人离开，缓缓地问，"是不是又来了运动，减租减息了？"

"是，儿子愿听父亲高见。"马伯雄掏出笔记本，像个小学生，说。

"高见不一定是，就想和你讨论，减租减息要有度。 弄好了皆大欢喜，弄不好两头不满意，说不定会弄出人命。"

"请父亲明示。"

"拿马家各堂的租地形式来说，有定租、包山租和活租三种，绝大多数是用前两种，好处是庄户人固定，知根知底，相互放心。 活租的租额是高，有些人狮子大张口敢要一半，但风险也大，要是遇不到好年馑亏空了，租户屁股一拍走人，能咋？"

"我们家是个啥情形？"马伯雄问道，他想吃透家底。

马老爷找来常管家，拿过账本一五一十细算。"去年是平年，咱家打下新米九十八石，支出了二百五十三石，这里有一百二十一石交了公粮。"

"啊，入不敷出，不会吧？"马伯雄大为惊讶，问。

"白纸黑字不是写着。"

"公子，容我一道道给你细说。"常管家打开账本，耐心地给马伯雄解释。

算了半天的账，果真亏空了一百多石。

"那亏欠的粮食从哪来补？"马伯雄问。

"我们在其他县还有很多土地，除在当地交过公粮还余了一些，拉到米脂来缴，这几笔就是。"常管家指着账本说，"光亮堂去年总共卖了一百二十七石贡米，用来维持庄园的日常运转。"

原以为家大业大的马家，没想到这些年逐渐变得如此脆弱，马伯雄陷入矛盾中，"父亲，你说这减租减息是该弄，还是不该弄，弄该咋弄？"

"弄，共产党的政策，不弄不行。但弄，不能过激，减租要符合实际地减，绝不能减租减得让东家自己都吃不上饭。"

"减多少算符合实际？"

"各堂普遍仗着自家的地是熟地、好地，能多打粮，便多为四六开。客观地说，是高了些，五五开合适，最低到四六也还合适。有些人的地是借钱买的，他们担着更大的风险，收的租子连利息也付不起，租子再一减，会挫伤他们买地的积极性。商品和土地一样，流通了，才能刺激经济的发展。"

"这说到经济学的范畴里了。减的范围在百分之十，最多不超过百分之二十，最合适。"

"这也不少了，一石少了一斗多，总算下来是多少？"马老爷说。

马伯雄连着访了几个堂主，情况和自家的基本一样。有一个堂主说，不瞒侄子你说，我把地租改为伙种和活租了，这样明面上减了实际上并不减。马伯雄问不怕租户告你。堂主说他告个甚，要是敢胡骚情，我就再换佃，不相信了，吃屎的还能把拉屎的治住。

马拥护是杨家沟的嘎人，也代表着一定的群体和势力。马伯雄找他调查，见他躺在一张竹条躺椅上，正晒太阳。

"好消停呀，光明堂主。"马伯雄问道。

"哎呀呀，是马县长驾到，我说今早的喜鹊，咋喳喳叫个不停呢。刚才你叫我甚，堂主吗？你要叫我叔，我是你叔伯叔。"

"叔好。"

"我是县长的叔叔，看谁家的儿，敢欺负我。"马拥护一卜敛坐起，得意扬扬地说。

马伯雄直接问减租减息。

"减嘛，好好减，反正我的地没多少。"马拥护说起减租，漫不经心。

"总还是有些租地吧。"

"没了，租有球的用，担名搁利的，到头来收不了几个租子，还要被人算计。"马拥护的口气，明显带着敌意。

"真舍得把地白白撂荒？"

"舍得能咋，不舍得又能咋。看我们光明堂这破落相，哪天说不定叔叔要到你的门上讨口饭吃。"

"我看看你家的账本，可以不？"马伯雄用平静的口气问。

"能么，你是谁，我的侄子嘛，咱还一起慰问过抗日将士。"马拥护说着，果真取了账本。

账本简单得像一张白纸，显然做过了手脚。知道了这个情况，马伯雄也无心去看了。从马拥护家出来，他又走了几家杨姓人家，给他们减租减息，普遍的态度却不很积极。在半山腰的一个扁窄院子里，见不大的场地上堆满长腿大白菜。两孔土窑洞旁，用砖头垒砌的一个锅台坐口大铁锅，锅里翻江倒海热气腾腾，一个女子抱着菜往锅里投，另一个女子在炉灶下面不住地添柴火。蹴在锅台上的是个中年人，他用一把火钳翻着大白菜，在锅里打上三四个滚，水淋淋地捞到另一个大瓷盆里，被等候的女子端走，倒入一个冷水缸，几个女子"哗啦啦"使劲摆菜，接着麻溜地捞出，捆扎成一束，放在碾盘上控水。

"姨姨，姨夫，腌菜呢？"马伯雄主动打招呼，问。

"哎哟，是马公子，看我们这儿乱七八糟的，多不好意思。"唤作姨姨的把双手放围裙上，来回着擦，男人一卜欤跳下锅台打招呼，却不知接下来干甚，就呆站在一旁。

"你们继续忙活，我也是随便走走，和你们拉拉话。"马伯雄说着，不好意思了。姨姨是家里姨的亲妹妹，当年就是她介绍姐姐给马老爷续了房，姐妹俩都住在杨家沟，但除逢年过节走动一两次，平素并无往来。见马家公子上门，全家人诚惶诚恐，不知所措。

马伯雄拉把凳子坐在水缸旁，看着她们摆菜，和她们拉话。问起减租减息，又上锅台的姨夫飘来话，说今年这么好的收成，不需要减。姨姨说地主家也是不容易，买地要花多少钱呀。说实话，你们是不是怕减租了，地主再不给租地了？马伯雄问。姨夫嘿嘿笑着，说这个顾虑也是有的，其实光景过得好不好，主要看老天爷照应不照应。天不下雨，地主和租户一样穷，下了雨也一样好。

几天调查下来，马伯雄想不出如何应对。 吃早饭时，他对父亲说减租减息真不好弄。 父亲说不弄，政府不答应；弄了，地主不高兴，佃农们也不积极。 他说正是，成了几头不讨好的事了。 父亲说你就实事求是弄。 实事求是，马伯雄想着，有点醍醐灌顶的意思了。

回到县政府与各路调查组碰头，除个别被冰雹打过的村庄，大家的汇报大同小异。马伯雄说了自己的想法，今年第一次搞减租减息，与其拿指标逼下面，弄出假合约，假数字，假手续，破坏生产力的话，不如让他们按自家的实际情况主动申报，也就是说，让地主和佃农商量着减租减息。 而我们呢，等待观察，以静制动，出现了问题及时协调解决。 至于今后，边走边看，有问题就改进，大家意下如何？

"我不同意。"万仙如走进会议室，她的一句不同意，语惊四座。

"请你说说理由？"马伯雄的脸色有些不好看，说。

"一切尚未实行减租的地区，其租额以减低原租额的百分之二十五为原则，不论公地、私地、佃租地、伙种地，也不论钱租地、物租地、活租地、定租地均适合用之。这是根据地的土地政策。"

"可政策要符合实际，灵活掌握，大家说是不是？"马伯雄说，把希望寄托在大家的支持上。

万仙如和马伯雄的争论，大家看来十分有趣，他们虽不是两口子，但他们的事满世界知道，一个是共产党的县委负责人，一个是边区"三三制"政府的县长，为这事争得面红耳赤，管他公事与私事，大家才不想介入呢。

"不行，上级党组织定下的，就要旗帜鲜明，不遗余力，克服困难，坚决执行。"万仙如坚持道。

"如果是这样，我宁愿向边区政府辞职。 各位散会。"马伯雄同样坚定地回击说。

"伯雄，你太固执了。"马伯雄说出辞职，让万仙如备感失望。 等与会的人散去，万仙如心软了，默默地走到他的背后抱住腰，说："请你理解我，理解我们的组织。"

"理解不了。"马伯雄说着，摆脱了她的拥抱，"你尊重实际吗？ 知道农村的具体情况吗？ 减租减息不能一刀切，要循序渐进。 看看，这是我一手调查的资料，这些，足以证明，我观点的正确性。"马伯雄将笔记本留下，离开了会议室。 留下万仙如独自发呆。

75

"老爷，全算好了，如果按减百分之二十五，我们还要退出这个数。"常管家对马老爷伸出手，比画着说。

"算上交过的公粮，还有盈余吗？"马老爷问。

"有，今年的收成好，盈余还不少呢。"

"好，赶紧先选一两户，我要亲自去送。"马老爷神清气爽，精神倍好地说。

退租户当然是在杨姓里面。常管家和马老爷爬到半山腰，看见一个农家小院里，铺满了金黄的谷穗，两个人用连枷打场，一个男人用木锨铲起谷粒，借着大风扬起，米与糠在空中分离。马老爷对常管家说，就去他家。

"马老爷，你咋来了。"中年男人停住活计，紧张得语无伦次。其他人也略微低头致意，心里想这世事咋了？前几天马公子过来拉话，今天马老爷亲自前来。

"你叫，叫丑女子吧。"马老爷微笑着问。

"马老爷还记得我？"叫丑女子的婆姨诚惶诚恐地说。丑女子是小姨子，是她们姊妹里长得最俊的，叫丑女子是因为她家姊妹多，为养一个活一个，父母生下她们后都起了不好的名字。名字叫得越丑越脏，就越皮实好活命，这是陕北的乡俗。

"不要一口一声叫老爷，该叫我姐夫。这位是挑担？"

陕北人把连襟叫作挑担，马老爷的话让在场人大吃一惊，在他们的印象里，这么多年里，马老爷从未叫过小姨子和挑担，今儿猛不愣地一叫，不受宠若惊才怪呢。

马老爷让常管家给小姨子家当面算了账，说要退一斗两升租子。

"使不得，这可使不得。前几天马公子来算过账，我们说现在的租子本来不多，今年的收成又好，你们不敢退了。"挑担忙说。

"不行，亲戚也要明算账，和别人一视同仁。"

马老爷的坚定，让小姨子一家深受感动，个个热泪盈眶。瞧，他是多么仁慈啊，想着这些年虽然两家走动少，但他们和其他租光亮堂的地户一样，无论灾年丰年并没有吃亏。

收获总是让人喜悦的，就像付出总是艰辛一样。河西县政府的那块地，经过春播，夏灌，秋晒，到了深秋，谷子、糜子、绿豆、黄豆、玉米、高粱等庄稼，早已是果实累累，作物全部收完，分给政府里的工作人员，抵了部分工资。 今天收获地里最后的成果，被霜杀的大洋芋。

马伯雄分了两大袋子洋芋，却不知如何处理。 踌躇中，见万仙如款款走来就迎了过去。 那天他说要辞职，回去还真给边区政府写了辞职报告，再也没见过她。 这些天他在忐忑，报告打上去已有半月，不见一点回音。 眼下他还是马县长，但话说出去后，遇事总觉得管也不是，不管也不是，左右为难。 有时想，当时是不是感情用事了？

"马县长，恭喜县政府的大丰收。"万仙如也走过来，说，并与认识或不认识刨洋芋的人打招呼。

"万副书记，把我这两袋送你。"马伯雄一脸正经地说，他知道，四周有多少双眼睛和耳朵，操着他俩的心。

"好，你先拿到马家大院，有时间我们烤着吃。"万仙如满脸荡漾起灿烂的笑容，击碎了看热闹不嫌事大人的期望。 更多的人，长舒一口气，恭喜他们和好如初。

马伯雄拉起装洋芋的架子车，万仙如在后面推车说我是来给你作检讨的，犯了主观主义的错误，请你原谅。 马伯雄诧异，问原谅你啥，难道你错了？ 万仙如说我是诚恳的，就别笑话。

万仙如去边区政府参加了一个重要会议，差不多与马伯雄的辞职信同时到的延安。 会议期间，边区政府领导找她谈话，拿出两份材料给她看，一份是马伯雄的辞职信，其内容和在米脂会上说的一样，事例与数据更是齐全，还有冷静客观地分析；另一份是陕甘宁边区"关于减租减息工作"的情况通报，表扬了米脂县灵活处理减租减息，受到地主和租户双满意的调查，里面的事例有名有姓，十分具体，如光亮堂马瑞琪亲自到佃农家送减的租子，印斗等区、乡政府人员，带着佃农赶着毛驴车，到地主家退多算的租子。 米脂人，边区参议员李建侯先生，在减租清查中，查出名下的伙子尚未实行减租，是因为他一直忙于长篇小说《永昌演义》的创作，把三百垧坡地的租佃手续交给亲属管理。 事情弄清后，李先生并不推卸责任，立即退回多收的部分，并向伙子们保证，绝不因减租改变租佃关系。 米脂的做法，防止过"左"行为的发生，让地主也能正常生活，发展和巩固了抗日统一战线。

"万仙如同志，我们正准备讨论，将米脂县作为边区减租减息的先进典型，在大会上进行经验交流呢。"

"首长，我检讨。"万仙如忙说。

"你检讨什么？"

"我来的时候，是准备检讨工作不力，等待上级批评和处理的。现在呢，我检讨对这项工作认识不足，看法片面，以至于误解了民主县长。"万仙如诚恳地说。

"马伯雄辞职的事，你说该咋处理？"领导笑眯眯问。

万仙如灿烂地笑了，说："我替他收回辞职信，请放心，我一定会处理好的。"

"给，你的东西。"万仙如憋得脸红脖子粗，把信件退给马伯雄，说。

"这个啊，我还以为是情书呢。"马伯雄开玩笑地说着，将辞职信撕了。

万仙如被弄得脸更红了，一推马伯雄，说："你想得美。"

此事的圆满解决，让万仙如发自内心地佩服马伯雄。初夏为祈雨队伍打开西城门，搞封建迷信的事，有人反映到边区政府，转下来的批示却是：

在抗日的特殊时期，要十分注意团结大多数，对于他们的行为，只要不反党反人民，就不必过度干涉。要尊重民情民意民俗，更要广泛团结民主人士，建立好抗日民族统一战线，为抗日战争的全面胜利，未来建设一个新中国，团结奋斗！

"仙如，这事一风吹了吧。这几天，我在思考一个问题，就是减租减息的目的，不就是解决收入分配不公？减了退了，不断倒腾，是让财富在人与人间流动，可本质上并未给社会创造财富。要创造财富，别无他法，只有发展生产，创造价值。"马伯雄一字一句，说着自己的体会。

"我带来一个好消息，丁团长他们的队伍，在荒无人烟的南泥湾开出好多土地，掀起了轰轰烈烈的大生产运动，受到党中央和毛主席的表彰。绥德专署也学习南泥湾，要展开大生产运动，正如你说的，要创造新的财富。"

"这就对了，只有发展生产，搞经济建设，才能实现共同富裕。"马伯雄说着，摩拳擦掌起来。

"还有一个消息——"

"你一趟延安之行，到底带来多少消息？"

"好消息，陕甘宁边区第二届参议会就要举行，你是爱调研、勤思考的参议员，参会一定不会两手空空吧？"

包括李鼎铭、马伯雄和李建侯在内，米脂选出九名边区参议员，李鼎铭先生是米脂的参议长。 马伯雄来找李先生商议提案的事。 李先生家人说，他出门了。

延安南关，陕甘宁边区政府北侧的石崖下面，一座砖头、木头和石头混合结构的建筑，与宝塔山遥相呼应，在高大、雄伟的门脸最上面，醒目的是谢觉哉先生的几个题字：陕甘宁边区参议会。

作为参议会的常驻地址，1941 年 11 月 6 日，这里迎来第一个参议会——陕甘宁边区第二届参议会的隆重开幕。 1939 年 1 月，边区召开第一届参议会时，借用的是陕北公学礼堂作为会场。 为让边区二百万人民代表有一个固定的会址，1941 年 2 月，决定建一座"坚固、美观、实用的参议会会场"。 动工后，边区各机关工作人员、部队战士轮流加入工程建设中，礼堂于 10 月竣工，次月投入使用。 这届参议会上，二百一十九名参议员肩负着重要的使命，颁布了九个条例，收到了四百多件提案，为"三三制"政权奠定了坚实的基础，使边区新民主主义政权建设发展到一个新阶段。

马伯雄来到延安，才知道李鼎铭先生早已到来。 大会召开后的几天了，陆陆续续地，会议收到四百多件议案，米脂团却未提一份，这让马伯雄如坐针毡。 他几次想问李先生，却见他紧缩眉头，就欲言又止。

这天晚上，李鼎铭走进马伯雄房间，说有一件事需要商量？ 共产党给农民减租减息，边区各级政府却是机构庞大，人员众多。 马伯雄问先生想说啥？ 李先生说，各级政府都在参与大生产运动，以解决经费不足的问题，给了我启发。 前段时间，我离开米脂，到一些县走访，发现人员多，还人浮于事的事，普遍存在。 就说绥德专署，有五个科一千多人，至于县里你更最清楚。 我早到延安几天，对陕甘宁边区也进行了调查。 以前边区的财政收入逐年增加，边区百姓的负担较轻。 去年国民党停拨了八路军的军饷，加紧对边区的进攻和经济封锁，边区财政困难，是"鱼大水小，头重脚轻"。马伯雄说想不到，边区政府财政比我们下面还困难。 李先生说困难得多，我算过一笔账，在抗日战争爆发前，政府有一万四千人员，短短三四年增加到了七万三千，相当于每一百个边区的老百姓，要养边区政府的五个多人，以前人均负担一升，现在增到一斗半，足足暴增十五倍，十五倍呐！ 这还不包括各公署、各县的负担。

"那先生准备咋做？"马伯雄问，想先生的眼界显然超出了米脂，走向边区，走向全国。 说了这么多，留下了伏笔，一定有重大的决策。

"我写个提案，题目定了，就叫'精兵简政'。"李先生铿锵有力地说着，炯炯有神的眼睛，与他的年龄很不相符。

"这么说，先生要给共产党的最高首脑提批评建议？ 这可比我打开西城门，为祈雨的老百姓撑腰，大到天上了。 当然，共产党领导的包容和宽容，我是相信的。 不过还是觉得事情太大，先生是不是三思而后行。"

"你听说过这事吗？ 今年夏天，边区政府开会时，突然一颗炸雷打进了会场里，一位县长被雷电击亡。 一个老乡听说了这个事，到处说老天爷咋不打死毛泽东，借机发泄对共产党的不满。 事情越传越大，有人就准备枪毙老乡。 毛泽东知道后，却把老乡请来，了解问题所在。 老乡说他之所以发泄，是对政府征收公购粮不满，负担比国民党还多。 毛泽东得知后，立即指示西北局调查农民负担，结果真是过重了，许多农民缴纳过公粮，扣除了籽种，每人每天才有六七两粮食，不够吃啊。 后来，边区把公粮任务减了，从二十万石减到十六万石。 你说，那个老乡都敢变通方法骂人，我们是老百姓选出来的参议员，有问题不提出来，对得起选民，对得起共产党吗？"

"先生的拳拳爱国、爱民情怀，伯雄钦佩。"马伯雄冲着李鼎铭竖起大拇指。

"你先按我说的整理份提案，等我审核修改后提出。"

76

延安东郊桥沟有一座天主教堂，中央红军到来后，被中共中央党校占用。 这会儿教堂里正在举行边区县委书记短训班开班典礼。 能来这所共产党的最高学府，万仙如是激动不已。 从接到通知的那天起，她一直处于憧憬中，激动得睡不着觉。 望着台上的镰刀斧头旗帜，脑海里呈现出入党十来年的点点滴滴。 从一个教会学校画着十字架、啥事不懂的小女子，在风雨中亲历生与死、血与火的考验，一步步成长起来，做到县委负责人，实在不容易啊。

陕甘宁边区第二届参议会上，提案委收到李鼎铭提交的"精兵简政"提案，倍感事情之重大，即编为第81号，先递交高层审阅。 毛泽东看到提案大喜，一字一句地抄写在笔记本上，认为精兵简政虽是针对陕甘宁边区提出的，却是各抗日根据地普遍存在的病症，李先生开出的是一剂良方。 毛泽东在提案的空白处，加了一段批语：

这个办法很好，恰恰是改进我们的机关主义、官僚主义、形式主义的对症药。

"下面，请来自米脂县的参议员李鼎铭先生发言。"

在全场瞩目下，个子矮小的李鼎铭先生，迈着健壮有力的步履，神情自若地走到发言席上，用浓重的米脂口音宣读起提案：

提案：政府应彻底计划经济，实行精兵简政主义，避免入不敷出，经济紊乱之现象。

理由：军事政治之建立，必须以经济力量为基础，在今日人民困苦，资源薄弱之状况下，欲求不因经济枯竭而限制军政发展，亦不因军政发展而伤害经济命脉，唯有政府彻底计划经济，实行精兵简政主义，量入为出，制定预算，以求得相依相助，平衡发展之效果。

办法：

一、政府应根据客观物质条件及主观经济需要而提出计划经济，以求全面提高生产力，改善经济条件，加强经济基础；

二、在现有经济基础上，政府应有量入为出的统一经济计划；

三、在财政经济力量范围内和不妨碍抗战力量条件下，对于军事实行精兵主义，加强战斗力，以兵皆能战，战必能胜为原则，避免老弱残疾滥竽充数现象。对于政府应实行简政主义，充实政府机构，以人少事精，胜任职责为原则，避免机关庞大，冗员充塞，浪费人力、财力等现象；

四、规定供给条例，避免不必要的供给与消耗；

五、提倡节约、廉洁作风，避免不应有的浪费现象。

"提案说完了，不妥之处请毛主席和各位领导，以及全体参议员指正。"李鼎铭结束了发言，向各位深深鞠躬。

"这个提案好。"毛泽东从代表席上站起，一边鼓掌，一边走到台前，说："在抗战初期，采取精兵主义自然是不对的，但现在情况不同了，全面抗战已经四五年了，人民经济有很大困难，而我们的大机关和不精干的部队不适合今天的战争环境。而教条主义就是不管环境变了，还是死啃不合时宜的条文。我们的党是为人民服务的，不论谁提出的意见，只要对人民有好处，我们就照办。当然，'精兵简政'能否在我们边区实行，就看最后能否通过表决啰。"

"通过了，通过了。"当主持人宣布，81号提案以一百六十五的多数票通过时，马伯雄激动地握住李鼎铭先生的手，一切都在不言中。

举世瞩目的边区第二届参议会结束了，带着轻松愉快的心情，马伯雄和参议员们走出大礼堂。

"伯雄。"万仙如在不远处招手说。 来到延安的当天，她就来参议会大礼堂凝视，从高大雄伟的门脸，强烈感受到里面的庄严隆重。 她为马伯雄自豪，想这会儿他在干啥，一定在为共产党的建设，和老百姓过上美好生活，建言献策。

"仙如，你咋在延安？"马伯雄激动地跑过来，问。

"不能来吗？ 我在中央党校参加短训班。"

"我们一起在麦加一样的延安，见证共产党的神奇，真好。"

"麦加是啥？ 几天不见，哪来的新词。"万仙如嗔怪道。

"麦加是前几天采访我们的一个西方记者说的。"马伯雄解释道，脸上露出得意的神情。

"外国记者也采访你，你干出啥大动静，老实说。"万仙如一本正经地问，没等马伯雄回答，她先憋不住了，嘻嘻笑起来。

"听说要先在我们的报纸上刊登一部分，估计这几天的《解放日报》上就能看到。"马伯雄说。

被吊起胃口的万仙如岂能等到报纸，马伯雄只好说了李鼎铭先生提案的前世今生，万仙如听得目瞪口呆，说她现在就想见见李先生。 马伯雄说明天全体返回，今晚米脂的参议员和李先生告别，你也参加。 万仙如问李先生不回去吗？ 马伯雄一拍脑袋，说忘了告诉你，李先生今天当选陕甘宁边区副主席，要留在延安工作，据他本人说，是要协助制订陕甘宁边区县、区、乡三级政权组织条例，为下一步精简整编打基础工作。

"李先生，我代表米脂县委，祝贺您当选为边区副主席。"万仙如见到李鼎铭先生，祝贺道。

"谢谢你的祝贺。 不过，甚副主席的，就是换了工作而已。"李先生平淡地说，脸上的光泽在闪亮，传递着高兴。

"李先生上报纸了，有您的照片。"马伯雄打开当天的《解放日报》，说。

"诸位，我李鼎铭也走南闯北，跟着国民党和共产党干了大半辈子，经历了不少事。 但共产党把我折服了。 跟着共产党，我浑身有使不完的劲，返老还童了。 你们也要听党的话，回去后，好好建设我们的米脂。"

告别了李先生，夜幕开始降临。 灰麻麻的天色带着几分神秘，又带了一些暧昧。马伯雄送万仙如回桥沟，心潮起伏的两人并不说话，一辆汽车从身边疾驶而过，马伯雄赶紧拉了把万仙如，万仙如顺势挽起他的胳膊，用火辣辣的眼睛看着他。 马伯雄心慌意乱。 突然，传来了弹着三弦的陕北说书。 看，那边人很多，在演出吧，马伯雄说。

好多汽灯将舞台照得明亮无比，台下密密麻麻坐了好多军民，也有一些人站在外围，大家的目光全部聚焦在台上。 穿羊毛皮马褂的中年人，头扎着羊肚肚手巾，一个人操弄着大三弦、梆子、耍板、小锣等乐器，起劲地演唱：

弹起三弦定了弦

把我的身世给大家学

我爷爷给地主揽工压坏了腰

我父亲九岁揽工累断了筋

我大哥下煤窑掏黑炭

我二哥十五岁出门揽了工

我三哥出家当和尚

我四哥从小卖给人

哎——

揽工汉的生活不如牛马驴呀

我编的新书到处唱

唱的是工人和农民

组织慰问上前线

慰问那亲人解放军

大家听了我的书

把我当作亲兄弟

从此后艺人再不受压迫

双眼瞎变成了有用的人

说书人叫韩起祥，是陕北横山人。 他三岁得了天花，双眼失明，为了活命，跟一位盲人师傅学艺。 一个胡子花白的人，指着台上说给旁边人介绍道。

万仙如挽起马伯雄的手，绕过人群向东走去。 走着走着，人越来越少，月亮越来越大，满天的星星眨巴着眼睛凑热闹。 马伯雄停住脚步，柔情似水般凝视着万仙如，说："仙如，你说过的还算数吗？"

"算数呀。"万仙如声音低沉呢喃，说。

马伯雄一把揽过万仙如的腰，将嘴唇缓缓移过去，说："结婚。"

"算，当然算。"万仙如说着，将嘴唇主动迎合上来，眼神开始迷离。

两个身子紧贴在一起，万仙如从马伯雄的肩膀望出去，隐约见一个黑影闯入眼帘，定睛一看好像万向明，她瞪大了眼睛，在失声叫出的同时，将自己的身子转了一百八十度。"叭叭"，两声清脆的枪声，打破了夜的宁静，格外响亮。

哪里打枪？ 什么情况？ 黑暗里响起了人们的喊声，四周的脚步声响起。

短短一两分钟，马伯雄犹如坐上了过山车，直到万仙如软瘫在自己怀里，方才醒悟过来，意识到发生了意外。"仙如，你没事吧，救人啊，快来人救人啊。"他大喊大叫着，手捂住万仙如汩汩流淌着鲜血的后背。

开枪的果然是万向明。 跟何绍南从榆林逃到南京后，何绍南经过短暂停留，被派往四川任职。 万向明被推荐参加了军统，经过全面培训后，他伪装成进步学生，混进了延安。 李鼎铭的"精兵简政"名声大噪，随即成为军统的刺杀目标。 万向明在接到指令后，几次前往大礼堂附近，严密的安保让他无法接近。 他决定刺杀参议员马伯雄。 令他意外的是，在马伯雄出现的同时，万仙如也出现了。 那次米脂的刺杀行动失败后，冥冥中，他觉得是苍天照应着姐姐，也庇护着自己残留的最后一点人性。 这次他瞄准马伯雄后，持枪的手异常地稳定。 扣动扳机的一瞬间，万仙如鬼使神差地转过了身体，子弹毫不迟疑地射入她的后背。 经过军统严酷的训练，他已是冷面杀手了，但这瞬息的变化，还是让他产生了迟疑，一时手足无措。 枪声吸引来了许多军民，万向明就错过了再次对马伯雄开枪的机会。 对着万仙如的方向匆匆鞠了一躬，心里默念一路走好，便仓皇逃走。

星星点点的小雪，跟跄地飘落在宝塔山上，很快，干枯的树枝和荒凉的大山，每条树枝，每个角落，都薄薄落了一层。 在宝塔山的半山坡，一个避风阳弯弯里，垒起了一座新坟，金黄色的坟堆被逐渐白了的大地映衬着，显得分外醒目。 马伯雄瘫坐在坟前，身旁伫立着李鼎铭和万星明、艾土地。 万星明是从三边特意赶来的。 已是中央警卫团排长的艾土地，现在是李先生的贴身警卫。 同样瘫坐在马伯雄左右的金秀、萨仁花和马苗，是听到噩耗后从米脂赶来，为姐姐送行的。 这会儿，他们一个个哭成了泪人。

"伯雄，人死不能复生，你要节哀顺变。"李先生拍着马伯雄的肩膀，安慰道。 他又与万星明默默握手。

"谢谢李先生，您请先回，艾土地先送先生，要确保李先生的安全。"马伯雄说。

李先生走了几步，问边区保安人员，马先生的安保部署好了吧，刺客还未抓到，你们一定要提高警惕。安保人员说请李副主席放心，我们张开了一张网，就等敌人往里面钻呢。

万星明望着李先生远去的背影，对萨仁花悄悄说，我决定了，无论如何也要带你到三边。高将军早对我说过，让你随军。

"万旅长，我也希望你早点与萨仁花在一起，不管世界如何变化，你俩好了就是整个世界。"金秀说。

"万兄，你们明天就要上路，早点回去准备准备！"马伯雄对万星明说着，紧握了手。

萨仁花对金秀和马苗说："那我们先走了，请你们照顾好马先生。"

万籁俱寂的黄土高原，只有雪花飘落的声音，马伯雄见金秀和马苗还呆站在旁边，说："你们也走吧，就让我一个人再坐一会儿。"见她们走远，马伯雄仰头看天，雪花朵朵，飘飘忽忽，衬托着宝塔山更加巍巍，低头再看脚下的延河水，河道曲曲弯弯，一片清新自然。

雪越下越大了，苍茫大地，银装素裹。风裹着雪，旋转着，舞蹈着，在强劲的寒风中，吹出几分悲怆的曲调。倏地，雪花旋转的天空中，一团飘然的红色从天而降，马伯雄忙揉眼睛，看到一袭红裙的万仙如宛如天女下凡。她踏着白皑皑的雪，款款而来。仙如，你来宝塔山？是的，来找你，我们一起看悠然的延河水，欣赏北国的好风光。仙如，你不是说话算话吗，咋又不算了？谁说不算，我们要在共产党的领导下，和全国人民一起努力，打败日本帝国主义，建设一个崭新的中国。到那个时候，老百姓人人平等，都有饭吃，孩子们都有学上，大人们都有工作，每个人的脸上绽放着灿烂的笑容，自信，和谐，包容，幸福。那样的社会该有多好啊。马伯雄跟着感叹。到那个时候，我们每天都要欣赏初升的太阳，还要生很多很多的孩子，让他们在美丽的童年里，阳光雨露，幸福长大。来，我们握手，我们拥抱。听到万仙如的招呼，马伯雄连忙伸出手，朝前走着紧紧拥抱，却见万仙如腾空而起，飘飘欲仙，他紧撵几步却摔了个大马趴，再也不省人事了。

"马县长，马伯雄，伯雄，你醒醒，来人啊。"金秀边跑边喊。

"哥哥，你醒醒，醒醒啊。"马苗在呐喊。

"醒醒，马先生醒醒。"保安人员都跑了过来，齐喊。

77

马伯雄在延安八路军总医院整整发了两天高烧，在喊过多少遍"万仙如"后，终于醒了过来。 那是一个黎明，晨光从窗户里逐渐弥漫，深深的窑洞里开始亮堂起来。"我这是在哪？"马伯雄缓缓睁开眼睛，打量着白色的世界，问。

"伯……马县长，你醒了，真是太好了。"金秀激动地说着，介绍来医院的前后经过。

"走，去看初升的太阳。"马伯雄坐了起来说着，下床走到院子。

金秀抓起衣服，撑着给他披上。

一轮红日从连绵的大山背后腾地跃出，顿时延安大地被朝霞映照，整个世界红彤彤一片。

马伯雄回到米脂，用繁忙的工作，淡化对万仙如的思念，竭力走出悲痛中。 金秀与他见面，也刻意避着万仙如的名字。 金秀暗中观察马伯雄，发现他有一个习惯，每天要到无定河畔仰望东方的日出。

一个阴天的早晨，马伯雄呆呆望着泛白的东方，在思考着、等待着什么。

"早。"金秀踩着绵软的河滩，走过去打招呼，道。

"你也早。"马伯雄收回了目光，平淡地问候过，又遥望东方。

"已调成了南风，就要下雨了。 阴天，是看不到太阳的。"金秀说。

"看得到，只要你心中有太阳，就能看到，那是希望的日出，是美丽的日落。 看，太阳不是在冉冉升起着吗？"马伯雄说着，早已陶醉沐浴在阳光里。

"在想她？"金秀问道。

"是的，我们现在是神交，真正心灵的交流。"马伯雄说。

"最近，中共中央农村调查组要来我县专题调查农村工作，绥德专署通知我们，要全力配合好这一重大调研。"见马伯雄收回了目光，金秀传达了上级的指示。 此时，金秀已从米中调到米脂县委。

"太好了，这才是实事求是的态度。 精确掌握到最底层的实际情况，才能制定出接地气的政策，搞好减租减息、土地改革及农村的各种工作，真正做到有的放矢。"马伯雄说着，讲出了一系列看法。

调查组说来就来，一行九人，带队的是中央宣传部张晋西同志。他们1月底就从延安出发，窟野河畔的神木贺家川作为调查的第一站，在写出《贺家川八个自然村调查》后，东渡黄河到了山西兴县，写出《兴县十四个自然村的土地问题研究》和《发展新式资本主义》两篇报告，论证了中国农村必须利用资本主义以发展生产力，以创造社会主义的前提，对党的农村政策进行了阐述和发挥。然后从山西，直接来到米脂县。

"马县长，金秀同志，各位委员、参议员，刚才我大概介绍了这次调查的思路、方法和目的，请各位推荐几个典型样板，便于调查得精准，确保其真实性和广泛性。"主持会议的张晋西说。

大家在窃窃私语，马伯雄说我来介绍一下这些年米脂围绕土地经历的一些政治动荡。1935年，我县成立米东、米西苏维埃政权。红军开始没收、分配了地主富农的土地和粮食；次年，国民党军队"围剿"苏维埃政权，地主乘机"反攻倒算"，又从农民手中夺回被分配的土地；不久后八路军七一八团进驻，与何绍南展开了政治、军事对峙；前年2月，何绍南被赶走后，我们开展了减租减息运动，但声势不大，且许多村子半途而废。马伯雄的四段论介绍，让调查组的同志们颇感兴趣，张晋西表扬说，马县长对农村工作还是挺熟悉的，请你推荐几个典型村庄。马伯雄说首选还是杨家沟村，张组长兴许听说过，这里有陕北最大的地主庄园，地多，地主多，雇农佃户更多，各种关系错综复杂，绝对具有典型代表性。需要特别声明的是，我父亲就是庄园里最大的地主。很好啊，那我们就去你们村，请你跟我们一起去，马县长没意见吧？张晋西热情地邀请他。

"真是山外有山楼外有楼，在这大山深处，竟有如此别开洞天的庄园，规模之宏大，简直令人难以想象。"调查组人员走进杨家沟，见到依着山势，鳞次栉比的庄园群，连声赞叹。进到马伯雄的书苑，这些来自南方，走南闯北的调查人员，被惊得目瞪口呆。

"这位是我父亲，这是调查组的张组长。"马伯雄为彼此做了介绍。

"欢迎首长来我村工作。"马瑞琪淡定从容地说。

"给您添麻烦了。希望马老爷配合我们的工作。"张组长伸手握着，说。

"那是一定的，我还有个请求，如果首长不嫌弃的话，邀请大家入住寒舍，这里的条件相对要好一些，也便于你们工作。"马瑞琪大度地发出邀请。

"马老爷客气了。那我们就恭敬不如从命了。"张组长说。马瑞琪是他们调查的重点，住他家里的确工作起来方便。

马伯雄带着调查组，在他们初识庐山真面目的杨家沟后，借故离开，一方面工作组需要几个月调查，他无法全程陪同，另一方面觉得自己在村里，对人家开展工作并无好处。

几天下来，调查组意识到杨家沟调查之工作量前所未有，这让他们十分兴奋，张组长和助手列出工作大纲，力图做到有的放矢。

马老爷听说张组长是上海人，特意泡了壶龙井，自己熟络地呷了一口，感慨地说年轻的时候去过上海，十里洋场，花花世界，哪像我们的小山沟，面朝黄土背朝天，一世又一世。不过，挺佩服你们共产党人，能放弃大上海的奢华，跑到陕北穷山沟里闹革命。张组长想着，马老爷与自己的开场白，显得不同凡响。

"上海有多少年的历史？我们马家有四百多年的历史。"马瑞琪带着几分自豪，又流露出些许的遗憾，开始了讲述。

明万历年末，始祖马林槐率领全家西渡黄河，从山西永宁州迁居到绥德州的马家山，耕耘土地，艰难生存。四世孙马云风几经辗转，在康熙末年迁到了杨家沟，并以运输业起家，农商并重，发展商业，扩大土地，提倡教育，为马氏家族的发展奠定了扎实的基础。清朝后期，马氏家族以农为本，农商并举，耕读传家，开始发家，逐渐成为名门望族，马氏庄园形成了无地农人们揽工定居地。马氏子嗣现已传到十六代，在全村的二百四十多户人家里，马家地主七十二户，在绥德、延安等四五个县，有土地十八万亩之多。

"作为外来户，你们的土地从无到有，咋获得的？"

"买地和典地两种方式。买地不用说，典地是尚未买死土地，如果人家还清了借款本息，还能将地回赎。不过，陕北十年九旱，这些年又是世事不太平，一般来说，典出去的地很难赎回的。这样基本永久成了我的地，占三成吧。"

"租地的时间一般是？"

"看长租和短租了，长租不用说，短租一般是'打春不论地'，就是立春一过，双方的租佃关系就不能更改了，租约上写明地的位置、垧数、租额数量及种类、地租的运送方法、中人姓名及定约日期等，还要写明'秋成官斗交完不许短少'。"

"马老爷，您是咋成为庄园最大地主的？"张组长问。

"和你们江浙人比起来，我就一介陕北老农，惭愧惭愧。不过，你既问到这个，我说说无妨，就四个字，'耕读传家'。读书培养后代不说了，耕嘛，收地租、卖粮食，买、典土地，精打细算很重要。"马老爷说着，各伙房端着盆排成队，他便即兴补了后一句。马老爷的一只手熟练地伸到后面，准确地把盆里的米，一把又一把抓出去，再让常管家传进米缸里。这套娴熟的动作，让调查组同志们看得目瞪口呆。"另外——"马老爷要进一步解释，对土地不断倒换的精打细算又觉不妥，通过收回佃农的土地，变相提高租额，或是自种或是典地，这一套操作，不就是上次减租减息打击的对象？他假装咳嗽起来。

"佃农们欠租的多不？"张组长问。

"很多。尽管约定一年两次交租，夏租还欠租，秋租交当年地租。可是，陕北的收成全靠老天爷，让你收就能收，不让收就收不了。收不了，连饭也吃不上，那还能交得起租子，如民国十七年。所以，老先人们留下规矩，灾年的账可以放到丰年还，甚至是父债子还，爷债孙还。"

与马瑞琪谈了几天，张组长十分开心。和他对话的是一个开明的地主，有问有答，对社会的变革也比较理解。他试着提出能否借账本一阅，马老爷一口答应。当晚常管家带五六个人搬来账本，堆了少半个窑。"首长，这是光亮堂好几十年的来往账务，请随便查看。不过一定要保护好，不敢有丁点的闪失。"

"管家放心好了，我们会认真对待的。这不仅是马家的账本，也是国家的一笔宝贵财富。"张组长认真地说。

账本自清道光二十五年（1845）迄今，记录了近百年的买地、典地、收租、放债、雇工、经商和日常生活收支等各种账簿。如获至宝的调查人员分头查看，里面的奥秘简直太多了，比如加租问题，从账本上看，从1884年到1941年间，公开加租七次，但从字里行间来看，还进行过二十次暗地加租。

"同志们，地主的公开加租要找原因，如遇到地价上涨、粮价格下跌或连年丰收等，但对租户来说，无论什么原因，公开加租都会造成利益的损失，必然加剧双方明的暗的摩擦。但是，由于欠租现象普遍，用'抽地加租'显得更为隐蔽，租户就不得不接受了，因为他们担心失去土地经营权，只得认同新的租额标准。我们的减租减息政策，就该顺着这条思路，从中找到良策。"张组长给大家分析道。

从光亮堂的账本里，调查组掌握了大量的情况，他们又查看了几家地主的账本，大同小异，为下一步深入佃户家走访调查，提供积极帮助。

在一条很浅的支毛沟里，离沟底才一丈高的半山坡上，孤零零地有一孔土窑洞。一个低矮的老汉，闷着头在劈柴。"老大爷您好，我们聊聊好吗？"张组长问道，打量着不大的院子，晾晒着几垛谷子、糜子和不多的玉米棒子、高粱把子。 他感到匪夷所思，今年不是丰收了，这家人咋收这么少？

"你们是延安来的八路军？"老人停住活，问。

"您知道？"

"你们这两天满村里转，问东问西的，都传遍了。"老汉说。

张组长笑呵呵问，欢迎我们吗？ 老汉说你们要来就来，要走就走，说不上欢迎和不欢迎。 张组长问您家的窑洞为何修这么低，不怕沟里发大水？ 老汉说发了也淹不了，这条沟浅，出不了多少水。 窑洞年代久了，窑掌也塌了一半，你家咋不重找块地修？ 一个组员问出又后悔，修窑是要钱要地的，看老汉的光景，着实办不到。 老汉看他一眼，说不怕你们笑话，我家连这么孔窑也没挣下。 光景好点的人家直接租地，差点的还能"伙种"，合伙有劳力的出劳，有牲口、籽种和工具的出这些，我们外来户屁也没有，只能当"伙子"，平常吃的用的，柴炭都由东家抵垫，到了秋后还清，住的土窑是由地主提供的。 平日不忙了，东家要有差事就去伺候。 光亮堂的东家心好，留我们这么大年纪的，要是放其他东家早打发了。

"老人家，你想得到属于自己的土地吗？"张组长问。

老汉白了他一眼，说一会儿刮东风，一会儿刮西风，前年分了财主的地和粮，地没种，粮没吃，又给人家退了。 话说回来，人家的地也不是刮风来的，是几辈子积攒的。

"你种的这几垧地，分给你，要吗？"

"天爷爷，打死我也不要，我还想多活几年呢。"

老汉的心情，大家理解。 在短短几年里，情形不断地变化，穷人们对未来更加迷茫。"老人家，你说土地以后该咋分配？"

"谁家的就是谁的，只要租子不三天两头变，能踏实种就好。"老汉扛硬地说。

像老汉这样最底层的佃户，他们需要稳定的政治环境来维持租佃关系，需要像马瑞琪这样既有钱又有背景的"东家"，做他们的主心骨。

"首长，可把你们盼来了，欢迎欢迎。"马拥护站在院门口，迎接张组长一行。

"您叫——"张组长打量着他家的庄园，看得出曾经的辉煌。

"我叫马拥护，拥护就是拥护共产党，拥护八路军。取名那会儿就先知先觉。我坚决拥护你们的减租减息，分配土地政策，不信，就在村里打问打问。"马拥护无比兴奋地说。

调查组不理他拥护不拥护，经过仔细了解生出感叹，真是没无缘无故的爱，马拥护之所以拥护土地政策，是他最近卖了大量的土地，多数还卖给了马氏家族，而他们家门败落的唯一原因，是赌博和吸毒的两个儿子所致。在马氏家族里，像马瑞琪、马瑞唐、马祝年这样的大地主，他们一生既无经营同土地无关的生意，又无吸大烟等不良嗜好，只是默默地将来自土地的利润，又悉数用于购置土地。

两个多月后，张组长一行结束了杨家沟的调查，写出了记述马家地主三十多年来，经营经济农业的过程，剖析了他兼并土地、放高利贷等活动。这份长达十四万字的地主经济调查报告——《米脂杨家沟调查》，1944 年由中共中央西北局出版，指出：

土地是农民生存的根本，对于像米脂这样一个人多地少且土地高度集中的地区。其对于农民之珍贵可想而知。尽管杨家沟及周边诸村地租率远高于 1930 年国民政府百分之三十七点五的规定，但农民对土地的热衷仍未改变。这种"热衷"不是无理由地遵循祖辈所走的道路，而是人口激增之后所带来的对生存资源的竞争。

自给自足的小农经济将农民紧紧固定在稀少的土地上，农民只要有地可种绝不肯轻易将之失去。杨家沟一些佃户几十年所欠地租"几辈子也还不完"，即使如此，他们仍不愿将产量不高的土地交还地主而找寻其他"活路"。

杨家沟马氏地主集团——同一始祖的后代在同一村庄世代经营，发展成有数十户地主的庞大集团，在中国近代地主史上确实相当罕见。但剔除这种传奇的表象，其实也不难发现，马氏地主集团的成型之路，其实和中国历史上绝大多数的小自耕农成长为地主的方式是完全一致的，无外乎勤俭持家，耕读传世。

马氏地主集团在当地所形成的"统治秩序"，其实与中国近代农耕社会的民间秩序，也并无本质区别。马氏地主集团其实代表了小农上升为地主的最高境界。

78

　　一支驼队撒下一串串清脆的驼铃，来到织女渠水哗哗流淌的无定河西岸，东去，便是宽阔的无定河了。　一位脸膛黑红的大汉有些踌躇，向对岸望过去，是鳞次栉比，高高低低的窑洞。　铺开那么六摊场，不是传说中的米脂城，又会是哪？

　　"老乡，咋样才能过对面？"巴特尔见一个扎着羊肚肚手巾的农人过来，问。

　　咋过？　从水上过呗，这么高大的骆驼，抬腿就能过去，看我的毛驴车，扑腾几下也能过。　老汉说着，赶着驴车蹚水过河。

　　无定河就是这么一条独特的河流，枯水期里，她没了张扬的放荡不羁和犹豫的摇摆不定，温柔的像个刚入洞房的新娘子，满满的是羞涩内敛。　到了雨季，又回到波涛汹涌。"哈哈，无定河哦。"巴特尔顿时来了精神，和助手赶着驼队，走到河中央的最深处，河水果然才到半只驼腿。

　　巴特尔来米脂是送羊毛的。　接到萨仁花的信，他在不可思议的同时又有些埋怨马伯雄。　让他带萨仁花去找万星明结婚，却让萨仁花在米脂城里落脚，做了纺织女工，还把嫁妆换做厂里的股东，这干的是哪门子的事儿。　心里不痛快归不痛快，羊毛还是要送的。　巴特尔是一个精明的牧人，生活在希拉穆仁草原，但时刻关注着时局，不然当年也不会知晓万星明在包头打起了面汤官司。　去米脂该咋走？　让巴特尔好费思量。包头驻扎的日本鬼子还在飞扬跋扈，他们办起皮毛厂，搜刮包头的皮毛制品运回日本；米脂在榆林城南百里，属国民党严密封锁的区域，所有物资不得进入；榆林城里，万向明的厂子越办越大，羊毛用量也越来越多，万一遇上，羊毛绝保不住。　左思右想，巴特尔带着驮满羊毛的五峰骆驼，决定绕道向西，一头扎进茫茫的毛乌素沙漠，这样足足走了大半个月，一路的艰辛一言难尽。

　　巴特尔记得马伯雄说过，与包头相比，米脂城很小，小到走完东西南北四条街，一盒"哈德门"还发不完。　过了无定河，他赶着骆驼从新打开的西门进城，刚打问万合纺织厂的地址，一位模样俊俏的女子翘着兰花指，说往那边再往那边，就到了。　走了七八分钟，"轰隆"的响声不绝于耳，循声而去，迎面走来两个戴白帽的婆姨，看到驮着麻袋的骆驼，掉头飞跑回去，甩在身后的是，"马厂长羊毛来了"的声。　万合纺织厂加班加点生产，国民党顽固派封锁也在加剧，两方面的原因，使得原料库存接近耗完，厂子马上将处于半开工状态。

"巴特尔，巴特尔大哥，羊毛，真是太好了。"厂里跑出一个剪发头女子，手舞足蹈，高兴地喊道。

巴特尔定睛一看，女子有些眼熟但又不敢确认，小心翼翼问："你是——"

"我是马苗呀。"

真是她！巴特尔心里别提有多高兴，人活的就是一个心情，在辽阔的草原上，马苗跟着万向明，眉头从没舒展开过。看看现在的她，快乐得像只草原上活蹦乱跳的小鹿。

马苗让工友到县政府给马伯雄送消息，巴特尔发现半天未见萨仁花，问妹妹在哪里？马苗说跟着万星明去三边驻防了。他长吁一口气，心情顿时高兴起来。相亲相爱的人就该在一起呀，哪怕生活再苦，两个人在就能面对。

马伯雄破例提前下班，闻讯赶来见巴特尔。

"马公子真是了不起，都当上县长了。"巴特尔见到干练、精神的马伯雄，肃然起敬，说。

"巴特尔大哥见外了，你就叫伯雄，叫兄弟亲热。"马伯雄随和地说，与他紧紧拥抱。

马苗让厨房做了洋芋丸子、杂面抿节，又叫人在街上买了驴板肠、猪头肉夹油旋、碗托等米脂名吃，喊来金秀作陪。四人坐定，马伯雄给巴特尔斟满酒，自己端起茶杯，真诚地说："巴特尔大哥，能在米脂见到你，我十分高兴，以茶代酒，敬你。"两人一碰，一口干了。

"我敬巴大哥一杯，感谢在草原的日子里，对我的照顾。您和萨仁花永远是我的恩人。"马苗说。

"我也敬巴特尔大哥一杯，早听您的大名，这次带来这多急需的羊毛，解了万合厂的燃眉之急。我代表米脂人民，感谢您。"金秀说，和巴特尔碰杯。

酒过三巡，马伯雄给巴特尔夹菜，介绍驴板肠等吃食，大家其乐融融。巴特尔说："接到萨仁花的信时间长了，我都不知她跟着万星明去了三边。起先我埋怨过你，咋拉着萨仁花在米脂投资？今天看了厂子，有那么大规模，看来投资对了。回去后，我再弄些羊毛过来，算是增加投资，为边区建设再出把力。"

"国民党封锁这么厉害，你是咋走到米脂的？"马伯雄有些好奇，问。

"走毛乌素沙漠，可以绕过陕蒙边界和榆林城，一路从榆溪河西岸进横山地界。再继续向南，过了无定河，不就来了。说实在的，我这一路走来，见到的人精神十足，越往南走，人们的精气神越旺盛，连走路都带着自在的风。这是共产党领导得好啊。"

"米脂属于边区的边缘地带，要是再往南走，你能看到更多边区人民喜气洋洋，欢歌笑语的生活。来，再敬蒙古族大哥一杯。"金秀说着端起了酒杯。

马伯雄说："感谢你们兄妹对我们的照顾，这次来米脂就多住几日，走走看看。然后去三边，见见萨仁花和万星明。你妹夫出息了，现在是蒙边旅的旅长。"

"他都当了旅长？萨仁花没告诉我呀。真是了不得，了不得。"巴特尔道，为妹妹高兴，相信这是他们神奇的爱，带来的幸运。"我这次不看萨仁花了，以后吧，我也算厂子的股东，厂子在这儿，我一定会多来的。哎，我们拉了半天，马县长常说的那位万小姐，咋没见？"

"她……"金秀哽咽起来，不知说啥是好。

"她，她牺牲了。"马伯雄平缓地说了万仙如牺牲的大概经过。

巴特尔眼泪打着转，说声对不起，端起一杯酒倒在地下，祭奠万小姐，祝她在天堂里幸福。"是哪个恶魔害了万小姐？"巴特尔眼里冒出怒火，问。

"是万向明。"金秀说。

"谁谁谁？万向明不是万小姐的弟弟，世上还有这样恶毒的人和事，万向明真是禽兽不如！"巴特尔问道。

"好人有好报，坏人遭天谴，这是天道，逃脱不了的。"马伯雄说着，问巴特尔道："明天我陪你看看米脂窑洞古城，感受黄土文化的魅力，如何？"

"你是大县长，县里一大摊子事要处理。你们也各自忙去吧，我一个人走走看看就可以，不瞒你们说，米脂小米天下第一，我早打点好了，要让我的骆驼满载而归。"

"买米脂小米，那就买对了。我陪你去个地方，各种小米、杂粮应有尽有，让你买到手抽筋。哈哈。"马伯雄大笑着，说。

马伯雄说的地方是民生商店，原为两名共产党员创办的"抗属商店"。这两年国民党顽固派加强了封锁，边区政府为促进商品流通，支持长久抗战，发出"奖励商人投资，保护商业营业，以利商业发展"的号召，极力恢复、扶植、发展商业，政府用和万合纺织厂一样对待的办法，将资金投进民生商店，实行公私合营。扩大经营后，各类商品琳琅满目，应有尽有。

民生商店，其实是一条商业街，巴特尔转了一圈感受很深，对马伯雄说，走进这条街就走进了商品的世界里，能想到啥就能买到啥，这样的气派只有边区政府才能办到。巴特尔看见一袋黄灿灿的米，眼睛发了直，问："米脂也种黄米？"

"当然啊，小米熬稀饭，黄米做干饭。"卖米的商人，认为巴特尔少见多怪。

巴特尔当即决定把黄米全买了。黄米和小米看起来只是颗粒大小不同，其实差别很大。黄米是黍子去壳，小米是谷子去壳。在蒙古人的眼里，黄米要高于小米，黄米炒成熟米，是蒙古人常年离不开的食物，配上酥油、奶酪和砖茶，简直就是人间美味。带着熟米走南闯北，到天涯海角也不怕。

五峰骆驼驮满了黄米袋子，马伯雄与巴特尔依依惜别，他建议还是再绕过榆林城。巴特尔说由南向北，是从边区往外拉东西，符合国民党的政策。马伯雄也想到邓总司令暗中为军用物资开辟的通道，就再没有坚持。巴特尔和大家挥手告别。

驼铃"叮叮当当"响起，撒在千年窑洞古城的大街小巷。望着驼队消失在视野里，看到民生一条街的繁闹景象，马伯雄对金秀说："发展经济是头等大事，专署要求土地精耕细作，选择优良品种，提高粮食单产，这些都是促进经济发展的好手段。"

"是的，绥德地委新来了习书记，他亲自在郝家桥蹲点，抓出了这个先进典型，还培养出了刘玉厚这位劳动模范呢。"

"郝家桥具体有哪些好经验？"马伯雄对郝家桥村颇感兴趣，问道。

"他们就是在有限的土地上，通过精耕细作，改善土地条件，选择优良品种，提高单产等，创造出很多好办法，成效特别显著。绥德地委发出通知，要求村村学习郝家桥，人人要做刘玉厚，在绥德地区展开劳动竞赛，各县要打造出几个示范点。你看我们米脂，推荐哪个？"金秀问。

"在米脂，无论干啥，非那个村莫属吧，呵呵。"

"对，杨家沟，算一个。"金秀也笑说。

杨家沟的减租减息运动，在平稳中顺利完成。随着农人的收入增加，抽回、赎回或典地、押地的人增多，个别农户还买了几亩地。反观马氏地主，有几个堂公开叫卖起了土地，惜地如金的马瑞琪，也给杨姓农人们卖了两百零三垧，他小姨子家也买了三垧陡坡地。

"马老爷，这是白纸黑字写的，掏了真金白银，不会和上次一样反悔吧？"憨厚的挑担，低眉问道。 他本不打算买的，但拗不过好强的婆姨，只好打凑和折并了许多家产，做起土地的真正主人。

"挑担你想多了，上次那地一文不掏是分的，这次是你真金白银买的。 这土地呐，历朝历代不都是这样交易的，今天是你的，明天又是他的，到头来争名夺利皆是空。"马瑞琪说着，涌现出悲愤的心情，但又龙飞凤舞地在契约上签上了大名。

马瑞琪对中国五千年的历史不敢说研究通透，但喜欢看书的他了解很多，春秋战国时期，周天子大权旁落，天下分出无数的诸侯国，今天你灭我，明天我灭你，诸侯国的关系像葫芦和瓢，压下去一个浮起另一个，楚国，齐国，都曾做过春秋霸主，最后却让脱颖而出的秦国给灭了。 前些年的民国也是这般，数十个大小军阀势力各不相同，有的在混战中被灭，有的苟且惨活，只有直系，奉系，皖系，才轮流坐庄。 土地跟世事一样，但哪一次变化都没共产党的变化彻底。 减租减息，没收土地重新分配，以后一定会有更新的一系列政策出台。 说穿了，就是劫富济贫，共产党要依靠穷人来打天下嘛。

土地关系的变化，唤醒了农人对土地的最大热情。 村苏维埃主席李四不再外出做石匠了，他领着大家修地造地，精耕细作，力图增加杨家沟的粮食产量，为边区贡献力量，为老百姓造福。

"李主席，你说的我们听不懂，但我们知道的是，收成好了，粮食增多了，咱留得多，地主的租子也就多，没麻达。 但咋就算是给边区作了贡献？"

李四笑眯眯问大家："你们这样盘算，地主家的粮多粮少，跟他们吃多少关系不大吧。"

"那不大，饿着谁也饿不着他们。"

"那他们多余的粮哪去了，倒了？ 毁了？ 都没吧，多余的粮食卖到了社会上。 那么社会是谁，不就是边区的几百万人。"

"这么说，算是明白了一些。 不管是谁的财富，到头来都到了社会上，就属于社会的财富。 李主席，我们该咋干？"

李四是个脑瓜活泛的人，喜欢发现新事物，并从新事物里寻找机会。 前不久，他们几个去延安，路上见到一片坡地，四周地里的庄稼叶子都发了黄，像个披头散发的懒女人，而中间的一片齐刷刷端站着，庄稼全是绿油油的。 走过去发现了奥秘，这块地是绕着山头修成一台台的，平展展的每一台有丈二八尺宽。 哪天要是自己有了地，就修成这样，保险稳产高产。 李四想起这事，找来刚买地的几户人家开会，动员说你们有了地，下一步就要精耕细作，把坡地整宽整平，保水保土，抗旱增产。 这些户摸不清李主席的意图，纷纷摇头说考虑考虑再说。 心里其实是担心，刚买了地，共产党就知道了，会不会出甚变故？ 几人怀着忐忑的心情，散了，只有一户留下，说地修宽修平了，憨汉也晓得美得很。 但要弄平地需要不少劳力，我家买地欠了饥荒，雇不起人。 李四高兴了，自己的游说没有白费，便自告奋勇，说苏维埃给你贴劳力。

李四叫了几个党团员，扛着铁锨，自带干粮给人家修地。 他回忆着见过那些台地，大致给大家讲了一番，然后每人拉开距离开挖。 一会儿，主家出了声，说你们是来修地的，还是毁地的？ 大家互相打量，发现地被挖得七零八落，不在一条水平线上。 李四忙道歉，又琢磨了一会，拿铁锨沿着山势画了道道，他要大家按画的道道修，还要互相照看左右。 一会儿修出一台平地，等修下一台时，大家琢磨出省工的办法，把高处的土往低处垫，再把压根没动的中间摊平，一台地就造好了。

"这是个好办法。 只是生土多了，头一两年要减产的，不过如果多花点工，把熟土保留下来，当年就能增产。"马老爷也拄着拐棍来看，琢磨保熟土的办法。

连马老爷都说是好办法，农人们岂有不信的道理。 农人天生就是刨土的命，有地的自发修起，无地的也征得主家同意，在租地上修。 一时间，杨家沟涌出修地高潮。

引导大家都去了改造坡地，李四琢磨起自家的瞎沟烂圪抓地。 这块地是一条小支沟，那年用两座大门石狮子与马拥护换的。 马拥护家门不幸出了俩逆子，找阴阳先生看风水，说要放置石狮子辟邪，就拿出这块地和李四的石狮子换了。 沟掌既然没来水的地儿，何不把两旁悬崖上的黄土弄下来，填沟造田。 李四想着，说干就干，在沟里搭了个窝棚，整天灰头土脸在崖根下刨土，然后放红崖。 黄土垮塌的一瞬间，他连滚带爬躲开，"轰隆"一声巨响后，腾起了遮天蔽日的黄尘，深沟一尺又一尺填高。

必然的事被躲过一次两次，那是一种侥幸，侥幸得来的成功，却不是真正意义上的成功。 那天，李四的侥幸变成了必然，灾难就发生了。

79

望着沟掌里一天天扩大的土地，李四的心里乐得花儿一样，更得意的是，这些天来地头参观的人越来越多，请他帮忙放线规划的人也不少。 在他的示范带动下，无论是马家还是杨家，无论是自家的地，还是租的地，均形成了男女老少齐上阵，平地填沟修台地，精打细算夺高产的良好局面，成为一场声势浩大的大生产运动。 这天，他兴高采烈地来到深沟，放塌最后一块黄土悬崖，拢共足有一垧面积的人造平地，就彻底完工了。

"吭哧，吭哧"，李四喘着粗气，挥舞着锄头，直立的黄土大多是黄胶泥，深褐色的土质十分坚硬，干到太阳当头照了，土柱的根基快挖空。 挥汗如雨的李四，从披满金光的土柱仰望上去，太阳发出一个又一个炫目的光环。

因为今天竣工，闻讯前来参观的农人们很多。 有的是现场学习的，有的是请他去帮忙的，马拥护是来看稀罕的，或者说是添堵来的。"李维埃，操上心点，可把事拿稳了，那么高的土不敢塌下来，就乐极生了悲。"马拥护不咸不淡地说着，心里愤愤不平，连李四这样的下人也抖神打卦的，自己和李四换来了石狮子并未改变家运，李四却把烂沟岔治成了好地。 我马拥护就是那种见不得别人好的人。

李四歇息了一会儿，人是越围越多，这使得他十分得意，喊着大家退远点，自己又抡起老锄头，挖土柱底部最后残存的部分，说不准七八镢头，也说不准就是两三镢头，土就会垮塌。"吭哧"和"通通"，李四的呼吸与锄头的掏土声纠缠在一起，在遥相呼应，相得益彰。

圪蹴着慢吞吞抽旱烟的马拥护，拉着散散话，不时指点，说这根土柱太粗，红崖放下来，要是砸谁身上保险没命。 真是个报丧鸟，马拥护的话音未落，听到"轰隆隆"一声巨响，巨大的尘土遮天蔽日飞扬。 等到稍微消散了却不见了李四。"埋进去了，李四被埋进去了，我就说，我家的便宜是那么好占？"马拥护发出毛骨悚然的吼喊，又有些泄愤般说。

围观的人一拥而上扑到一堆土山上。 手头没工具，就用双手扒拉，用身子滚土，用脚蹬土。 十来分钟后，先是露出一只脚，再露出一只手，李四被囫囵刨出来。 马拥护把手放他鼻翼下，没发现动静，忙掏出一个薄薄的手巾，放鼻子上微微在动。"活着，还有一丝悠悠气。"

几个老人抱住李四，又是掐人中，又是掏口里的黄土。 喀喀，李四剧烈地咳嗽了几声，从鬼门关里回来了。 马拥护悻悻地，说李维埃的命真大，咋？ 小腿比大腿还粗。

李四的小腿被砸折了，紧急送到米脂城，找到接骨最厉害的王老九。人家摸了摸小腿，说粉碎性骨折，便稔熟地夹了两块竹板，用带子扎紧小腿，配了祖传的接骨药。传说，这是用能自我接骨的神秘动物骨头和死人的天灵盖，加几味草药配置的，用烧酒送服后，半夜里能听到骨头生长的声音。

李四送进城里，随行的人，第一时间把消息送给马苗。

"李四，咋弄的，咋就不小心呢，疼不？"马苗急急地问，她的心里有些疼。

见马苗到来，李四的腿似乎接好一半，再听到马苗的嗔怪，李四心里甜蜜蜜的。在意自己的人才会这样说，他想。

马苗离开马氏庄园后，李四第一次见她，是在米脂城里的马家大院。他本来找马伯雄有事，却看见戴白帽，穿工装的马苗，他一下回不过神来，说了两句话，马伯雄来了，马苗也进了车间里。得到了马苗的消息，以后李四只要进城，便有意无意地去纺织厂里看看，给马苗说杨家沟和马老爷的事。直觉告诉他，马苗十分在意父亲。当年马苗的离家出走，成为光亮堂百年不遇的奇耻大辱，马老爷顿时似乎老去十岁。带着伤痛的马苗回到米脂，无法面对父亲时，她让哥哥暂时不要告诉父亲，等时间抚平伤口后再说。

"伤情如何，疼不疼了？"马苗见到李四，担心地问道。

"大夫说，骨头接好了，就是需要静养，伤筋动骨一百天，何况还粉碎性的。"

"静养，在哪静养？回到杨家沟，你一个人冰锅冷灶，腿脚不能动，还不要饿肚子。如果，如果不介意的话，就在马家大院里养，有我，我们这么多工人吃的，不差你的一口。"

"不介意，不介意，就是怕给你带来麻烦。"李四抿嘴笑说，再看马苗满脸浮现的红霞，他的心怦怦乱跳起来。

李四在纺织厂见到马苗的第一次，就生出异样的感觉。马苗像很亲的亲戚，久违的朋友，又像陌生的熟人，梦里的情人。想问问她的过往，又怕会触动她心灵最脆弱的地方，再说，他就是把他当作了女神，女神只有伟大，没有过往。在纺织厂养了一个月，李四被马苗伺候着，越是心有不安，就越是蠢蠢欲动。当他拄着棍，能一瘸一拐走路时，就偷偷跑回杨家沟。有一天，马老爷找他，直接捅开了李四与马苗之间的那张纸。

夕阳西下，晚霞漫天的傍晚，马老爷走进李四的两孔破窑洞里，问："李四，不，该叫你李主席，最近忙甚着？"

"马老爷，咋来了，有事请吩咐。"李四问道。 虽然是村里的主席，但马老爷的到来，还是让他诚惶诚恐，马老爷一定有非同寻常的大事。

"马苗回来了，去看看她。 你们在学堂共过事。"马老爷慢吞吞地说。

"谢谢马老爷。"李四激动地说着，脑袋嗡嗡作响。

前几天，马伯雄回家，马老爷与儿子闲聊时，突然吞吞吐吐，要儿子说出马苗遭遇的全部真相。 尽管马伯雄在许多细节上有所隐瞒，讲述并不完整，马老爷还是听得泪流满面，哽咽着说我娃受苦了，遭罪了。 等他缓过一口气，又说我娃留住条命，也是不幸中的万幸。 谈及马苗的未来，父子俩不约而同想到了李四。 马伯雄说了李四在马家大院养伤一个月，是马苗伺候着。 马老爷叹口气，说只是委屈我娃了。 马伯雄说时过境迁，不能用老眼光看待这事。 马老爷咳嗽起来，两人心照不宣。

对未来早已死心的马苗，回归火热的生活后，随着纺织厂的事务理出头绪，夜里也由累得倒头就睡，逐渐变为胡思乱想，还开始思春。 夜深人静，思春的潮水泛滥时，她的意识里出现的人就是李四。 她骂自己，青楼女子出身，连遇到正常男人都是做梦，岂敢奢望爱情？ 这次，上天把断了腿的李四送到身边。 看着李四拄着双拐慢慢行走，一天天好起来，她在祈祷李四康复的同时，又期望恢复得慢一些，这样能延长他们厮守的时间，多一天就幸福一天。 李四偷跑了，马苗气得哭了，想来想去也请假回到杨家沟。 父亲问明了情况，说我给你把他找来。 马苗心里窃喜，起码说，父亲这一关过了。

马苗带李四回到城里，再找王老九诊疗。 王老九捏着李四的残腿，有些不好意思地说，骨头长好了，但长偏了。 马苗问咋办？ 王老九说如果是齐茬断的，敲开也能再接，而这是粉碎性，敲开又会散了。 李四等着把拐杖扔进太平洋，雄赳赳气昂昂向马苗表白，王老九的话像一盆凉水，劈头盖脸浇了他透心凉。 马苗却是高兴，李四成了瘸子，让她增加了自信。 人说男追女，隔座山，女追男，隔层纸。 通红脸的马苗，呢喃说着残了怕啥，就是躺倒起不来，我来伺候你一辈子。 李四大喜过望，感谢那根砸断腿的土柱，成全了他俩。

瘸子李四和马苗的爱情来了。 他们买了两只烧鸡，两斤驴板肠和四斤油糕、四斤油馍馍，还有一包洋糖，回到马氏庄园。 当他们双双下跪，给马老爷叩着响头时，马老爷一言不发地仰起头，眼眶里打转转的泪水夺眶而出，一颗颗滚动在沟壑纵横的老脸上，停住了。

"爸——"马苗撕心裂肺地，喊得惊天动地。

马老爷俯身拉起马苗，说："我娃，我知道，你遭过大罪。 但有我，有你哥，你再也不会了。"他又拉起李四，说："后生，你是哪辈子修来的福娶了马苗？ 以后的日子里，就要好好对我娃，不然，老汉我绝饶不了你。"

李四和马苗配成一对的消息，像长了翅膀传遍杨家沟和周边村庄。 奇葩的婚姻，让地主和农人们，马家和杨家都蒙了圈。 马氏庄园里的女子嫁农人，还是多年前的事，这会儿，历史又在重演还有创新，苏维埃主席娶大地主的女子，这以后，还革哪门子命。

李四与马苗的事传到县里，觉得不妥的金秀明确反对，她找来李四，告诫说要考虑后果，马苗是大地主的女子，其本人的历史又比较复杂，你俩成了，会耽误前程的。 李四扛硬地表态，自己宁愿不当主席，也绝不再失去马苗。 金秀摇摇头又摆摆手，心想自己是完美的革命者，绝不会有农人李四的境界，让革命妥协给了爱情。

巴特尔带着驼队，沿着无定河和榆溪河东岸，一路大摇大摆向北前行，次日天快擦黑时，暮色里传说中的凌霄塔，高大孤寂地立在山头。 榆林城到了。 兴奋中，他又有些遗憾，说好在榆林城与万家兄弟见面，把酒言欢，可是现在的情形，是天不遂人愿。 带着五峰骆驼，城里估计找不到地方，便在玉砚桥找，发现客栈都小，接待的是南来的客人。 老板说骆驼队，在西门口有一家专门接待。 走过去果然是，客栈里已卧了几十峰骆驼，都是来自蒙地的。 巴特尔放心地把骆驼交给店里的伙计，带助手进城，寻思着找传说中的榆林美食，好好吃喝一番。

店里的厨房散发出浓浓的肉香，引得巴特尔直冒口水，进去一看和包头的手抓肉无异，简直是太香了，也就顾不得榆林本地美食，每人要了三斤肉，又烫了三斤榆林产的烧酒，吃肉喝酒不想家。"榆林与米脂的吃食差别大不大？"巴特尔问助手。

"米脂最好的是驴板肠，榆林美食没见，这和我们蒙地的不差上下。 这手把肉，美得很。 就是，国民党统治下的城市，人们怪怪的，没精气神。"助手说。

"嘘——这儿姓国，那儿姓共，少说为妙。 来，喝酒。"巴特尔压低声音说，几个人端起酒碗痛饮。

有烧酒助兴，巴特尔说起榆林女子，说她们喝桃花水长大，所以面若桃花，洗身子用桃花水，细皮嫩肉。 助手说那我们何不快乐一回？ 巴特尔说要去你们去，我家里有哈敦（老婆），不能去。大家嬉皮笑脸，说没想到大哥还忠诚你的哈敦。他们说着，摇摇晃晃要去找妓院，却与进来的几个人撞了满怀。

"外面驮米的是哪位老板的骆驼？"进来的一位年轻人冷冷问着，在五桌人的身上扫来扫去，目光最后聚焦在巴特尔这桌。

"你是问我们吗？"巴特尔坐着，反问。

"看来是你的了，你们从哪来，要到哪去？"

"我去米脂买了米，要运回希拉穆仁草原，希拉穆仁你知道不？"

"少废话，跟我们走一趟。"

"我做合法生意，为何要跟你走？"巴特尔脖子一挺，硬气地说。

"谁在这撒野？"黑暗处走来一个戴鸭舌帽的人，用阴沉的眼神扫视着巴特尔，问。

"长官，我从米脂买了东西，又不是给他们卖东西。这位当兵的要带我走。"巴特尔急急解释道。

"这些，到了该去的地方，再说。"鸭舌帽提高了声说着，一挥手将巴特尔带离了骆驼店，吓得助手们酒醒了大半，哪还顾得找桃花水姑娘。

鸭舌帽是原八一六师司令部特务队的队长袁主意，高双成担任师长后，他被贬到军训处做了一名普通教官。他还有另一个秘密身份，国民党军统榆林站的副站长。军统之所以在偏远的塞上榆林建站，有着特殊的考虑。

驻榆林的国民党晋陕绥边区总司令部和所属的二十二军，是国民党的地方杂牌部队，外来的一般势力很难渗透。总司令邓宝珊和军长高双成，对国民党中央阳奉阴违，受令不受调，对共产党和延安方面却是笑脸相迎，投桃报李。蒋介石几次借整编之机，想吞并或调开他们，均无果。在中央红军到达陕北前半年，调第十三军汤恩伯部进驻绥德、清涧一带，调十三军参谋长富文出任榆林行政督察专员兼陕北保安司令，调十三军处长徐之佳到八十六师出任参谋长，同时派大批特务和政工人员入榆，加大对邓、高势力的控制，其司马昭之心路人皆知。抗战开始后，蒋介石对邓、高的打压进一步升级，南京方面数次来电，以邓宝珊的秘书汤昭武和高双成的秘书周济信有共党嫌疑为由，要逮捕他们送往南京，却遭到二位将军力保。高双成回电说：我在延安驻防时，周济信就跟随着我，他不可能是共产党，我敢担保。他们一致的态度，弄得蒋介石骑虎难下。于是，军统榆林站秘密建立。

袁主意带巴特尔七拐八拐地，来到一个很不起眼的客栈，走进去别开洞天，有一套陈设考究的房间。 背对着大家，正襟危坐的是一个年轻人。 袁主意弯腰说，站长，弄来一个赶五峰骆驼的蒙地老板。

"巴，巴特尔，你咋来榆林？"年轻人一转身，见到巴特尔，吃惊得失了声。

巴特尔定睛一看，轮到他吃惊了。

80

巴特尔和万向明都没想到，会在这个特殊的地方遇见。

"万向明，禽兽不如的东西，你咋还没死？"巴特尔激动地吼叫，要不是这家伙手里有枪，他真想扑过去为马苗，为万仙如报仇。

"别激动，你们蒙人咋老是爱激动，咋咋呼呼。 长点眼头见识吧，也不看这是啥地方。"万向明微笑着说，让袁主意给老朋友上砖茶，"我问你，兵荒马乱的，放着希拉穆仁大草原不好好享受，跑到乱糟糟的陕北来做啥？"

"站长，他在贩卖粮食。"袁主意给巴特尔倒了一碗热气腾腾的砖茶，说，心有疑问，这两个八竿子打不到一搭的，剑拔弩张的人，咋会认识？

"姓万的，我再次重申，是从米脂买黄米，回蒙地炒熟米吃的。"

"还是喜欢吃熟米。 来，我现在就请你，老袁，上陕蒙套餐。"

所谓的套餐，是酥油、熟米、奶酪和熬砖茶放一块吃喝，只是蒙地的放盐，榆林的加白砂糖，一股脑儿全摆上来。 巴特尔也不客气，熟练地先往茶碗里舀了两勺子熟米，喝干茶后加了两勺熟米，再加两勺黄灿灿的酥油和盐巴，用手画着圈搅拌几下，抓一把放嘴里咬得满口香溢。 万向明笑眯眯地看他吃完，亲自倒了一碗茶，问："你去米脂究竟干吗了？"

"不是说了，买黄米。"

"你去的时候从哪过的，骆驼不驮东西吗？"

"从榆林过去的，不驮。"

"啪——"万向明桌子一拍，怒道："哄鬼也不会哄，别说是一个驼队，就是一只鸟飞过榆林城，也逃不出我万向明的眼睛。 你带着一个驼队，空着到米脂买米，算算成本有多少？"

"就算驮着东西，跟你有球的相干？"巴特尔不以为然地说。

"到底驮啥，是给谁驮的？"

"想听？"

"想，很想。"

"好，那就告诉你，是给马苗的纺织厂送羊毛。 马苗现在是纺织厂厂长，这你没想到吧。"

"谁谁谁，你说马苗。"万向明急急地说，满脸通红。 他让袁主意出去，盯着巴特尔再次确认。

"万向明啊万向明，你咋长个狼心狗肺呢，马苗是多么好的一个女人，你欺负了她不算，还把她卖给妓院，你真是禽兽不如。"

"巴大哥，我也是被迫无奈啊。"万向明轻描淡写地说，又问，"你给米脂送羊毛，那你给我的呢？ 我们可是合同在先。"

"你这种坏尿，还有脸跟我谈合同。"巴特尔骂了起来，还要打万向明。

"反了你，来人呐。"万向明边掏出手枪，边喊道，他终于失去了耐心。

袁主意带两个荷枪实弹的士兵跑进来，说请站长吩咐。 万向明把枪别到裤腰上，缓了一口气，说把他们放了吧，但骆驼和黄米扣押。

巴特尔大喊："王八蛋万向明，你凭啥扣我的东西？"

"凭啥？ 就凭你私辟通匪路线，违禁给边区送羊毛；就凭你胆大妄为，辱骂党国官员。 给我拉走，拉得越远越好。"

巴特尔和助手被驱出榆林城。 望着高大的城门，巴特尔欲哭无泪，第一次来榆林竟被"熟人"弄得这么惨，小人当道呀！ 走着，想着，前面出现了足有七八十米高、四方四正的砖台子，心情好了起来。

榆林城的标志——镇北台，修建于明万历年间。 作为万里长城上的九大烽火台之一，镇北台见证了塞上榆林沧桑历史。 巴特尔登高望远，心情豁然开朗，他扯开喉咙，绕着镇北台转着，大声唱道：

酒色（那）财气是堵墙

人人（那）都在里面藏

有人能跳出墙儿外（哟么太平年）

不是（那）神仙便寿长（哟么太平年）

酒是（那）杜康造传流

　　能喝（那）万寿解千愁

　　成败得失皆用酒（哟么太平年）

　　巴特尔醉倒镇北台（哟么太平年）

　　这是在米脂学的一首陕北民歌，此时此刻的巴特尔，把全部情感投进歌曲里，唱着唱着，彻底释然了，能逃离万向明的魔爪，留了性命，不是最大的幸事吗？

　　连马苗也当了纺织厂长，这个世界真的变了。万向明来到自己的万利毛纺织厂，被嘈杂的机器轰鸣声包围着的他，头脑分外清晰，这也是这些年练就的本事，在南京军统训练营里，他做到遇事不慌乱，杀人把鲜血飞溅脸上，也不眨眼。

　　在延安刺杀马伯雄失败，却让亲姐姐倒在自己的枪口下。深知延安保安部门厉害的他，按照刺杀预案，带着遗憾连夜而逃。几天后，从报纸上确认了遇刺身亡的是万仙如。姐姐作为共产党的县委负责人，这样级别的女干部，在延安光天化日之下被刺而亡，南京方面也感到振奋，国统区的媒体连续爆炒多日。上峰原打算让他离开陕北，见他连亲姐姐都敢杀，就佩服他禽兽不如的狠劲，便指令负责筹备榆林站，接着担任了国统榆林站的站长，主要任务是对邓宝珊、高双成等与中共明修栈道、暗度陈仓的将领，明里暗里全天候监督。如愿以偿回到了榆林，万向明除了为党国干事，也夹带私活，继续为毛纺织厂堵截羊毛原料。战时的榆林，物资奇缺，物价飞涨，各种原材料一天比一天紧张，许多有钱也买不到。面对那么多订单，他简直应接不暇。为不引人注目，他特意在西门外搞定一个客栈，明为检查站，暗地里为他收缴羊毛。没想到，"老朋友"巴特尔也撞到枪口上。

　　万向明对外的身份还是万利毛纺织厂老板，秘密建起军统站后，在物色人员上下了一番功夫。南京方面派来两名短期工作人员，协助他建站并招募人员。这年头拉起大旗自有吃粮人，但军统的招人条件十分苛刻，要招到适合的人很难，两个月才招了两名，而要找副站长更难。思来想去，万向明只得找到在高双成麾下失意的袁主意，两人一拍即合。给昔日的部下当副职，袁主意也心甘情愿，因为军统是他梦寐以求的部门，他也佩服万向明的狠劲，更理解一名有信仰的国军，如果心慈手软则是百事不成。

　　"老袁，通共分子高双成死后，接替他的左协中表现如何？"万向明问。

　　"一丘之貉。姓左的与八路军三五八旅，是明修栈道暗度陈仓，还亲自替他们找府谷县党部，要过八路军士兵。"

"我就奇怪了，左协中是井岳秀一手栽培起来的人，咋也与共产党那么亲近？"万向明说着，觉得不可理解。

"是共产党会来事。高双成病了，延安派医生来，死了，派高级代表祭奠。灵柩运回蒲城路过延安时，听说连朱毛都惊动了，专门举行祭奠大会，朱德、林伯渠现场出席，还写了'练兵辛勤，驱逐倭寇著功勋；救国友谊，传来讣报悼善邻'的挽联，高度评价他。"

"邓宝珊、左协中一个个老谋深算，与老蒋面和心不和，心怀鬼胎，我们的任务很是艰巨呐。好在，我们是有信仰的人，为党国的事业，牺牲性命也在所不辞。"

"对，我们在所不辞。"

"呜——"警报拖着长声，刺破了榆林城的暗夜，这还是日本飞机轰炸后的首次。

"什么情况？"万向明问道，警惕地熄灭了灯。

这是 1945 年 8 月 15 日，一个举国欢庆的日子。日本宣布投降了！

这天，是榆林中学开学的第一天。久未见面的同学们还在宿舍里热聊，听到警报声纷纷跑出。只见学校工友摇着铜铃，边跑边喊：日本鬼子投降了，同学们起来游行啰。

提灯是来不及了，同学们翻箱倒柜拿出被子、棉衣，抽出里面的棉花，再把衣服撕成布条缠在树枝上，倒出油灯里所有的煤油，举着制作的火把，锣鼓大镲早就敲打起来，师生们浩浩荡荡上了榆林大街。

榆林是倾城出动，如溪流般的各行各业和广大市民，从各条小巷里汇流到街头，认识与不认识的人们，都在击掌欢呼，所有的商铺统统开门，老板们将瓜子、洋糖、糖棋子和瓜果桃李吃食，或塞进欢庆人们的手里，或是"天女散花"，装点城市。

晋陕绥边区总司令部和二十二军司令部，邓宝珊和左协中将军穿上笔挺的军服，他们步履矫健地走上街头，光彩熠熠的脸上，洋溢着笑容。是啊，从卢沟桥事件到今天，中国人民整整浴血奋战了八年，用无数人的生命换取了来之不易的伟大胜利。

"总司令，您说后抗战时代，会是咋样？"左协中问。

邓宝珊的眉头皱起，说："前途未卜，但无论出现任何意想不到的情况，我们只要相信光明，就有希望。"

万向明与袁主意站在街角隐蔽处，盯着邓宝珊和左协中从面前走过，两人的心里翻江倒海，想着后抗战时代。八年里，国共两党真抗战也罢，假抗战也罢，围绕着抗战这个主题进行合作。 现在一夜间，共同的敌人被打跑了，两虎再次相遇，定会决一雄雄。

米脂的欢庆活动是从吹响大唢呐拉开的。 几十把唢呐齐吹响《大摆队》，开启庆祝胜利的大游行。 市民们踩着《得胜回营》的节拍，游行走得铿锵有力。

米脂人闹秧歌浓妆艳抹，服装华丽，十分讲究，但今晚米中、东街小学和纺织厂的三支秧歌队，都是清一色素颜便装，因为欢庆胜利的迫切心情，来不及打扮。 惊天动地的锣鼓大镲伴奏下，她们扭动起来煞是好看。 米中秧歌队的伞头，转动着花伞，唱道：

日本（那）小倭寇

（哎哟）真正是坏骨头

抢占我们东北实实无人性

飞机炸来大炮轰

同胞受欺凌

一个身材苗条的女子，从纺织厂秧歌队里脱颖而出，迈着轻盈的步子，走到前面，她就是马苗，放开了歌喉，接着米中伞头的歌词：

日本（那）小鬼子

（哎哟）今天投降了

四万万中国人扬眉又吐气

敲起锣来打起鼓

安居乐业享太平

两队锣鼓大镲又敲起，一阵欢快地扭动后，两伞头对唱。

"马县长，你看马苗唱得多好，她有多高兴啊。"挤在游行队伍里的金秀说。

"真为妹妹高兴，她与国家一样，获得了新生。"马伯雄看着妹妹，心情愉悦地说。"只是……"马伯雄欲言又止，仰望天空，想起了万仙如，相信天堂里的万仙如，此时也在庆祝她为之献出宝贵生命，迎来的这一伟大胜利。

"马县长，金副书记，请喝一碗酒，我们共同庆祝胜利。"一家烧酒作坊的老板，端着酒碗对他们说。 一得到消息，老板便打开店门，免费让市民们喝酒庆祝。

马伯雄接过酒碗，说："好，在这伟大的历史性时刻，让我们一起，为中国民族独立自由，献出宝贵生命的抗日壮士和千百万百姓们，献上这碗酒。"他双手托起酒碗，神情凝重地高高举起，再将清澈的烧酒，缓缓洒在黄土地上，激动的泪水夺眶而出。

两个多月后，金秀拿着一份报纸给马伯雄，说国共重庆谈判期间，毛主席发表了一首大气磅礴的诗词，语惊四座，轰动国内外。马伯雄接过浏览了几遍，情不自禁吟诵起来：

沁园春·雪

北国风光，千里冰封，万里雪飘。

望长城内外，惟余莽莽；

大河上下，顿失滔滔。

山舞银蛇，原驰蜡象，欲与天公试比高。

须晴日，看红装素裹，分外妖娆。

江山如此多娇，引无数英雄竞折腰。

惜秦皇汉武，略输文采；

唐宗宋祖，稍逊风骚。

一代天骄，成吉思汗，只识弯弓射大雕。

俱往矣，数风流人物，还看今朝。

1936 年 2 月

"太神奇，太伟大了，毛主席的这首诗，文采、胸襟、气魄，可以说后者暂时不知，但绝对是前无古人。"马伯雄被折服得五体投地，说。

"是的，在国统区的许多知识分子眼里，共产党的领导只是草莽之辈，哪还有啥文化底蕴，让他们从这首诗词里，看看伟人的文韬武略。"

"金秀，你看这诗写作的时间，是十年前，还是在清涧县。那时我和仙如也去了清涧，考察建立苏维埃基层政权。中国共产党有毛主席做领袖，一定会所向披靡，战无不胜。最近，我学了一首歌，叫《东方红》，是佳县农民李有源创作的，歌曲简单朴素但饱含感情，磅礴大气。"马伯雄说着，低声唱起：

东方红，太阳升

中国出了个毛泽东

他为人民谋幸福

呼儿嗨哟，他是人民大救星

"我，我要提出申请，很庄重地向你提出申请。"马伯雄突然说道，激动得连嘴唇都在打战。

81

马伯雄一曲《东方红》高歌后，对金秀说："我现在庄重地提出，我要申请加入中国共产党。这不是一时的冲动，而是深思熟虑后的决定。"

"我代表党组织，欢迎你的加入。"金秀也显得十分激动，他们紧紧地把手握在了一起。是的，这些年里，马伯雄从怀揣科技救国的热血青年，到有良知的民主人士，再到投身共产主义的先锋战士，一路走来，豪情满怀，曲折跌宕，凤凰涅槃，浴火重生。

马伯雄是边区参议员，又是一县之长和知名人士，他申请入党的事非同寻常。经过各级党委层层上报，直到报送给中央。一天，马伯雄接到通知，让他去延安接受谈话。

在杨家岭的一孔温暖的土窑洞里，中共的一位首长热情地握住他的手，说："马先生，我代表共产党欢迎您的申请。"

马伯雄说："这是共产党巨大感召力的必然结果。这些年里，我亲身感受、耳闻目睹，共产党由弱到强，由小到大，建立广泛的抗日民族统一战线，成为人民坚强后盾的发展历程。也正因为如此，我申请加入中国共产党，请党组织批准。"

"马先生，您对党有着深厚的感情，认识也很深刻，但是，我要告诉您的是，经过我们研究决定，您留在党外更好，更有利于开展工作。"

"首长，你们不要我，是不是我有啥不足？有，就请提出来，我会努力改正。"马伯雄着急地说道。

"马先生，您误会了。我说了，党需要您留在党外，更好地开展工作。以您社会名流的影响力和感召力，影响和带动更多的人，投身于民主革命运动，为革命建设出力。您熟识的李鼎铭先生、郭沫若先生等，他们就是留在党外，积极参政议政，进行民主监督，发挥政治作用的民主人士。毛主席说过，共产党同党外人士实行民主合作的原则，是坚定不移的，是永远不变的。"

"是那样啊，好，您这么说，我茅塞顿开，彻底释然了。"

"另外，找您来还有一件十分紧迫的工作，您和蒙边旅的万星明很熟悉吧。"

"是的，我们有共同的经历和相似的价值观，可以说，不是亲兄弟，胜似亲兄弟。"

"很好，接下来，有关部门会找您谈具体工作的。"

首长说的有关部门，是军委。他们希望马伯雄找万星明做工作，让他带蒙边旅弃暗投明。军委说日本投降后，蒋介石挑起全面内战，对邓宝珊和左协中越来越不放心，认为他们反共不力甚至有了二心。万星明的蒙边旅也是怀疑对象。最近老蒋拿出一个方案，要胡宗南把二十二军和蒙边旅共编为一个军，打算让何文鼎出任军长。万星明这几天要到榆林，向邓宝珊将军请示该何去何从。犹豫中的万星明，就像是黑暗里摸索的人，很需要一盏明灯的指引，马先生，你去让他做出正确的选择，弃暗投明。可以告诉你，在蒙边旅里，我们的地下党员已有五百多人，其中有中校、少校，基层的连、排长更多，大家都在积蓄力量，就等着万星明一声令下，一举起义。

马伯雄带着紧张又激动的心情，离开了延安。高层能把这么重要的工作交给自己，足以证明共产党对自己的认可，对万星明和蒙边旅的重视与期待。

马伯雄没有回家，直接来到榆林，在黄昏时分入城后，直奔桃林山庄。当即拜会与他打过几次交道的司令部副官，副官说很巧，万旅长今天上午来了，现在正与邓将军谈话。马伯雄知道他们的谈话一时三刻不会结束，便让副官转交了一张条子，约万星明次日方便的时候在老地方见面。他准备等上一天。

老地方就是天神庙巷口的烩菜馆。离开桃林山庄，他独自来到烩菜馆，虽说已是晚上八九点，还坐了两桌。几年不来，馆里的一切未变，只是主人换了。从开店的年轻人处得知，他是原主人的儿子，父亲因病卧床，瘫痪在家。马伯雄感叹人生，唏嘘不已。日本鬼子投降了，真希望国共两党再次合作，早日让人民过上安居乐业的光景。

邓宝珊将军与万星明长谈了几个小时，在蒙边旅究竟何去何从的问题上，他们陷入纠结中。

万星明从榆林一走，他的蒙边旅里炸开了锅。驻扎在蒙边城里的旅部和一团，最早知道整编消息，万星明在，大家悄悄议论，他一走去找出路，整编的事完全公开化，旅里的国共两种势力针锋相对进行博弈。旅部的顽固军官更是跃跃欲试，四处游说串联，促成一团尽快接受整编，鼓噪他们撇开万星明。一团里的共产党员最多，从团长到连、排长好多都是。反动军官恐吓大家，说二团和三团已准备好整编，如果一团不接受整编，不去包头，在外的另两个团，随时会开进蒙边城，以武力血洗一团的。顽固派的恐吓，让一团的共产党人嗅到了血腥的味道。一团中校副团长是地下党负责人，他召开会议和大家达成共识后，立即向上级汇报，说蒙边旅从小到大，从弱到强，已具备起义条件，请求三边地委同意起义。

蒙边旅的一举一动，没能逃过邓宝珊的眼睛。连日来，他陷入了痛苦的抉择中。邓将军在最后一次见蒋介石时，忠勇的他斗胆向蒋忠告，说自己愿把委员长拥护成华盛顿，但不愿把委员长拥护成拿破仑。蒋介石听后，凝视着他的眼睛至少三十秒，内心十分震怒。但只是拍拍他的肩膀，打消了原本调他重回甘肃省任省主席的打算。邓宝珊在回榆林路经延安时，毛泽东、周恩来等共产党的领导，对他争取和平民主的努力十分赞扬，安排他参观边区军民大生产的成果展览，并以来宾身份参加劳模表彰大会，他在会上也即兴发表讲话。在参加完重庆举行的国民党二中全会后，心灰意冷的邓将军"抱病"回到关中三原家中，害怕卷入内战的漩涡，拒绝再回榆林。但是，胡宗南接二连三地催促，他又不得不回。刚回来，就遇蒙边旅改编的烫手山芋。

"总司令，我们谈了半夜，我旅到底该咋办？"万星明急迫地发问。

"一筹莫展，我们还是等等看。"邓宝珊说着，两手不住地揉搓。

"拖是拖不了，再拖下去，他们会先下手为强，二团长和三团长，为您当初没提拔耿耿于怀，到这个节骨眼，他们就不停地拱火，对旅长的位子虎视眈眈。真要没办法，我们只有主动执行的选项了。"

话是这样说，真要执行，两人都是心有不甘。

马伯雄不想让马家粮店的人知道自己来了榆林，就在烩菜馆附近的客栈住了。心绪不宁的他，一夜没睡好觉。一大早来到烩菜馆，发现人家还没开门，闲来无事便在街头晃悠，冯家糖棋子，马家年糕，刘家枣夹子，窦家卤猪头肉，还有高家拼三鲜。他寻着念书那会儿的记忆，找到这些老店，远远闻到各种美食的特有飘香。他喝了一碗香溢羊杂碎，吃个猪头肉夹饼子，想着烩菜馆该开门了，便往回返。对两次被抓的榆林城，他是有些噤若寒蝉。他把礼帽往下压着，四下张望，并未发现可疑目标。

烩菜馆已经开门，马伯雄走进去时，见万星明一人坐在角落里。

"万兄到了，真是不好意思，让你等了。"马伯雄一脸歉意地说，为刚才找学生时代的记忆而迟到，感到不安。

"我也是刚到。半夜临睡觉时看到了条子，一大早赶来见你。咋，这么神秘的，找我有事？"万星明压低声音说，同时环顾四周，查看动静。

马伯雄深知万星明是个爽快之人，便直截了当说了自己的使命，并简单分析了国共重庆谈判的情况。"万兄,请你三思,如果接受了改编,就意味着与共产党保持了多年的良好关系结束,和他们彻底分道扬镳。"

"但……兄弟啊,这毕竟涉及几千名官兵生死攸关的大事,容我仔细考虑。 即使真要按你说的去做,我还要做通许多官兵的工作。 先缓缓,缓缓。"

马伯雄想说你旅已有五百多名共产党员,又觉得时机不到,就说:"请你快点考虑,改编迫在眉睫,耽搁不起。"

万星明得知马伯雄住在客栈,说咋能住那样的地方,赶紧收拾东西,随我住桃林山庄。 眼下情形这样复杂,你的安全保障十分重要。

两人一口饭菜未点,对店家表示了歉意。 出了烩菜馆,来到客栈。 马伯雄回房间收拾东西,万星明坐前厅闷头吸烟,边盯着四周观察,边思忖自己何去何从。 突然,瞥见客栈对面的马路上,两个贼眉溜眼的人不住从这边瞟来瞟去,时而还交头接耳,他顿生狐疑,后悔出来见马伯雄未带警卫。 本以为陕北国民党大本营的榆林城,一个堂堂的少将旅长不会有任何事,但从现在的情况看,并不那么简单。 两个可疑人行色匆匆地离开了。 万星明想起马伯雄进房间了半天,咋还不见出来,忙掐灭烟头进房查看,眼前是一片狼藉。 一人高的衣柜门被打开,皮箱里的东西凌乱地撒了一地,更诡异的是,两扇窗子宽展展开着,房间里哪还有马伯雄的影子。

"马公子,马伯雄。"万星明大声喊起来。

82

马伯雄带着轻松的心情回到客栈,他让万星明在前厅等着,自己走进房间收拾,一拉柜门取行李箱,一只伸来的大手,以迅雷不及掩耳之势捂住他的嘴巴,来不及喊叫一声,身子就被人扛起,从窗户外递了出去。 这一切在神不知鬼不觉中进行。

万星明一进榆林城,便受到军统的监视,监视他的人正是弟弟万向明。 在蒙边旅里,除有五六百共产党的人,也有军统、中统的人,万星明的一举一动都在特务监控中。 这次他来榆林面见邓总司令,万向明早就得到消息,算计着时间,亲自在南门口恭候,跟着尾随到桃林山庄,歪打正着遇到了马伯雄。 特务们跟到烩菜馆,又跟到客栈。 马伯雄神秘地来榆林,见面对象是万星明。 万向明似乎明白了,马伯雄是共产党

398

方面的代表，在打万星明的主意。 不解的是，马伯雄难道也是共产党的特工吗？ 如果是，这也太可怕了吧。 必须尽快抓捕，如果被万星明带走，就再也没有机会了。

抓捕一个共产党的特工，是需要费一番周折的，万向明设计了几套方案，没想到不费吹灰之力就抓来了，而且让坐在前厅的万星明毫无察觉。 马伯雄这样重量级人物，是不会带到前段时间审过巴特尔的客栈去审问的。 他给马伯雄戴上眼罩，押到一个秘密地方——城东的驼峰山。

驼峰山上有以戴兴寺为中心的"四寺夹一庙"的古庙群，分别是戴兴寺、香云寺、洪济寺、大庵和老爷庙。 规模最大的戴兴寺，原为延绥镇总兵戴钦的家宅。 寺分为三院，布局因山就势，错落有致，总高十一点二米的五佛大殿，为重檐歇山式两层砖木结构建筑。 其他三寺分列戴兴寺南北，唯一的老爷庙，在戴兴寺以东，玄机也就在这个庙里。

万向明有一次带人在老爷庙搜查过共产党，无意中发现一个倒塌的厕所里，被茅草遮盖着一个洞口，他进去探秘，走过长长的甬道，里面别开洞天，有三间十到三十多平方米的房间。 更蹊跷的是，再往前还能通到戴兴寺的五佛大殿里，而洞口就在佛爷的屁股底下。 显然，当年戴总兵是为自己家人留了后手。 时过境迁，地洞几百年后重见天日，成全了万向明，变为他的私人领地。 万向明申请来一笔不小的款子，用几个可靠的手下将地洞收拾一番，又从特务队里拿来包括刑具在内的办公、生活用品。

"马公子，不，马县长，别来无恙啊。 没想到，我们又会在榆林见面，还是这个地方。"万向明阴阳怪气地说，笑比阴森森的审讯室还要阴森。

"万向明，你这个恶魔，咋还没死，留着祸害人。"马伯雄愤怒地说，真想扑过去弄死他，为仙如和无辜的人们报仇。

"放肆！ 马伯雄也不看在哪里，跟谁说话？ 告诉你，这是军统榆林站，不是你治下的米脂，面前站的是我们的万站长。"袁主意大声呵斥，道。

"袁副站长，不要动怒，他是我朋友，还差点成了我姐夫。 唉，可惜，你没那个命。"万向明拖着长长的尾音，说道。

"呸——万向明，你变得越来越厚颜无耻，卑鄙下流了。"

"不和你废话了，这次来找万星明，是受谁的指令，你们想要干吗？"

"不干吗。 就是干吗，也不会告诉你这样的无耻小人。"

"看来你是硬逼我要动大刑？ 你也知道，我这个人是多么仁慈，不到万不得已，是于心不忍呐。"

"请别糟蹋仁慈这个词！ 你要是仁慈，这个世界就再无邪恶了。 来，你就动手吧。"马伯雄说着，大义凛然地挺起胸膛。

"袁副站长，我真是下不了手，还是你来，让他尝尝你的手艺。"

审讯桌旁，放满了各种刑具。 袁主意拿起皮鞭，在空气中"叭叭叭"甩过三鞭，见马伯雄毫无惧色，就朝着他的身子使劲甩出十几鞭，顿时皮开肉绽，鲜血淋漓。 马伯雄咬着牙，哼也没哼一声。 看不出来，白面书生竟也是死硬分子。 袁主意心里佩服，又换了根电击棒，冲着汩汩流血的伤口戳去，还使劲在伤口上拧了下。"哎哟"，马伯雄痛得忍不住大叫起来。

"是谁派你来的？ 到底准备干吗？"袁主意晃着电击棒，低沉地问。

马伯雄乜眼看着他，怒目圆睁，依旧一声不吭。

"到底是谁派你来的，说。"袁主意咆哮起来，通红的烙铁捅到马伯雄身上，一股白烟冒起，发出烧烤肉的"滋滋"声。

马伯雄痛得昏死过去，头沉沉地垂了下来。

"死了？ 千万不敢弄死，他还有大用处。"万向明问道，提了一桶冷水，劈面浇到马伯雄的头上。 见马伯雄的眼睛微微睁开，万向明说："我的马县长呀，我亲爱的马兄呀，你死去活来的，又何必跟自己过不去呢。 好好想想，你死心塌地跟着共产党，他们能给你啥？ 连你家的万亩土地和万贯家财，不也是被收没？ 哎，真不知你们这些人的脑子，是不是进了水？"

"你，你要我咋样？"马伯雄突然低声问道。

"简单，很简单。 只要说清楚来榆林的目的，再写一份辞去米脂县长的公开信，说明共产党的那套统一战线，是骗人的把戏。 我就免你浑身无罪，马上获得自由。"万向明听到马伯雄的口气出现了松动，忙交出了底线。

"你的这套把戏，是从井岳秀那儿学来的吧。 可别再耍了，对我没用，我早见识多了。"马伯雄说着虚弱的大笑起来，声音听着瘆人。

"万站长，南京来电。"

手下送来一份急电。 万向明接过一读，一激动，差点叫出了声。

边区参议员马伯雄是上了军统名单的人物，上次在延安对他的刺杀没有成功，南京方面至今耿耿于怀，万向明这次又抓了他个活的，南京方面十分高兴。 在重庆谈判刚刚结束，《双十协定》开始履行的关键时期，让马伯雄在全国人民面前，对共产党进行深恶痛绝地揭露，说三道四，那样造成的影响力非同小可，对陕甘宁边区具有摧毁性的力量。南京方面决定派出专机，要到榆林接走马伯雄。

万星明在客栈丢了马伯雄，心情十分沮丧，考虑再三，还是向邓总司令作了汇报。邓总司令几乎见过中共在延安的所有高级领导人，他们亲切会见，推心置腹交谈，他的女儿邓友梅也是共产党员。然而，在自己麾下是否起义的问题上，他却显得十分谨慎，说马伯雄不仅是米脂县长和社会名流，还是共产党的秘密代表，必须尽快找到他保护起来。为此，他从司令部调一个特务排，归万星明直接调动指挥。

究竟马伯雄是被谁掳走？万星明分析一定是某神秘组织所为。井岳秀意外身亡后，各方势力渗透榆林，这两年听说有不少特务机关纷至沓来，但有些秘密组织，连桃林山庄和二十二军也是一头雾水。万星明想了一夜还是理不出头绪，一大早，他擦了把脸，决定回趟家看看父亲。这些年在外漂泊，虽说基本没离开过陕北，但与治水的大禹一样，也几过家门而不回，这就是军人执行军令。

"万旅长，你回来了。"胡管家见到万星明，激动地说着，顿时老泪纵横。

"胡管家，说了多少次，叫我星明就好了，请再费心给下面安顿一声。"万星明说。他当了营长后，通天苑的上下都喊官位，这让他非常生气，他让通知下去，一律用以前的称呼。当上团长后，这毛病又犯了，他又通知压了下去。这次当旅长后还没回过家，老毛病又从胡管家这儿滋生。

"父亲，身体还好吧。"万星明问候着父亲。榆林城叱咤风云的万掌柜老了，身子佝偻着，显得老态龙钟。

"平时有些不好，这会儿看见你回来，小病就没了。"万掌柜从躺椅上麻溜地坐起，幽默地说。

平日里，万掌柜念叨最多的就是大儿子。女子仙如几年不回家了，问别人说被共产党派到南方工作，但他隐隐约约觉得有问题，又不知是甚问题，时间一久索性不再提及，免得想起来心里隐痛。二儿子倒是经常在榆林出没，还管理着毛纺织厂和钟楼书店。厂子看起来活计很多，似乎也很赚钱，但万向明似乎在外面做另外的大事，比厂里忙得太多。这小子越来越话语少了，听说做事十分凶残，仇家很多。有时候看着万向明阴冷的眼神，那股直逼而来的冷气，让他也不寒而栗，发自内心的害怕。大儿子是光明磊落、坦坦荡荡的军人，但是使命感太强了，把军人当作神圣职业，是个随时能为国捐躯的职业军人。

"你的那个萨，叫仁花，也好吧。"

"好着了。 父亲，有一个好消息，您马上就要当爷爷了。"万星明高兴地说。

"啊，真是天大的好消息。 胡管家，把那坛陈年汾酒拿来，备些酒菜，我们喝酒庆贺。"万掌柜说着，满脸泛出夺目的光彩。

"又喝酒，又吃菜，有啥值得庆贺的？ 昂，是万旅长，你多会回来的？"万向明匆匆进门，见万星明也在家里，淡淡地问道。

按说好久不见的亲弟兄，一见面的正常反应是惊奇与高兴，万向明却如此平淡，让万星明很不理解。

"我回来几天了。"万星明也平静地答道。

"向明，你就要当二爸了，今天好好陪我们喝几杯，好久也见不到你的影子了。"万掌柜带着埋怨的口吻，说。

"还没生出来，庆贺个啥。"万向明不以为然地说道。

"你这是人——甚话。"万掌柜把人话改为甚话，虽然气愤但吞吞吐吐。

"我实在没时间，回家来也是收拾点东西，马上要到机场，去南——"万向明的话未说完，意识到了啥，在闭嘴的同时，飞快地瞥了万星明一眼，匆匆进到自己的房间。

真是得来全不费功夫。 万星明压制住内心的狂喜，不敢再与万向明对视，他竖起耳朵，听着万向明急促的脚步逐渐消失，顾不得和父亲解释啥，直奔桃林山庄。

榆阳河由东北向西南汩汩流淌，流过玉砚桥后，河摆正了方向，正东流向正西，急迫地奔向几百米外的榆溪河。 重新扩建后的榆林机场，就在榆阳河南和榆溪河东的一片田地里。 跑道的四周是庄稼地，只有西边和南边，有两片一年四季碧绿的松树林子，而西边靠河滩的远比南边的大上三四倍。

一大早，飞机场附近出现了三五成群的人们，虽然穿着普通，但从他们的举手投足、穿衣装扮来看，显然不同于普通百姓。 他们的衣服和裤兜里都是鼓鼓的，似乎顶着硬器。

上午快十一点钟，空中传出一阵高过一阵沉闷的轰鸣声，一架草绿色的飞机钻出了云层，在强风里摇摇晃晃降落，飞机的螺旋桨还在转动着，搅起一阵阵黄尘漫天飞舞，舱门并未打开。 几分钟后，只见三辆吉普车疾驶过来，停在飞机旁边时，舱门开了。

"叭叭叭"，冷不丁是几声枪响，打破了机场的宁静。 枪声中，隐约可见机舱里倒下一人。 从枪响的方向定睛一看，榆溪河畔突然冒出一大群穿乱七八糟服装的人，他们"呼"地拥了过来。 驾驶员一看事态不对，猛踩油门，飞机加大了轰鸣，扬起的尘土把吉普车里下来的人，吹得东倒西歪。 接着，飞机像是一个疯子，跌跌撞撞在土道上奔跑，猛地昂起了头，摇摇晃晃飞上天空，一溜烟钻进了云层。 混蛋王八蛋，咋飞跑了？ 在吉普车旁猫着腰的万向明，歇斯底里地骂着，转身一骨碌钻进车里，发现马伯雄还站在车外，一旁的袁主意挥舞着枪在拼命反击。 万向明想要下车拉马伯雄，车门未打开却招来一梭子弹，吓得他忙缩回了头，喊袁主意拉上马伯雄。 袁主意一拉马伯雄推上了车，谁知马伯雄麻溜地从另一个车门又下去了。 袁主意只得再次过去拉马伯雄，"叭"，一颗子弹不偏不倚地击中袁主意的胸部，笨重的身子就地"扑通"倒下。

"快开，快，再快。"万向明暗叫不好，也顾不得马伯雄了，只让司机再加快速度。他实在想不到，从哪儿冒出这么多土匪，竟敢拦截国军的飞机？

几匹大马狂奔着朝马伯雄过来，一个大汉俯身将他拉上马背，策马飞奔而去。"土匪"们如硝烟一般散去。 万向明带着一批坐吉普车、骑摩托车的援兵要杀回马枪，哪还有他人的踪影。

万向明的失口，让万星明猜测到马伯雄就在万向明手里，并要坐飞机去南京，遂决定在机场劫人。 如果明目张胆率特务排劫人，在整编的关键时间，无疑是火上浇油。万星明想到了装扮土匪，他与排长商量了战斗方案。 天蒙蒙亮时，特务排士兵披着伪装，趴在河边的阴壕里，等到飞机降落，万向明出现在飞机旁时，万星明开枪击伤飞机上的人，逼迫飞机起飞，他再骑马冲过去，带走了马伯雄。

乌云散去，阳光明媚。 在警卫的护卫下，万星明与马伯雄并肩策马，先过榆溪河，再过无定河，从毛乌素沙漠里走捷径向三边奔去。

就在他们一路狂奔时，蒙边旅二团、三团蠢蠢欲动，准备与旅部和一团火拼，逼迫他们接受整编，向内蒙古开拔。 鉴于形势紧迫，一团等不到万星明回来，提前举行了起义。

起义是经中共中央批准的。 蒙边旅地下党早拟订了起义方案，并经三边地委上报中央，同意于 10 月 25 日提前起义，派八路军警三旅八团和九团驰援。 旅地下党根据中央军委的决定，拟订了起义方案。 10 月 25 日拂晓，先头部队分头行动，紧闭城门切断对外联系，逮捕了副旅长和参谋长、副官长及国民党驻蒙边县党部的一干人，起义部队迅速占领全城的制高点和要害机关，中午时分拿下全城后不久，支援起义的警三旅一部进入蒙边城，城里的军民载歌载舞欢迎八路军的到来。 震惊西北大地的、由蒙边旅旅部及一团共两千余名官兵参加的起义，获得成功。

万星明和马伯雄回到蒙边，情形已发生了巨变。"报告旅长，蒙边旅列队完毕，请旅长指示。"一团副团长说道，给万星明一个敬礼。

"立正，全部官兵注意，我宣布，全旅正式起义，弃暗投明，接受共产党、八路军的领导。"万星明发布命令道，签署《蒙边旅全体官兵起义通电令》，用大量的事实揭露了作为杂牌军的蒙边旅遭遇的种种不公平待遇，写明了渴望和平建国的愿望。

83

"马县长，谢谢你，帮助我家星明起义。"挺着大肚子的萨仁花，一掂一掂走路像匹大洋马，边收拾着荞面、胡麻油、葵花籽等礼品，边对马伯雄说。

"星明敢与老蒋叫板，通电全国反对内战，是国民党高级军官第一人。 萨仁花估计你不知道吧，星明一直是共产党的朋友，他默许旅里的地下党不断发展壮大，悄悄为党组织的发展，帮了不少忙呢。"马伯雄说。

"好了，你们就不要争着给我贴金了。"万星明笑盈盈说，问萨仁花给马苗和金秀的二毛筒子准备好了没？

马伯雄说东西太多，实在拿不了。 万星明说这个要拿，这是三边的三宝之一，穿着轻柔保暖好过冬。

农谚说，霜降杀百草，立冬地不消。 立冬这天，三边高原阳光明媚，天气异常暖和。 三边大地，没有陡峭的山峰，更无湍急的河流，有的是总也翻不完的一道又一道峁，山峁间大片平展展的涧地，空旷荒寂，每到黄昏，就是一幅大漠孤烟直，长河落日圆的景象。

一匹温顺的马儿，迈着欢快的四蹄，驮着马伯雄一路向东，他的思绪也一路飘荡。日本鬼子一投降，他满怀欣喜期待着去圆建筑师梦。 人的这一生说短不短，说长不长，能干喜欢的事，就是最大的满足。 可是，重庆谈判的《双十协定》出笼后，非但没有看到和平的曙光，火药味却是越来越浓，似乎每天都在积极备战，究竟是箭在弦上，引而不发的博弈，还是实枪实弹，准备打仗的架势，现在还看不出端倪。 他是多么期望，每天看着新鲜的太阳，干着自己喜欢的事业，有个和谐的家庭，过着安逸的生活啊。

"你们是哪里人，想到过国家不再打仗了，过太平生活的样子吗？"马伯雄问身边护送自己的警卫。万星明原本安排警卫排长小郭亲自护送，马伯雄考虑到部队刚刚起义，内部的事肯定不少，就执意不同意相送。两人争执了半天，同意另派两个警卫跟随。

一个警卫说，当然想过。我家在甘肃，地广人稀又缺水，但只要收一年就能吃三年。金窝银窝不如自己的穷窝。社会太平了，我要回老家，刨更多的荒地，种更多的庄稼，娶个不管丑俊的老婆，生他几个或者十来个娃娃。另一个警卫笑说，瞧你那点出息。不瞒马县长您说，国家太平了，我就到西安、重庆、成都或是兰州这些大城市念书，国家政权稳定，就该科学救国。两亩地一头牛，小富即安的光景，我可不愿意！马伯雄对这个警卫高看了几眼，问他出身？原来是山西太原人，出身书香门第，日本人打来后，全家逃过黄河来到米脂，父母做了"伙子"，他念过中学，为吃饱饭才当了兵。他还有更大的野心，就在队伍里寻找机会。马伯雄问他最喜欢干啥事，他说看高楼大厦，建高楼大厦。马伯雄窃喜，如果内战打不起，后生的鸿鹄之志就会变为现实。马伯雄赞赏地看着后生，心里说喜欢建设窑洞古城的话，我一定说服你们万旅长，把你挖到米脂来。

马伯雄回到米脂不久，从《解放日报》上看到一篇文章，报道蒙边旅改编后万星明继续担任旅长，他还受到首长的接见，夸赞为国民党部队弃暗投明带了好头。

万星明梦想一步步实现，马伯雄呢，想着这个县长当得实在难。米脂土地分配刚有起色，反攻倒算来了，再无人提及；减租减息一直继续，刚有点可喜的效果，但持续很短时间又开始徘徊；为防止地主随意出卖土地或转移土地，米脂县委做出指示，要各农会进行土地评审，凡是未经评审的一律不得进行买卖，结果买卖完全转入地下。总之一句话，十来年的土地改革，是头痛医头脚痛医脚，没取得突破。中国是农耕文化的国家，要让土地使用者主动放弃祖辈拥有的土地，历朝历代似乎没有不使用暴力的。马伯雄理解这项工作十分棘手，想到有亿万劳苦大众的支持，土地改革绝对可以成功。

马伯雄苦苦思索土地良策时，金秀拿来中共中央《关于清算减租及土地问题的指示》，说土地政策出现了变化。马伯雄连读几遍，说岂止是变化，把减租减息政策，直接改为收购和没收土地分配给农民，继而实现"耕者有其田"，这简直是颠覆性变化。

看来我又要进驻杨家沟了，这一次不弄个天翻地覆，我就不出村。

马伯雄召开全县会议，安排部署清算土地、发行公债等工作后，走了几个区、乡调查摸底，然后进了杨家沟，准备弄点大动静，来推动全县的土改工作。谁知，他还没来得及动手，李四单打独斗，弄出大动静。

春风得意的李四，圆了娶马苗的美梦，革命干劲倍增。县里开过"清算减租动员会"后，李四没按马伯雄说等他来行动的建议，一回到杨家沟，便成立起"清算委员会"，要把清算和诉苦结合起来，掀起清算和征购土地高潮。

"叔，上面有新政策，要清算你们的资产，还要征收土地，是用政府的钱收。"李四来到书苑，对老丈人马瑞琪说。陕北以榆林城为界，城里和城北叫老丈人爸爸，而南部一般只叫叔或伯，不叫爸爸。

"哼！政府给钱买地，明显哄人嘛，政府哪里有那么多钱？"马瑞琪哼了一声，对这个瘸子女婿不屑一顾。让李四做女婿，是无奈之举，女儿那样的身世，嫁给他，也算后半生做了安排。

"我哥说了，政府发行公债，用公债来买。"

"公债，就是一张纸，也能算钱？"

"叔，这话可是反动，千万不敢公开说，免得人家说，苏维埃干部家属，也没有政治觉悟。"李四安顿道。

"干部家属？我和你是两立两手。"马瑞琪气呼呼地说。这个李四，越来越不像话了，不知是因为成了自家女婿，还是当了共产党的官。

"杨家沟的事，没你不行。我们这几天打算开一个诉苦大会，找几个佃户和雇农，讲讲受压制，受剥削的事。你，能不能参加？"李四客气地说道，眼神躲躲闪闪，刁空才敢看一眼老丈人。

"打算批斗我？告诉你，我还不参加了。"

李四无话可说，他改了主意，把批斗会放在书苑开，老丈人接不接受教育不重要，重要的是做给大家看，李四是何等的大公无私。

参加诉苦大会的农人们，不仅有杨家沟的佃农和雇农，还有周边村里与马家有清算关系的。马瑞琪是最大的地主，李四开了绿灯，另找来两个堂主作为批斗对象。这两人在历次运动中表现不好，曾偷埋过地契和金银首饰，还上门辱骂过分他们家财产的农人。马拥护也被列为批斗对象，他家已没落，但与其他温文尔雅的地主们相比，他是个流氓恶人，是马苗事件的始作俑者，该狠狠地收拾他。

村清算委员会的人去布置会场，常管家挡在书苑门口不让进。李四一身凛然过去，说老管家你识相点，不然连你一块斗。常管家还是不让，说我才不怕你这个小人得志，忘恩负义的东西。李四多次听马苗说过常管家对她的好，李四就也没真动手，谎说是老爷同意的。常管家去问马老爷，马老爷用鼻子笑了，竟说："同意。我还让厨房熬了绿豆汤，让他们把嗓子喝清亮了，放开声好好批呢。"马老爷改变了主意，他倒是要看看，李四们能批出甚名堂。

这次会议准备得充分，仅宣传造舆论就弄了几天。外村的人听说在马家的书苑开会，看热闹的比想开会的多，毕竟大名鼎鼎的书苑修好后，许多人并未参观过。会场的中心就在书苑最中间房子的台阶上，窗户上面挂了"杨家沟清算和批斗大会"的横幅。马拥护等三个地主提前被带到柴房里。主持人宣布大会开始，三人被押到台阶上，两地主哆哆嗦嗦似乎很害怕，马拥护一副不以为然的神态，还不住气地朝人群里瞅人，竟然跟人要烟抽。主持人让李主席讲话。李四精神抖擞地说："乡亲们，今儿是个重要的日子，咱们党中央和边区政府发了文件，号召大家清算财主家的资产，随后政府掏钱，要征收他们的土地，再分配给大家。大家说，高兴不高兴？"

高兴，免费分地，当然高兴。台下的高兴，是一片欢歌笑语，方才对书苑评头论足的人们，听说要分土地了，就嚷嚷着，书苑分不分？

李四宣读了文件，并根据县里学习记下来的笔记，逐条进行讲解。有人提问题，他也解释得头头是道。

"李主席，这次分地，是以上次算的为准，还是以这次算的为准？"马拥护扭过头，问旁边站着的李四。

李四一愣，光顾着解释文件，咋忘了批斗地主。他退到一旁，让主持人继续下面的程序。主持人说咱杨家沟的地主多，今天先找来三个，其他的轮着慢慢来批，反正库存的充裕着呢。

马拥护以为自己算是黑皮，没人敢咋样，所以批斗也满不在乎，殊不知现在的情形和前几年大不一样了，赶走了国民党部队和县长，边区政府管辖的米脂，穷人们的腰杆真是硬了起来，对他的批斗那是暴风骤雨、毫不留情的。台下的人一哇二声，历数他的斑斑劣迹。主持人让大家一个个上台来揭批，人们纷纷登台，多数人说，马拥护领着国民党部队反攻倒算，要回土地和财物的事。

"你们不公平，凭甚批我们，咋不把李四的老丈人拉出来批？"马拥护歪着脖子，不服气地吼喊。把自己批斗得一无是处，马拥护开始委屈了，马瑞琪是米脂最大的地主，就因是李四的老丈人，却不挨批。

主持人不接马拥护的话茬，转移目标，开始批斗另两个地主。这两人平时为人可以，即兴很难组织起来，就提前找好几个佃农。佃农上了台，满脸憋得通红，说的是为租子争吵过的事，讲不出太多的道理来。杨姓的一个佃农，三言两语批完后，还说东家不好意思了，为甚把我租的八垧地收回了三垧？今天批了你，明年一定多给我租点。这没麻达，租多少，好地、赖地你说了算。地主扭头忙说，打心底里感谢善良的佃农。

"今天的批斗会和动员会到这告一段落，最后请咱们的苏维埃主席李四讲话。"主持人带头鼓掌，把李四再次请到前面。

"乡亲们，今天的会开得很成功，大家知道了甚叫清算，甚叫征购？这次的地，不是从地主手里强行夺的，是政府掏钱买的，分配到地的大家，就是土地的主人。希望接下来，大家配合我们的清算工作，早日让大家梦想成真。好不好？"李四滔滔不绝地说。

大家的掌声热烈地响起。

"不好。"马瑞琪拄着文明棍，从屋里出来，阴沉着脸说。

马老爷不怒自威，让许多农人们纷纷往后面躲避。

"哪，哪不好了？"李四满脸通红，急急巴巴问。

"乡亲们，我马瑞琪一直拥护共产党的政策，但好政策也要好人来执行，不然就是歪嘴和尚念经，所以我在这里给咱村的干部们安民告示，清算可以，但要讲政策，还要你们身正，只有自个身正，才不怕影子斜。你们散会吧。"马瑞琪说着挥挥手，人们果真散了。李四几个人走到门口，才发现是马瑞琪散了会的，马老爷最后成了主持人。大家彼此尴尬地笑笑，也不再说甚，能说甚？

84

马瑞琪对清算委员会叮嘱的话，果然一语成谶。

批斗大会开过后，马瑞琪悄悄搬回马氏庄园。 当初他就不愿意住进书苑，是儿子的一再坚持和常管家的劝说，特别是书苑在冬天可以享受地暖。 拗不过儿子，他只得住进来，偌大的院子，那么多房子，显得空落的，听不到做饭扫院、挑水劈柴、鸡鸣狗叫和咳嗽放屁的声，真是孤寂。 现在要运动了，他觉得搬回老庄园，里里外外有那么多人陪着，踏实。 果然，搬回去的当晚他倒下就睡，安然睡到大天亮。

杨家沟清算委员会由七人组成，两个人记账，两个人管收缴，两个人管入库，主席李四自然是统管。 工作前，李四当着大家的面，启封了上次清算的账务，当年分地和金银财宝、细软家私，反攻倒算时地主都拿回去了，但老账还在。 这两年各堂产生了新的交易，估计也不会太多，工作量不大，对各堂复核一下，让他们拿东西出来。 至于拿多少？ 李四定了个杠杠，土地不强行没收，所以要求地主家只要拿出三成的东西充公，暂时就能过关。 经过几次运动，地主也变得乖了，精了，动员他们主动拿，他们就踊跃参与，至于拿出的东西值不值钱，反正收东西的人没见过，穷人的认知是，东西多就值钱。 几十个堂，拿三成的东西也能堆成小山。 随便哪一件也很好玩。 小件的，地主们说是珍珠玛瑙，冬虫夏草，人参鹿茸；大件的，就是二毛筒子，貂皮大衣，还有古代的花瓶，算盘。 整天面对珠光宝气的光芒，照得清算成员们心猿意马，人性的弱点就露出蹄爪。 终于，有一个外村姓许的委员，咽着口水说我们这些干部，没白没黑清算，给党和老百姓弄来这么多好东西，李主席，也该给每人分上一两件，留个纪念不为过吧。 人人能有好处的提议，自然得到全体通过。 看别人拿，李四想了想，自己也拿了一个玉镯，打算给马苗当礼物。 东西是分了，他要求要登记，剩余的造册后暂时交到县里。 清算委员们把东西拿回家，婆姨们在高兴中就开始逞能，该戴的戴了出来，该吃的吃了，到处宣扬，说地主家的东西云云。

把清算出来的东西私分了？ 地主不高兴，黑着脸却不敢找他们清算。 老乡们知道后不满了，自发组织起来盯梢并搜集证据。 李四觉得事态不对，悄悄又把拿的玉镯子退回，让许委员和另两人乘着马车，把大小东西交到县里保管。

马车离开杨家沟，甩着鞭子向县城驶去。 赶马车的许委员，摇头晃脑得意地唱起陕北民歌，另外两人也情绪激昂，跟着附和。 还是当官好啊，当上清算委员，出门腰都挺硬了，等分财产分地时，自己手把锅沿，岂能把好饭倒进他人的碗里。

马车出村转过第二个弯时，"吁——"许委员停住了马车，看看四下无人，就对另外两个委员说，这一车宝贝，我们没功劳也有苦劳。 两委员心领神会，嘿嘿笑着，说我们再拿点，不能太贪，每人就小件抓一把，大件拿一件。他们心里痒痒的，但互相监督着，没有食言。

马车又转了两个弯，见前面的路上站了一群人，挥手将马车拦住。

"你们要干甚？让开，我们在执行公务。"许委员话说得扛硬，心里却在打鼓，拦路截道是土匪所为，但站面前的人基本认识，多是杨家沟的，杨姓的多，马家的也有，还有七八个精壮后生不认识。

你们都下车，我们要检查。一个威猛的后生冷冷地说。许委员定睛一看，说话的后生是马家的"伙子"，他便板起面孔，说你有球资格检查我们，快起开。后生拿出一张纸条，说这算不算资格？许委员看纸条上写着"检查证"，还盖着区苏维埃政府的红章大印。他问你们是甚人？旁边一个后生说区政府"警干队"的，他是我们的队长。说话间，几个人把他们拉扯下车，浑身上下粗暴地搜查，找出了几件宝器，许委员的脚腕上，还撸下一块金表，另两个委员吃惊地瞪大了眼，姓许的真他妈捷溜，不知在甚时候，把表都戴到脚脖子上了。

清算工作让地主们忍气吞声，也让老乡们怨声载道，因为清算委员会为了扩大战果，把划为中农的人家也升格成了"新地主"，还拿出了一些清算成果，分配给附近地主少的村，显然会减少杨家沟人将来的分配。更令他们气愤的是，从那些清算成员的老婆身上发现了宝器。于是把事弄到了区上。这是一个普遍存在的现象，区里领导立即指示成立"警干队"，而拦路的这几个人，在暗中已经盯他们几天了。

人赃俱获，许委员三人无话可说。这个许委员是上无片瓦、下无插针之地的穷人。打小上了三年私塾，算村里识文断字的人，成马家的"伙子"后，他在杨家沟捡拾东家的弃窑居住，他平时喜欢到苏维埃办公室里磨蹭，拿一份《解放日报》就如获至宝，从中琢磨出一些事理来，属于革命积极分子。这次清算运动，李四破例让外村的他加入，都是根正红苗的贫雇农，按说该好好为乡亲们办事，但是人性的贪婪本能与简单脆弱，让他们面对诱人的财宝，难以把持得住了。

这还了得，杨家沟清算委员会的人，明拿带暗偷弄下乱子，区里把所有成员软禁起来，调查了几天，得出的结论是，李四和另一委员有问题但问题不大，另外的需要严惩。区委书记想尽快解决问题，要他们立即分配清算成果，尽早把负面情绪压下去。

会还是在书苑开，区委书记讲话，李四宣读分配清单，乡亲们乱成一锅粥，吵着先处理清算委员的这些害群之马。区委书记看会开不下去，只得尊重民意，说先处理人，再处理物。 许委员等人被带来，同他一个"伙子"的农人上台，说我们几家"伙子"以为你成了人物，这阵子替你带耕，让你替咱翻身，你倒好，把翻身的东西都贪到你们家了。 说着，脱下鞋对许委员就是猛抽。 更多的人也扑上来打这些坏委员。 一场清算成果分配会变成斗争清算委员大会。 区委书记见斗得差不多了，赶紧宣布休会，说把人处理完再分配物品。

杨家沟村的事，区里包不住。 报到县委，对当事人做出处理决定，许委员等三人是党员开除党籍，是不是党员，全部交到政府法庭法办。 李四被撤了职，区领导也受到降职、警告处分。

马伯雄埋怨李四操之太急，但为时已晚。 他赶到杨家沟主持大会，宣布县里的处理意见，当许委员等人被五花大绑逮捕，从人们的掌声里，听出了对处理结果的满意。

杨家沟的事，只要马氏家族的问题解决了，其他问题就迎刃而解。 马伯雄请求召开堂主会。

"各位堂主，今天召大家来，是人家县政府的意思，作为族长和光亮堂的堂主，我有责任和义务召集大家。 现在，就请政府的人，给大家吩咐。"马瑞琪把各堂主请到祠堂，慎重地说。

马瑞琪也觉得自己的话有些滑稽。 县政府来的是他的儿子，他不知该是提名字还是提职位，最后索性都不提。 为这个会，事先还与儿子大吵过一通。

马伯雄一回到杨家沟，必然先到书苑看望父亲，这次却遇铁将军把门。 到了马氏庄园，方知父亲搬了回来。 他也没问缘由，把中央指示做了口头传达，刚说了起头，父亲说，那个人前几天说过了。

马伯雄知道那个人是李四，他一定伤了父亲的心。 马伯雄也不点破，问请说说对这个政策的看法。 马瑞琪死盯着儿子，直看得他眼神飘到了别处。 唉，和儿子的关系，再也回不到淳朴的天真时代了。 儿子童年时，不苟言笑的马瑞琪，在儿子面前快乐得像个娃娃，他最喜欢当匹大马，满地爬着让儿子骑，最愿意让儿子骑在脖子上"作威作福"。 有一次，他还被浇了泡童子尿。 儿子在留学前，他们还是无话不谈的亲热父子。 现在呢，他依旧是米脂最大的地主，而儿子从一个懵懂的后生，成为一县之长。 身份的不同，加之其他不同，两人的谈话更像是在谈判。

"你们的政策，有时候就是一场闹剧。"马瑞琪鼻孔里哼哼，说道。

马伯雄知道说这次的清算，硬着头皮道："再好的经书还要看谁来念，就怕是歪嘴和尚念经。"

"人啊，本性就是贪婪的，特别对那些没见过多少钱财，没见过世面的人来说。"

"是的，人性的弱点谁都有，比如我。"马伯雄道。

"承认自己有弱点了？ 你还进步呀，马县长，献地运动打算咋弄？"马瑞琪主动绕到主题，严肃地问。

"你是不在想，是因为儿子当了县长，所以，杨家沟每次就能捞到运动，每次都会中标？"

"我可没这么想。 对县长儿子，我骄傲还来不及呢。"马瑞琪说话的口气，明显带着讥讽。

"不管你咋想，我吃了共产党的饭，就要按中央的指示办。 刚才说的政策，各边区、解放区，最近在积极响应照办，您也知道，夺得土地所有权，是共产党执政的重要基石。 既如此，是不是请您带头自觉献地，这样显得主动一点。 请您三思。"马伯雄建议，说。

"你不继承这份家业可以，但总不能在我活着的时候，就自作主张，把这份家业弄光弄净，给我添堵吧！"马瑞琪不高兴了，沉着脸说。

"我这不是与您商量吗？ 主动和被动，可是个态度问题。"

"的确是态度问题。 不过，要商量我给你找个地方，去与各位堂主商量吧。"马瑞琪说道，次日便把大家召进了祠堂。

"各位堂主，叔叔大爷，谢谢这些年对我方方面面的照顾。 伯雄年轻不才，有不周不到的地方，敬请你们的原谅。"马伯雄向各位鞠躬，说。

马伯雄诚恳的态度，多数堂主还都频频点头认可。 也有人说你这个县长，来祠堂难道是给我们传播共产党的那一套？

"您还真说对了，中央发出新指示，就是清算、献地、征购，我们基层做得不周不到，我再次向大家道歉，请原谅。"马伯雄说着，又向大家鞠躬。

"马县长，你说的中央，是国民党中央，还是共产党中央？"一个堂主用咄咄逼人的口气，问。 前几天，他家几根上好的东北人参被清算了，想起心窝就痛。

"蒋委员长把米脂划分给边区政府管辖，这里执行的自然是共产党的中央政策。"

"不用问就知，动员献地，一步步没收土地，是共产党才会干的事。""共产党为这土地折腾了十来年，等哪天全拿走了才能歇心。""看看清算委员会的那帮人，分田分地都分到他们家了。"堂主们议论纷纷。

"安静，我给大家透个消息。 绥德县刚开过动员会，开明绅士安文钦、张哲卿、白联娥等人，你们知道吧，人家在几天的时间里，献出土地八千六百多垧。"

"人家是人家，马家是马家，车走车道，马走马道，大家说对不？"马瑞琪瓮声瓮气地说，显然和儿子唱反调。

自打议事开始，马拥护一直没开腔。 他是为利益能指鹿为马，颠倒黑白的人。 今天到这会儿还不开腔，是他没从马家父子身上弄明白，他们是不是在演戏。 他决定将一军，说："献地，是必然的。 共产党在米脂有点年头了，我也受到几次教育，有了觉悟。 关键看，要献出多少地？"

嗡嗡声又起，有人说献要有规矩，按地的多少比例来献。 有人说要照家底，等屁股裁垫垫，吃饭穿衣量家当来献。 大多数人的意见，是既然自愿献地，就不该有比例，不能划分三六九等区别。

"我再说几句，献地是边区的一场浩大运动，不献，谁也讲不过去，至于献多少，那是自觉自愿的，力所能及。 所以，不划统一杠杠，看实力，看觉悟，看文化和眼见，你们同意不？"马伯雄说。

"我赞同马县长说的。 根据我的家当，献上两垧，那块地算瞎沟烂岔地，可就看落在谁家里，看主家有苦水没？ 李四，那个李主席，用那种烂地，填沟弄出几倍的好地。"马拥护说着，还不忘嘲讽几句李四。

马拥护开头引导了大家。 我献半垧。 我献一垧二。 我献一垧。 马氏祠堂里，堂主们七嘴八舌，乱糟糟一片，显然在敷衍了事。

"我说是力所能及，但不是轻描淡写。 马氏族人在米脂算是最富裕的群体，你们也该知道，不知有多少村、多少双眼睛盯着我们，就献这么少，别人家会咋看。 都要是应付了事，这场运动岂不要流产？"马伯雄有些急了，忙阻拦住，道。

"闭嘴！ 你口口声声马氏家族，今天就当着咱马家老先人，当着各位堂主的面，说说，你当县长一路，除了回回让家族带头，减租减息，分地献地，还给我们马家，做过甚好事？"马拥护突然翻脸不认人，厉声质问道。

"对，你当个县长，好事没马家的，光给家族带祸害。"大家议论起来，纷纷谴责。

"马瑞琪，快叫你儿子滚蛋，我们这是堂主议事，他没有资格参加。"马拥护大声吼喊。

"你们——好，我出去，不过走之前，伯雄恳请各位堂主听我再说两句。不说马家老先人艰苦创业的经历，就说你们自己所经历的，哪一家不是血泪斑斑。从晚清到民国的这几十年里，洋务运动，甲午战争，戊戌战争，辛亥革命，国共合作，抗日战争，回望起来，都不堪回首。共产党之所以敢伤筋动骨，进行土改，那是有强大的人民群众支持，有足够的勇气和信心，共产党决心要打造出一个新时代和新社会出来。堂主们，你们都是识大体顾大局的聪明人，通古今，知中外，头脑聪慧，你们也懂得，九霄龙吟惊天变，风云际会浅水游的道理。献地运动之后，边区政府就要发行债券了，用来征购各堂主土地的债券，记住，这是有价值的，相当于钱。"

共产党的政策真是一环紧扣一环。各堂主全体哗然了。

"可以献地，但我不会卖地，舍不得啊。"

"边区的一村一镇、一寸土地都不肯让人，我能让？"

"我家的土地，是祖辈一点血一点汗挣下的，要收地除非把我也一起收了。"

堂主们的怨气爆炸了。

"马伯雄，你先不要走，听我说。共产党过分了，太过分了，我只剩几十垧保命地，再被征收了就要饿死。饿死了，政府管不？"马拥护喊住拔腿出去的马伯雄，问。

"大家静静，刚才我想了又想，献出的地哪去了？不都是给农人们种了。土地成了他们的，会更加珍惜，能打更多粮食，用来保卫边区的太平。马伯雄，我愿意献地一千垧。"

多少？光亮堂要献出一千垧。各堂主像触电一样，感到了巨大的震撼。

父子俩是不是演戏骗人？不能啊，账务是公开的，献出的地那可不是一张纸那么简单，土地最后要分配到农户手里。马拥护左思右想，彻底搞不懂了。

光亮堂和马瑞琪是马氏庄园的晴雨表，他的一举一动无不牵动着大家。加上再有县长儿子，马瑞琪更是大家瞩目的焦点。一开口就献这么多，一定是有光亮堂的道理。各堂主想，绥德是专署所在地，几家财主献出那么多，是不得到甚大消息？堂主们是有点文化的亮堂人，马瑞琪让大家哗啦一下开了窍。你看看我，我看看你，都开始吞吞吐吐报出具体数额，又在心里盘算，具体该献出哪块地。

差点被撵出祠堂的马伯雄，被父亲的峰回路转扭了形势。献地在顺利进行，他似乎懂得了有远虑无近忧的父亲，在关键时候总是高屋建瓴，出其不意。

杨家沟的一轮献地运动下来，献出土地五千多垧，被《解放日报》报道称，杨家沟出现"和平土改"。

黄土高原上，有水就是一片绿，无水便是一片黄。入夏后，米脂连续两场透雨，使得大地一片翠绿。从山顶到沟底，被庄稼和林子绿色尽染，连陡崖的悬隘，也绿莹莹的，充满勃勃生机。

"伯雄，看远处，两个山头和那条深沟，就是我们光亮堂这次献出的一千垧地，好赖各占五成，是你爷爷的爷爷挣的。可惜，又要姓杨了。"马瑞琪说着，轻叹口气。

"对不起。"马伯雄说着，不敢收回眺望远方的眼睛，而去直视父亲。

"有甚对起对不起的。日月星辰，斗转星移，江山社稷，轮流坐庄。这王朝更迭，江山易主，沧海桑田，世事无时不在变迁。我们这等小民又何必殚精竭虑，去守候所谓的家业，还争得仇冤二气。罢了，罢了，哈哈。"马瑞琪说着大笑起来。马伯雄偷眼望去，却见父亲的眼角滚出晶莹的几颗泪珠，不知是因为激动，还是因为悲情。

马伯雄的心里也涌出难过之情，他佩服父亲的大气磅礴，不过再大气的人，面对两座大山在一夜间易主，或许以后还有更多的土地，甚至连马氏庄园也要易主，就是石头也会动情的。

85

人类从历史上学到的教训，就是人类无法从历史上吸取任何教训。

在刚结束的第二次世界大战上，六十多个国家和地区参战，涉及二十亿人口，代价是死亡高达七千万人之多。然而，蒋介石还是从中不吸取教训，发动了国内战争。

黄河、长江、淮河和汉水之间，围起了一块中国的肥沃土地，这块以河南为中心，连接安徽、湖北、江苏和陕西，是拥有五千三百多万人口和一亿亩土地的中原解放区。该区域东逼南京，南扼长江，西慑西安，控制着平汉、陇海两大铁路枢纽，是全国解放战争的重要战略要地，和打通华东、华北和东北的交通要道。

蒋介石对国共内战自己的军事前景十分乐观，发出"剿共令"后，于1946年6月，调集二十多个师十多万大军，浩浩荡荡向中原解放区宣化店发起了进攻，开始了"五个月消灭中共"的军事之旅。

中原告急的同时，全国各解放区也没能独善其身。陕甘宁边区作为中共中央的所在地，蒋介石更是虎视眈眈，他精心策划，亲自指挥，从北、西、南三个方向，对解放区展开"围剿"。

在北线的榆林，抢修扩建完的榆林机场，一架又一架飞机腾着黄尘，起飞又降落。昔日人们眼里的"西洋景"，早出现观赏疲劳，巨大的轰鸣声惹得人们心烦意乱。这些飞机，在运送胡宗南整编第二十八旅部及八十三团到榆林。

项庄舞剑，意在沛公。加强榆林军事力量，显然蒋介石是对邓宝珊的二十二军不放心，要现场督战。

1947年春节刚过，榆林街头春寒料峭，内战的阴云笼罩在人们的脸上，春节残留的喜庆荡然无存。机场，一架青天白日飞机缓缓降落，下了飞机的一行人，急匆匆坐上小车离开。来人是个大人物，赫赫有名的国民党陆军上将胡宗南。

这半年里，胡长官心情十分不佳，来到榆林更甚。万星明的蒙边旅率先起义后，佳县也发生了一个连的起义事件。人数不多，但所处的位置重要，像是插入边区的一根楔子。紧接着更大的起义爆发，由毛泽东决策，中共西北局书记习仲勋亲自策划并领导，胡景铎将军率第二十二军新编旅，保安团等官兵两千余人，在一万多八路军的配合下，发动多点起义，迫使邻近地区的守军相继起义，使得起义部队扩大到五千余人。解放军乘势攻克榆林以南镇川、武镇、鱼河堡和响水堡等多个镇子。短短数日，拔除了横山所有的据点，使无定河以南的近五千平方公里和十二万人口，落到共产党的治下，建立起了榆横特区民主政权。

胡宗南长官从机场来到榆林中山堂。这是位于城中心的一座砖木结构建筑，梁柱起架，一层设观众厅、戏台，南、北、西侧建有二层观众席，用廊柱支撑木板铺设。

"驻榆林的各位将士们，大家辛苦了。"胡宗南正襟危坐，对国民党军政人员开始了反共演讲。面对座无虚席的将士，胡长官精神饱满，在分析完蒋委员长的指示，和国军决心"剿灭"共产党中央和解放军总部后，他蛮有把握地打气，说："在你们的西线，有马鸿逵部的骑兵旅，第八十一师和三个保安团，还有绥远一部；南线有我们的第一军、第二十九军十几万人，北线有诸位，已形成对陕甘宁边区的'包扁食'。希望大家鼓起信心，精诚团结，密切与西线、南线形成合围，消灭中共中央和他们的军事枢纽机构。"

"各位先生、同志们，我给大家通报一个消息。毛主席率领中共中央机关和解放军总部，于3月18日撤离了延安。"米脂东街小学礼堂，金秀神情严肃地对米脂的县务委员、参议员们说道。

此前的传闻被县委负责人证实，与会人员议论纷纷。马伯雄听着对国民党和共产党谁胜谁败的争论，说："共产党是一个有则改之、无则加勉，不断修正自己错误的政党。党的一切出发点和归结点，是站在最广大的民众一面，拥有无数人的拥戴。马伯雄作为一个无党无派人士，这些年里，目睹了共产党由弱到强的历程。我坚信撤离延安是暂时的，也许是毛主席在下一盘更大的棋。希望大家千万不敢看走眼了，继续一如既往地拥护共产党。"

马伯雄的一席话，让许多人沉思。

"马县长说得不无道理，毛主席和中共中央机关撤离延安后还在陕北，也许就在我们附近，继续指挥着全国的解放战争。西北野战军在撤出延安仅一个礼拜，就在青化砭打了大胜仗，两个小时歼灭国民党军两千九百多人。"

"咋说来着，这是毛主席在打诱敌深入的游击战。"马伯雄颇有些得意地说，"说不定哪天，毛主席和中共中央突然来我们这儿了，大家做迎接的准备吧。"

"马县长，目前的形势还是十分严峻，请县政府做好撤离准备。"给大家鼓完了劲，会后金秀对马伯雄叮咛道。

"我也知道形势的严峻，但会上只能那样说，要稳住大家的情绪。至于县政府撤离地，我认为到杨家沟或杨家沟附近最为妥当。那边四面环山，地形复杂，离县城不远不近，便于我们工作。"马伯雄一改会上的轻松，严肃地说。

按照中央的部署，西北野战军主力在连打几个大胜仗后，为调胡宗南的主力北上，在运动中歼灭他们，和晋绥军第三纵队的十余万官兵，分三路开始围攻贯通陕北、连接山西、绥远的榆林城。

兵马未动粮草先行，国共两军在陕北陈兵几十万，粮草是当务之急。

一切为了前线，边区政府要求各县筹集粮草，保证部队走到哪，当地政府的给养就到哪。米脂县政府搬到杨家沟一带没几天，上级传来指示，攻打榆林的战役即将开始，需筹措更多的粮食。

"堂主们，乡亲们，边区保卫战进入关键时期，共产党和解放军的胜利就在前面。在攻打榆林的战役打响之前，部队需大量的粮食作为保障，这里首先声明，这次军粮是政府借的，要给大家打条子，以后一定归还。"马伯雄在给杨家沟的人开筹粮草动员会。这几天他走了附近村子，讲了同样的话。生死攸关之时，几乎所有的老百姓和绝大多数财主，都愿意拿出粮食支援共产党，其踊跃程度超过以往。 显然，他们是把自己的命运，和共产党的生死存亡绑在了一起。

"马县长，我家还有一石三斗谷子，留下零头过日子，其余的全拿去。"说话的是小姨夫。

"谢谢你，小姨夫。"马伯雄感激地说。

被唤作小姨夫，男人的脸腾地红了，诚惶诚恐地不好意思，又带了一丝骄傲。

"光亮堂拿一半存粮，常管家好好算计算计。"马瑞琪沉稳地说，心想儿子成了变色龙，挑担拿出一点粮，连小姨夫也叫得欢实了。

"老爷，我们要是拿一半，恐怕接不上茬了，开春可要饿肚子。"常管家低声说。

"饿肚子，又不是没饿过？ 民国十八年、十九年，大家不也扛了过来。 现在地里的庄稼还好，怕个甚？"马瑞琪说。

"马伯雄，你刚才说过，筹集军粮不强求，对吧？"马拥护问，听说胡宗南的部队就要打过来，他留下十几天的口粮放在明处，其余的早藏到了地窖。

"是自觉自愿的，不过这次部队多，筹粮的量很大，要确保军人吃饱饭，才有劲打'胡儿子'，保护我们过安稳日子。 大家说，是不这个理？"马伯雄给大家讲道理。

胡宗南的部队占领延安后，他们烧杀抢掠的恶行，不断在陕北大地传开。 说得多了，有好多大人吓唬娃娃，都说"胡儿子"来了，这一招还管用。 胡宗南的部队一下子调到陕北多达几十万，后勤给养跟不上，"胡祸"到处发生。 米脂的一大半面积被占领，他们无恶不作，烧杀抢掠，奸淫妇女，为活着抢粮食。

马拥护脸色很不好看，扭扭捏捏拿出六斗糜子，嘟嘟囔囔说这下好了，我就等着喝西北风吧。 风凉话谁也不当回事，他是远近闻名的风凉话大王嘛！ 杨姓的穷人们十分踊跃的，拿出一半甚至更多的口粮。 一个拉条瘸腿的老光棍，背着一个口袋来到借粮点，说就剩这把黑豆。 马伯雄说筹集军粮但并不是要饿坏自己，眼下秋收还早，都拿来了，你吃啥？ 老光棍说山里的吃食多了，野果子、野菜不少，再能逮只野兔子还吃上了腥荤，拾里拾掇饿不死人。 不行，你的黑豆不能要，马伯雄不容置疑地说。 这两年我能吃饱了饭，还分了地，现在共产党又替我们打"胡儿子"，打不跑"胡儿子"，我怕一夜回到解放前，如果你们不要，就是看不起我老汉。 看老光棍固执起来，马伯雄只得让收了。

杨家沟往北翻上两座山，是一个叫沙家店的村庄。 村庄不大，山高坡陡，沟多渠深，路多是弯弯绕，是个躲藏的好地方。 为安全起见，米脂县政府在这建了一个粮站，把交来的和借来的公粮，都存在这儿，再按需统一调拨运走。 党中央转战陕北开始后，部队聚集在绥德分区的越来越多，征购粮的任务就跟着几次加码，往这里储备的粮食也越来越多。 彭德怀率攻打榆林的西野部队大部分用粮，都是从这儿运出的。

马伯雄带着从杨家沟借来的三十来石粮食，送到沙家店，同时带来一个坏消息，北上增援榆林的国民党部队，已快速推进到绥德一带了。

"马县长，粮站还有一百八十石粮食，西野部队说好来人取，刚又送来消息，说昨晚下了大雨，沟口出现了滑坡，路断了进不来。 看今天这天气，恐怕还要下雨，就暂时不来了。 可敌人要从南边上来，这里留下这么多粮，咋办？"粮站的周站长着急地搓着手，问。

"天气放晴后，看能不能运到镇川堡，那离我们不远，离西野更近一些。"马伯雄建议说。 镇川堡是国共两党管辖区的分界地，再往北是国统区，往南就是解放区。

"我们联系过，他们那边已不安全了，据说在无定河西岸发现了国民党部队，正对着东岸观望，随时可能过河。"周站长说。

"不能守株待兔，我们要做两手准备。"马伯雄果断地说，"保护粮食就是保护生命，先让人去找县游击支队来这里增援，防范敌人抢粮。"马伯雄说着，又问大家有啥办法？ 大家七嘴八舌，说可以把粮食藏在山洞里。 藏山洞的确是好办法，问题是运上山和运下山都很麻烦，要动用大量的人力，如果西野来取粮食，一时很难运下山的。马伯雄说麻烦也要把粮食藏了，先安排警戒，万一敌人来了，我们提前得知，也好应对。 他将自己带来的人和粮站的，抽了三组人，守候在南北和西边的山头放哨，发现敌人立即鸣枪报警。 他说山路滑湿，暴雨随时要下，大家千万注意安全。 周站长说大家要带上铁锹，能铲土防滑。 马伯雄又问周站长，能不能找可靠的老乡，和我们剩余的人一起，把这些粮食藏到山洞里，绝不能给敌人留下一粒。

联系来三十多个老乡，大家紧急行动，开始藏粮，等到了天渐渐黑下来时，有三分之二的粮食藏好了。 这时，一个刺眼的闪电闪过，伴着惊天动地的炸雷响起，倾盆大雨又开始下了。 大雨中，轰隆隆的雷声不住滚过，天河像是漏了底，端直往下面倒。过了几十分钟，雷雨停了却下起时而大、时而小的普雨，几个小时里，粮袋子无法拉出粮库，大家只好静静地听着山坡不停地流泥，沟里哗啦啦流水，渐渐地，四周的大沟小沟，轰隆隆的山水吼叫起来，此起彼伏，大有你追我赶的气势。

特大山洪暴发了。

这天下午，国民党援兵中的一支部队，对着地图，从南边翻山走在崎岖的小道上，摸索着向沙家店方向进发。 自从大战开始，云集陕甘宁边区的国民党几十万大军，受到粮草短缺的影响加剧，后勤保障部队沿着路经的村庄，地毯般高密度搜索粮草。 赫赫有名的沙家店粮站早进入他们的情报里。 倾盆大雨下来的时候，这支部队被拦在与沙家店仅一沟之隔的山那边。

在沙家店的北边，另一支国民党部队也在靠近。 他们在无定河西岸窥视了许久，大暴雨前轻松渡过了无定河，轻而易举占领了镇川堡。 等大雨倾盆时，他们吃上了热乎乎的烩锅面。 他们等着雨停，将要翻山经过沙家店，去佳县乌镇待命。

黎明时分，淅淅沥沥的小雨停了。 一会儿，初升的太阳勇敢地挤开厚厚的云层，露出一线耀眼的光芒，接着，万道霞光染得漫天五彩斑斓，明亮夺目。

"叭叭"，山上传出两声清脆枪声，让马伯雄和大家一震。

86

天蒙蒙亮时雨停了，一夜没睡的马伯雄和周站长，领着粮站及帮忙的老乡，又开始往山洞转移粮食。 听到了枪声，马伯雄说敌人来了。 周站长辨别方向，说声音是北边传来的，估计敌人是从镇川堡来的。 马伯雄问粮食还剩多少。 周站长说 20 来石吧。马伯雄便说我带几个人把敌人引开，你们抓紧转移剩余的全部粮食，绝不能给敌人留下一粒。 周站长说马县长你太危险了，还是我带人去引开。 马伯雄说这会儿最金贵的是粮食，你带人转移吧。 我呢，找熟悉地形的人带路，不会有危险的。 周站长只好找了土生土长的沙家店人小黄，给马伯雄带路。

"我们把这些麻袋扛上，大模大样地上山。"马伯雄指着几个鼓鼓囊囊的麻袋说，大家这才明白他的良苦用心。 昨晚大雨倾盆时，大家坐石窑里发呆。 马伯雄看着堆放的空麻袋和玉米秆、谷子秆计上心来，他要大家把这些装进麻袋里。 大家不知其意又不好问，就将麻袋装得鼓鼓囊囊，现在果然派上用场。

山道十分泥泞，装作物秆的麻袋虽然不重，但由于体积太大，背着爬山还是吃力。跟跟跄跄地，大家爬到半坡，见北边的大沟里走着一队人马，马伯雄说我们走慢点，要让敌人发现，而且觉得麻袋很重的样子。 那队人马走出了沟，朝沙家店方向奔去，显然没发现山上的他们，这让马伯雄很是沮丧。 一定要把敌人的注意力吸引这边来。 马伯雄想着，见峁边线上有一块巨大的土柱子，看起来摇摇欲坠的，便让大家使劲往下推。"轰隆"一声，土柱垮塌，大大小小的土圪垯在山坡上滚动，果然引起敌人的注意。 见山上的一行人，背着沉重的麻袋，敌人就马上射击。 马伯雄说大家稳住，敌人离得远，子弹射不到这儿。 他们继续"沉重"地往上爬。"叭叭"，屁股后面的泥土飞溅起来，再一看，敌人到了山根底，开始组织爬山。 马伯雄目测距离，估计爬上来起码要二三十分钟，便指挥大家绕到山背后，把麻袋统统扔进一条窄窄的深沟里。 他对小黄说，找最近的路，去和周站长会合。

不识庐山真面目，只缘身在此山中。 陕北的大山一座连着一座，从沟底看，此山与彼山不同。 站到山上，却发现都差不多。 也许小黄紧张，领着大家转了两圈，发现要去的山还隔着一条深沟。 咋办？ 走近道就要从山下到沟，再上山，这样被敌人发现了就是靶子；走远道是要再绕两座山，但相对安全。 为了安全，绕吧，马伯雄说道。

"马县长，对面来了一队人马。"打头的小黄说。

"停——赶紧掩蔽。"马伯雄指挥大家在高粱地里猫下腰，仔细看着这队人马，从南面来的国民党兵。 他悄悄问小黄再有无道路？ 小黄说没有了。 马伯雄扭头看后面，追兵也在靠近，他们被前后夹击了。 下面是一条深不见底的大沟，想到清涧县两亲兄弟跳崖的故事，马伯雄说我们抓是不能让敌人抓的，那就往悬崖边靠吧。

南北两队的国民党人马会了面，相互询问部队的番号。 北边的问有十几个扛麻袋的看见没有？ 南边的说没。 他们分析估计在附近。 两队人马拿起枪，漫无目标四处开火，试图用火力逼人出来。

"同志们，如果被敌人发现了，我们宁肯跳崖也不能让他们抓走。"马伯雄悄悄说。看到大家点头认同。 小黄说跳前，我们一定抱一个"胡儿子"，跟他们同归于尽。

"敌人过来了，我们的身子压得再低些，低些。"马伯雄悄悄说，把身子完全贴在地面。 只要敌人露头，就抱着一个，跳崖。

"叭叭"，枪声零星响起，听到头顶上的敌人脚步开始凌乱，又听到惊恐的喊叫声，"是共军来了，给我边退边打，我们是找粮食的部队，不能在这儿恋战。"

"噼里啪啦"的枪炮声激烈起来，听得出双方开始激战。 马伯雄探起半个身子，看到是县游击支队来了，敌人两股并成一股，与游击支队边打边退，渐渐落荒而逃。

马伯雄他们从峁边露头，被眼尖的周站长看见，大喊："马县长，可找到你们了，大家好吗？"

"粮食全部转移了？"马伯雄见周站长的第一句话，就问粮食。

"转移了，连一颗粮渣渣也没给'胡儿子'留下。"周站长说。

"大家辛苦了，高大队长，要不是你们及时赶到，我们说不定这会儿就跳崖了。"马伯雄和县大队的高大队长握手致谢。

高大队长说："马县长，金副书记到了杨家沟，她正四处找您，说有急事。"

"那我赶紧去了，周站长，你把粮站的事处理好，这可是关系到战役取得胜利的大事。"

夹击马伯雄的两路敌人，都是找粮的后勤部队，他们会合后两手空空，十分尴尬。就携手继续赶往沙家店，面对粮站空空如也的几孔石窑，恼羞成怒地放了一把火，在村庄里横冲直撞搜粮。别说搜不到，人也是除老少病残之外，一个年富力强的都没有。着急啊，国军整编师三十六师成千上万的人马，开始在沙家店附近结集，狭窄的沟道被拥得满满当当，吃喝拉撒是头等大事。他们为何要集结在沙家店，因为有情报显示，毛泽东和中共中央机关就在附近。雄心勃勃的钟松师长，立志要在这个地方改写中国历史。

马伯雄匆匆赶回杨家沟。金秀在书苑等他。自打马瑞琪搬离了书苑，这里成为接待站。

"哎哟，听说你们被敌人追着跑，让人担心死了，没事吧。"金秀见到马伯雄，第一句话就显出无比担心。

"毫发无损。"马伯雄轻松地说，还特意拍了拍胸膛，活动了四肢。

金秀悬着的心放了下来，转了话题，说了一个好消息，中央首长和中央机关来到米脂和佳县交界地。是吗，多会儿的事？马伯雄听了很激动，问。昨天，我和佳县的张书记见了"李得胜"首长，作过工作汇报呢。首长说要准备打大仗了，问我们粮站有多少存粮。张书记说他们县的大部分粮食，在前阵子打榆林时支了，车会粮站现有二十石。我说米脂沙家店的比这多，但也是留给打榆林城的西野。首长摇着头，说这点粮食全部拿出来也杯水车薪。于是，我和张书记保证，说乡亲们听说打"胡儿子"可高兴了，都表示说宁肯自己不吃，也不能没了部队吃的。张书记还说，没粮就吃种子，种子吃光了，就杀羊杀驴，再不行的话，把山上快成熟的庄稼收了，炕干也能吃一阵子。 首长听后非常感动，动情地说陕北人民为了解放战争，宁愿自己吞糠咽菜，也把粮食省下来给战士吃。 他对身边的人说，后方机关的人尽量不要再给老乡们添麻烦。 对了，你猜我还见到了谁？ 艾土地，他是首长的警卫排长。

艾土地是中央警卫排排长。 这让马伯雄吃惊不小。 上次在延安遇到他，艾土地是中央机关的安保人员，现在又在首长身边当警卫排排长，真是了不得。 他说着，看金秀充满幸福的表情，猜到她说的"李得胜"可能就是那谁。 现在听说艾土地也来了，更加证实了自己的判断。 但看破不说破也是智慧。 他问金秀，我们的主要任务是啥？

"尽快组建各种后勤队伍，作好战斗部队的各种保障。"金秀说。

"前几年米脂驻了八路军，这几年来来往往的解放军不少，我们的后勤工作从没出大问题，还多次受到边区政府的表扬呢。"马伯雄带着自豪地说，认为后勤保障不存在问题。

"这次可大不一样。 我琢磨着，这一仗要比青化砭、羊马河、蟠龙的那几仗大得多，动用的部队很多。 上级通知，要我们组织民工队运弹药物资，担架队准备运伤员，待命的预备队，要随时应对突发事件，还要缝两千件新军衣。 粮食则需要准备更多，开战后要制作成馍、饼等方便食物。"

"是吗？ 这么一大堆事，是考验干部群众对党的感情深浅，考验我们管理水平的时候了。"马伯雄说。

"是的，还要考验我们的保密工作。 这么多部队陆续到来，在秘密隐蔽中悄悄张开一张大网，一旦有坏人给国民党部队告密，让敌人察觉解放军的意图，不仅战役前功尽弃，还可能出现巨大反转。"

"是呀，出了事，麻烦就大了。"

"保密的事，由我们内部掌握。 对基层党组织和各级政府，要内紧外松，不做动员宣传，大张旗鼓会引起敌人的警觉，适得其反。"

"这也是工作的两难。 宣传吧，害怕引起敌人注意，不宣传吧，又担心那么多工作，说不清楚，组织不到位。"

"我有信心，相信米脂的干部群众，这么些年了，跟着共产党和边区政府，大家的觉悟还是很高的。 从今年完成六七次征收公粮，相当于前七年总和的这点上，就能看出来。"

为配合刘邓大军千里跃进大别山，实现将胡宗南部队引向榆林沙漠南缘的战略目标，彭德怀率西北野战军围攻榆林。 经过两天激战，歼敌三千余人，兵临榆林城下，对这座国民党统治陕北的政治经济中心，形成了包围之势。

丢掉榆林，必将影响陕北乃至整个西北的战局。 蒋介石疾飞延安，亲自部署救援方案，试图在榆林、米脂、佳县之间的三角地带，"围歼"西北野战军。 胡宗南急令八个旅的兵力，分两路向绥德、佳县急进，并派出整编第三十六师快速驰援。

围城打援在历史上不乏许多经典战例，如长平之战、赤壁之战等。 毛泽东和彭德怀也要在陕北来一场围城打援。 当胡宗南的大批部队急速向榆林推进时，围攻榆林的西野果断撤出，他们用小部队伪装主力东渡黄河，而数万的解放军主力悄悄向榆林归德堡以南、沙家店以北、无定河以西和佳县乌镇以东的狭小地带，秘密集结，张开了一张大网。

米脂县在杨家沟召开区、乡领导紧急会议，安排部署成立了各种工作队和征粮事宜，特别加强保密工作，对一些重点人员部署专门的监控。

听说解放军要打大仗，干部群众是群情激昂，扬眉吐气。 自从党中央撤离延安后这大半年，基层干部像丢了魂一样，没主心骨的日子可谓惴惶。 现在大家口气一致，说解放军要粮给粮，要人给人，一定让解放军打了大胜仗，我们才有出头之日。 金秀说自己给首长表过态，没粮了就吃种子，没种子了就杀羊杀驴，收还没硬朗的米谷、豆子和玉米、高粱。 没麻达，金副书记你表达了大家的心声。 众人异口同声说道。

"哥，给你说个事。"李四低眉低眼找到马伯雄，说。

"谁是你哥？ 没看我忙着。"马伯雄气冲冲地说。 李四贪污的事一出，对他的好感烟消云散，心里连说是自己看走了眼。

"马县长，你要给我主持公道，求你了。"李四的口气硬了起来，却是带着哭腔说。

"挺起胸膛，说，啥事。"马伯雄依旧黑着脸，口气缓和了一些，问。

"我要参加运输队或担架队，可是他们不要我。"

"不要你。 哼，还不是因为你干的好事。"马伯雄带着讥讽的口吻，道。

"那错真是我一闪念犯下的。"

"不提那个了。 抬担架是要身体健全的，你走路都不利索，能争分夺秒抬担架，去救治伤员？"马伯雄问。

"那，总要给我找个合适的工作，将功补过吧。"李四说着，眼睛里闪出真诚的光。

"这样吧，你给他们说说，我同意你先到预备队，到时看有啥具体的工作适合你做。对了，马苗现在干吗？"马伯雄想起了马苗，问。县政府撤离米脂后，万合纺织厂也藏了设备，撤离到城郊。

"马苗忙得厉害，领着一群婆姨，日夜为解放军赶制两千件军衣。没了机器，军衣要清一色手工缝制，速度有些慢。"李四得意地说，脸上却涌出尴尬。他与马苗的差距越来越大。

"对了，我差点忘了，叔叫你抽空回去一趟，说有要紧事。"李四记起老丈人安顿的事，说。

87

"父亲，找我？您身体无碍吧。"马伯雄恭恭敬敬地站在父亲面前，问候。看着深陷椅子里的父亲，是越来越羸弱瘦小，倒显得那把百年椅子，无论是腿还是面，都那么坚硬粗壮，红木背靠更是高大威严。

李四被撤职后，羞于见人，米脂城里不回，老丈人家不去，跑回自己的破窑洞里。马老爷让常管家去找他，回庄园协助管理。李四耷拉着脑袋回来，尽心尽职，埋头工作，逐渐让马老爷感到了满意。之所以让李四回庄园，除了见他无所事事，另外的原因是，他那样的革命者，为了马苗还偷拿了玉镯子而坏共产党的规矩，足以证明他是多么爱自己的女儿。就冲这个，马老爷慢慢喜欢上这个拉着瘸腿，跑前涉后的女婿。

听说解放军要打大仗了，李四坐立不安，蠢蠢欲动。马老爷心知肚明，心说这小子又想要革命了。俗话说女婿是半个儿子，其实有时候半个不是，完全不是。马瑞琪想着有些事需要给儿子安顿，让李四把马伯雄找来。当儿子站到面前，他却不知如何开口。

"伯雄先坐。我，我跟你商量个事，也不算是商量，安顿吧。"

啥不好说的事，要这样吞吞吐吐？马伯雄揣测着。父亲清清嗓子，终于说了出来，是安顿自己的后事。这人呀，瞎琢磨死呀活呀的时候不少，真要慎重地说出来，基本上是到了万不得已的地步。

"伯雄，我已是黄土埋到半脖子的人了，人生走完了一大半，走过上海，到过北平，几次去了西安、包头和太原，走南闯北，世事经见不少，现在死也足矣。人到这个年纪，钱财和土地，已彻底看开，身外之物嘛，但有一件事，像是块大石头，压着心口。"

"父亲您说，我定照办。"马伯雄慎重地承诺道。

"关于我死的事。"马瑞琪加重了口气，一字一句说出来。

"这是哪朝哪代的事。我们先好好活着，不说出来行吗？我还有事，忙去了。"马伯雄说着要走，心想父亲咋了，今天莫名其妙要说这个。

"别忙着走，先听我继续说。这世事不管发展到哪步，就是变了天，改了地，也一定留住我们家的祖坟，厚葬薄葬无所谓，只要把我葬进祖坟里，和你妈睡在一搭，还有你姨也要进来。只有这样，我死也瞑目了。"

"好的，父亲。"马伯雄严肃起来，说。

"我过了六十，能活过一个甲子，就不是短寿了，即便今天死了，也不怕人家笑话。若再多活一天，就是赚了一天。哈哈。"马瑞琪说着轻松起来，哈哈大笑了。

"对不起，我不知道您过了六十大寿。"马伯雄歉疚地说。

"我最讨厌过寿。老是自然规律，过一岁就老一岁，为何要过呢？我们不说寿不寿的，你要保证，百年后和你妈、你姨，埋在一起。"马瑞琪神情凝重，说。

"我已经保证了。"马伯雄不敢怠慢，道。

"咱家的祖坟是块风水宝地，荣华富贵，万贯家财这些不说，就想让后人们衣食无忧，平安快乐。我死，腿一蹬完事，狗吃了也不知疼，但保住了祖坟，就能庇护子孙后人的幸福。知道人为甚死不瞑目，那就是操了一辈子心的老人，对后人们还是不放心。"

"儿子明白了。"马伯雄庄严地承诺道，站起来向父亲鞠躬，转身要走。

"再等等，容我再说几句。我们家的问题，就是后继乏人。听李四说马苗有了，生下来姓马姓李他都同意，这不是胡说八道吗？你还在这儿立着，哪有他们李家人的事。当然，我当外爷，也很高兴，但再咋高兴，外爷和爷爷不一样。你明白我的意思吗？"

"明白，等战争结束了，我一定立即解决个人问题。"马伯雄深知父亲的心病，多年不提及了，此时再提起，令他诚惶诚恐。

"当初那个共产党的万家女子，其实很好的，说打跑了日本鬼子就结婚，可惜了，鬼子跑了，她不在了。不过，我相信，国共两家的争斗，不会拖得太长。"

"父亲认为？"

"快则两三年，慢则三五年。"马瑞琪坚定地说。

"依据呢？"马伯雄感到十分好奇，父亲还琢磨这个事，问。本来他在这些问题上，总是谨慎言行的。

"这还用说。传说当年咱老乡打败明军后，在延安开了庆祝会，北上回到了米脂。百姓看到李闯王归乡，无不欢声载道，纷纷头顶香炉，手提酒浆，如迎王师。历史就是面镜子，看看你的模样和米脂老百姓的精气神，一个个像打了鸡血，人人为共产党打赢仗帮衬，后生女子们争抢着报名参加这队那队，还要拿出种子，杀了大牲畜，甚至连明年的地也不打算种了，全心全意去支援解放军。这让我想到两个成语，孤注一掷和破釜沉舟。试想，这古今中外，历朝历代，哪有这样的组织，让老百姓心服口服，死心塌地，命也不要地跟着他们干？共产党、解放军不胜，简直没了天理。"

"谢谢父亲对共产党的厚爱。"马伯雄说着，更加佩服深明大义的父亲。

"嘱咐你一句话，打仗，要长着点心，枪子可是不长眼，更不认你是县长还是平头百姓。好了，我的话说完了，忙你的去！"马瑞琪微微笑着，张开缺了两颗牙齿的嘴，显得更加的慈祥。

十年九旱的陕北，七、八、九三个月份是雨季，降雨集中且强度大，暴雨下起来是哭天喊地的猛，坡圪流泥，沟道洪水泛滥，河水迅猛暴涨，住在低洼地的房屋很容易被毁，深沟里的人，稍不注意就被水推走。即便如此，人们的心理还是怕旱不怕涝，因为只有雨水才能有活的希望。

今年秋淋，雨水过于充沛了，倾盆大雨隔三岔五来上一场，淅淅沥沥小雨就一直下个不停。这场小雨已下了三天三夜，依旧没有放晴的迹象。

马伯雄接到绥德分区的指示，要他立即赶往黑龙潭到镇川一带，协助从榆林撤下的解放军渡过无定河。擦黑时分，云层低得要亲吻大地之时，马伯雄带着县政府的人员和李四的预备队，火速赶到无定河边。平时赤脚涉水而过的无定河，这会儿波涛汹涌，掀起一个又一个大浪，打起的水花不是细碎的那种，而是一朵朵脸盆大小的波浪，浪花张扬地一跃，落下后又去追赶前面的波浪去了。显而易见，是上游的榆溪河、芦河等支流地区降雨量更大。

"能渡河不？"在无定河边，马伯雄见到了区委书记和区长，他着急地问道。上级的指示是天亮时分，西野从榆林撤到这儿，大部队就要立即渡河，地方上必须保证快速抵达东岸。

"水越来越大，渡河会十分危险。 如果要强渡，这儿只有一条破旧的小船，平时也无人敢动。 刚西野的先头部队过来几十个人，是冒着生命危险强渡的。"区委书记说。

"马县长，我是西野的侦察连连长，我们要渡河的大部队人数很多。"连长凑到马伯雄耳朵旁，悄悄说了人数。

"啊——这么多？"马伯雄听到个天文数字，一时束手无策。 他凝视着黑黢黢的河水，突然灵光一闪，问我们造一座简易浮桥，可行不？

县、区、乡的干部们眼睛睁得老大，他们连浮桥都没听说过。 连长嗫嚅着，听说我们军的一个旅，曾在四川架设过，不过我也没亲眼见过。

"同志们，这是事关战局胜败之大事。 现在听我命令，全体行动，挨家挨户动员老百姓，不惜一切代价，找到能用的木头、木料以及绳子、钉子等，全部集中到这里来。另外，还要物色匠人来这里集合，和李四的预备队一起，就地架设浮桥。"马伯雄说道。 从他干练的动作和话语里，表现出稳操胜券的信心。

夜深了，雨越下越大。 沿河三个村里人声鼎沸，家家户户拧亮油灯的捻子，忙着拾掇东西。 马伯雄走了两家，发现一个共同的特点，就是从大门到房门、窑门，都只剩下门框。 区委书记说，这是老乡们的一大发明，要一下子找大块的木板哪有啊，就有老乡卸下了宽展展的门板。 这一招一传十，十传百，家家学着卸。 马伯雄高兴地说这是个好办法，不过用完之后，尽量回收使用，一场秋雨一场寒，门御寒的作用很大。

"这东西这么重，人家用不上。"一个后生高喉咙大嗓子吼喊。 在用柳椽扎起院墙的一户人家的院子里，一个七八十岁的老汉，撅起屁股，哼哧喘着粗气，从一孔小土窑里往外拉东西。 两个中年人一边帮忙，一边不停地吼喊。 一只笨重的棺材被拉了出来。

"你们在干吗？"马伯雄问。

"我老汉的窑门烂得不像样子，这副棺材还结实，拉出来去架桥用。"老汉龇牙说道。

"大爷，谢谢您对解放军的一片爱心，不过您的这个，修桥用不上，还是您自个留着。"马伯雄握住老汉的手，感激地说道。

"你这干部咋说话的，甚用不上，看清楚，这是上好的水桐木，拆开就是十二块木板。"老汉不高兴了,对马伯雄瞪起了眼,说。

"好好,我们收下。"马伯雄连忙表态,说。

"这就对了,老汉我快八十了,打'胡儿子'蹬不上劲,捐几块木板,算是出了份力。 拴明,拿撬杠来,给我拆了。"

马伯雄和在场的干部们,感动得热泪盈眶了。

真是天时地利人和。 材料差不多了,连绵几天的小雨突然停了,无定河边燃起无数支火把,堆成小山的门板、木料,被映照得红彤彤一片。 李四带几十个人拼对木板,说再多找一些结实的绳子,用井绳和驮绳,捆绑最结实。

忙到下半夜,木板差不多都连接在一起了,马伯雄让几个熟悉水性的人划着小船过去,在船体后面系着四五根皮绳,绳子后面牵着五花八门的一串,是扎一起的门板、床板和棺材板。 他们把两头的绳子牢牢绑在几棵大柳树上。 扎好后,再划着船摆布浮桥。 各种木板们,被河水猛烈地冲着,在河水里"跳舞"。

晨曦初现,远远望过去,黑压压的部队从北边陆续到达,密集地在河边集结。

"马县长,这浮桥摇摇晃晃的,走不了几步,人非掉进河里不可。"侦察连连长着急地说。

木板被河水冲得东倒西歪,马伯雄也很是着急,问当地人这河水有多深,多长?村里人说最深一人多点,深处长就两三丈。 马伯雄想了想,木板的浮力巨大,只是受到水流的冲击才不稳定的,要是找到固定点? 他想起了丁团长跳入无定河堵决口的事,便说要是我们在浮桥前挡一堵人墙,会水性的人站到深处,不会的站浅处,大家牢牢抓住木板,问题不就解决了。

河对岸,无数的解放军正在集结,"一二三四",他们在报数,清点人数。 马伯雄一声令下,率先跳进河里。"哗啦啦",一两分钟里,干部群众纷纷跳进一百多人,大家扶住浮桥。

列队的解放军战士走到河边,看见浮桥下面的水里泡着无数干部群众时,无不动容。

"同志们,这就是边区政府和陕北老百姓对我们的爱戴。 全体注意,向他们致敬。开始渡河。"一位身材魁梧的解放军首长,指挥大家齐刷刷地敬了军礼,下达了渡河令。

88

　　"刷刷刷刷刷"，一队队解放军官兵从浮桥上奔跑过去，有的人还抹着泪水，这是幸福与感动的泪水。旅首长也上了浮桥，步子稍微放慢了些，不住地说谢谢，谢谢大家了。

　　"万星明，你们旅也来了。"听到熟悉的声音，马伯雄仰起头，果然看见走着万星明，身边还跟着李胡子，他高兴地叫了起来。

　　万星明循声俯下身子，在无数水淋淋的大大小小脑袋里，看到一张被河水和雨水浸泡的、略显水肿的脸。"马伯雄，真是你，辛苦了。"万星明说着伸手下去，马伯雄两手扶着木板，想握也腾不出。

　　"旅长，挡着道呢，我们要赶紧走。"李胡子说。蒙边旅起义后，李胡子被当作特殊人才调了过来，多年练就的套山鸡本领和敏锐的洞察力，使得他很快当了旅特务排长。

　　"好，我们胜利后再见。"万星明说着敬礼，头也不敢再回，生怕摇晃的浮桥把人甩出去。

　　李胡子的泪花在眼眶里打着转转，他也对水中的马伯雄敬礼，转身离去。

　　夜幕下的杨家沟村，远远望去，鳞次栉比的窑洞，被星星点点的灯光点缀。在每家的院子里，听到"噼噼啪啪"的柴火声，弥漫的是加工食物的香味，过年，也没这么热闹过。

　　这次支前，打破了以往的常规，区里直接下达任务，要各家各户蒸馍馍，烙饼子，炒黑豆，为解放军提供加工好的干粮。难忘的 1947 年里，几乎家家户户储粮的瓶瓶罐罐早见了底，许多人家上了山，把地里还青涩的玉米、高粱、黑豆和米谷穗子，用剪子剪了，烧热火炕烘干，有些等不及的，索性倒进铁锅里炒干。马瑞琪让常管家去放话，完不成借粮任务的，都到光亮堂来免费领取。

　　这就是知书达理、知晓事理的马老爷。他想，农人们连种子、大牲畜都贡献出来了，这是拿命在支援解放军，他即使清空粮仓里所有的粮食，又有何妨呢。

　　马瑞琪的小姨子，背上背着个猴娃娃，真来光亮堂领了三升玉米和一升麦子，刚巧碰到了姐夫，她满脸憋得通红，低声问马老爷好。 马瑞琪和蔼地笑问，他小姨不进去看你姐？ 小姨子说军粮要得急，要忙着加工，匆匆跑到路上，还在想，多少年来高高在上的马老爷，咋也俯下身子放了身价，这世事真是大变了。

加工干粮的基本做法，是把玉米、高粱掺和点小麦、黑豆，放石碾子上滚碾，用箩子筛去米糠后，和好面兑点碱水，烙的干饼子耐饱又好携带，更重要的是，十天半月也坏不了。

连同家里最后的两升黑豆，小姨家一次碾了大半斗，全部用来烙饼子，他们家要用实际行动，感谢共产党和解放军，是人家让她全家人吃饱了肚子，有了地，过上好生活。

夜已很深了，小姨夫推了大半天碾轱辘，这会儿累成了马，倒头大睡，呼噜打得震天响。 小姨专心致志地蹲在锅台旁，眼皮也不敢合一下，刚打了个盹儿，饼子一面就烙焦了。 她一边剥去焦黑的表皮放嘴里，苦味十足地吃着，一边为损失了一张饼皮，心疼得差点流出眼泪。

鸡叫头遍时，饼子烙好一大半，想着天亮妇女会的人就要来收，她心里有些发急，赶紧填了几把柴火，觉得火太旺了，忙用灰压住火，火大小折腾了一会，想出个办法，她用两口铁锅，一口烧太热了就换另一口，两口铁锅轮番倒腾，节约时间，也节约柴火。 她把面团揉了又揉，揉到光滑有弹性，这样的饼子好吃。

"哇——哇——"，儿子在炕上摸不到妈妈，号啕大哭起来。 男人的呼噜声停了，接着又和儿子的哭声交织在一起，男人翻身继续去睡。 儿子的哭声却是越来越大，小姨只得腾出手抱起儿子，找根带子背在身上。 小姨今年四十挂零，从十八岁开始一口气生了六个娃娃，直把自己的身体生垮了，家的光景也每况愈下了，还没捞到个带把的。 这两年生活有了改善，捞儿子的念头又浮出水面，一鼓作气地折腾，去年如愿以偿。 这儿子成了全家的命根子，只要号上三五声，哪怕再忙也要抱在怀里，心肝宝贝地念叨。

"咕咕咕——"马氏庄园的大公鸡，引吭高歌到了第三遍，像吹响了冲锋的号角，小姨终于烙完了最后一张饼子，她如释重负地举起双手，刚要伸个懒腰，方记得背上的儿子，咋是半天没动静呢。"毛蛋，毛蛋，他爸，快来看，毛蛋这是咋了？"小姨歇斯底里地喊着，接着是撕心裂肺的一声惨叫。 很快，哭声组团了，有女人的，也有男人的，还有粗声老汉们的。 哭声从窑洞里传出，在杨家沟的山山沟沟里飘荡，经久不散。

按陕北的风俗，未满十二岁的娃娃，没开过锁，魂就不全，夭亡的，就要直接扔乱坟岗完事。已昏死过几次的小姨死活不愿意，执意要给毛蛋定个小棺材盒子。面对同族人的反对，小姨夫很是为难。争执不下中，刚刚撤回到杨家沟的马伯雄闻讯赶来，含泪为他们做了回主，入殓的小棺材不进祖坟，但也不能扔乱坟岗里，就埋进他们马家的租地里。埋进地头，干活时就能见到儿子，小姨宽慰地给马伯雄作揖，被他眼疾手快拉住。

还处在为解放军烙饼子，做军鞋兴奋中的老乡们，遇了背上的娃娃被带子勒死的冷事，全村人如丧考妣。大家凝视着毛蛋被送上山后，自发地聚在马氏庄园的院墙上，默默地看着东北方向。忽然，在一片黑压压的乌云里，山那边的天空被染红了，枪炮声炒豆子一般，越来越激烈。

沙家店战役打响了。

自以为是的钟松师长，头戴"援救榆林"有功的光环，带着整编第三十六师，分前后梯队孤军冒进，趾高气扬地一路南下，开拔到米脂、佳县一带。

18日上午，西野第三纵队及绥德分区部队，与国民党第三十六师的前梯队接触，西野第一、二纵队与新编第四旅、教导旅，与国民党第三十六师的先头部队接触。在西野打得得心应手时，又一场大暴雨带来的山洪，阻断了解放军的攻击道路，也把眼看要追上毛泽东和中央机关的国民党部队，阻挡在佳县五女河北岸，他们对着山洪滚滚的河水兴叹：天不灭毛泽东！

19日，中央机关到达梁家岔，这是离开靖边小河后的第十九天，也是值得庆幸的日子，因为终于摆脱了国民党的追兵，脱离险境的第一天。当晚，毛泽东从梁家岔来到五公里外的前东元村，这里是西野总指挥部。毛泽东亲自部署了沙家店战役的作战。

20日拂晓天气放晴，彭德怀向全体参战部队发令，再次打响了沙家店战役。激战一天，歼灭胡宗南部整编第三十六师六千余人，俘敌少将旅长刘子奇。

沙家店战役是扭转陕北战局的关键，"经此一战，局势即可改变"。23日，毛泽东在西北野战军旅以上干部会议上指出：沙家店这一仗确实打得好，对西北战局有决定意义，我们的最困难时期已经过去了。毛泽东按捺不住胜利带来的喜悦，对全国战略反攻形势十分自信，挥毫为彭德怀司令员重新题写：

山高路远坑深，大军纵横驰奔。

谁敢横刀立马，唯我彭大将军。

　　为了沙家店战役的胜利，陕北人民做出无私的奉献与巨大的牺牲。米脂县几乎所有的青壮年全部动员起来，筹运粮钱，运送物资，救治伤员，提供吃食。米脂婆姨更加豪迈，支前工作从不落后，她们赶制军鞋、照顾伤员。在解放军行军途中，米脂县的老百姓摆下长达三十里的长龙，设立开水站，送水、送鸡蛋、送挂面和水果等，慰劳战士。

　　在李鼎铭先生的故里桃花峁和附近的黑圪塔、乔圪台、另家寺一带，这些土地革命时期著名的"闹红村庄"，县里一年征了八九次公粮，但所有的老百姓无怨无悔，没一家说过二话。

　　米脂人民为支援解放战争"尽其所有"，把自己的命运和美好的未来，全部交给共产党和解放军。在无数的米脂人里，将功补过的李四，贡献更为突出。

　　那天，解放军西野部队从浮桥上过了近三个小时，为安全起见，马伯雄让水里的干部群众，每半小时轮换一次，架设浮桥的李四和预备队，也先后两次跳进水里，阻拦河水保证浮桥稳当。看着解放军全部安全渡过，李四的预备队带着无比的喜悦，紧跟大部队后面向沙家店挺进。听到"胡儿子们"被围在里面，他们异常高兴，摩拳擦掌想亲自参加战斗。当走到一个小村庄时，山里沟里住满了部队，还搭起的红十字帐篷。李四"自恃"架桥有功，给守卫的解放军说情，想要继续再往前靠靠。人家一口拒绝，要他们执行命令。李四指着一旁的担架队，说我们是预备队的，又不是他们那些等开战后才派上用场的。解放军说预备队是用起来才能上，不用，就永远待这儿预备着。

　　李四领大家找到半山坡上的一孔破土窑，美美睡了一大觉，睡梦中被震耳欲聋的枪炮声震醒，是沙家店战役打响，他们看见小村庄里忙成一片。运输队赶着马车，驮着弹药不断上前，也有伤员从前面抬下来。李四几次找解放军请战，人家各管各的事，无人再搭理他。

　　"李队长，解放军把'胡儿子'打得屁滚尿流，我们却在这儿'挺尸'，真是丢人现眼。"一队员说。成立预备队时，并未指定队长，架桥时马伯雄说了让李四负责，大家就把他当作队长。

　　"县里联系不到，这儿没人理睬。我们该咋弄？"李四说着，抓耳挠腮，不知所措。

下半夜，一轮明月悬挂在当空，皎洁的月光下，大地陷入死一般寂静。

"趁着他们乱包着，我们偷偷绕过去，到前线自己找点做的。"有人建议说。

李四的热血冒了上来，说好主意，问这一带谁熟悉，能带我们绕过解放军进到前线。矮个子的队员说这村是姐家，小时候常来这儿耍，知道有条山道通着后山。李四大喜，让他带路。山道还是一片泥泞，走出没多远，每个人的烂鞋子沾满黄黄的胶泥，使得鞋子重了几倍，走起路来十分沉重。李四瘸着腿左右摇晃，更是吃力。他索性甩掉鞋子，赤脚走着利索一些。到了晌午，火辣辣的太阳当头照射，所有人都大汗淋漓的，赤脚的李四惨了，脚下的黄胶泥暴晒后张牙舞爪，踩上去就是几道棱子。他们转过几座山，绕到最高的山峰。李四问这是哪儿？矮个子定定神，说他也不知道了。李四说那我们背着太阳的方向走，一定就是沙家店。又走出没多远发现了情况，一群国民党兵，耷拉着脑袋猫着腰，鬼鬼祟祟朝山上爬来。

带路的矮个子说是国民党兵，我们赶紧跑吧。有几个人撒腿要跑。李四喊住，说溃军不如流寇，看那些人哪有当兵的样子，估计几天都没吃饭了，大家敢不敢跟我冒次险？

爬山的溃军是国民党第三十六师的士兵，连日来从延安急行到榆林城外，和解放军打了一仗，死伤不少，元气还未恢复，又接到命令掉头南下，连着四天的急行军中，遇了两场大暴雨，没能吃上口热乎饭，反而浇成落汤鸡。解放军从天而降，他们勉强撑了两天，一个师算是被打完了。这些游兵散勇逃离了战场，沿着沟道没命地溃逃。大路不敢走，就爬上山躲避。

"国民党士兵，你们听好了，我们是西北野战军。只要放下武器投降，就有你们的活路。"站在一棵老榆树下，李四大喊道。其他的人也喊：放下武器，缴枪不杀。这些话，都是听解放军喊过的。

奇迹发生了。喊声中，士兵们齐刷刷扔下武器，举起了双手。

"全体注意，面朝西站好，不许乱说乱动。"李四喊叫着，士兵们果然听从指令。大喜过望的李四，挥手和大家蹑手蹑脚走过去，捡拾起满地丢下的枪支，还扛起一挺机关枪。他们都是经过训练的民兵，手里拿到枪，一拉枪栓子弹全部上了膛，对准了国民党兵。

沙家店战役，让参战的解放军个个喜气洋洋，斗志昂扬，老百姓们的拥军热情也得到空前高涨。金秀和马伯雄等人，跑前跑后安排欢迎解放军的队伍，却看见李四瘸着

434

腿，扛着一挺机关枪迎面走来。

"哥，我们立功了。"李四拉着瘸腿紧跑几步，指着身后的一溜俘虏，兴冲冲地说道。

"立功？"马伯雄诧异了，问。

"他们都是我的俘虏，共一百零八个，还有三十三支长短枪，一挺机关枪。"李四笑得十分灿烂，说。

马伯雄和金秀笑了，在场的所有人都笑了，笑容阳光灿烂，像太阳一般。

89

万星明腰别勃朗宁手枪，雄赳赳地带队伍从沟里走出。王者归来，红旗漫卷，让他容光焕发。听说李四赤手空拳抓了上百名溃兵，他微笑着握住李四的手，道了祝贺，心里却是感慨万千，如果不及时起义，说不定自己的部队就是面前的溃军，那样的结果，是职业军人的耻辱。

"万旅长，就要开拔了吗？能不能给个机会，我们请你吃顿豆面抿节，感谢你们一番。"金秀说，她想坐下来吃顿家常便饭，拉拉萨仁花，以及其他人和事。

"情意领了，谢就不必了。军令如山，等在我们前面的，还有大仗要打。"万星明说着，想起了什么，"金副书记，萨仁花让我给你们看看儿子。"他掏出一张小照片。

"你们有儿子了，真好。这娃娃胖乎乎的，和万旅长简直是一个模子刻出来的。"金秀说着，不禁看了马伯雄一眼。

万星明捕捉到金秀的眼神，冲着马伯雄微笑，说："老弟，可要加油啊。"李胡子跑来催促，万星明与马伯雄握手，说："保重，我们胜利时再见。"

陕北的秋天很短。刚立了秋，早晚凉飕飕的，一场秋雨一场寒，今年的多次降雨，气温更是急剧下降，各色叶子在秋风里飘落，黄土高原开启了由绿转黄的自然历程。淅淅沥沥几十天的秋淋随之结束，黄土高原秋高气爽。天是湛蓝明亮的高天，地是丰富多彩，充满诗情画意的大地，午后温暖的阳光，逼走阵阵寒气，暖融融普照大地。

沙家店战役的胜利，彻底扭转了西北战局，粉碎了国民党对陕北重点进攻的图谋，使得西北野战军由内线防御转为外线进攻。 此役后不到一个月，毛泽东在黄河岸边的佳县神泉堡，喊出"打倒蒋介石，解放全中国"振聋发聩的口号，揭开了全国战略进攻的序幕。

神泉堡是一户高姓地主的城堡，由上、中、下三座院落组成，周围并无其他村民，这座城堡里一下子来了中央机关这么多人，顿时显得十分拥挤。 当冬季铿锵的脚步越来越近时，过冬取暖成为令人头疼的头等大事。 高家地主建议，说离这儿不远的米脂杨家沟是一处风水宝地，居住的条件好，地儿又大。 毛泽东想到《米脂杨家沟调查》里的描述，判断杨家沟是个不错的地方。

马伯雄在杨家沟见到了中央纵队的汪首长时，并不知首长的来意，只听说要给米脂县、区、乡和村干部开会，他特意召集大家来到书苑。

首长走进书苑，顿时感到震惊，再听说建筑师和主人就是身边的马县长，更为震惊，说要不是亲眼所见，简直不敢相信，在大山深处，有这么个别有洞天的地方。 马伯雄讲解着自己的设计理念，汪首长当即表态，说他们的"九支队"今年来这儿过冬，人数较多，给大家添麻烦了。 金秀和马伯雄表态，说欢迎九支队的官兵入住。 首长又提了几个具体问题，包括杨家沟在内的周边几个村，最多能提供多少房子？ 具体位置和居住条件？ 有多少房子需要整修？ 维修需要用多少石料、石灰、铁条、木料、麻纸等？ 房间里需要桌椅板凳，能就地借来多少？ 另外还有粮草、燃料等供应问题。

"请首长放心，我们一定解决好所有的问题，确保'九支队'按时顺利入住。"马伯雄道。 心里佩服，首长考虑得事无巨细。

汪首长动了感情，说："这些年陕北人民为抗日战争和解放战争做出了巨大贡献，听说今年全县就征了七次粮食，我代表中央首长，感谢大家。"汪首长向大家鞠躬。

开会的各级干部纷纷表示，为共产党和八路军、解放军做贡献，哪怕牺牲生命也心甘情愿。

"我特别强调，这次我们九支队入驻产生的所有开支，都支付现金。 这一点给大家讲清楚，你们别摆手不要，这是我们铁的纪律。 还有，九支队的一号首长叫'李得胜'，希望大家不要打扰首长，同时也希望严格保密。"

汪首长是由艾土地陪同来的。 艾土地的突然出现，马伯雄和金秀的心里，明镜一样亮堂，汪首长考虑问题又是事无巨细，要租借办公桌椅，支付现金，足以证明这是一支啥样的部队。 首长叫李得胜，分明就是笔名，暗示中国革命一定能取得胜利。 看破不说破，知事不声张。 马伯雄压住内心的狂喜，说："请首长放心，我们一定全力配合，严格保密。"

"谁要住书苑啊。"室外传来了问话，马瑞琪拄着龙头拐棍，步履稳健地走进来，问。

"马老爷，你不能进去。 首长，我实在挡不住他。"艾土地跟在马瑞琪的后面，脸红脖子粗，说。

"老人家，您是——"汪首长拉过一把椅子，客气地说。

"我是书苑的主人。"马瑞琪一字一句地说。

"您是——"汪首长失声道，扭头看马伯雄。

"听说解放军要在杨家沟住下，我盘算好了，书苑就捐给你们。 给，这是书苑的地契。"马瑞琪笑眯眯地说。"从今天起，你们该咋收拾就咋收拾去，此院从此再与我马瑞琪，毫无关系。"

马瑞琪语惊四座，连汪首长也不淡定了。 他看了看马伯雄，对马瑞琪说："先生，这是一件大事，您难道不和家里人商量，就作了决定？"

"这是我们家的一致决定，对不对，儿子。"马瑞琪问马伯雄道，也不等儿子表态，大步流星，扭头就走。

"首长，他是我的父亲，捐，也是我的意思。"马伯雄真诚地说。

汪首长再次感动了，紧紧握住马伯雄的手，千言万语，都在其中。

马瑞琪拿出书苑地契时，是毫不犹豫的，因为他的心里，其实早对书苑做出了安排，主动捐了，总比被没收好。

1947 年 11 月 22 日，"李得胜"带着"九支队"近千名官兵，从黄河边的佳县神泉堡，向西挺进到杨家沟。 从这天开始，大山深处的杨家沟，建起了世界上最小的司令部，在指挥着世界上最大的人民战争。

一夜之间，村里来这么多穿灰军装的人，搭起画着红十字的帐篷，用骡马队驮来无数神秘的箱子，许多新鲜的玩意，让马拥护看着又惊又怕。 杨家沟一下子带来这么旺的人气，说不定哪天就会变成大地方。 但这么大的阵势，也容易招引来国民党部队，他们要是在这里打起来，无论谁胜谁败，死伤过屁股一拍走人，受害最大的是马氏家族。 忐忑中，他由不得东瞅瞅，西逛逛，看见几个当兵的在马宏玉家的垴畔爬上爬下，还竖起十几根木杆，架设像"蜘蛛网"一样的铁圈圈。 怀着巨大的好奇心，想凑近好好看看，却被两个年轻后生用听不懂的口音数落。 反正听不懂，他就大着胆子继续要靠近，两后生一拉枪栓，吓得他连滚带爬跑了。

清算委员会出事后再未成立，杨家沟现在实际掌权的是贫协。 他们想弄点动静欢迎解放军，就想开批斗会。 斗谁？ 马瑞琪无疑是最大的地主，但人家每次运动都很积极，捐钱捐粮，这回把价值连城的书苑，眼皮不眨捐了出来，解放军首长称之为开明绅士。 开明绅士是不能批的，批要犯政策错误。 其他的地主基本上也算开明。 经过几次运动，特别是在马瑞琪的率先垂范下，马家各堂主的认识越来越高。 就像一队南来北往的大雁，马瑞琪是他们的领头雁，如从五湖四海来杨家沟的解放军，一般的农人们别说与他们沟通，就是能听懂他们的南腔北调，都不是件容易事。 他们讲的话，要靠马瑞琪和村里几个有见识、有文化的人来传递的，尽管他们也听不懂南腔北调，但人家会写字交流，弄明白了再给大家传话，还头头是道地分析。

选来选去，找到了批斗对象，是一男一女，男的是马拥护，这家伙是条变色龙和墙头草，阴阳怪气对谁都说风凉话，马氏家族的人也讨厌他。 女的是马稀汉的老婆，儿子在国民党部队里当团长，沙家店战役后，一家人惶惶不安，儿子怂恿他们跑，两人收拾了金银细软，想跑到延安和儿子会合，半道上遇到解放军盘查，心虚的马稀汉借故上厕所，跑了，懵懂的女人被截住押送回来，村里人发现她的脚脖子上还套着两个金灿灿的镯子。 转移财产，叛逃国民党，这样的坏分子，不批她，批谁？

马家祠堂前有两棵粗细一样的老柏树，马拥护与马稀罕的老婆，一人一棵正好捆上。 女人软作，绳子一绑竟尿了一裤裆，贫协的人也怕遭下了人命，分析她既要跑，估计家里也收拾精光了，就没收了金镯子和细软，释放了她。 马拥护是宁舍命不舍财的主，大冷天被绑在树上，被柳棍子打着，哎哟哎哟乱叫唤，却赌天发誓，一口咬定再无一块大洋。 不承认就升级，他被吊起来，打得汩汩鲜血滴在树上。 过了几年，沾了马拥护血的那棵柏树明显地见粗，人们说是马拥护的血浇粗的；绑女人的那棵树日渐枯黄，人们说是被吓得不敢长了。

马拥护被吊了半天，喊的劲也没了时，有人来替他喊。 此人是艾土地，来传达"李得胜"意见，他说首长说不能这样打人，赶紧给放了。 艾土地又找贫协和农民代表五个人，把他们带到"李得胜"首长跟前谈话。 九支队入驻书苑后，一般的人再难进入。 他们这次进去，觉得里面变化很大，军人们出出进进，步履匆匆，却很少有人说话，院子里晒太阳的一个七八岁的猴女子，也静静地看着书。

首长的办公室在正中间，桌子上堆满了文件材料，身材魁梧，浓眉大眼，操着浓重口音的他，似乎喜欢声调拖长，说上几句，停下来让艾土地翻译成米脂话。 首长问清楚杨家沟的土改情况，说土地改革的任务是消灭封建制度，消灭地主阶级，而不是消灭地主本人。 对地主、土豪而言，我们是要他们交出钱来，但不交钱也不要打，要通过教育启发。 我们的政策是分给他们一份土地，要他们去挖地，去生产。 关于开明绅士的问题，抗日期间，我党在各解放区政权机关中同开明绅士合作，是完全必要的，而且是成功的，对于那些同我党共过患难，确有相当贡献的开明绅士，在不妨碍土地改革的条件下，必须分别情况，予以照顾……

农人们听懂了这位首长的话，共产党是讲良心的，大地主也要区别对待，要给饭吃。 首长嘴里的开明绅士，不正是马瑞琪父子那样的人。

他们不知道的是，杨家沟土改政策出了经验。 中共中央从这里发出多个文件与文章，如《关于目前党的政策中的几个重要问题》《在不同地区实施土地法的不同策略》《纠正土地改革宣传中的"左"倾错误》《新解放区土地改革要点》等，指导着全国各个解放区的土改健康发展。

马拥护被打得死去活来，他把心里的怨恨却记到九支队的账上。 他认为，本来土改斗地主，在杨家沟已停当了，是解放军的到来，鼓动起贫协对自己的斗争。 这样一想，马拥护愤怒了，直挺挺躺在火炕上养伤，脑子里盘算自己失败的大半辈子，儿子完蛋，家境败落，自己倒霉，真是坟里埋进了"毛鬼神"。 伤情好了一点，他挂着拐杖，圪蹴在自家的硷畔，眺望观察着已经不一样的杨家沟。 这个叫九支队的，是神秘的部队，和那些起火放炮的野战军不一样，他们不笑不说话，走路是小跑，还带着医院和家眷，女人们，娃娃们，都很懂事，从不多屁透气。 马拥护奇怪的是，自从九支队来了，每天总有数不清骑马的、坐车的人，从杨家沟进进出出。 这是些甚人？

"马拥护，你整天圪蹴在硷畔上，胡看甚呢？"艾土地带两个警卫找来，问询他。

"咋，在我家的地盘上，爱看哪是我自己的事，妨着你的球事了？"马拥护拉长黑脸，反问说。 这小子，一个臭赶车的，坟里冒出青烟，都当了排长。

"马拥护，我给你说一下，这属于军事禁区，你不能整天东张西望的，一坐就是一天。"艾土地道，口气是相当严厉。

对马拥护，艾土地是了解的，属于成事不足败事有余，看热闹不嫌事大的那种人，警告他很有必要。 米脂是较早的红区，群众基础很好，开明绅士也多，大家积极拥护共产党的主张，无私无畏奉献。 但不怕一万就怕万一，杨家沟这儿容不得半点闪失。汪首长每天操最多的，就是关于安保的心。 马拥护每天圪蹴在这里，他的身影也就多次出现在首长的望远镜里。

"我一个乡下人，懂球甚你们军事。"马拥护没好气地说。

"不管懂不懂，还是少出来为好。 今天算是警告，如果再不听劝阻，短不下给你换个地方。"艾土地严肃地说，偷偷把眼光投向山坡和沟底，这个位置太绝了，布设的许多暗哨能看得八九不离十，还一清二楚。

"好好，不看就不看，怕你们行了吧。 我说艾土地，你咋混得这么好呢，也给我指条生路吧。"马拥护酸酸地问道。

艾土地再没搭理马拥护，和两个战士转身离开。 每天的巡查，是他最重要的工作。

臭赶车的，给老子耍得哪门子威风？ 马拥护望着艾土地的背影嘟哝，他把手背到身后，在院子里转悠。 你不让老子坐着看，老子就到跟前看，从村外往里面看，从村里往外面看。 想着想着，一个主意涌上心头，他激动得差点喊了出来。

90

马拥护埋藏在心底许久的愤怒，终于爆发出来。 去国民党占领区的榆林或者到延安，举报杨家沟的这支神秘部队。 自打被批斗后，他的脑海里进行着思想斗争。 连日的观察，让他确信无疑，国民党满世界里找的解放军主力，就在杨家沟，而且说不定这些人不光是主力，还可能是摇着主力脑袋的人。 共产党太能笼络人心了，这么重要的情报外界竟毫无察觉，国民党部队是聋子和瞎子，我马拥护要报仇申冤，要出人头地，要成为国民党、胡宗南的耳朵和眼睛。

星光下的暗夜，将杨家沟淡淡地笼罩在微弱的蓝光里。 住进千余的解放军，村里的寂静远不如从前，狗叫的次数多了，隐约点缀各家的灯也亮得时间长了，马家书苑里的灯光更是彻夜亮堂。 马拥护搞不懂，这些人难道一黑地里不睡觉？ 他盘算着瞅着，咋瞅，白天还能发现的岗哨，黑咕隆咚的，一个都找不见。 只能凭着白天的记忆，在一张马粪纸上画着草图，这是过年时亲戚送猪头肉包裹的纸，如今还残留着肉香呢。

他嗅着，不住地感叹真是老了，丢三落四的，许多岗哨的位置愣是想不起来。 如果把这张图纸画满，送到胡长官的手里，奖励几个猪头是一定的，不，就要几头、十几头整猪，猪肉猪排，头蹄杂碎，真香。

夜的天空不知甚时被乌云遮挡。 天亮时，飘飘洒洒舞蹈的雪花，尽染山沟一片雪白。

马伯雄站到杨家沟最高的山头，这里曾是他和万仙如看日出的地方。 眺望欲晓的东方，透过沉沉的乌云，万仙如在天的那边微笑着，说伯雄你那边在下雪吗？ 没看到太阳的初升吧。 来，我替你欣赏。 万仙如说着转身双手托起，喷薄的一轮红日，"腾"地跃到她的手掌上，霎时间，红霞满天。 马伯雄满意地笑了，心里说仙如你好，沐浴着温暖的阳光，我们开始新的一天。

踩着薄薄的积雪，马伯雄带县支队的战士在杨家沟外围巡查。 解放军在沙家店打了大胜仗后，国民党部队向延安和榆林溃退，米脂县政府又搬回县城，恢复了正常工作秩序。 九支队来到杨家沟，只要处理完事务，他就有事没事过来。 毕竟，这里成了"心脏"，出现丁点儿的闪失，可能会引起山崩地裂的震荡。

马县长，你看有一个人跑了过来，后面还有人在撵着。 战士指着前面的黑影说。马伯雄定睛一看，跑过来的不是马拥护吗？ 大清早地，他咋在冷飕飕的山里瞎溜达。

天刚蒙蒙亮，马拥护望着天地一笼统，暗喜天助我也。 脱下平时穿的大氅，换上一件老羊皮袄，这还是长工寄存在家里的，又背起一个多年不用的拾粪筐，也是长工弃用的，马拥护深情地望了光明堂一眼，也许是最后一眼，在一种难舍的心情中出发了。沿着沟道的大路，往西通往米脂城，往东通往佳县，想着这些路早不知有多少人把守，还是绕着山梁走，刚下过雪的山坡非常湿滑，尽管小心翼翼地走着，他的脚下还是不时擦滑，摔过一两个跟头。

"老乡，站住，你要干甚去？"突然，从一个玉米秆搭的三角垛子里，钻出一个解放军，端着枪问，后面还站着另外两个解放军。

"小同志，我，我要到那块地里背玉米秆，回去烧炕。 这天冷的，你们解放军真辛苦。"马拥护说着，心加速地跳了。

"前面哪块是你的地？"

"是，就那个山坡上，有玉米秆的那块。"马拥护机灵地指着远处，隐隐约约堆放着玉米秆的地，说。

"好，那就快去快回。 路滑，要注意安全。"战士关心地说道。

马拥护点头致谢，走了。 人心里要有鬼，身子和步子也会变得僵硬，他不时回头，生怕后面被人开了枪。 天空越来越低，黑云一块块压下，似乎要压到头顶上，这时，铜钱大的雪花飞舞着，堆积在地上越来越厚，每一朵雪花好像是沉重的铜钱，压在他的心头越来越沉重。 颤巍巍中，他连滚带爬来到了玉米地里，漫不经心地装作挪动玉米秆，却从秆的缝隙中偷窥后面的解放军战士。 大地一片寂静，别说人影，就是大小飞禽走兽也没一点动静。 他将玉米秆一扔，飞一样地奔跑起来，谁料脚下一滑，当即摔了个狗吃屎。 揉着生疼的膝盖，又艰难地爬起，一抬头，面前是两个黑洞洞的枪口。 这么恶劣的天气上山背玉米秆，咋能不引起经验丰富的哨兵怀疑。 他一走，人家就爬到山上的制高点，与他平行推进。

"不许动，动就打死你。"哨兵拉响了枪栓，另一个开始搜身，摸出十几块大洋和几张银票，吸引他们的是，银票里夹着一张神秘的纸片，上面画了一座座山头，标着无数个圆圈。 马拥护不知从哪来的勇气，趁两个哨兵对纸片交头接耳之时，猛地一推两人，转身开始逃跑。 被推倒的哨兵爬起来，可能担心惊扰首长的工作，也就不开枪，只是紧紧追赶。

马拥护跑啊跑，眼前的山坡、山头，似乎都晃动着人影，心虚的他从一个陡坡打了个滚下去，被一丛丛柠条拦住未掉进深沟。 定了定，他站起来继续奔跑，迎面出现了马伯雄带着的几个人。 已如惊弓之鸟的他，压根未看清前面是马伯雄，他又从另一个方向跑起，此时的他，意识一片空白，只剩下躲开人的想法。 马伯雄喊叫着马拥护，停住，你是跑不了的。 他却一个字也听不到，跑啊跑，眼前云雾缭绕，风景独好，再猛地一冲刺，开始了腾云驾雾，"啊——"的喊叫声，在大山里久久回荡起来。 好在，离马氏庄园隔了两条沟，并未影响到首长的工作，这让随后撵来的哨兵暗暗松了一口气。

当中央保安部门对马拥护的调查，得出了独自一人所为的结论时，寒冷的 12 月到来了。 马拥护再也不会看到，杨家沟掀起的春意盎然，把寒气逼得节节败退。

这些天，操着南腔北调，从全国各地前来杨家沟的人们络绎不绝。 他们翻越长城、秦岭，跨过黄河、长江，身上披着仆仆风尘，但每个人的脸上，绽放着迷人的笑容，洋溢着无比的自信。 这些人的性格是旷达张扬的，讲话是风趣幽默的，脑子是聪明睿智的，走起路来带着风，也是铿锵有力的。

1947 年 12 月 7 日上午，一个历史铭记的时刻。 在光亮堂旧院的这处院落里，中国共产党和人民解放军的高级领导人和将领庄严地走了进来，在倒坐着的三间西房里，中共中央扩大会议，后来史称的"十二月会议"隆重举行。 在之后的二十一天里，与会者认真听取了中共中央主席毛泽东做的《目前的形势与我们的任务》报告，围绕从军事、经济、土改、政治等八个方面的问题，认真讨论了国际国内形势。

毛泽东的报告，阐明了彻底打败蒋介石、夺取全国胜利的方针和政策，指出：

中国人民的革命战争，现在已经达到了一个转折点。 这即是中国人民解放军已经打退了美国走狗蒋介石的数百万反动军队的进攻，并使自己转入了进攻。

这是一个历史的转折点。 这是蒋介石的二十年反革命统治由发展到消灭的转折点，这是一百多年来帝国主义在中国由发展到消灭的转折点。 这是一个伟大的事变。

会议结束时，毛泽东心情愉悦地对"十二月会议"高度评价，特别指出：

这是一次很令人高兴的会议，和洛川会议相似，都是在时局进展中召开的。 以前，我们把转到外线作战称为反攻，不完全妥当，以后都要叫进攻。

二十年来没有解决的力量对比的优势问题，今天解决了。

局面展开，胜利可期！

好心情就要庆贺，物质匮乏，就来精神的。 陕甘宁晋绥联防军司令员贺龙来杨家沟时，带了晋绥地区评剧团。 这天晚上，光亮堂的学堂前操场上，临时搭起的戏台装点得喜庆热烈，几盏高悬的汽灯，把戏台映照得明亮如昼，更照亮了台下那一张张喜气洋洋的笑脸。 中央领导坐在老百姓后面的板凳上，艾土地要往前安排，被毛泽东阻止，说劳动人民创造了文化，可是几千年来劳动人民享受文化教育的权利却被剥夺了，现在咱们自己的剧团演出，应该让群众好好看，让群众坐前边看。 艾土地知道人民领袖爱人民，只得遵照命令。

剧团演出了两台经典剧目《恶虎村》《六月雪》。 毛泽东和乡亲们一起欢呼鼓掌、喝彩。 直到半夜演出结束后，毛泽东专门来到后台，与演职人员握手问候。

艾土地一边部署流动岗哨，一边盘算有这样的人民领袖，革命岂有不成功之理。

沙家店战役之后，胡宗南及部署在陕北的部队如丧考妣，纷纷开始撤离，驻扎在原地的只关注保命，几乎所有的战斗部队，进入静默状态。

在榆林的邓宝珊将军陷入无限苦恼之中，他实在想不通，自己与陕甘宁边区政府和中共中央领导人多次会面，无论公与私的交情都是不错，自己也没少为边区政府做过好事，自己部下也要求他们尽量不与共产党部队遭遇，实在躲不开，就默契地枪口抬高一寸。 可到头来，西野咋就翻脸不认人，竟来攻打榆林城。 难不成还要将自己瓮中捉鳖？ 他真想发电报质询对方。

人民解放军对榆林城的围攻，完全是战略层面的围攻。 中共中央在转战陕北途中，于 1947 年 7 月 21 日至 23 日，在靖边县小河召开中央扩大会议，做出了历史性的决策：

确定"攻榆打援"的战役计划，使三军配合，两翼牵制，中央突破。 具体要求刘（伯承）邓（小平）、陈（毅）粟（裕）、陈（赓）谢（富治）三路大军挺进中原，直接威胁国民党的统治中心南京、武汉，将山东和陕北战场变为东西两个战略牵制区。

按照中央部署，第一次攻打榆林的战役，吃清麻叉铺开了。 西野围攻榆林城，由第一纵队歼灭横山响水堡的敌军，然后从榆林城南、西南城垣突击；第二纵队扫清鱼河堡、归德堡、三岔湾等外围据点，向城北、西北城垣攻击；第三纵队从沙家店出发，攻击榆林近郊的青云、刘千河，歼灭高家堡、乔岔滩守军，向城东攻击。

得知西野进攻榆林的情报，邓宝珊先是将信将疑，但与左协中军长还是认真做出相应部署，决定放弃除神木城以外所有的据点，将大约一万五千部队回撤到榆林周边，还将鱼河、米家园则和归德堡的胡宗南整编二十八旅第八十二团，向榆林城内集中。 感到欣慰的是，左军长对布防十分认真，对守卫榆林有了足够的信心。

在邓宝珊的眼里，文武双全的左协中是靠得住的人。 左协中在保定军校毕业后回到老家陕西，投奔井岳秀后开始戎马生涯，在得到井的欣赏后，一路长虹，步步高升。 抗战时期，左协中带伊东游击支队在绥远与日军作战，袭扰日军补给，先后交战六十余次，歼灭日军一部，还将伪满军打得屁滚尿流，顺理成章地成为骑兵第六师少将师长和第二十二军副军长，军长高双成因病去世后，他接替高成为第二十二军中将军长。 内战开始后，进攻陕北解放区的胡宗南，派第二十八旅来榆林配合第二十二军守城。 左协中心知肚明，这是老蒋派来监视自己和邓总司令的。 在榆林的布防上，他与邓总司令心照不宣地将二十八旅部署在城外。 你们不是主力吗？ 解放军打来时，对不起了，就由你们先顶上。

战事总是令人痛心疾首。 察觉西野攻城是从他们拔外围的据点开始，邓宝珊和左协中只得下达外围部队回撤，仅把四个整编营部署在城南几公里的三岔湾，谁料也被西野悄无声息地吃掉了。 只得再次收缩，下令放弃城外的飞机场、三义庙、东岳庙、官井滩等据点。 而此时，他们已付出伤亡两千多人，被俘三千二百多人的沉重代价。

当他们全部固守榆林城之时，西野却莫名其妙地撤了，会不会有诈？ 侦察机在天上飞来飞去，情报人员在地下到处收集。 结论是，西野南下，情况不明。

邓宝珊忙将飞机场等重要地区重新占领，可是"被窝"还没捂热，胡宗南突然将协防的二十八旅，紧急空运回西安。

紧接着的沙家店战役失败，让邓宝珊灵醒了一些，原来毛泽东是在围城打援。

这天一大早，邓宝珊从桃林山庄来到榆林南门外，登到凌霄塔前的高台，极目远眺，四周一片死寂，只有机场热闹非凡。 连续几天里，一架又一架飞机频繁起降，载着二十八旅的官兵匆匆离开。 看着一架架飞机轰鸣着起飞，再看南门口的市场萧条，无奈和尴尬的邓宝珊，盘算胡宗南是越来越靠不上，自己何不去张家口找老朋友傅作义？ 邓宝珊与傅将军私交甚好，是可交心之人，能与他商谈共同之出路，应是上上策。 想到这里，邓宝珊大喜，但让他始料不及的是，就在到达张家口之时，西野打响了攻打榆林城的第二次战役。

面对国民党对榆林城持续不断援兵，彭德怀在确认毛泽东和中共中央机关已在陕北安全的前提下，向毛泽东、贺龙和习仲勋请示批准后，离开了榆林，率西野主力南下，开始新的战斗征程。

返回榆林的邓宝珊将军点兵点将，二十二军的损失高达六千八百余人。 守军再逃一劫但已是元气大伤。 他只得下令所有的部队缩在城里，不能轻举妄动。

苍天啊，本人一直不愿同共产党打仗，但天不遂愿的却是开打；本人一直反对内战，甚至当面对蒋介石谏言，到头来却卷入内战的漩涡。 苍天啊，大地啊，邓宝珊和二十二军的出路，究竟在哪里？ 邓宝珊几乎每天在天问。

91

1948 年 3 月 21 日上午，陕北天气晴朗，惠风和畅。 米脂杨家沟的老百姓拿着鸡蛋、面花等吃食，依依不舍与"九支队"话别。

时间真如白驹过隙，头年 11 月 22 日迄今，一晃"九支队"来到杨家沟，已有整整四个月。

头天晚上，一号首长召见马伯雄、金秀等县、区的几名干部，动情地说："我们在这里住了四个月，给大家添了不少麻烦。现在要走了，这是形势发展的需要，是为了迎接新的斗争，取得全国的胜利。我们虽然离开了，但是我们绝不会忘记陕北人民对革命的贡献。"他特意询问了开春后的生产情况，对民主作风、土改问题和对待地主子女等问题，一一作了指示，谆谆告诫大家，一定要发扬民主，做好土改工作。

　　前不久，另一位首长就米脂开办斌丞图书馆找马伯雄询问"斌丞图书馆纪念室"的陈设情况。马伯雄汇报说，纪念室在图书馆院内的厅房，陈列杜斌丞烈士的部分遗物、书籍及中共中央、陕甘宁边区政府、西北野战军机关、领导、民主人士所赠送的挽联、挽词。毛主席的亲笔题词放在最前面：

　　为人民而死，虽死犹生。

　　听完汇报，首长说杜先生去世后，我看过你写的祭文，里面饱含着深深的怀念之情啊。

　　杜斌丞被蒋介石杀害的消息传到米脂，马伯雄几天几夜没睡好，想着与先生的过往，他流着热泪，祭文一气呵成：

　　斌丞老师：

　　您是西北民主的旗手；反内战的勇士；您的体魄魁梧，性行耿直，至大至刚，不挠不屈，有忘我的伟大精神，有无畏的钢铁意志。

　　您在办学期间，曾经在陕西栽培出不少的优秀人才，在从政期间也曾经帮助了刘、高及许多革命同志，领导西北民主运动，与敌人直接战斗到死，由于您有如此高尚的革命品德，遂在西北博得了广大人民的拥护和钦敬。

　　蒋贼慑于您的拥护真理，坚持民主，反对独裁卖国的正义立场，对您用了最卑鄙的枪杀手段，使革命战线上少了一位坚强勇士，使我少了一位最亲爱的导师。

　　斌丞老师，您的肉体被害，精神不死，千万人的悲痛，已变为巨大的力量，正在全国动员起来，前赴后继，一往无前的在勇猛的杀敌，赢得最后的胜利。

　　斌丞老师，您为国家为人民尽了大忠，这种英勇的光荣的自我牺牲精神，定是千古不朽，永远值得我们学习，我誓在中国共产党的领导下，踏着您的血迹前进，坚决消灭蒋胡匪帮，为您报仇，为建立新中国而奋斗。

　　　　　　　　　　　　　　　　　　安息吧，老师！

　　　　　　　　　　　　　　　　　　学生马伯雄敬挽

马伯雄从回忆中走出来，首长深沉地说："斌丞是伟大的共产主义战士，鲁迅式的共产党员。"

短短十几个字，高度概括了杜斌丞先生的一生。马伯雄对首长竖起大拇指，佩服得五体投地。

共产党的高级领导人，对杜斌丞先生的评价如此之高，对民主人士如此尊重，马伯雄再次对他们产生了敬仰之情，涌现出对共产党的强烈追求，他默默下了决心，自己不想永远做那种被人抬举的民主人士，他要向党组织再次提出申请，加入中国共产党。

天气真好。首长们从石阶上一步步走下来，并未立即上马，他们与乡亲们厮跟着走到村口，恋恋不舍地和大家握手，深情地说：杨家沟是个好地方！

在向乡亲们挥手的官兵里，艾土地的心情更为复杂，他知道九支队已成历史，当沙家店战役后，毛主席重新使用自己的名字时，意味着杨家沟注定是一个神奇的地方。这里是中国共产党转战陕北的结束地，是中国革命由战略防御向战略反攻的转折地，也是走向全国胜利的出发地。杨家沟，注定会成为中国革命的里程碑。

两天后，毛泽东和中共中央、中国人民解放军总部，经吴堡川口东渡黄河，去往西柏坡，踏上了解放全中国的胜利大道。

一场春雪后，米脂城的天空犹如被水洗过一样湛蓝。县政府食堂里，马伯雄和干部们一起排队打饭。炊事员每舀满一勺炒洋芋片，都使劲抖一下，少一半被抖落进锅里。当抬头见是马县长，说着您开会回来了，又赶紧要再舀半勺，被马伯雄拒绝。马伯雄笑着说这段时间难为你了，不过粮食的问题已经解决了。

春困乏月里，米脂遇到自 1928 年以来最严重的缺粮。头年的征购粮多，加之夏旱秋霜冻，和国民党军队的糟蹋破坏，至少有三万多人严重缺粮。县里把情况紧急上报后，马伯雄在绥德专署开会时，得到一个好消息，边区政府在极度困难的条件下，还想方设法从山西和安塞等地，协调给米脂一千五百三十四石粮食，用于救济灾民。只是，需要组织米脂万余名干部群众去背。

能拨来粮食，背还算个事情？谁料，这年春寒料峭，乍暖还寒，又连续降了两场大雪，把粮食弄回来困难极大。但此事一刻不敢耽搁，马伯雄连夜召开背粮动员会，给各区乡分配任务指标。他说背粮的数量大，路程远，时间紧，人员多，县委和县政府要起表率。他决定亲自跟县政府的干部去背粮。金秀知道说服不了他，就任他而去。政府里挑选出五十名精兵强将，每人拿两条口袋。大家群策群力，有人把剪开的床单对折缝成口袋，有人把被子的棉花掏出缝了口袋，还有人喜欢挑担子，就地取材砍倒树干做椽子，再把两条旧裤子腿一扎，做成结实耐用的口袋。

昏暗的天幕还挂在无定河畔，星星不停地眨眼闪耀着淡蓝色的寒光。县委和县政府两个背粮队全体整装待发。马伯雄精神矍铄地站在队伍前面，认真检查完五花八门的行装，对金秀说背粮队集合完毕，给大家说几句吧。

"同志们，这次上级给我们调来这么多粮食，体现了党中央和边区政府对我们米脂县的亲切关怀，也体现出老区群众对我们的大力支援，这次背米路途遥远，困难一定不少，我们要发扬红军二万五千里长征的革命精神，不怕任何艰难险阻，在马县长的带领下，胜利完成背米任务，为我们度过困难打好基础，大家有信心没有？"

"有！"同志们浑身充满着力量，齐声洪亮地喊道。

"那好，请马县长具体指示吧。"

"我也是一个成员，就不讲了。同志们，今天金副书记特意为大家准备了壮行酒，我们一起喝了出发。"一坛子酒倒进几个大瓷碗里，大家轮流喝了一大口，热乎乎地上了路。

金秀将一件棉大衣交给马伯雄，还将县里唯一的一匹枣红马牵过来，把缰绳递到他手里，说："我知道你绥德开会感冒了，又知道拗不过你，就不和你争着去了。不过要骑上马，把自己累垮不是你个人的事，是米脂的大事。""风寒感冒是小毛病，从绥德回来的路上走得快了些，把感冒给走没了。"

"好了也不行，这马你骑定了。"

看见金秀如此坚决，马伯雄说："也好，马跟着就跟着吧。"他喊来通信员，把大家的口袋集中起，让枣红马驮着。

金秀没办法，只好随了他，两人紧紧地握手后，目送他们踏上了征程。

刚刚的一场降雪，让陕北高原银装素裹，大雪成了拦路虎。马伯雄走在最前面，踩着积雪嘎吱嘎吱作响。走了一个多时辰，大家的裤脚和鞋子都冻成冰疙瘩，帽子和眉毛上结了厚厚的霜，脚下的麻烦更大，稍不留神儿一打滑就摔一个屁股蹲儿，走在最前面的马伯雄披荆斩棘，步子跨得太大失去了重心，也摔过两次，浑身滚成个雪人。

背粮队饿了吃块冷馍，渴了抓一把雪，风餐露宿走了四天到了安塞。背起粮食返回时，马伯雄重感了，咳嗽发烧，满脸烧得通红。通信员说在村里住一两天，等你病好些再出发。马伯雄说这可不行，县里那么多人还在饿着肚子，何况这几天兄弟县也陆续到这背米，这么多的人住村里，人家能负担起？ 通信员又建议，说要不我陪你在这儿养病，等好了我们再回去。 马伯雄说瞎主意，县里那么多的事，我躺在这能放心？ 通信员把枣红马喂得饱饱的，备好了鞍子，马伯雄见状厉声问要干吗？ 通信员说马县长你发烧了，再走身体恐怕吃不消的。 马伯雄说胡闹，我骑在马上看着同志们背粮，成何体统。 大家只得和他商量，说你走路，把你的两口袋叫马驮着，这总行吧？ 马伯雄勉强应许，谁知出发时他又多出一个口袋，装得足有两斗。 原来走时他又悄悄做了一个，他弯了弯腰将米袋子扛到肩膀上，一步不落走在队伍里。

下雪不冷融雪冷。 背粮队返回时，金色的太阳冲破重重叠叠的云彩，把天空照耀得光芒万丈。 这时，天气更加寒冷，但在一些避风的向阳道上，雪缓慢开始融化，雪水交融，大家的脚下像抹了润滑油，摔跤的人更多了。

马伯雄咬牙坚持走了两天，步伐不再那么坚定，第二天早晨，走起路来突然跟跟跄跄竟然摔倒，通信员连忙搀扶他，发现他的额头更加滚烫，忙拿出两片药塞进他的嘴里，又拧开水壶，将和雪水温度差不多的水喂了两口。 过了一会儿马伯雄醒了，看着大家围住自己，忙挣扎着要起来，说围住我看啥，我这不好好的，大家赶紧赶路吧。这次，大家说甚也不听他的了，几个人要将他扶上马，他死活不肯，说我是来背米的，又不是来添乱的。 更多的人围住他，将他的那个米袋分装在几个口袋里，马伯雄还是坚持不上，折断旁边的一棵枯树枝作为拐杖，背起小半袋粮食又继续前进。

在马伯雄的感染下，队员们身上增添出无穷的力量，大家一鼓作气走出了十几里地，发现前面出现了一支国民党部队，从人数上分析，起码是一个连的建制。 遇到了紧急情况，马伯雄的病好了大半，他命令大家躲进旁边的支沟里观察。

原来，这是一支返回延安的国民党部队，在雪地里迷了路，来到前不着村后不着店的地方，他们一边通过电台联络，一边燃起了火堆，安寨扎营吃吃喝喝休整了大半天。他们毫无顾忌地休整可苦了马伯雄他们，等到国民党部队等来了向导离开，背粮队的人在小沟沟里差不多冻僵了。 大家来到国民党兵燃起的火堆旁边暖身子，化开雪水烧着喝了开水，吃了点干粮，身子暖和了许多。 为把耽误的时间抢回来，马伯雄决定星夜急行军。 回到米脂的地界，东方现出了第一缕阳光，马伯雄心里释然了，突然，金色的阳光在他的脑海里天旋地转。

白墙，白床，白色的被褥，还有一张苍白的脸。 马伯雄的眼睛微微睁开，发现自己处于白色的世界里，虚弱地问："这是哪里？"

"我的天，你终于醒了。"金秀长吁一口气，说道。

"我咋了？"

"你已经整整躺了三天！"

92

"邓总司令好。"一男一女两位不速之客，来到桃林山庄，拜访邓宝珊将军，说。他俩年龄三十岁左右，男的风流倜傥，女的亭亭玉立。

邓宝珊将军眼前一亮，说："你们好，马先生，我们又见面了，还好吧，实现了你建筑师的梦了吗？"

"谢谢总司令还记得我的梦想。"马伯雄说。

这是一个雨后的艳阳天，蓝格茵茵的天上飘着朵朵的白云。桃林山庄里，邓宝珊将军时而笑声朗朗，时而陷入沉思。两次榆林战役后，他中断了在抗日战争中与共产党建立起的良好关系。而在这段时间，共产党的各方机构，走马灯般地来榆林找自己，气恼中的他一律拒绝。今天之所以见马伯雄，因为他是名人，他想好好盘问边区参议会的事。

中共西北局和西北野战军，派出了联络员为榆林和平解放努力着，与此同时，要马伯雄利用民主人士的身份，接近邓宝珊。几天的谈话接触中，马伯雄仔细讲述了自己一步步走过来的历程，许多事引发邓宝珊的深思。

"你信仰共产主义吗？"邓宝珊问。

"说实话，我起先怀疑一切，随着风风雨雨，一路坎坷走到今天，我信仰了。当然，现在还算萌芽状态，我曾经提出要加入共产党。但他们的条件非常严格，我似乎还不具备资格。"

"那，你的太太呢，我听说她是共产党员？"邓宝珊问道。

"是的，她是坚定的共产主义者。"马伯雄答道，心想邓宝珊的情报工作还是厉害的，已查明金秀的身份。这次他俩出来，组织上安排以假夫妻身份一同前往，金秀能联系上中共榆林工委和联络员，来传递消息。他们的任务是，观察并劝说邓宝珊和二十二军接受和平谈判。

"这么说，你对共产党的信仰，是受太太的影响了。"邓宝珊问道。

"是，也不全是。如果说受影响的话，那也是受万仙如的影响。您可以知道，她是榆林城首富万友善的独生女。"马伯雄动情地讲述起万仙如的故事。

泪水渐渐地蒙住了邓宝珊的双眼。听说万仙如英年早逝，勾起了他对爱女邓友梅的怀念。女儿生于三原县，十五岁北上延安就读陕北公学，十七岁因身患肺疾来榆林养病。女儿患病后，与他谈得最多的话题不是生死，而是共产党的主张。这让他逐渐怀疑，女儿在延安两年求学中，究竟发生了什么？女儿坦陈自己在十六岁时加入共产党，现在一边在榆林养病，一边肩负着统战重任，还要给延安传递重要情报。连自己最亲的女儿，竟也是潜伏在身边的共产党人？他不得不佩服共产党的厉害。受女儿的影响，邓宝珊逐渐了解并接受了共产党的许多主张，与延安方面成为好朋友。那段时间，父女俩经常徜徉桃林山庄，享受着难得的天伦之乐。两年前，邓友梅在临终一刻还嘱咐他，要和共产党永远和平相处。

听说邓友梅安葬于桃林山庄的后山梁上，马伯雄和金秀采摘了路边的野花，前往墓地凭吊。这是一家用砖头垒砌的圆形墓，一块青石碑上，邓宝珊亲笔题写"亡女友梅之墓"，字迹遒劲有力，饱含深情。

"金秀，听了邓友梅的事，我十分敬佩她，也更加敬佩共产党。"马伯雄对坟茔三鞠躬后，发自内心深处地说道。

"是的，这就是信仰的力量。"金秀说。

自从住进桃林山庄，同一屋檐下的两人，虽说一个睡在床上，一个睡在地铺，但两人的称谓发生了变化，再不能称"马县长""金副书记"，彼此直呼其名，金秀十分自然，马伯雄起先有点拘束，叫过两次后，也顺理成章。

"伯雄，解放战争这么快就出现了胜利的曙光，你料想到没有？"金秀躺在床上，侧转身问地铺上的马伯雄。

"我看到了毛主席在重庆发表的《沁园春·雪》，就知道共产党一定能取得全国的胜利。但是胜利如此之快，的确没预料得到。"

"全国解放了，你打算干甚，实现你的建筑师梦？"

"那是一定的，抗日战争和解放战争一打就是十几年，全国解放，百废待兴，建筑师一定是最好的，也是最忙的职业。你呢？"

"我还没想好呢，解放了，继续革命是必然的，不过，作为女人，我也渴望家庭和爱情，希望生一堆娃娃，哈哈哈哈。 你笑我了吧。"金秀说着，脸色绯红。

"没笑，挺好的愿望，但愿早日实现。"

"伯雄，你——"金秀说着，目光迷离地看着马伯雄。

"我们一切的期盼，都留在解放后吧。 金秀，时间不早了，我们休息。"

屋里的灯光熄灭了，两人均匀地呼吸着，思维却在大幅度跳跃。 他们共同憧憬着明天，憧憬着希望的未来。

这天中午，邓宝珊给马伯雄拿过来一份电报，说："傅作义将军电邀我赴北平议事，商议战事吃紧的平津问题。"

"邓总司令，您要是离开，我们——"马伯雄探寻地问道。

"我已与左军长谈过，后续的事由他处理。 紧急情况，你也可以通过他和我取得联系。 希望我们再见。"邓宝珊握住马伯雄的手，说。

邓宝珊此次离开榆林直抵北平，与傅作义商定了将绥远的部分部队东调，并从他的晋陕绥总部抽一个旅协防包头。 随后，他从北平直接到包头，再未回榆。

在马伯雄拜见邓宝珊的几天后，邓专门让左协中军长来桃林山庄与他们认识。 马伯雄开诚布公地说了前来榆林的使命。 左军长听后半晌没再说话。 邓宝珊打着哈哈，说此事非同小可，请左军长慎思。 这次他走北平前，继续留马伯雄和金秀住在桃林山庄，是在把榆林防守重任交给左协中的同时，要求左留住马伯雄和金秀，通过他们保持与共产党的对话畅通。 事实上，二十二军在此时，仅有军直属特务营、通信营、辎重营及八十六师的三个团，再有晋陕绥总司令部的人把守榆林城垣。 城东有二五七团，城北和城西有二五八团和二五六团布防。 这是这些年里，榆林军力最差的时候。

马伯雄和左协中见面，传达完中共高级领导人关于榆林和平起义的指示后，说这是共产党为榆林守军指出的一条光明之路，请左军长斟酌，尽快做出决定，千万不敢错过起义的最佳良机。 左军长说感谢共产党的指路，不过还请马先生理解，此事实在太重大了，我断然不敢做出决定，还需与各部协商，会以最快速度将信转交给邓总司令，毕竟他是榆林的最高长官。

马伯雄听出来，这些话里面有搪塞的意思，也有拖延和观望的成分。 榆林守军被困许久，压根儿不知在全国其他战场上，国民党部队一败涂地的惨状，而解放军的两次攻城，蒋介石、胡宗南要求固守待援，也的确派出大批援军，保住了榆林城不失，为左协中和二十二军官兵，给了翻盘的幻想。 要左协中当场表态，似乎早了一些，马伯

452

雄想。

与左协中相比，傅作义和邓宝珊在北平和平起义的道路上，就痛快多了。

傅作义派出自己的代表，与共产党就和平解放北平进行了两次谈判，来到北平的邓宝珊，每天晚上与傅作义推心置腹，分析战情。

当人民解放军东北野战军的十一个纵队，已将东起山海关，西到张家口狭长地带，以及平津地区的傅作义部五十二万大军，团团围住一个多月后，东野兵临城下，依旧是"围而不打，耐心等待"。

"傅将军，毛泽东宣布的八项和平条件，条条是干货，句句透出了自信，简直就差点说出来，共产党已经大获全胜了。"邓宝珊拿着报纸，说。

"唉，从目前我们战场上的颓势，我终于知道兵败如山倒是咋回事了。"傅作义叹气，说道。

"傅将军，是不是该到了痛下决心的时候？"邓宝珊小心翼翼地问道。

傅作义在屋里踱步，沉吟了许久，突然说："宝珊兄，我考虑好了。请你作为我的全权代表，赴解放军平津前线指挥部，就和平解放北平，谈判。"

邓宝珊一股热血涌上心头，高兴地说："傅将军，这就对了。"

两位将军的大手，有力地握在一起，窗外透进来第一缕曙光，北平这座具有三千多年建城史的古城，传出了避开战火纷飞，实行和平解放的福音。

1949 年 1 月 19 日，国民党华北傅作义部与人民解放军东北野战军签署《关于北平和平解决问题的协议书》。三天后，傅作义在《协议书》上签字，并发表广播讲话。城内的国民党守军开始移到城外指定地点听候改编。31 日，人民解放军入城接管防务，至此，北平宣告和平解放。

邓宝珊在北平起义的消息传到榆林，城里浮现出和平的曙光。多数军民为和平解放半公开地作起准备。一些特务头子、恶霸、富人和一些手里沾过共产党和八路军、解放军鲜血的人，惶惶不可终日，开始向包头、绥远、西安和乡下的大逃亡。榆林街头，随时可见一家又一家，携带大包小包撤离的人流。

左协中在犹豫，二十二军到底该何去何从？邓总从北平发来电报：

> 起义为顺乎人心，势在必行之举，请榆林做好起义的准备。

"各位，今天我们召开一个军事联席会议，邀请驻榆林的各方军事单位长官出席，讨论的议题只有一个，就是我们在榆林的部队，将何去何从？邓总司令人在北平，心系榆林，他的电报接二连三，核心就是督促我们尽快起义。请不吝发表意见。"左协中脸色铁青地说道。"没人说，那我就点名了，先请晋陕绥司令部长官谈谈，你们是上级领导单位。"

"左军长，一周前，南京政府国防部和军令部，将二十二军划归兰州西北长官公署直接指挥和补给后，我们司令部成了一个空架子。"来自晋陕绥司令部的代表，说。

"驻榆林的所有军事单位，已绑在一条船上，我们，共生共灭。"左协中一字一句说着，有些悲凉。

"那好，我们表态，邓总司令的指示，就是司令部的态度。"代表说道。

"万副站长，你谈谈。"左协中对会议开始后，一直打瞌睡的万向明，说。

万向明是军统榆林站副站长，在榆林城第一次被围后，邓宝珊召开的各方军事单位会议上，他第一次公开亮相。这几天随着战事吃紧，榆林城里有几个特务组织已人去房空，万向明在榆林有那么大的产业，不到万不得已，他不能一跑了之。

"诸位，作为党国军人，我们的职责是什么？忠诚领袖，服从命令。而现在起义派甚嚣尘上，连榆林的最高军事长官，也在讨论所谓的起义。啥叫起义？说穿了，起义就是投降，而投降，绝没好下场。请诸位伸开你们的手，仔细看看，谁的手上没有共产党人的鲜血？二十二军和两次围城的解放军恶战，打死了他们多少人？起义了，共产党会放过我们。听说过吧，起义的胡景铎、田子亨、李含芳等人，早被共产党秘密活埋。各位长官，我表个态，除非南京方面下令撤离，否则，我姓万的誓与榆林共存亡。"万向明铿锵有力的表态，无人回应。

多数人在质疑，横山起义的胡景铎将军，不是受到毛泽东的接见了，还把他夸得花儿一样，鼓励说欢迎你们下大船上小船，克服困难，将革命进行到底。咋又被活埋了？

马伯雄在机场被万星明营救脱逃，南京来的飞机也差点被击落，这让军统十分恼火。看在万向明对党国忠心耿耿的份上，他只是受到降职处分，补了袁主意的缺，降为军统榆林站副站长。鉴于榆林地处偏僻沙漠地带，站长迟迟配不上，军统站由他继续主持，还是事实上的站长。万向明是忠诚的国民党和军统指示执行者，他一丝不苟履行着监视邓宝珊、左协中等这些高级将领的使命。在沙家店战役、延清战役和黄龙战役中，国民党军队接二连三在陕北失败，万向明敏锐地察觉到，本就对国民党心存芥蒂的邓宝珊，对党国的忠诚度越来越低，背叛的可能性加大。万向明整理了许多材料，秘密送到南京邀功请赏，还真得到奖赏，颇有成就感。

"诸位，继续发表点意见，难不成还要投票表决？"左协中见无人发言，催促道。

"报告军长，有一群举着旗子的市民，要闯进军部来。"副官急匆匆走进会议室，对左军长耳语道。

93

榆林成千上万的市民沿街而立，对手持五彩旗子，排着整齐队伍的请愿者，热烈地鼓掌，给予鼓励。也有不少市民，陆续加入请愿队伍中。

队伍根据不同行业排出了方阵。每个方阵前，打着所属派别的牌子："榆林教育界""榆林农民""榆林工人""榆林工商界""榆林市民"。

走在方阵最前面的人，不停地领喊口号：

反饥饿、反内战、反摊派。

反对拉壮丁，反对摊派公粮。

实现国家统一，和平解放榆林。

游行请愿大军来到二十二军的门口，继续整齐划一呼喊口号。马伯雄和金秀也在其中，他们喊着口号，认真地观察着四周的动态。

司令部里涌出很多军人，马伯雄和金秀一眼认出，站在左军长旁边的，是身着便装的万向明。两人的心同时"咯噔"一下，想不到这个魔头，又在二十二军。他们用眼神示意往后退去，绝不能被万向明发现。

"我们是榆林各界人士代表，要面见贵军的左协中军长。中国人不打中国人。我们请求结束与共产党的对峙，和平解放榆林。这是请愿书。"一位文质彬彬的年轻人说。

"把请愿书拿来，我就是左协中。"左协中沉着脸，道。

年轻人走上前去，将一张纸交到左协中手里。更多的请愿书，被交了上去。

黑着脸的万向明一言不发，他用鹰一样的眼睛，在人群里来回扫视着。这段时间，地下党活动更加频繁，煽动蠢蠢欲动的各界群众，上街游行，张贴标语，散发传单，把好端端的榆林城搞得乌烟瘴气。 可气的是，作为榆林最高军事领导人的左协中，对之视而不见，听而不闻，军统站人力有限，但万向明不停地指示抓人，前几天还抓了几个领头的，要把两个顽固死硬分子悄悄活埋。 当把人拉到东城外的沙漠里，从天而降出现了一群蒙面人，三下五除二将两人劫走，自己的人反倒被杀了一个。

　　"各界同仁们，我看过你们的《告榆林同胞书》和《呼吁和平解放榆林倡议》，说得很好，我们都是中国人，何必自己打自己。 榆林城是座有六百年历史的古城，解放军似乎又在聚集，说不定哪天就会兵临城下。 对严峻的形势，我们军方，与大家一样着急，就在刚才还开会讨论，寻找解决良策。 请给点时间，我们研究研究，最后一并答复，如何？"左协中诚恳地说着，向大家拱手。

　　左军长的话，句句打动了大家。 游行队伍也要散去。 突然，队伍后面响起悠扬的扬琴声：

> 凌霄塔那个高入云呀云端
>
> 玉砚桥那个水流呀水流缓缓
>
> 榆林人早上起来呀晚上睡前
>
> 都要瞅瞅这里的天空
>
> 呼喊不要打仗
>
> 守望和平
>
> 夜空里呀不要胆怯
>
> 怯了
>
> 就会响起了枪炮声
>
> 躺下了死人
>
> 哎呀，我们祷告
>
> 星星还是星星
>
> 月亮还是月亮
>
> 妈妈做着甜甜的梦
>
> 女儿唱着快乐的童谣
>
> 求你们了
>
> 一奶同胞

就不要打仗

不要打仗

冰把凉还是过去的冰把凉，尽管显出老态，但饱含感情从心底发出的演唱，令在场的人无不动容，许多人听得眼泪汪汪。

请愿队伍受到小曲的感染，又开始呼喊口号，顿时喊声铺天盖地，直入云霄。

马伯雄低垂着头，警惕地盯着万向明，猛然间，发现万向明朝这边走来，他悄悄一拉金秀的手，两人从人群里挤着离开。万向明一边拨拉人群，一边开始喊叫，抓住那一男一女，快啊。眼看他们在拐弯处消失，他对天举起了枪，"叭叭"。枪声一响，人群发生了骚乱，马伯雄和金秀猫着腰跑得再也不见踪影。

左协中看见了也纳闷，他们俩为何要出现在这种场合？见万向明盯着他们的方向急追，左协中也是十分着急。邓总司令要确保他俩的绝对安全，如果落到万向明手里，后果简直不敢想象。

街头太乱了，穿长袍短褂，仓皇而跑的男女老少，互相交叉而行。万向明揉搓了眼睛，哪还有两人的影子。尽管他俩站得较远，打扮与普通市民无异，但举手投足的内在气质，还是引起万向明的注意。当他偷偷靠近时，发现他们快步离开。害怕见到自己，足以证明就是马伯雄和金秀。一个是民主人士，一个是边区的县委负责人，在这万变的榆林出现，有啥目的？万向明决定挖地三尺也要找到他们。最近，榆林几个特务组织的头子跑了，丢下的下属成了一盘散沙，有的趁机溜走，有的改名换姓，大多数就原地不动，给了万向明收拢他们的机会。他指挥特务们全部出动，把榆林城的客栈、骡马大店搜查了一遍，未找到两人的蛛丝马迹。越是找不到，就越说明问题，一定与军方有关。他在桃林山庄、二十二军司令部和营以上的部队部署人马，实施全天候盯梢，即使他们变为土行孙，迟早还是要跳出来的。

马伯雄和金秀走出桃林山庄，是迫切地想见左协中。邓总司令一走多日，他们给左协中送中共西北局习仲勋书记的信件时，又见过一面，左的态度还是犹豫、观望。后来再联系他，回话要么是忙，要么就没音信。金秀说我们不能闲着，便与中共榆林工委联系，积极展开工作。马伯雄起草了《呼吁和平解放榆林倡议》，让和平解决促进会的人拿着，找社会各界签名请愿。

"伯雄，你起草的倡议，一天时间得到的签名过了千。"金秀兴奋地说。

"真的，那我明天也拿着去找人签。"马伯雄说着，十分高兴。

"这不行，我们的任务本来就不是这个。起草工作，是我向工委领导央求来的。"

"可是，左协中迟迟不答复，连面也不见，我们的任务完成起来越来越难。"

"他不见，传话不灵，我们就找机会到二十二军司令部堵他，就不信见不着。"金秀说。

他们找左协中，是要告诉他，形势发生了急剧变化。榆林军分区成立的短短两个月里，解放军在榆林外围展开政治瓦解和军事打击，不断收复了国共经常打"拉锯战"的地域。随着军分区三十九和四十团，占领控南北之咽喉，锁扼边关要隘的万里长城第一台——镇北台，切断二十二军向包头撤退的后路，解放军对榆林城的三面包围全部完成，剩余一面则是榆溪河西岸的茫茫毛乌素沙漠。上级传来指示，让左协中明白，如果他继续举棋不定，解放军对榆林城的第三次攻城战役就要打响。

去二十二军军部未堵住左协中，还差点被万向明发现。住在桃林山庄，他们着急万分，商量再咋样找左协中时，左协中亲自来桃林山庄了。见马伯雄、金秀两人完好无损，左协中悬着的心放了下来，说："二位，拜托你们能不能不要随意乱跑，让我们踏实一些。"

"左军长，我们也是被迫无奈啊。形势发展之快出乎预料，上级指示必须要尽快见到您。"马伯雄说着，把榆林城周边解放军的布防一一挑明，这些左协中心知肚明，但说出来，就是要让他感到人民解放军的强大威慑力。

"左军长，您知道榆林城老百姓的心愿吗？"金秀自问自答，列举了社会各界对和平解放榆林的期待与行动，"不过要谢谢您，对街头活动没有阻止，还容许钟楼底下，宣传和平解放的墙报存在，从这些就能看出，左军长的政治态度。"

"过奖了。"左协中尴尬地说。

"左军长，二十二军是否起义，请当机立断吧。"马伯雄在转达完延安方面的意见后，急迫地说道。

"这……"左协中支支吾吾，难以回答。在心里他也是苦啊。上峰一再催促二十二军撤到包头或宁夏，他回电说了实际困难，请求支援一百辆汽车和三百峰骆驼，先将弹药和家眷送出去。可是，一旦要上峰解决具体事情，就开始推诿。眼下的情形，外无援兵，内无粮草，孤军守孤城。而且，他的两个儿子被胡宗南扣押在西安，自己要是起义了，人民解放军能解放西安，救下儿子吗？

"容我再做考虑，不过从现在起，给你们派一名副官，负责你们安全的同时，作为我们间沟通的纽带，二位看如何？"左协中说。

马伯雄换位思考，理解左协中的苦衷，便说希望左将军不要拖得太久，从全国通盘形势出发，留给榆林的时间不多了。

这次谈话果然奏效，几天后左协中让副官带话，说派出谍报科长和他的秘书，秘密去延安谈判。派科长和秘书前去，而且谈判还不敢公开？马伯雄与联络员分析认为，他是在敷衍，说这不是开玩笑吧，先且不论科长和秘书说话的权威性，就说不敢公开谈判消息，你们还在怕谁？这样的谈判，我们无法报送延安，请转告左军长三思。

副官送来新消息，左军长已任命二十二军参谋长张之因为谈判代表，明日拂晓出发，赴延安谈判。马伯雄和金秀悬着的心落了地。他们两人紧紧握手，欢庆这些天的努力没有白费。

明月别枝惊鹊，清风半夜鸣蝉。大如磨盘的一轮皓月，静悄悄悬在夜空，暗蓝色的苍穹更显出她的皎洁。近处的几声犬吠，引来远处沙漠海子里，青蛙们的大合唱，使得沉寂的夜晚有了些活力。

"伯雄，没睡着吧。"听到马伯雄辗转反侧，金秀侧身问。

"睡不着，明天要回去了，想着古城榆林能免遭炮火打击，实现和平解放，我的心情就无比激动。若干年后，后人们要是说起今天的事，我们就是死了，也是骄傲的。"马伯雄侧身，望着金秀说。

"伯雄——"金秀叫道，却是欲言又止。她想说，我们马上要离开桃林山庄了，你能抱抱我吗？因为我们还是"夫妻"。话到嘴边，又咽了下去。她知道或许错过今晚，再也没有这样独处的机会了。

"咋？"

"没啥。问你，胜利了，打算在哪圆你的建筑梦。米脂，榆林，还是西安，南京，北平？"金秀转移了话题，说。

"刚回来的时候，我的梦想是在北平当一名建筑师，这些年经历了这么多，想法有些变了，北平、南京这些全国著名的古城，人家有多少建筑大师，能工巧匠云集，我呢，还是从米脂的千年窑洞古城开始吧。"马伯雄说着，怀有无限的憧憬，更是激动得睡不着了。

"眯一会儿吧，天就要亮了。"金秀说着，翻了个身。两人再无话可说，只听得均匀的呼吸声。

桃林山庄外，躲在车里的万向明没半点睡意。再次看见马伯雄和金秀，他心里的疙瘩挽得更大。这两人就是自己命里的魔咒与克星，找到他们，该做个了断了。他动用全部力量寻找，监视桃林山庄的特务说，左军长和副官这几天频繁出入桃林山庄。邓宝珊远走高飞并不住在山庄？万向明盘算着，左协中作为榆林的第一长官，要见啥人是招之即来挥之即去，没有亲自拜访的道理。除非见神秘人物。依着马伯雄和金秀的身份，算是神秘人物吧？万向明醍醐灌顶，相信马伯雄和金秀十有八九就在里面，这次一定要抓住他们，彻底清算往日的旧账，为死去的父亲报仇。

万友善死了，跟马伯雄、金秀毫无一点关系，但对于心里阴暗甚至变态的万向明，却是这样认为。

日本投降的消息传到榆林，通天苑掌柜万友善十分高兴，简直要发疯了。这几年，他太憋屈了。毛纺织厂被日本飞机炸毁，天津的银行被夺走，所有生意不是倒退就是停滞。他对日本鬼子恨得咬牙切齿，眼睛都在滴血。抗战让他的家庭也发生了巨变，大儿子成为国军旅长倒是长了脸；二儿子有权有势，混得人模狗样；女儿几年不露面，问及所有人都是顾左右而言他。自己老了但并不憨，女儿是共产党早不是秘密，没了音讯就是遭遇……他不敢再想下去，这笔账一定要记在日本鬼子的头上。抗战胜利高兴了一阵子，国共两家却打了起来，万星明带几千弟兄起义，摇身一变成为解放军的旅长。他对大儿子心生恐惧，也太不是东西，他起义考虑过家里人的感受吗？好在，榆林城的邓宝珊和左协中，似乎与共产党有些瓜葛，放在井岳秀时代，万家早被满门抄斩了。万友善每天在家里烧着高香，保佑全家平平安安。

万友善觉得，自己都这把年纪了，早已失去赚钱的动力和欲望，当万向明要重建起更大的毛纺织厂，他连看也没看一眼。自从万星明投靠了共产党，他不敢再抛头露面，主动辞了三十六家商号会长。他正在烧香，老态龙钟的胡管家颤颤巍巍进来，说邓宝珊跑到了北平。他的心一惊，手里的高香落地，好端端的烟火倏地熄灭，他也随着高香倒地。

听到解放军第二次攻城的炮声，半身不遂的万友善坐在轮椅上。枪炮声他听起来十分受用，更喜欢看天上不时飞来的，像母鸡下蛋一样，从肚子里投下一包包东西的飞机。那天中午，飞机的响声巨大，震得窗子玻璃“哗啦啦”，他赶紧推出轮椅。轮椅是他中风后，万向明从天津买回来的，也是这些年来送他唯一的礼物。到了院子里，他仰头望天，一架又一架长着一大两小三颗脑袋的草绿色飞机，在头顶上盘旋。这些飞机的"大脑袋"上开个玻璃窗，隐约可见里面坐着戴帽子、戴眼镜的人，另外两个"小脑袋"在飞转着。一对平展展的长翅膀伸着，像是在翅膀还是肚子下，打开了一个黑洞，里面陆续跳出来一个个带白伞的袋子，像是天女散花，很壮观也很好看。袋子冲着万友善当头而落，"砰——"，瞬间满世界里飞溅出了血花。谁也不知道，万友善最后看到的是什么？他歪头倒在轮椅上，白花花、厚重达十几斤的关中锅盔，从黑袋子里飞出，撒得万府满院都是。轮椅旁的那只锅盔，沾了殷红的鲜血，像白底红花的旗袍。

从飞机上投下来的锅盔，砸死了榆林首富，许多年以后，榆林人还津津乐道谈及，但不知为何没载入地方志里。

此生再也见不到父亲了，万向明想着心底被触痛。他杀人的时候，甚至姐姐万仙如死在自己的枪口，也未有这样的感觉。死就死了，亦如牛羊驴马。而面对父亲擦洗干净后更加苍白的脸，他的脑子纷乱如麻。想着这些年自己并未认真对待过的父亲，这个杀人魔头的眼里也闪过几朵难得的泪花。

万向明做主，在东山低调安葬了父亲。早就听说，万星明在围城的部队里。好吧，就让他继续围吧，包括围住万掌柜的坟茔。

"站长，来了车。"小特务悄悄地说。

万向明一个激灵结束了回忆。从车窗望出去，两辆小轿车开进桃林山庄，看手表才六点一刻。"那车是军部的，看来蛇出洞了。你们等在这里，出来后跟着，我们先走。"他咬着牙，命令道。

军部的车后随着另一辆小轿车，从桃林山庄驶了出来。在他们后面，不远不近地跟着一辆中吉普车，几辆车朝南门口方向驶去。

94

晨光熹微，朝曦初露。榆林街头行人稀少，南门紧闭。闲来无事的几个士兵凑在一起拉话。在高大的城墙上，几队巡逻的士兵，走来走去，很是自如。解放军的两次攻城，把他们的胆量越打越大，众说纷纭的和平解放，使得他们的神经松弛下来。即使有人怀疑和平不会很快到来，但也认为和平是必然的，不然城外的解放军，为何围而不攻，在等待着甚？ 就是等待和平！

　　这大清早的，出了甚事？ 守城的士兵感到异样，刚放万向明的吉普车出城，这会儿又开来司令部的车，看来情形骤然紧急了。

　　第一辆车上坐着谈判代表张之因。 他是主张和平起义的代表。 当左协中要派科长赴延安谈判，张之因就竭力反对。 左协中把马伯雄的意见转述给他，并说如果要派高规格，军部负责人就你和我，你去合适。 张之因痛快答应，说坚决服从军长的命令。他挑选了四人，组起了谈判代表团。

　　第二辆车上是联络员和榆林党工委负责人。 马伯雄、金秀和左协中的副官，坐第三辆车里。 过了玉砚桥，是国共两军的缓冲地带，榆林城渐行渐远，再往前就要到解放军完全控制的地盘了。

　　"别了，榆林。"马伯雄感叹说。

　　"如果谈判顺利，我想，我们很快又会回来。"金秀信心十足地说，"前面咋回事？"

　　顺着金秀的目光，只见前面一条岔道上，窜出两辆吉普车，"吱"，几声急刹车声中，吉普车拦住去路。 车里下来几个人，粗暴地拉开车门，将马伯雄和金秀拖出，三下五除二塞进吉普车里。 这时候，副官和司机方才醒悟过来，连忙拔出手枪，却见万向明拿枪对准他们，两人只得把头一缩，将持枪的手耷拉下来，眼睁睁看着吉普车扬长而去。

　　还是上次的套路，他们被蒙了双眼。 马伯雄穷尽对榆林的记忆判断着方向。 进了南门，这是往北，快到钟楼了，往西，估计就在井公馆附近。 咋，又往南了，是在爬高往东了，下坡往西了。 转着转着，马伯雄彻底蒙圈了，他知道这是万向明的诡计。

　　"就像这世界上没两片同样的树叶一样，人也不能两次踏入同一条河流。 可是，马先生走进了同一个地洞里。"阴暗的地洞里，亮着几盏汽灯，照得大家的脸惨白。 万向明挑着指甲，摇头晃脑地对绑在柱子上的马伯雄和金秀说着，十分得意自己哲学般的开场白。

　　果然，又被万向明抓进同一个地牢里，马伯雄想。 金秀也被他抓过，但那是司令部的监牢，许多人知道的地方。

　　见他俩毫不理睬，万向明狞笑着，继续说："马公子，马县长，还有你，金秀，金副书记，我们又见面了。 可惜，这儿不是烩菜馆。 这真是应验了，不是冤家不聚头。"

"万向明，你无耻至极。快放我们出去，不然绝没有你的好下场。"金秀愤怒地说着。

"万向明，你想干什么？"马伯雄说着，一副大义凛然的样子。

"真是服了，你们作为手下败将，是我手里随便就能捏死的蝼蚁，还有脸用这种口气和我说话？"万向明更是得意，说。

"井底之蛙，你只能看到这个不见天日的地洞。看不见的是，人民解放军兵临城下。你想过没有，在榆林回归到人民怀抱的时候，你这个杀人不眨眼的刽子手，会是何等的下场？"马伯雄说。

"能回吗？就是榆林回归了，那也是人民的怀抱，跟你俩有毛的关系，你们是我手里的人质。我为刀俎，你为鱼肉。哈哈哈哈。"万向明大笑起来，道出了龌龊的心声。

今天早晨，以军统赋予他的职权，他完全可以拦住前面车上的二十二军张之因参谋长，但他觉得没必要。截住马伯雄和金秀，能产生一石二鸟的效果，远比参谋长大得多。"说，你们这次来榆林，在桃林山庄里住了那么些日子，到底在干吗？"

"劝你投降，你相信吗？"金秀轻蔑地说。

"这话我信，你们是劝左协中投降的吧。来人，让他们说出如何策划劝降的，左协中到底是咋想的，张之因今天出城去干吗？"万向明说着，叫来几个打手，耳语说对马伯雄可用酷刑，但保证腿脚灵活。他想到最关键的时候，还要用马伯雄来庇护自己的安全。对金秀可以动刑但不能打坏身子，特别不能毁了脸。他不能说的是，女人在需要的时候也是有用的，嘿嘿。

望着万向明的车扬长而去，副官对天鸣枪，前面的张之因，也察觉到后面的异常，又调头回来。听副官说马伯雄和金秀被万向明截走了，他的头嗡嗡作响，在镇川见到共产党的谈判代表，谈判的牵线人却走丢了，这咋交代呀。但时间不等人，张之因继续南下，让副官立即找左协中汇报，组织找人。

"啥，光天化日之下，万向明竟敢公然抢人？"左协中勃然大怒，问。这军统也太欺负人了。"他们现在哪里？我去找这个家伙。"

副官摇着头，说我们加大马力紧撵慢撵，看到前面一串黄尘，却再也不见他们的影子。左协中想着这两人丢了，势必会影响谈判的顺利进行，便给特务队下令，在榆林城展开地毯式搜索，就是挖地三尺，也要找到。紧锣密鼓找了几天，宣告寻找失败。

张之因来到新近成立的榆林专署所在地——镇川堡，受到中共地委书记和专员的热情接待。对方提出就在镇川等延安派员就地谈判，张之因认为在此谈判规格太低，坚持要去延安，受到中共西北局习仲勋书记的接见。

在延安的一孔简陋的窑洞里，榆林和平谈判开始。中共谈判代表曹力如介绍了谈判成员。如释重负的张之因，也愉快地介绍了自己的成员。接下来几天的谈判，气氛和谐坦率，在分歧较大的，起义后二十二军是改编为一个师还是保留一个军，改编后共产党的干部多派还是少派的敏感问题上，也抱着求大同存小异的态度，通过坦率沟通，基本达成一致。

"各位，实在不好意思，我方情况有变。"张之因拿着一份电报走进会议室，满脸通红地对大家说，"左协中军长电令我们停止谈判，立即返回榆林，说邓总司令命令我部开赴包头。"他痛苦地低下了头。

你们咋能出尔反尔，背信弃义。曹力如以及诸位中共谈判代表，纷纷指责并一一指出他们在解决榆林问题上的种种阴谋。尴尬的张之因硬着头皮听完，表态说不管咋样，我还是以不变应万变，观察几天，实在不行，我邀请你们一道去榆林，当面锣对面鼓，找左协中军长直接谈判。

等了几天，左协中又来电指示，谈判继续进行。

在延安如火如荼展开谈判的当儿，邓宝珊突然派随他去北平的第八十六师副师长回榆，带回两套和平解放榆林的方案。一套是渐变方案，让榆林现有的部队赶赴包头，与二十二军的二二八师会合，先一起接受共产党的思想，革除旧习气，建立新作风。再与绥远的董其武部一起，举行声势浩大的起义；二是突变方案，让张之因继续谈判，有了结果后，在榆林就地起义。

这两套方案里，邓宝珊的态度很明朗，都是和平起义。但事情坏就坏在副师长身上，他是一个投机主义分子，先把邓总司令的第一套方案重点推出而且歪曲解释，目的就是要把部队拉到包头，给自己捞取政治资本的同时，待机东山再起。他的蛊惑煽动，让举棋不定的左协中动了心。两人一合计，开始了三十六计走为上计的行动。

二十二军军部和各营房的军车，不断从北门出出进进，使得守城的士兵们军心大乱，每天晚上点名总要失踪几人。军人的风声鹤唳，草木皆兵，引起全城市民的恐慌，几乎所有的店铺关门歇业，榆林城成为一座鸦默雀静的死城。

嘀嗒嗒，集合号在二十二军西门操场吹响。 左协中在副师长的陪同下检阅部队，他说："各位官兵弟兄们，这两年来，我们的部队在守城的战斗中，战斗力不断萎缩，兵源也在不断减少，是因为我们缺乏有效的军事训练，缺乏尚武的军人精神。 在这春暖花开的季节，我宣布，春夏训练正式开始。 出发。"

厚重的西门打开，千余名官兵乱哄哄地走到城外，沿着红石峡、镇北台方向的北方走去。 他们的异动，短短一两个小时里，在榆林城引起巨大的连锁反应，一些商贾和小老板，趁机跟着跑出了城。

二十二军军部，左协中独坐椅子上，双目紧闭，思绪纷飞。 他的心情十分紧张，以部队训练为由，其实是在探路，看城外的解放军会作何反应，其结果将直接影响接下来的谈判。 他的家眷已将细软和家当打包装车，走还是留，就等镇北台传来消息。

在一旁的副师长平静地喝着茶，心情更是紧张，他是这套计划的始作俑者，如果部队顺利冲破包围圈，那么皆大欢喜，他与左军长将紧随其后离开榆林，如果和解放军发生了冲突。 那么——他由不得吸了一口冷气。

"叭叭"，城外传来激烈的枪炮声，左协中和副师长同时站起，两人面面相觑，面如土色。

榆林军分区的几千部队和民兵，埋伏在公路两旁，等到企图北逃的二十二军走了过来，一声令下打响了阻击战。 知道真相的指挥官听到解放军开了枪，忙停止了前进，官兵们自行开始后撤。

第一套方案失败。 他们连忙电令张之因，实施第二套方案，继续展开谈判。

"张参谋长，经中共西北局书记习仲勋同志批准，同意你提出的建议，接下来我们把谈判地点改在榆林。"谈判代表曹力如，说。

张之因长吁了一口气，心里大喜，如释重负地说："很好，我们尽快到榆林，安排你们住在军部，由我全权负责确保大家的安全。"张之因想，左协中是个主意不定，耳根子软的人，与其让自己在延安当傀儡，不如回到榆林，就把你直接推到前台，逼到死胡同里。

左协中和副师长假戏真做，以练兵为借口，借机逃跑的举动说明，他们还是心存幻想的，中共西北局和西北军区首长决定，在榆林和平谈判的同时，必须给左协中施压，让其彻底断了其他念想。 于是，西北军区命令警备第二旅张达志旅长，西渡黄河赴榆林参战。

被任命为西北军区全权代表兼榆林前线临时工委书记的曹力如，在镇川召开师、团长会议，说："各作战部队，要在榆林城外紧紧包围住，逐步向城墙周边靠拢，痛击所有的逃窜者。 这样就能为我们的谈判，增添力量。"

榆林军分区司令员吴岱峰，指着作战地图，对兵力进行了重新部署，"部队部署完毕后，我们的兵力基本推到城墙根下，二十二军就是想要逃窜，也插翅难飞。"

当曹力如书记带着谈判成员走进二十二军军部会议室，却不见对方的任何代表入场。 联络员说，张之因正与左协中激烈地争论着。

"军长，他们已经到了。 你再不去，就失了大礼。"张之因催促说。

"既然到了，那你快去谈判，我呢，留在这里听消息。"左协中不停地踱步，说。

"我们不是说好，谈判你要参加吗？ 咋又变卦了。"

"他们一进榆林城，我不是第一时间宴请过了，还陪着到中山堂里听了几场秦腔。 已尽了地主之谊。"

"你以为人家是来吃喝玩乐的。 我的军长，他们迟迟不开谈判，是这几天在调兵遣将，驻山西的警备二旅和内蒙古的伊盟骑兵团，和榆林军分区大会师了。 现在，人家是箭在弦上不得不发。"

"这个我知道。 但你是谈判团长，你去就行。"

"不行。 我们在延安谈判开始时，曹力如仅是谈判代表，最近突然被任命为榆林前线书记。 你老是强调对等，这下，我与人家不对等了。"

"这——我不出现在谈判桌上，还不是为了我们主动，逼在跟前表了态，我们就彻底没了退路。"

"好我的左军长，你到现在还有这样的想法？ 好，如果你不去，我也不谈了。"张之因赌气地说。

"你——好吧。"左协中终于答应了。 他们走进会议室，开始了正式谈判。

1949 年 5 月 29 日，在求大同存小异的前提下，曹力如和左协中顺利签订了《榆林局部和谈协议》。 根据协议，人民解放军将在 6 月 1 日入城，正式全面接管古城榆林。

榆林机场，集结起来的解放军列队忙着训练，他们步伐整齐，斗志昂扬。

机场的小树林里，万星明召集干部开会。"同志们，我刚刚参加完军分区的会议，要求我们在进城前，在坚决遵守《三大纪律八项注意》的前提下，还要执行两条铁的纪律，第一，进城后不喝群众的水，不吃群众的饭，不住群众的房子，不打扰群众的生活；第二，进城后不准上大街游串，有事上街经批准后，须两人以上相随，上街时衣帽整齐，风纪严谨，任何人不能违规。 大家能做到吗？"

"保证做到。"众军官异口同声保证道。

"那就回去好好准备。 记住，抓紧时间进行演练，进城时一定要拿出我人民解放军的精气神。"

"一二三四"，阵阵口令在机场上空回荡着，万星明望着榆林城，心潮澎湃，虽说自己出身于商人之家，但从没有过今天这样的感受，是即将成为这座城市真正主人的感受。

"爸爸，爸爸。"一个胖娃娃喊着，跌跌撞撞跑过来。 娃娃的后面，走着萨仁花和赶着马车的李四、怀抱一个小女孩的马苗。

"李四，你咋把他们都送来了？ 这不是添乱。"万星明问着，还是高兴地抱起儿子，用胡子扎儿子细嫩的脸。 沙家店战役后，部队一直在榆林以南活动，再没回到三边，萨仁花和儿子感到孤单，收拾了行李，独自回了米脂，又忙碌在万合纺织厂里。

"万旅长，可不能怨我，是你家萨仁花非要我送她来的。"李四有些委屈地说。

"是我的主意。 我萨仁花作为榆林的婆姨，还没进过榆林城。 这次，说啥也要在这个时候，跟在你们后面进城，给娃娃的爷爷上个坟。 再然后，我要回包头一趟，让儿子看看他妈妈的家乡，美丽的希拉穆仁大草原。"萨仁花打机关枪一样，一口气说完了想法。

提及上坟，万星明的心紧缩了。 得知父亲的噩耗，他就想着只要进入榆林一定让胡管家带着给父亲上坟。 萨仁花也想到了，他投过感激的目光，爱怜地说萨仁花，真是拿你没办法。

"万旅长，马公子有消息了吗？"李四小心翼翼地问。

万星明摇摇头，说："等后天进了城，兴许就有消息。"前几天，在分区会议上，司令员和政委都提到马伯雄和金秀的事，说他们是榆林和平解放的先行者，要求各作战单位一定要注意找寻。

"马伯雄，你们到底在哪儿？"大家望着远处高大、厚重的城墙和灰蒙蒙神秘的榆林城池，心里暗自发问。

95

"咚咚"，沉闷的擂鼓声在驼峰山响起的时候，忙碌了一天的太阳，悄然落到地平线下休息了。 渐渐黑沉起来的大地，也跟着睡觉去了，他们都在养精蓄锐，等待日复一日的轮回。

暮鼓晨钟，是老爷庙日复一日，萦绕在榆林城最熟悉的声音。 这会儿，传进地洞里，让万向明听得心惊肉跳。 那天他钻出地洞，得知左协中派出大批人马在找他，他还得知共产党的谈判代表已来到榆林。 看来，左协中就地投降，拱手让出榆林城，是必然的了。 在得知消息的那一刻，他的心里产生出一股悔意，要不是为了找到马伯雄，说不定自己离开了榆林，这会儿正在南京夫子庙，有美女陪同，吃固城湖蟹黄包，喝回味鸭血粉丝汤呢。

"马伯雄，金秀，告诉你们一个期待已久的消息。"万向明走进囚室，对蜷曲在地上的他们说。"咋，好像不想听？"

遍体鳞伤的马伯雄，在金秀的搀扶下挣扎地爬起，说："不用你说我也知道，榆林城就要和平解放了。"

"你，咋知道的？ 难道连时间也是你们预谋好的？ 不可能，绝对不可能。"万向明疑惑地发问，要歇斯底里了。

"看来榆林真要和平解放了。"金秀高兴地拍手道，和马伯雄拥抱在一起。

看着两个血肉模糊的身躯紧紧相拥，还是那么热烈，万向明心里五味杂陈。 他俩除了所谓的同志，还会是夫妻吗？ 像，又不像。 像，是因为他们同住一个囚室，并无任何不自然，两人配合默契，显得落落大方，说明在桃林山庄也是同住一室的。 说不像，是细看两人的关系太彬彬有礼了，对话中也无任何亲昵的词。 听说共产党喜欢演假扮夫妻的戏，难道他们也是？ 金秀早已今非昔比，举手投足，一笑一颦，都带着浓浓的女人味，有如此女人朝夕相处睡在身边，马伯雄当有不动心之理，除非他就不是男人。 想着想着，一个罪恶的念头浮现出来，令他兴奋不已。

"你们不要高兴得太早，榆林和平解放，但你俩还是我的人质，是两只蝼蚁，只要我轻轻一捏——"

"呸——还在做梦。你已是秋后的蚂蚱，蹦跶不了几天了。"金秀冲万向明说着，唾了一口。

"我是蚂蚱，嘿嘿，那让你尝尝，我这个蚂蚱的滋味。"万向明说着走过去，猛地将金秀拦腰抱起扛到肩上，双手牢牢地抱住双腿，任凭金秀在后背上捶打，奋力挣脱，也是无济于事。

"万向明，我跟你拼了。"马伯雄眼里简直要滴出血，忘记了浑身的疼痛，发疯般扑过来，被几个特务一阵拳打脚踢，放倒在地。

1949 年 6 月 1 日，恰逢"端午节"。古城榆林，风和日丽，碧空如洗。

天蒙蒙亮时，城里各界、各派别的人士早早聚集起来，召集自己的队伍，在沿街的镇远门、万佛楼、星明楼、钟楼、凯歌楼和鼓楼等重要地段布置人员，工人、农民和学生纠察队，早早来到各重要的街口开始巡逻，防止敌特进行破坏。还有许多自发组织起来的市民，在街面两侧插着红旗，张贴标语。城墙高处有几幅巨大的标语垂了下来，更加引人注目。

"毛主席万岁！"

"中国共产党万岁！"

"解放军是人民的大救星！"

一轮红日喷薄而出，金光耀眼。几辆小轿车驶出二十二军军部，驶向南门外的玉砚桥。按照协议，左协中将军以二十二军军长兼榆林专署专员的双重身份，率领榆林军政全体起义人员，在此迎接人民解放军入城。

这会儿的榆林街头，车水马龙，万人空巷。市民们的脸上神采飞扬，洋溢着喜悦的笑容，他们举着五彩旗子，等待激动人心的时刻，欢呼六百多年的这座古城迎来新生。

身着中山装的左协中，看着涌动的人潮，在无限感慨中，由不得轻诵起来，道出此刻的心声：

> 朝辞白帝彩云间
>
> 千里江陵一日还
>
> 两岸猿声啼不住
>
> 轻舟已过万重山

东山老爷庙的地洞里，歇斯底里的万向明兽性大发，正在发泄兽欲。"万向明，混蛋王八蛋，你要干什么？"金秀被万向明扑通扔到床上，她想要一下坐起，骂道。

"干什么，干你，老子要干你。"万向明说着，猛扑过来，压倒了金秀。

"你，等等，我们先好好拉话，别急。"金秀突然变得温柔起来。对近乎变态的万向明，来了个缓兵之计。

"嘿嘿，我们还有话可拉？"万向明探起半个身子，仔细打量起金秀，说。他好久没碰女人了，这会儿发现，金秀这么耐看。柳叶眉，单眼皮，那张薄嘴唇的大嘴，是那么诱人可亲。他叭地对着嘴唇亲了一口。

"去死吧你。"金秀说着，猛地推开万向明，坐了起来。

万向明悻悻地，露出难得的微笑。起身倒了两杯红酒，温情地说："我们喝上一杯，做这种事需要酝酿，仪式感也很重要，是吧。"

金秀真还拿起酒碰了杯，一饮而尽。让万向明大喜过望。他又倒了一杯独饮起来。从他们在学校认识，到参加革命，金秀慢慢引导着他，回忆过往的点点滴滴。

"金秀，在榆中时，是你在追求我吧，可是我对你，就是一个进步青年对组织的向往，从没动过这方面的心思。"万向明一副高高在上的样子，说道。

金秀无言以对，也给自己又倒了一杯，独自喝起来。

"哼，那时我无数次靠拢你们的组织，还多次单打独斗尽干傻事，甚至连井司令的儿子也敢打，为的就是讨好共产党，让你们接纳我。可是，你们咋样对我？还不要我。"

"真为我们的组织感到庆幸，对你的考察屡次延期，让你的蹄爪暴露无遗，才没让你混进党组织，给共产党留下污点。"

"哈哈，我喜欢你们的组织吗？看看，我一个堂堂的军统站长，吃香喝辣，美女如云，享受过那么多荣华富贵，有着美好的前景未来。要是跟了你们，饥寒交迫，风餐露宿，草鞋布衣，居无定所，说不定，我这会儿早在阎王那里报到了，比如我姐——"

"住口，你就是个畜生。仙如不是你姐，她是纯洁无瑕的仙女。你的军统站长，美好的前景，别做梦了，你已经陷入人民的汪洋大海里，光榆林的市民，一人一口唾沫就可以淹死你。听好，你现在唯一的出路，就是放下武器立即投降，否则一定死无葬身之地。"

"金秀，你这个贱货！"万向明眼睛通红，像一只野兽般号叫起来。荣华富贵和美好前程，是这段时间他自己骗自己的安慰剂，金秀的话揭穿了他的"皇帝新装"。他的兽性再次爆发，猛虎下山一般扑在金秀身上，先是亲吻金秀的脸，接着头颅埋在她的胸间，腾出一只手剥她的衣服，一件又一件，剥得十分艰难。 金秀激烈地做着反抗，来回滚动的身子，朝着床头滑上去。 近点，再近点，金秀的手终于碰到红酒瓶子，这是刚才趁倒酒之机，刻意放在床头的。

砰——，一声沉闷的声响中，红色的酒汁欢快地飞溅起来，压在金秀身子上的身子，顿时软瘫，一动不动。 金秀瞬间被吓了一跳，接着使劲推开万向明，飞快地穿了衣服，推门跑了出去。

前面是囚室，这边是卧室，左边看见一条长长的甬道。 金秀毫不迟疑地朝着黑暗的甬道跑去，跌跌撞撞的身子不时碰到土壁，"哗啦啦"淌下来一些黄土。 不知多久，黑暗的前方现出一丝光亮，那是生命的光亮，自由的光亮。

当当，钟声厚重又纯粹地敲响，悠远又肃穆，宛如天籁般，好像是来自苍穹。 钟声包围着金秀的满耳、满眼和满身。 这是最熟悉的钟声，在榆中念书的日子里，半山坡上老爷庙的钟声，曾唤醒过她多少个黎明日出。

当当，钟声变得清脆起来，好似一串优美的音符，金秀顿时精神大振，连日来的紧张疲惫，浑身疼痛，随着钟声而化解，荡涤而去。

嘀嗒嗒，嘀嗒嗒。 嘹亮的军号声，和着老爷庙的钟声，在城南的飞机场吹响。 听到出发的号角，整装待发的榆林军分区第三十九团、第四十团，蒙边旅和刚参加完太原战役的西北军区警备第二旅及榆林党政机关万余名官兵和干部，迈开矫健的步伐，向榆林城迈进。

高耸入云的凌霄塔，带着几百年来纷飞战火留下的"伤疤"，静看玉砚桥上走过的队伍，这是和谐动人的一幕。 左协中和曹力如带着各自的代表，笑盈盈地走到桥中央，热烈地握手问候，互祝和平解放。 榆林各界代表李文正、尤德、张文炳、李爱兰、杨随羔等二十三人，怀着崇敬的心情，手捧鲜花向解放军将领敬献。

十点整，在咚咚的十二响礼炮有序齐鸣后，人民解放军开始了声势浩大的入城仪式。 走在最前面的先头部队，举着毛主席和朱总司令的画像，每队最前面是骑着高头大马的指挥官，紧跟着肩扛步枪、抬着重机枪的步兵部队；骑着战马的是骑兵部队；牵着骡马、驮着各种火炮的是炮兵部队。 他们迈着整齐的步伐挺进，接受榆林人民的检阅。

在镇远门外，有炮厂、电信局、印刷厂和商人、学生、农民等五千多各界人士，举着欢迎标语，列队在欢迎。

嘀嗒嗒，军号声又起，部队走进南门，各路人马变成四路纵队，与四支由市民组成的鼓乐队迎头相遇。 在欢快的迎宾曲中，学生秧歌队载歌载舞，市民们将写着"庆祝榆林解放""欢迎人民的队伍"等内容的旗子，插到战士的背包里，或是插到枪炮管里。 更多的市民，给官兵们端茶递水，递毛巾擦汗。

榆林城五里长街披红挂彩，三万多市民拥到街头，为人民解放军呼喊鼓劲，队伍行进过大街中央的万佛楼、星明楼、钟楼、凯歌楼和鼓楼时，五颜六色的纸屑从天而降，噼里啪啦的爆竹欢快地炸响，为官兵们撒满吉祥如意。

钟楼上，榆林小曲班子一字摆开，鼓乐齐鸣，扬琴飞扬中，眉梢带笑容的冰把凉，用小曲调演唱《解放区的天》：

> 解放区的天，是明朗的天呀
>
> 解放区的人民好喜欢呀，好喜欢
>
> 民主政府爱人民呀，爱人民
>
> 共产党的恩情说不完呀，说不完
>
> 呀呼嗨嗨咿呀嗨
>
> 呀呼嗨呼嗨

"您是万旅长？"两个解放军战士挤到行进中的蒙边旅队伍里，问雄赳赳气昂昂走在前列的万星明。

96

得知马伯雄和金秀的消息，万星明神情大振的同时又十分着急，他让李胡子带特务排，跟着自己风风火火前往驼峰山。

金秀沿着一线光亮爬出地洞，发现这里竟是老爷庙的一个废弃厕所。 她急慌慌地前行，遇到了东城站岗的解放军。 原来，榆林临时军事管理委员会，意识到和平谈判方式解决榆林的复杂性，早就制定了和平接受和战争接受两套方案，在二十二军未放下武器前，要求必须交出南门和驼峰山一带的城防。 头天下午，这一带被先期入城的解放军接管了。

榆林果真和平解放了。金秀激动地向解放军说明情况，带他们包围了洞口。得知解放军正在入城，她让赶紧去找有关首长，并特意问万星明在不在列。

万星明赶到老爷庙，看到遍体鳞伤的金秀十分悲痛。听了金秀的介绍，从小榆林城长大的他，对这一带十分熟悉，凭着对万向明的了解和自己的第六感觉，他发现问题不是这样简单，马上亮明身份，命令部队把老爷庙和周围的四座寺庙铁桶般围起。他带李胡子和十几个士兵钻进甬道里，借着手电筒的光亮，摸索走了十几分钟，到达金秀所说的卧室和审讯室，这里已是人去房空，一片狼藉。

"旅长，我们原路返回吗？"李胡子问。

"等一等，先把这个挖开。"万星明举着手电筒四处照射，在老虎凳旁见有一堆瓦砾和新翻的黄土，命令道。

两个战士蹲下去用手刨了几下，露出一个洞口，万星明抓起黄土，看到干湿搅拌在一起，说："这个洞口是刚堵上的，敌人一定从这儿逃跑了。李胡子，你带几个战士进去继续追踪，我出去尽快堵住洞口。大家要特别注意保护自己，已如困兽的敌人，一定会狗急跳墙。"

万星明走出甬道，判断着地下所处的位置，一时难以确定，他立即对部队下达命令：占领各庙宇和院落，然后全体静默，守株待兔。他带人守在庙宇群最中心的五佛殿里。他就不信，万向明会在洞里闷死也不出来。

万向明醒来后，揉着伤口，不知金秀逃走多长时间，从头上血的黏稠度判断，发现有一阵子了。他忙到囚室喊来几个特务，押着马伯雄朝甬道追去。来到洞口，听到外面嘈杂的声音，他蹑手蹑脚爬过去，发现洞口外面是一只只黑洞洞的枪口，吓得他忙悄悄缩了回来。

得知左协中与解放军谈判，不甘失败的他半夜出去几次，想对谈判代表搞暗杀，却发现压根不知他们住哪。昨晚又出去了一次，整个驼峰山已被解放军占领。他连连感叹，骂自己太老实，南京方面要自己誓与榆林共存亡，他还真当事了。对没及时撤离榆林，他现在欲哭无泪，后悔不已。

"马伯雄，就看你的了。只要好好配合，我就不会伤害你的性命。"万向明的口气明显软了下来，说。

"万向明，你把金秀咋了，她人呢？告诉你，要是她有个三长两短，我绝饶不过你。"马伯雄发现金秀不见了，急急发问。

"她很好，已经跑了。"

"你的话，我拿啥相信？"马伯雄摇着头，说。

"拿，拿我的头来证明。她是把我打晕跑了。幸运的是，她没拿起我的枪，当场把我打死。这么看来，她还是爱我的，舍不得我死，对吧。"万向明挑逗马伯雄说着，把脑袋伸过去，头发缝里还在汩汩渗血。

半疑半信的马伯雄看着万向明，问："那你现在要我咋？"

"不咋，乖乖跟着我走就行。弟兄们，撤。"万向明道。

五佛大殿里佛光普照，祥和安宁。药师佛、无量佛、弥勒佛、燃灯佛和释迦弥尼佛五座雕像，高大安详。万星明端详着，佛是和善可亲，但人为何要那么邪恶？他的思绪纠缠在万向明身上。佛祖啊，这些年万向明所做坏事，是不是都在您这儿记着，他要咋样，才得到佛祖的宽恕？

"放下屠刀立地成佛。"万星明的耳畔，响起耳熟能详的声音。他环顾四周，并没见到一个人。

嘎吱，嘎吱，奇怪的声音又在五佛殿里响起，把万星明拉回到现实里。他举着枪识别着声音的方向，蹑手蹑脚绕到弥勒佛像的背后，奇迹出现了，佛像下面竟是一个洞口，里面探出一颗脑袋。万星明赶紧躲到佛像旁边偷看，只见万向明拉着马伯雄爬了出来，他们绕过佛像，却见万星明举着枪对准自己，"万向明，放下屠刀，立地成佛。"

万向明将手里的枪，对着马伯雄的太阳穴，说："万星明，让我投降，你休想。赶紧给我让开，不然我就打死他。弟兄们跟我走。你们——"他说着扭头看去，洞口里出来的特务，一个个被李胡子等人抓起，无一人反抗。

"哈哈，我手里有人质，你们都给老子让开，不然我就打死马伯雄。"万向明用枪顶着马伯雄的太阳穴，丧心病狂地喊叫着，带着得意忘形。

"万向明，你这个魔鬼。"马苗突然大喊着出现在大殿里，令所有的人感到意外。

"马苗，你，你咋来了这儿？"见到马苗，万向明被吓着了，连连后退说。

"我是来看你的下场。"马苗的胸部剧烈起伏，愤怒地说道。

"不和你们废话了，都给我闪开，不然，我就打死他。"万向明突然咆哮起来，不停地叫嚣。

"让我跟他走，大家不要担心。"马伯雄淡定地说着，给万星明使过去眼色。

在无数支黑洞洞枪口的瞄准下，万向明带着马伯雄离开了五佛殿，朝近在咫尺的东城墙走上去。 前面是一道缓坡，让他们的步履明显缓慢起来，马伯雄环顾四周，被万向明看出端倪，说马伯雄你老实点，别耍花招，信不信现在就打死你。 两人来到城墙根底，见万星明、金秀、萨仁花、马苗、李胡子、李四以及越来越多的解放军围了上来，万向明的脸逐渐扭曲，变得十分狰狞。 他在陡坡上四下打量，似乎找准了地方，索性拉住马伯雄席地而坐。 他腾出另一只手，从地上扯出了一条线，突然吼道："都听好了，有种的你们就上来，让我们一起上西天啰。 哈哈哈哈。"

马伯雄偷眼看万向明，只见他已拉出一条导火索，显然这地儿是城墙的软肋。 在此放置炸药，一定是事先设计好的。 马伯雄飞速盘算着，却见万向明掏出打火机，对准导火索打着了火。 马伯雄不再犹豫，使劲对准万向明踢出一脚，万向明的圆身子开始沿着缓坡滚了起来。 马伯雄使劲去拔已冒起蓝色火焰的导火索，谁知线没拉出来，却扯出一个更大的炸药包，再没有半点思考的余地，马伯雄抱起炸药包，沿着缓坡没命地朝城墙上奔跑。

毕竟是训练有素的军统特务，万向明在身子急剧下滑中，还不忘转身对准马伯雄举起了枪。 马苗从万星明手里夺过枪，对准快滚到身边的万向明，"叭叭"打出一梭子子弹，加速了万向明的连滚带爬，他一头歪在马苗的脚下，死了。

马伯雄飞奔到城墙上，就在导火索即将燃烧完的一刹那他使出吃奶的气力，将炸药包投到城外。 轰隆一声巨响中，漫天的黄沙在天空中起舞，顿时整个东城外，黄尘遮天蔽日。

红旗飘扬的榆林大街，人头攒动，人流熙攘。

老字号的"塞上饭庄"古香古色。 一个典雅的包厢里，马伯雄、万星明、金秀、萨仁花、巴特尔、马苗、李四、李胡子、柳叶等人，围坐着一张红色的大圆桌。 马伯雄端起酒杯，神情凝重地说："在这特别的日子里，我提议，这杯酒敬那些为民族解放，人民幸福，牺牲的革命英烈们，和无数各行各业的无名英雄们。 包括仙如，还有杨志。"说完，马伯雄将杯中酒毕恭毕敬倒在地上，他的心里默念，仙如，你在看吧，我们胜利了。

马伯雄提到杨志的名字，马苗和柳叶当即泪水盈盈。 那次，杨志为掩护马伯雄、马苗和萨仁花安全渡过黄河，把鬼子引开后，就陷入重重包围中，直到他打完最后一颗子弹，被鬼子用刺刀活活挑死。

"柳叶姐，谢谢你。"马苗端起酒，毕恭毕敬地敬了柳叶。 包头暂时还被国民党统治着，柳叶得知家乡榆林和平解放的消息，把"鱼河客栈"给人家盘了，历经千辛万苦回到了家乡榆林。

"星明，这第二杯酒，该你了。"马伯雄对万星明说。

"今天是个好日子，来，我们庆祝榆林解放，庆祝我们在榆林相逢。"万星明说着，与大家一一碰杯，仰头喝进去。

"我来提议第三杯酒，在共产党的领导下，祝愿大家的生活一天比一天好，老百姓的日子，是芝麻开花节节高。"金秀提议说。

"不瞒你们说，这次我送羊毛来榆林，所到之处都是热气腾腾的建设场面。我和萨仁花商量了，要在榆林城开一家纺织厂。大家祝福我们吧！"巴特尔给自己倒了满满一瓷碗酒，高兴地一饮而尽。

"我也要敬酒。"萨仁花的儿子，奶声奶气说，"妈妈刚才说，要万宝宝祝叔叔婶婶们，身体健康，心想事成。"

"谢谢万宝宝，我们也祝小朋友快快乐乐，茁壮成长。"

马苗怀里的女儿倒是很乖，看着这么多人，大气不敢出。

一盆热气腾腾、五颜六色的拼三鲜端上桌，万星明拿起勺子，说："伯雄还记得吗，这顿拼三鲜，让你等了二十年。今天，就美美吃上一顿。来，我先隆重介绍榆林城的这道宫廷名菜，先用鸡羊猪三种肉下锅熬汤，再做烧肉、酥肉、羊肉、鸡肉、炸丸子、蒸丸子、佛手、片粉、木耳、黄花、海带、菠菜、韭黄和炸洋芋片等十几种材料，佛手和片粉还要用食品红染上几片，依次将这些放进肉汤里，滚得热气腾腾出锅。色香味俱全的拼三鲜，款待过微服私访的乾隆爷，还得了御赐呢。"

"赶紧开吃吧，这会儿口水都流出来了。"马苗笑说，拿起勺子，先给两个娃娃舀了一碗，再给大家逐一舀了。

"伯雄，我们旅马上要向南开拔，你是继续留在军管会，还是另有其他？"万星明悄悄问马伯雄。

"伯雄，我可要替你说了。告诉大家，伯雄双喜临门，可了不得。"金秀快人快语说道。

大家起哄，要马伯雄赶紧说出喜事，让所有人共享喜悦。

马苗问金秀，说："金秀姐，是不是双喜里，也有你的份？"

"那要问你哥。"金秀嗔怪马苗，脸颊却红云浮现，用顾盼流离的眼神看着马伯雄。

马伯雄回过一个温柔的眼神，对大家说："我还真是双喜临门。 这一喜，是我就要光荣地加入中国共产党，圆我多少来的夙愿；这二喜，是我被荣幸邀请，即将起程到北平，参加开国大典。"

掌声在塞上饭庄响起，响彻榆林大街小巷，响到城外，冲上云霄。

尾　声

史海钩沉，马伯雄经历的那些生与死、乐与哀的往事已成过眼烟云，唯有天高云淡，秋风送爽，惊天动地，举世震惊的那一日，永久地定格在他的脑海里，直到随他走进百岁人生的终点。

那是 1949 年 10 月 1 日的午后，太阳暖暖地洒到天安门广场。 穿一身灰色中山装，满脸熠熠发光的马伯雄，坐在观礼台上，与广场上几十万民众一起，等待着，等待一个伟大的历史性时刻的即将到来。

等待是漫长的，此时的等待其实更是漫长。 马伯雄的心脏跳动得越来越快，飞转的大脑不断变换，先是无比兴奋，接着一片空白，再就是神奇升腾，整个人既激动陶醉，又虚无缥缈，似乎有一股巨大的，看不见的神奇力量，在强烈地驱动着。

身躯伟岸，面容慈善的领袖，迈着轻松自得又坚毅自信的步履，带着只有胜利者才有的开怀的笑，走到城楼最中央站定。 他操着浓重的湖南口音，振聋发聩道：

"中华人民共和国中央人民政府今天成立了！"

一瞬间，马伯雄的心中掀起滔天巨浪，海啸般摧毁了脑海里残存的一切，傲然出窍的灵魂，游离过狂欢的人群，穿越在连绵起伏的群山间。

这是一个大丰收年。 黄土高坡上，乌泱泱的农人们在挥汗如雨，收割黄灿灿的糜谷，剪红彤彤的高粱穗，缩粗实的黑豆秆，刨白色的洋芋蛋。 忽然，大家好像听到了统一的口令，齐刷刷仰起头，冲着马伯雄的灵魂吼喊：

我们有地了，我们得解放了。

灵魂游荡的场景，直到马伯雄的生命之树画出整整一百个年轮，在他睡梦中停息时，随着他走进厚重的棺材里。 谁也没看到的是，在棺材板合上的刹那间，他的灵魂悄然溜了出来，开启了不知疲倦的飘荡。

不灭的灵魂，俯视四季轮回的大地，迎来送往一茬又一茬的芸芸众生。 像布谷鸟一样，一声又一声鸣叫：

您安好，大陕北，祝福您！

2021 年 4 月，故事大纲于榆林
2022 年 3 月至 10 月，写于榆林、西安

后记

坚定信仰　活出理想

　　既不找"名人"站台，也不先入为主作"序"，而是自己执笔写后记，是我所著小说的惯例。亲爱的读者，当您浏览至此，我们就有缘交流了。

　　本小说的主人公叫马伯雄，我的祖父叫姬伯雄，他们都是陕北米脂人。前者是无定河东杨家沟的，后者是无定河西姬家石沟的。他们是同一时代，既有联系，又有区别的两个人，是小说让他们合二为一，来共同展示那个波澜壮阔的陕北革命画卷，齐声讲述陕北人民荣辱兴衰的屈辱史、苦难史、奋斗史和辉煌史。

　　创造历史的人类，也是历史的演员。生旦净末丑，你方唱罢我登场。小说中的米脂县马氏庄园大地主马瑞琪与榆林城大资本家万友善，以及他们的儿女们亦是如此。小说以一系列真实发生的重大历史事件为构架，将米脂闹红、榆中学潮、蒙汉边贸、军阀独裁、土匪盛行、无定河畔和榆林东山惨案，以及中央红军到达陕北、红军东征、《米脂县杨家沟调查》始末、米脂参议员的"精兵简政"提案、毛泽东率中央机关转战陕北、著名的沙家店战役、三打榆林城并和平解放，甚至开国大典等重大事件，在尊重历史、还原历史的前提下，用文学艺术的手法，将信仰不同、道路分歧、爱恨情仇、利益博弈、生死搏杀的主人公，请上异彩纷呈的社会大舞台，通过惊心动魄的事件场景、丰盈复杂的人物内心历程，娓娓道来非凡岁月的非凡故事，阔步走入不同人物的灵魂家园。

当然，小说展示最多的，非祖父姬伯雄莫属。因为他一辈子在书写人生，直到1996年3月21日，写完99年人生的最后一页，也就是到了小说的结尾（这里做一说明，因为小说虚构人物与真实历史人物之间难以协调的问题，小说中将姬伯雄参与"精兵简政"提案的撰写与签名改为参与讨论过提案，以及开国大典登上天安门城楼的荣光片段改为坐在观礼台上）。

　　祖父的一生有过许多辉煌，但最辉煌的莫过于开国大典站到天安门城楼上了。1949年10月1日，以中国人民政治协商会议第一届委员会正式代表的身份，姬伯雄荣登天安门城楼，亲耳聆听毛泽东向全世界宣布：

　　中华人民共和国中央人民政府今天成立了！

　　祖父的这段历史，是我无意中发现的。20世纪80年代初，在他写字台的抽屉里，我见到书中夹着的一张油印请柬：

　　姬伯雄代表，十月一日下午三时，邀请你登上天安门城楼，出席中华人民共和国开国大典。

　　"您参加过开国大典，还站在天安门上？"

　　我的问题唤醒了祖父的记忆。当年，他是作为全国工商界的15名正式代表之一，出席会议的。9月初，他从延安出发辗转来到北京。9月21日，政协会议在中南海隆重开幕，600多名代表佩戴证件进入怀仁堂，庄严地参政议政，会议选举产生了中央人民政府委员会，毛泽东当选为中央人民政府主席，朱德、刘少奇等人当选为副主席，会议还通过了将北平改名为北京、以五星红旗为国旗、《义勇军进行曲》为国歌等一系列重大决定。

　　10月1日下午，全体代表从下榻的北京饭店出发乘车来到天安门。此时从城楼上望下去，广场上几十万群众汇聚成欢乐的海洋。下午2点50分许，毛泽东、朱德、周恩来等领导人走上城楼。3点整，中央人民政府秘书长林伯渠宣布新中国成立大典开始。毛泽东主席庄严宣布，中华人民共和国成立。

　　10月2日中午，中央在中南海设宴，招待来自陕甘宁边区的12名代表。席间，毛主席逐个给大家敬酒，敬到祖父跟前时，他风趣地说，姬伯雄，你姓姬，是周文王的后代嘛！宴会后，毛主席还给每人送了一张亲笔签名的照片，要求大家为新中国建设继续做贡献。

我对祖父真正的了解，是在他99岁高龄辞世后，从全国政协原副主席刘澜涛、马文瑞和中顾委委员郭洪涛、常黎夫四人联合署名，发表在《陕西日报》（1996年5月22日第2版）的长篇回忆文章里得知的。文章高度评价他，一生追求进步，追求真理，为党的事业鞠躬尽瘁，并说他为人正派，淡泊名利，高风亮节，守正不阿。

19世纪末，带着浓厚的中国传统文化基因，祖父降生在米脂县无定河畔。1917年，考入省立榆林中学第一期，在著名民主革命家和教育家杜斌丞先生的培养熏陶下，学业突进，立志救国。榆中毕业后，他回米脂从事教育工作，与革命学生安子文、刘澜涛、马健翎、常黎夫、高仰云等教学相长，进行各种爱国活动。1929年他来到北平，先在国民47军高桂滋军部任译电员，后到西安任杜斌丞先生的秘书。1932年他被派到甘肃，任靖远县禁烟善后局局长，为"靖远兵暴"提供支持与帮助。次年他回米脂出任教育科长，坚持正义，排除干扰，尽心竭力促进米脂的教育发展。1941年他当选陕甘宁边区第二届参议员并成为参议会主席团成员。在李鼎铭先生的倡导下，他亲自起草了著名的"精兵简政"提案，与李鼎铭等11人签名提交，引起巨大反响。为响应发展边区经济的号召，他创办起公私合营的米脂万合毛织厂，对推动新民主主义经济起到积极的作用。1946年，他再次当选边区第三届参议员，会后担任陕甘宁边区政府工业局副局长、交际处副处长和米脂县县长等职，参与并领导了边区经济建设和米脂土地改革。1949年6月1日，作为榆林军管会的成员，随解放军入城，接受国民党22军的和平起义。

在外人的眼里，祖父是一个信仰坚定，活出自我的典范。在我的眼里，他是一个白胡子、白眉毛、白头发，身板挺直，衣衫整齐（不少衣服还打着精致补丁），极具幽默感的小老头。

祖父的耳朵，是在炮火连天的战争年代被炮弹震聋的，从那以后，任何人与他对话，他要么是吼喊，要么用笔交流，为此常弄出笑话。如过年燃放鞭炮，他会幽默地问，你们放的是"哑炮"吗？一次，省人大孙副主任来家看望，问他睡觉咋样？他说水饺，哦，能吃20个，惹得在场的大家忍俊不禁。那年，来榆林视察工作的国务院王副总理点名要见他。两位曾一同共事的老朋友相见格外亲热，热烈地用笔交谈边区和绥德警备区的往事，其热闹程度比起常人用语言交流毫不逊色。

祖父一身正气，淡泊名利。20世纪70年代，祖父还在榆林县政协上班，大院里有一棵遮天蔽日的老杏树，每年端午前后挂满黄灿灿的杏子，满院飘香，我等孙儿们却只能"望杏止渴"。祖父对垂涎三尺的我们说，黄杏绝不能摘，因为是公家的树结的。叮咛完毕，总会掏出五分或一毛钱让去街上买得吃。他住在三教庵附近，成百户居民门前有一道百米长的土坡，每当暴雨过后被冲得七零八落。雨过天未晴，他便召集我们挖土填沟。完工后每人发一毛五，让买电影票作为奖励。

祖父担任榆林农校（工业学校）校长17年，为地方培养了大批人才。反右斗争时，在知识分子成堆的农校，他的"抗争"使得全校未划一名右派，堪为全国罕见。改革开放后，他有多次机会到西安和北京定居，但总是以不给组织添麻烦而婉拒。1985年，我随他参加杜斌丞纪念馆开馆仪式，省委某副书记和地委书记到房间看望祖父，发现他住的是单间，马上指示工作人员让出自己的套间，并说姬老如想当官的话，会比我们当得大多了。的确，对仕途淡然的祖父，官位从陕甘宁边区政府的局长，一步步做回榆林的校长和县政协副主席，貌似走在仕途的下坡路上，但他踌躇满志，不忘初心，胜似闲庭信步，为家乡的教育事业默默奉献，犹如他在冬天窑洞里的火炉子上，优雅地煮着热腾腾的咖啡，淡然从容，极其满足。

经常有人问我，在已出版的小说中，哪本是最好的？我并没有答案，没答案其实是最好的答案。我深知自己的文学天赋一般，能写小说，不过是注重有趣生活的观察与体验，不断获得自我认知，产生叙述和分享的冲动而已。我的明显问题，是语言张力缺乏，行文更无多少诗意，这是文学修养和理论素养不到所致。能力的不足，常让我诚惶诚恐，这也是在第一部长篇小说《旱码头》出版并热卖后，曾有作家推荐我加入中国作协，我却不敢加入的原因。令人宽慰的是，为竭力组好词、造好句、讲好故事，我一直在努力提升着自己。有人翻看我的书，就是我前行最大的动力。谢天谢地，谢读者朋友了！

我是喜欢文学批评的，如果有人对我的书提出批评，发出尖锐的声音，我由衷地道一声，谢谢！没有文学批评家，哪有文学家？只可惜，当下鱼龙混杂的文学作品"研讨会"，多是赞美会、吹捧会与献媚会，而本该有的文学批评，却是隔靴搔痒，蜻蜓点水。当文学评论只有一种赞美的声音，那是十分可怕的，这是我从不研讨的唯一原因。

这里，要感谢陕西人民出版社的张孔明先生和责任编辑姜一慧女士，他们在拿到少部分文稿后，立即给予积极肯定，鼓励我很快写完全书，为最终出版付出努力；也感谢该社的总编宋亚萍女士；感谢党史专家高霞女士对本书涉及党史内容的审定并提出重要

482

修改意见；感谢中共陕西省委宣传部、榆林市委宣传部、榆林传媒中心《陕北文学》、榆林市委党史研究室和榆林市文联等单位的支持；也要感谢为本书策划的韩万胜、王建领先生。

再过几个小时，2023 年的新年钟声即将敲响，我在此默默祈祷：

人类送走瘟神，世界再无战争，地球一切安好！

姬晓东

2022 年 12 月 31 日于西安